水滸戲曲集成

五

孫琳　輯校

鳳凰出版社

第四編

醉打山門全串貫（高腔）

【劇目簡介】

高腔，未署名。現存清代鈔本多種，《蒙古車王府曲本分類目録》著録。小説《水滸傳》第四回《趙員外重修文殊院　魯智深大鬧五臺山》有類似情節，當出自清邱園《虎囊彈》傳奇，細節有所不同。

車王府藏清鈔本①，題目作"醉打山門全串貫"，一齣，每頁六行，每行二十一字左右，此劇行間有小字批注。

劇演魯智深雖於五臺山剃度爲僧，但心性未定，無法忍受約束。至山下閑行時遇酒保挑酒上山，求買不成，遂强搶而飲大醉，醉後打倒山亭。至山門時守門僧不納，智深醉怒交加，打壞哼哈二將神像，並毆打衆僧。智真長老乃贈魯智深書一封、銀十兩，遣其投奔東京大相國寺智清長老。

（净内嚷一声上。唱）

【点絳唇】樹林杈②枒，峯峦如畫。看③潚洒，悶殺篩④家，煩恼⑤天來大，煩恼天來大。

---

① 另車王府藏乐调本《山門全串貫》，兹用作参校；《俗文學叢刊》第五〇册收録高腔鈔本三種，《故宫珍本叢刊》第六六六册、《綏中吴氏藏抄本稿本戲曲叢刊》第三七册亦有收録。"車王府曲本"系列戲曲多現藏北京大學圖書館，在中山大學圖書館、首都圖書館、傅斯年圖書館等有過録本，後不贅。

② 樂調本作"槎"。

③ 樂調本作"堪"。

④ 樂調本作"灑"。

⑤ 樂調本此處有"到有那"，無重復後句。

（白）削髮披緇改旧粧，殺人哪心性未全降。生平那曉經合懺，吃飯穿衣……（笑白）是所長。洒家魯智深，自從拜了智真長老剃度爲僧，看看也有这麽一載。我想往長間，喝大碗的酒，吃大塊肉，每不離口。教洒家做了和尚，又受了什麽三規咧、五戒咧，弄得個身子鱉瘦得緊，口中淡出水來。我想就在这五台山，作上一尊活佛，哎，也無有什麽妙處！俺不免離了这可厭的山寺，往那山下閑步一回，有何不可？（行介）呀！你看这五台山，好景緻也。（唱）

【混江龍】俺已見①朱垣碧瓦，梵王宮殿絶喧嘩。鬱蒼蒼虬松峩晝②，吱喳喳枯樹栖鴉。只見那伏的伏、起的起、鬬青新、群峯相壓。

（嚷念）高的高，（唱）

凹的凹，縱③暗縷、萬木交雜④。石樓山雁門山横冲霄漢⑤，那青城⑥宮、避暑宮隱繞⑦雲霞。这的是蓮花湧地⑧法王家，説甚麽袈裟披住千年掛⑨。好叫俺悲今弔古，止不住悶恨⑩嗟呀，止不住悶恨嗟呀。

（丑内白）賣酒哇！（净白）妙哇！你看山下有个賣酒的，挑上山來了，我看他挑往那里去賣？

（丑上。白）賣酒哇！九里山前作战場，牧童拾得旧刀鎗。順風吹動烏江水，好似虞姬别霸王。賣酒哇，賣酒哇！（净白）賣酒的吓，你好。（丑白）師傅，你可好？（净白）來來來，歇息歇息。（丑白）正要歇息，正要歇息。（净白）賣酒的，你这是兩桶酒？（丑

① 樂調本作“只見那”。
② 樂調本作“虬龍罨畫”。
③ 樂調本作“叢”。
④ 樂調本作“加”。
⑤ 樂調本此句前有“遥望着”。
⑥ 樂調本作“清塵”。
⑦ 樂調本作“隱約”。
⑧ 樂調本作“擁定”。
⑨ 樂調本作“披處千年話”。
⑩ 樂調本作“忿恨”。

白)兩桶好酒。(净白)你这酒挑往那里去賣?(丑白)挑往山上去賣。(净白)敢是賣与和尚們吃的?(丑白)不是,不是!賣与那些作工人吃的。(净白)就便賣与和尚吃了何妨呢?(丑白)師傅,你不曉得,我住的是老和尚房屋,使的是老和尚本錢,若是賣与和尚們吃了,攆出房屋,追回本錢,还要頂香罰跪呢。(净白)老和尚这等利害?(丑白)利害。(净白)賣与我吃了罷。(丑白)啊!師傅,你們出家人是要戒酒除葷的呀。(净白)賣酒的,(唱)

【油葫芦】俺笑那戒酒除葷閑嗑牙,作尽了、作尽了真話靶。恁道是草根木葉味偏佳,全不想濟顛僧酒肉全不怕。弥勒佛糜汁貪肥炸①。

(丑白)濟顛僧乃是金身羅漢,你如何學得他來呢?(净白)我偏要學他,待我吃一桶。(丑白)啊!師傅,我这酒是要現錢的呀。(净白)賣酒的!(唱)

咱囊頭有襯鏹,俺可也現賣你的不虚話②。那里管西堂首座迎頭罵,却不道解渴勝如茶,却不道解渴勝如茶。

(丑白)説了这等半天,你是口渴了?(净白)正是。(丑白)那山澗裡有水,捧上兩捧喝了,就解了渴了。(净白)这等説你是不賣?唔,挑起來,走你的路。(丑白)我不走,住在这里不成?(行介)賣酒哇。(净白)我看你挑往那里去賣。(擋③介。白)哎。(丑白)你这边擋着,我打那边走。(行介)賣酒哇。(净擋介。白)吾。(丑白)啊,師傅,兩條道路,你都霸佔了不成?(净白)放下。(丑白)哦,我就放下。(净白)賣酒的,你这酒到底是賣呀不賣?(丑白)我到底是不賣。(净)你敢説三声"不賣",洒家放你過去。(丑白)我的酒由着我,且慢説三声,就是三十声,我都是敢説的,你听着,不賣,不賣,又一个不賣!(净白)呀,吻!(抢介)(喝介)(净白)賣酒的,你这酒到底是賣呀不賣?(丑白)我到底是不賣。(净笑介)(喝完介)呸,呸!好酒,好酒!吃了一個爽

① 樂調本作"米汁貪非詐"。

② 樂調本作"現買恁的不須花"。

③ 底本此字作"搅"。

快。(丑白)賣了个干净。(净白)回寺去罢。(丑白)不要走,拿錢來。(净白)方才説不賣,要的什麽錢?(丑白)要的是酒錢。(净白)明日寺内去領。(丑白)寺内和尚多着的呢,我合那个去要?(净白)賣酒的,你只當布施了洒家罢。(丑白)只有豆腐麵斤①斋僧,那有酒肉斋僧的道理?(净白)你不曉得,酒肉斋僧,功德最大,阿弥陀佛,擾了擾了。(丑白)擾了也是要錢的。(净白)当真要錢?來,吃咱家一拳哪!(丑白)对,好的,吃了我的酒,与我划起拳來了,錢要不成了。啊!師傅,你把嘴張開我看看,我就不要錢咧。(土擲介)(丑下)(净白)打,打,哎呀,妙哇!洒家正在口渴,这兩桶酒吃得爽快。呀!來此已是半山亭子,洒家自從到此,不曾耍拳,不免借着酒興,把这身子鬆動鬆動,有何不可?(耍拳完,栽介。白)呀!洒家的脚尖往那亭子一碰,这半山亭子就塌下半边來也。(唱)

【天下樂】只見那磚瓦飛灰如散花,差也麽差,恁的般滑,恰便似黄鶴樓打破隨風刮。守清規渾是假,一納地最由咱。

(吐酒介。白)呸,呸,好酒,好酒!不免回寺去也。(唱)

須索去倒禅床瞌睡殺,倒禅床瞌睡殺。②

(净下)

(付、丑二僧仝上)(付白)慈悲勝念佛,(丑白)作惡枉燒香。(付白)師弟呀,你這兩天兒打坐没有?(丑白)我没打坐,你哪?(付白)我方才在禅堂打坐,坐之坐之,我这个身子嗯悠③嗯悠起去咧,剛到了半空虛,吧叹一声,把我摔下來咧。山門外頭什麽响?(仝白)咱們出去睄睄,呀!半山亭塌咧,魯智深喝醉咧,快關山門,撞鐘擂鼓哇。(鐘鼓介)(净内白)好醉也。

(净上。唱)

---

① 應爲"麵筋"。

② 樂調本作"恁看那飄瓦飛磚也那似散花,差也不差。值恁花却便似黄鶴樓打破隨風化,守清規渾是假,一任的醉由咱,須索去倒禪床瞌睡要"。

③ 底本此字作"嗯"。

【哪吒令】听鐘鳴鼓抓，恨禅林尚暇。把青山乱踏打，似飛騰①倦鸦。醉醺醺眼花，任旁人笑咱。纔過了碧峯尖，早來到山門下。

(二僧仝白)來咧，扛着！(净白)開門來，這樣時候，就把山門閉了，这些秃厮都無用的了。(唱)

也只好閉户波查，也只好閉户波查。

(白)你不門，取把火來燒了这鳥寺，燒燒燒！(二僧仝白)抽開門閂。(净白)当真不開？待我打進去。(仝栽倒介)(二僧起。白)我弥陀佛，我弥陀佛，摔死了吧？(净白)你这个秃厮們，見洒家跌倒，不來扶咱一扶，反到嘴裏唧唧噥噥，敢是駡着洒家咧。(二僧仝白)我們这兒念佛呢。(净白)念的是什麽佛？(二僧仝白)念的是南無阿弥陀佛。(净白)南無阿弥陀佛？(碰二僧頭介)(二僧仝白)哎呀，好碰。(净白)我且問你們，这兩个鳥大漢，叫什麽名字？(二僧仝白)那是哼哈二位菩薩。(净白)何爲哼哈？(付白)這哼菩薩，最恼和尚渴酒，和尚要是渴酒，打他眼前一过，他这麽哼哼哼哼，你爲什麽不渴紹興？(丑白)这哈菩薩最恼和尚吃肉，和尚要是吃了肉，打他眼前一过，他这麽哈哈哈哈，你爲什麽不吃哈拉吧？(净白)他敢是恼着洒家咧？(二僧仝白)恼着你呢。(净白)抬門閂过來。(二僧仝白)我們抬不動。(净怒介，二僧抬介。下)(净白)呀，吻！我把你这兩个鳥大漢，見洒家跌倒，不來扶咱一扶，是你哼着誰？是你哈着誰？(唱)

【鵲踏枝】覷着你掛天翦衣絳紅霞②，毘盧帽壓今花。説什麽護法空門，抵多少古佛排衙。俺怪你粧聾作啞，又怪你眼睁睁笑哈哈。倆臉無情煞③，因甚的哼哈？

(衆僧打介)

(末上。白)哇！智深休得無礼。(净白)打坏了，打坏了！(末白，連之前白)我这五台山，千百年的香火，被你一人，打得衆僧

---

① 樂調本作"飛歸"。

② 樂調本作"覷着伊掛天衣剪絳霞"。

③ 樂調本作"兩眼兒瞧着咱"。

人捲單而散，你在此住不得了。我有一師弟，名唤智清長老，現在東京大相國寺内，作一住持僧人，去罢。（净白）師傅不用弟子了？（末白）不用你了。（净白）當真不用了？（末照净前白）（净白）果然不用了？（末照净前白）（净起介。白）罢！（叩拜介。唱）

【寄生草】慢揾英雄泪，相辞棄釋迦①。謝恁②個③慈悲剃度蓮台下。無緣法轉眼分離罢，赤條條來去無牽窒。那里討烟蓑雨笠捲單行，敢則是麻鞋踏破隨緣化，麻鞋踏破隨緣化。④

（白）弟子去也。（末白）轉來，这是書一封，銀十兩，还有四句謁言，牢牢緊記。逢林而起，（净照末白）（末白）遇臘而禽，（净照末白）（末白）听潮而圓，（净照末白）（末白）見性而寂。（净照末白）（末白）去罢。（末下）（净白）多謝師傅。（净起介）呀！你看俺師傅，竟自進去了，下山去罢。（唱）

【尾声】俺如今拜别了老僧家，

（念）打叠起，無牽窒。⑤（白）老和尚是个好和尚，給銀十兩，書一封。（唱）

向杏花村裡，尋覓些酒肉沾牙，也免得那些腌臢禿厮多驚訝。

（白）俺如今也不是五台山的和尚了。（唱）

【尾声】（念唱）早难道杖頭沽酒也不用咱。

（白）走，走！（下）（全完）

---

① 有小字注“唱加”。

② 有小字注“唱印”。

③ 有小字注“唱告”。

④ 樂調本作“謾拭英雄泪，相辞乞士家。謝你個慈悲剃度蓮台下，没緣法轉眼分離乍，赤條條來去無牽挂。那裏討烟蓑兩笠卷單行，敢辞却芒鞋破鉢隨緣化”。

⑤ 樂調本作“收拾起无生話”，亦爲唱詞。

山門（崑腔）

【劇目簡介】

崑腔。現存清代刊本，《綴白裘》多種版本收録①，另石渠閣主人輯《續綴白裘》亦選録此齣。小説《水滸傳》第四回《趙員外重修文殊院　魯智深大鬧五臺山》有類似情節，此劇當出自丘園撰《虎囊彈》。

《綴白裘新集合編》本②，題目作“山門”，一齣，每頁九行，每行二十字左右。

叙魯智深不耐爲僧的清規戒律，不但搶酒喝，且於酒醉之後大鬧五臺山，打壞山門，打傷僧衆，被趕往東京大相國寺。

【點絳唇】（净）樹木嵯岈，峯峦如畫，堪消洒③。

嗬！只是没有酒喝。

悶殺洒家，煩惱倒有那天來大。

削髮披緇改舊粧，殺人心性未全降。生平那曉經和懺，吃飯穿衣是所長。洒家魯智深，自從拜了智真長老剃度爲僧，看看將近這麽一載。俺想往常間大碗的酒，大塊肉，每日不離口。如今受了什麽五戒，弄得個身子癟瘦，口内淡出鳥來，如何捱得過這日子！我想就做了西天活佛，也没有什么好處。嗄！俺不免離了這可厭山門，往山下閑走一回，有何不可？呀！你看雲遮峯嶺，日轉

① 原刊於寶仁堂乾隆二十九年《綴白裘新集初編》，乾隆三十一年《時興雅調綴白裘新集三編》又再次選刊，後收入十二編本。

② 以石渠閣主人輯《續綴白裘》本爲校本。

③ 應爲“瀟洒”。

山溪，那五台山好景致也！

【混江龍】只見那朱垣碧瓦，梵王宫殿絶喧嘩，鬱蒼蒼虬松罨畫。

(笑介)咦，咦！哈、哈、哈！

聽、聽吱喳喳古樹栖鴉。你看那伏的伏，起的起，鬬新青，羣峯相迓。那高的高，凹的凹，叢暗緑，萬木交加。遥望着石樓山，雁門山，横冲霄漢；那清塵宫，避暑宫，隱約雲霞。這的是蓮花湧地法王家，説什麽袈裟披出千年話？好教俺悲今弔古，止不住噴①恨嗟呀！

(丑内白)賣酒吓！(净笑介)咦，咦！哈、哈、哈！你看那山底下有個賣酒的來了。吓，看他挑往那里去賣？(下)

(丑上)

【山歌】九里山前作戰子個場，牧童里个拾得舊刀鎗。順風吹動烏江里个水，好似虞姬别霸子个王。

賣酒吓！賣酒吓！

(净上)賣酒的，你好么？(丑)好个耶。師父好？(净)你好，你好！(笑介)哈哈哈！歇歇去。(丑)挑上山來吃力得勢，歇歇再走。(净)賣酒的，你這兩桶是好酒？(丑)好个耶。(净)挑往那里去賣？(丑)挑拉山上去賣个。(净)敢是賣與那些和尚們吃的？(丑)弗是哟，賣拉個星做工个人吃个。(净)就賣些與和尚們吃了何妨？(丑)動也動弗得！師父，呸弗曉得，我渠領老和尚个本錢，住老和尚房子；若賣个酒拉和尚吃子，曉得子，立刻追本錢，趕出屋，還要頂香罰跪乱來！(净)嗄！老和尚這等利害？(丑)利害！利害！(净笑介)嗜好笑？呸乱出家人是戒酒除葷个哟。(净)哈哈哈！(丑)師父，笑嗜个？(净)賣酒的。(丑)那哼？(净)

【油葫蘆】俺笑着那戒酒除葷閑嗑牙，做盡了真話靶。

(丑)奢个話靶？(净)

他只道草根木葉味偏佳，全不想那濟顛僧，他的酒肉可也全不怕。彌勒佛米汁貪非詐。

---

① 或爲“忿”。

(丑)個個濟顛僧是金身羅漢,伍啰里學得渠來?(净)偏要學他。(丑)啰里學得來介?(净)賣酒的,賣一桶與洒家吃了罷。(丑)弗賣个。(净)賣酒的,來!(丑)那哼?(净)

咱囊頭有襯錢。

(丑)伍有銅錢,也弗拉我心上。(净)

現買恁的不虛花。

(丑)老和尚曉得子,要打要罵个。(净)

那里管西堂首座迎頭罵!

(丑)酒没奢好没事,要吃吓?(净)賣酒的。

可不道解渴勝如茶?

(丑)吓,口渴吓?山底下碧波清澗水乱,吃兩口就解子渴哉。(净)賣酒的,賣一桶與洒家吃了罷。(丑)咳!弗賣!弗賣哉!有个都哈鲁蘇!(净)不賣,挑了走!(丑)不走,到拉个搭住夜!(净)稀你娘的罕!(丑)見子娘个鬼!(净)吓!看他挑往那里去。(丑)賣酒吓賣酒!(净嗽介)(丑)阿呀!个意思弗許我拉個答走?山上是百脚路嘘,我就拉個答走。賣酒吓賣酒!

(净上,嗽介)(丑)鬼打墻哉!哙!師父!伍到底要那哼了?(净)賣酒的,你且歇下來。(丑)阿喲喲!歇拉里哉,那道理?(净)賣酒的,你真个不賣?(丑)真个不賣。(净)你敢説三聲不賣?(丑)弗要説三聲,三萬三千由我説。弗賣!弗賣!真弗賣!(净)呔!(拿桶吃完,丢,丑接,净又拿)(丑)阿呀!(净)賣酒的。(丑)那哼?(净)你賣不賣?(丑)弗賣个。(净)不賣?(丑)弗賣。(净)哈哈哈!(丑)阿呀呀!(净吃介。完,丢桶,丑接)(丑)吃得乾净!(净)好酒!好酒!(丑)師父,弗要去,酒錢來。(净)你方纔説不賣,如今又要酒錢?(丑)伍既吃子酒,要酒錢个哉那。(净)有。(丑)有,拿得來。(净)明日到寺里來取。(丑)寺里和尚多得勢,啰里來尋伍?今朝要个。(净)賣酒的,只筭齋了僧,佈施與洒家吃了罷。(丑)只有荳腐麵斤齋僧,啰里有奢酒肉齋僧个了?(净)你不知那酒肉齋僧,功德最大。阿弥陀佛。(丑)弗相干!直頭要乱!(净)若要酒錢,先吃俺一拳。(丑)對吓！酒吃完哉，到要豁拳哉！師父，酒錢弗要哉，呸張開嘴來不來我看看。（净）哈哈！（丑）阿唷！通陽溝个！（丑下）（净）打！打！打！哈哈！妙吓！洒家正在沽渴之際，這兩桶酒吃得俺好不爽快！來此已是半山亭了。且住，洒家自到叢林，不曾要拳，今日趁此酒興，使他幾路，把身子活動活動。有何不可？（打拳勢）（内應，攤亭响）呀！洒家才把脚尖略動了這么一動，那鳥亭就塌下半邊來也！

【天下樂】只見那飄瓦飛磚也那似散花。恁差也不差，直恁嘩呀，却便似黄鶴樓打破隨風化。守清規渾似假，一任的醉由咱。

阿呀！酒湧上來，哈哈！也罷！

只索去倒禪床嗑睡煞。

（下）

（丑上）事不關心，

（付上）關心者乱！師弟，山門口啰里是介一响，倒子奢个哉？（丑）弗差个，我搭呸去望望看。阿呀！弗好哉！呸看魯智深吃醉子，拿个半山亭纔打攤哉！我答呸關子山門罷。（付）有理个。（關門介）（鳴鍾擂鼓）

（净上）呀！

【哪叱令】聽鍾鳴鼓撾，咻！恨禪林尚遐。把青山亂踏，似飛投倦鴉。醉薰薰眼花，惹傍人笑咱。纔過了碧峯尖，呀！早來到山門下。

哈！怎把山門多閉上了？這些鳥和尚！

只好管閉户波渣！

呔！開門！開門！（丑低白）開弗得了。（净）你若不開，洒家取把火來燒，燒、燒、燒！（付）弗好哉！開子渠罷。（去栓介）（净）嗄！你不當真不開？洒家就打！（跌介）（付）跌殺個温①賊秃！（净扒起抓棚頭介）呔！我把你這兩個鳥和尚！洒家倒在地下，不來扶一扶，反在那里罵誰？（付、丑）六個罵呸介？拉里念佛。（净）念佛？嗨！念什么佛？（付，丑）南無阿弥陀佛。（净）南無

---

① 應爲“瘟”。

阿弥陀佛。(丑、付)阿歪歪。(净)這兩傍鳥大漢自①誰?(丑)個是哼哈二將。(净)何爲哼哈二將?(付)個哼將軍耑管和尚吃酒肉。若是吃子酒肉,拿起來一哼兩半。(净)那呢?(丑)個哈將軍是好個。哈、哈、哈!且由他。(净)吓!怪道他有些恼着洒家。(丑、付)恼得呸勢乭。(净)和尚,將山門栓抬過來。(付、丑)吓。(下)(净)呔!我把你這鳥大漢!洒家倒在地下,扶也不來扶我,反恼着誰?反恨着誰來?吓!

【鵲踏枝】覷着伊掛天衣剪絳霞,皮②羅帽壓金花。他做什麽護法空門,怎與那古佛排衙?俺怪他有些粧聾做啞。俺又怪他眼睁睁笑哈哈,兩眼兒無情煞。

(衆和尚上)打!(净擋衆下)

(外上)唗!智深休得無禮!(净爬地介)阿喲喲!師父!徒弟被衆和尚打壞了。(外)這里五台山千百年香火,被你攪得衆僧捲單而走,你在此住不得了。我有一師弟,現在東京大相國寺住持,你到彼討個職事僧做罷。(净)吓!師父,你不用徒弟了?(外)不用了。(净)罷,如此,徒弟就此拜别。(外)罷了。(净)

【寄生草】謾拭英雄泪,相隨處士家。

且住,想俺當日打死了鄭屠,若非師父相救,焉有今日?師父吓!謝恁個慈悲剃度蓮臺下。

師父,你當真不用了?(外)當真不用了。(净)果然不用了?(外)果然不用了。(净)罷!

没緣法轉眼分離乍,赤藩條③來去無牽掛。那里去討烟蓑雨笠捲單行?敢辭却芒鞋破鉢隨緣化?

(外)我有書一封,白銀十兩,你可收去。(净)多謝師父。(外)還有偈言四句,聽者:"逢夏而擒,遇臘而執;聽潮而圓,見性而寂。"牢牢記着。(净)弟子謹記偈言。(外)你去罷。(外下)(净)師

---

① 應爲"是"。

② 石渠閣主人輯《續綴白裘》作"毘"。

③ 石渠閣主人輯《續綴白裘》作"赤條條"。

父！師父！師父！竟進去了，不免下山去也。

【尾】俺只待廻避了老僧伽，收拾起浮生話。

俺老和尚是好人，又與我十兩銀子。

好向那杏花村里覓些酒水佔①牙，免被那腌臢秃子多驚訝。一任俺儘醉在山家，

如今我不是五台山的和尚了。

早难道杖頭沽酒也不容咱？

（下）

① 石渠閣主人輯《續綴白裘》作“沾”。

醉打山門（子弟書）

【劇目簡介】

子弟書，清春澍齋所作。現存清代鈔本，《子弟書目録》《中國俗曲總目稿》《子弟書總目》等著録。小説《水滸傳》第四回《趙員外重修文殊院　魯智深大鬧五臺山》有類似情節，此或據《虎囊彈》傳奇之《山門》改編。

車王府藏清鈔本①，題目作“醉打山門”，亦有簡題“山門”，全一回，每頁六句②，每句字數不一。

叙魯達拳打鄭屠之後流落江湖，後在五臺山出家，取佛號智深，但不耐佛家生活。一日到山門前散步以排遣抑郁，遇賣酒人，强行奪酒喝，醉後練拳，打倒半山亭，又帶醉砸打山門。

智勇功名本自佳，英雄何故作僧伽？
削髮披緇空棄世，參禅拜懺總虚花。
灯火埋藏真面目，精神磨礪碎袈裟。

古今來佛子有一件千秋快事，五台山醉打山門美魯達。
魯提轄拳打鄭屠是一時之怒，棄官而遁畏王法拘拿。
倉卒間顛沛流离栖身無所，無柰何潛踪暫寄梵王家。
法号智深居然是佛手③，在五台山晨鍾暮鼓度年華。
但則他卤莽狂豪是英雄本色，怎守这空門戒律笑語也无嘩？
这一日独坐禅房豪情忽動，不由淂仰天搔首説悶死洒家。

---

① 校以雙紅堂文庫藏百本張鈔本、故宫藏清鈔本、史語所藏鈔本。
② 即三整句，其中各句字數多少不一，故多有雙行形式呈現者。
③ 應爲“佛子”。

俺何不踱出山門凌空一望,消俺这胸中浩气眼底虛霞。
想罢的英雄忙站起,他蓬鬆著短髮撩起了袈裟。
到山前從目遥視一声長嘯,説果是洞天福地不比世界浮華。
但則見爽气迎人别有天地,紅塵遠隔滿目烟霞。
翠翠苍苍是崇山峻嶺,紅紅緑緑是野草山花。
狀若虬龍是枯松夭矫,形如鬼魅是怪石杈枒。
洞底流泉声細細,林間野雀語喳喳。
猛回頭古刹巍峩雲端裡,隱隱的鍾磬遥傳梵語嘩。
魯智深散步山前思往事,一番惆帳一嗟呀。
説原想在名利場中挣些事業,又誰知一時忿怒把人杀。
无柰何暫入空門逃出性命,居然是頭陀行者棄捨繁華。
真可厭拜懺唪經求正果,没來由參禅入定想作菩薩。
不過是些口頭禅欺人耳目,有誰見黄金鋪地波罗開花?
那裡有酒肉胸前充腸果腹?終日價一盂清水飯胡麻。
這些時舌燥口乾难受的狠,怎能彀一樽佳釀醉流霞?
魯智深正自徘徊忽听山歌婉轉,見一人肩挑桶担轉山窪。
英雄縱目留神看,認淂是山下村边賣酒家。
智深大喜上前攔住,説賣酒的你桶中是何物賣一碗与洒家。
那人正①步忙陪笑,説雖然是酒却不賣与你僧家。
日前方丈曾吩咐,若賣与这寺中僧衆既打了还罰。
智深道山僻无人就賣些有何碍,又道是斋僧施舍是行善的根牙。
那人説罢了師父休得取笑,你既然爱酒又何必出家?
閃開罢讓我到寺前快些貨賣,智深道你若要不賣你的桶担也休拿。
那人使性抽身走,説这莽和尚我説了不賣他只管嚼牙。
急的这智深發怒行粗莽,將酒家踢翻在地把酒桶來拿。
那酒家犹自摇頭説是不賣,魯智深手提酒桶仰面哈哈。
頃刻間酒已吃完心中喜悦,英雄淂意把手來撒。

① 應爲“止”。

淂命的酒家往山下跑，魯智深酒往上湧他步履歪斜。
説这時鬱悶填胸难扫却，仗佛天灵佑保護著洒家。
纔能彀淂此瓊漿似醍醐灌頂，强如那終日喃喃誦法華。
趁此斜阳归寺去，你看那万山残照几点归鴉。
这英雄醉步踉蹌尋旧路，走至那半山亭畔他力軟身乏。
忽暗轉説自到五台將及數月，被那些秃驢拘管也不許喧嘩。
甚麽叫方便爲門慈悲爲本，把我那杀人的武藝也不許習他。
我何不在此亭前擦拳比勢，就是作罗汗也当伏虎把龙拿。
代酒的英雄精神躍躍，把數珠斜掛担下了袈裟。
施英勇奮步蹲身瞻前雇①後，騰挪封避死法与活拿。
一脚飛來亭柱上，借着那山鳴谷應好似地裂天塌。
英雄收步留神看，説这亭兒恁般不濟你也敢惹洒家。
帶酒的智深往山上走，那裡管崎嶇路遥樹木横斜。
到寺前見四顧無人山門緊閉，魯智深滿腔憤怒他就把門砸。

① 應爲“顧”。

虎狼彈總講（皮黄）

【劇目簡介】

皮黄，未署名。現存清代鈔本，《蒙古車王府曲本分類目録》著録。小説《水滸傳》無類似情節，係從魯達途遇金翠蓮，繼而落髮五臺山衍生而來，與清邱園《虎囊彈》傳奇類似。

車王府藏清鈔本①，題目作“虎狼彈總講”，一場，每頁五行，每行二十字左右。

劇演太原府總鎮蘇元近[宿元景]謂當地百姓風俗刁野，多有亂行告狀之舉，故於轅門外設下虎狼彈，凡有百姓鳴鑼喊冤，先打一百虎狼彈，如若不死，然後方行准狀。趙凱之妻金氏、王氏不畏艱辛，願接受虎狼彈之苦，狀告花子期誣陷趙凱窩藏皇犯陸達（魯達）。蘇元近只好准了狀子，並贈與銀兩，派兵送兩人回雁門縣，協拿花子期、趙凱至府問案。

頭場上

（四牢子手斜一字上）（牛簡上。白）牢子手！（牢子白）有。（牛白）打道轅門。（牢子白）啊。（牛上高台白）咱本山西太原府蘇大老麾下中軍官牛簡是也。俺家大人坐過太原省城，威名天下，將相聞知喪②，賊寇聞知寒心。听説此處百姓刁野，在這轅門設

---

① 《俗文學叢刊》第三一九册收録《虎囊彈》何先生脚本，部分文字相同，兹用作參校。

② 應有一“膽”字。

下虎狼弹,牢子手四十名,有人前來告狀,先打一百虎狼弹,不死然後追究。三六九日,在這轅門外接得稟报,聞报狀子一大堆。今乃放告之期,牢子手伺候了。

(金、王氏仝上。白)走哇。【水底魚】(王氏白)代我鳴鑼。(打鑼介)(牢子白)有兩個妇人喊冤。(牛白)年老的,年少的?(牢子白)年老的鳴鑼,年少的喊冤。(牛白)將那年少的代①下去,將那年老的吊起來。(牢子白)吊起來了。(土地暗上)(牛白)放弹打。(牢子打弹介)打完了。(牛白)打了多少?(牢子白)打了五十。(牛白)打了五十?(牢子白)啊,打了五十。(牛白)哎,在打五十。(牢子打弹介。白)打完了。(牛白)啊,又打完了?(牢子白)先打了五十,後打了五十,共凑一百。(牛白)啊,先打了五十,後打了五十,共凑一百?(牢子白)共凑一百。(牛白)放下來,放下來。(牢子白)啊,放下來了。(牛白)摸摸他,还有氣無氣?(牢子白)他还有氣。(牛白)啊,好一個銅打的金剛,鉄助的婆娘。一百虎狼弹不死,他还有氣。(牢子白)他还有氣。(牛白)啊、啊、啊!代下去,代下去!(牢子白)下去,下去!(牛白)牢子的,代金氏。(牢子白)啊,代金氏!

(金氏上。白)(衆托高台)

【撲灯娥】狀告花子期,狀告花子期。狼心是狗肺,狼心是狗肺。

(牛白)老子這里不準。(金氏白)哎呀,爺爺呀,

【撲灯娥】爺爺不準,何處把冤伸?

(牛白)放下來。代下去。(金氏下)(牛白)啊。(看狀子介。白)具告狀人金氏、王氏,住大州雁門县人氏,配夫趙凱。員外好善,監修山西五台文閣,願滿,本臈月初八日,冒風雪回家,行至中徒路上,偶遇花子期凍倒雪地,身上無衣,肚内無食,眼看一命而死。員外好善,下得馬去,將他唤醒,問了一遍。花子期言道:"家中缺根無線②。"員外好善,將他代回家中,全当亲生兒子看

---

① 應爲"帶"。下同。

② 應爲"缺粮無錢"。

待。花子期這賊子，吃了几天飽飯，穿了几件緩①衣，飽緩生閑氣，飢寒得安然。二娘行後花園，卜卦求子，花子期手使刚刀一把，嚇殺主母，嚇殺主母！（三笑介）哈哈，哈哈，啊哈哈哈！好先生吓好先生，明明是一姦殺，上边寫一嚇殺。好先生，好筆体。被犬拉倒在地，驚醒員外，手使大棍一條，將花子期赶出門外。花子期懷恨在心，來在太原府，告員外三疑②大罪，言説趙凱監修五台，私造眼目，叩落錢銀，日乘郡馬，夜抱双妻，暗藏黄范③陸達。（三笑介）好哇，本廳上任以來，訪陸達，訪他不見，巡陸達，巡他不着，被這二娘行這一狀，告出來一個陸達。小女子行至無奈，寫下伸冤大狀，即即赶來，望求牛大老爺追究追究。小女子逃得活命，一字叩天，一字叩天！啊，我当何人前來明冤，原來是趙凱兩個妻小，往上伸冤，我只得把此狀作一開消。來，代金氏。（衆仝白）代金氏。

（金氏上。白）叩見大老爺。（牛白）金氏，你难道不怕咱老子的王法瑪④？（金白）特爲王法而來。（牛白）你這狀子有人調訴？（金白）並無調訴。（牛白）少時大人陞堂，把你這個狀子，与你遞上去。代下去，代下去！（牢子白）下去，下去！（金白）多謝大老爺。（下）（牛白）牢子的，听轅門打了几鼓？（二古⑤介）（牢子白）啊，二古了。（牛白）看衣更换。（小吹打）（换衣介）（牛白）牢子的，少時大人陞堂，各路的文書、轅門的差使，要伺候了。（牢白）啊！（牛白）下去，下去！（牢白）叫你下去，叫你下去！（牛白）咳，你們都滚下去。（牢子手兩边下）（牛白）嘟，開門！（下）

（大吹打）（四紅文堂佔門）（蘇元近上）

【引子】奉命出朝，地動山摇。

---

① 應爲“暖”。下同。

② 應爲“款”。

③ 應爲“皇犯”。

④ 應爲“嗎”。

⑤ 應爲“鼓”。下同。

[詩]三六九日放告牌,大閃儀門兩扉開。赃官勿吏刁民野,恶棍土豪焉敢來?(白)老夫蘇元近,在唐室爲臣,官拜太原府總鎮。自到任以來,調順民詞。不想此處百姓刁野,是老夫心生一計,在這轅門外設下虎狼弹,牢子手四十名,外有銅鑼二面,有人明鑼喊冤,先打一百虎狼弹,不死,然後追究。今乃三六九日,開門放告之期。左右,吩咐開門。(衆仝白)開門。

(大吹打)(四牢子兩边上)

(牛上。白)报,中軍告進!报,中軍告進!(叩頭介)大人金安。(蘇白)免。(牛白)啊。(蘇白)各路文書,可曾到齊?(牛白)俱以到齊。(蘇白)呈。(牛白)啊,牢子的。(牢白)作什麽?(牛白)文書呢?(大牢子白)你拿着呢。(二牢子白)你拿着呢。(大牢子白)啊?不錯,我拿着呢。(牛白)啊,稟大人,文書呈上。(蘇白)呈。(牛白)啊。(蘇白)当堂拆開。(牛白)啊,各路文書,当堂開拆。(蘇白)吩咐下去,各路文書,三日後領回文。(牛白)下面听者,大人吩咐下來,各路文書三日後領回文。(衆白)啊,三日後領回文。(牛白)牢子的狀子泥?(大牢子白)狀子老爺拿着泥。(牛白)在那里?(大牢子白)在懷里泥。(牛白)哎、哎、哎!稟大人,今有大州雁門县金、王氏,不顧生死,投遶虎狼弹下。小中軍不敢隱瞒,請大人相察。(蘇白)呈上來。(牛白)啊!(蘇看介)啊,金氏可曾代到?(牛白)代到了。(蘇白)代上堂來。(牛白)啊,牢子的,代金氏。(牢白)啊,代金氏。

(金氏上。白)叩見大人。(蘇白)金氏。(金白)有。(蘇白)將狀子上的情由,慢慢的訴來。(金白)大人容稟:(唱)

【倒板】【西皮】金氏女在大堂一言告稟。

(牢子白)哦。(蘇白)中軍,吩咐牢子們回辟了。(牛白)牢子的,大人陞堂,你們是咱樣的了?(牢白)大人的虎威。(牛白)滚下去,滚下去,滚下去!(牢子白)啊。(衆下)(蘇白)慢慢的訴來。(金唱)

【正板】尊一声老大人細听分明,頭一狀告兒夫窩藏陸達。

(蘇白)住了。我且問你,那黄范陸達,与你兒夫一面之交,还是

舊日之交?(金白)乃是一面之交。(蘇白)既是一面之交,何爲窩藏?此狀不準。二狀訴來。(金白)大人哪!(唱)

【正板】第二狀告兒夫掠寇僧人。

(蘇白)住了。我且問你,五台山上有多少僧人?(金白)五伯餘僧。(蘇白)既是五百餘僧,何爲掠扣?二狀不準。三狀訴來。(金唱)

第三狀告兒夫强逼爲婚。

(蘇白)住了。我且問你,还是亲父母主婚,还是傍人主婚?(金白)乃是亲父母主婚。(蘇白)既是亲父母主婚,何爲强逼?尽都是一派謊狀,老夫不準。下去。(金白)哎呀,大人哪!(唱)

【摇板】一椿椿一件件具是寔情。

(蘇白)也罢,老夫念你远路而來,準下你的狀子就是。代下去。(金白)謝大人。(下)(牛白)下去,下去!(蘇白)中軍!(牛白)有。(蘇白)吩咐下去,撥唐兵二名,小轎二乘,銀子十兩,送金、王氏回原郡。濃墨伺候。(牛白)啊!(蘇念)

【數板】票發大州雁門地,官吏尽皆知,花期与赵氏,七日解到莫埃①遲,莫埃遲。

(白)外有文書一角,去到山西大州雁門县,捉拿花子其、赵凱,不得違悮。若要遲悮者,②【排子】掩門。(四紅文堂分下)(蘇下)(牛白)牢子手,將金氏代在馬後,代馬回衙。(牢子白)啊。(代馬,小元場)(牛白)代金氏。(金白)叩見大老爺。(牛白)金氏,你的好造化。(金白)是。(牛白)大人的好恩点。(金白)是。(牛白)大人吩咐下來,唐兵二名,小轎二乘,銀子十兩,送你回原郡去。下去,下去!(金白)多謝大老爺。(下)(牛白)牢子的,大人吩咐下來,你們曉得不曉得?(牢白)曉得什麽?(牛白)大人吩咐下來,唐兵二名,小轎二乘,銀子十兩,送他回原郡去。外有文書一角,去到山西大州雁門县,捉拿花子其、赵凱,七日七夜就

---

① 應爲“挨”。

② 此處當有遺漏處,或爲“拿花杠子打碎爾等的狗腿”。

要解到,不要違悮時刻。若是違悮時刻,拿花扛子打碎尔的狗腿。你們都要備一備。(大牢子白)我備一備。(牛白)你好些備。(大牢子白)大人吩咐下來,唐兵二名,小轎二乘,銀子十兩,送金、王氏回原郡去。外有文書一角,去到山西大州雁門县,捉拿花子其、赵凱,七日七夜就要解到,不要悮了時刻。要是悮了時刻,拿花杠子打断尔的狗腿。(牛白)你備得好。你備一備。(第二牢子備完,第三的備不上來)(牛打介。白)打你這狗日的。(打介)(牛白)你也備一備呀。(第四個牢子備不上來,照就打介)(牛白)牢子的,有事無事?(牢白)無事。(牛白)掩門。(白)牢子的,大人吩咐下來,有文書一角,去到山西大州雁門县,捉拿花子其、赵凱,七日七夜就要解到,不要悮了時刻;要是悮了時刻,拿花杠子打碎尔等的狗腿。你們都記下了哇。【尾声】(仝下)

花田錯總講（皮黄）

【劇目簡介】

皮黄，未署名。現存清代鈔本多種，《蒙古車王府曲本分類目録》著録。小説《水滸傳》第五回《小霸王醉入銷金帳　花和尚大鬧桃花村》有類似情節，衹是小説僅叙魯智深救刘太公女事，無其餘旁枝。

車王府藏清鈔本①，題目作“花田錯總講”，十三場，每頁五行，每行二十字左右。

劇演劉員外之女於花田聖會游賞，偶遇卞繼在渡仙橋傍擺賣字畫，兩人相見，互生情意，約定在橋傍相等。後卞繼被邀去畫圍屏，小霸王周通見卞繼人才俊秀，欲把妹子許配與他，故在畫攤上等候。適劉員外派人請卞繼，誤將周通請到刘家，結親之時，纔知有錯。周通大怒，揚言三日之後搶親。丫環奉命到花田看卞繼，將卞繼易弁邀至家中，與劉小姐在繡樓相會。老夫人來看女兒，卞繼只得躲進櫃中，周通到府搶親，小姐隨夫人下樓躲避，男扮女粧的卞繼則被搶到周家，周通讓妹妹玉英與他同榻安眠。

---

① 《俗文學叢刊》第三一八册、《故宫珍本叢刊》第六八一册收録鈔本；《戲典》第四集亦有收録。《戲考》第六册及第二九册收録，兹輯録以作參照。

調場上

(李忠、周通仝上)(忠唱)

結交路①林威名爽,

(通唱)

和風旭日春詔光。

俺"打虎將"李忠。② 俺"小垻③王"周通。(忠白)矦弟請了。(通白)請了。(忠白)今乃三月三日花田圣会之期,你我閒暇無事,不免前去遊逛一番。(通白)言之有礼,兄長請哪!(忠白)請!(唱)

閒暇無事把心散,

(通唱)

弟兄一仝到花田。

(仝下)

貳場上

(刘德明上)

【引子】(員外、院子暗上)家有良田,夕④下無兒是枉然。

[詩]堪堪如霜降,朝夕表心腸。家財空萬貫,無兒甚慘傷。老漢刘德明,夕下無兒,所生一女,尚未婚配。今乃三月三日,渡仙橋花田圣会之期,我有心仝定安人,代領女兒,一來前去遊逛,二來擇門佳婿,也不知安人意下如何。來,後堂傳話,有請安人、小姐出堂。(院白)啊,後堂傳話,有請安人、小姐出堂。(春蘭内白)

① 應爲"绿"。

② 此句前應有"(忠白)"。

③ 應爲"霸"。下同。

④ 應爲"膝"。

啊。安夫人、小姐出堂。

(老旦、小姐、春蘭仝上)(老旦)白髮如霜降,(小姐白)二老在高堂。(春白)綉房梳粧畢,紅日照紗窗。(老白)員外。(刘白)安夫①請座。(老白)員外請座。(小姐白)爹爹萬福。(刘白)我兒一傍座下。(小姐白)孩兒告座。(春白)參見員外。(刘白)罢了。(老白)員外喚出妾身,有何話講?(刘白)今乃三月三日,渡仙橋花田圣会之期,我有心仝定安人,代領女兒,一來前去遊逛,二來擇門佳婿,不知安人意下如何?(老白)兒吓,可曾听見你爹之言?(小姐白)孩兒婚姻事小,但愿双親身体康健。(刘白)兒吓,(唱)

【西皮】【正板】我的兒不必代愁腸,爲父的言來听衷腸。爲我兒婚姻事常掛心上,但愿得此一去擇配才郎。

(老唱)

尊員外你且把寬心來放,座二堂听妾身細説端詳。婚姻事自有那月老执掌,兒女事又何必常掛心腸。

(小姐白)爹娘吓,(唱)

在二堂听孩兒把話來講,尊一声二双親細听端詳。爲孩兒婚姻事休掛心上,但愿得二双親福壽綿長。

(春唱)

有春蘭在二堂把話來講,尊小姐你那里莫待徬徨。今日里到花田閒去玩賞,有奴婢保小姐略也無妨。

(刘、老仝白)春蘭,保得你小姐去?(春白)保得去。(刘、老仝白)保得归?(春白)保得归。(刘、老仝白)好,須要早去早回。(春白)遵命。(刘、老仝下)(小姐白)今日花田去遊玩,(春白)滿腹心事不敢言。(小姐白)挑灯竟等紅鸞至,(春白)管叫蝴蝶畫凤鸞。(仝下)

---

① 應爲"人"。

叁場上

(崔二上。白)咳呵,開店酒飯店,爲轉①几文錢。我崔二的便是。在这渡仙橋傍,開了一座小小酒飯店,買賣到也茂盛,这且不言。只因我这店里,住着一位卞継卞相公,我睄他字也寫得好,畫也畫得高,今乃花田圣会,不免把他叫出來,跟他商②量商量,在这渡仙橋傍,摆一個字畫滩③,賣些個錢,好还我店飯賬,就是這個主意。相公有請。

(卞継上)

【引子】苦讀詩文,何日里才得成名。

(店白)啊,相公。(卞白)店主東請座。(店白)不倶。請座,請座。(卞白)唤出小生,有何話講呢?(店白)我睄你字也④得好,畫也畫得也不錯,今乃花田圣会,不免在这渡仙橋傍,摆個字畫滩,賣些個銀錢,大家使用,你想好不好?(卞白)無有文方四宝,怎生去得?(店白)文方四宝,我給你預備好了。(卞白)好,店東代路。(店白)走哇。(卞唱)

【西皮】【正板】讀進了十數載寒窻之下,滿腹中这詩文不可自誇。來至在渡仙橋我賣字畫,但愿得再高仲名揚天涯。

(店白)説着説着,到了,你在这張羅買賣,我給你稍点水去。呀,相公,你就寫字畫点畫。(下)

(李忠、周通仝上。白)走哇。(忠唱)

閑來遊逛花田景,

(通唱)

那傍坐定一書生。

---

① 應爲“賺”。

② 應爲“商”。下同。

③ 應爲“攤”。

④ 此處當漏一“寫”字。

(忠白)兲弟,你看那傍有一棹案,有一先①,不知做什麽的?(通白)一仝前去問來。先生請了。(卞白)二位請了吓。(忠、通仝白)先生在此則甚?(卞白)賣字畫。(忠、通仝白)可有現成的?(卞白)有現成的,請看。(忠、通仝看介)喂呀,好俊字畫,先生因何不落款?(卞白)草字不敢落款。(忠、通仝白)先生落款的是。(卞白)"甲午舉人卞継提"。(通白)先生,俺家中有付圍屏,請先生寫畫寫畫。(卞白)今日不便,改日再訪。(通白)俺這里有一兩銀子②,与先生留下。(卞白)不敢要銀,送与二位。(通白)先生敢莫不是嫌輕麽?(卞白)大胆了。(忠、通仝白)告辞了。(卞白)請。(忠唱)

辞别先生登路道,

(下)(通笑介。唱)

先生字畫寫得高。

(下)(卞笑介)哈哈哈。

(店家上。白)相公,開了張了没有?(卞白)賣了这紋銀十兩。(店白)開了張就好。(卞白)那兩個人,他姓什麽?(店白)怎麽着,這兩人你不認得?(卞白)不認得。那白臉長鬍鬚的,他是何人?(店白)相公,你問的是那白臉的麽?(卞白)問的是那白臉的。(店白)相公听了:

【數板】(唱)提起此人名,他父在朝爲功勳。朝中出了二奸侫,害死他一滿門。怒恼了小英雄,一拳一脚打死二奸侫,四路去逃生。若問此人名合姓,"打虎將"李忠是他的名。

(卞白)哦,他叫李忠。那黑臉的,他是何人呢?(店白)相公你問那個黑臉,相公你要听了。

【數板】提起此人名,另③人恼④袋疼。家中豪富,騾馬成群。有人敬

① 應爲"先生"。

② 按下文此處應爲"十兩"。

③ 應爲"令"。

④ 應爲"腦"。

奉他,便是太平春。有人惹着他,一家定遭瘟。若問此人名合姓,“小埧王”周通不是好人噶雜子。

(卞白)不招他就是了。(店白)相公,我在給你預備点心去罢。(卞白)好哇。(店白)我就來。(下)

(小姐、春蘭仝上)(小姐唱)

【西皮】【正板】花田圣会人來往,王孫公子喜非常。止步抬頭用目望,

(卞看介)好哇。(小姐唱)

呀,渡仙橋前一才郎。

(白)春蘭,前去問來,那一先生他是作什麽的。(春白)是了,我睄睄去。咳,先生,你是做什麽的?(卞白)我麽,是個賣字畫的。(春白)姑娘吓,他是個賣字畫的。(小姐白)哦,原來是賣字畫的。我有把扇兒,叫他寫寫。(春白)你哪,交給我罢。啊,先生,我們姑娘有把扇子,求你哪,給寫寫。(卞白)寫寫扇子,道也使得,拿什麽爲提①?(春白)這個……啊,就以我們小姐爲題罢。(卞白)拿你家小姐爲題?(春白)不錯。(卞白)好哇。(唱)

【正板】【西皮】三月天氣艷陽春。

(小姐、卞仝看介)(春白)咳,先生,寫你的。(卞白)啊、啊、啊!(唱)

【元板】花田一対玉美人。

(小姐、卞仝看介)(春白)先生,咳,你道寫呀,寫呀!(卞白)哎、哎、哎!寫呀!(唱)

【元板】桃紅柳緑來相襯,

(小姐、卞又仝看介)(春白)咳,先生快着点寫呀。(卞白)哎、哎、哎!(唱)

燕語鶯啼②動人情。

(念介,照唱四句。白)咳,寫完了。(春白)哎喲,怎麽着,寫完了?(卞白)寫完了。(春白)給我們小姐睄睄去。小姐,扇子寫

---

① 應爲“題”。

② 底本原爲“人情”,旁寫“鶯啼”。

完了。(小姐白)(看介)三月天氣艷陽春,花田一对玉美人。桃紅柳緑來相襯,燕語鶯啼動人情。啊,这樣好字,爲何不落款吓?(春白)喲,是吓,敢是没落款呢。啊,先生,你这樣好字,因何不落款呢?(卞白)这草字不敢落款。(春白)什麽草字不草字,你給落上款就結了。(卞白)"甲午舉人卞繼題"。(春白)小姐,他落上款了。(小姐看介。白)"甲午舉人卞繼題"。原來是位舉人!(春白)喲,敢自还是位舉人老爺呢!(小姐白)春蘭,你我回去,禀知員外、安人知道。(下)(春白)是了,交給我了,我給你倆瞧瞧車輛去。(卞看介)(春白)呸,不害臊!咳,瞧人無非一过草,你属蚊子的,往肉里頭丁?(卞白)丫嬛姐,你叫什麽名字?(春白)我叫春蘭。(卞白)好一個名兒。(春白)哎呀,可了不的了,今兒個出來的慌踈,没代錢,早起給我們小姐絨,剩下倆文,給你倆罷。(卞白)不敢要錢。(春白)我楞給你擱里頭了。(卞白)咳,你家小姐長的好看。(春白)怎麽?我們小姐長的好看?(卞白)長的好看!(春白)你瞧我怎麽樣?(卞白)你也好。(春白)呸!到我們这兒,又加了個"也"字兒。(卞白)你好看。(春白)你可別走了,少時我們員外打發人來請你來。(卞白)我是不走的了哇。(小姐内白)啊,春蘭快些來呀。(春白)我來了,來了!(卞白)哎,好哇!(唱)

一对美人回家轉,到叫小生不耐煩。

(咳①睡介)

(店家上。唱)

人逢喜事精神爽,月到中秋分外光。

(白)相公醒醒。(卞白)啊,小姐?(店白)那來的小姐,是我呀?(卞白)原來是店主東。哈、哈、哈!(店白)張家請你畫几扇圍屏,有二十兩銀子,在我身上。(卞白)今日不便,改日再去。(店白)走罷。(卞白)使不得,使不得!(店白)走罷,走罷!(卞白)咳,使不得。(仝下)

---

① 應爲"瞌"。

肆場上

(小姐、春蘭仝上)(小姐唱)

時才花田去遊玩,見了双親説根源。

(白)春蘭,將此事稟与員外、安人知道。(下)(春白)是了,你哪,交給我拉。有請員外、安人。

(刘德明、老旦仝上)(刘白)女兒到花田,(老白)未見轉回还。(刘白)春蘭,回來了?(春白)回來了。(刘白)(老仝白)將花田之事,説与我二老知道。(春白)員外、安人容稟。

【二六】(唱)員外、安人容奴講,細听春蘭把話説端詳。奴隨小姐去玩賞,渡仙橋前遇才郎。姓卞名継住湖廣,甲午年間一舉郎。員外不信差人往,扶侍小姐拜華堂。

(下)(刘白)夫人,听春蘭之言,这卞先生一定是人才出衆了。(老白)員外就当差人相請才是。(刘白)夫人言之有礼。來,拿我名帖去,到渡仙橋,請那卞先生前來。(院白)是,遵命。(刘白)轉來,就説我將女兒,招贅与他。(院白)是,遵命。(下)(刘白)正是婚姻本是前生定,(老下句)五百年前天配成。(刘笑介)哈、哈、哈!(仝下)

伍場上

(周通上。唱)走哇,啊哈哈哈!(唱)

花田見那先生面,猛然一事上心間。

(白)俺"小垻王"周通,時纔在渡仙橋前,見賣字的先生,人才出衆,像貌非凡,不免前去閑談一会。他若無有妻室,就將我妹子許配与他,完結了我周通一庄心事。來此已是渡仙橋。先生,啊?先生那里去了?哦,想是出恭去了,也罢,俺就坐在他的椅兒上等等,与他張羅些買賣,豈不是好?

(院子上。白)咳呵,奉了員外命,來請卞先生。來此已是渡仙橋。(看介)啊,摆的棹案,賣的字畫。啊,怎麼是個黑臉的?代我轉去。啊咳,乃是春蘭与小姐觀重的,他的文才出重①,也是有的,代我冒叫一声。那傍座的敢是卞……(通白)是那個?(院白)是我來的,敢是卞……(通白)便怎麼樣?(院白)卞先生,我家員外請你。(通白)是那個員外?(院白)刘德明,刘員外。(通白)刘員外,他請我作什麼?(院白)請你招親。(通白)怎麼樣?(院白)招親。(通白)招親,好哇,走、走、走!(仝下)

陸場上

(刘德明,刘白)(老旦仝上)(上句②)門前結花彩,(老旦下句)女兒配鸾偕。(刘白)安人請座。(老白)員外請座。

(院子、周通仝上)(院白)烏鴉奪取凤凰窝,事到頭來終有錯。啓員外,卞先生請到了。(刘白)有請。(院白)啊,員外,怎麼是個黑臉的?(刘白)唤春蘭快來。(院白)啊,春蘭姐快來。

(春蘭上。白)來了,來了!員外,唤我什麼事情?(刘白)那卞先生甚麼相貌?(春白)貌似潘安,長的好看着哪。(刘白)怎麼爲何是一個黑臉的?(春白)这是誰説的?(刘白)刘榮講的。(春白)我問問他。你在那請的?(院白)渡仙橋啊。(春白)摆的是什麼?(院白)棹案吓。(春白)賣的是什麼?(院白)字畫吓。(春白)不錯,不錯!員外、安人,請進來罢,与小姐拜堂。(刘白)有請。(院白)啊,卞先生,我家員外有請。(通白)回來,叫你家員外親口許親,我方能進去。(院白)啊,員外,那卞先生言道,他叫員外親口許親,方能進來。(刘白)吓,安人,那卞先生怎麼叫我親口許親吓?(老白)想他們念書的人,做事要把稳的。(刘白)安人言之有礼,刘榮,你就説我親口許親,有請。(院白)是。啊,卞先生,我家員外親口許親,有請。(通白)代路。岳父、岳母

---

① 應爲"衆"。

② 此句爲"劉白"。

在上,小婿叩頭。(刘白)吴婿請起。(通白)謝岳父、岳母。(刘白)哎呀!(唱)

見黑漢不尤我魂胆唬壞,

(老唱)

只唬得我二老珠淚滿腮。

(刘白)快唤春蘭。(院白)吓,春蘭姐快來。

(春上。白)來了,來了!(刘白)卞先生進來了,前去認來。(春白)待我睄睄去。(通白)咳,这是什麽原故?(春白)哎呀!員外,他請錯了。(下)(刘白)唗,胆大刘榮,我命你去請卞先生,誰叫你將这黑漢請到?我把你这無用的奴才。(通白)呔!新姑老爺上門,你在那里打奴駡婢,是何道礼?你睁眼看看,俺周通不是好惹的!(刘白)哎呀!(唱)

听説他是周通到,

(老唱)

不尤二老魂魄消。

(刘白)啊,周爺,这是家人一時之錯,悮將台駕請到,这里有紋銀數定,拿回去另娶一房罢。(通白)呔,刘德明,俺周通家財萬貫,豈啚你些須銀兩?三日之内,定要搶你的女兒便了。(唱)

俺非是貧寒家捆承蔴章,尔莫要誇豪富來討無光。曾記得劫黄楨声势浩蕩,三日内看你女那里躲藏。

(白)走哇。(下)(刘白)哎呀!(唱)

大不該命女兒花田遊逛,

(老唱)

这也是我二老自找灾殃。

(刘白)唤春蘭。(院白)春蘭姐快來。

(春上。唱)

听説是叫春蘭心内着慌,急忙忙進前來侍立一傍。

(刘白)都是你办的好事!(春唱)

那一日在花田明明朗朗,又誰知到作了黑臉的垻王?

(刘、老仝白)你还敢强办?(春白)哎,(唱)

老員外合安人道奴是謊，愿請出小姑娘細問端詳。

(刘白)快請小姐。(春白)有請小姐。

(小姐上。唱)

呼听双親一声唤，急忙邁步到堂前。

(白)啊，双親，何事？(刘叫頭。白)哎呀，兒吓！我命刘桊去請卞先生，誰想他悮將“小埧王”周通請來。那賊言道，三日之後，要將我兒搶上山去。(小姐白)哎呀！(唱)

听一言來心着忙，

(白)也罢，(唱)

不如碰死在二堂。

(刘白)我兒不必如此。安人，那賊言道，當初劫皇槓，有他在內，代我到县主台前，告他一狀。(老白)倘若周通前來，要搶女兒，如何是好？(刘白)後樓之上，有金漆板柜，將女兒藏在里面，料也無妨。(老白)員外，几時起程？(刘白)即刻起程。(代馬。唱)

這是我爲女兒受此魔障，見了那县太爺細説端詳。

(下)(小姐哭介)喂，呀！(春白)小姐不必哭拉，我到杜仙橋，睄那卞先生在那兒没有？(小姐白)你要快去快來。(春白)是拉，你哪，交給我拉！(下)

柒場上

(周通上。白)回家走哇。(唱)

可恨刘德明不仁不义，太岁頭上來撢塵。

(白)妹子，開門來。

(妹子玉英上。白)啊，兄長回來了。(通白)回來了。可恼哇可恼！(玉英白)啊，兄長今日回來，爲何這等煩恼？(通白)妹子，你有所不知，愚兄遊玩花田，偶遇刘德明差人把我請到他家，將他女兒許配与我，即至進門見面，他又反悔，你道是恼是不恼？(玉英白)啊，兄長，你我家中有的是銀錢，另娶一房罢。(通白)妹子此言差矣。愚兄不得这門親事，豈不被傍人恥笑？三日之

内,定要命人去搶他的女兒。(玉英白)啊,兄長,要忍耐些罷。(通白)妹子,你不要管我的閑事,俺去也。(下)(玉英關門下)

捌場上

(卞上。唱)

春蘭此去無音信,到叫小生掛在心。

(春蘭上。唱)

家中領了姑娘命,去至花田看先生。

哎喲,睡了,代我唬嚇唬嚇他。呀,呔!(卞白)哎、哎、哎!你往那里去了?(春白)吓,我道那里去了?你那去了罢?(卞白)与人寫了一付对聯。(春白)時才我們員外打發人來請你來,誰想請錯了,把“小垻王”周通請了去了。三日後,他要搶我們小姐成親。(卞白)怎麼講?(春白)他要搶。(卞白)哎呀,不好了!(唱)

听一言來吃一驚,凉水澆頭懷抱冰。眼望小姐不能見,小姐吓,棒打鴛鴦兩離分。

(哭介)喂,呀!(春白)你竟哭会子,还有什麽主意没有哇?(卞白)無有主意。(春白)我道有個主意。(卞白)你有什麽主意?(春白)將你男扮女粧,混上樓去,叫你們倆人到了一塊,就結了。(卞白)我無有衣服。(春白)穿我們小姐的。(卞白)我無有綉鞋。(春白)也穿我們小姐的。(卞白)你家小姐三寸金蓮,我正們大的脚脖鴨子。(春白)是吓,有了。把我們老太太的睡鞋拿來。(卞白)这到也穿得。(春白)你可别走了,老在这等着。(卞白)我不走了。(春唱)

辞别先生轉家門,

(下)(卞唱下句)

我与小姐配成婚。

(下)

玖場上

（小姐上。唱）

都只爲花田去玩賞，惹下是非到門墻。

（春蘭上。唱）

急急忙忙回家往，見了姑娘説端詳。

（白）開門來，小姐。（小姐白）是誰？（春白）是我。（小姐白）哦，春蘭回來了。（春白）回來了。（小姐白）那卞先生可在？（春白）在那哪。（小姐白）你与他講些什麽？（春白）我把这件事情对他言講，誰想他是個念書的人，他一哭就哭死了。（小姐白）喂，呀，相公吓！（春白）你哪，先别着急，渾身都死拉，当中間还有点氣哪。（小姐白）後來你説些什麽与那卞相公？（春白）我望他説了半天，叫他男扮女粧，代上樓來，叫你們倆人到一塊就是了。你哪，睄好不好？（小姐白）那有妇人衣服？（春白）穿小姐的。（小姐白）我的衣服，他焉能穿得？（春白）有裙子一襯，可以就將就了。（小姐白）这道使得。無有綉鞋，这便如何是好？（春白）也穿小姐的。（小姐白）我的鞋小，他如何穿得？（春白）这，这，这……哦，咱們給他做一双罢。（小姐白）那里去做？（春白）樓上去做。（小姐白）如此，代路。（小吹打）（上樓）撵蔴繩兒。（小元場）（归座介）做活。（小姐白）呀，（唱）

听樵樓打罢了初更鼓响，想起了卞先生美貌無双。但愿得我二人夫隨妇唱，學一对小織女許配牛郎。

（春唱）

小春蘭在樓上心中暗想，尊一声小姑娘細听衷腸。独只爲婚姻事牽掛心上，急得我小春蘭昼夜遑忙。

（老旦上。唱）

邁步且把樓梯上，見了我兒説端詳。

（白）兒吓，開門來。（春蘭白）來了，來了！（老旦白）快些開門來。（春開門介）（老白）兒吓！這般時候，还在此作甚？（小姐白)孩兒習學針指。(春白)我跟着我們小姐學活那。(老白)好,夜已深了,你們也該安歇了罢。(春白)你老人家也安歇去罢,我們這就睡呀。(老白)我也回去了哇。(春白)我給你老人家拿個灯亮。(老白)哎,不用了。(下)(春白)这才是好老太太哪。(小姐唱)

都只爲婚姻事兼掛心上,小春蘭爲奴家晝夜慌忙。

(春唱)

听樵樓打四更自思自想,到叫我一陣陣好不愁腸。

(困介)哎喲,哎喲!(小姐白)春蘭醒來,春蘭醒來。(春白)哎喲,这們会着了,你哪,衣裳可曾做得了没有?(小姐白)做得了。鞋可曾做得?(春白)我的底子才納上了半支。(小姐白)这便怎麼處?(春白)無妨,我把老太太的睡鞋拿來。(小姐白)如此甚好,快些前去。(春白)你哪,等着我取去。取來了。(小姐白)你就此前去。(春白)我可要走了。(小姐白)去罢。(春白)算了罢,我可不去了。(小姐白)你怎麼不去了?(春白)你哪,得叫我。(小姐白)叫你什麼?(春白)叫我一声姐姐,我才去哪。(小姐白)我乃一主,你乃一僕,那如何使得?(春白)你不叫,我也不去,那個人也來不了,你們倆人都到不了一塊,干着急。(小姐白)我叫你就是了。(春白)那們着,你叫,我听着。(小姐白)我那春蘭。(春白)什麼?(小姐白)春蘭姐姐。(春白)咳,我的不害臊的妹妹!(仝下)

拾場上

(卞上。唱)

春蘭一去未回还,到叫卞継掛心間。

(春上。唱)

心忙意乱往前進,見了先生説分明。

(卞白)咳,這春蘭,怎麼还不來呢?豈有此礼!(春白)咳,怎麼你在背地講究人哪,你这們叨劳叨劳的?(卞白)春蘭來了?(春白）來了。（卞白）衣服可曾拿來？（春白）衣裳都給你哪，拿來了。（卞白）綉鞋呢？（春白）在这那。（卞白）何①！好大鴨子。（春白）三寸金蓮，換上罢。（卞白）好，改办起來。（唱）

卞継頭上去頭巾，巧粧改扮女花蓉。可狠周通太心狠，要搶小姐爲何情？大摇大摆朝前進，

（介，走介。唱）

我与小姐配爲婚。

（春白）你先等等，走着，你這様打扮，要學妇人家行走。（卞白）我却不会妇人家行走。（春白）代我交給你罢。（卞白）春蘭姐，教道与我罢。（春白）你瞄着点。（身段介）摸摸鬢角，摸摸脖領，这們一摆，这們一摆，你瞄着点，要走一個跳三步尔。（卞白）啊！春蘭姐，看着点。（做身段介）（照春白一様）咳，瞄我这三大塊呀。（仝笑介）哈、哈、哈！走哇。（仝下）

拾乙場上

（小姐上。唱）

春蘭一去信渺茫，到叫奴家掛心傍。

（春蘭、卞仝上）（春唱）

心中有事走的慌，不覺來到自己門墻。

（白）到了，先生，你在这等着，代我去叫門去。（卞白）快些來呀。（春白）是拉，小姐開門來。啊，参見小姐。（小姐白）那卞相公，可曾請到？（春白）請到了。（小姐白）現在那里？（春白）現在樓下哪。（小姐白）代我迎接。（春白）呸！都要你們对說对講，还要我們說媒拉欠的吃誰去？你这等着，代我唬呼唬呼他。呀，呔！（卞白）啊，春蘭，这是怎麽様了？（春白）怎麽様了？得了，你隨我進來罢。（卞白）代我進去。（上樓介，仝上）（春白）哎喲。

① 應爲“呵”。

(卞白)哎呀,你怎麼望我玩笑哇?(春白)你彩①了我的脚了哇。(卞白)這是那里説起哪?(春白)你們倆人拜天地呀,你們倆人拜天地呀。哎喲,你們瞄这对撵撵轉。(卞白)哎,有是枣木的,是柳木的?(春白)你在这座着,你在这座着,当中無人事不成。我坐在当中間。哎,相公,小姐吓!(唱)

劝相公与小姐休把眉縐,細听我小春蘭細説根由。你夫妻前世里姻緣配就,但愿得仝欢暢永樂無憂。

(老旦上。白)走哇,兒吓,開門來。(春白)來了,來了!誰呀?(老白)快些開門來。(春白)了不得,安人來了。(小姐白)这,这,这……(春白)相公,你暫藏在箱②櫃里面。(老白)怎麼这們慢滕滕的?快些開門來!(卞白)不要忙,藏人呢。(春白)别嚷,藏好了罢?來了,來了!(老白)哎呀,兒吓,那周通前來搶你,快些隨爲娘下樓躲避躲避。兒吓,走哇!(拉小姐仝下樓下)(春白)哎呀,可了不得了,"小垻王"周通搶親來了,老太太把我們小姐拉走了,少時周通上樓,拿我当小姐,我可了不了,我也走罢。(下樓介)哎喲,扭了我的腰了。哎喲,我的媽呀!(下)

(四青袍上)(周通上)(衆白)來此已是。(通白)打進去,四下搜來。(衆白)並無踪跡。(通白)打上樓去。(卞白)哎呀,春蘭。(衆仝白)箱櫃内有人。(通白)打開觀看。(衆仝白)啊。有一妇人。(通白)揹下樓去。(衆仝白)啊!(通白)放在轎内。(衆仝白)啊!(搭仝下)

拾貳場上

(老旦、小姐、春蘭仝上)(老白)春蘭,你查点查点,丢了什麼東西無有?(春白)代我瞄瞄去。啓禀老太太,連一個草刺也没丢,就丢我姑娘一個小玩藝。(小姐白)喂,呀!(老白)兒吓,不必啼

① 應爲"踩"。

② 底本此字作"椭"。

哭，这有何难？等你爹爹回來，与你配上几個頑藝兒。（春白）哎呀，老太太，那個玩藝，一個就彀了，可不要那們些個。（老白）哎，就是配上十個八個，又待何妨？兒吓，随爲娘到後面，与你配頑藝去呀。（笑介）啊哈、哈、哈！兒吓。（仝小姐下）（春白）哎呀，这是那的是，哎喲，慢着，周通把個卞先生搶了去了，少時到了那塊，拜天地还下得去吃了子孫餑餑，也將就得。到了晚上，一入洞房，可有点办不得的我的老爺子可没手。（下）

拾叁場

（一轎子）【水底魚】（卞繼、四青袍仝周上。白）妹子開門來。（玉英白）兄長，这是何人？（通白）此乃是刘家小姐，今晚你暫且与他人入了洞房，妹子你与他同榻安眠，愚兄要赴牛羊大会去了。（玉英白）遵命。（通出門介）（玉英拉卞繼仝下）【尾声】（完）

花田錯（皮黄）

【劇目簡介】

皮黄，未署名。現存民國《戲考》刻本，可與車王府藏鈔本參照。小説《水滸傳》第五回《小霸王醉入銷金帳　花和尚大鬧桃花村》有類似情節，細節有所不同。

《戲考》刻本，題目作“花田错”，又名“花轎娶和尚”“八錯”，二本①，每頁十五行，每行三十六字左右。

劇演時值花田勝會，劉家小姐月英與丫環春蘭出游，并囑隨意物色如意郎君。適有卞機，懷才不遇，於花神廟側，設攤賣字畫，以糊其口。劉女見之，頗屬意，遣春蘭以求書摺扇爲詞，以通款曲。春蘭臨去，與卞生吐其實，再三叮嚀，囑守此勿去，當自有好消息至也。主婢歸告劉，劉即遣僕往招卞。誰知竟招至周通，爲此大錯鑄成。春蘭復引卞生喬粧女子至家，而周通已率衆來强搶，遂搶走卞生。後本敘周通正擬成親，捕役朱仝、雷横適來緝案，鎖解周通到縣，臨行時，托其妹周玉樓照管新娘。周玉樓發覺卞機男子身份，遂將錯就錯，托以終身，又贈銀二百兩，爲進京應試之費。朱、雷二都頭又將周玉樓當作被周通劫來的劉月英送還劉府，劉員外以爲是卞機，令與女兒成親。及入洞房，劉月英與周玉樓言明共事卞郎。周通被李忠救出，復至劉員外家自請爲贅婿，恰逢花和尚魯智深經過借宿，揮拳痛打，小霸王受傷脱逃。李忠與魯智深本屬相識，遂爲之介紹訂交。員外設席款待，卞機到門晉謁，因會試中式後，欽點一甲一名，狀元及第，告假榮歸也。最終卞機娶劉月英、周玉樓爲妻，收春蘭爲妾，卞、

---

① 《戲考》原分録“頭本”“後本”，兹一并輯録。

劉、周三姓互成姻婭。

頭　本

(員外上)

【引】家道興隆,恨無子常慮心中。

(院暗上)(外白)老漢劉得明,稍有家財,只是膝下無兒,所生一女,尚未婚配。今當花田勝會,不免將安人請出,商議商議,前去遊玩花田。家院過來,有請安人、小姐出堂。(院白)有請安人、小姐出堂。

(老旦、小姐、丫環同上)(老旦白)兩鬢如霜降,(占)美景三月天。(春蘭)春光身無主,軒滿姣海棠。(老旦)吓,員外。(外)安人請坐。(老旦)有坐。(占)爹爹萬福。(外)罷了,坐下。(占)告坐。(花旦)參見員外、安人、小姐。(同)罷了。(老旦)將妾身唤出,有何吩咐?(外)今當花田勝會,故將安人請出商議。一來遊玩花田,二來爲女訪婿。(老旦)妾身亦爲此事在心。兒吓,你意下如何?(占)爹娘吓!(唱)

【西皮】【慢板】有孩兒,在前堂,把話來講。尊一聲,二雙親,細聽端詳:女兒的,婚姻事,休掛心上。但愿時,二爹娘,福壽綿長。

(花旦唱)

【西板快①】員外安人休掛念,尊一聲小姑娘細聽根原:花田會上認②你選,婚姻大事有春蘭。

(老旦、外同白)兒吓,但是無人保得去。(花旦)我保他去。(外)你保得去,此事辦好,重重有賞。(老旦、外下)(占)花田勝會去遊賞,(花旦)小姐,管叫蝴蝶進珠簾。(同下)

(丑上)

---

① 應爲"【西皮】【快板】"。

② 應爲"任"。

【數板】一關一縮不成店,一開一掀不見面。他在頭里走,我在後頭趕。二人見了面,腰中不便,改日再見,改日再見。

我張三,在這渡仙橋前,開了一座飯店,這且不言。今日乃花田會期,我們店中,住了一位相公。不免將他請出談講。吓,卞相公有請。

(小生上)

【引】十載寒窗苦,但願早成名。

(丑)哎,相公。(小生)吓,店主東。(丑)請坐。(小生)請坐。店主東將我喚出,有何話講?(丑)相公有所不知。今日此地花田勝會,人烟甚衆。何不前去賣點字畫,掙來銀兩,進京赴考?(小生)言之有理,就此將筆硯帶好。(丑)請。(小生)有勞店主東帶路。(唱)

【西皮】【慢板】可惜十載寒窗下,詩吟文章不自誇。花田以上賣字畫,但愿成名揚天涯。

(丑白)相公,你看此地好不好?(小生)好的。(丑)你在這里坐着,我代你燒飯去。(小生)有勞店主東。(丑下)

(周通、李忠同上)(周白)拳打南山豹,(李)脚踢北海蛟。(周)俺"小霸王"周通。(李)"打虎將"李忠。請了。你我今日閒暇無事,聞聽此處蟠桃勝會,不免前去遊玩便了。(周唱)

曾記當年把業闖,誰人不知"小霸王"。

(李唱)

閒暇無事朝前住①,會塲之中走一塲。

(周唱)

舉目抬頭四下望,

(李唱)

花田美景好風光。

(白)賢弟你看這鋪内,有一賣字畫先生。你我前去,叫他畫上一把扇兒,不知意下如何?(周)言之有理。先生請了。(小生)請

---

① 應爲"往"。

了。(周、李)可有字畫?(小生)現有現成。二位壯士,請看。(周、李)有意拜煩先生,寫一把扇兒,可肯否?(小生)今日有事,改日再寫。(李)賢弟你看,好字吓! 先生,五十兩銀子,請寫就是。待我看來,好!(周)兄長身上可有銀子?(李)無有。(周)先生,今日我們弟兄二人,未帶銀兩,明日我一準送來。(小生)情愿奉送。(周)不敢。(小生)收下就是。(周、李)告辭了。(小生)請。(李唱)

先生但把寬心放,

(周唱)

明日一准送上門。

(李、周下)

(丑上)(丑白)二位慢走。吓,相公用茶。(小生)多謝店主東。(丑)可曾開張?(小生)開了張了。呀,店主東,方才那二位壯士,你可認識?(丑)我到認識。(小生)那白面長須的?(丑)姓李名忠,外號人稱"打虎將"李忠。(小生)他叫"打虎將"李忠?(丑)正是。(小生)那黑臉的?(丑)那黑臉的人稱"小霸王"。(小生)他叫什麽名字?(丑)他叫"小霸王"周通。(小生)哦,他叫"小霸王"周通。(丑)他二人不是好惹的。(小生)我不惹他就是。(丑)相公肚中可餓了?(小生)腹中到也餓了。(丑)代①我與你取飯去。(小生)有勞店主東。(丑下)

(花旦、占同上)(同唱)

【西皮】【摇板】三月天氣正艷陽,王孫公子樂非常。舉目抬頭朝前望,

(花旦接唱)

【摇板】渡仙橋前遇才郎。

(白)小姐,到了。這花開的多多茂盛。芍藥花、海棠花、牡丹花,那裏還有一個"人花"。(占)在那里?(花旦)你順着我的手兒。(占白)春蘭,你看那先生干什麽的?(花旦)我去問來。吓,相公,你是干什麽的?(小生)賣的字畫。(花旦)可有現成的?(小

① 應爲"待"。

生)無有現成,要寫當面寫來。(花旦)好大的口氣。小姐,他是賣字畫。(占)可有現成的?(花旦)無有現成的。要寫當面寫來。(占)我這裏有把扇兒,叫他寫來。(花旦)哎,相公。我們小姐説的,就拿這把扇兒,求相公題詩一首。(小生)要寫扇兒,與何爲題?(花旦)就與我們小姐爲題。(小生)哦,就與你家小姐爲題。(花旦)我與你容墨。怎麽一點水没有?呸、呸、呸!(小生)有勞了。(花旦)相公,你到是寫吓!小姐,你瞧什麽?相公你到是寫吓!(小生唱)

【南梆子】【慢板】三月裏天氣艷陽春,

(花旦白)哈哈,咦!他們兩個人弔膀子呢。相公你寫吓,小姐你瞧什麽?(小生唱)

【元板】花田會上遇美人。桃紅柳緑來相襯,

(白)好吓!(唱)

【元板】燕語鶯啼動人情。

(花旦)相公寫好了麽?(小生)寫好了。(花旦)待我拿與小姐看看去。哎,小姐,寫好了。代我看來。(占唱)

【元板】三月裏天氣艷陽春,花田會上遇美人。桃紅柳緑來相襯,燕語鶯啼動人情。

(花旦)小姐,寫的真好吓!(占)好是好,就是没有落款。(花旦)怎麽,怎没有落款?代我叫他寫上一點。哎,相公,這麽好的字,怎麽不落款?(小生)草字不敢落款。(花旦)得了,你寫上一點罷。(小生)曉得。“湖廣湘鄉人甲午舉人卞機題”。寫好了。(花旦)相公寫好了麽?待我看來。“湖廣湘鄉人甲午舉人”。吓,相公,你還是一位舉人老爺麽?(小生)正是。(花旦)我們可失敬了。(小生)不敢。(花旦)卞機,哎,相公,你還會辨雞麽?(小生)嗳!我乃姓卞名機,不會辨雞。(花旦)原來是卞相公,失敬了。小姐,款落好了。(占)代我看來。“甲午舉人卞機題”。字體甚好,回家説與員外、安人知道。(花旦)哎呀,來的慌忙,没有代錢,這便怎麽樣?(小生)情愿奉送。(花旦)有了。我跟小姐買頭繩,剩下兩個錢,與相公罷。(小生)多謝了。(占)上前帶

路。(花旦)走吓。(占唱)

【元板】叫春蘭帶路回家轉,見了那爹娘説根原。

(下)(花旦)走罷。(小生)怎麼樣?(花旦)我説你這個人,瞧人一過而已,你怎麼往肉裏釘吓?(小生)不是吓,你家小姐生的十分好看。(花旦)你説我家小姐長的好看,你看我好不好?(小生)你麼?也好。(花旦)到了我們這里,就添上一個"也"字。(小生)好,好!(花旦)這不結了麼!相公,你可有過妻室没有?(小生)未曾娶妻。(花旦)我與你做個媒,你看好不好?(小生)但不知那一家?(旦)就是我家小姐。(小生)就是你家小姐?他姓什麼?(旦)我們員外姓劉,叫劉得朋①。我們小姐也姓劉,叫劉月英。(生)你呢?(旦)我也姓劉。(生)你怎麼也姓劉?叫什麼名字?(旦)春蘭。(生)哦,春蘭,好一個响亮的名字!(旦)我告訴你,你不用走,等一等,我們員外打發人來請你。(生)我在此等你。(旦)你不用走。(生)我不走就是。(旦)呀,只管與你講話,我們小姐都走遠了。(占内白)春蘭來吓。(旦)你不用走。(占白)春蘭來吓。(花旦)來了,來了!(下)(小生白)哎吓,世界之上,那有這樣的巧事吓!(唱)

【西皮】【摇板】他主僕二人回府去,坐在橋頭等信音。

(丑上。白)吓,相公。(生)小姐……(丑)卞相公怎麼呢?(生)哎,店主東何事?(丑)有了好買賣。(生)什麼好買賣?(丑)李大老爺壽誕,請你畫圍屏去。(小生)今日有事,改日再寫畫罷。(丑)走吓,走吓!(小生)我有事吓,我有事吓,我有事吓!(丑拉下)

(員外、老旦同上)(院上)(外白)我兒到花田,(安)未見轉回還。

(占、旦同上)(占唱)

【西皮】【摇板】適才花田去遊賞,只見那卞先生才貌無雙。

(白)參見爹娘。(外)罷了,一傍坐下。(旦)參見員外、安人。(外)回來了?(旦)回來了。(占)將花田之事,説與員外、安人知道。(下)(外)春蘭,將花田之事,説與我知。(旦)員外、安人容稟:

① 應爲"明"。

【西皮】【快板】員外、安人容我稟,細聽春蘭説分明:我與小姐去遊玩,渡仙橋前遇才郎。先生姓卞住湖廣,甲午年前一舉郎。員外不信差人往,伏侍小姐拜花堂。

(白)員外,你看這扇子,是卞相公寫的。(外)拿來我看。看這扇子上面詩句,必然文才出衆,但不知相貌如何?(旦)才貌雙全。(外)家院過來,命你去請卞相公。(院)遵命。(旦)你過來。我告訴你在那渡仙橋,擺的是棹子,賣的是字畫,你不要請錯了。(院)哦,渡仙橋。(下)(老旦)兒吓,隨爲娘來吓。(同下)

(周通上。白)俺"小霸王"周通,只因昨日寫了一把扇兒,今日送銀子與那先生。來此以是。吓,先生,先生!怎麽先生不在這裏?待我在此等候等候。

(院上。白)先生有禮。(周)有禮。是那里來的?(院)你可是卞……(周)問他則甚?(院)我家員外,請卞先生招親。(周背)且住,他來找卞先生前去招親,不免待我前去。哈哈,我就是卞先生。(院)走吓。(周)那里去?(院)招親去。(周)好,好,我就走!(同下)

(員外、老旦同上)(外白)府門俱掛彩,(老旦)喜事千里來。

(院、周上)(院白)少站一時。參見員外。(外)命你去請卞相公,怎麽樣了?(院)已在府外。(外)請他進來。(院)怎麽是黑臉的?(外、安同)吓,黑臉的?唤春蘭!(院照)唤春蘭。

(旦上。白)來了,來了!什麽事?(外)春蘭,那卞相公相貌如何?(花旦)是個小白臉。(外)怎麽是黑臉的?(旦)誰説的?(外)家院説的。(旦)你在那里請的?(院)渡仙橋。(旦)擺的是什麽?(院)擺的是棹案。(旦)賣的是什麽?(院)賣的是字畫。(旦)老夫人,是他,快請小姐拜堂罷。(下)(外)請他進來。(院)我家員外有請。(周)允了我的親事,方可進去。(院)允了他的親事,方可進來。(外)允了親事就是。(院)我家員外允了親事,請進。(周)員外,俺來得慌忙,恕罪。(外)嗳!怎麽長得這般粗鹵。唤春蘭。(院)春蘭。

(旦上)來了。什麽事?(外)春蘭,那卞相公來了,你去看來。

(花旦)代我瞧瞧。哎吓！我的媽吓！唬死我了！他不是的,請錯呢。這個事我又管不了哪！(下)(外)我把你這老狗,命你去請卞相公,怎麽把這粗漢請來了?(周)住了！想你叫我來招親,爲何打老罵小?是何道理！(外)住了,我命他去請卞相公,你這粗漢,敢來冒名抵姓,你是何人?(周)俺是"小霸王"周通。(外)哎吓！周爺爺來了。快取銀子過來。吓,周爺爺,這里有銀子三百,回府另娶一房罷。(周)住了！想婚姻乃是大事,説什麽另娶一房?三日之内,允了親事便罷,如若不然,我前來焚莊搶親。告辭了。(下)(外)回來,我與你商量商量。(老旦)去遠了。(外)快些唤春蘭。(院)春蘭。

(旦上)來了。(唱)

【西】【摇板】忽聽得,唤春蘭,愁鎖眉上。我只得,站一傍,不敢聲張。

(外白)這倶是你這丫頭辦的好事！家法伺候。(旦白)員外吓！(唱)

【西】【摇板】老員外休埋怨我,春蘭莽撞,

(老旦白)你撒謊不成?(旦白)安人吓！(唱)

【西】【摇板】若不信,請小姐,細問端詳。

(老旦)快請小姐。(旦)有請小姐。

(占上。唱)

【摇板】忽聽春蘭一聲請,急忙上前問根原。

(白)爹爹何事?(外)兒吓,那周通臨行言道,三日之内,允了他的親事便罷;倘若不允,焚莊搶親。這便如何是好?(占哭。唱)

【原板】聽一言來心着慌,不如碰死在二堂。

(外白)兒吓,不必如此,待爲父衙前告他一狀。家院帶馬。(院代馬)(外下)(老旦)兒吓,隨爲娘來吓。(老旦下)(旦白)小姐你回來,你到是想個主意。(占)我是茫茫無計。(旦)我到有個主意。(占)你且講來。(旦)我到渡仙橋那里,看看卞相公在那里不在那是①,你瞧好不好?(占)如此甚好。你快去。(占下)

---

① 應爲"里"。

(旦)去了。(唱)

【摇板】【西皮】辭别小姐出府門,見了相公問分明。

(下)

(小生上。唱)

【西皮】【摇板】將身坐在花田上,春蘭不來爲那般?

(旦上)(小生白)哎,這般時候,還不見春蘭到來?(旦白)呀,他到埋怨起我來了!

相公。(生)吓,春蘭姐來了。(旦)你方才到那里去的?(生)我在此等你,你爲何不來請我?(旦)我們員外打發人來請你,你上那里去了?(小生)無有那里去。(旦)你再想想。(生)哦,是了!方才與人家寫了一副對聯。(旦)好,你只顧與人家寫對聯,這個事情到鬧遭了。(生)怎麽鬧遭了?(旦)我們員外打發人來請你,把"小霸王"周通請去了。(生)請了去怎麽樣?(旦)他説三日之内,要搶我們小姐爲婚。我家小姐聽了此言,他哭死了。(生)哎吓,小姐吓!(旦)你不要哭,兩頭死了,當中活着呢。(旦①)這是怎麽樣講法?(旦)我家小姐叫我來,叫你想個主意。(生)我是忙中無計。(旦)我到有個主意。(生)有何妙計?(旦)你們兩人,到一塊去,想個主意罷。(生)好,代我就走。(旦)慢着慢着。你這樣打扮,怎麽好進去?(生)要怎樣的打扮?(旦)打扮婦人的模樣。(生)無有婦人的衣服。(旦)穿我們小姐的。(生)無有釵環首飾。(旦)带我們小姐的。(生)無有繡鞋。(旦)穿我們小姐的。(生)小姐乃三寸金蓮,我這個大鴨子,怎麽好穿?(旦)總有你的鞋穿。(生)你要來吓。(旦)得呢,你這回再不要走了吓。(生)哦,我再也不走了,不走了!(旦唱)

【西】【摇板】辭别相公回家往,

(旦下)(生唱)

【西】【元板】春蘭到來配鸞凰。

(下)

---

① 應爲"小生"。

(占上。白)誰知好事反摩難,坐不寧來睡不安。

(旦上)哎吓!我的脚疼吓。(占)那卞先生可在那里?(旦)慢着,我的脚還疼呢。(占)哎!到底是怎麽樣了?(旦)我不是出的門吓,我就走吓走吓……(占)到了没有?(旦)好容易走到了。(占)人可在那里?(旦)他人吓,在那里呢。他到埋怨起我來了。(占)他説什麽?(旦)他説這般時候,還不見春蘭到來?(占)你怎麽説呢?(花旦)我説你埋怨起我來了!方才我們員外打發人來請你,你往那里去的?他説没上那里去。我説你再想想。(占)想起來没有?(旦)他説與人家寫對聯去的。我説你只顧寫對聯,這個事鬧遭了。我們員外打發人來請,把"小霸王"周通請去,他説三日之内,要搶我們爲婚。小姐聽了此言,就哭死了。卞相公他諕死了。(占哭)哎呀!(旦)哦,他們兩個人一樣的毛病。小姐不要啼哭,兩頭死了,當中活着呢!(占)哎,到底怎麽樣?(旦)我們小姐叫我來,叫你想個主意。他説忙中無計。我説有個主意。(占)什麽主意?(旦)我説你們兩人,到一塊去想個主意罷。(占)怎樣入門?(旦)扮婦人的模樣。(占)無有衣服、首飾。(旦)穿带小姐的。(占)無有綉鞋。(旦)穿小姐的。(占)我的鞋小。(旦)咱們上樓做一雙去罷。(占)好吓。(旦)走吓。(上樓)(搓繩)(旦)得了一根,又得了一根。(占唱)

【南梆子】【摇板】耳聽得,瞧①樓上,初更鼓响。想起了,卞先生,美貌無雙。實指望,配姻缘,夫婦隨唱。又誰知,起風波,拆散鴛鴦。

(老旦上。唱)

【西】【摇板】行走來在閨閣外,叫聲春蘭把門開。

(旦白)誰吓?(老旦)我吓。(旦)老夫人來了,把他藏起來。(老旦)開門。(旦)來了。(老旦)兒吓,這般時候,還不安眠?(占)我跟春蘭作活呢。(老旦)兒吓,早點安眠了罷。(老旦下)(旦白)作活吓。(唱)

【南梆子】【摇板】聽樵樓,打罷了,三更鼓點。爲小姐,婚姻事,晝夜

① 應爲"樵"。

不眠。

(占唱)

【元板】滿腹中,多憂悶,心慌意亂。可憐那,小春蘭,爲奴奔忙。

(旦唱)

【元板】聽樵樓,打發了,四更鼓上。到叫我,爲奴的,淚流千行。

(占白)春蘭醒來。(旦)呀,我到睡着了。(占)鞋可做好了?(旦)小姐,不好了,做了半隻。這怎麽樣?(占)怎樣好?(旦)待我拿老夫人的睡鞋去罷。(占)你去罷。(旦)我去了?我不去了!(占)爲何?(旦)我爲你們兩人跑來跑去,將來你們到一塊,我有什麽好處?(占)你要什麽?我買去。(旦)你買不出來的。你叫我一聲罷。(占)叫你什麽?(旦)叫我春蘭姐姐。(占)我乃一主,你乃一僕,怎麽叫得你姐姐?(旦)你不叫,我也不去,那卞相公來不了,我們兩人總有一個難受相,怎是我不難受。(占)我叫你就是!春蘭姐姐。(旦)不要這個春蘭。(占)姐姐。(旦)哽,我的妹子。(占)去罷。(旦)哼!去了。(唱)

【西】【摇板】小姐且把寬心放,管叫你二人配鸞凰。

(占、旦分下)

(小生上。唱)

【西】【摇板】春蘭一去不回轉,盼得小生兩眼穿。

(旦上)

【原板】花色濃濃亂我腸,緑水徧青别鳳凰。

(白)相公。(生)春蘭姐來了?(旦)相公攙我一把。(生)衣服可拿來?(旦)拿來了。這是我們小姐的衣服、鞋子。(生)什麽鞋子?(旦)乃是老夫人的睡鞋。(生)代我扮來。(唱)

【原板】花田之上把衣换,男扮女粧會裙衩。

(白)春蘭姐,扮得可像?(旦)可會婦人家行走?(生)我會的,這樣行走。(旦)不是的,待我教道于你。婦人行走,必須要……請。(旦下)(生)哦,婦人家行走,這樣的勞叨,待我學上一學。(走浪頭下)

(占上。唱)

【西】【原板】春蘭一去不回轉，使我時刻掛心傍。

(花旦、小生同上)(生白)到了没有？(旦)到了。(生)代我進去。(旦)慢着，代我上去，看看老夫人在那里不在那里。若有人問你，你就説與小姐穿花來的。我上去呢。小姐吓，來了。(占)什麽？(旦)卞相公來了。(占)待我去迎。(旦)慢着，我去叫他上來。代我來呼誮呼誮他。呔！你是干什麽的？(生)賣花的。(旦)賣花的，跑這里來干什麽？(生)與小姐穿花來的。(旦)抬起頭來，看看我是誰？(生)哎吓，唬死我了。(旦)老夫人不在樓上，跟我上去罷。來了，把門關上。一拜天，二拜地，夫妻對拜，你坐這邊，小姐坐這邊，我媒人坐當中。你們有什麽話，説罷！小姐你説話吓，相公你到是説吓。(生)難爲情的。(旦)哎。(唱)

【西】【摇板】今日好比七月七，牛郎織女會佳期。

(老旦上。白)開門來。(旦)誰吓？(老旦)開門來。(旦)不好了，老夫人來了！這怎麽样？(開門)(老旦)兒吓，那周通帶領許多莊丁，前來搶親，這便如何是好？兒吓，隨爲娘來吓。(旦)怎麽老夫人把小姐帶了去，他不管我，代我去了罷。(生)春蘭姐，我呢？(旦)你在這里藏一會罷。(旦下)

(四莊丁、周上。白)來此以是。打進去！兩廂搜來。(莊)有一女子。(周)搶了回去。(搶小生下)

(老旦、占同上)

(花旦上，碰)(旦白)碰了我的肚子。(老旦)春蘭，看看少了什麽没有？(旦)老夫人吓，什麽也没少，就丢了小姐一樣好玩藝。(占哭)哎吓！(老旦)兒吓，不要啼哭，爲娘與你買來就是。(旦)老夫人吓，這樣東西，買不出來。(老旦)怎麽買不出來？(旦)是我們小姐自己配好的。(老旦)少要多言，兒吓，隨娘來吓。(老旦、占同下)(花旦)那“小霸王”周通，把我們卞相公搶了去，到了那里，看看臉也不錯，脚也不錯，都頂好的，到了晚上睡了覺，這可不對了。這我也管不了呢！(又一句)(下)

後　本

(院上。白)那周通帶了多少庄丁,竟將我家小姐搶了去了。我不免去到縣中,速速報於員外知道便了。(下)

(生、副净仝上)(生白)誰人不知我"美髯公",(副净白)"插翅虎"到處揚名。(同白)俺,(生白)"美髯公"朱同①。(副净白)"插翅虎"雷横。(生白)請了。(副净白)請了。(生白)想那黄土岡刼奪生辰綱之事,乃是"小霸王"周通所做。你我一同去至他家,捉拿他到案便了。(副净白)請。(仝下)

(貼上)

【引】静坐閨房,每日裏刺繡鴛鴦。

(白)曉粧初罷日三竿,燕語鶯啼到畫欄。萬紫千紅春無限,韻②光易過又一年。奴家周玉樓,我哥哥周通。不幸父母早亡,只有我兄妹二人。怎奈哥哥不行正道,結交些匪人。終日在外邊妄作非爲,將奴的終身大事一概不提。思想起來,好不煩悶人也!(唱)

【西皮】【原板】周玉樓在繡房,自思自想,思想起終身事,好不心傷。遭不幸二爹娘,早年命喪,留下了我兄妹同度日光。我兄長,在外邊閒游浪蕩,他在那桃花山曾做大王。將身兒且坐在繡房之上,閒無事我只得刺繡鴛鴦。

(四莊丁抬轎子上)(净同上)(小生扮女裝下轎介)(貼白)哥哥回來了?(净白)妹子,我與你娶了一位嫂嫂來。(貼白)怎麽?哥哥又去搶人家的女子來啦?(净白)這是劉員外之女,是他當面許於我的,并非是愚兄搶來的。(貼白)原來如此!(小生坐介)(净白)妹子你要替愚兄勸勸這個女子,不要叫他哭,晚間我好與他拜堂成親。(貼白)是啦。你交給我罷!

---

① 應爲"朱仝"。

② 應爲"韶"。

(生、副浄同上。白)來此已是。周大爺可在裏面?(貼白)哥哥,外面有人叫你吶。(浄白)待我看來。原來是二位公差,到此何事?(生白)吓,周大爺!只因黄土崗劫奪生辰綱之事犯了,我弟兄二人,前來請你同我們去到縣衙走走。(浄白)二位公差,想那劫奪生辰綱之事并非俺周通所做,我是一概不知。(生白)周大爺説那裏話來?自古道"好漢做事好漢當",我家縣太爺終日追捕,我弟兄二人萬難推諉。要請周大爺同我們走上一踹。(浄白)既然如此,俺就同你走走。待我到家中交代交代。吓,妹子!你替我暫且陪伴你嫂嫂,愚兄遭了官司,要到縣衙去走走。正是:正要在家拜華堂,忽然平地起禍殃。這是從那裏説起?(生、副浄押浄下)(貼白)我哥哥到縣裏去啦,把這位新人交給我啦。待我掀開蓋頭,看看長得好不好。嗳呀,慢着!待我先看看他的脚小不小。(看介)(小生藏躲介)(貼掀裙看介)嗳呀,我的媽呀!怎麽這麽大的兩支脚吓!想必是我哥哥只顧看他的容貌啦,靡有顧得看他的脚。待我看看他的模樣如何。(掀蓋頭介)喝,好富態,真胖吓!想我哥哥,今日既到縣中,一定今晚上是不回來的了。我不免就陪伴新人,替我哥哥做一位新郎就完啦嗎。待我將他的珠冠給他解下。(小生手按介)(貼强摘介。白)吓,你是何人,竟敢男扮女裝,來到我家?快快説出實情便罷,如若不然,定要你的性命。(持劍唬介)你還不與我快快講來!(小生跪介。唱)

【摇板】走向前來忙跪定,望小姐開放天地恩。

(白)小姐饒命吶!(貼唱)

聽一言好叫我雙眉緊縐,在繡房氣壞了我周玉樓。你男扮女到此時機關洩漏,因何故到此間細説根由。

(小生白)嗳呀,小姐吓!請息雷霆之怒。聽小生道來。(貼白)你要與我從實説來。如有半句虚言,我定要將你殺死。(小生白)小姐容稟:小生卞機,乃湖廣湘鄉人氏,甲午科舉人。只因要赴京求名,來至此地,缺少盤費,在渡仙橋賣些字畫。此地有一周……(貼白)"周"什麽?(小生白)不是周,是劉員外,有一小姐,在花鈿①會上招壻,要與小生結爲婚姻。誰知他家中院子辦事不妥,悮將周通請到他家中。是他有一丫鬟名叫春蘭,請我男扮女裝到他的家中,與小姐相會。不料你兄長竟帶了多少庄丁就糊裏糊塗將我搶回來了。望求小姐開恩,放我走了出去,我是感恩不盡的了。(貼白)聽你之言,你是想叫我把你放了,好出去?(小生白)小姐,你放我走了罷。(貼白)嗳呀,且住!聽他之言,原來是一位舉人公子。今日我要是將他放了,他乃是一男子,在我的房中半日,倘若被人知道,我的聲名豈不就壞在他的名下?這可怎麼好呐?我看此人相貌堂堂,日後定必富貴。我的終身就許配於他,豈不甚好?但是這件事我怎好同他開口?我不免用言語打動於他,看他怎樣回答於我。我説你叫我放你,却到也容易,但是你既是一個男子,來在我繡房之中,我將你放走,我這聲名豈不是有些難保嗎?你要替我也想想。(小生白)我想想。吓,小姐,你放我走了罷。(貼白)我只顧你,把你放了,誰來顧我呐?你細細也替我想想,要保我的聲名才好吓。(小生低頭思想介。白)吓,小姐,莫與吾……(貼白)怎麼樣?(小生白)我實實地不敢講,我怕你要殺我。(貼白)不要緊,你只管講來。你無論説什麼,我全不怪你。(小生白)莫非小姐怕你的聲名有礙,要給姻緣麼?(貼白)對了,被你猜着了。(小生白)既然如此,小生感激不盡了。(貼白)事到如今,還説什麼感激呐?(小生白)但是一件。(貼白)那一件?(小生白)我卞機,已與劉家小姐議定了親事,是不能打退的了。(貼白)這個……事已如此,我也不能一定占先,也只好做了二房罷。(小生白)多謝小姐。現有綃帕一幅,就贈於小姐,以做定禮,待小生進京得了功名,再來完親。(貼接帕介。白)我看這一幅綃帕,不是男子之物,好像是婦人所用的東西。(小生白)此乃是劉家小姐送於我的。(貼白)這是劉小姐送給你的,你又把他轉送了我?(小生白)這叫做連環聘禮。(貼白)好一個"連環聘禮"!(小生唱)

---

① 應爲"田"。

這姻緣本是前生定，

(貼白①)

巧緣奇遇兩相逢。

(小生白②)

萍水相逢成連理，哈③似海誓與山盟。

(小生白)你放我走了罷！(貼白)慢着，天氣尚早，况且你這個樣子，如何能彀走？叫人看見，不男不女，是什麼樣兒？你暫且在此少待，我把我哥哥的衣帽等件，拿來你換上再走。(小生白)多謝了。(唱)

多蒙小姐甚周到，却去釵環換巾袍。

(仝下)

(末上。白)只爲女兒事，終日挂心間。

(院子上。白)啓員外，大事不好了。(末白)爲何驚慌？(末④白)那"小霸王"周通，帶了多少庄丁，竟將小姐搶了去了。(末白)請二位捕頭。

(生、副净上。白)員外何事？(末白)方才家院言道：那"小霸王"周通竟將我女兒搶了去了。二位要設法，救吾的女兒要緊吶。(生白)那周通現已押在監牢，他家中無人，待我等命人前去，將你的小姐接回你家中便了。(末白)多謝二位捕頭。(同下)

(小生、貼上。白)現有二百兩銀子，以做上京的路費。天色將明，我送你從後花園門出去便了。(轉場)(小生上椅子介。白)看此牆甚高，倘若跌將下去，有性命之憂。(貼解汗巾介。白)這有帶子一條，你拉住一頭，我扯住一頭，把你繫下去罷。(副⑤生白)慢來，我此番進京得了功名，就來同你完姻。你要拿穩主意，不可三心兩意。(貼白)你只管放心，你就是不回來，我也要爲你

---

①② 應爲"唱"。

③ 應爲"恰"。

④ 應爲"院"。

⑤ 應爲"小"。

保守貞節。(小生白)你還有何話講没有吓?(落地介)(小生下)(貼白)你碰着了靡有?他走啦,待我回房去麽。

(四青袍抬轎上)(生、副净仝上。白)一仝打進去。(轉場)(生白)將小姐抬到劉員外家中便了。(仝下)

(末隨院子上。唱)

急急忙忙回家轉,見了安人把話言。

(老旦上。白)吓,員外回來了?(末白)好了,好了!我的女兒,已托了縣中的捕頭去接女兒去了。(老旦白)吓!接什麽女兒吓?(末白)你我的女兒被周通搶去,我已命人接回來了。(老旦白)你我的女兒現在家中。春蘭,女兒,你們快來!

(旦、貼同上)(末白)院子報道,説女兒已被周通搶去,是他親眼看見的呀。這是何原故?(老旦白)春蘭,這是何原故呢?(貼白)這件事,我到曉得。只因周通要娶小姐,是我去找了卞先生,叫他男扮女装來到我們這裏與小姐相會。不料周通竟帶人來搶親。大家都逃去了,只剩下卞先生一個人在房裏。想必是就被他們搶了去了。(末白)你這丫頭,真真胆大胡爲。小姐的繡房你竟敢勾引男子往來。就該重打。(貼白)員外已將小姐許配於卞先生,又有何妨礙?并非是旁人到小姐房裏來往。(老旦白)是吓,我女兒許配於他了,到此也無妨礙。

(院子上。白)轎子到了。(末白)看將起來,這轎中一定是卞先生了。來,快請卞先生下轎。(院白)請先生下轎。(貼白)不能下轎。(院白)卞先生言過"不能下轎"。(末白)哦喝,是了!想他乃是一位書生,怎這女子的打扮,如何成其體統?來,將衣帽、靴子送入轎内,請先生在轎中更了衣服,再下轎便了。(院子捧衣帽送入轎内)(貼扮男装下轎介)(末白)卞先生請坐。(貼白)有坐。(末白)吓,卞先生,既是讀書之人,私自扮做婦人的模樣,來到小女的閨中,未免有些欠通罷?(貼白)這也是小生一時之錯,望員外耽待一二。(老旦白)此事未免於理不合,下次不可。(末白)今日就是黄道吉日,即與小女拜堂,完却花燭便了。(貼白)告便。嗳呀,且住,想我今日到此以錯就錯。他今日叫我與他女兒成親,我如何辦得了?我也不管他這些那些,糊裏糊塗入了洞房再講。既然如此,小生遵命。(末白)家院你就做爲儐相,好話多講。叫春蘭請小姐拜堂。(吹打介)(院子白)一塊沉香木,鵰成一馬鞍。新人走過去,步步保平安。先拜天地,後拜祖先,夫妻交拜,同入洞房。(同下【排子】)

(貼上,蘭挾旦上,坐介)(蘭白)小姐,你在革裏,吾去哉。(旦白)你看這人并不是卞郎,但不知他是何人。我看他舉動一切,不像是個男子,好像女人的模樣。(蘭白)小姐,你先去慢慢盤問於他,他若是一男子,你就叫我來,咱們再打主意。他若是一女子,那就但憑小姐。我在樓下等候便了!(旦白)你可不要走開了。(蘭白)我不走就是啦。(下)(旦白)我説天已不早了,可以安歇了。(貼白)我想這世間之上,只有新郎先向新人説話的,那有新人,先開口向新郎説話的道理?未免有些欠通。(旦白)天已不早,可以上床睡了罷。(貼白)你住了!你既是千金小姐,就該知道三從四德。我今方入洞房你就是這樣催着我睡覺罷,上床罷,真真毫無道理。(擺袖介)(絹帕落地介)(旦拾介。白)我説,這一幅絹帕乃是我手中之物,爲何落在你手?(貼白)此乃是有人贈於我的。怎麽到説是你的呀?(旦白)既是有人送你的,此人那裏去了?(貼白)此人上京趕考,我曾送他銀錢,他已上京去了。(旦白)你還送過他銀兩?如此我到要謝謝你。(貼白)我送他銀兩,何用你來謝呀?(旦白)他到不承情。待我將他的頭巾去下,看他是男是女!(猛去巾介。白)你是何人?快快説明便罷,如若不然,對我爹爹言講,定不與你干休。(貼白)我名周玉樓,乃周通之妹,因此與卞郎定爲婚姻。他上京去了,不料被你們將我搶到家中,將我當做卞郎,我也只好將錯就錯了。(旦白)你與卞郎私自結爲婚姻,好不知羞恥。(貼白)我不知羞恥?還有那不知羞恥的,私自着人勾引人家來在繡房之中私訂婚姻,還送下定禮,那才叫不知羞恥呢。(旦白)不想我倒被他將我羞辱一頓,事已至此,你我就假做夫妻,等候卞郎信息便了。(貼白)事到如今,只好如此。(蘭白)小姐,怎麽樣了?(旦白)你去睡

罷。(蘭白)八成是一個牡的。不要緊,我也放了心啦。(仝下)

(生上。白)俺"打虎將"李忠,聞聽人言,我周賢弟現在押到監牢,我不免到監中探望他一番。禁卒,開門來。

(丑上。白)是誰呀?(生白)是我,要探望周通周大爺的。(禁卒白)待我開門。你請進來罷。(生白)周大爺現在何處?(禁白)有請周大爺。

(净上。白)原來大哥來了,你要救我出去才好。(生白)禁卒,來,來,這有元寶一錠,你逃往他方去罷,免得連累於你。(禁白)謝謝李大爺。我今日有了這個東西,我也不管了,我要逃走了。(下)(生拔劍批鎖鍊介,净批門介)(囚犯仝逃介)(生、净仝下)

(副净上。唱)

【摇板】那年在五台出了家,吃酒行凶把人殺。

(白)俺"花和尚"魯智深,乃關西人氏。只因那年打傷了鎮關西,因此來在五台山帶髮出家。俺師父因我吃酒行凶,因此寫書一封,將我荐到汴梁大相國寺那裏。看天色尚早,搻開大步走走也。(唱)

只因那年打傷人,因此出家入空門。吃酒行凶不安分,長老將吾赶出門。

(下)

(净上。白)俺回到家中,小姐不見,我妹子也不知往何方去了。俺還是要到劉員外家中走走。

(院子上。白)啓員外。

(末上。白)何事?(院白)不好了。"小霸王"他又來了!(净入門介。白)好你胆大老狗!你竟敢將你女兒搶回。我三日内,定要到你家中與你女兒成婚。你若不允,俺定要燒毁你的庄院。俺去了。(末白)咳,這便怎麼了?(下)

(四方旗、開道鑼)(小生上。白)吾卞機今番赴考,得中頭名狀元。前面已是桃花嶺,不免更換衣巾,去到劉員外家中走走。來,看衣更换。(【排子】介)你等退下,我去去就回。(下)(衆仝下)

(副净上。唱)

邁開大步往前進,不覺來到一庄門。

(白)天色不早,不免在此借宿一宵。裏面有人麽?

(院子上。白)什麽人?(末暗上)(副净白)俺乃遠方來的,要在此借宿一宵,明日早行。(院白)俺家員外有心事在懷,師父到別處投宿去罷。(副净白)你對你家員外言講,俺能與你們分憂解愁。(院白)啓員外:外面來了一位和尚,要在此借宿。(末白)吾有心事,叫他到別處去罷。(院白)他説能與員外分憂解愁。(末白)如此,有請。(院白)有請師父。(副净白)員外。(末白)大師父,請坐。(副净白)方才聽你管家言道,有什麽心事,對俺言講,俺與你解愁。(末白)只因此處有一山大王,名唤“小霸王”周通。要與我女兒成親,明日就要來招贅。(副净白)員外但放寬心,待洒家在洞房内等候於他,定要將他打死。(末白)好,好,師父你還未曾用齋,你還是吃素,是吃葷?(副净白)有肉就好,就是狗肉都行。(末白)後面擺定酒飯。(副下)(末白)好了,看這位師父勇凶非常,只怕周通定不是他的對手。

(副净上。白)吃飽了。員外,你叫丫鬟把小姐的衣服拿來,我就扮做小姐的模樣。(末白)丫鬟,取衣物來。

(丫上。白)來啦。(副净白)這是什麽?(丫白)這叫裙兒。(副白)裙兒?來繫上。這又是什麽呀?(丫白)這叫衫兒,是穿的。(副白)來,穿上。(丫白)這還有。(副净白)這又叫什麽呀?(丫白)這叫鳳兒。(副净白)姊妹三個,裙兒,衫兒,鳳兒。(丫白)戴上吧。(副净白)戴上。(丫白)你還須要學我們小姐行走。(副净白)那我會。你看著。你小姐,是這樣走。(丫白)不對,不對!我們小姐是一出門,這麽一擺,又一擺,這麽一搧,是這樣一個淡脚步。(副净白)我知道了。你們小姐一出門,是這一擺,又一擺,再一搧,這是一吊二百五,是這麽一個淡脚步。(丫白)對啦。(副净白)待吾在洞房裏等他。(下)

(净上。白)來此已是。

(末上。白)周大爺來了。(净白)小姐可曾打扮好了?(末白)小女到是打扮好了,只是我們這裏有一個鄉風,新郎要先入洞房,

然後再拜天地。(净白)如此,帶路。(轉場)
(副净上。白)我先把燈吹滅了再説。(末白)這裏面就是洞房了。(净入介)(末白)管叫你“明鎗容易躲,暗箭最難防”。(下)(净白)小姐在那裏?(副净白)招打!(起打介)(净跑下,副追下)
(净上。白)衆莊丁走上。
(四下手)打吓!(副净持棍上,四下手上)(副打下)
(净上,副打净下)(副隨下)
(末上)(副净上。白)他們俱被我打跑了。(末白)恐怕他們再來報仇,如何是好?(副净白)洒家在此暫住幾日,看他們如何?(末白)好,請至後面。(下)
(生上)(净迎上)(生白)你往那裏去?(净白)小弟正要去請大哥,帮助我打那一個野和尚。(生白)但不知那野和尚現在那裏?(净白)現在劉員外家中。(生白)如此,待愚兄前去看來,賢弟你等候我便了。(净白)請。(下)
(生轉場。白)來此已是。
(院上。白)做什麽的?(生白)我是周通的兄長,要見你家員外。(院白)有請員外。
(末白)何事?(院白)外面有人,説是周通的兄長,要見員外。(末白)有請。(生白)吓,員外請。(末白)請坐。請問壯士貴姓高名?(生白)在下“打虎將”李忠。聞聽你家中有一和尚,在下要會他一會。(末白)有請師父。
(副净上。白)何事?(末白)有一壯士來拜。(副净白)待吾看來。原來是李賢弟。(生白)原來是魯仁兄。因何至此?(副净白)只因洒家在關西打死了鎮關西,逃至五台山出家。那長老因俺吃酒行凶,將吾荐至汴梁,從此經過。(生白)原來如此。
(净白)大哥去了半日,不見回來,待我去看來。(生白)賢弟快來。此乃是“花和尚”魯智深,就是吾常常所提之人。你向前見過。(净白)原來是魯大哥,失敬了。(生白)這就是“小霸王”周通。(副净白)但不知你與劉員外是怎生定的姻緣?(末白)只因我女兒許於卞先生爲妻,都因家院請錯了,悮請了周壯士至此,所以才鬧出這件事來。但是卞先生已到吾家,與小女已完了花燭了。(生、浄同白)既然是卞先生做了你的東床,這更不是外人了。何不請出來相見。(末白)來,請卞先生。(院白)請卞先生。

(貼上。白)何事?(末白)衆位在外面等候,要與你相見。(貼白)曉得了。(生、浄同白)卞先生?吓,不認識吓!(末白)這就是卞先生。(生、浄白)我等均不認識。(末白)這到奇了。

(小生上。白)來此已是。門上有人麽?

(院白)是那一位?(小生白)你對員外講,就説我卞機要見。(院白)員外,外面又來了一位卞先生。(末白)待吾看來。(小生白)吓,員外。(生、浄同白)卞先生,許久不見了。(小生白)諸位均在此地,請坐。(末白)怎麽?這一位到是真卞先生?待我將春蘭叫出來。春蘭快來!

(蘭上。白)什麽事?(末白)你看這一位,可是卞先生?(蘭白)待我來看看。對哉,革個才是的的確確革卞先生哉!(末白)如此,你將那假卞先生請出來。(蘭白)請假卞先生。

(貼白)什麽事?(末白)真正卞先生到了,你可認識?(貼白)你看看我是誰?(小生白)我不相認呐。(貼白)你再仔細看看。(小生白)莫非你是周……(貼白)對啦,對啦。(小生白)你爲何這樣的打扮?(貼白)你再不要提啦,我説别人不認識我,都有其可説,怎麽你也不認識我啦嗎?(浄白)我不認得。(貼白)你連你妹子,都不認識啦?(浄白)你是我妹子,爲何到此?(貼白)妹子已同卞郎訂了婚姻啦。(浄白)好,你私自同人竟吊起膀子來啦!(貼白)你别説啦,你把他交給我,送到我的房裏,這還是你給我拉的皮條呢!(下)(末白)但不知卞先生從何處而來?(小生白)是小生進京求取功名,得中頭名狀元。因此告假回家,特來完却親事。(末白)好。既然如此,春蘭快來。請兩位小姐,就此拜堂成親便了。

(蘭持紅褶子、紅頭巾。白)慢着,想這一件事情,都虧了我春蘭,只怕不能把我撇開罷。(末白)你這丫頭,也想做一偏房?但是

還須與卞先生商議商議。(蘭白)不必商議,他早就應許下了。(末白)既然如此,你四人就一齊拜罷。(蘭自穿褶子蓋頭巾。下)

(拉旦、貼仝上,拜堂介)(吹打)(末白)請衆位後堂痛飲。(仝下)

(完)

倒拔垂陽柳（小岔）

【劇目簡介】

小岔，未署名。現存清代鈔本。小説《水滸傳》第七回《花和尚倒拔垂楊柳　豹子頭誤入白虎堂》有類似情節。

車王府藏清鈔本，題目作“倒拔垂陽①柳”，一回，每頁三行，每行六字。

以“倒拔垂楊柳”引起，簡述林冲發配、楊志賣刀、江州劫法場、血濺鴛鴦樓、阮氏兄弟偷吃御酒、石秀探路、晁蓋命休、三敗高俅等事簡目。

倒拔垂楊柳，充配豹子頭。卞梁城楊志賣刀，怒打江州②。打蔣忠武松血濺夗央樓，降招安阮氏三雄嚐御酒，射紅燈賣柴探路名石秀，怒打從頭事③，晁盖一命休，未從降旨平贼寇，宋江三次拜④高球⑤。

---

① 應爲“楊”。

② 注：大鬧江州也可。

③ 應爲“曾頭市”。

④ 應爲“敗”。

⑤ 應爲“高俅”。

鳴冤(高腔)

【劇目簡介】

高腔,未署名。現存清代鈔本,《蒙古車王府曲本分類目録》著録。小説《水滸傳》無類似情節,李開先《寶劍記》傳奇和陳與郊《靈寶刀》有類似情節,當出自此二劇。

車王府藏清鈔本,題目作"鳴冤",一齣,每頁六行,每行二十一字左右,此劇行間有小字批注。

劇演八十萬禁軍教頭林冲,因勸諫花石綱之事,得罪太尉高俅,被陷害入獄,問成死罪。林冲之妻張玉貞,在承天門冒死擊鼓,向刑科官張文盛訴冤。張聞知情由,答應轉達天聽,以救林冲。

(二將上,各道白)世代留傳出將門,武勳功績感皇恩。男兒要掛封侯印,槊頭奪得狀元尊。(仝白)我等乃承天門外帶刀指揮是也,奉旨看守冤鼓樓。恐有冤民擊鼓,只得在此伺候。(生内嗽介)(二將白)道言未了,張大人來也。

(生上。白)五夜漏声催曉箭,九重春色醉仙桃。旌旗日暖龍蛇動,宫殿風微燕雀高。下官刑科給事張文盛是也,奉聖旨看守冤鼓樓,恐有冤民擊鼓,只得向前。(二將白)張大人請了。(生白)二位請了。你我奉旨看守冤鼓樓,倘有冤民擊鼓,禀我知道。(二將白)啊。(生白)忠心扶社稷,(二將白)赤胆報明君。(仝下)(旦内白)吓,苦哇!

(上唱)

【索南枝】我只得忍羞含怨,身至顛危陷。只爲親老年,急救兒夫难。

擊鼓向禁門,擊鼓向禁門,声動昭陽院。暗自持白刅①,冤生把命殘。老天！昔有蘇氏蕙娘,曾有錦文面君,取夫还朝。我張氏玉貞,救學也②不能了,又道是夫之不幸,即是妾之不幸。猛拚一死,甘向黃泉,甘向黃泉。老天！我雖没有織錦廻文去献御前,一死終身冤報冤,冤報冤。

(白)來此已是承天門外,你看那皇墻角下有所樓台,上懸一面大鼓。哦,是了,想必就是冤鼓樓了！我只得拚命上去。(上介。唱)

【鬬黑麻】我只得忙扣衫,舉步难,战兢兢行不上鞋弓襪浅,怎辞闺門脚力軟,怎辞闺門脚力軟。離恨千端離恨千,全賴排遣。

(白)上得樓來,且喜無人知覺。啊,鼓哇鼓,你就是我丈夫救命福星了！萬歲,天高皇帝遠,冤屈恨無伸。(唱)

【前腔】我只得抛却残生替夫報冤,撥雲霧見青天。不辞登聞天高所遠。

(打鼓介。唱)

針霜如練,視死如歸晚。白刅光寒,黃泉閉眼。

(二將上,打介。白)哈！(旦跳下)(二將白)張大人有請。

(生上。白)作什麽？(二將白)有一婦人,持刀擊鼓,撥去利刅,墜樓而下。(生白)看他还有氣息？(二將白)尚有氣息。(生白)喚他醒來。(二將白)哈！那婦人醒來。(生白)誰家傾命婦,擊鼓動銮輿。有何冤枉事,一一訴吾知。(二將白)訴哇。(旦白)救命啊,爷。(唱)

【索南枝】垂哀念,听訴冤。垂哀念,听訴冤。夫在京城作武官。

(生白)你丈夫作何武官③？姓甚名誰④？(旦白)我乃八十萬禁軍教頭林冲之妻。呀,爷爷！(生白)講。(旦唱)

---

① 應爲"刃"。下同。

② 批注"而也可"。

③ 批注"官职也可"。

④ 批注"添伊是誰家子眷也可"。

我兒夫爲進忠言,結下了、結下了这高俅怨。他恃寵特弄权,恃寵特弄权,平白地將人陷,平白地將人陷。

(生白)那高太尉①將何事②陷害你丈夫?(旦白)只因高太尉引誘君王,大興土木,採辦花石,四方寇乱,軍民錢粮缺欠,黎民晝夜哀声。是我丈夫上諫一本,暫停花石。誰想高太尉懷恨在心,設計鋪謀。哇,爷爷!(生白)講。(旦唱)

賺我丈夫入府道他身帶宝劍,擅入公堂刺殺上官。喝令軍士將他拿下,屈打承招,問成死罪,監禁南牢,不久的身亡。家中还有七旬老母,染病在床,死在旦夕。聞者傷心,見者垂泪,見者垂泪了。老爷可怜見,我高堂老母單,老母單終朝泪③漣漣,教奴無故事所牽。夫在南牢,不久的黄泉染。他身死奴的命所關,奴的命所關,姑与媳俱难免,姑与媳俱难免。

(生白)既來伸冤,可有冤狀?(旦白)小婦人在灯下寫得一本血狀,特來拚命伸冤哪,爷爷!(生白)接上來。(將接,遞生收介)(旦唱)

望老爷与奴轉達天庭聖上,准了奴的冤本,放我丈夫回家,早養慈親。倘若不准奴的冤本,奴身一死,婆也活不成了。我的老爷,奴願死在御前,急救兒夫侍老年。高俅賊他勢壓朝班,誰敢与他相争辯。望恩官,見可怜,与奴家行方便,与奴家行方便。

(生白)那婦人,你且听我道來:(唱)

【孝順歌】我本是金鑾殿上傳宣客,白玉堦前奏事官。那婦人,你且休憂慮,免泪漣,我与你把封章,把封章奏上金鑾殿。只憑我忠肝要把丹心献,聖明君美聖顔④。这冤情有更变,这冤情有更变。

(白)那婦人你且回去,我与你轉達天庭。(旦白)多謝爷爷(生唱)

---

① 批注“位也可”。

② 批注“爲何也可”。

③ 批注“唱()”。

④ “美圣言”處《宝剑記》作“每受言”。

【尾声】慈航波中隨風轉，

（旦唱）

拚却微軀訴此冤。

（生唱）

管教你月缺又團圓。

（分下）（全完）

夜奔全串貫(高腔)

【劇目簡介】

高腔,未署名。現存清代鈔本多種,《蒙古車王府曲本分類目録》著録。小説《水滸傳》第十一回《朱貴水亭施號箭　林冲雪夜上梁山》有類似情節,另李開先《寶劍記》、陳與郊《靈寶刀》亦有類似情節,細節有所不同。

車王府藏清鈔本①,題目作“夜奔全串貫”,一場,每頁六行,每行二十一字左右,此劇行間有小字批注。

劇演林冲殺了高俅所派奸細二人之後,逃至柴家莊,得柴進薦書,乘夜逃奔梁山。途中在古廟内盹睡,夢見神聖報金鎗手徐寧帶兵追至,遂連夜趕路,奔赴梁山。因嘆英雄被生逼作叛國,惦記母妻無依靠,決意要把奸雄剷除。

(生上。唱)

【点絳唇】數②盡更③籌,听殘玉漏。逃秦寇,好叫俺有國④难投,那搭兒相求救。

(白)欲⑤送登高千里目,愁雲低鎖衡⑥陽路。魚書不寄雁無凴,

---

① 《俗文學叢刊》第五〇册高腔類收録《夜奔》鈔本三種,第三種與此劇文字相同,亦用作參校。此外,《國劇大成》第九集亦有收録。

② 批注“唱屬”。

③ 批注“唱京”。

④ 批注“唱鬼”。

⑤ 批注“説嶽”。

⑥ 批注“説行”。

几番欲作悲秋賦。回首西山日已斜①，天涯有客②真难渡。丈夫有泪不輕弹，只因③未到傷心處。俺林冲④，只因⑤一時忿怒，曾拔劍殺了高俅奸細二人。幸喜黑⑥夜之間，無人知覺⑦，是俺逃至柴大官人家下，虧他修書一封，薦俺投奔梁山。日間不敢行走，只得黑夜而行。呀！方纔星明月朗，霎時霧暗雲迷，山路崎嶇，难以行走。呀！前面黑洞洞的，好像一所村庄，待俺看來。呀！原來是座古廟，門兒半掩半開，不免挨身而進。黑夜之間，不辨是何神聖，不免望空而拜。神聖神聖，保佑弟子林……(嗽介。望白)且喜四顧無人，待俺閉上廟門。神聖神聖，保佑弟子林冲，上得梁山，借得兵來，重修廟宇，再塑金身。(出介)身子有些困倦，不免在神案之前，盹睡片時。正是：一覺⑧放開心地稳，梦魂早入楚陽台。(睡介)(内白)林冲醒來，今有"金鎗手"徐寧，帶領官兵五百，追至黄河渡口，拿你甚緊。你今不走，待等何時？(生醒介。白)呀，方纔睡梦之間，听得神聖道：今有"金鎗手"徐寧，帶領官兵五百，追至黄河渡口，拿我甚緊。我今不走，更⑨待何時？拜别神聖，開了廟門，甩開大步，須率走遭也。(唱)

【新水令】按龍泉血泪洒⑩征袍，恨天涯一身流落⑪。專心投水滸，回首望天朝，急走忙逃。

---

① 批注"說匣"。
② 批注"說楷"。
③⑤ 批注"說意"。
④ 批注"說寵"。
⑥ 批注"黑俱是賀"。
⑦ 批注"說絞"。
⑧ 批注"說叫"。
⑨ 批注"說浄"。
⑩ 批注"唱傻"。
⑪ 批注"唱嘮"。

(白)嗐①,想俺林冲呵,(唱)

顧不得忠合孝。

【駐馬廳】良夜迢遥,投宿休將門户敲。遥瞻残月,暗渡重關,急走荒郊。俺的身輕不憚路迢遥,心驚猶恐人驚覺。唬②、唬得俺魄③散魂消,紅塵中悮了俺武陵年少。

(白)俺林冲猛然想起,征土寇的時節呵!(唱)

【折桂令】俺本是萬里班超,生逼作叛國④紅巾,到作了背主黄巢。恰便似脱扣蒼鷹,離籠狡兔,摘網騰蛟。救急难难討正卯,掌刑罰难得臯陶。這鬢髮消稍⑤,行李蕭條。

(白)此一去呵,(唱)

博得个斗轉天回,

(白)高俅哇,高俅!(唱)

管叫你海沸山摇。

【雁兒落】望家鄉去路遥,想母妻將誰靠。俺這里吉凶未可知,他那里生死應难料。

【得勝令】呀,唬⑥得俺汗津津渾身似湯澆,急煎煎心中熱油調。幼妻室今何在,俺的老萱堂恐喪了。劬勞,父母的恩难報。悲嚎,嘆英雄氣怎消,俺的英雄氣怎消?

【沽美酒】怀揣着血刃刀,行一步哭嚎啕,急走羊腸去路遥。且喜的是明星下照,昏慘慘雲迷霧罩,唰喇喇風吹葉落。振山林声声虎嘯,遶溪澗哀哀猿叫。俺呵,好一似龍駒奔逃,唬⑦得俺魂飄胆消。呀,迫忙里走不出山前古道。

---

① 批注“不嗐也可”。

②⑥⑦ 批注“唱下”。

③ 批注“唱派”。

④ 批注“唱鬼”。

⑤ 《寶劍記》作“蕭騷”。

【收江南】烏鴉陣陣起松稍，數声蝉叫①断②漁樵，忙投村店伴寂寥。想親幃夢杳③，想親幃夢杳，空隨風雨度良宵。呀，

【尾声】小兒奔走荒郊，窮性命挣出一條道。

(念)梁山勾得兵來到。(唱)

定把奸雄掃。

(白)説話之間，離梁山也不遠了。(下)(全完)

---

① 《寶劍記》作"殘角"。

② 批注"伴也可"。

③ 批注"不重也可"。

夜奔（崑腔）

【劇目簡介】

崑腔。現存清代刊本多種①，《綴白裘》二編、七編收録，《新鐫樂府時尚千家錦》、《萬壑清音》、《怡春錦》、《來鳳館合選古今傳奇》，廣平堂刊《崑弋雅調》、《萬家合錦》，石渠閣主人輯《綴白裘全集》、《續綴白裘》等亦選録此齣。小説《水滸傳》第十一回《朱貴水亭施號箭　林冲雪夜上梁山》有類似情節，此劇出自李開先撰《寶劍記》第三十七齣，略有差異。

《綴白裘新集二編》本②，題目作"夜奔"，一齣，每頁九行，每行二十字左右。

敘林冲殺死高府僕人後，路經白雲庵，因勞累睡去，被神聖叫醒并告知有徐寧前來追趕，故連夜趕路，雖心中有萬般無奈，只得暫投梁山以謀生計。

（生緞馬衣、掛劍上）

【點絳唇】數盡更籌，聽殘銀漏。逃秦寇，好、好教俺有國難投，那搭兒相求救。

欲送登高千里目，愁雲低鎖衡陽路。魚書不至鴈無憑，幾番欲作

---

① 原刊於寶仁堂乾隆二十九年《綴白裘新集二編》，乾隆三十六年《綴白裘新集七編》又選刊，後未收入十二編本，其他刊本亦未收入。出自李開先撰《寶劍記》第三十七出，省一【折桂令】，增一【尾聲】，曲白略有添減。明萬曆前、中期的坊刻散出選本選收《寶劍記》散出者，未見選《夜奔》，萬曆後期開始，凡選《寶劍記》者必選《夜奔》。

② 以《寶劍記》爲校本。

《悲秋賦》。回首西山日又斜，天涯孤客真難度。丈夫有淚不輕弹，只因未到傷心處。俺，林……（住口，看兩傍介）俺，林冲！一時怒忿，將此劍殺了高家奸細二賊，幸喜得深夜無人知覺，俺就密投柴大官人庄上。又蒙他憐俺孤苦，修書一封，薦往梁山逃命。俺日間不敢行走，只得夜奔梁山。來此已是濟州地界，呀！恰纔風清月開，霎時暗霧①雲迷，況且山路崎嶇，高低莫辨，教俺怎生行走？呀，你看前面黑洞洞，想是人家莊子，我且上前去看來。（走介）呀！我只道是人家莊子，却原來是一所古廟。月光之下，照見匾額"白雲庵"三字。且喜廟門半開，不免挨身而進。阿，却原來是伽藍神哩。神圣吓神圣，保佑俺弟子林……（又住口，出看兩傍，復進介）我且把廟門閉上。神圣吓神圣，保佑俺弟子林冲早上梁山，離脱此難。那時，重修廟宇，再塑金身。（作伸腰介）呀，一時神思困倦起來，不免就在神案前打睡片時則個。正是：一覺放開心地穩，夢魂先已到陽臺。（困介）（内）林將軍，抬起頭來，聽俺吩咐。今有"金鎗手"徐寧，帶領官兵追至黄河渡口，捉拿你甚是緊急。此時不走，更待何時？快些起來，逃命去罷！（生驚醒介）呀，諕死我也，諕死我也！恰纔合眼，分明夢見神圣囑咐之言，"今有'金鎗手'徐寧，帶領官兵追至黄河渡口"，我想此時不走，更待何時？不免拜辭圣神②，開了廟門，灑開大步，須索走遭也。（繞場走介）

【新水令】按龍泉血淚洒征袍，恨天涯一身流落。專心投水滸，回首望天朝。我急急走忙跑，百忙里顧不的忠和孝。

【駐馬聽】良夜迢迢，良夜迢迢，投宿休將門户敲。遥瞻殘月，暗度重關，我急急走荒郊。只我這身輕不憚路迢遥，心忙阿呀又恐怕人驚覺。唬、唬得俺魄散魂消，只恐紅塵中悮了咱武陵年少！

（走介）想俺林冲當日呵，

【折桂令】俺指望封侯萬里班超，生逼做叛國紅巾，今做了背主黄巢。

---

① 《寶劍記》作"霧暗"。

② 《寶劍記》作"神圣"。

恰便似脱扣蒼鷹,離籠狡兔,摘網騰蛟。救急難誰誅正卯,掌刑罰難得皋陶。只我這鬢髮蕭蕭,行李蕭條,我此一去,博得箇斗轉天迴,高俅吓高俅,管教恁海沸山摇。

【鴈兒落】望家鄉去路遥,望家鄉去路遥,想母親將誰靠?俺這里吉凶未可知,他、他那里生死也難料。

【得勝令】呀!諕的俺汗浸浸身上似湯澆,急煎煎心内似油熬。幼妻室今何在?老萱堂恐喪了!劬勞,父母恩難報;悲嚎,咳,嘆英雄氣怎消!嘆英雄氣怎消!

【沽美酒】懷揣着雪刃刀,懷揣着雪刃刀,行一步哭號咷。急急走羊腸去路遥,天吓!怎能彀明星下照。昏慘慘雲迷露①罩,踈喇喇風吹葉落,振山林聲聲虎嘯,遶淇②澗哀哀猿叫,俺呵!唬的俺魂飄、膽消,似龍駒奔巢道,阿呀,百忙里走不出山前古道。

(走介。繞場轉介)

【收江南】呀!又只見烏鴉陣陣起松稍,數聲殘角斷漁樵。忙投村店伴寂寥。想親幃夢杳,想親幃夢杳,這的是空隨風雨度良宵!

(繞場走介)

【尾聲】一宵兒奔走荒郊,窮性命掙出一條,到梁山請得個兵來到,誓把奸雄掃。

呀,前面已近梁山了!阿呀,哈哈哈……(大笑介,忽掩口,半驚看場,下)

---

① 《寶劍記》作"霧"。

② 《寶劍記》作"溪"。

夜奔(子弟書)

【劇目簡介】

子弟書,未署名。現存清代鈔本,《子弟書目録》《中國俗曲總目稿》《子弟書總目》等著録。小説《水滸傳》第九回《柴進門招天下客　林冲棒打洪教頭》有類似情節,細節有所不同。

車王府藏清鈔本①,題目作"夜奔",一回②,每頁六句③,每句字數不一。

叙林冲刺配滄州,魯智深大鬧野猪林後直送至横海郡,一番警告解子之後,返回東京。林冲等人聽聞柴進文納天下英雄豪客,前往拜會,恰於途中相遇。柴進熱情招待武松,并於席間談起過往遭高俅陷害經歷,不由同聲慨嘆世道之多艱。

感慨悲歌一舉觴,風塵滿目起征場。
劍花錯落芙蓉冷,筆陣迷離翰墨香。
湖海相逢皆虎豹,戈矛到處尽文章。
磊落落七尺彪軀一條棒,曾發洩滿腔悲憤千古炎凉。
林武師刺配滄州秋已暮,魯智深野猪林中大鬧了一場。
直送到横海郡頭要往他鄉去,别武師在松柏林中古道傍。
又叮嚀説解子賊頭須仔細,看洒家學一个樣子莫要慌張。
説話時抓挣起双袖一声喊,斜飛鉄杖一縷寒光。
声响處松葉兒唰唰虬枝墜,説吾去也倒提禅杖兩袖飛揚。

① 校以故宫藏百本張鈔本,以史語所藏鈔本作參校。
② 此子弟書未敘及"夜奔"一事,似不全。
③ 即三整句,其中各句字數多少不一,故多有雙行形式呈現者。

兩個公人驚魂半晌方纔定,同武師勉强出林找飯房。
又闻淂柴進門招天下客,是个虚心下士的俠烈兒郎。
这林冲因同气相求特意訪,三个人不投客店竟奔西庄。
不多時見水碧沙明林深村远,飛花啼鳥緑草白楊。
緑叢叢百尺凌霜松柏茂,袅娜娜千絲挹露柳枝長。
野径離離芳輩①緑,秋風陣陣稻花香。
千家禾麥炊烟起,万井桑麻晚熠凉。
瑶②望見緑阴深處石桥北,高簇簇一座朱門兩道圍墻。
到桥頭几曲朱欄遮玉砌,一泓碧水遶村庄。
閑鷺沙鷗眠野岸,白蘋紅蓼泛池塘。
过桥时一代坦平石甬路,兩行合抱緑垂楊。
路旁边横三豎四抛槍棒,有几个年少庄丁趁晚凉。
武师問此是王孙店院否?庄客説官人今早赴圍場。
倘來遲今朝还恐東庄宿,若不然暂且相屈住敝庄。
但不知官人姓字從何至此?这武师躊躇半晌轉愁腸。
説也罢既不相逢吾去也,不敢劳尊兄切切問其詳。
向庄客執手相别尋旧路,見秋風兒响處樹抹斜陽。
恰正是古道征人魂断處,伤心遊子岐路徬徨。
且無論宇内的豪俠閨中的兒女,对着那消條的景物無在不凄凉。
林武师正在穷途偏刺眼,怎奈何陌頭的秋色眼底的風光。
勾惹起切齒的仇敵伤心的旧恨,也只好付与一声長嘯滿腹凄惶。
猛听淂一声宝馬嘶秋樹,林武师重新止步仔細端詳。
遥望見緑樹阴中花攢錦簇,乱紛紛一行人馬飛奔高庄。
尽是些赳赳武夫彪形大汗③,捧一位衣冠劍佩的少年郎。
白面偉軀狼腰犺臂,英風雅度錦飾戎裝。
暗想道柴大官人回獵也,但只是怎生相見倒要費思量。

---

① 應爲"草"。

② 應爲"遥"。

③ 應爲"漢"。下同。

愁默默欲行又止踌躇四顾，最可怜失意的英太①苦断腸。
林武师本是王孙一流人物，豹子頭英名畬望有餘香。
虽説是身在囚服难抗礼，但凴着胸頭的壯志海闊天長。
好柴進猛見林冲忽一怔，説此人气質精神迥异常。
攬玉轡説路傍此位何人也？豹子頭无奈蹙眉只自傷。
低声道禁軍叫②頭林冲的便是，小旋風急忙下馬拜倒在路傍。
兩个人在途中拜畢重携手，纔叙道素昔的仰望初見的温良。
説話間二人徐步把門進，小旋風把戎衣卸去叙礼在堂前。
奉命的家丁急備酒，也只淂与解子連席共舉觴。
二公人是无語低頭吞酒肉，兩豪傑持杯倚劍話偏長。
尽説些六合八荒達人奇士，无非是愚忠苦節義胆俠腸。
又説些山谷的大俠草泽的亡命，又説些五陵的年少燕赵的兒郎。
説到了處世的遭逢平生的際遇，这武师擎杯不語暗慘伤。
偶説到奸相高球不覺的指髮，瞪環睛双眦尽裂氣滿胸膛。
擊案道一念未决賊漏网，悔当初不斬釘截鉄大作一場。

---

① 應爲"雄"。
② 應爲"教"。

賣刀試刀(子弟書)

【劇目簡介】

子弟書,清芸窗①所作。現存清代鈔本,《子弟書目録》《中國俗曲總目稿》《子弟書總目》等著録。小説《水滸傳》第十二回《梁山泊林冲落草　汴京城楊志賣刀》有類似情節,細節有所不同。

車王府藏清鈔本②,題目作"賣刀試刀",别題亦作"楊志賣刀",全二回,每頁六句③,每句字數不一。

叙楊志落魄東京,無錢維持生計,只好將家傳寶刀賣掉。潑皮牛二百般挑釁,與楊志發生争執,楊志急怒交攻,一刀殺死牛二,并主動認罪伏法。衆軍民爲楊志打點官司,遂發配大名府。

詩　篇

静裡工夫莫放空,一隻斑管助幽情。
每羡文人能遣興,目④慚拙筆技雕虫。
古硯淋漓題俠烈,芸窗今又寫英雄。
且説那未入梁山的青面獸,失時落魄住在京城。

---

① 他本亦作"小窗"。
② 校以程硯秋百本張鈔本,以史語所藏鈔本作參校。
③ 即三整句,其中各句字數多少不一,故多有雙行形式呈現者。
④ 應爲"自"。

頭　回

嘆楊志爲打点功名把錢用盡，只落得一場欢喜一場空。

高毬不取名門將，这英雄坐吃山空漸漸的不能。

行李出脱還了飯賬，衣服典當把飯錢冲。

这一日英雄無奈將刀賣，皆因是從昨朝餓到今日天明。

天漢橋從日高站到晌午錯，那有人來問一声。

正值着酷热炎天三伏景，烈日當空六月中。

这英雄陣陣心慌如冒火，騰騰怨氣透長空。

对宝刀双眉緊皱將頭点，説你合我今朝此處是一般窮。

你也曾頭摇陣上三軍惧，今落得光冷街前百姓輕。

我也曾忠肝義胆作男兒事，今落得低首凝眉与乞丐同。

細思量全是高賊害了我，費尽了我的資財叫我事不成。

俺楊志与其餓死在長街上，倒不如刀剁了奸賊把怨氣平。

英雄正自心發恨，忽見那满街人跑乱烘烘。

只唬得金輪展轉車如水，只唬得玉轡連摇馬似龍。

鬧吵吵一片人声説不好，快跑罢老虎發威向这里行。

英雄大驚説錦繡城池那里來的虎，挺彪軀擎刀的好漢看分明。

見橋下來了个稍長漢，街西一恍到街東。

故意的咧着嗓子沿路兒唱，英雄不懂什麽是《南園拔大葱》。

衆人跑他一溜歪斜隨後赶，佯瘋乍冒手拍胸。

説倒不和我們好咧那們一躲，二太爺是鷹麽硼見的時節動也是不能。

説真了罢天汗橋一帶没个朋友，全偕不起与國同休的牛二祖宗。

論攪個子敢説是个腦尔賽，提闖光棍快找他媽的羅汗銅。

老牛是苦哈哈的幹板子，小字號地動山摇没毛大虫。

那一个有公鷄翎兒的來揪我一把，二太爷老馬學躧偺們共一件事情。

駡罢了多時往橋上走，英雄見草帽兒齊眉盖着眼睛。

土黄布的中衣土黄布的襪子,披一件半旧兒的汗褟兒把脖鈕鬆。
臨漳灰的皂鞋飛薄兒的底,青珠兒線漆滿了穿花半翅蜂。
瓶抽子足穀裝的下錢十吊,雖然凸走道兒不沉裏面像是空。
大十三的扇子如半拉破傘,帽頂兒上还拴着个死螞蚱。
不多時堪堪臨近把橋頭兒上,顯出他那千般的討厭另一種賊形。
頭大脖粗如狠虎,鼻塌嘴咧是个渾虫。
皆因他茶前酒後常挑眼,所以饞眼眶子成年不斷青。
腮帮子一凸賊翳子乍,眼珠子双瞪血絲子紅。
滿嘴裡混唚嚼毛連聲冷笑,平白的扎煞着鼻翅子把眉擰。
走近前向落魄的英雄乜斜醉眼,説你是誰拿着把腰刀瞪着眼睛。
我知道咧插着草標兒想來是賣,我睄睄这刀的樣兒大有邊楞。
刀頭兒冒高裝修的得賀,站一站兒你准是偷來的别往我充。
楊志説此乃洒家傳家的兵器,賣宝刀只爲出於無奈暫濟貧窮。
牛二説别管他便宜偺就買,好汗回答説賤不能。
滿錢寔價三千貫,牛二听説眼望英雄説好愣葱。
説你要多少錢?英雄説三千貫,只爲我这宝刀不与俗刀同。
牛二説什麽是宝刀怎麽樣的宝?無奈何屈着心的楊志訴説分明。
我这口刀千鎚百煉折磨就,最出奇驚人之處有三宗。
頭一件冲鋒打仗搪兵刃,斬鉄削鋼敢剁銅。
第二件鋒刃奇快吹毛能過,第三件殺人不見血光紅。
青面獸話未説完潑皮冷笑,他这里一声大叱眼望英雄。

詩篇

天漢橋邊烈日中,一人豪横一人從容。
慢道英雄真懦弱,須知牛二假威風。
楊志自誇刀是寶,潑皮只當鬼吹灯。
説老牛就不信這羊上樹,一个鉄打的鋼刀怎麽剁銅?

二　回

楊志説信与不信憑尊駕，破落户把眉頭兒一挑瞪英雄。
説我睄你人頭子雖窃鎊劲大，倒要在二太爷跟前鬧硬冲。
必須和你較量較量，要想裝傜不能不能。
楊志説你既疑心何須較量，失陪罢忍事的英雄要往橋下行。
牛二惱兩手扎煞攔好漢，滿嘴裹熏人酒氣凶。
説你不是賣的麽想來是我買不起，必是見老牛破狼破虎窮了個生疼。
剁不開銅鉄揉你一隻眼，買不起鋼刀算我鬆。
青面獸見延纏的醉漢言不遜，忍着氣説足下消停听下情。
这口刀價高只恐君难買，破落户手打着鼻梁瞪着眼睛。
説你提的是錢哪滿不要緊，説是那鼓樓三堆也算不了捆葱。
動什麽動我不是打落一定是買，跑什麽跑你要想溜勾兒万不能。
忙到那酒肆之中窮磨錢一百，大踏步相悪鬼凶神往橋上行。
將錢文一個個兒放在橋翅上，回英雄説剁罢老朋友子这錢是銅。
早有那過往之人睄熱鬧，一个个都遠遠的圍着皆因怕横虫。
無奈何的豪杰把袖子挽，一揚手閃閃霞光映日明。
冷清清風声响處霜鋒落，响叮嚐刀剁銅錢兩下里崩。
鬧吵吵四面多人齊喝彩，牛二説真是他媽的野事情。
楊志説尊駕可知此刀好處，牛二説有的我一个人兒的窃把兄。
來來來咱們再試試吹毛過，楊志説不能從命我还要登程。
潑皮不語揪下了自己的頭髮，把賊毛一把遞給英雄。
青面獸帶怒接來横在刀上，一口氣吹的那青絲兩断寸寸零。
四壁厢衆人喝彩齊説好，悪牛二緊皱賊眉把鼠眼横。
説再没有你們这麽陽性，这也值得那麽一聲？
衆人不語因怕兇横，潑皮有意搶鋼鋒。
对好汗説这滿無來由合不着陽氣，我睄睄怎麽殺人不帶紅？
楊志説誰敢殺人把刀試驗，牛二説你既然發賊就不該把我應。

楊志説不然你去尋条狗,待洒家剁了你看一個分明。
牛二蛮纏説没講下殺狗,誰要是不敢殺人算他狗攮的屄。
青面獸眉皱濃烟心躥烈火,説你这厮出口傷人好不順情。
惡牛二摔袖脱衣掖扇子,説哦我看你脑門子寬寬兒的倒像个鬪虫。
瞪眼擰眉揪好漢,摇頭捤腦罵英雄。
楊志惱手起一拳潑皮栽倒,怪嚷道説好啊相公竟打了祖宗。
爬起來重撲好漢説散不開了,一回手把糟鼻子拍破抹的滿臉鮮紅。
赶向前手揪着好汗拿羊頭硼,撕破了楊志的衣衫响了一声。
英雄大怒揪牛二,潑皮不住罵英雄。
説二太爷脖子上没拾①着老虎,这一是刀麽难道竟爲剁銅。
破落户罵的着寔堵的更緊,青面獸正是連朝的怨恨滿肚子的不平。
向牛二説洒家要殺早殺了你,潑皮冷笑説屄攮的東西你不能。
青面獸大咤一聲揮利刃,衆一嚷説大汗刀劈了没毛大虫。
这楊志刀似飛霜排頭兒剁,那牛二渾身血濺半橋紅。
再不去向仁義親戚將眼瞪,再不去向老寔朋友把眉擰。
地方兵在天漢橋边拿兇手,好楊志挺身認罪在公庭。
衆軍民因好汗在東京除了祸害,都替他答点官司把罪案輕。
配大名充當解差失陷了生辰楨②,因逃難和魯達相會拜賓朋。
先在那二龍山上称傑俊,後在那忠義堂上註英名。
因午悶故遣毛錐驅倦鬼,畫一幅黔驢小照滌蕩閒情。
(完)

---

① 應爲“拴”。
② 應爲“綱”。

刘唐全串貫(高腔)

【劇目簡介】

高腔,未署名。現存清代鈔本多種,《蒙古車王府曲本分類目録》著録。小説《水滸傳》第十四回《赤髮鬼醉卧靈官殿　晁天王認義東溪村》有類似情節,另明許自昌《水滸記》亦有類似情節,細節有所不同。

車王府藏清鈔本①,題目作"刘唐全串貫",一齣,每頁六行,每行二十一字左右。

劇演刘唐聞聽蔡京生辰綱即將上京,欲糾合晁蓋同去劫奪。途遇一酒坊,吃醉後歇在古廟,被追趕而至的朱仝、雷横拿住,同去見晁蓋。

(净内白)走吓。(上白)燕南壯士吴門豪,筑中置鉛漁隐刀。感君恩重虚君死,太山一擲輕鴻毛。嗜刘唐赤髮縰冠,我的丹心可也向。千秋遊俠,無愧英雄;一咪②粗豪,不識城府。落魄無賴,托弛可也不羈。近聞蔡京生辰,年年有那生辰綱貢獻上京。嗜想这些東西,多是民間的脂膏,不免前去劫了,將來勾嗜的吃喝賭博,也是好的。(笑介)哈哈,嗐!只是嗜一个人,幹不得这樣大事。我意欲搆引那宋、宋公明,他身在公門,豈肯幹这樣的勾當?这便咱處呢?吓,有了!聞得那東溪村有个晁保正,他爲人正直,義氣最高,嗜不免前去糾合了他,仝劫那生辰綱。走遭也。(唱)

---

① 《俗文學叢刊》第七七册收録鈔本五種,其中百本張鈔本文字相近;《故宫珍本叢刊》第六六三册亦有收録。

② 應爲"味"。

【醉花陰】俺落魄生平甚潦草,偏这不知書的,我的胸中可也分曉。全凴着胆氣豪,休只個等鴻毛。論千秋有誰共調。

(白)咳,喒刘唐,(唱)

【喜遷鶯】看世情引然長笑,覷世情引然長笑。咳,算將來眼睛前少個英豪,吓,都是那些鴟梟。宋公明他扶危濟困隐公曹,晁保正他疏財仗義英豪。他兩個,他兩個俯首低眉哩,要爲喒把肝胆效。

(白)喒走了半日,肚中又飢又渴。這裡有个酒坊兒,在此吃他娘一飽再走。酒保,酒保!

(丑上。白)來哉,來哉!黄土泥墻壁,青標插樹稍。阿呀!(净白)不要害怕,喒是天生的。(丑白)吓,天生的这个賊像?(净白)呔!(丑白)做倽个?(净白)吃酒的。(丑白)吃酒个,請到裡面坐。(净白)拿酒來,拿酒來!(丑白)吃酒坐定了,不要這麽大驚小怪的。(净白)快拿酒來。(丑白)是哉,伙計拿酒來。吓,客人酒拉哩。(净白)這酒淡。(丑白)放把鹽在裡頭。(净白)你説什麽?(丑白)你説酒淡,我説放把鹽在裡頭。(净白)我且問你,你这里可有上等的燒刀?(丑白)上陣的腰刀?我這裡没有,到鉄匠店裡才有呢。(净白)嗐,你不賣那个燒酒嗎?(丑白)啊,是这个燒酒吓。(净白)着吓。(丑白)有、有、有!(净白)來、來、來!与我小小的取这麽一坛來。(丑白)啊?小小的取这麽一坛來?(净白)着吓。(丑白)有吓。伙計,拿一甏燒酒來吓。客人,酒拉哩。(净白)打開,打開。(丑白)是哉,眼睛裡着不得灰的。(净白)这才是好東西。(丑白)客人,碗大坛子小,放不下的,除非捺扁了,才放得下去。(净白)到。(丑白)是哉。(净白)哪,你那裡可有下酒菜嗎?(丑白)有。魚蝦海蜇。(净白)多不用,多不用,你拿个猪首來。(丑白)客人又來取笑了,一个猪只有四支脚,一个頭,一根尾巴,那裡有手?若有了手,豈不是妖怪了?(净白)嗳,不懂喒的話嗎?那猪頭就是猪首,猪首就是那个猪頭。(丑白)啊,猪頭就是猪首,猪首就是那个猪頭?(净白)着吓。(丑白)有、有、有!伙計,拿個猪頭溽來吓。客人,猪頭拉哩。(净白)放下。(丑白)客人可要拿刀來切切?(净白)不用,嗒有个吃法。(丑白)那哼吃法?(净白)閃開。(丑白)客人慢慢的吃,啊喲,可要点茶來?(净白)閃開。(丑白)走墨走傛个茶來。(净白)想朝中蔡京、童慣、楊戩、高俅这班奸賊,若提起令人可恨。(唱)

【刮地風】哎呀,想起那權臣忒殺個勢,嗳,甚交,慣縱着心腹貪饕,慣縱着心腹貪饕。那生辰綱滿載珍和宝,逐件件是那些民間的脂膏。只見他收括介把民財浩,又見那輪運介把民力擾,若説起怨声兒即便鴞。俺啊,猛拚碎首塗肝脑,入虎穴把虎子掏,料不爲蝇頭激動嗒这英豪。

(丑上。白)客人,恐怕停住食,打一路消消食哪再吃?(净白)到。(丑白)是哉,客人吃罢。(净白)吃什麽?(丑白)这麽長,这麽粗,一条牛鞭子。(净白)呔,囚攮的,你要嗒,要嗒!(丑白)这屄養个,还弗曉得呢!(净白)待嗒吃完了酒再商量。我想生辰綱,不知有多少的官兵護送着哩。(唱)

【四門子】箅將來此事非關小,此事非關小,料區區怎能把党羽招,及早向東溪保正覓頭僚,縱不貪財宝,料聞言怒氣难消。仗義取①英豪,生辰綱將將來輕輕担兒上挑。那怕他官兵勢梟,干戈爲劳,呀,霎時間好取如拾草。

(丑上。白)客人一个髭,几乎打碎了獻子底哉,客人可吃了?(净白)不吃了。(丑白)不吃了,算帳。(净白)多少?(丑白)一壶一坛,一个猪頭,共銀一兩二錢三分四戺半。(净白)有,拿去!(丑白)客人,这定銀子可要加加②?(净白)这麽一大定还要加加?你娘的鳥!(丑白)这屄養个當真醉了,待我來。客人,还少些。(净白)少多少?(丑白)少这麽二三戺。(净白)有。(丑白)客人小心牙齒。(净白)造化你了。(丑白)多謝客人。(净白)酒保!(丑白)那哼。(净白)这里要往東溪村,從那裡走?(丑白)東溪村,出了我家店門,一直摋鼻子就是了。(净白)酒保!(丑白)那哼。

① 應爲“聚”。

② 意爲“夾夾”。

(净白)你是个好人。(丑白)我是个爛好人。① 你是个好人吓。(丑白)啊呀。(下)(净白)断送一生惟有,破除萬事無過。(下)

(外、末上。仝白)走吓。(外白)漏永沉沉静,(末白)孤灯滴滴青。(外白)自家朱仝。(末白)自家雷横。(外白)哥吓,方才見一个赤髮虬髯的漢子,怎麼赶到这里就不見了?(末白)我們再赶上前去。(外白)有礼,饒他走上焰摩天,(末白)脚下騰雲須赶上。(仝下)

(净上。白)好酒。

【水仙子】俺、俺、俺、俺可也皮攝交,怎、怎、怎、怎説得不飲從他这酒價兒高。早、早、早、早已是醉酕醄,强、强、强、强把那村遥遶劳。苦、苦、苦、苦那迢迢跋涉兒遥,看、看、看、看那牛羊下日暮林皋。这、这、这、这漁渊漫漫水畔寂寥,見、見、見、見那夕陽影裡個傾頹庙。

(白)酒湧上來了,这里有所古庙在此,不免進去,睡他娘一覺再走。喟,刁神!嗜刘唐,要借你这供桌上睡这麼一覺,你休怪吓!(唱)

我暫、暫、暫、暫借宿度今宵。

(外、末仝上)(外白)行人赶行人,(末白)一程又一程。(外白)哥吓,怎麼赶到这里又不見了?(末白)这里有所古庙在此,我們進去看來。(外白)兩廊下,(末白)可有?(外白)没有。(末白)再到大殿上去看。(外白)哎呀,好一条漢子!(末白)看他可有器戒?(外白)有器戒。(末白)取了他的器戒,將他緊緊的綁起來。(外白)漢子醒來。(净白)不要耍。(唱)

【煞尾】俺醉後醉卧。

(外、末仝白)醒來吓。(净白)不攪吓。(外、末仝白)你是什麼樣人吓?(净唱)

俺是個海内英豪。

(外白,末仝白)海内英豪?是个强盗了!(净白)呔!(唱)

---

① 此處應有"(净白)"。

休猜做踰墻穿穴。

(白)你們綁俺到那里去?(外、末仝白)拿你去見晁保正。(净白)啊,見晁保正?(外、末仝白)吓。(净白)退後。(外、末仝白)哎呀,好一条漢子。(净白)哎呀,且住!我正要見晁保正,被这两个狗頭綁了。(外、末仝白)走吓。(净白)罢!(唱)

好一似失林的因①鳥。

(外、末仝白)走吓。(净白)喒不走,便怎麽樣?(外白)你若不走,我就打。(净白)你就打?(末白)我就砍。(净白)你就砍?呔,我把你两个囚攮的,閃開,待喒走,走,走!(外、末仝白)走、走、走!(仝下)(完)

① 應爲"困"。

劉唐（崑腔）

【劇目簡介】

崑腔。現存清代刊本，《綴白裘》多種版本收録①。小説《水滸傳》第十四回《赤髮鬼醉臥靈官殿　晁天王認義東溪村》有類似情節，此劇出自許自昌撰《水滸記》第五齣《發難》，略有差異。

《綴白裘新集合編》本②，題目作“劉唐”，一齣，每頁九行，每行二十字左右。

敘劉唐欲劫生辰綱，因感身單力薄，故前往投奔晁蓋。在酒肆吃醉酒，故於路途之中尋一古廟暫歇，却被巡察鄉間的朱仝、雷横二人擒獲，并押往晁家莊去見晁蓋。

（净上）燕南壯士吴門豪，築中置鉛魚隱刀。感君恩重許③君死，泰山一擲輕鴻毛。嗒劉唐赤髮纓冠，丹心可也向日。千秋遊俠，無愧英雄；一味粗豪，不識城府。落魄無賴，托他④可也不羈。近聞蔡京生辰，年年有那生辰綱貢獻上京。嗒想這宗東西多是那民間的脂膏，嗒意欲前去劫掠將來，到是一注大大的錢財，彀嗒的喝賭。（笑介）只是嗒一人幹不得這等的勾當，這便咱處？吓！有了，近聞得宋公明踈財仗義。只是他身在公門，不肯幹這个勾當呢。這便咱處，咱處？吓，吓，又有了！吾想那東溪村有

① 原刊于寶仁堂乾隆二十九年《綴白裘新集初編》，收入乾隆三十五年六編合刊本《綴白裘新集合編·初編》，後收入十二編本，其他刊本亦多收録。

② 以《綴白裘新集初編》本爲校本。

③ 合編本作“爲”。

④ 合編本作“托弛”。

个晁保正，他爲人最直，義氣最高，嗒不免前去糾合了他，同劫生辰綱走一遭也。

【醉花陰】俺落魄生平甚潦草，嗒是個不知書的，胞①中到可也分曉。全凴着胆氣豪，九死等鴻毛，問千秋有誰共②調？

不是嗒劉唐誇口，

【出隊子】看世情，拏髯長笑！覷世情，拏髯長笑！筭將來，筭將來，眼睛前少個英豪，多是那鴟鴞！宋公明，宋公明，他扶危濟困隱功曹；晁保正，晁保正，他踈財仗義豪。他兩個，俛首低眉，要爲他把肝胆効。

行了半日，甚是飢渴，這便咱處？這里有個酒肆在此，不免進去吃他娘几碗再行。呔！酒家！

（丑上）黄土泥墻壁，青標插樹梢。阿喲！（净）你不要害怕，嗒是天生的。（丑）吓，天生盖付好鬼臉。客人，要吃啥個③？（净）嗒要喝酒！（丑）要吃酒哈？（净）取來。④（丑）是哉。伙計拿酒來。（净）酒來！酒來！（丑）來哉！客人，酒來里。（净吃介）這個酒淡。（丑）淡？没放點鹽拉哈。（净）咳！你這里可有上等的燒刀？（丑）上陣个腰刀？小店里没得个。（净）不是吓，那火酒。（丑）吓，燒酒，有！（净）取一坛來。（丑）客人要炭谷是没得个。（净）咳！取這麽一坛來。（丑）吓，阿是介一甏吓？伙計，拿一甏燒酒得出來。客人，酒來里。（净）打開。（丑）吓，等我打開來。（净）好酒！這才是个酒！（丑）客人，碗大，甏口小，除非拏扁子放拉哈。（净）斟來。（丑）客人，斟來哈哉。（净）酒家，你這里可有下酒的菜⑤？（丑）有！拌海蜇，醬煨鴨蛋，还有紅曲燒猪頭。（净）妙吓！把那个猪首取來。（丑）客人亦來哉！我這里的猪只有四隻脚，一个頭，一个尾巴，没得啥个手。个猪若生子手，直頭

① 應爲“胸”，合編本即作“胸”。

② 合編本作“仝”。

③ 合編本作“阿是要吃酒啥”，蘇州方言韻味更爲明顯。

④ 合編本省略上兩句爲：“（净）有好酒拿來。”更爲簡潔。

⑤ 合編本作“你這裡可有什么下酒的東西”。

是个怪哉。(净)你还不董①?(丑)古董?还有一个老壽星得來。(净)猪頭就是那个猪首,猪首就是那个猪頭。(丑)吓,猪頭就是那个猪首,猪首就是那个猪頭?(净)呔!(丑)吓,伙計,拿个紅曲燒猪頭得出來。客人,猪頭拉里。(净)妙阿!(丑)阿要拿个刀來切切?(净)不用。(丑)好吃相。(净)斟酒。(丑)吓。(净)再斟,再斟。(丑)呹。(净)閃開!(丑)茶來。(净)走你娘的路!(丑)走没走哉,啥撞你②厾娘个鬼!(下)(净)咳!嗒想那个蔡京、童貫、楊戩、高球這班狗咱的!

【刮地風】嗳呀!想起那權臣忒煞也勢嗳甚驕,慣縱着心腹貪饕、貪饕。生辰綱滿載珍和寶,逐件件是民間剥下的嗳脂膏!只見那搜刮價把民財耗;又見那輸運價把民利擾。若説起怨聲兒激遍郊,俺呵,猛拚碎首塗肝腦!入虎穴把虎子淘③。料不爲蠅頭激動嗒這英豪。

嗒想他每年齎送生辰綱上京,必有官兵護送。④ 呵!

【四門子】筭將來此事非關小,筭將來此事非關小。料區區怎能把党羽招?及早向東溪保正覔投勞⑤。總⑥不貪財寶,料聞言怒氣難消。仗義聚英豪,生辰綱將來輕輕担兒上挑。那怕他官兵勢驍,干戈衛牢,呀,霎時間攫取如拾草!

(丑上)阿呀!一個甏幾乎打碎,獻了底了⑦!客人阿吃哉?(净)不用了。(丑)盖没筭賬。(净)多少?(丑)黄酒一壺,燒酒一坛,紅曲燒猪頭一个,共銀一兩二錢七分三厘。(净)有。(丑)咦。(净)呔!(丑)才是銀子。(净)拿去。(丑)咦,介定⑧大銀子,難道才不來我个哉?等我問聲里看。客人,這定銀子可要夾

---

① 應爲"懂"。

② 合編本作"呡"。

③ 應爲"掏"。

④ 合編本有"咱一人幹得甚事來"。

⑤ 合編本作"密投醪"。

⑥ 應爲"縱"。

⑦ 合編本作"献子底哉"。

⑧ 應爲"錠"。

夾？(净)怎麽講？(丑)這定銀子可要夾夾？(净)這大大銀子还要加？加你娘的鳥！(丑)咦，我説這定銀子可要夾夾，里説"這定大銀子还要加加，加你娘的鳥！"等我來上里一上介。客人，小本錢折不起，还要二三厘。(净)还少？有！(丑)客人看牙齒！(净)造化你！(丑)留拉里下遭再來吃子没是哉。(净)下次再來照顧你。① 酒家，你是个好人，嗜下次再來照顧你。(丑)呋。(净)酒家來，你來！(丑)阿喲！阿喲！(下)(净)斷送一生惟有，破除萬事無過。(下)

(末、外上)走吓！漏永沉沉静，孤燈滴滴青。自家朱仝。(外)自家雷横。我們奉官府明文緝獲盜賊，方才見一個赤髮虬髯的漢子走將過去，必定是个歹人。我們快些赶上去。饒他走上焰摩天，脚下騰雲須赶上。(下)

(净上)好酒！

【水仙子】俺、俺、俺、俺可也疲躡蹻，怎、怎、怎、怎説的不飲個從他酒價兒高？早、早、早、早已是醉酕醄，强、强、强、强把那村逕遶。苦、苦、苦、苦那迢迢跋涉遥，看、看、看、看那牛羊下日没林臯。這、這、這、這途源漠漠誰伴寂寥？呀，見、見、見、見那夕陽影裏傾頽廟。

一時酒湧上來了，這便咱處？吓，這里有个古庙在此，不免進去睡他娘一覺再走吓。神道請了，神道請了，嗜劉唐要借你供桌上睡一覺哩。

我暫、暫、暫、暫②度今宵。

(外、末上)走吓，行人赶行人，一程又一程。哥吓，方才見一面生歹人走到這里，怎么不見了？這里有个灵官庙在此，我們進去看來。兩廊下去不見，到正殿上去。呀，想必就是他。看他可有凶器？把他緊緊的綁起來。如今唤他醒來。哟！漢子醒來！(净)不要頑。(外、末)快些醒來！(净)

【煞尾】俺鼾鼾睡里，恁可也休相攪。

① 合編本無有此句，或因此句與後句明顯重複。

② 合編本有"借宿"二字。

(末、外)你是什么人?(净)

俺是個海内英豪。

(末、外)如此説,是個强盜!(净)

呔!休猜做踰墻穿壁。

你們拿喒到那里去?(末、外)拿你去見晁保正。(净)吓,拿喒去見晁保正?閃開!喒正要去見他。只是這么樣,怎好去見他?也罷!

好一似失林的困鳥!

(末、外)走吓。(净)喒不走便怎么?(外)你不走就打!(末)我就砍!(净)喒就走!就走!(仝下)

烏龍院總講(皮黄)

【劇目簡介】

皮黄,未署名。現存清代鈔本多種,《蒙古車王府曲本分類目録》著録。小説《水滸傳》第二十一回《虔婆醉打唐牛兒　宋江怒殺閻婆惜》有類似情節,細節多有不同。

車王府藏清鈔本①,題目作"烏龍院總講",一場,每頁四行,每行二十字左右。

劇演宋江聽聞街坊談論閻婆惜與張文遠私通,心生疑竇。兩人發生爭執,宋江大怒,立誓再不至烏龍院。婆惜與文遠商量,欲以宋江私通梁山之事加害宋江。婆惜之母馬二娘見宋江久不到烏龍院,因恐生計受困,遂力邀宋江至家,與婆惜復合。翌晨,宋江倉促離去,遺下招文袋被婆惜所拾,見内有黄金及晁蓋書柬。宋江趕回討索,婆惜乘機要挾,并聲言要其到官衙堂上去領,宋江怒殺之。因不欲連累馬二娘,遂實言相告。馬氏待宋江買棺材時,大喊殺人。

(丑上)

【數②板】(唱)姣嫡嫡③,翠嫡嫡,翠雲樓上會佳期。私通閻昔④,交情

---

① 此劇《俗文學叢刊》第五册收録《烏龍院》全本,第三一九册亦有收録,兹用作參校;《故宫珍本叢刊》第六七八册所録鈔本,未演及殺惜情節;《戲典》第二集、《國劇大成》第九集亦有録,情節相近,結局有異。《戲考》第一册收録,兹輯録以作參照。

② 底本此字作"嗷"。

③ 應爲"滴滴"。下同。

④ 即"閻婆惜"。

兩相机。

(白)小子張文遠,師付①宋公明。只因閻婆惜與我交好,師付衙中有事,我不免去到烏龙院走走。(唱)

【四平調】酒不醉人人自醉,色不迷人人自迷。將身來在烏龙院,叫声大姐快開門。

(白)大姐開門來。(旦内白)來了。

(上)(接唱)

呼②听得双环响一声,開門看看是何人,端把椅尔三郎坐。

(丑唱)

張文遠關上兩扇門,

(旦唱)

這几日怎麽不到烏龙院?

(丑唱)

心中只怕一個人。

(旦唱)

你心中怕的那一個?

(丑唱)

怕我師付宋公明。

(白)啊,大姐,這鞋兒是那個的?(旦白)這鞋兒与媽媽娘上壽的。(丑白)哎呀,我到忘坏了媽媽壽旦,我定要大大送個礼物前來。(旦白)别人的礼物不來,我到不怪,你的礼物不來,我是要怪的。(丑白)好,正當怪的。大姐可之③我來意?(旦白)一個人有心事,又來擾。(唱)

非是奴家不成云,

(丑唱)

只爲大姐長挂心。

---

① 應爲"父"。下同。

② 應爲"忽"。

③ 應爲"知"。

（旦唱）

東边日出西边雨，

（丑唱）

莫道無情却有情。

（仝下）

（生上。唱）

大老爺打罢了退堂鼓，大街上來了宋公明。

（白）卑人宋江。老爺退罢堂來，天氣上①早，到烏龙院走走。（唱）

那日行走大街上，遇見好汗叫刘唐，他將寔話对我講，請我上山去爲王。一步兒來至大街上，

（内白）列位請了。（介白）請了。（内白）你看前面走的張文遠，後面跟隨宋公明，師徒共走一条道路。（笑介）哈哈哈！（生唱）

听得街鄰話短長。

（白）听他們言道："前面走的張文遠，後面跟定宋公明，師徒同走一条道路。"哎呀，且住！难道張文遠這個奴才，也走此路不成？待我問問。啊，列位請了。（内白）請了。（生白）方才説些甚麼？（内白）没説什麼。（生白）我听見了。（内白）我們這礼，乃是笑談。（生白）原來是笑談，少陪了。（唱）

他那里含糊應答我，叫我明公②犯疑團。一步兒來至在烏龙院，噫？青天白日把門關。

（白）啊，天氣尚早，將門閉上了。開門來，開門來！

（旦上。白）來了，來了！是那個？（生白）是我。（旦白）你是誰？（生白）連你宋大爺的声音都听不出來了？（旦白）宋大爺麼？（生白）哼。（旦白）宋大爺來的不凑巧。（生白）如何不凑巧？（旦白）鑰匙被媽媽娘代回上房去了。（生白）天氣尚早，拿來開開。（旦白）是了，三郎快來。

（丑上）（旦白）你師付來了。（丑白）哎呀，這便怎麼好？（旦白）

① 應爲"尚"。

② 應爲"公明"。

你在馬二娘房中躲避一時,你師付走了,我叫你出來就是。(丑白)是,要快些來呀。(下)(生白)还不開門來?(旦白)來了。(開門介,生兩望)(旦白)宋大爺,你進得院來東睄西望,难道你妻子作出什麼歹事了麼?(生白)不是。往來宋大爺進得院來,畫兒也挂了,地也扫了;今天宋大爺來到,畫兒不挂,地也不扫,成個什麼様兒?(旦白)哎呀,我不知宋大爺的駕到,未曾扫地挂畫,要是知道,地也扫了,畫也挂了,的根尔我就没打只你來嗎。(生白)不打量我來就罢嘿。(旦白)做什麼?(生白)你公然就坐下了,宋大爺連坐兒都無有了。(旦白)那边尔有椅子,你自己端個坐下,难道叫我抱抱你在怀里麼?(生白)這才是自討無味。(旦白)宋大爺這作什麼?(生白)花錢的老爺,最愛這個調調兒。大姐可好?(旦白)一個人不生病,自然是好。(生白)你好我也好,來而不往,非爲礼也。手中拿的什麼?(旦白)是頂帽子。(生白)鞋麼,怎説帽子?(旦白)既知者,何必又問?(生白)聞听大姐手段高强,宋大爺看看。(旦白)你那手不干净。(生白)這几日抄寫墨卷,不曾洗去。啐啐啐,拿來!(旦扔介)(生白)方才説道卑人手不潔净,如今丢在地下,敢是輕慢你宋大爺麼?(旦白)哎呀,宋大爺洗手净指甲,做成了終究要下地粘泥的東西。(生白)又是他有礼!人人説閻大姐是双巧手,今日要觀看觀看。花兒也好,様兒也好,就是這彦①色有些不对。(旦白)既知不对,就不該來。(生白)哈,住口!每日你宋大爺進得院來,你欢天喜地;今日進得院來,你如此相待,你有什麼心事麼?(旦白)吓,一肚子的心事。(生白)諒那大姐的心事我十猜八九。(旦白)我的心事,怕你猜不着。(生白)慢説大姐心事,就是县太爺的心事,我也要猜着八九。(旦白)太爺的心事好猜,我的心事有点尔难猜。(生白)定要猜猜,來,打坐,向前听猜。(唱)

莫不是茶飯不合口?

(旦白)人生在世,吃魚吃肉,也彀了,难道要吃龙肝鳳心不成?

---

① 應爲“顔”。

頭一猜就錯了。(生唱)

莫不是衣裳不合身?

(旦白)想我們庶民之家,不過是穿些紬緞,还要穿苗龙綉鳳麽?你不用猜了。(生唱)

莫不是馬二娘打駡你?

(旦白)媽媽娘乃是我母親,我有什麽不到之處,他打我駡我,又有什麽得罪的?(生白)是了。(唱)

莫不是街坊鬧氣生?

(旦白)街坊鄰舍,不看我母女,还看宋大爺三分金面,諒他們也不敢。(生白)這就难了。(唱)

這不是來那不是,

(旦白)你猜不着。(生白)慢慢的自然猜着。(旦白)猜不着。(生白)猜的着。(旦白)猜不着。(生白)大姐,我這一下尔定要猜到你的心眼尔去了。(唱)

莫不是想我宋公明?

(旦笑介)哎呀,宋大爺,這一猜到猜着了。(生白)那有猜不着的事情?大姐,你是怎樣想我?(旦白)我前天也想,昨日也是想,爲有今日想得狠。(生白)吓,你想得狠?(旦白)清早起來,前庭想到後院,後院想到厨房,左手一碗凉水,右手拿個芸①辦②兒,喝口凉水,咬口芸辦兒,想的我冷氣壓心。(生白)他前天也想,昨日也想,爲有今日想得狠。前庭想到後院,後院想到厨房,左手一碗凉水,右手拿個芸辦兒,喝口凉水,咬口芸辦兒,想我想得冷氣壓心。哎,看起來大姐你不是想我。(旦白)那个想你?(生白)你想我吓。(旦白)你的娘想你,你姐姐、妹妹想你!(生白)哇!(唱)

適纔走在大街上,説你言語不好听,話到口边留半句。

(旦白)你到説出來。(生唱)

---

① 應爲“蒜”。

② 應爲“瓣”。

説將出來你爲人①,

(旦白)一個人行得正,坐得稳,三条道兒走中間,有什麽話説?説吓!(生白)我且問你,你行得正?(旦白)行得正。(生白)坐得稳?(旦白)坐得稳。(生白)三条道路走中間?(旦白)那不假。(生白)我問你,一?(旦白)一不作賊。(生白)這二?(旦白)二不作强盗。(生白)這三?(旦白)三、三、三……(生白)三、三、三……(旦白)还是不作賊。(生白)哎,你就壞的這"三"上了。(唱)

人道你私通張文遠。

(白)吓,你這樣的心事,我就猜不着了。(旦唱)

被他猜透其中情。

(白)宋大爺。(生白)不大爺。(旦白)宋先生。(生白)什麽宋先生?(旦白)呆子,我与你作耍,你就這樣兒不斤頑尔,下次不頑你就是了。(生白)鬧了我一頭汗。(旦白)請坐。宋大爺,你方才説什麽張……(生白)張文遠。(旦白)他是你什麽人?(生白)是我的徒弟。(旦白)白天你們作什麽?(生白)仝案寫字。(旦白)晚上呢?(生白)低②足而眠。(旦白)漏了!(生白)什麽漏了?(旦白)看來不是我私通張文遠。(生白)是那個?(旦白)是你私通他。(生白)世間只有女子私通男子,那有男子私仝男子的道理?(旦白)你没有,只怕是你娘私通他,你姐姐、你妹妹私通張文遠罢?(生白)賤人吓!(唱)

兩宾朋松③賊淫妇,酒色洋洋下賤人。本當持棒將你打,

(旦白)这几天正不耐煩吓,來、來、來,請打!(生唱)

又恐失了夫妻情,我今將你赶出院。

(旦白)這就走吓。(唱)

閻婆惜四路有宾朋。

---

① 應爲"難爲人"。

② 應爲"抵"。

③ 應爲"兩鬢蓬松"。

（生唱）

認①你走到天涯路，难逃宋江掌握中。怒冲冲坐在烏龙院，

（白）閻大姐！（旦白）宋大爺！（生白）閻婆惜！（旦白）宋公明！（生白）賊淫妇！（旦白）宋王八！（生白）哈哈！我宋江花了多少銀錢，到成了王八了吓！（唱）

罵聲賤人听分明，我爲你造下了烏龙院，我爲你花費多少金，爹娘台前少孝敬，

（旦白）你就該天打雷劈。（生唱）

爲你失了夫妻情。

（旦白）是你情愿。（生唱）

從今不進烏龙院。

（旦白）你便怎麽樣？怎麽樣？（生唱）

敢對蒼天把誓盟。

（旦白）我奉陪。（生白）閻大姐，我也吃了酒了，倆口子打鬧，算不了什麽，起來，起來！（旦白）什麽起來？盟誓罢。（生唱）

宋江跪在烏龙院，祝告空中過往神。我若再進烏龙院，药酒毒死宋公明。

（白）自古道“兩口子拌嘴，不必動氣”。回去説上兩句好話，也就完了，啊，將門閉了。哎，閻雪姣又不是我原配妻房，丢的開，放的下，不來了，他乃是我三十兩銀子買的，宋江不來，誰人敢來？宋江不到，誰人敢到？從今已後，無有風吹草動便罢，若有風吹草動，我宋江就是這一刀，要你的狗命，小心了。哎，先前不听明公劝，失足上了無底船。受了多少冤枉氣，花了許多昧心錢。讓你們了，我是不來了！（下）（旦白）哎呀，被這個强盗吵鬧了半天，把我三郎也悶坏了。三郎快來！

（丑上。白）我師付吓？（旦白）他走了。（丑白）我也走。（旦白）等等尔，你我愿做長頭夫妻，短頭夫妻？（丑白）這是怎麽句話？（旦白）要是做短頭夫妻，今尔個走了，你就不用來了。（丑白）長

① 應爲“任”。

頭夫妻哪?(旦白)長久夫妻,想個主意,把你師付殺死。(丑白)哎,青天白日,那有殺人之礼?這亏心事我不作。(旦白)你不殺,有朝一日我把他殺了,我就説張文遠殺的。你走罢,你去罢!(丑白)只是無有一計。(旦白)聞听人言,你師父私通梁山賊寇,你在衙内打听,我在外面打听,打听明白,害他一死,有何难哉?(丑白)如此,我記下就是。(旦白)叮嚀三郎要謹記,(丑白)莫要走漏这消息。(旦白)若要害得宋江死,(丑白)一對夫妻傾刻离。(旦白)哎,永不离!三郎明尔早些來。(丑白)明尔不開戏我就來。(丑下)(旦白)宋江吓宋江,我有了張文遠,何用你宋公明?(下)

(老旦上。白)屋漏又遭連陰雨,行船正遇當頭風。老身馬二娘,只有一女,名叫婆惜姣,與宋江交好。他這几日未曾到院中走走,衣食难度,不免到街坊找尋於他。話言未了,宋大爺來了。

(生上。白)自己無端事,恼恨在心頭。(老旦白)哦,宋大爺!(生白)原來是馬二娘!(老旦白)宋大爺,這几日未何不到院中走走?(生白)署中有事。(老旦白)今日無事,可去?(生白)今日还有小事未辦,改日再去。(老旦白)宋大爺,你來吓。(生白)哎,大街之上,拉拉扯扯,相個什麼樣子?(老旦白)來吓。(唱)

千看万看,看在老身面,倘有錯言,我陪笑心。

(白)宋大爺請坐,我去叫女兒下樓來。(生白)不要叫他。(老旦白)女兒下樓來,三郎來了。(旦白)那個三郎?(老旦白)他喜的是張三郎,恼的是宋三郎。若説宋三郎,他必然不下樓,我自有道理。兒吓,是你心腹上的三郎!(旦白)母親,問他這几日未①何不來,將他罰跪樓下,等女兒下樓發放与他。(老旦白)宋大爺,你可听見我女兒説道,這几日未何不來,叫你罰跪在此,等他下樓發放与你。(生白)這個話只怕不是説我吓。(老旦白)是説你的。(生白)不要叫他。(老旦白)兒吓,快下樓來。

(旦上。白)來了。(唱)

---

① 應爲“爲”。下同。

我心中有事多煩悶,

(老旦白)來了。(旦唱)

那傍坐的对頭人。

(白)娘吓,若大年紀,老糊塗了。(老旦白)怎麽糊塗了?(旦白)張三就説是張三,宋三就説是宋三,什麽心腹上人吓?(老旦白)只要你我有吃有穿,什麽張三宋三吓?(旦白)娘吓!(唱)

我与他言合意不合,滿腹含冤向誰説?

(老旦白)兒吓,前去叫他一声。(旦白)嘮叨了。(老旦白)宋大爺,你去叫他一声。(生白)囉唆。(老旦白)一個劳叨,一個囉唆,我豈不聰明一世,糊塗一時?莫若把他二人接到房中,睡上一夜,到了天明,滿天云霧也就散了。宋大爺,女兒,來吓!(唱)

路①水夫妻恩情重,不看女兒看老身。

(白)宋大爺,你錯了。(生白)我到錯了?(老旦白)你坐錯了。(生白)叫他過去。(老旦白)女兒坐過去,你二人在此安宿了罢,我要去睡了。(生白)外面不要上鎖。(老旦白)裡面不要上拴。(下)(起更)(生脱衣介。白)呀!(唱)

听樵樓打罢初更尽,院中悶坏宋公明,我本當將他來摟抱,

(白)不可,不可!(唱)

宋江豈是無面人、無面人?

(旦唱)

樵樓上古打二更尽,奴家起下淫慾心。奴本當將他來摟抱,

(白)不可,不可!(唱)

閻息姣豈作下賤人、下賤人?

(生唱)

一見賤人恼人心,暗想心事無計生。手拿刚刀將他刺,

(白)哎,不可吓!(唱)

恨不得刺死無義人、無義人。

(旦唱)

---

① 應爲“露”。

听樵樓古打四更尽,越思越想恼人心。恨不能將他來刺死,

(白)哎,使不得!(唱)

此事还要三思行、三思行。

(起更完)(生忙衣,丢袋介)(旦白)天已明了,回至上房,与我母親上壽。喲,是什麽東西?代我看看。原來是個要飯的口袋,里頭是什麽?啊,黄金一定,留只与我三郎買菓子吃。还有小柬一封,“字啓晁盖拜”。想這晁盖乃是梁山賊寇,原來宋江私通賊寇,果是真情。宋江吓宋江,管叫你死在我手!

(生急上。白)哎呀,時才在院中失落招文袋,袋内黄金一定,不知緊要,还有晁……(看介)晁盖書信一封,想這賤人可識得几行字跡,他若知道,那还了得?不免去到院中找尋找尋。來此已是。(作身断)哦,閻大姐醒來。(旦白)宋大爺还没走麽?(生白)你还不曾睡着麽?(旦白)我吓,睡着了。(生白)卑人方才失落一物,大姐可見?(旦白)敢是要飯的口袋?(生白)不錯,正是要飯的口袋,还与我罢。(旦白)拿了去。(生白)内有黄金一定。(旦白)有的,留只与我三……(生白)三什麽?三什麽?(旦白)我買花尔代。(生白)自當奉送。(旦白)还有什麽?(生白)还有小柬一封。(旦白)敢是晁……(生白)禁声,不要緊的東西,还与卑人罢。(旦白)要書却也不难,要留個了當。(生白)什麽叫“了當”?(旦白)宋大爺,你在公衙門中,連“了當”都不知道?(生白)卑人不知。(旦白)就是休書。(生白)哦,休書就叫作“了當”?那不能。(旦白)你不能?少陪。(生白)那礼①去?(旦白)与我母親祝壽。(生白)你當真要休書麽?(旦白)还有假的嗎?(生白)我与你寫。哎呀,無有紙筆墨硯。(旦白)早已備辦了。(生白)到是你會辦是吓。(旦白)這点尔小事兒,可辦得好?(生白)休書怎樣寫法?(旦白)宋大爺你不曾寫過麽?(生白)到不曾寫過。(旦白)我講,你寫。(生白)好,正要你講,正要你講。

---

① 應爲“里”。

(旦白)立休書人宋公明,今休妻閻息姣①。宋大爺,我改嫁。(生白)認從②你嫁誰。(旦白)認從我?你寫"改嫁張文遠"。(生白)呀,呀,呸!明知文遠是我的徒弟,你偏、偏、偏要改嫁他,那不能!(旦白)少陪。(生白)你真果是改嫁他?(旦白)嫁定了他。(生白)就讓你嫁他。(旦白)你快快寫吓。(生白)認從改嫁張……(旦白)張文遠。(生白)哎,張文遠,拿去!(旦白)宋大爺,這还不算得。(生白)怎麽不算得?(旦白)要脚摩手印。(生白)想我一不賣老婆,二不賣妻,要什麽脚摩手印?(旦白)無有,就算不得。(生白)閻大姐,這樁事你辦得几次?(旦白)我麽,頭一次。(生白)你道是個老行家。(旦白)你与我打、打、打!(生洒頭)打吓,拿去。(旦白)拿來。(生白)把小柬还我。(旦白)宋大爺,你把休書与我,难道我还跑了麽?(生白)吓,亮你也走至不遠,拿去!(旦白)這一下,當真少陪了。(生白)吓,閻大姐,這就是你的不是了。你要休書,我与你寫休書。你要脚摩手印,我与你脚摩手印。應當还我的小柬才是。(旦白)你當真要小柬麽?(生白)怎麽不要?(旦白)走吓。(生白)那里去?(旦白)隨我到太爺堂上去領。(生白)閻大姐,你不要生事。(旦白)我不生事。(生白)你不要調氣。(旦白)麻?(生白)你我乃是好夫妻,还我的是吓。(旦白)不还,你便怎麽樣我?(生白)不与我的小柬,我只怕要……(旦白)要罵我?(生白)不罵你。(旦白)要打我?(生白)不打你。(旦白)要殺我?(生白)我殺、殺、殺……殺了你!(起板。唱)

【撲灯蛾】胆大閻婆惜,敢把宋江欺。不与我招文袋,頃刻与你見高低。

(旦唱)

胆大一宋江,胆大一宋江,敢把老娘欺。我不与你招文袋,你把老娘便怎的?

---

① 底本中有作"閻昔""婆惜姣""閻惜姣""閻息姣"者,并不統一。

② 應爲"任從"。下同。

(生杀旦介)(拿書)“立休書人”,呀呸!“契弟晁盖”,招、招、招!且住,這賤人被我殺死,代我開開門走了罢。吓,一人作事一人當,豈肯連累馬二娘?二娘快來!

(老旦上。白)宋大爺,爲何這等甚早?(生白)你女兒不好了。(老旦白)是你貫的他吓。(生白)被我杀了。(老旦白)我却不信。(生白)隨我來。(老旦白)哎呀,兒吓!(生白)呔,你若高声,我這一刀殺了你。(老旦白)宋大爺,念在你夫妻情分,買口棺木葬埋与他。(生白)將尸首搭了下去,在那里買?(老旦白)大街去買。(生白)好吓,隨我來。(兩回頭)(老旦白)殺人吓!(仝下)(完)

烏龍院（皮黄）

【劇目簡介】

皮黄，未署名。現存民國《戲考》刻本，可與車王府藏鈔本參照。小説《水滸傳》第二十一回《虔婆醉打唐牛兒　宋江怒殺閻婆惜》有類似情節，細節多有不同。

《戲考》刻本，題目作“烏龍院”，又名“坐樓殺惜”，一場，每頁十五行，每行三十六字左右。

劇演宋江殺惜一事，與車王府藏《烏龍院總講》相似，細節有所不同。

（丑上。白）惜的的，愛的的，私通閻婆惜。在下張文遠，曾拜宋江門下爲徒。我與那閻婆惜，眉來眼去，兩下苟合。今日閒暇無事，不免到烏龍院中走走。（唱）

【平板】【二簧】摇摇擺擺擺擺摇，摇摇擺擺過小橋。一步兒來至在烏龍院，叫聲大姐快開門。

（白）大姐開門來！（旦内白）來了。

（上。唱）

【平板】【二簧】忽聽得雙環响一聲，不知來的是何人？用手兒開開了門兩扇，

（丑進門）哎吓，妙吓！（唱）

有勞大姐禮相迎。

（旦唱）

搬一把椅兒三郎坐。

（丑唱）

大姐幾日可安甯？

(旦唱)

問三郎,爲何不到烏龍院?

(丑唱)

衙前懼怕一個人。

(旦唱)

問三郎怕的那一個?

(丑唱)

怕的師父宋公明。

(旦唱)

那宋江他是狼來他是虎?

(丑唱)

非狼非虎,懼怕他三分。

(旦白)三郎,你可好?(丑)我好。大姐你可好?(旦)我也好。三郎這幾日,爲何不到烏龍院中走走?(丑)衙前有事,少來拜望。(旦)這也難怪。(丑)吓!大姐,手中拿的什麽?(旦)紅綉花鞋。(丑)是那個穿的?(旦)我媽穿的。(丑)媽兒娘佬大年紀,怎麽穿紅綉花鞋?(旦)今天十四,明天十五,是我媽的生日。做雙花鞋,與他老人家上壽的。(丑)不是大姐提起,我到忘懷了。如此説來,我明日禮到人不到。(旦)是要你的人來。禮不來,不要緊的。(丑)如此説來,我禮到人又來。(旦)這不結了麽!(吓①)吓!大姐,你可曉得我的來意?(旦)你要怎麽樣?(丑)我要與你高興高興。(旦)你猜我呢?(丑)大姐越發的要高興高興。(旦)我今天有點不高興。(丑)告辭!(旦)三郎你回來。你上那裏去?(丑)大姐麽今天不高興。我等你高興,我再來吓。(旦)我跟你鬧着頑的。(丑)你跟我鬧着頑?唬了我一身的冷汗。(旦)正是:東邊日出西邊引,(丑)大姐説我情來越有情。(旦)三郎隨我來。(丑)來了。(仝下)

(内衆白)退堂呢!(生内白)列位少陪了。

---

① 應爲"丑"。

（上。唱）

【平板】【二簧】大老爺打罷了退堂鼓，衙前來了宋公明。

（白）卑人宋江，在這鄆城縣，當了一名刑房。今日閒暇無事，不免到烏龍院中走走。（唱）

【平板】【二簧】那一日打從在大街上，偶遇好漢叫劉唐。他把那實言對我講，請我梁山去爲王。一步兒來至在大街上，

（内衆白）吓，列位。你們來看前面走的張文遠，後面跟的宋公明。師徒二人仝走一條道路，令人好笑，哈哈哈！（生唱）

又聽得鄰舍説短道長。

（白）哎吓，且住！聽他們街坊鄰舍言道："前面走的張文遠，後面跟隨宋公明。師徒二人，仝走一條道路。"莫非張文遠，這小奴才，也到烏龍院中走走？嗳，是非終朝有，不聽自然無。（唱）

【平板】【二簧】自古道是非終朝有，耳不聽來自然無。一步兒來至在烏龍院，青天白日把門關。

（白）啊？青天白日爲何將門緊閉？待我上前叫門。大姐開門來。吠！大姐開門來！

（旦上。白）什麽人？（生）啊？宋大爺聲音，難道聽不出來了？（旦）哎，宋大爺來呢。你今天來的不湊巧。（生）怎麽來的不湊巧？（旦）鑰匙不在我身上。（生）在那一個身上？（旦）在我媽身上。你改日再來罷！（生）呀，呸！快快去到媽兒娘房中，將鑰匙取來開門。快去！（旦）曉得了，你等一會。三郎快來！

（丑）哎，大姐什麽样了？（旦）不好呢，你師父來了！（丑）吓呀，這便怎麽處？（旦）不要緊，你在我媽房裏藏一會。（丑）快些打發他去吓！（生）快些！（旦）來呢！（生）爲何這樣慢騰騰的？待我打進去！（旦開門）（生進門，東看西看介）嗳、嗳、嗳！（旦白）宋大爺，你進得院中，東照西望，難道我這院中，有什麽歹人不成？（生）不是吓。宋大爺往日進得院來，掃地挂畫。今日進得院來，地也不掃，畫也不挂。來個朋友，像個什麽樣兒？（旦）宋大爺，我吓不知道你今天要來。我知道你要來吓，地也掃了，畫也挂了。我没打算你來。（生）哦，大姐不打算我來，我到偏偏的

來了。(旦坐下)(生白)哎,大姐,這就是你的不是了! 宋大爺進得院來,你就該搬個椅兒過來,讓你宋大爺坐下,才是你的道理。怎麽你自己到先坐下了? 輕慢你宋大爺,怠慢你宋大爺,真真豈有此理! (旦)宋大爺,這邊有的是凳子,那邊有的是椅子,自己不會坐下,難道叫我摟住你,抱住你,來、來、來! 吃點奶奶罷? (生)哎吓吓,這到不消了。哎吓,是吓! 這邊有的是凳子,那邊有的是椅子,我自己不會坐下,難道叫他摟住我,抱住我? 自討無趣! 待我自己坐下。(生、旦仝坐椅子)(旦白)宋大爺你這怎麽呢? (生)化錢的老爺們,歡喜這個調調兒。(旦)你猜我呢? (生)大姐麽,你也喜歡! (旦)我就惱得這個調調兒。(生)大姐也歡喜這個調調,我就免了這個調調兒。大姐你可好? (旦)我没有病,怎麽不好? (生)我也好。(旦)誰問你呢? (生)我問過大姐,大姐必要問我。我替大姐説了,省得大姐你勞神。(旦)那裏這麽些淡話? (生)大姐手裏拿的什麽? (旦)你的帽子。(生)分明是鞋子,怎麽是帽子? (旦)你知道麽,你問? (生)那一個穿的? (旦)我媽穿的。(生)媽兒娘偌大年紀,穿什麽紅綉花鞋? (旦)今天十四,明天十五,我媽的生日。做雙花鞋,與我媽上壽的。(生)哦,不是大姐提起,我到忘懷了。明日我禮到人不到。(旦)是要禮到,人不來不要緊。(生)如此,我禮到人又來。(旦)你來不來不要緊。(生)大姐,聞得你一雙巧手,今日到要見識見識。(旦)一雙花鞋有什麽好看? (生)看看也不要緊。(旦)你要看,拿去。(生)拿來。(旦)好臟的手! (生)哦,我的手臟了? 時才在衙内,抄寫墨卷,未曾浄手,待我洗洗干浄。(旦)好臟根子! (生)洗好了,拿來看看。(旦)當真要看? (生)當真要看! (旦)拿去! (生)哎,大姐,這就是你的不是了。(旦)你又眺眼呢? (生)你方才嫌我的手臟,如今你把他丢在地下,難道他就不臟了麽? (旦)宋大爺你不要生氣。常言道的好:“洗手浄指甲,作鞋泥裏踏。”終久他是要壞的。(生)是吓! “洗手浄指甲,作鞋泥裏踏。終久他是要壞的。”(旦)你往那裏指? (生)我説這個鞋子。待我來看看。果然做的不錯吓,好,拿去罷! (旦)你還知道好歹麽?(生)爲人在世,那有不知好歹的道理?(旦)他是怎麽好?(生)花兒也好,樣兒也好,做的也好,這叫做好、好、好!(旦)一點不好没有麽?(生)就有一樣。(旦)那一樣?(生)顔色不對。(旦)顔色不對?你就不該來。你拿過來罷!(生)宋大爺往日進得院來,你歡天喜地。今日進得院來,面帶憂愁,莫非有什麽心事不成?(旦)没有心事。(生)一定有心事。(旦)慢説没有心事,總有心事,你也猜不着。(生)慢説大姐心事,就是我父母太爺的心事,不猜便罷,(旦)要猜呢?(生)猜他個八九不離十。(旦)你不要猜。(生)一定要猜。(旦)你就猜。(生)大姐聽了:(唱)

【二簧】【平板】宋公明打坐在烏龍院,猜一猜大姐肺腑情。莫不是茶飯不隨你的口?

(旦白)宋大爺,你這頭一猜……(生)猜着了?(旦)猜錯了!(生)怎麽猜錯呢?(旦)想我門①平等人家,吃的是鷄鴨魚肉,還要吃什麽龍心鳳肝不成?不是的!(生)哦,猜錯了?(旦)猜錯了。(生)聽了:(唱)

莫不是衣裳不遂你的身?

(旦白)宋大爺,你這第二猜……(生)猜着了?(旦)你又猜錯了!(生)怎麽又猜錯呢?(旦)想我們平等人家,穿的是綾羅綢緞,難道要穿什麽描龍綉鳳不成?不是的。(生)哦?不是的。再猜。(唱)

【二簧】【平板】莫不是街坊鄰居得罪了你?

(旦白)宋大爺,你這一猜,又猜錯了!(生)怎麽又猜錯了?(旦)想那街坊是好街坊,鄰居是好鄰居。慢説我得罪不着他們,就是得罪他們,還要看宋大爺三分金面。不是的。(生)哦,又不是的。我再來猜。(唱)

莫不是媽兒娘,打駡你的身?

(旦白)宋大爺你越猜越不對了!(生)怎麽越不對了?(旦)想那

---

① 應爲"們"。

媽兒娘,他是我的媽,打也打得,罵也罵得。不是的。(生)哦,又不是的吓。(唱)

這不是,那不是,是何意見?吓,大姐的心事,往日一猜就猜着了。今日怎麼猜不着了?

(旦)你猜不着,不要猜了。(生)我一定要猜!(仝做身段)(生白)大姐,你過來。我這一猜,一定猜着了!(旦)你請猜。(生唱)

莫不是思想我宋公明?

(旦白)真有你的!(生)哦,猜着了?(旦)可不是猜着呢!(生)你是想我?(旦)可不是想你麽!(生)哎吓,我説大姐的心事,果然被我猜着了。請坐,請坐!大姐你幾時想我?(旦)我前天就想你。(生)衙前有事。(旦)昨天想你。(生)朋友吃酒。(旦)今天又想你。(生)今天想我,我到偏偏的來了!(旦)今天想得利害。(生)怎麽樣的利害?(旦)清早起來,頭也不梳,脚也不裹,前廳跑到後院,後院跑到廚房,左手拿一盌涼水,右手拿住蒜瓣,喝口涼水,咬口蒜瓣……(生)這叫怎麽想法?(旦)這叫做"淡想"。淡想想斷了肝腸!(生)吓,大姐,只怕不是想我!(旦)我不想你誰想你?(生)大姐你想我?(旦)你妹子想你!你姐姐想你!(生)呀呸!(唱)

【二簧】【摇板】怪不得大姐人談論,道你的言語不中聽。話到舌尖留半句,説出口來你難爲人!

(旦白)什麽難爲人?想我們婦道人家,一要走的正,二要走的端,三條大路走中間!(生)我問你這一?(旦)我一不作賊!(生)我問你這二?(旦)二不偷人家的!(生)我問你這三?(旦)三吓?還有他媽的四呢!(生)哎吓!你就壞在這個"三"上了!(唱)

【二簧】【摇板】都道你私通了張……

(旦白)张什麽!张什麽!张什麽!(生)説不出口來,難爲情。(旦)不要緊。我替你難爲情。(生)嗳!(唱)

【摇板】那張文遠,

(白)張文遠!張文遠!你的心事,我會猜不着?提起那張文遠,

你看他這個樣兒，叫我們化錢的老爺們，好不寒心哪！（旦）呀！（唱）

【二簧】【平板】被他猜破肺腑情。

（白）哎吓，他怎麽會曉得了？這怎麽好？有呢，待我去灌灌米湯。哎吓，我説這個宋大爺……（生）呀呸！那個不叫我宋大爺，要你來叫我宋大爺？宋大爺吓，還宋二爺呢！（旦）宋大爺不好，宋先生……（生）呀呸！那個不叫我宋先生，要你來叫我宋先生？真真豈有此理！（旦）哎吓！宋先生不好，還是宋大爺。我説宋大爺，我不會吃酒，清早起來，吃了幾杯早酒，酒言酒語，得罪你呢。我跟你鬧着頑的。誰曉得你不經頑，一頑就炸呢！哎吓，我説宋大爺吓！（生）哦？你是與我做耍的？（旦）可不是鬧著玩的！（生）哎吓，唬了我一頭的冷汗呢！請坐。大姐，從今以後，酒要少飲。（旦）我戒酒呢！（生）少吃些就是了。（旦）我一點也不吃了。宋大爺，你方才説張……張什麽？（生）張文遠。（旦）張文遠是你什麽人？（生）是我的小徒。（旦）是你小徒？白日在衙内做什麽？（生）抄寫墨卷。（旦）到晚來？（生）抵足而眠。（旦）宋大爺你這話漏呢。（生）漏了我房東。（旦）什麽“我房東”？你的話頭漏了。（生）漏了什麽？（旦）我看别人没有私通張文遠，我看你私通張文遠了！（生）世間之上，自有男子私通女子，那有男子私通男子的道理？（旦）你没有私通那張文遠，你猜我呢？（生）大姐麽，也不能勾！（旦）那麽誰公通①張文遠？（生）是啊，那一個私通張文遠？（旦）眼前有一人，私通張文遠，你不敢惹他！（生）那一個？我宋江不敢惹他？（旦）你的姐姐私通張文遠！你的妹妹私通張文遠！（生）呀呸！（唱）

【西皮】【倒板】一言怒惱宋公明！

（二人碰椅子）（生白）閻大姐！（旦）宋大爺！（生）閻雪姣！（旦）宋公明！（生）閻婆惜！（旦）宋江！（生）哈哈哈！我宋江的名字，他到叫起來了！我把你這個狗淫婦！狗淫婦！（旦）哎吓，我

① 此處以“公通”與“私通”相對，充滿諧趣。

把你這死烏龜！你們看他像不像？(生)呵呵！我宋江化了許多銀錢,落了個“忘八”二字！吓！(唱)

【西皮】【原板】罵一聲閻雪姣,無恥的賤人！曾記得在家遭荒旱,你一家逃難來,到了鄆城。遭不幸,你的父喪了命。無銀錢買棺木,葬爾的天倫。爾的母,没奈何將你賣。賣了那身價葬爾的先人。清早起賣到午時後,午時賣到夜黄昏。大街小巷俱賣盡,並無有一人問一聲。大老爺打罷了退堂鼓,

【快板】衙前來了宋公明。三十兩銀子將你賣,買回家來度光陰。我爲你造下了烏龍院,我爲你化下了許多銀,我爲你父母堂上難行孝,

(旦白)你就該天打雷劈！(生)呀呸！(唱)

【快板】我爲你失散了夫妻情。怒氣不息將你打！

(旦白)你要打誰？(生)我要打你！(旦)我告訴你,太太好吃好穿没見過,好打見過的！我打個樣兒與你看看！(生)定要打你！(碰膀子)(旦)呀吓！踹了我的脚了！(生)怎麽樣了？(旦)你走開去罷！(生唱)

【快板】嗳！越思越想越傷心,一怒趕出烏龍院！

(旦白)我就走！(唱)

閻婆惜,到處有賓朋。

(生唱)

【快板】認你跑到天邊遠,難逃宋江掌握中！

(旦白)諒不就！(生)諒的就！(旦)哎吓！(生唱)

從今後我不進烏龍院！

(旦白)再來呢？(生唱)

情愿對天把誓盟！

(旦白)我不信！(生)我就對！(旦)我就跪。(生)哎,天①姐,我是與你做耍的。你怎麽跪下了？來個朋友,看見像什麽樣兒？你起來罷！(旦)我也不是三歲兩歲小孩,讓你打哭呢,哄樂呢！你與我跪下罷！(生)哎！(唱)

① 應爲“大”。

【摇板】雙膝跪在塵埃地，過往神靈聽分明，從今後再進烏龍院，

(旦)怎麽樣？(生唱)

藥酒毒死我宋公明！

(旦)你走出去！(生白)嗳，我與他恩愛夫妻，争吵幾句，説什麽不來？待我轉去……啊？這賤人已經將門緊閉。嗳！大丈夫做事，提得起，放得下。這烟花之地，來不來，有什麽要緊？説不來我就不來了。嗳！説什麽不來？想這烏龍院，乃是我銀錢所造，閻雪姣是我銀錢所買，我宋江不來，是那個敢來？從今以後，無有風吹草動便罷，若有風吹草動，我就是這一刀結果爾的狗命！正是：當初不聽朋友勸，失足上了無底船。受了許多的腌臢的氣。嗳！化了許多昧心錢。列位老爺們，你們那個要來只管來走走，我宋江是不來了，我一定不來了。嗳！我是再也不來了！(生下)(旦白)宋大爺？宋江？哎吓，真走了！待我開門看看走呢！三郎快來！

(丑上。白)我師父可曾去了？(旦)你師父去了。(丑白)我也要去了。(旦白)你回來！(丑白)作什麽？(旦白)你還愿意作長久夫妻，還是愿意作短頭夫妻？(丑白)長頭夫妻怎説？短頭夫妻怎講？(旦)短頭夫妻，你今個去了，不要來了。(丑白)我捨不得大姐。(旦)你捨不得我，我也捨不得你。聞聽人説，宋江私通梁山，你在外頭訪，我在家裏訪。訪出此事，將他送入當官，你我就是長久夫妻了！(丑)好！我告辭了。(旦)回來。我看看有人没人。(看)没有人。正是：二人定計二人知，(丑)休要走漏這消息。(旦)但愿害得宋江死，(丑)你我夫妻倾①刻離。(旦)嗳，永不離！(丑)不錯，永不離。請吓，請吓！(丑下)(旦)正是。宋江吓宋江，管叫你明鎗容易躲，暗箭最難防！(下)(完)

---

① 應爲“頃”。

借茶（崑腔）

【劇目簡介】

崑腔。現存清代刊本，《綴白裘》多種版本收録，另《玄雪譜》、洞庭蕭士輯《綴白裘三集》、《歌林拾翠》、石渠閣主人輯《綴白裘全集》等選録此齣。小説《水滸傳》第二十回《梁山泊義士尊晁蓋　鄆城縣月夜走劉唐》有類似情節，此劇出自許自昌撰《水滸記》第三齣《邂逅》，略去齣首演述閻婆母女感嘆生計不濟、夭桃未諧的段落，包括【似娘兒】【醉花雲】二曲，略有差異。

《綴白裘新集合編》本①，題目作“借茶”，一出，每頁九行，每行二十字左右。

内容敘張文遠偶然間邂逅閻婆惜，見其貌美風流，遂以借茶爲由行調戲之事，閻婆惜心中不樂，借機趕走張文遠。

（貼上）

【一封羅】臨風半掩扉，俏含情慚②倚間。只見那結伴尋芳花外屐，選勝攜樽陌上車。教我惜春無計，春光暗移；惜花良苦，花期漸踰。鎮無言獨立長吁氣。

（貼下）

（付上）

【前腔】花間鳥自啼，杜陵東，步屧移。

學生張文遠，排行第三，與宋公明仝爲縣吏。今日公門無事，公

---

① 原刊于寶仁堂乾隆三十五年六編合刊本《綴白裘新集合編·初編》，後收入十二編本，其他刊本亦多收録。以石渠閣主人輯《綴白裘全集》本爲校本。

② 應爲“暫”。

明兄又居去哉，叫我獨坐無聊，不免到街坊上閒步一回，有何不可？

(貼上)母親這時候還不見回來。(付私白)好個標緻女子，看他遮遮掩掩，好不動人也！

見他隱約珠簾遮翠髻，掩映芳容倚綉扉；叫我凝眸偷覷，神魂欲飛。看他含羞斂袂，天香暗飛。

(貼)母親爲何還不見回來？(付)就居來哉。

似鶯聲嚦嚦偷吁氣。

且喜無人，待我上前，只做借茶吃，看他怎生光景？小娘子拜揖。個個學生尋芳到此，一時火動，渴吻難熬，敢借香茶一盞，勝似瓊漿玉液。(貼)你要吃茶么？(付)正是。(貼)冷的便有，熱的不便。(付)冷个極妙个哉，無非煞火个意思吓。(貼)你住在此，待我進去取來。站在此不要動吓！(付)動阿弗敢動。(貼)正是：茗飲蔗漿攜所有，我去取茶，到不要去了吓。(付)個是阿敢个介？(貼)磁甖無藉玉爲缸。(下)(付)妙吓！你看小娘子進去取茶了，叫我在此等。我張文遠怎敢挪移半步吓？

【醉羅歌】徙倚徙倚綠堦砌；延竚①延竚望仙姿。依稀綽約洛川妃，炯含媚眼如秋水。

他方纔進去的時節，把這裙兒擺這幾擺，

似翊風送褘②，翩翩遇奇。陽城下蔡，悠悠思迷。只怕蝃蝀影阻高唐雨。

(貼上)

攜茗碗，整綉襦，爲憐鴻漸思依依。

茶有了。(付)吓，茶没拉裡哉，那亨叫我堦頭上吃？阿覺弗好意思？阿可以讓學生拉門角裡呷子罷？(貼)吓，待我放在桌上。(付)那就遞拉學生手裡何妨，必定要拉抬上介？古執得勢。阿呀，熱个，騙我是冷个，一隻指頭燙痛哉！(貼)吓，是旋烹的。

---

① 原文此字爲“跱”。

② 應爲“翾風宋褘”，指古代兩個著名美貌女子。

(付)姜泡个①。噴、噴、噴香好茶,顔色甚佳,更兼個陣香味,那了來得能清趣?阿呀呀,等我謝聲介。多謝小娘子!

【前腔】茗借茗借憐崔護,消渴消渴甚相如。瓊漿一飲自躊躕,怎邀玉杵酬高誼?

(貼)阿呀,好意借茶與你吃,反有這許多閒話!(付)無人拉哩,無非白話白話。(貼)走來,實對你説了罷。(付)倽个介?(貼)

蓬萊海外,去時路岐;嫦娥月裡,望來眼枯。春山懵懂頻偷覷。

(付)單説閒話,弗曾問得宅上尊姓?(貼)姓閻。(付)姓田吓?(貼)閻吓。(付)姓錢吓?(貼)姓閻。(付)閻?好姓吓。學生將來也要姓閻哉。請問宅上還有何人?(貼)止有家母。(付)令堂請出來,等學生謝介聲。(貼)不在家裡。(付)啰哩去哉?(貼)親戚人家去了。(付)親眷人家去哉?吾還要吃茶來。(貼)呀!家母回來了。(付)老親娘弗見吓。阿呀,開子,老親娘居來哉。(貼)想是母親回來了。(付)冒。(貼關門介)啐!我好意取茶與他吃,反有許多閑言閑語。啐!(貼下)(付)阿呀,一隻脚,一隻脚!阿呀!妙阿!方纔小娘子呵,

明明是私心許,目亂迷,何期相見便相依?

有趣,偶然走走,走出葢節好事體來,空閑子到要來步步个哉。等我記子個個門面勒介。左邊是鎗籬,右邊是打墻,門對是旧个:"燕啣新福至,梅報早春來。"吓,個意思拉乭叫學生明朝早點來吓!(下)

① 意爲剛泡的。

拾巾（崑腔）

【劇目簡介】

崑腔，未署名。現存清代刊本，《綴白裘》多種版本收録①，另《歌林拾翠》亦曾收録此齣，或爲避免朝廷禁忌，劇名各版本皆作“水泊記”。小説《水滸傳》二十一回《虔婆醉打唐牛兒　宋江怒殺閻婆惜》有類似情節，此劇出自許自昌撰《水滸記》第十二齣《目成》，細節有所差異。

《綴白裘新集合編》本②，題目作“上墳”，一齣，每頁九行，每行二十字左右。

劇演張文遠在借茶之後再訪閻婆惜，發現其已與宋江議定親事，心中甚爲不喜，遂多般調戲，欲行私通，閻婆與婆惜亦明了此事。

（付上）

【引】日來公務蹉跎，無因訪問姣娥。

“酒不醉人人自醉，色不迷人人自迷。”我張三郎爲何道此兩句？只因前日子偶然在街上閑走，見一个女客，生得十分標致，我去看他，他也來看我；我與他借茶吃，他便借茶與我吃。我把几句言語挑動他，甚是知音。咳！我一向爲公務碌碌，弗曾訪問渠，弗知俉等樣人家个。且喜今日縣中無事，不免步到他家門首去訪問訪問。若可以來往渠个没，我就搭俚來往來往，走動走動。咦，説話之間，几里已是，到拉里哉。我看左隔壁是打墻，右隔壁是鎗籬，弗差个。爲俉今朝關門拉里？

---

① 原刊於寶仁堂乾隆三十九年《綴白裘補編十二集》，後收入十二編本。

② 以《水滸記》爲校本。

(老旦上)計拙無衣食,穷途仗友生。(付)咦,個是閻老媽哟。(老旦)吓,這是張三郎吓,他爲何在此? 喂,你莫非是張相公么①? (付)吓,正是,正是! 你阿是閻老親娘吓? (老旦)正是。(付)呃爲偖打個個裡哈走出來? (老旦)這是老身的家裏吓。(付)吓! 個個就是老親娘个宅上? (老旦)正是。(付暗白)吓,想前日子個個女客就是俚个囡兒哉。(老旦)吓,張相公爲何到此? (付)吓,等一个朋友,約拉几里会个了。(老旦)既如此,張相公何不請到裡面去請坐奉茶? (付)嗄,動阿動弗淂。我嘿坐拉裡,向停歇倘然是個個朋友走過子嘿那? (老旦)不妨。門兒左右是開在此的,那朋友打從這里經過,少不得看見的哟。(付)是吓,弗差! 只是輕造不當。(老旦)好説。張相公請坐。(付)老親娘請坐。(老旦)

【黄鶯學畫眉】榮藉子猷過,

(付看内出神,老旦將扇指住肩介)吓,張相公。(付)阿呀呀! 老親娘,唱喏。(老旦)

奈衰殘應接疏。

(付)房子雖小,倒收捉得乾净相,有趣。(老旦)

蛙居窄狹慚虚左。

張相公請坐,待老身去取茶來。(付)弗消淂哉,要去哉。(老旦)吓,我兒。(貼内)怎么? (老旦)吓,有客在此,取茶出來。(貼)曉淂。(付看内介)(老旦)吓,張相公請坐。(付)有坐,有坐! (老旦)吓,快些。(貼)就來了。(老旦)阿呀,張相公,看仔細,請坐。(付)有坐,有坐! 哈,哈,哈! 喂,老親娘,裡面答應个還是令郎呢令爱? (老旦)是小女吓。(付)有几位令爱? (老旦)只淂一个。(付)青春几何了? (老旦)

年華不多,

(付)到底几歲哉? (老旦)吓,一十六歲了。(付)吓,十六歲哉? 妙吓! 二八佳人,正在妙齡之時。阿曾吃過茶个來介? (老旦)

---

① 底本此字作"忽"。

瓜期未過。

阿呀呀，老身倒失謝了。（付）吓，老親娘，吖謝我倽个？（老旦）前日多蒙張相公攛掇，許配宋相公的，就是小女喲。（付）吓！前日子許配老宋个就是令爱？（老旦）正是。（付）阿唷！老宋，你个臭賊，好造化吓！（老旦）

東床賴贅東方朔，

（貼拿茶上）

堂前喚客嬌鸚鵡，捧龍團光映冰壺。

母親，茶在此。（老旦）吓，這是冷的，去換盃熱茶來。（貼）曉淂。（下）（付）

【黃鶯穿皂袍】拂袂似穿梭，俏身材軟玉搓，嬌羞一段真無那。

（貼上）母親，茶在此。（付）

雙眸暗睃，我香魂欲酥。

（老旦）我兒過來見了張相公。吓，張相公，小女求見。（付）豈敢，豈敢！吓，大娘娘，唱喏！（老旦）阿呀呀，張相公，他是小厮家喲。（付）倽説話。（老旦）吓，張相公請茶。（付）亦要擾茶。（老旦）粗茶。（付）

瓊漿一①飲自藍橋路。遮遮掩掩光生綺羅，霏霏拂拂香穿綺疎。芳菲有主空相慕。

好茶，好茶！老親娘個個茶是啰個泡個？（老旦）吓，是小女泡的。（付）個位大娘娘專會泡好茶个哉。（老旦）休淂取笑。（付）多謝子老親娘，我去哉。（老旦）再坐坐去。（付）弗消哉。（老旦）有慢相公。（付）倽説話。老親娘。（老旦）張相公。（付）是個個……（老旦）吓。（付）飲中相顧色，（看貼介）妙吓！别後更留情。我去哉。（老旦）慢去。（付）吓，老親娘。（老旦）怎么説？（付）吓，弗是，弗是！個個，擾茶。（下）（貼）吓，母親，這是那個？（老旦）他么？就是和宋相公同房做押司的。他的渾名叫做張三郎。（貼）吓，母親，他前日在此經過，和孩兒借過茶吃的就是他。

---

① 據《水滸記》此“一”字爲衍字。

(老旦)吓,吓!(貼)我看他倒也生淂有趣。(老旦)嗨、嗨、嗨!(貼)

【猫兒墜玉枝】我隔簾偷覷,彷彿憶當初。鴻漸曾經駐玉珂,看他翩翩結束自婆娑。

(老旦)阿呀,兒吓!我把你許配宋相公,原是貪他的錢哟。

姻盟衹是居奇貨。况檀郎風流,不負配嬌姿,姻緣不錯。

(貼欲開門,老旦扯住介)吓,我兒,張三郎是去遠了,進去罷。(貼)啐!(笑介)(同下)

(付上)哈、哈、哈!有緣千里來相會,無緣對面不相逢。今日個個閣婆惜甚覺有情于我,可恨他母親在傍;若是弗拉屋裡,是……阿呀,還有多哈好事務做出來哉。我那間再走轉去。吓,阿要轉去?咳,罷哉,若弗轉去呵!

【前腔】可惜他回頭一顧,留意在秋波。我欲向瓊宫問玉蜍,梧樹何年歇鳳雏?

(貼、老旦上)(開門介)(付見介)大娘娘。(貼推老旦介)(付推老旦介)(老旦)阿呀呀,是老身哟。(付)啐,啐!原來是老親娘,我只道是令爱了。(老旦)吓,張相公,你去了爲何又轉來?(付)正是。方纔多謝老親娘留我進去吃茶,我弗見子一件物事了。(老旦)吓,弗見了什么東西?(付)吓,我弗見子是個個……(老旦)什么東西?(付)是個個……(貼指身上汗巾介)(付)吓,吓!一條汗巾。(老旦)可有什么東西在上么?(付)無是無僘,只淂一隻小錠,還有一副剔牙杖。個個汗巾銀子弗見子倒也罷哉,個副剔牙杖是弗見弗淂个。(老旦)爲何?(付)個是一個小朋友□□①官送拉我个了。(老旦)既如此,張相公請到裡面去尋嘘。(付)動也動弗得,老親娘個宅浪,豈有此理。(老旦)不是吓,張相公進去尋一尋,大家解了疑吓。(付)介没老親娘,得罪哉嘘。(老旦)好説。(付)吓,老親娘,㕶到個搭去尋?(推老旦介)(付)

只見他六幅瀟湘水半拖,我低徊睨處金蓮露。

---

① 原文中有空缺,或是留待演員演出時現場發揮的提示。

(摟貼介)阿呀,我个騷娘吓!那能生得介標致?我要親个嘴。(貼)啐,啐!(推介)(付錯摸老旦脚介)(老旦)阿呀!這是老身的脚吓。(付)啐,啐!我認子汗巾頭,倒是老親娘个脚帶頭。(老旦)張相公,可曾尋着么?(付)無渏。(老旦)如此,再尋嘘。(付)介嘿,老親娘,你替我到個搭去尋。(推老旦介)(付抱貼介)阿呀,我个娘吓!(貼)啐!(付)

只見他遮遮掩掩光生綺羅,霏霏拂拂香穿綺踈。芳菲有主空相慕。

拉里哉。(摟住貼親咮介)(貼打介)啐,啐!(付)我个娘,便罷哉。(貼)啐!(付搿老旦介)(老旦)阿呀呀!是老身吓。(付)啐!昏頭搭腦!(老旦)吓,張相公,到底可曾尋着?(付)到底尋弗着。(老旦)如此,待老身尋着了,明日送來奉还罷。(付)就尋着子,我也弗要哉。(老旦)爲何?(付)個條汗巾送拉老親娘束子腰,個隻小錠送拉大娘娘買瓜子嗒白相。(老旦)休得取笑。(付)我去哉。(老旦)慢去。(付)吓,是個個……(老旦)吓。(付)弗是,大娘娘。(貼)啱。(付)打攪。(付下)(老旦)阿呀呀,這是那里説起!我好意留他坐坐吃盃茶,又是不見了什么汗巾吓、銀子吓,尋渏我老人家腰酸背痛。哷、哷、哷!(貼)吓,母親,他那里什么不見了汗巾銀子吓?(老旦)吓!不然他又轉來做什么?(貼)他轉來明明是要看……(老旦)要看什么?(貼笑介)哪,要看孩兒吓!(老旦)阿呀,我的好乖兒子吓,正是這個意思,正是這個意思!(貼)啐!(渾下)

前誘（崑腔）

【劇目簡介】

崑腔。現存清代刊本，《綴白裘》多種版本收録①，另《醉怡情》《歌林拾翠》等選録此齣。小説《水滸傳》第二十回《梁山泊義士尊晁蓋　鄆城縣月夜走劉唐》有類似情節，此劇出自許自昌撰《水滸記》第十八齣《漁色》，略有差異。

《綴白裘新集合編》本②，題目作"前誘"，一出，每頁九行，每行二十字左右。

敘閻婆惜因宋江不解風流而心生不滿，恰好張文遠借尋宋江之由前來拜訪。原來張文遠對閻婆惜美貌有所覬覦，遂趁宋江不在，調戲閻婆惜。宋江歸來，閻婆惜將張文遠藏起，掩飾此事。

（貼上）

【引】金井轆轤歷亂，渾驚覺珊枕摧殘。手攬寒衾窗内見，敗葉蕭蕭風剪。

庭院碧苔紅葉遍，黄菊開時已近重陽宴。日日露荷凋緑扇，粉塘烟水明如練。試倚凉風醒酒面，雁字來時恰自層樓見。幾點護霜雲影轉，誰家蓄芦管吟秋怨？奴家閻婆惜，雖嫁宋郎，他鹵莽有餘，温存不足，那曉嘲風弄月，豈知惜玉怜香？夜月獨啣杯，辜負梁鴻之案；秋雲空掩鬢，冷落張敞之眉。衾冷炉烟，説甚蜂交

---

① 原刊于寶仁堂乾隆三十一年《綴白裘新集三編》，後收入十二編本，其他刊本亦多收録。

② 以《綴白裘新集三編》本爲校本。

蝶恋？床閑明月，那些鳳倒鸞顛？好悶人也！今日母親不在，不免到門前閑步一回，消遣悶怀則個。

【忒忒令】嘆寂寞沉吟畫欄，暫徙倚徘徊雕檻。金風颯颯景物增悽惋，悲摇落向誰言？嫁蕭郎也枉然，鎮日愁凝淚臉。

（下）

（付上）

【尹令】憶邂逅春風曲檻，又蹉跎秋風紈扇。

我想那閻婆惜呵！

他幾度秋波偷展，彷彿時留笑靨。叫我魂蕩香閨，百尺遊絲在夢裡牽。

小生張文遠，爲了閻婆惜眠思夢想，意乱情迷。今日明曉得宋公明弗拉屋裡，我只説去尋哩，讓我忙碌碌氣質彭生，像个尋哩個，看個閻婆惜那亨待我？有理个。幾里是哉。公明兄阿拉屋裡？（貼上）是那個？（付）尊嫂。（貼）呀，元來是押司。（付）公明兄阿拉屋裡？（貼）不在家裡。（付）啰里去哉？（貼）今早縣前去了，还不曾回來。（付）吓，縣里去哉？我今早搭里一齊出縣大門个，難道哩亦走子啰里女客氹去哉？（貼看付介）（付）吓，阿嫂，這道我要尋里來邪路塲哈去了，介哩回我弗拉屋里。我方纔看見里居來个。公明兄？（貼將肩拉住介）阿呀！（付）吓、吓、吓！（貼）难道在家，好回押司不在麼？（付）是吓，难道拉屋裡好回我介？只是我有一句要緊説話会哩個，没那？也罷，阿嫂，宋兄歸來，多多致意聲，説我会哩，拉氹縣前公廨里等哩。（貼）呸。（付）我有介句刮腸刮肚个説話要説了。（貼）吓。（付）真个嘘。（貼）呸。（付看貼。笑介）打弗進，又弗上，我且去介。（下）（貼）待我唤他轉來。押司請轉。

（付上）阿嫂，啥見教？（貼）既有要緊話，何不到裡面去坐了，等他回來就是了。倘押司去了，他若回來，兩下可不錯過了？（付）是个，是个！個句説話呢，即是宋兄居來，看見我搭阿嫂兩個是介坐氹没，阿拉，阿拉！（貼）阿呀，你與他是通家啲，何妨介？（付）是吓，公明兄搭我是通家，阿嫂搭學生也是通家。（笑介）通家噓。公明兄就是學生,學生就是公明兄,何妨介?(貼)押司請。(付)尊嫂請。阿嫂,再唱喏。(貼)押司外日有勞。(付)勞而無功,實切惶恐。(走近貼身介)(貼)押司請坐。(付)有坐。

【品令】須知子猷訪戴步翩躚,誰知吕安題鳳惜留連?

老親娘阿拉屋裡?請得出來,等學生謝聲。(貼)不在家裡。(付)啰哩去哉?(貼)親戚人家去了。(付)老親娘弗拉屋裡,一發妙。(貼)押司請坐。(付)有坐,有坐!個個!(貼)吓。(付)是個個。(貼看介)(付)咳!吓,吓!今日多蒙賢嫂留小生坐個,也是公明兄面上噓。(貼丢眼介)這個到不在此。(付)吓。

屋烏推爱一時相繾綣。

(貼笑介)(付掇椅近貼介)阿呀,尊嫂。

你新婚正燕,況佳人莫愁字艷;因甚霧鬢雲荒,翠黛頻含遠岫攢?

【荳葉黄】(貼)眼兒前,落寞光景堪怜。怎叫人瀟洒蘭閨?只落得香愁玉怨;舞裙歌扇,沉埋可怜。

(付)是介,説起來,多分宋兄不知趣,不着意。(貼)不瞞押司説,奴家在此阿,

好一似失羣的孤雁,失羣的孤雁。

(付)咳!正是那個苦楚丟,説到苦處哉。(貼)

形影悽然,爲着那風流扼腕。

(付)自古道:"兒女情長,英雄氣短。"宋公明爲人到把這兩句話相反了,故此担閣尊嫂。

【玉交枝】錦衾罗韉,悮卿卿青春少年,好一似芙蓉狼籍秋江畔。

我若有了尊嫂這樣美人哪,

我就粧成金屋爛斑,携將阿姣相佇偏,爲雲爲雨迷鶯燕。嘆紅葉浪交野鴛,

只恨我張文遠緣分淺些。

嘆金梧不停彩鸞。

(摸貼奶)(貼立起介)阿呀!押司休得調戲奴家。(付作志誠介)

個是阿敢个？那是介説。（貼）我實對你説了罷。（付）阿嫂，有舍①説，到説嘘！

【賽紅娘】只是紅顔命淹蹇，鳳衾寒，秋風任泠落。悲團扇，祇自怜。

他雖然奚落奴家，我只是守他的閨門便了。（付）閨門是難守个嘘！（貼）

羅敷早把兔絲綰，難挽斷；宿瘤甘把翠鈿減，难逗亂。

（付）是個！個阿嫂，你阿曉得偷香窃玉的故事麽？（貼）這個到不曉得。（付）呸，及要弗曉得個哉。（揑手介）（貼推介）（付轉身）

【雙蝴蝶】那香偷羨賈午青瑣褰，琴心司馬把緑綺弹，匪石心难轉。

听嘘！

關關鳥兒也相唤。若得神女遶巫山，香夢圓；便做韓重赴黄泉，鴛冢安。

（搿貼介）（貼）阿呀！你的説話一發説得没道理了。那個來睬你！我且進房去。（付）阿嫂進去子，我也要進來玊。（貼）阿呀！（付）要進來玊。（貼）人家各有内外，你随進來做什么？（付）我是弗要進來个，個兩隻脚看見阿嫂走，竟跟子進來哉。（貼）我到不進去了，我坐在這里，看你怎麽樣。（付背白介）到是老主意玊。若是阿嫂坐子，我没也要坐玊。（貼立起，推介）（付坐介）（貼）

【鶯踏花】咳！你絮叨叨，空煩巧言。

（付）要坐玊，那介？（貼帶笑）

笑吟吟空涎慢臉。

走來。（付）那亨？（貼）难道你家没有内眷的麽？只管在此胡行乱走！（付）有便有个，但凴别人走出走進，學生弗管个。（貼）咳！

便無衣綏狐堪念，那陌上牽裳可慚。

（付）個個阿嫂，阿曉得我个心事？（貼）吓，扯淡！你的心事到問

---

① 應爲“啥”。

起我來！(付)個句問差哉，該打耳光！那我个心事到問起阿嫂來！但只是小生自見了尊嫂，是，

【番卜筭】①從來意惹情牽，未及尋方覓便。今日天怜念，効江妃逢洛川，難道是隔蓬山？

(抱貼介)(貼)啐！閉上門！(付)吶！(扯貼介)(貼推介)(付撲抱介)

(生醉上)

【窣地錦襠】外郎高步似神仙，壯志仍輸祖逖鞭。

開門！(付)弗好哉！宋三居來哉！(貼)怎麽處？(付)我方纔元弗要進來个，纔是哑啥个住拉里，住拉里。(貼)不妨。(生)開門！

柴門深鎖緑陽天，細草侵堦亂碧蘚。

開門！(付)個没那處？放我啰里好？(貼)且到我母親房裡去躲一躲。(付)娘房裡阿有啰個拉厾？(貼)啐！(推付下)(生)開門！(貼)來了。(整衣，開門介)(生冲進)(貼扶介)看仔細。你在那里吃得這般大醉？(生)我在公廨里吃的。青天白日，爲何把門閉上了？(貼)吓，母親不在家，故此把門閉上了。(生)好，你娘不在家，把門閉上。(貼)正是。可關得好麽？(生)好謹慎。取茶來。(貼)曉得。你是酒醉之人，不要動吓。(走介。回身介)不要動吓。三郎，三郎，出來了罷！

(付上)阿呀！嚇殺拉里哉！(貼)

【十二時】今朝鴛侶驚散，何時鳳友團圓？宓妃留枕君須念，休負我眼懸懸。

(付)

那月下共星前，敢蹉跎這良緣？

來里没。(貼推付出介)(付)

敢蹉跎這良緣？

(生)茶來吓。(貼)茶在此。(生吃，吐介)(付嚇跌介)阿呀！壞

---

① 此曲應爲南仙吕入雙調過曲【元卜筭】，底本不確。

哉。一個馬桶潑番𢇁房里哉。啐！（奔下）（貼做鬼臉介）阿呀！惹厭！進去睡了罷！（生）我要睡了。（貼扶介）（生）早識臥龍應有分，先拚一飲醉如泥。（下）（貼）阿呀！你看他把奴家呵，

【尾】等閑相視司空慣，誰解怜香惜玉軟？

咳！三郎，三郎，我見了這厭物，越發想你了。

叫人留意桑間。

正是：可人期不來，俗子推不去。（呷茶脚潑介）啐！（丢眼下）

後誘（崑腔）

【劇目簡介】

崑腔。現存清代刊本，《綴白裘》多種版本收録①，另《怡春錦》《玄雪譜》《新鐫歌林拾翠》《醉怡情》《來鳳館合選古今傳奇》《歌林拾翠》《方來館合選古今傳奇萬錦清音》等選刊此齣，標目亦作“野合”。小説《水滸傳》無類似情節，此劇出自許自昌撰《水滸記》第二十一齣《野合》，略有差異。

《綴白裘新集合編》本②，題目作“後誘”，一齣，每頁九行，每行二十字左右。

内容敘張文遠與閻婆惜私通，被王婆碰巧發現，閻婆惜百般抵賴并動手打了王婆。王婆心懷不滿，遂於門外伺候，欲尋其短，閻婆發現，支走王婆，并叮嚀閻婆惜要謹慎些。

（付上）

【引】蝶攘蜂鬧，牽惹閒花草。

秋來相顧尚飄蓬，一片西飛一片東。夜半酒酣③凭檻立，錯教人恨五更風。我張文遠爲了閻婆惜眠思夢想，廢寢忘飡。昨日剛有介一点好光景，不意宋公明回來，把我鴛鴦京④散，云雨倏收。臨别之時，承他約我今日相會。咳！可恨縣中公務偏多，怎么

① 原刊于寶仁堂乾隆三十一年《綴白裘新集三編》，後收入十二編本，其他刊本亦多收録。

② 以《水滸記》爲校本。

③ 《水滸記》作“醒”。

④ 應爲“驚”。

處？啐！只得撇了公事去走遭。

【小桃紅】日來縈繫苦無聊，不知是那一點紅鸞照？也喜孜孜的千金一刻在今宵。

(丑上)愁窺高鳥過，老逐衆人行。咦，張相公來得湊巧。(付)王媽媽，㕶爲儕事體？(丑)宋相公拉我屋里，有儕說話要會你了。(付)宋相公有儕說話會我？(丑)正是。(付)只是我無工夫，有儕說話，教哩縣前公廳裡會子罷。(丑)走來。(付)哪？(丑)宋相公個事體正經嘘。(付)我個事体也是正經。(丑)哩是要緊個，來丮等你。(付)我也要緊没那處？(丑)㕶何弗先去会子宋相公，然後幹自家个正經一歇㕶喲。(付)吓，介没㕶對宋相公說，教哩來屋里等我；我完子正經，如飛就來喲。(丑)必竟要是介？(付)弗差個。(丑)介没讓我去回頭哩。(下)(付)咻！偏是今日亦撞着子王老媽！

這都是遇敲爻。

(丑上)阿呀！弗好！宋相公特地叫我來尋哩，撞着子倒放子里去；況且哩是個白脚花狸猫。弗好，等我轉去。張相公！(付)你去哉，爲儕了亦轉來？(丑)弗是，我思量歇來。宋相公特地叫我來尋，撞見子㕶，倒放子去；況且㕶一去弗知要去幾時丮。弗好，張相公，必竟轉去會子宋相公然後去罷。(扯付衣介)(付)咻！㕶個老媽瑣碎得極！各有正經，那是介勞勞叨叨？可惡之極哉！(丑)儕个盖副面孔！宋相公叫我來尋㕶，哩个正經，關我儕相干！儕盖副面孔對我！(付)状①對㕶說，叫宋相公拉公廳裡等我；我完子正經，如飛就來，還要那亨？(丑)介没就來吓。(付)就來個。(丑)就來。(付)說子就來没就來哉！(丑)個是啰哩說起！介樣儕性格！(下)(付)咦，去哉，我想個老媽能介惹厭，弗是介，讓我快快洒洒走兩步哈介。

我還怕他遠相邀，仍相值。幸喜得這機會巧，也取次已到藍橋。

格里是哉！爲儕關門來里？没得個個老媽來屋裡，我亦不好掽

① 或爲"剛"之意。

門,個没那處? 只得立介,歇等等罷。

我只得權延貯、暫徘徊,敢月下訪僧敲?

走脚响,像是有人拉虱。

(老旦上)

【下山虎】閑來無事甚覺逍遥,驀地把衡門開處,呀,遇菓車縹緲。

(老旦開門介)(付摸老旦奶奶介)尊嫂。(老旦)阿呀! 張相公,是老身,什麽尊嫂! (付)元來是老親娘。弗知儂了幾里個兩日説話顛而倒之得極。(老旦)説那里話? (付)真当儂。(老旦)請裡面坐。(付)呋,老親娘請。(老旦)張相公請坐。(付)有坐。個個令爱儂了弗見? (老旦)小女么? (付)正是。(老旦)不要説起。(付)爲儂了? (老旦)

惠顧頻頻慰伊寂寥。

(付)咳! 直脚弗是説話哉! 那説"惠顧頻頻慰伊寂寥"? 那説爲起我來? 我是一个老實頭,弗要拿説話骯葬①我没好。(老旦)張相公不要瞞我。(付)瞞子呧儂个? (老旦)老身是曉得的了。(付)老親娘竟曉得个哉? 阿呀! 我個壽年千歲个好老親娘! (老旦)休得取笑。(付)你既然曉得个,我倒要問呧,令爱到底爲儂了? (老旦)我女兒昨日會過了相公,偶然傷了些風,還睡在那裡。(付)既然是介,弗要驚動哩,去哉。(老旦)張相公請坐,待我唤他出來。(付)弗必哉。(老旦)他听見相公在此,自然要出來的。(付)介没坐坐去嘘。(老旦听介)是介,説起來,個個老媽曉得个哉。竟大子胆做事,体②儂個鬼張鬼勢? (老旦)我兒。(貼内)怎么? (老旦)張相公在此,快些出來。(貼)來了。

(上)

帳掩流酥香夢杳,忽被鸎鵡攪。

(伸腰介)

睡眼朦朧枕印俏。

---

① 應爲"髒"。

② 應爲"休"。

(付)老親娘。(老旦)怎么?(付)是個個。(老旦)什么呢?(付)弗是,一句説話吓。(貼)

猛可的臨邛客,抱琴其調。

(老旦)我兒,張相公在此,過來見了。張相公,小女出來了。(付)尊嫂。(揖介)(貼)

斂袂相邀,不語低含笑。

(各冷笑介)(老旦)張相公請坐。(付)老親娘,阿嫂才立拉厾,叫我那亨坐介?(老旦看付,付看貼,貼看老旦)(老旦)吓,你們多不坐,我倒先坐了。(付看貼,貼點頭指付)(付不坐,貼横坐介)(付)老親娘,阿嫂才坐哉,我只得也坐哉。老親娘,我個個老親娘。(老旦)怎么?(付)昨日吓……(老旦)昨日便怎麽?(付)是,是,我昨日没……(看貼介)(老旦)昨日怎么呢?(付)昨日志志誠誠來拜望个老親娘。(老旦)阿呀呀,老身不在家裡,多多簡慢相公。(付)因爲老親娘弗拉屋裡,我没只得阿拉阿拉。(看貼)(老旦)便怎麽?(各看笑介)阿呀呀,張相公,你到不要説了。我兒,你陪張相公在此坐一坐,我去沽一壺酒來,與你們二人消遣消遣,如何?(付)那好相擾介?(老旦)張相公,如今是一家了,怎説"擾"字?(付)既然是介,打酒走遠一步,打介一壺好点个。(老旦)我曉得在此,蓮花幙下風流客,(貼)母親,就回來吓。(老旦)就回來的。試與温存繾逐情。(下)(付)去哉,等我關子門裡介。(貼)住了!青天白日,閉門怎么?(付)尊嫂昨日要關,今日爲傍到要開?(貼)你可曉得?昨日今朝事不同。昨日要關,今日偏要開在那里。(付)阿呀,尊嫂,不要把話兒説遠了,可記得昨日介?(貼)昨日便怎么?(付)昨日呵,

【山麻稭】被洞口花相笑,笑我悮入天台棹,阻籐稍。今朝特地里來踐你的鶯期燕約。

(貼)奴家不曉得什么"鶯期燕約"。(付)尊嫂。(貼)什么尊嫂!若説尊嫂,須知"朋友妻、不可戲"了吓!(付)介没叫傍?(貼)我麽,要叫娘。(付)吓,阿听見要叫娘厾?介没娘請坐子,讓我跪子,叫我個嫡嫡親親個騷娘吓!

喜乘機纓冠掏李,納履攘瓜,傍朔偷桃。

(貼)

【五韻美】淯梁期西厢約,無言息闈①娃耻效。

三郎,你自思想:你一向怎么樣調戲奴家?我怎么樣拒絶你?

(付)我才曉得個哉!(貼)

見金夫幾度相推調,

(付)我个嫡嫡親親个騷娘!我要吃哩奶奶!(貼)那里當得起這付涎臉兒。(打付介)(付)阿唷!(貼)

偏憐窈窕,適零露相逢蔓草。

(付)呵呀!娘快點罷嘘!(貼)三郎,我今日雖與你成了此事,日後呵,

休把我做墻花覷、露草嘲。

(付)我若有此心,對天罰誓:老天在上,我張三郎若忘了閻婆惜今日之情,我就測……(貼掩付口介)不拉呕活捉殺子没是哉。

(貼)啐!起來!(扶起介)(付)

和你翠被鴛衾,鸞顛鳳倒。

(付下)(貼立場角)

(付上)我个娘!阿是要急殺我了!(抱貼下)

(老旦上)流霞飛片片,涓酒就徐傾。走了許多路,沽得一壺酒。

(听介)嘖!嘖!嘖!

【蠻牌令】看繡户静晝簾飄,

咦!

聽房櫳内語聲姣。

三郎,

好一似崑崙誰赤緊向郭府盗紅綃。

開門。

(付、貼仝上)(貼)吓!母親回來了,怎么處?(付)呕乱娘居來哉,個没那?(貼)三郎,

---

① 《水滸傳》作"國"。

忙整着衣裳顛倒，

待我去開。(付)走得來，

忙整着釵鬢蕭騷。

(貼指桌，付困介)(貼開門介)母親來了幾時了？(老旦)我么？來了好一回了。張相公好睡吓！(付)老親娘，呸來哉？(老旦)正是，來了。(付)酒弗好個。(老旦)爲何？(付)來得快了。(老旦笑介)來得快也彀了你了。(付)嚼蛆！坐子吃酒罷。(合)

鴛鴦侶鸞鳳交，情踪一時不覺逍遥。

(付)吃一鐘①嘘。(貼摇頭)(老旦)我兒吃一盃嘘。(付)省得弗肯吃，我里來拽木頭。酒壺數起，大家伸出指頭來。(各伸指介)(丑暗上)好笑張相公拉路上撞着子，説就來就來，個歇還弗見來，亦要我去尋。(見付介)密垂珠箔昼沉沉，兩兩兜鴦護水濱。咻！倒伴拉格里吃酒！好吃丢。(作伴桌下，伸指介)(付)一，二，三，咻！個人指頭啰個勾？(丑)四！我吃。(衆驚介)(老旦)吓，元來是姐姐。(付)元來是王老媽。來做倽？(丑)盖个張相公，我方纔那對你説个？到伴來幾里吃酒！宋相公没人能介等呸，呸没狗能介弗去。(付)呸方才説宋相公拉屋裡等我，及至走得來，宋相公弗拉屋裡。老親娘留我吃一鐘酒，所以住里哉。(丑)啰個是介對你説个？我説宋相公事體要緊，在公廳里等呸吓。(老旦)吓，姐姐，想是听錯了。(付)正是！介没我听差哉。(老旦)不要説了，你也來吃一盃。(付)正是！王老媽，你也吃一盃。(丑)我吓，到弗要吃。(老旦)爲何？(付)倽了？(丑)寧可吃拖來酒，弗要吃個你也來，個叫做"滿堂僧不厭，一个俗人多"。弗吃个好。(老旦)姐姐説那里話？張相公呵，(扯丑坐，斟酒介)

【五般宜】偶相顧，潘安車儼然草茅，適相左，東方千騎悵然寂寥。聊把這鷄黍做范張邀。

(丑)呋，介没吃一鐘嘘。我到底弗要吃。(老旦、付)爲什麽？(丑)你看，哪，哪，三個女客夾一个男人家來哈宅外頭得勢，阿覺

① 應爲"鍾"。下同。

道弗雅相?(老旦)姐姐,

慢説道男女雜坐共相傾倒,

(付扯貼説,貼推介)(丑)咦!

這掩耳鈴堪笑,早露尾藏頭空巧。

咳!我也耐弗住哉。当初個頭媒人是我做个,我有个一句説話來里要説。(老旦)姐姐有什么話對我説?(丑)你是個老竇農,弗對你説。(付)介没對我説?(丑)對你説吓?唎、唎、唎!(老旦)姐姐,你要對那個説?(丑)我么,要對你乪大姐説。(老旦)吓,要對女兒説。我兒,他有什么話對你説,走過去。(推貼介)(丑)大姐,我个肉吓!我對呸説,宋相公要做人个嚧!

你須念他舊①日英豪,慢將他帷薄擾。

(貼打丑耳光介)(丑)阿唷!好打!(付)爲倽了打起來?(貼)

【江頭送别】聽伊語,聽伊語心煩意惱;將奴做,將奴做倚門獻笑。吾身爱似連城寶,何必你鼓舌脣摇!

(老旦勸貼)(付勸丑)(貼)老淫婦!(丑)小花娘!(老旦)吓、吓、吓!姐姐,女兒年小,看我面上。(丑)我説子倽?就打?(貼)老賤人!老花娘!什麽"帷薄擾"!那見"帷薄擾"?(老旦)哇!小厮家还不走進去?放肆!阿呀,姐姐,不要氣,看我面上。(丑)阿呀!小花娘!好打!(付)阿呀!爲倽了嚷渏乱横?無非你乪多餘我,我去子就是哉。(丑)呸去,弗得个冤家結到底哉!只怕弗多餘呸,倒是多餘我,讓我去子没是哉。(老旦)老人家,你去打他。(付)我搭你同路一齊去罷。(丑)啰個搭呸同路!我是個頭去。(付)介没我是個頭去。(丑下,又上)(老閉門)(付、丑各轉)(丑)張三郎個小烏龜還要轉來个來,等我唬唬哩介。(付)個老媽去哉,等我轉去。(老旦又開門探頭,貼又扶老肩上望)(丑、付各轉,撞介)(丑)吠!(下)(付)阿呀!個個老媽介有心个,还來里來。王老媽轉來,大家呸一齊去。(貼)三郎,三郎,進來。(付)進去。(貼)三郎。(付)

---

① 《水滸記》作"今"。

【江神子】我只得轉身、轉身望綺寮，

（貼招）三郎進來。（付）咳！

只見他笑臉相招。

（作進介）（付）

香風拂拂絞綃，從容携手欲魂消。

（付扯貼右手，貼回頭，左手招）（老旦關門）（付、貼退縮，走下）（老旦）咳！這是那裡説起！（貼）母親，關了門進去罷。（老旦）進去。（貼）來嘘！來嘘！（付抱貼下）（老旦）咳！三郎，三郎，你今夜还想通宵？

受用的珠圍翠繞。

（下）

（丑上）有冤報冤，有仇報仇。可恨閻婆惜个小花娘，分明看上子張三郎，到拉我面前假撇清。我拿个好説話對哩説，竟就打我。所以弗搭張三郎同走，放里一條路進去子，我捉哩一个破綻，方纔出得我个氣。格里是哉，必定張三郎还拉舠來。兒，兒子吓！一更天打廿四記鼓，必竟要等呃出來，怕呃屋頭頂上飛子去了？（内狗叫介）燒愿心个，拜抬脚个，只管叫來叫去！介塲哈有木鱉子没好。

（老旦提灯上）往往鷄鳴簷下月，時時犬吠動人心。爲何今夜只管狗吠？待我開門看來。（開門看介）没有什么吓。（丑）拉里哉！（老旦）啐！唬死我也！是那個？（熠看）吓！你是姐姐吓！半夜三更，爲什麽在此？听籬听壁爲什麽？（丑）阿呀！氣殺里哉！（老旦）爲什麽？（丑）方才吃呃舠囡兒兜屁股介一記。（老旦）兜咮①！（丑）我忒个氣昏子了，断子荷包繩，一個荷包突落哉，爲此轉來尋尋看。（老旦）掉了荷包，可有什麽東西在内？（丑）那説没㑚？四張八仙桌，六把交椅，兩條春凳。（老旦）吓，吓，吓！荷包内那裡藏得這些東西？（丑）才是个當票吓。（老旦）吓，當票？（丑）還有兩朵珠花。（老旦）什麽珠花？敢是眼

① 即“嘴”的意思。

花?(丑)弗是,傖趙珠花嘘。是趙家裡奶奶親手交拉我,教我兑个。個是别人个爺爺子,無弗得个耶。(老旦)吓,我曉得。(丑)呍曉得傖?(老旦)我女兒方纔不合打了你一下,你假意轉來要拿他的破綻,可是么?(丑)呍刄個様人家,清清白白有傖破綻到我拿?(老旦)不敢欺。我們這様清白人家,其實没有破綻。姐姐若不信,進去搜搜看嘘。(丑)介没等我進去尋尋看嘘。(老拉住介)(丑)喲!猫兒哭老鼠,假慈悲!咮里説進去搜搜看嘘,拿個身體攔住我。(老旦)姐姐,我和你多年的老姊妹,把這様心腸待我?(丑)咮硬骨頭酥!既搭呍姊妹,方纔爲傖了叫囡兒打我?(老旦)女兒年紀小,冲撞了你,待老身陪罪。(丑)年紀没小,事體到幹得大介!(老旦)不要説了,進去吃盃茶兒去。(丑)我到弗要吃。那間我就突落子个荷包,弗窮子一生一世;你拾着子,也弗富子一生一世。我到要去哉。(老旦)姐姐,拿了燈去。(丑)老太婆暗頭裡走慣个,弗勞呍虚奉承,少弗得拉刄个。(下)(老旦)還是拿了灯去。阿呀!幾乎做將出來!待我閉上了門。我兒,三郎,快來!

(貼、付上)母親,怎么還不睡?(付)老親娘爲傖還弗困?(老旦)禁聲!(付)爲傖了?(老旦)王婆這老賤人呵!

【尾】他尋蹤覓跡眠芳草,

(付)個老媽介有心个。(老旦)

幸犬吠籬邊相擾。

(貼)三郎,你下次來須要小心些吓。

須防他一縷柔腸恨未消。

(付)是哉!(貼)母親,外面看看可有人?(老旦)待我再去看。(咳嗽介)没有人,去罷。(付)無人,我原住來裡哉。(老推介)去罷!(付)介没我去哉。(貼)明日早些來。(付)是哉。(老旦閉門)(付、貼聽介)咦!好奇怪,個是个人吓!(老旦、貼)是人吓!天吓,不要做出來便好。(付)直頭是个人吓!咳!就是个人,我也弗怕。(下)(貼)開了門。(老旦)做什么?(貼)開了。唅!那一個老淫婦老花娘夜晚間在此听籬聽壁?听些什麽?要便進來搜一搜嘘！（老旦推貼進，閉門介）（貼坐介）（老旦）喲、喲、喲！半夜三更，你去罵人家？（貼）方纔多是你不是。（老旦）怎么倒是我不是？（貼）買了酒回來，就該把門閉上了，開這牢門在那里，撞這老賤人走進來淘這場閑氣！（老旦）忘記閉了門，是我不是。你該去打他的？我也不管！今後不許張三郎上我的門，就不淘氣了。（貼半晌作陪笑介）母親吓，不是孩兒埋怨你，下次須要小心些。（老旦）你倒要謹慎些。（貼）啐！（仝下）

殺惜（崑腔）

【劇目簡介】

崑腔。現存清代刊本，《綴白裘》多種版本收録①，另《醉怡情》《來鳳館合選古今傳奇》等選録此齣。小説《水滸傳》第二十一回《虔婆醉打唐牛兒　宋江怒殺閻婆惜》有類似情節，此劇出自許自昌撰《水滸記》第二十三齣《感憤》，略去梁山泊差使者送來書信禮物給宋江等事，包括兩支【駐馬聽】，略有差異。

《綴白裘新集合編》本②，題目作“殺惜”，一齣，每頁九行，每行二十字左右。

敍宋江被閻婆强扯至家後，見閻婆惜態度冷淡，遂五更即離開，將裝有晁蓋書信的招文袋遺忘。閻婆惜發現晁蓋書信，百般要脅，宋江一怒之下刀殺閻婆惜。閻婆假裝寬恕宋江，到縣前却扯住宋江大叫“宋江殺人”，意圖令衙役拿住宋江。

（老旦上）

【引】張敞③無端滯此身，畫眉契闊已經旬。

老身閻婆。這幾日不知爲何，宋相公不到我家來，多分是王婆這賤人搬了些是非。我如今到縣前去尋他回來便了。（内嗽介）（老旦）呀！那邊來的好似宋相公模樣，吓，待我迎上前去。

（生上）

---

① 原刊于寶仁堂乾隆三十五年六編合刊本《綴白裘新集合編·初編》，後收入十二編本，其他刊本亦多收録。

② 以《醉怡情》本爲校本。

③ 應爲“敞”。

【引】天外故人飛信，意氣死生親。

(老旦)宋相公。(生)媽媽那裡來？(老旦)宋相公爲何多時不到我家來走走？我女兒着實想念你。(生)吓！你女兒想念我？(笑介)(老旦)爲此特着老身來尋你回去。(生)我那得工夫？(老旦)怎么這等忙得緊？(生)縣中阿，(老旦)嘖、嘖、嘖！好忙吓！(生)

【粉孩兒】匆匆的案如山旁午甚，

(老旦)也該偷閑來走走。(生笑)

怎偷閑頃刻晏然安寢？

(老旦)相公，

齊眉舉案岑寂深，

我女兒呵，

倚紗窗望眼含顰。

(生)這婆子可厭！吓，有了，媽媽，這等，你先回去，我到公廨裡去完了事就來。(老旦)這没就來吓。(走又回身介)不好。宋相公轉來。不是的，你走了去，叫老身那裡來尋你？好歹仝你回去。(扯介)(生)放手！(老旦)來嘘。(生)這是什么意思！(老旦)

促芳塵，早趁膏①車怜閃得鴛瓦霜冷。

(作到介)相公，請到裡面去。相公請坐了，待我唤女兒出來。(生)不要叫他出來，我就要去的。(老旦)相公，不要是這等嘘。吓，阿呀，且住。我若説他在此，未必肯出來。嗄，有了！吓，我兒！(貼内)怎么？(老旦)你心上的三郎在此，快些出來。(貼内)母親，你去問他這幾日爲何不來？與我先打他幾下，待我出來細細問他。(老旦)喲，喲！(笑介)吓，宋相公，你可曾聽見我女兒説道：你一向不來，叫老身先打你幾下？可要打么，吓！(生)放屁！(老旦)喲，老身是取笑喲。

(貼上)

【福馬郎】閃得霜閨倩誰顧問？負芙蓉香傍鴛鴦瞑，真薄倖！

---

① 鴻文堂本作“高”。

(生作嗽介)(貼)啐！我只道是張三郎,元來是這厭物！

看他言無味,面堪憎,我藕已斷絲縈,

(老旦)我兒上前來嚧。(貼)咳！

纏綿似葛牽藤。

(老旦)宋相公在此,上前相見。(貼)宋三就説宋三,張……(老旦忙按住貼口介)(貼)啐！什麽三郎四郎吓！(老旦)喲,宋相公不來,你又想他;如今來了,到害起羞來。喲、喲、喲！(貼)那個想他?(老旦)阿呀！兒吓！

【紅芍藥】你收拾了此際檀痕,還須念舊日鴛盟。

(老旦付①貼耳介)兒吓,我們一家的身衣口食都在他身上喲。

你把嘴弄虚脾賣些甜凈,眼乜斜遞些風韵。

來嚧。(貼)啐！老厭物！(老旦笑介)吓,相公,自古男子下氣與女娘。他見你一向不來,怎肯下氣與你?還是你去。(生)多講！什么男子下氣與女娘！(老旦)吓,哈、哈、哈！好笑。你看他們一個向東,一個向西,全然不像個夫妻。

悠悠渾一似陌路人。

宋相公,你也不要怪。我女兒這幾日想念相公,哪、哪、哪！病多想出來了。(生冷笑介)(老旦)

没來由腰支瘦損,也衹因夢斷梨雲。

吓,我兒,還是上前相見。(貼)咳！惹厭！(老旦)相公,還是你來。(生)咳！多講！(老旦)阿喲！我看你們這般光景,難道就罷了不成?啐！我有個道理在此。相公這裡來。(生)那裡去?(老旦)隨我來嚧。我兒,走嚧,走嚧！(貼)做什么介?做什么介?(老旦)相公請坐了。我兒,你也坐了。(貼)惹厭！(生)呀,啐！(貼)呀,啐！(老旦)呀,啐！(作笑介)相公不必如此,還是看老身分上。(生)惹厭！(老旦)我兒,少間枕席上留些情意與他。(貼)老厭物！(老旦)吓。(貼)啐！(老旦)啐、啐、啐！相公略坐坐没,就睡了罷。吓,吓！(生)多講！(老旦)我也不要管

① 應爲"俯"。

他，我自去睡罷。待我閉上了門。（關門作听介）好了！

聽兩兩鴛鴦睡穩。

咳！我女兒不會做人，真正不會做人吓！老身若少了二十年的年紀，是我就……吓、吓、吓！不要説了，不要説了。（笑下）（內作起更介）（生）

【耍孩兒】倦體欠伸渾欲瞑，自覺無聊甚。

（內打二更介）（生）呀！

聽簾外秋漏沉沉。寒燈一任你背地裡空挑盡，梦蝴蝶栩栩莊周寢。

呀！元來這婆子把門虛掩在此，我且到公廨裡去睡罷了。（內打三更介）（生）呀！你听，夜已三鼓，想此時縣門已閉，莫若在此權睡一宵，明日早行便了。

我那顧得閑愁悶？

（內打四更鼓介）（貼作哈喊①，偷看介）啐！

【會河陽】我與他對面無緣，撫心自矜，陰蟲切切不堪聞。短檠炤我寒衾，與黯然淚痕，偏不炤情郎影。似含桃，

（內打五更介）（貼）

顆顆在我心頭滚；似吞刀，在我心頭刃。

（作睡介）（打絶更介）（又作鷄叫介）（生）阿呀，天明了。不免起來到公廨裡去罷。媽媽。（老內應）怎么？（生）我去了，門兒開在此。（老旦）相公，天色尚早，再睡睡去。（生）不消了。我氣衰甘少寐，心弱恨多愁。（下）（貼）咳！好笑我那母親，尋他回來，纏這一晚，使我一夜不曾睡得。不免收拾到母親房中去睡罷。（作走，踢着招文袋介）吓，什么東西？吓，吓，元來是這厭物的叫化袋！吓，什么响吓？待我拾起來看。不知什么東西在內？吓，元來是一錠金子，正好留與張三郎買菓兒吃。不知還有什么東西在內？吓，又有一封書兒，已拆開的了。不知那個與他的，待我看來："向事所犯自分……"吓！怎么樣念的介？"向事所犯，自分誅夷"，是了！"仰賴恩司保全首領。今棲水泊，深荷高情，

---

① 應爲"欠"。

聊奉黄金一錠,少伸寸敬,伏惟慈照不宣。通家弟晁盖頓首拜。”晁盖吓——那個什么晁盖呢?……吓,我聞得打劫生辰綱的賊頭叫做什么晁盖!吓,吓,元來他與賊人往來。倘日後事露,可不連累我母女吃虧?我一向要與他開交,没個釁端,不想到在這封書上!咳!宋江吓宋江!

【縷縷金】你甘唾井恨無因,拾遺非秪幸得兼金。

嘖、嘖、嘖!好吓!

你党、党結梁山泊,反形足証。想天教籠鳥翮凌雲,把銀瓶落梧井,銀瓶落梧井。

(下)

(生急上)阿喲!不好了!

【越恁好】楚弓遺影,楚弓遺影,慮禍甚關心。

我方纔起身促了,竟忘了招文袋。那袋内一錠金子是小事,晁保正這封書在内,我平日見這妮子識得幾行字,萬一被他説破,如何是好?爲此急急轉來尋取。(進門介)(又將燈炤地介)吓!(看貼,欲叫,又住口介)吓,這個……(又住口介)咳!自不小心。吓,吓,這個……可見我的招文袋?吓,可見我的招文袋?(貼)阿啐!什么招文袋!到是招你娘的魂!(生)吓!我明明放在此的,那裡去了?

难道壁①沉江漢無憑准?好返鎬池君。

(貼)吓!可是個袋兒么?(生)正是,正是!我説在娘子處。來、來、來!還了我。(貼)你平昔做人不好,没得還你,要留與我做個把柄的。(生)喲、喲、喲,我和你是極好的好夫妻,什么叫做把柄來?還了我,還了我!(貼)我且問你,那袋内可有什么東西在内,這等着緊吓?(生)吓,那袋内止有一錠金子。娘子若要,就送與你。

那黄金閃爍堪獻芹,贈伊何吝?

(貼)只有一錠金子?(生)只有一錠金子。(貼)再没有什么了?(生)没有什么了。(貼)賊嘴極硬的!你與梁山泊上往來……

---

① 應爲“璧”。

(生)禁聲!(貼)呀啐!快還我"了當"來吓。(生)什么叫做"了當"?(貼)止不顧①一紙休書,叫做"了當"。(生)休書便叫做"了當"?(貼)呸!(生)如此,還了寫。(貼)寫了還。(生)還了寫。(貼)我偏要寫了還!(生)唗、唗、唗!哈、哈、哈!如此,寫了,是要還我的吓。(貼)阿呀,寫得快是还得快吓。(生笑介)好個"寫得快是还得快"!我就寫與你。(貼)他竟與梁山泊上往來。(生)嗳!休書既寫,何必多講?(貼)难道我説不得的?(生)多講!(貼)快寫!(生)咳!寫與你!(貼)住了。寫便寫,中間須要依我一句。(生)休書既寫,自然依你。依你什么?(貼)要任憑改嫁……(生)吓,"任憑改嫁",改嫁那個?(貼)改嫁便改嫁了,只管多講!(生)唗!改嫁那個?説明了好寫。我縣中有事,快些説來。(貼)吓,有把柄在我處,怕他怎么!(生)吓,要任憑改嫁……(貼)寫!(生)寫什么?(貼)"任憑改嫁張三郎"。我也不怕你,説了!説了!(生背介)好,好個"任憑改嫁張三郎"!那王婆之言,信非謬矣。(貼)什么王婆、李婆!(生)哫!(貼)快寫!(生)咳!容易,容易!"任憑改嫁張三郎"。拿去!(貼看介)啐!這樣休書,一千張也没用的。(生)爲何?(貼)那手模脚印多是没有的。(生)吓,哈、哈、哈!好,到是個老在行!(貼)唗!不敢欺。(生)大丈夫打得上,撇得下。來、來、來!打一個與你拿去!(貼)好有志氣!這便纔是。(取燈走介)(生攔住介)那裡去?(貼)母親房中去睡吓。(生)睡吓?(貼)唗!(生)吓!你方纔説寫了休書還我的招文袋吓。(貼)阿呀!痴漢子吓,這是我哄你喲。(生)吓!怎么説哄我的?(貼)吓!你真個要還么?(生)便怎么樣?(貼)除非到鄆城縣大爺處當堂交付與你。(生)吓!怎么要到鄆城縣大爺處當堂交付與我?(貼)唗!(生)我今日偏要还!(貼)哪、哪、哪!我今日偏不還!(生)偏要还!(貼)偏不還!(生)偏要!(貼)偏没有!偏没有!看你便怎么樣!(生)吓!你若不还,只怕要淘氣吓!(貼)淘氣吓?

---

① 應爲"過"。

老娘也不怕!(生怒駡介)狗賤婢!(貼)狗强盗!(生)賊淫婦!(貼)賊强盗!賊强盗!强盗的嘴是這等硬的!(生)吓!(貼學介)吓!(生)阿喲!(貼)阿喲!(生)你若不還……阿喲!我就……(貼)你就怎么?難道你殺了我不成?(生)我就殺你這狗淫婦!(貼喊介)阿呀!宋江殺人吓!(生)

手兒内,光閃閃鋒難近。心兒内,氣憤憤情難忍。

【紅綉鞋】一朝血濺紅裙,紅裙。

(貼)阿呀!(生刺介)

一時粉碎青萍,青萍。

(貼又喊介)阿呀!(生刺死貼介)(生)阿呀!狗淫婦吓!

把骸骨覆罗衾,把魚雁袋招文,把屐履出柴門。

(老旦上)自不整衣毛,何須夜夜號?相公,爲何這般光景?(生)你女兒做人不好!(老旦)我女兒做人不好,凡事看老身分上。(生)吓!看你分上么?殺了!(老旦)喲、喲、喲!不要取笑。人豈是殺得的?(生)你不信么?(老旦)我不信。(生)隨我來。(老旦)是。在那裡?(生)這不是?(老旦見尸哭介)阿呀!兒吓!(生露刀介)呢!你喊!(老旦)我不喊,我不喊。(生)可殺得是?(老旦)殺得是。(生)可殺得不差?(老旦)殺得不差,殺得不差。(生)這便饒你。哈、哈、哈!好個"任憑改嫁張三郎"吓!(老旦)阿呀!相公吓!可念夫妻之情,買口棺木盛殮了他。(生)呀,這個容易。仝我到縣前去買。抬過了。(老旦)是。

【尾聲】今朝相弔憐孤影,誰伴我桑榆莫①景!

(生)媽媽,你可有歹心?(老旦)没有歹心。(生)可有歹意?(老旦)没有歹意。(生)好!

管教你春草秋風老此身。

(作到縣前)(老旦喊介)阿呀!宋江殺人吓!(生)禁聲!禁聲!(老旦)呀,阿喲!宋……(生)阿喲!(老旦)呀!宋江殺人吓!(生)阿喲!(老旦扯生下)

---

① 應爲"暮"。

活捉（崑腔）

【劇目簡介】

崑腔，未署名。現存清代刊本，《綴白裘》多種版本收録①，另《時調青崑》、《玄雪譜》、《新鐫歌林拾翠》、《萬錦清音》、《醉怡情》、《來鳳館合選古今傳奇》、《歌林拾翠》、《方來館合選古今傳奇萬錦清音》、《崑弋雅調》、石渠閣主人輯《續綴白裘》等選録此齣。小説《水滸傳》無類似情節，此劇出自許自昌撰《水滸記》第三十一齣《冥感》，略有差異。

《綴白裘新集合編》本②，題目作“活捉”，一齣，每頁九行，每行二十字左右。

内容敘閻婆惜死後，魂靈念念不忘張文遠，遂於夜深時至其家，招其魂而同歸地府。

（貼兜頭背搭上）

【梁州新郎】馬嵬埋玉，珠樓墮粉，玉鏡鸞空月影；莫愁斂恨，枉稱南國佳人。便做醫經獺髓，絃覓鸞膠，怎濟得鄂被炉烟冷？可怜那章臺人去也，一片塵！銅雀凄凉起暮雲，看碧落簫聲隱。色絲誰續厭厭命？花不醉下泉人。

（下）

（丑挐吏巾、文簿隨付灯籠上）

【前腔】蕭曹蹤跡，風霜奔兢，苦殺我公門行徑。簿書繁劇，誰辭戴月

---

① 原刊於寶仁堂乾隆三十五年六編合刊本《綴白裘新集合編·初編》，後收入十二編本，其他刊本亦多收録。

② 以石渠閣主人輯《續綴白裘》本爲校本。

披星?

(丑)開門,開門!

(净上)來哉,來哉! 相公,居來哉啥?(丑)正是。(净作開門介)(付)今日阿有啰個來?(净)錢相公來歇來,有啥要緊説話,請相公明朝去會了。(付)是哉。今夜文書兜搭,進去對娘娘説,今夜我弗進來哉。(净)介没相公阿吃夜飯哉?(付)弗要哉。挐茶出來吃。(净、丑應介,下)(付看文書介)個個是鬬毆事。相打事務,每人廿板,赶出去。個是欺娘奸嫂事。吓,奸情事務到要看看个哉。咳,個個奸情,落哩比得我搭閻婆惜奸情好。可惜介个如花似玉个人,不拉宋江殺哉!

我有千般怃惱,萬種悲愁,欲訴憑誰証?鶯愁魚恨也,恁衷情,燭毀香消恨怎平!咳!珠淚落,嗟薄命。焚琴煑鶴真獍獍。堪切齒,恨難伸!

(貼上)來此已是三郎門首。三郎開門。(付)祥大阿香男兒乱,倒像有人拉乱叫門吓。(貼)開門。(付)吓,來哉!個星入娘賊妻進去就困着哉。罷,等我去自家開子罷。阿呀,遥憐隔窗月,羅綺自相親。啰個嘘?(貼)是奴家。(付)是奴家?個也有趣,我張三官人桃花星進子命哉,半夜三更還有啥奴家來敲門打户。喂,奴家,你是啰乱个奴家嘘?(貼)我與你别來不久,难道我的聲音听不出了么?(付)因會哉!個個聲氣時嘗拉耳朵裡括進括出个,一時竟想弗起。(貼)你且猜一猜。(付)若是一个官客來門口叫我猜,我洛裡有個樣心相?那是奴家拉乱叫我猜,我只得猜渠一猜。吓,是哉!

【漁燈兒】莫不是向坐懷柳下潛身?

(貼)不是。(付)

莫不是過男子户外停輪?

(貼)不是。(付)

莫不是擕紅拂越府私奔?

(貼)也不是。(付)

莫不是仙從少室訪孝廉,封陟飛塵?

（貼）多猜不着。（付）纔猜不着，個也奇哉。介没讓我開呧進來，自然認得个。（貼進介）阿喲！好一陣冷風！請吓，請裡哈坐吓。阿呀！姜哈明明裡有一位奴家搭我説話，那弗見哉？吓，是哉！亦是我裡公廨個星朋友，曉得學生拉女客面上做工夫个了，罗裡散子席居來，拉我門前過，捏子鼻頭賊介"奴家，奴家"，明朝等我查着子哩，罰渠个東道。（作關門介）咻！我拉外頭尋呧，呧到忒子進來哉。請問小娘子是何家宅眷？甚處姣娥？夤夜到此，有何見教？（貼）

【錦魚灯】我是那懷扼……

（付）洛哩有啥姓那个。（貼）

臂薛昭臨贈。

（付）無得个姓薛个吓。（貼）

我是去遼陽……

（付）遼陽纔去過介，没有点虜氣个。（貼）

丁令還靈。

（付）個句説話咤異吓。（貼）阿呀！三郎吓！（付）吓、吓、吓！那説哭起我个小名來哉。（貼）

未能勾鸚鵡重逢环玉痕。

（付）阿呀！壞哉！喂！男兒𠃊走出來，有介个弗是人拉裡鬼打渾。（貼）

我暫臨風攜將金碗出凡塵。

（付）是介説起來，呧莫非是閻婆惜么？（貼）奴家正是。（付）阿呀！（跌介）阿呀！小娘子，冤有頭，債有主，宋公明殺子呧，啥了尋起我張文遠來吓？

【錦上花】你只該向閻①武索命頻，怎么到恨王魁負桂英？

（貼）三郎。（付）阿唷！嚇殺哉！

好似妖②蛟夜舞欲欺人，我不曾招屈子楚些吟，又不曾學崔護視

---

① 應爲"嚴"。

② 此字作"妖"。

斂殷,因甚的畫圖中魂返牡丹亭,影現畢方形?

(貼)

【錦中拍】我只道重泉路陰,把幽魄沉淪。那曉得鴛鴦性打熬未瞑,花柳情垂頽猶塍。恰好的向夜臺潛轉一靈,似雲華魂返長寢,似倩女魂離鬼門。須信道紫玉多情,英臺含恨,因此上背魚灯涉巫嶺。

(付)等我拉住子哩介。(貼)三郎,奴不爲索命而來,何須害怕?(付)既弗是索命,半夜三更奔得來做儕?(貼)看我的容顔比舊如何?(付)吓,要我看容顔了來殺得个,只是今夜頭個付鬼瞼有點難看嘘。(貼)你不看么!(付)看、看、看!請坐子,呍弗要動,我好看。若是呍動,就弗拉啥哉。(貼换手介)叫呍弗要動亦動哉,呍一動弗打緊,我个心拉哈蕩哩蕩吓。阿香,呍出來做儕?(貼看介)(付拏灯介)灯拉哩哉。阿呀!個個燈爲儕了,映下來哉介。(照介)妙阿!小娘子的容顔比舊時越發標緻了。

【錦後拍】覷着你俏龐兒宛如生。

(貼)三郎!(付)呋!呵呀!渾殺哉。

聽他姣唾依然舊鶯聲。

弗要説活个,就是死个何妨介!

打動我往常時逸興,打動我往常時逸興。

(貼)三郎!(付)阿喲!我拉哩思量呍個好處。

可記得銀爓下和你鸞交鳳滚,向紗窗重擁麝蘭衾?彷彿聽鼓瑟湘靈隱隱,真個是春蚕絲到死渾未盡。

阿呀!口渴得極,拏口茶吃吃没,好真真説話引話。可記得在生時與你借茶吃的光景么?(貼)我怎么不記得?想當日呵,

【駡玉郎】笑立春風倚畫屏,好似萍無蒂、柏有心,珊瑚鞭指填衡門。乞香茗,我因此賣眼傳情。慕虹霓盟心,慕虹霓盟心,蹉跎杏雨梨雲。致蜂愁蝶昏,致蜂愁蝶昏,痛殺那牽絲脱衽,只落得倒①床搥枕。我方纔颺李尋桃、颺李尋桃,便香消粉褪,玉碎珠沉。笑浣紗溪鸚鵡洲,共夜壑陰陰;今日裡羡梁山,和鴛鴦冢並。

---

① 應爲“搗”。

三郎！(付)一句也弗差。

【前腔】想李代桃姜①翻悮身，

我好恨吓！(貼)敢是恨我么？(付)怎敢恨小娘子？只恨王婆这老賤人。

恨他翻爲雨、覆作雲，可怜紅粉付青萍！

我一聞小娘子的凶信，

我泪沾襟，好一似膏火生心。苦時時自焚，苦時時自焚，真捱剩枕殘衾。值飛瓊降臨，直②飛瓊降臨，驟道是山魈現影，又道是鵾絃洩恨。把一個振耳驚眸，把一個振耳驚眸，博得個蕩情怡性，動魄飛魂。赴高唐，向陽臺，雨握③雲深，又何異那些時，和你鶼鶼影並？

(貼)

【尾】何須鵩鳥來相窨，效于飛雙雙入冥。

(付跌)(貼下)

(净、丑院子執灯上)阿呀！書房裡啥个响？門纔開拉哩。阿呀！個是相公，爲啥倒拉地上？阿呀！弗好吓！且抬到娘娘房裡再處。(抬下)

(貼捉付上)三郎！(付)呋！(貼)

纔得個九地含矑，鴛冢安然寢！

(扣付下)

---

① 應爲"僵"。

② 應爲"值"。

③ 應爲"渥"。

借茶活捉（亂彈）

【劇目簡介】

亂彈，未署名。現存民國《戲考》刻本，可與《綴白裘》本參照。小説《水滸傳》第二十一回《虔婆醉打唐牛兒　宋江怒殺閻婆惜》有類似情節，細節有所不同。

《戲考》刻本，題目作"借茶活捉"，二場①，每頁十五行，每行三十六字左右。

劇演張文遠以借茶勾引閻婆惜及婆惜死後魂招張文遠之事。

春光明媚百花香②，桃李芬芳天豔陽。樹頭百鳥能性③言語，傷春女子坐蘭房。自嘆紅顔多命薄，終身錯配宋三郎。他日間要往刑房去，夜來酒醉進奴的房。夫妻情叙秋水，宛比畫餅充飢雀見糖。今日母親自到親戚人家去，静思寂寞悶胸堂。埋④動金蓮身朝外，見紫燕銜泥繞畫梁。密⑤蜂兒對對穿花舞，粉蝶雙雙飛過牆。行至門首身站定，將身倚在二門旁。見覩遊人且把愁腸散，聽鳥啼宛轉到垂揚⑥。

（丑上。接唱）

身爲押司在刑房，生性風流愛美娘。秦樓楚館相疑去，問柳尋花名

① 雖中間未作明顯區分，然情節并不連貫，故視爲二場。

② 此段爲旦唱詞，漏"（旦上。唱）"。

③ 與後句七字相對應，此"性"疑爲衍字。

④ 應爲"邁"。

⑤ 應爲"蜜"。

⑥ 應爲"楊"。

遠揚。

(白)學生張文遠,排行第三。大家公明,同爲縣吏。個兩日勿見出來,獨坐無聊,到不如街坊上去步步,有理個。(唱)

忙正衣冠手拿扇,擺擺摇摇出縣門牆。見風流子弟馳駿馬,豔裝女子靠樓窗。耍孩童戲把風争放,柳緑桃紅照粉牆。文遠一路遊春景,

(旦白)好天氣呀!(丑唱)咦!

姣嫡嫡聲音在耳旁。文遠舉目抬頭看,見門旁站立女紅粧。

(白)吓呀!好一位標致個娘娘,勿知那里個女眷,讓我來走近點,不一看里使使。吓,妙吓!(唱)

見他青絲挽就時新結,緑繞珠花插鬢旁。天生桃花芙蓉臉,揭魄勾魂眼一雙。身穿月色團花袄,八幅羅裙俏金粧。手拿一柄小金扇,氤氲陣陣鼻里香。好似嫦娥離月殿,猶好那西施再還陽。

(白)可惜個雙脚,拉手門檻里世。讓我來走近過去,不一看里搭搭。(唱)

文遠移步忙行過,

(旦白)這時候,母親還未見回來。(丑白)只怕就居來哉。(旦白)呀,啐!(丑唱)

站定身體笑臉粧。

(白)尊嫂,學生有禮哉。(旦白)客官何來?(丑白)要向個姓洛。(旦白)你要向到那裏去?(丑白)公明兄的府上,勿知阿拉此地相近。(旦白)只裏就是,你要問他怎麽?(丑白)有緣個,一問經就問着哉。尊嫂,公明兄,勿知阿拉府上?(旦白)不在家中。(丑白)到洛里去哉?(旦白)他是出多歸少,等不及的。有事明日來罷。(丑白)唷,到碰勿上,有里哉。只條勾子勿上,换那條勾子來?向里借口茶吃吃,看里那哼。尊嫂,學生一路而來,走得口苦舌乾,欲借香茶,暫爲解渴,勿知阿使得?(旦白)你要吃茶,但是熱的不便,只有冷的。(丑白)好殺,好殺!殺殺學生個點虚火。(旦白)哈。(丑白)比方雜梗説。(旦白)如此你的不要動,待奴裏邊去取茶出來。(丑白)慢點慢點,拿了茶出,學生立拉街上吃,谷道有點勿雅致,阿好讓我門角洛里吃子罷。(旦笑。

白)奴到忘了,如此没裏面來嘘。(丑白)阿好雜梗造府個。(旦白)好説。(丑唱)

文遠得意進門牆,行過天心到内堂。見堂中擺式多文雅,

(旦白)請坐。(丑白)有理。(唱)

將身坐在桌兒旁。

(旦白)如此你的不要動,待奴裏面去取茶出來。(丑白)個目牽阿勿敢牽。(旦唱)

慢步輕移到内厢,

(丑白)看仔細。(旦唱)

回頭飄目細端詳。

(丑白)嗳唷,好眼風。(旦唱)

但看他是眉清目秀多文雅,舉止行爲有端方。若與此人成連理,萬種愁腸付海洋。慾火上身身體横,

(丑白)走好了。(唱)

尤如風動嫩垂楊。

(旦唱)

若飲此漿其中意,只爲付席玉爲江。取了香茶身朝外,

(白)客官,茶在此。(丑白)拿得來嘘。(旦白)呀,啐!(唱)

將茶擺在桌兒上。

(丑白)拿了個茶杯來,就是傳拉學生手裏没也何方?自要雜個離身離己,讓我拿個杯茶來吃吃看。阿壞阿壞,奢個冷個,學生咀唇上皮在燙洛個哉。(旦白)吓,隨泡家。(丑白)讓我又星吃口看,好茶吓!骨個茶叶,還是雨前宜龍井,咦,香花,杜文是香片哉。再吃口看,吓,好水!尊嫂,骨個水,還是井水宜河水,咦,天泉水蔭干我,杜文是天泉水哉嘘。讓我來再吃口看,尊嫂,骨個水,還是滚子來泡個,泡子來滚個?(旦白)好好與你茶吃,反有許多言語!(丑白)學生勿曾説奢個没,吃哉,到是謝聲拉里末。(旦白)那個要你謝拉。(丑唱)

承蒙尊嫂賜茶湯,息我肚中慾火煬。

(白)今朝是,(唱)

好似海外逢仙子，

(白)方才個杯茶没，(唱)

尤如玉腋①與瓊漿。

(白)茶没吃哉，勿曾請教宅上尊姓？(旦白)姓閻。(丑白)姓錢？(旦白)閻呀！(丑白)閻呀，閻没哉，阿唷！好一個怕賴姓。學生下來，也要姓閻哉。(旦白)哈。(丑白)比方雜個府上，還有何人？(旦白)只有家母。(丑白)有個令堂太禾，請里出來見個禮。(旦白)不在家中。(丑白)到洛里去哉？(旦白)親戚人家去了。(丑白)阿就居來個。(旦白)論勿定。(丑白)呀吓！一定到是個活洛門子，横世無人拉里個。拿兩句言語來挑動挑動，看裏如何。吓，尊嫂，公明兄拉去外世勿好嘘。(旦白)怎見得？(丑唱)

近日行爲少主張，終朝花柳去尋訪。當前有個王三姐，生來俊俏貌端方。他與宋兄成連理，

(旦白)是那個説個？(丑白)據朋友説來。(唱)

終身托付宋三郎。

(白)我想公明兄，自家該子如花似玉個阿嫂，到是攔拉一邊，到來外面去有樂無趣，學生有子阿嫂能個人是。(旦白)哈。(丑白)比方説，(唱)

平生稱意心知足，甘心情愿吃清湯。

(旦唱)

是有母親作主張，是調琴瑟配鸞凰。那知他抛却舊弦新弦彈，故而連夜不進奴的房。今日客官來提起，莫非前生燒了斷頭香。

(丑唱)

【快板】文遠聽見喜非常，心上鮮花朵朵烊。洋洋色胆如天大，挨近身軀摸胸堂。

(旦白)母親回來了。(丑白)阿嫂阿嫂，伯母拉朵洛里，學生有禮哉。(旦白)將門閉上。咦？那説怪血血個男唔，到不里騙子門外世哉。吓，横世里説有一個老親娘，讓我來開開里個心看。

① 應爲"液"。

吓,女兒開門!(旦白)吓,母親回來了。(丑白)毛呸老爺居來哉。(旦白)呀,啐!(丑笑介)哈哈哈!(旦白)將門閉上。正是:“畫龍畫虎難畫骨,知人知面不知心。”裏面去吧。(丑白)阿一坏,一只脚,一只脚,兩只脚,誰勿個開哉大價天打能個立拉里作啥。(咳唱)

數尺由絲挂碧空,年年常事惹春風。

(白)我張三官,(唱)

恨無彩鳳成雙翼,

(白)方才個阿嫂末,(唱)

勝比靈犀一點紅。

(白)發厭發厭,記好子門面。左邊捨①籬竹,右邊泥打牆。有舊能個一副對拉里,讓我來念念看:“燕燕新福至,梅報早春來”。骨個來字到怪氣,儕個意思嗄?曉得哉,明朝叫我早點來,我一起來就來發厭,脱早,介没吃子夜飯來,脱晚,介没明朝日里來。

【尾聲】(唱)文遠得意喜非常,心上思想美姣娘,到子明朝没,再往他家走一場。

(丑白上②)

【引】酒不醉人人自醉,色不迷人人自迷。

(白)學生張文遠,自從閻婆惜亡後,害我終日眠思夢想,好不傷感人也!(唱)呀!

但聽瞧③樓打二更,文遠獨坐在書房。即忙就把燈煤剔,桌上公文疊疊排。閑來就把公文看,樁樁件件細查清。第一案江洋大盜應該斬,第二案誤傷人命罪還輕。

(白)嗳,讓我來談洛子點蠟燭煤頭看。阿呀!(唱)

看到潛逃人犯宋公明,一見之時重重怒,提起心頭火直噴。

(白)黄婆這老賤人!(唱)

---

① 應爲“舍”。

② 此後應爲二場,即“活捉”。

③ 應爲“樵”。

假言語，是非生，害得紅粉佳人一命傾。宋江逃遁無着落，

（白）還好，只要我筆尖動了一動没，（唱）

四下行文捉捕這凶身。文遠正呆思想，

（旦上。白）三郎！（丑唱）咦！

但聽得門外有姣聲。

（白）來福，來福，阿聽得，出去罷！（唱）

擎紅燭，出書廳，至門邊便問是何人？

（白）外頭何人叩門？（旦白）是奴家。（丑白）忒哈哈哈！奴家奴家，必定是個女客，勿是妹妹，定是姐姐。我張三官人，桃花星進子命哉，半夜三更，還有什麽奴家尋到家來，我到要問問明白個。唔是囉個奴家呢？（旦白）我和你别來未久，難道連聲音，也聽不出了麽？（丑白）勿差，聲音是熟個，常拉耳朵管里括出括進，一時想勿出哉。（旦白）你且猜一猜。（丑白）哎吆，格位奴家，到有點尷尬，半夜三更，還要學生猜猜。横勢困勿着，不一個里試試看。咳，奴家，夜深哉，有夜露下哉，請唔廊簷底下立個歇歇，等學生猜着了，好開唔進來。哎，羅是個奴家呢，哎拉里哉。（唱）

莫不是向坐懷柳下潛身？

（旦白）不是。（丑白）不是吓？（唱）

莫不是過男子户外去停輪？

（旦白）也不是。（丑白）亦不是吓，拉里哉？（唱）

軟弱巷中蘇小小？

（旦白）休這等人。（丑唱）

莫不是温柔街上柳青青？

（白）阿是？（旦白）多猜不着。（丑白）不猜着，實介説起來，是猜勿着個哉，老實請説子罷。（旦白）你且開門，自然認得，何必喉長氣短個要瞎猜？真正聰明一世，懵懂一時。讓我放好蠟燭火，拉來開門吓。（唱）

放了燭，便開門，

（白）吓唷，吓唷！好一陣鬼頭風吓。（唱）

被涼風,吹得才寒噤。

(白)奴家門開來里哉,可里面請坐。奴家裏向請坐。勿見吓,嗄,拉朵隔首噲。奴家,開門來里哉,裏面請坐,亦勿見吓,方才明明白白個奴家,那知開出門來,竟勿見。(咳嗽)我三官人是勿怕鬼個,曉得哉,必定是囉里幾位仝衙門朋友,囉里赴席來,打學生門前走過,曉得學生没,拉女客面浪做點工夫個,鼻頭來説奴家奴家。哪、哪、哪!臭賊,看見哉勿要走。明日查着了,好好能罰唔東道,東道東道,阿欠格,是囉里説起,半夜三更,來里鬼打棚。夜深哉,進去困罷。(唱)

忙走進,便關門,至書房瞥見女佳人。見一個女子朝牆旁站,

(白)咦,好朵,個末拉外豆尋唔,你到冷魂能個忒子進來!請問小娘子,誰家宅眷,那裏姣娥,貪夜至此?(唱)

有何見教細詳論?

(旦白)三郎吓!(丑白)噲,奢個叫名叫性①介。(旦唱)

和你相抛還未久,難道連奴聲音聽不清?

(丑白)嗄唷唷!奴家,好一豆頭髮,爲舍有點坭土氣個?(旦唱)

早上叙談約你晚間會,與你雙雙去歡談。歡娱未盡愁又至,頓起蕭牆大禍臨。

(丑白)那,哼呢?(旦唱)

可恨强徒下毒手,氣化清風一命傾。

(丑白)住朵,“强徒毒手,氣化清風”?實介説起來,你是閻、閻、閻婆惜麽?(旦唱)

正是一聲臉朝外,文遠唬跌地埃塵。一身冷汗來扒起,忙將椅子去攙身。

(白)阿,是小娘子,宋公明殺子你,關我張三官人甚事?(唱)

冤有頭來債有主,冤家是有對頭人。速請娘行歸地府,

(白)唬、唬、唬殺拉里哉!(唱)

索命今宵認錯人。

---

① 應爲“姓”。

(白)囡囡朵,快點出來,外頭有鬼來里哉。(旦唱)

非索命,莫虛驚,特地前來望望君。將我容顔看一看,比在生前怎麽形?

(丑白)唷、唷、唷!勿要相哉。人面好看,鬼臉難瞧。(旦白)你不看麽?(丑白)勿看勿勿看哉,勿看哉,勿要動!(唱)

掇條椅子中間擺,

(白)好,好,儂坐拉朵。(旦唱)

婆惜前來出定身。

(丑白)真真要死朵,檯子浪有子火末,好壯壯胆嘎。人説道鬼左手勾,讓我來騙一騙看。噲,來福半日奢勿出來,故歇出來做啥。(旦白)在那里?(丑白)拉里哉。正是鬼也要上當個。呵,無法,讓我彈落子點臘①燭煤頭來,着着實實看一看里,試試。阿呀,妙吓!娘子的容顔,比在生越發標致了。(旦白)如何?(丑白)勿要説活個,就是死個,亦覺動人嘎!(唱)

我何妨與你到陰司去,與卿仝去見閻王。

(旦接唱)

【轉快調】婆惜聽,站起身,起口把三郎叫一聲。

(旦白)三郎!(丑白)哎,我正來朵。想唔個多化好處,那説冰冷個一隻手,插子我喉嚨頭來哉。(旦唱)

可記得與你生同立下誓,説到生仝羅帳死同坟。

(丑唱)

文遠聽,戰兢兢,忙把娘行叫一聲。小娘子想你在陰曹多受苦,

(白)到明朝,(唱)

請個高僧高道薦亡魂。

(旦唱)

閻婆惜,淚紛紛,一點靈犀説實情:今晚特奉閻君命,相請君家一仝行。

(丑白)無非要我死了意思,學生生病才無得工夫,若説起死來

① 應爲"蠟"。

末,只得少陪唔個哉。(唱)

我死一身何足惜,叫我合家大小倚何人?

(白)説子半日,口苦舌乾,裹向去吃茶盃拉再來,真真説話引話,小娘子可記得在生時,與你借茶吃的光景麽?(旦白)怎麽不記得?(丑白)請唔説説看那。(旦白)呵。(丑白)那哼。(旦唱)

你與我借香茗,

(丑白)那末上子我個當哉。少勿得搭里説到天亮末,只怕終要去個,囡囡朵,鬼自有一個來里,是個練熱鬼,不過大夾里説説鬼話末哉,勿得唔朵個困末哉。(旦唱)

一見之時失了魂,兩次歡娛恩情重,了却你想思一命傾。

(白)可是麽?(丑白)一點點也勿差,我娘子吓。(旦白)敢是恨奴家麽?(丑白)嗄,怎敢恨小娘子,恨只恨黄婆只老賤人!(唱)

搬弄是非公明曉,害得你紅粉佳人命歸陰。

(白)我拉公廳里,(唱)

一聞娘子凶音信,猶如天打一搬仝。日間不敢高聲哭,

(白)到夜晚來凄凄慘慘,哭了廿餘天。(唱)

黄昏哭到大天明。

(旦白)咳,可憐!(唱)

婆惜擺下迷魂陣,手摸胸堂,

(丑白)噎!(旦唱)

迷美人。

(丑唱)

三魂飄飄泥丸裹出,六魄茫茫無處尋。

(旦唱)

閻王注定三更死,並不留人到五更,

(丑白)噎!(跌下地介)

(甲乙二書童上。白)阿哥!(乙白)豈敢,老弟。書房裹個個响,阿要去看看。(甲白)勿差個,一仝去嗄。地板上舍末事?(乙白)阿呀,是相公,爲啥牀上勿困困在地上?(甲白)阿哥,勿好哉,唔里扛進去。(乙白)勿差,扛進去,兩個小使忙扛進。

（旦唱）

婆惜前來收了魂。

（白）三郎！（丑白）吓！（旦白）去罷！（丑白）呵！（旦、丑仝唱）

風流惹下風流債，往日想思一筆勾。

（旦白）三郎！（丑白）噲！（旦唱）

【尾聲】你若九泉含悲怨，尖塚安安然履内存。

（旦、丑仝下介）（完）

坐樓殺惜（子弟書）

【劇目簡介】

子弟書，未署名。現存清代鈔本，《子弟書目録》《中國俗曲總目稿》《子弟書總目》等著録。小説《水滸傳》第二十一回《虔婆醉打唐牛兒　宋江怒殺閻婆惜》有類似情節，細節有所不同。

車王府藏清鈔本①，題目作“坐樓殺惜”，全四回，每頁六句②，每句字數不一。

叙晁蓋等人劫奪生辰綱事發，宋江暗自送信，冒死救下衆人。晁蓋成爲梁山寨主，因感宋江恩義，派劉唐前往鄆城送禮於宋江。宋江祗留下書信和一錠黄金放在招文袋中，匆忙送走劉唐。此時閻婆强行將宋江扯至家中，閻婆惜態度冷淡，宋江無意中將招文袋掛在窗欞上，被婆惜發現，并百般要脅於宋江，宋江萬般無奈之下抽刀殺死閻婆惜，慌忙逃走。

詩　篇

哲宗建都在東京，世乱荒荒民不寧。
因寵蔡京與楊戩，童貫高球掌權衡。
奸臣當道賢臣退，治国忠良隐姓名。
自古道君正臣良天心順，臣佞君昏灾禍逄。

---

① 校以傅惜華藏百本張鈔本，以史語所藏鈔本作參校。
② 即三整句，其中各句字數多少不一，故多有雙行形式呈現者。

頭　回

這也是大宋国運該當敗，纔有那天罡地煞降群雄。
有一個晁盖智取了生辰槓，知縣聞知不放鬆。
差遣雷横插翅虎，還有朱仝美髯公。
稽察庄村與鎮店，訪不着大盗强人影與形。
有一個押司宋江暗透信，冒死前來救賓朋。
英雄七人聞此事，打点收拾不消停。
朱仝雷横放故友，得便星夜奔途程。
投奔梁山尋朱貴，群雄聚集宛子城。
推尊晁盖爲寨主，替天行道水泊中。
弟兄們刚有了安身處，想起宋江救命情。
修書備禮把劉唐遣，赤髮鬼接書奔鄆城。
英雄懶觀途中景，涉水登山曉夜行。
那日進城天掛午，衙門一外遇見了公明。
好汗①上前拉了一把，開口把仁兄叫一声。
自從那日分别後，撚指光陰半載零。
説罢的英雄忙下拜，倒把個宋江吃一驚。
復又留神仔細看，打量來人相貌容。
只見他身材凛凛有九尺，膀乍腰圓兩頭停。
金睛凹面三角眼，赤髮紅鬚相貌兇。
手中若有狼牙棒，与那五瘟神祇一様同。
相貌好似緑林客，爲什麽打扮似客商②我不明。
來人但有可疑處，關係重大不非輕。
此地不是講話處，請到舍下叙衷情。
二人來到幽僻處，公明啓齒問英雄。

---

① 應爲“漢”。
② 應爲“商”。

素不相識未会面,請問貴姓与高名。
刘唐説我是晁盖大哥一盟弟,赤髮鬼昔日曾沾活命的情。
蒙哥的華翰將小弟荐,奈王倫量小不肯容。
幸喜林冲多仗義,因此上合夥与王倫併輸赢。
在山東弟兄有了安身的處,难忘仁兄救命情。
因此上大哥修書把小弟遣,我刘唐冒死前來探仁兄。
説罢連忙解包裹,把黄金書信遞与公明。
荒山小寨無珍宝,不過是一点敬心聊表情。
听話的宋江唬一跳,叫了声賢弟悄語莫高聲。
此處耳目最多非兒戲,走漏了風声了不成。
愚兄雖貧也彀過,留一錠黄金爲領情。
不讓賢弟舍下坐,趁此無人快出城。
説罢二人分了手,刘唐暗暗别了公明。

二　回

不言刘唐回山寨,再把宋江明一明。
將黄金書信藏在了招文袋,回歸舊路往前行。
耳内只听有人叫,原來是爱錢的閻婆把路横。
説押司因何恼小女,就裡情由我不明。
冒犯尊顔須担代,恕他爲人年幼中。
自小養成嬌傲性,還望押司你含容。
他自從这几個月無見你,情思昏昏睡卧不寧。
不茶不飯不梳洗,懨懨瘦損貌花容。
魂夢中常把三郎念,朝朝暮暮暗傷情。
那日風擺簾鈎响,只當押司轉回程。
慌的他急急忙忙迎出去,不想金盆撈月一場空。
他与你明陪夜伴長相守,似这等别後凄凉未曾經。
常言道夫妻無有隔宿恨,押司你好太薄情。
宋江摆手説有公事,等我閑來叙舊情。

閻婆帶笑説走罷,押司何必又惺惺?
要想推脱不能彀,我女兒在家中眼盼紅。
死求胡賴拉着他走,再也不肯把手鬆。
無奈宋江跟在後,移步遲遲往前行。
轉湾抹角來的快,曲境湾湾至家中。
笑嘻嘻的閻婆高声叫,你那可意三郎轉回程。
婆惜只當是張文遠,輕移蓮步往外迎。
一畢裡走着一畢裡駡,冤家呀負却良心背了盟。
曾記得當初結伉儷,綢繆恩深魚水同。
交情未久把良心坏,閃的奴枕冷衾寒伴孤灯。
你貪着新婚忘舊爱,只恐奴容天不容。
急至跟前抬頭看,拔咧不是文遠却是公明。
婆惜一見紅粉面,帶怒含嗔轉身形。
惱恨他娘無道理,年老糊塗説話不明。
進房躺在牙床上,掩面悲啼珠泪傾。
閻婆一見哈哈笑,兒吓你的行事令人不明。
不見他時你又想,及至相逢又奈何公明。
你只顧縱性撒姣硬到庇①,豈不踈淡了夫妻恩爱情。
任凴閻婆説破口,婆惜只當耳傍風。
閻婆到此实無奈,只淂將宋江讓到樓中。
説你夫妻許久未會面,訴一訴離别久曠情。
宋江進房椅上坐,閻婆隨即秉上灯。
説我到那厨下收拾酒合菜,閻婆轉身往下行。
宋江仔細留神看,見婆惜斜身面裡海棠春睡一般同。
釵横簪落烏雲散,雲鬢蓬鬆假朦朧。
宋江看罷微冷哂,暗把賤輩駡几声。
你本是路柳墻花娼妓婢,不識抬舉混撒清。
我本是頂天立地奇男子,怎肯在你的跟前落下風?

① 應爲“底”。

埋怨自己當初錯,從前不該任意行。
自此打破風月謎,章台滋味我總明。
方纔若是糟糠婦,總然反目他也留情。
罢、罢、罢明早給他一張紙,趁此開交兩西東。
正是宋江心悔恨,有那帶笑的閻婆往上行。

三　回

說菜寒酒冷休見怪,押司包涵我老無能。
我的兒你也起來休煩惱,与押司陪個罪兒遞個鐘。
說過道過撂開手,夫妻之間逞甚麽能?
說罢用手拉女子,無奈的婆惜立起身形。
來到席前並肩坐,無意的婆惜扭着花容。
閻婆帶笑斟上酒,說你夫妻留神仔細听。
今日從新是你們又大喜,必須要放量開懷吃几盅。
你二人重渡銀河把鵲橋過,我老身另看牽牛織女逢。
我的兒你千萬莫要討愧,押司担代你年輕。
似這等揮金似土英雄客,再也不在妻妾跟前較青紅。
你二人自今再無争競處,淡飯吃來我也安寧。
你休要噘嘴膀唇听娘的話,你听听樵樓已轉三次更。
休要辜負了良宵夜,兒吓你看月兒轉過到中庭。
任凴閻婆說破口,女子只當過堂風。
閻婆到此無其奈,我与押司吃几盅。
宋江擺手說我不飲,明早有事不能領情。
各請方便我要睡,無奈閻婆往下行。
婆惜合衣面向裡,宋江他解去鑾帶把衣鬆。
招文袋掛在窗棂上,脱衣安寢放倒身形。
这正是襄王横枕神女惱,想赴陽台不得能。
武陵雖然在咫尺,如隔巫山几萬重。
因發雷霆止雲雨,各人心事各人明。

婆惜撂不下張文遠，宋江难割結髮情。
只説二人同宿銷金帳，又誰知一床錦被到把四人朦。
他二人被①此各都不言語，有夢难成假朦朧。
这正是夜深堦下声唧唧，風裂窗棂紙條兒鳴。
踈簾透進朦朧月，案上的殘灯半暗不明。
一言难尽淒凉夜，不覺樵樓撞曉鐘。
宋江披衣出罗帳，撥亮了殘灯屋裡明。
攏髮包巾束鑾帶，帶怒含嗔往外行。
公明忘却招文袋，依然还是在窗棂。
宋江急往公門去，婆惜翻身把眼睁。
抬頭睄見招文袋，伸手拿來驗分明。
倒在床上翻身看，一錠赤金黄澄澄。
餘者盡都是文卷，还有未拆的書一封。
佳人拆開燈下看，舉目留神看分明。
上寫着晁盖吴用等，下墜着林冲入雲龍。
杜遷宋萬赤髮鬼，还有阮家三弟兄。
只因仁兄救命的恩情重，特遣刘唐到鄆城。
二十錠黄金非爲敬，不過是略答仁兄一点情。
阻隔關山难相会，夢魂當若見仁兄。
寫來心事到千千萬，紙短言長难盡情。

四　回

这婆惜不見此書還猶可，及至看罢喜氣生。
这字兒踏破鉄鞋無處覓，得來只在談笑中。
真賍實犯落在我的手，許我個意滿心足纔放他的生。
要一紙休書我好嫁張文遠，二十錠黄金我們受用。
不言婆惜胡盤算，再把行路的宋江明一明。

---

① 應爲“彼”。

忽然想起招文袋,恰好似大海行船断了篷。
急轉身軀往回裡跑,兩步併作一步行。
婆惜聞听脚步响,倒身假粧睡朦朧。
宋江進房抬頭看,不見文袋吃一驚。
就知賤婢拿了去,少不得伏軟落下風。
悄語低言呼娘子,和容悦色叫几声。
因我有事起的早,招文袋忘却在窗棂。
娘子收放在何處,快些拿來我領大情。
婆惜回言説無見,想是失落在路途中。
無緣無故來問我,想是你今淂了丧心瘋。
公明闻听忙陪笑,説夫妻若有戲言理不通。
賤婢聞言微冷笑,説宋江你呀不必向我推啞聾。
真贓實犯落在我的手,你私通梁山罪不輕。
官罢私罢任凴你,揀兩條道兒由你行。
宋江説官罢私罢是怎麽講,娘子説來我無有不依從。
婆惜道若要官罢我就去出首,鄆城縣裡与你見個明。
私通大盗該何罪,少不得三推六問動非刑。
知法犯法是兩個死,把你那着己的親人俱問口供。
若要私罢也听我講,快寫開交的書一封。
任凴我改嫁張三与李四,不許管我要言明。
二十錠黄金交与我,但説不字了不成。
宋江説件件樁樁都依你,就只是二十錠黄金不敢應。
那日我只受了他一錠,一十九錠回原封。
娘子若把黄金要,等我折变了家財再找零。
婆惜摆手説是不中用,我放着卧兔兒不拿倒去把走兔驚?
或有或無快些講,老娘那有許多工?
逼的豪杰直到無其奈,帶笑開言把娘子称。
我只當向你懇求討饒恕,寬洪展限就感大情。
説話豪杰眼含泪,婆惜只是不依從。
潑賤開言微冷笑,説宋江啊你要想我饒你萬不能。

英雄一見無明動，手指賤婢罵几声。
婆惜只是微冷笑，用手指定宋公明。
宋江啊你休把押司的架勢來唬我，料着你不敢乱胡行。
一句話提醒了英雄客，衣襟裡取出了二刃鋒。
一脚踢倒潑賤輩，兩膀使盡力無窮。
只听吭叉一声响，萬朵桃花滿地紅。
千般嬝娜今何在，萬種風流無影踪。
婆惜一命刃下死，宋江時下不消停。
急忙搜出了招文袋，慌慌張張往外行。
這正是花招人带花自損，人負人情久自明。
（完）

活捉（子弟書）

【劇目簡介】

子弟書，未署名。現存清代鈔本，《子弟書目録》《中國俗曲總目稿》《子弟書總目》等著録。小説《水滸傳》無類似情節，甚有可能來自許自昌《水滸記》傳奇第三十一齣《冥感》，細節有所不同。

車王府藏清鈔本①，題目作"活捉"，全二回，每頁六句②，每句字數不一。

敘閻婆惜死後，魂靈不敢糾纏天罡下凡的宋江，却因念與張文遠的舊情，前來探望，欲圖一訴苦情。張文遠雖口口聲聲想念於閻婆惜，也自言欲與婆惜同歸幽界，但真正見面後，却又唬得要死，萬般推托。閻婆惜魂靈見其無情，因此將張文遠擒捉同赴幽冥。

詩　篇

大宋徽宗用蔡京，权臣当道乱朝廷。
黎民四海遭塗炭，盗寇八方起战争。
七星劫去生辰杠③，一筆拖出磊落情。
演一回婆惜活捉張文遠，分明笑駡那宋公明。

---

① 校以故宫藏百本張鈔本，以史語所藏鈔本作參校。
② 即三整句，其中各句字數多少不一，故多有雙行形式呈現者。
③ 應爲"綱"。

頭　回

且説那閻婆惜的魂灵早出了壳，他如何敢纏繞宋公明？
一來是自己心中愧，再那宋江原係天罡列宿星。
這孽魂一心思念張文遠，割不断那星前月下情。
白日在那幽暗之中藏艷魄，一到了黄昏以後纔敢成形。
驚奴的胆遠寺鐘敲声細細，痛奴的心苔痕遮地露濃濃。
滿徑寒蛩吟乱草，一鈎新月掛青松。
這正是鷄不鷄①犬不吠黄昏四野，恰好是人不行鳥不飛漏下三更。
自嘆道花兒般的嬌姿遭横死，玉兒樣的香軀被土蒙。
似這等透骨的冤屈誰知道，奴不免尋找三郎去訴訴苦情。
蕩悠悠一念痴情尋旧約，來到這文遠的門前哎嘆了一声。
隔窗兒暗把三郎看，見他在灯下泪盈盈。
听他哭了声苦命的冤家遭横死，又罵一声狠心的短子太胡行。
偏遇着倒運的唐牛兒來送死，更便宜行凶的賊子去逃生。
可怜我那佳人艷魄今何在，却教咱浪子心中豈不疼？
算來全是夫殺了你，想去原非他害卿。
你何不活活捉去我三郎命，我可也略略权酬你一点情。
我合你兩个魂灵兒在一處繞，你和我一條心繫兒兩頭擰。
這才是有情有義的張文遠，强如那里小子活背个忘八名。
婆惜聞言心暗悦，説到底是奴家這兩个眼睛。
認得他是多情子，不枉在星前月下把誓盟。
走向前輕扣双环三兩下，文遠听声吃了一驚。
暗想到深更半夜這是誰擊户，我不免定性留神听一听。
側耳凝睛多半晌，陰風一陣掃窗棂。
唬的他寒毛兒不覺根根的乍，連連咳嗽了兩三声。

① 應爲“鳴”。

又听淂是个女子的声音長嘆氣,三郎説是誰呀這半夜三更。
婆惜低聲説奴來也,三郎説奇怪我好难明。
莫不是鄰家婦女來勾我?莫不是夤夜狐狸爱月明。
莫不是老宋尋咱清旧賬?莫不是閻婆子找我訴冤情?

二 回

我須要問明緣故非兒戲,這可是人命關天了也是了不成。
説外面扣門的是那个?婆惜説原何不懂妾的音声。
文遠方知婆惜至,唬的他横乂着門子直勾着眼睛。
説多、多、多蒙娘子怜我文遠,故、故、故有夫妻恩爱情。
自古道冤有頭兒債有主,這都是宋江他胡鬧要逞英雄。
婆惜低声説你还怕我,妾与三郎是那樣的情。
奴雖乍鬼仍然柔媚,如何改的了旧形容。
説什麽冤有頭兒債有主,這樣的言詞叫妾怎麽听。
文遠説陰魄有灵速自退,你怎麽不念從前恩爱的情。
婆惜説正因恩爱纔來尋你,特訪郎來訴訴苦情。
文遠説陰陽阻隔难見面,我只好多燒錢紙尽人情。
婆惜説誰因錢紙來尋你,薄倖的冤家无始終。
文遠説怎奈芳卿今作鬼,婆惜説須知鬼与鬼不同。
文遠説奈我心中多驚怕,婆惜説三郎到底不是真情。
文遠説方纔还哭你肝腸断,婆惜説閉門不納主甚麽情。
文遠説我若見你豈不將人唬死,婆惜説待奴進去你看看形容。
凉風兒一陣將門進,害怕的三郎就岔了声。
見婆惜雖係生前的嬌樣子,懨懨艷魄聞淂血腥。
唬的个三郎退繞桌兒轉,婆惜追隨不放鬆。
張文遠翻身坐在桌兒上,閻婆惜身挨着桌案面臨灯。
文遠説娘子的花容雖比生前美,我三郎色胆不如死後松。
皆因是陰魂陽魄非同類,故顯淂這恩債情緣倒像是輕。
其寔想的我心如醉,真是急的人眼看着瘋。

説出血來你當蘇木水,誰知我連日空抽着心繫兒疼。
婆惜説幽冥一理君休怪,夫婦連心你莫驚。
誰有狠心來害你,君无至意厭陰灵。
曾説過生則同生死則同死,你怎麼几日之間把心变更?
莫道宋江心太狠,因奴要嫁你他才下了絶情。
那像你眼看着奴家心似鉄,嫌奴的月貌与花容。
恐怕奴家沾碍你,合我藏藏躲躲像抽瘋。
你既无情誰有義,不如我就活活捉你去赴幽冥。
説畢轉身將文遠赶,三郎乱跑婆惜相迎。
劈胸抓住張文遠,三郎害怕眼發形。
婆媳①用汗巾兒將他的脖頸兒套,双手一煞不放鬆。
一霎時咽喉氣断渾身冷,兩个魂灵兒在一處裡行。
這纔是色果情因冤孽报,劝世人莫照三郎的樣子行。②

---

① 應爲“惜”。

② 此篇各書目著録均作一回,此處則是二回,兩種本子的異同未經比較,不知是否是兩種不同的本子,或竟是一種本子而僅回目不同,候後研究。

活捉張三郎（牌子曲）

【劇目簡介】

牌子曲，未署名。現存清代鈔本。小説《水滸傳》無類似情節，甚有可能來自許自昌《水滸記》傳奇第三十一齣《冥感》，細節有所不同。

車王府藏清鈔本，題目作“活捉張三郎”，一回，每頁三行，每行六字。

叙閻婆惜死後，魂靈將張文遠擒捉同赴幽冥一事。

【曲頭】花寒徑冷凉夜悲風，竹林深處隱悲聲。敢則是木門開放俏魂行。

【嗽唱】此女在日常伴公明，他與文遠暗自私通，以被宋江看破雪姣心冷，又因書信黄金断義絶情。婆惜在宋江劍下命傾，幽魂不散聚氣成形，來找文遠訢訢①屈情。魂靈胆怯繞徑穿叢，星光慘淡月色朦朧，天交三鼓更深人静，書齋隱隱還有半壁殘燈。

【倒推船】魂靈止步在窗外等，三郎做梦不知情，獨對官文心酸慟。

【嗽唱】罪做凶手指望逃生，不顧居家匹夫無能，你不自投，笑壞了天下英雄。文遠要下毒手，主意以定。手拿稿案灯下查明，睄到了曠夫怨女，他的二目通紅，撲漱漱落淚，心似油烹，想起婆惜在世芳容，激泠泠泠战神魂不定。窗外怨女哼了一聲。

【寄生草】樵樓三鼓人寂静，因何獨自對孤燈。莫非他知奴今夜來托梦，莫不是合奴不死心腸來看百倖。

【河南調】三郎仔細聽，三郎仔細聽，漸漸無言脚步輕。只聽德梧桐葉

① 應爲“訴訴”。

尔响，又有簾籠碰，竹簾响一聲，竹簾响一聲，毛髪竦然休似寒冰。這孤燈半明又半暗，不由心不定。

【嗷唱】燈光一閃，只見渺渺冥冥，倚門站立雲鬢髩鬆，面如金紙珠淚溋溋，三郎一見，哎喲，一聲欲待要聲張，怎奈他緊鎖喉嚨，啞聲問道什麽精靈，還不快走，謹防犬吠鷄鳴。

【南羅尔】休害怕免吃驚，莫把奴當精凌①，我是婆惜來托梦，奴爲你負公明，愿君還妾殘生命。

【太平年】張三郎淚溋溋，叫聲婆惜仔細聽。非是三郎我薄倖，

【太平年】萬般出在無奈中，

【年太平】豈不知海誓山盟，當出與你乍相逢，暗中定下牢籠計，

【太平年】一心要害宋公明。

【年太平】誰承望你死的苦情，宋江怕罪逃了生，只要你有靈又有應，

【太平年】緊緊跟隨莫放他行，

【年太平】我差衙役拿公明，何愁此恨不得平？再請高僧與高道，

【太平年】超度你的亡魂早轉生。

【年太平】【銀鈕絲】婆惜聞聽淚溋溋，三郎説話欠聡明，爲人思己過，凡事要詳情，一飲一啄皆因前定，非是奴家把他容，他本是天罡列宿也麽星，我的老天爷嗐喲，要想拿他是不中用。

【甸花開】魂靈催着説快走，三郎害怕战兢兢，連説不敢應，哎喲，連説不敢應。着急魂靈，双足踩必定等着動無明，我翻臉就無有情。哎喲，翻臉就無有情。

【大鼓書】這婆惜説着不怠慢，陰風撲來燈不明，霎時間書房變作幽冥府，陰風慘慘待悲聲，唴喳喳桌椅連聲响，噹啷啷擊碎一茶盅，三郎觀睄説不好，他把那稿案拿來手中擎，鬼魂一見朝後退②，將身躲過暗藏形，三郎才要去拔宝劍，暗地里婆惜怎肯容，陰風一掃燈光滅，三郎時下眼難睁，文遠哎喲了一聲心迷惑，咕咚咚跌倒地流平。靈光出現真魂冒，在也不能哼一聲，他二人都是温柔客，作一對風流佳偶在一

① 應爲“靈”。

② 底本中此一句位置錯誤，據文意調整位置。

路仝行。

【曲尾】若不是婆惜捉去張文遠,宋江的吉凶他還①還未定,皆因是上天有意答救公明。

(完)

① 底本中此處有"卧牛"二字。

打虎全串貫(崑腔)

【劇目簡介】

崑腔,未署名。現存清代鈔本多種,《蒙古車王府曲本分類目録》著録。小説《水滸傳》第二十三回《横海郡柴進留賓　景陽崗武松打虎》有類似情節,明沈璟《義俠記》傳奇第四齣《除兇》與此情節相似,細節有所不同。

車王府藏清鈔本①,題目作“打虎全串貫”,一齣,每頁六行,每行二十一字左右,此劇行間有小字批注。

劇演武松往陽谷縣訪兄武大,在景陽崗下酒店喝得酩酊大醉,不聽店家三碗不過崗和崗上有虎的勸告,夜過此崗,空拳打死猛虎,獵户們勸武松到縣上請賞。

(生内白)吓,吓②!(上白)道傍車馬日繽紛,行路悠悠何足云。未③知肝胆向誰是,令人恰憶平原君。俺武松,久住柴皇親庄上,意欲④投奔宋公明處。因此别了柴大官人,即往陽谷縣尋俺的哥哥,須索⑤走遭也。(唱)

【新水令】老天何苦困英雄,二十年一塲春夢。不能彀奮雲程九萬里,只落⑥得沸塵海數千重⑦。

---

① 《俗文學叢刊》第七八册收録鈔本四種,後兩種與此劇文字相同。
② 批注“俱中州白,喊聲”。
③ 批注“説意”。
④ 批注“説嶽”。
⑤ 批注“説率”。
⑥ 批注“唱嘮”。
⑦ 批注“唱蟲”。

(白)想俺武松今日①,(唱)

吓,吓②,好一似浪迹浮踪,任烏兔枉搬弄。

(白)來此已是景陽崗,那邊酒坊幌③子上爲何寫着“三碗不過崗”?這怎麽講?不要管他,俺行路飢渴,且進去吃他十來碗再行④。哈,酒家那里?

(丑上。白)黄⑤土泥墻壁,青帘插樹梢。是那個?原來是位客官,吃酒麽?裡面請坐。吓,夥計,拿好酒來呀,吓,吓⑥!(生白)酒家,你那酒幌子上,爲何寫着“三碗不過崗”?這怎麽講?(丑白)客人⑦,我里個酒呢,人家勿同,若吃了三碗,就過勿得崗哉。(生白)你家酒這等利害?(丑白)利害麽?(生白)待俺吃他个十來碗,看俺過得這崗過不得這崗?(丑白)我説大話個蹦着子千千萬萬,今朝蹦着子説大話个拉里哉。客人勿要口大喉嚨小。(生白)呸⑧,有好酒拿來。(丑白)是哉!唯⑨,夥計,拿壺酒得來。吓⑩,吓,客人,酒拉里。(生白)斟。(丑白)呋⑪。(生吃酒介)(丑白)客人,個酒如何?(生白)這酒將就吃得。(丑白)吓⑫,還將就吃得來!(生白)斟。(丑白)呋。(生又吃介)(丑白)客人阿要去切点牛肉腐來罣?(生白)吓⑬,酒家!(丑白)吓⑭。(生唱)

---

① 批注“日呵也可”。
② 批注“長嗓聲”。
③ 批注“俱説望”。
④ 批注“走也可”。
⑤ 批注“俱徽派蘇白”。
⑥⑫ 批注“代音”。
⑦ 批注“醜俱是中州白”。
⑧ 批注“怒意”。
⑨⑬ 批注“叫意”。
⑩ 批注“代聲”。
⑪ 批注“斟意”。
⑭ 批注“應意”。

【折桂令】又何須炙鳳烹龍?

(又吃介)(丑白)客人,吃貫寡酒个?(生白)斟。(丑白)没①有了。(生白)呸②,纔吃得,怎麽就没有了?(丑白)我里個把酒壺,號定拉丢個,只得三碗,一滴多纔呸得个。(生白)呸,吃酒,管什麽三碗四碗,有酒只管拿來。(丑白)既然成介阿要去,小小能個掇一瓶得來罢。(生白)好,你去拿來。(丑白)吠③,唯,夥計,掇一瓶酒得來呀。客人,酒拉里。(生白)打開。(丑白)吠。(吹介)(生白)呸?(丑白)喊个个客人眼睛裡,着勿得垃坂个。(生白)斟。(丑白)吠,客人,个酒阿像琥珀?(生白)妙哇!(唱)

鸚鵡杯浮,琥珀光濃。

(吃介)(丑白)客人,个酒前頭个如何?(生白)這酒比前差遠了。(丑白)客人,个酒一滴水呸得,個個客人倒識貨個,勿比個尋貌入鬼。客人,个酒五斗米还做里勿出來嚏④。(生白)酒家!(唱)

却不道五斗消醒⑤。

(丑白)五斗消醒,鄧呸哼騰筋。(生白)吓,待俺跕起來吃。(丑白)好吓,到是立子起來吃爽快點,我酒保要是快活,个客人小干呸吃拳頭,直頭是个吃手哉。(生白)我又干了。(丑白)我又斟上了。讓我來算算勒,介前頭呢三碗,過軒亦是三碗,客人吃子六碗哉嚏。(生白)酒家!(唱)

三盃合道,自有神功。

(丑白)有点意思哉。客人,个酒好上口,難脱手,阿要罢子罢?(生白)哈,狗囊的!(丑白)奢侈子駡哉。(生唱)

---

① 批注"説模"。
② 批注"怒意"。
③ 批注"嗓聲"。
④ 批注"代字"。
⑤ 批注"醒也可"。

何用恁①便虛担怕恐。

(丑白)吃没是哉,奢個狗囊的吓,啐!有心開飯店,勿怕大肚漢。勿好哉,十粟米難成一滴纔潑落哉。(生白)斟。(丑白)現底。(生白)拿來。(摇介)拿去。(丑白)阿吃哉?(生白)不吃了。(丑白)介没讓我收子傢伙去。唯,夥計,收子傢伙去。吓,酒錢來。(生白)拿去。(丑白)一壺一瓶,還勿轂勒吓。(生白)連這包裹當在此,改日來取。(丑白)客人姓奢?(生白)姓武。(丑白)魯?(生白)武。(丑白)吴?(生白)呸,武!(丑白)吓,吓,便介勒,武手武脚個!唯,夥計,收子武客人个賬吓。(生白)嗐!(唱)

好叫俺羞澀囊空,上崗趲路。

(丑白)客人那里去?(生白)上崗趲路。(丑白)客人去勿得個嘘。(生白)爲何去不得?(丑白)我這里景陽崗上,出②一个吊睛白額③虎,吃人無數。官府大張告示,一應單身客商,不許私自過去。若是呸去,白里做子点心个嘘。(生白)酒家,你不提起猛虎在彼④爲害也罢,若提起猛虎,恼得俺毛髪倒豎,精神抖起,咱⑤偏要去。(丑白)客人去勿得個呢。(生白)哈,誰要你管!(丑白)呸,去罢勿去罢,阿管得我事?(生唱)

按不住惡氣冲冲,行色匆匆。

(丑白)客人還是听我,勿去個好呢。(丑下)(生白)哈,狗攮的,誰要你管!(唱)

趁着這落⑥日稀微,俺可也醉眼矇朧。

(吐介。白)虎在那里呀⑦?呸,這个所在,那里有什麽虎,連那

---

① 批注“唱印”。
② 批注“出子也可”。
③ 批注“斑爛也可”。
④ 批注“説北”。
⑤ 批注“説雜”。
⑥ 批注“説滂”。
⑦ 批注“重説也可”。

官府的榜文，也是混賬，不要管他，上崗趲路。（吐介）酒①湧上來了。此間有塊大石，不免睡他一覺，起來趲路。（睡介）

（虎上，叫介）（生白）好大風呀，果然有大②虫來也。（唱）

【雁兒落】我覰、覰着他潑毛團體勢兇，狼牙棍先催迸。俺這里趨前退後忙，這孽畜舞爪張牙横。

【得勝令】呀吓吓③，閃、閃得他回身處撲着，轉眼處乱着踪。這的是虎有傷人意，因此上冤家對面逢。

（白）虎吓④吓，虎！（唱）

恁⑤待顯神通，便做到力有千斤重。途窮，抵多少花無百日紅，花無百日紅。

（白）孽畜，我把你雙眼踢瞎，看你跑到那里去。呸呸吓⑥，呸！死了，不動了。撂下崗去，下崗趲路。呀，又有兩個大虫來也，咬俺武松，今番死也⑦！（唱）

【沽美酒】則索逞餘威鬭晚風，逞餘威鬭晚風。

（二獵上。白）那边有虎來了，我們傷他一鎗。（生白）不是虎！（唱）

雙舉步兩脚踪。

（二户唱中仝白）你倒底是人是虎？（生唱，連着前句）

哈哈，俺、俺本是盖世英雄唤武松。

（二户仝白）可曾遇見那虎麽？（生白）你們要問那虎，听者：（唱）

試言他兇猛，負隅處恁威風，身一撲山來般重，尾一剪鋼刀般横，一聲吼千人慣驚恐，數步遠生含痛。

（白）俺呵，（唱）

---

① 批注“這酒也可”。

② 批注“説代”。

③ 批注“長聲”。

④ 批注“代音”。

⑤ 批注“唱印”。

⑥ 批注“用力意”。

⑦ 批注“不説此句也可”。

浿着俺胆雄氣兇,空拳兒結果了這大虫。呀,衆口將咱称頌。

(二户仝白)這樣個大虫,被你徑拳打死?我們不信。(生白)你們不信?隨俺來。(唱)

【煞尾】早難道岩前虎瘦雄心横。

(二户仝白)啊喲!這樣个大虫,被你徑拳打死,就是卞莊、存孝也不與你。(生白)嗐!(唱)

笑恁那隄防,鎮日慣全無用。

(二户仝白)壯士,你來得去不得了。(生白)怎麽説來得去不得?

(二户仝白)不是吓①,到縣中去請賞。(生白)請賞?嗐!(唱)

俺本是逆旅經商,

(二户仝白)一定要去的。(生唱)

誰承望奏捷个成功。

(二户仝白)一定要去的。(生白)俺去便去。(唱)

我怕、怕只怕六②巷三街,前遮後擁,沸沸揚揚。

(二户仝白)沸沸揚揚,説些什麽?(生唱)

把恁那陽谷縣人譏諷。

(二户仝白)不是吓,到縣中去認一認打虎的好漢。(生白)退後,且住。俺正要到陽谷縣尋俺的哥哥,吓,也罢!(唱)

俺可也只索个③相從。

(二户仝白)快請。(生白)俺不去也罢。(唱)

怎當得他們吓④迎趨奉。

(白)請。(仝下)(全完)

---

① 批注"代字"。

② 批注"唱路"。

③ 批注"唱告"。

④ 批注"嗓聲"。

景陽崗(崑腔)

【劇目簡介】

崑腔,未署名。現存民國《戲考》刻本,可與車王府藏鈔本參照。小説《水滸傳》第二十三回《横海郡柴進留賓　景陽崗武松打虎》有類似情節,明沈璟《義俠記》傳奇第四齣《除兇》與此情節相似,細節有所不同。

《戲考》刻本,題目作"景陽崗",又名"武松打虎",一場,每頁十五行,每行三十六字左右。

劇演武松打虎之事,與車王府藏《打虎全串貫》情節大致相似,細節略有差異。

(二丑上。白)官府有明文,獵户受灾星。倘若逮①嚴限,我等命難存。我乃陽穀縣獵户是也。只因近日景陽崗上,出了一隻吊睛白額猛虎,傷人無數。本縣太爺,立限懸了賞格,要我們捉獲。但此虎十分兇猛,我們如何能拿得他來? 夥計,我們穿著虎皮衣服,伏在嶺下,多多擺些窩弓藥箭,待他自來送命。(丑)好,我們就此前去! 正是:狹路難迴避,官差不自由。(同下)

(生上。白)道傍車馬日紛紛,行路悠悠何足云。未知肝胆向訴誰,今日却憶平原君。俺武松,久住在柴皇親莊上,意欲投奔宋公明,爲此别了柴大官人,一路直往陽谷縣尋俺哥哥,不免就此走遭也。(唱)

【新水令】老天何苦困英雄,二十年一場春夢。不能彀奮雲程九萬里,只落得沸塵海數千重。想俺今日的武松,好一似浪跡浮蹤,任烏兔,

① 應爲"違"。

枉措弄。

(白)迤逞行來,已是景陽崗下了。呀!你看這一酒店,酒旗之上寫着是“三碗不過崗”,這是怎麽講?想我行路飢渴,且進去少坐一時。店家那裏?

(丑上。白)來哉,來哉!這酒、酒、酒,有、有、有;賒、賒、賒,走、走、走!客人敢莫是吃酒的麽?(生白)正是喝酒的。(丑白)如此,請裏邊坐。(生白)店家,我且問你,那酒招子上,寫着“三碗不過崗”?(丑白)正是。(生白)我到不信,有如此利害?(丑白)客人不信,吃吃看,就曉得了。(生白)你去取來,待俺先吃他十幾碗,看俺過得崗,過不得崗?(丑白)我拿來,你吃吃就曉得哉。喂,夥計們,拿一壺酒來吓。客人,酒來哉!(生白)就是這個碗?待俺先吃三碗,與我斟上。(丑白)斟上哉。(生白)乾。(丑白)吃的到快呀。(生白)斟。(丑白)客人,又斟上哉。(生白)乾。斟。(丑白)曉得哉。(生白)燥些。(丑白)客人,要拿點儯菜來過酒罷?(生唱)

【折桂令】又何須炙鳳烹龍?

(丑白)這個朋友,他到喜歡吃寡酒。(生白)斟來。(丑白)無有哉。(生白)怎麽説?(丑白)没白哉。(生白)纔吃怎麽就説没有了?(丑白)我們這個壺,有個定數,滿滿三碗,一滴也不多,一滴也不少。(生白)嗳,有酒只管拿來,什麽三碗、四碗!(丑白)客人海量,吃的高興,待我拿一甕來。(生白)好,你快快去拿一甕來。(丑白)伙計們,掇一甕來吓。(生白)待俺吃個爽快的。(丑白)客人,一甕來哉。(生白)打開。(丑白)曉得,待我打開泥頭。喔呀!真正噴香撲鼻子,好琥珀顔色。(生白)妙吓!(唱)

鸚鵡杯,浮琥珀光濃。

(白)乾,斟來。(丑白)客人的喉嚨,好似退光漆的,真正光滑的狠!(生白)這酒,比前番却好多了。(丑白)這是原甕頭,一點金生麗也没有,比先前的力量,更大多了。(生白)乾。(丑)客人,已吃了五碗了!(生白)你可知那五斗消愁?斟來!(丑白)吓,滿哉,滿哉,嗳呀!客人快拿瓶子、篩子來接接罷。(生白)可惜,

可惜！（丑白）十粒米，才作的一滴滴，客人吃了九碗哉！（生白）店家！（唱）

三杯合道，自有神功，

（白）妙吓！（丑白）客人吃的甚勇，舌頭有些大了，還要吃麽？（生白）多口，快斟來！（丑白）客人吃了十二碗了。（生白）嗳！（唱）

别人吃酒，何用你虚担怕恐！

（丑白）有人開飯店，那怕大肚漢？吃吃吃，没有了，倒不出來哉，甕底朝天了。（生白）没有了麽？（丑白）是哉。（生白）拿了去。（丑白）待我拿了去。（生白）好酒，却飲得爽快！（丑白）酒錢哩？（生白）酒錢麽？（丑白）正是。（生白）多少？（丑白）這一壺、一甕，該銀三錢六分七釐八毫。（生白）有。（丑白）有就拿來。①多蒙柴大官人，贈我的盤川。一路行來，剩不多了。店家，你拿去。（丑白）阿，想是銀子在這包裹裹面，待我打開。（生白）店家，就將這包裹，放在此處，改日來取。（丑白）連包裹當押頭，待我拿進去，收好了。（生白）須放好了，改日來取。（丑白）知道哉。伙計們，將客人的包裹收起來。（生白）好叫俺羞澀囊空。咳，上崗趲路。（丑白）你往那裏去？（生白）上崗去。（丑白）去不得，去不得！（生白）怎麽去不得？（丑白）這崗上近日出了一隻吊睛白額虎，吃人無數，官府大張告示，來往客商，必須要結伴成羣，于巳、午、未三個時辰過崗，單身客人，不許行走，恐傷性命，萬萬去不得！（生白）住口，你不説猛虎，俺不去也罷；你説起有猛虎，俺不覺精神抖擻，毛髮倒豎，俺偏要前去！（丑拉介。白）去不得！（生白）你放手！（唱）

按不住怒氣冲冲！

（丑白）萬萬去不得！（生白）呔，誰要你管！（推丑，跌介）（丑白）喔呀，跌壞哉。老虎把你當瓜子吃，干我傣個事吓？我才不管你去不去！（下）（生唱）

① 原文中漏"（生白）"。

俺只是行色匆匆,趁着這落日微熹,醉眼的朦朧。

(生白)這虎在那裏,虎在那裏?這些人盡是胡説,連官府的榜文,也是混賬,不免下崗赶路。呵呀呀,這酒竟湧上來了!妙吓,好一塊大石,俺且睡他娘一覺再走。

(虎跳上介)呀,好風!快活。呀,果然有個大蟲來了!(唱)

【雁兒落】覷着這潑毛團體勢雄,

(打虎介,棍折兩段介)呀!

狼牙棍,先摧迸!

(虎三撲,生三躲介)

俺這裏趨前退後忙,這孽畜舞爪張牙横。

(虎再撲,生又躲介。唱)

【得勝令】呀!閃閃得他回身處撲著空,轉眼出亂着蹤。這的是有虎傷人意,因此上冤家對面逢。

(白)虎吓!(唱)

你要顯神通,便作道力,有千斤重。

(白)今日你遇著俺武松吓!(唱)

途也麼窮,抵多少,花無百日紅。

(打虎死介。白)你這畜生,要來尋俺,待我先將你兩眼踢瞎,看你跑到那裏!(踢虎介)吓,怎麽不動了?死了麽?管它死不死,下崗赶路要緊。呀,又有兩個大蟲來了!俺武松,今番死也!(唱)

【沽美酒】只索逞餘威鬬晚風,逞餘威鬬晚風。呀!原來不是虎,只見他雙舉步,兩條腿。

(二丑隨浄、末上。白)呔,你是人是鬼,敢在此獨自行走!(生唱)

俺便是蓋世英雄唤武松!

(浄、末同白)你可曾遇着大蟲麽?(生白)你們問的是那大蟲麽?

(浄、末白)正是!(生白)你等聽者!(唱)

試言它凶猛,

(浄、末白)請講。(生唱)

負隅處恁威風。身一撲,山來般重;尾一剪,鋼刀般横;一聲吼,千人驚恐;數步遠,衆生含痛。

(净白)你怎麽不曾被他害了?(生唱)俺呵!

憑着俺胆雄氣雄,空拳兒,結果了這大蟲。

(净、末白)原來這虎,被你打死了!多謝,多謝!(生唱)呀!

叫衆口將俺稱頌!

(净、末同白)實不相瞞,我們是陽穀縣的獵户。官府立了限期,要叫我們拿這隻虎,我們近它不得。今被你打死,我們却是不信。(生白)你等不信,隨我來!(唱)

【尾聲】早難道,巖前虎瘦,雄心横,

(白)這不是虎?(净、末、丑同白)嗳喲喲!這樣一隻大虎,竟被你空拳打死。就是那卞莊、李存孝,也不如你!(生唱)

笑恁那隄防鎮日,也無用!

(末白)如今你來得,可就去不得了!(生白)怎樣去不得?(净白)不是吓,少不得要同你,去到縣中領賞。(生白)呵,請賞?(净、末白)正是。(生唱)

俺本是逆旅經商,誰承望,奏績呈功。

(末白)一定要去的。(生白)俺若是去呀!(唱)

怕只怕三街六巷,前遮後擁,沸沸揚揚。

(末白)他説些什麽呀?(生白)他道陽谷縣一個大蟲,没有人打得,倒被俺清和①縣人打死。(唱)

怕你那陽谷縣人,相譏諷。

(末白)壯士,也叫我縣中人認認,你這打虎的好漢。(生唱)好!

俺正要到縣中去尋俺的哥哥,正好相從。

(净、末白)夥計,把虎拴起來,先抬下崗去。(二丑抬虎下)壯士請。(生白)二位請,俺若不去,(唱)

怎當得他們恁趨恭!

(净、末白)壯士請!(生白)二位請!(同下)(完)

---

① 應爲“河”。

打虎（崑腔）

【劇目簡介】

崑腔。現存清代刊本，《綴白裘》多種版本收録①，另《萬壑清音》《歌林拾翠》等選録此出。小説《水滸傳》第二十三回《横海郡柴進留賓　景陽岡武松打虎》有類似情節，此劇出自沈璟撰《義俠記》第四齣《除兇》，細節略有差異。

《綴白裘新集合編》本②，題目作"捉奸"，一齣，每頁九行，每行二十字左右。

劇演武松辭别柴進等人，回家探兄。途經景陽崗，飲酒至大醉，不聽店家好言相勸，趁醉上崗。遇到猛虎，憑一身之力打死老虎，與衆獵户一起往陽谷縣報喜。

（净、末上）

【水紅花】官司懸賞有明文，捕山君看看着緊。咱每獵户受灾迍，枉勞辛，徘徊難進。退只恐違嚴限，進又恐亡身。算來縱是命難存也啰！

我每乃陽谷縣中獵户是也。近日景陽崗上出了一個吊睛白額大虫，傷人無數。本縣太爺立限要我們捉獲。但此虎猛惡異常，我每如何拿得他！（净）哥吓，我們穿着虎皮，伏在嶺下，多擺些窩弓藥箭，待他自來納命便了。（末）有理，就此前去。正是狹路难廻避，（净）官差不自由。（下）

（生執棍上）道傍車馬日繽紛，行路悠悠何足云？未知肝胆向誰是，令人却憶平原君。俺武松，久住在柴皇親庄上，意欲投奔宋

① 原刊於寶仁堂乾隆三十七年《綴白裘新集十編》，後收入十二編本。

② 以《義俠記》爲校本。

公明，爲此别了柴大官人，一路來，就往陽谷縣尋俺哥哥走遭也。

【北新水令】老天何苦困英雄？二十年一場春夢。不能勾奮雲程九萬里，只落得沸塵海數千重！

想俺今日的武松，

好一似浪迹浮踪，任烏兔枉搬弄！

迤邐行來，已是景陽崗下了。呀！你看那酒旗上寫着“三碗不過崗”。這是怎么①講？我行路飢渴，且進去少坐一回。店家！

(丑上)來哉！酒，酒，酒；有，有，有。賒，賒，賒；走，走，走！客人，阿是吃酒个倷？(生)正是喝酒的。(丑)請裡向坐。(生)店家，我且問你。(丑)那説？(生)你那酒招子上寫着“三碗不過崗”，這是怎么説？(丑)客人，我里个酒好，比别家的不同。吃子三碗就過弗得景陽崗，爲此出名个“三碗不過崗”。(生)不信這等利害！(丑)直頭吃弗得多个嚧！(生)你去拿來，待俺吃他十來碗，看俺過得崗也過不得這崗！(丑)我去拿拉，㕶吃哩就曉得哉。喂！夥計，拿一壺酒來。吓，客人，酒拉里。(生)就是這個碗？(丑)就是個隻碗。看㕶阿吃得三碗？(生)斟。(丑)吠。客人，斟拉哈哉。(生吃介)乾。(丑)吃得快厾。(生)斟。(丑)吠。客人，亦斟拉哈哉。(生又吃介)乾。斟。(丑)是哉。(生)燥些。(丑)拉里篩哉。客人，阿要拿介點倷菜來過過酒吓？(生)店家！

【折桂令】又何須炙鳳烹龍？

(丑)個个朋友倒歡喜吃寡酒个。(生)斟來。(丑)無哉。(生)怎么講？(丑)無得哉。(生)纔吃，怎説就没有了？(生)我里個把壺號定个三碗酒，一滴弗多，一滴弗少个。(生)嗳！有酒只管拿來，什么三碗、四碗！(丑)客人吃得高興厾哉，阿要我去掇介一甏來吓？(生)好！你去拿一坛來。(丑)吠哉！伙計，掇一甏得來吓。(生)待俺吃個爽快的。(丑)客人，一甏拉里。(生)打開。(丑)是哉。(生)燥些。(丑)喲，等我來得及咭。吓，唷！打開子

① 底本此字作“怎”。

个泥頭,真正噴香撲鼻!(生)蠢才!(丑)偖个蠢才?無非坌狠點嘿哉!酒烎哉,㕶看個個酒琥珀能个顔色烎。(生指酒介)妙吓!

鸚鵡盃浮琥珀光濃。

(吃介)乾。斟來!(丑)來哉。個個喉嚨退光漆个偖?(生)這酒比前的好多了。(丑)個是原甏頭,一點金生麗阿没得个,比前頭个大差須遠。(生吃介)乾。(丑)客人,吃子五碗哉。(生)店家!

却不道五斗消醒?

(丑)客人,真正滿肚猪屎!(生)呔!(丑)滿肚个書史吓!(生立起介)(丑)客人吃酒搭酒保一様个,坐子吃弗下,立起來竪兩碗哉。(生又吃乾介)斟。(丑)吓。(作倒滿鋪桌上介)(生)滿了,滿了。(丑)客人,快點拿个瓶、甏、罐,蛮多罗嘘。(生呵桌上酒介)可惜!可惜!(丑)十粒米难成滴嘘。(生吃酒介)(丑)客人吃子九碗哉。(生)店家!

三盃合道自有神功。

(坐介)妙吓!(丑)看仔細。(生)斟來!(丑)客人吃得跌跌銃銃,舌頭纔大烎哉,還要吃來。(生)多講!快斟來!(丑)嚇个小男兒牙拳頭是个吃手烎,客人吃子十二碗哉嘘。(生)嗳!别人吃酒,

何用恁虚担怕恐?

(丑)有心開飯店,落怕大肚漢?吃、吃、吃!(倒酒介)没有了,甏底朝天了。(生接甏看介)没有了?拿去!(丑)等我拿子甏去介。(生)好酒!爽快!(丑)客人,酒錢來。(生)酒錢?(丑)正是。(生)多少?(丑)吃子一壶一甏,該銀三錢六分七厘八毫。(生)有。(丑)有,嘿,拿得來哉那!(生)多蒙柴大官人贈我的盤纏,一路用來,剩不多了。店家,你拿去!(丑)阿是銀子拉烎包裡?等我打開來吓。(生)不是,連這包裹放在此,改日來取吓。(丑)連個包裹放拉里,改日來拿?(生)趙吓。(丑)介嘿,夥計,客人个包裹當拉里,拿進去收好子吓。(生)

好教俺差濇囊空!

咳！上崗趕路。(丑)客人啰里去？(生)上崗去。(丑)去弗得个！(生)怎么説去不得？(丑)景陽崗上如今新出了一個吊睛白額虎，吃人無限，官府大張告示，一應往來客商須要結伴成羣，于巳、午、未三個時辰過崗，單身客人不許行走，恐傷性命。去弗得个！(生)嗄！你不説猛虎，俺不去也罷；若説起有猛虎，俺不覺精神抖擻，毛髮倒豎！俺偏要去！(丑扯介)去弗得个！(生)放手！

按不住怒氣冲冲！

(丑)去弗得個！(生)呔！誰要你管！(推丑跌介)(丑)好跌刄！吔要去不拉老虎當瓜子吃，關我僚事吓！(下)(生)

俺只是行色匆匆，趁着這落日熹微，醉眼的這朦朧。

虎在那里？虎在那里？這厮每多是胡説！連那官府的榜文也是渾賬！下崗趲路。阿喲喲！這個酒湧上來了！妙吓！好塊大石，俺且睡他娘一覺再走。(困介)(内吹銅角)

(虎跳上)(生醒介)好大風！涼快吓！(見虎介)吓！果然有個大虫來了！

【雁兒落】覷着這潑毛團體勢雄，

(作打折棍介)呀！

狼牙棍先摧迸，

(虎三撲，生三躲介)

俺這里趨前退後忙，這孽畜舞爪張牙橫。

(虎又撲，生又躲介)

【得勝令】呀！閃、閃得他回身處撲着空，轉眼處亂着踪。這的是虎有傷人意，因此上冤家對面逢。虎吓！你要顯神通，便做道力有千斤重！

今日遇着俺武松呵，

途也么窮，抵多少花無百日紅！

(拿住虎介)你這孽畜要來尋俺，俺先把你双眼踢瞎，看你跑到那里去！(作踢打虎死介)咻！怎么不動了？死了么？嗄！管他死不死，下崗趲路。

(净、末執鎗上)(生)呀！你看又有兩個大虫來了！俺武松今番死也!

【沽美酒】只索逞餘威鬭晚風,逞餘威鬭晚風。

呀!不是虎,

只見雙舉步兩挪踪。

(净、末)嚇!你是人是鬼?敢在此獨自行走?(生)

俺、俺是個蓋世英雄唤武松。

(净、末)可曾遇見大虫么?(生)你每問我那個大虫么?(净、末)正是。(生)你們听者:

試言他兇猛。

(净、末)請試説一徧。(生)

負嵎處恁威風,身一撲山來般重,尾一剪鋼刀般横。一聲高千人驚恐,數步遠衆生含痛。

(净、末)你怎么不被他害了?(生)俺呵,

憑着俺胆雄氣雄,空拳兒結果了這大虫!

(净、末)原來這大虫被你打死了?感謝不盡!(生)呀!

叫衆口將咱稱頌。

(净、末)實不相瞞,我每是陽谷縣獵户,官府立了限期要拿這虎,我每近他不得,今被你打死,我每却是不信。(生)你每不信么?隨我來。

【尾】早難道巖前虎瘦雄心横?

這不是虎么?(净、末)�喲!這樣一個大虎,被你精拳打死,就是卞莊、存孝也不如你了!(生)嗄!

笑恁那隄防鎮日也全無用。

(净、末)你如今來得去不得了。(生)嗄!來去由俺,怎説去不得?(净、末)不是吓,少不得要同你到縣中去請賞。(生)請賞?(净、末)正是。(生)

俺本是逆旅經商,誰承望奏績呈功?

(净、末)一定要去的。(生)俺若去呵,

怕只怕六巷三街前遮後擁,沸沸揚揚,

(净、末)説些什么?(生)道陽谷縣一個大虫没人打得,倒被俺清

河縣人打死了。

怕你那陽谷縣人相譏諷。

(净、末)壯士,也叫陽谷縣中這些百姓認認你這打虎的好漢。

(生)退後,我正要到縣中去尋俺的哥哥,

俺可也只索相從。

(净、末)伙計,把虎拴起來,先抬下崗去。壯士請。(生)二位請。

俺不去也罷,

怎當得他每恁趋奉?

(净、末)壯士請。(生)二位請。(仝下)

戲叔全串貫（崑腔）

【劇目簡介】

崑腔，未署名。現存清代鈔本多種，《蒙古車王府曲本分類目録》著録。小説《水滸傳》第二十四回《王婆貪賄説風情　鄆哥不忿鬧茶肆》有類似情節，明沈璟《義俠記》傳奇亦有相似情節，細節有所不同。

車王府藏清鈔本①，題目作“戲叔全串貫”，二齣，每頁六行，每行二十一字左右。

劇演武松自縣裏歸來，潘金蓮備酒相待，借機勾引，武松忿然叱退。候武大回家，武松不辭而别，潘金蓮反向武大誣陷武松戲嫂，武大不信。武松被差往東京公幹前，囑咐武大遲出早歸，又警告金蓮不得招惹外人，金蓮忿忿而去，兄弟揮淚作别。

頭出　戲叔

（貼上。唱）

【縷縷金】痴男子假粧喬，我饞涎一縷怎生熬。

（白）奴家一見了武二，就看上了他。常把眼角傳情，話頭勾引，他却撇清粧假，只做不知。我今日浸得一壺凉酒在此。（唱）

待他今日來家後，用心引調，任從他鉄漢也消魂。須落我圈套，須落我圈套。

---

①　《俗文學叢刊》第七八册，分别以《戲叔》《别兄》爲題，收録多種清鈔本；《國劇大成》第九集、《戲考》第一八册亦有所録。

(小生上)

【引】揮汗歸來罷曉衙,何日成名得建牙。

(貼白)叔叔回來了麽?(小生白)嫂嫂。(貼白)叔叔今日回來的早吓。(小生白)嫂嫂,

我公門無事早回家,問兄長可曾歇下?

(貼白)吓,你哥哥麽,还没有回來。(小生白)没有回家?且到縣前去尋他。(貼白)吓,叔叔,他是作生意的人,到那里去尋他?且到裡面去坐了,等他回來就是了。(小生白)既如此,嫂嫂請。(貼白)叔叔請。(進介)(小生白)嫂嫂。(貼白)叔叔。(小生白)好热天。(貼白)叔叔身上穿的是几層衣服?(小生白)兩三層。(貼白)這樣热天,那里穿得許多?你看做嫂嫂的,穿的这樣單薄,也罷,待我与你解下來,凉爽凉爽罷。(小生白)不消。武二答應官府,穿慣的,不劳嫂嫂費心。(貼白)穿慣的?好情兒吓。(小生白)棹兒上是什麽?(貼白)吓,这是奴家浸得一壺凉酒,等叔叔回來解渴。(小生白)如此,多謝嫂嫂。(貼白)叔叔是海量,大盃罷。(小生白)竟是大盃。(貼白)叔叔請。(小生白)放在桌兒上。(貼放杯,斜看小生介)(小生白)多蒙嫂嫂所賜,武二一氣飲乾。(貼白)叔叔後生家,不要吃單杯,吃个雙杯。(小生白)嗳,有酒,武二吃就是了,什麽單双?(貼白)叔叔,我說的是酒吓。(小生白)我原説的是酒吓,乾。(貼白)好量吓。(小生白)我到忘了,待武二借花献佛,回敬嫂嫂一盃。(貼白)奴家不愛得的,半杯罷,半杯。(小生白)就是半杯。(貼白)取來。(小生白)閃開,待我放在桌兒上。(貼白)又要放在桌兒上,古執得緊。(作搊肩介。白)多謝叔叔。(小生白)我武二在此多謝嫂嫂。(貼白)哎呀,叔叔,好説,請坐。(小生白)嫂嫂請坐。(貼白)待我閉上了門。(小生白)青天白日,爲何把門閉上了?(貼白)閉了門穩便些。叔叔請坐。(小生白)嫂嫂請坐。(貼白)叔叔,今日無人在此。(小生白)無人在此,便怎麽樣?(貼白)不是吓,做嫂嫂的有句話説。(小生白)嫂嫂有話,武二洗耳恭听。(貼白)啊,叔叔!(唱)

【古輪台】我要問伊家,聞說你在東街,背地恋烟花。

(小生白)哎,那有此事?(貼唱)

你原何不說知心話,何不携來家下?

(小生唱)

我是風虎雲龍,怎肯向平康入馬?

(貼跺脚介。白)叔叔,(唱)

你在客邸孤單,少年狂放,只怕你心頭不是嘴喳喳。

(小生唱)

我原非虛話,

(貼白)我不信。(小生唱)

不信時且待兄長还家,把行事試將來問他,可知真假。

(貼唱)

休說那冤家。

(小生白)吓,夫妻說什麽冤家?(貼唱)

這風流話,若还知道怎嫌他?

(小生白)嗳,(唱)

【前腔】差呀,好叫人懸望眼巴巴,这時候不見兄歸。

(貼白)叔叔再請飲一杯。(小生白)嫂嫂,(唱)

你暫停杯斝,况天氣炎热。

(貼白)叔叔往那里去?(小生白)閃開,(唱)

只索向門外臨見消①洒。

(貼唱)

到如今把机關用尽,怎肯輕輕便抛。叔叔,且仝消夏,却怎生忒不撑達?

(小生唱)

只爲奔馳劳頓,心慵意懶,好难禁架。

(貼唱)

此意你知麽?伊休詐。

---

① 應爲"瀟"。

(貼作吃半杯酒,小生伸厥看介)(貼白)叔叔!(唱)

這半杯殘酒飲乾咽。

(小生白)住了,这酒是那個吃的?(貼白)是叔叔吃的。(小生)是我吃的?取來。(作潑酒介。白)呀,呸!(貼白)啊呀呀,啐啐啐!(小生唱)

【撲灯蛾】我怪伊特喪心,怪伊特喪心,羞耻全不怕。有眼睁開看,俺武二特地詳察也。

(貼白)啐啐!(小生白)走來,(唱)

我是含牙代髮,頂天立地丈夫家,怎肯作敗倫傷化?

(白)嫂嫂。(貼白)嗬?(小生白)你不要想差了念頭吓,我哥哥倘有些風吹草動,武二这雙眼睛認得是嫂嫂,拳頭……(貼白)拳頭便怎麽?(小生白)却不認得你是嫂嫂。(貼白)哎呀,武二,你不要誇口吓。(小生唱)

我非誇,是從打虎手兒滑。

(貼白)呀,啐!呀,啐!(唱)

【前腔】笑伊直恁村,笑伊直恁村,不辨真和假,酒後聊相戲,怎便將人叱咤也。

(白)武二,你將我作什麽人看待?(小生白)不過嫂嫂罢了。(貼白)却又來。(唱)

常言道嫂如娘大。(白)啧啧啧,好吓!(唱)

好一個知輕識重丈夫家,喲,只會把至親欺壓。

(笑介。白)叔叔。(唱)

總塗抹,從今兩意莫争差。

(作背後抱小生腰介)(小生撒介。白)哎!(唱)

【尾声】這場家魂①堪羞殺。

(貼唱)

自恨當初錯認了他。

(白)吓,叔叔。(小生白)没廉耻。(貼白)啐,蠢才,啐,啐!(下)

---

① 應爲"醜"。

(小生白)啊呀,哥哥吓!(唱)

只恐終須作話靶。

(丑上。白)清晨出去猶嫌晚,下午歸來汗未消。(小生白)哥哥回來了?(丑白)兄弟居來哉,裡面請坐。(小生白)咏!(丑白)兄弟,(唱)

【五更轉】你甚時來家裡?可曾吃点心來?

(小生不應介)(丑白)若是弗吃飯,作阿哥个盤里有兩个餿餅,去拿得吃了罢。(唱)

敢是点心兒你尚未吃。

阿要吓,阿要吓,阿呀!(唱)

原何頻問你多不應?

(白)傪意思?我曉得哉。(唱)

敢是嫂……

(内喊介)嫂什麽?(丑白)囉個説晒,要晒來乪冷膨毬咳嗽。嗆,兄弟!(唱)

敢是嫂嫂跟前慢憎着你?

(白)阿是介?亦弗是?我那問真正猜着里哉。(唱)

莫非你受了官司氣?

(小生白)哎,本縣太爺何等待我,什麽官司氣?把我行李搬出來,不住在这里了。(丑白)呢、呢、呢!晒个賊狗腿,狗骨頭,欺老个,嚇小人,縣里太爷欢喜,晒應該欺瞞我作阿哥个,傪老虎呢,不晒打殺了,我做阿哥个汗毛阿敢拔一拔?晒阿,記得小時節,拖了兩管鼻涕,坐拉門檻浪了捞鶏糖屎吃。今日脚哉,乞我一記硬磔勒,攢得來脱脱哭。那間長大了,長了兩片毛力,自道人能介,欺瞞我做阿哥个,傪?吩,啊呀,且住!我里兄弟,往長日脚弗是介个,今日駡哩弗開口,打哩弗動手,是傪意思吓?往常日駡脚,阿哥長,阿哥短,無話有謊,爲傪了蓋个光景吓?有數説勾,若要好,大作小。我哩兄弟,反受劬个,讓我不一句,你使使没哉,無得眼泪,没那處吓,有礼哉,免吐來哩。啊呀,兄弟吓!同胞同兄弟,看娘面,千朵桃花一樹生。就是做阿哥有傪弗到之處,萬百事体,要看爷爷面上。弗看爷爷面上,要看阿姆面上。就弗看阿姆面上,喲,要看呜昏阿嫂面上。(小生白)呜!(丑白)啊呀,我個好兄弟!(唱)

你若还怪我,我就先陪礼。

(白)做阿哥个跪哩哉。(小生白)哎呀,哥哥請起。(丑白)説了没,我起來昏。(小生白)哥哥起來,我説就是了。(丑白)若説,我就起來哉。是啰個欺瞞了呜了?(小生白)哎呀,哥哥呀!(唱)

你若問起根由,与你粧些幌子。

(丑白)呜拉羅里居來?(小生白)方纔小弟呢,從縣前回來。(丑白)賣了鹽勒居來?(小生白)不是,縣前回來。(丑白)我也拉縣前回來。(小生白)多蒙嫂嫂浸得一壶好酒。(丑白)呜,家里五个,張家里三个。(小生白)哥哥,我告訴你。(丑白)我也拉哩告訴。(小生白)我在縣前回來,多蒙嫂嫂浸得一壶凉酒。(丑白)我今日原弗肯出去个,纔是呜昏阿嫂,叫我拿出去,鬮奪無人要,乱搶弗動手。(小生白)飲酒中間,説什麼單吓,雙吓,哥哥,哥哥。(丑白)二十四個餅出去,原來剩十二雙。(小生推丑跌介)(小生白)呀,呸!(下)(丑白)第二介二官人,二舍,阿二,個与入娘賊,我正是算帳,頭上拿我一攧,奔了去哉。且住,二官忿忿而去,大嫂必知其故,等我叫哩出來。(向内叫介)唅,我个房下,山妻、拙荆、内人,我哩个阿听得吓?咳,有數説个,三朝新婦,月里孩童,做親个,夜頭要緊了点,叫了一声娘了,那間無个娘字,再弗肯出來勾哉。我哩介娘。

(貼上。白)呀,啐!敢是叫命麼?(丑白)介中生介,叫得應勾。(貼哭介)(丑白)咦?一個氣出,一個氣進,我里二官人肚里个氣,爲倷了過了呜肚皮裡去吓?(貼白)呀,啐!(唱)

【前腔】只爲你那蠢才不争氣。

(丑白)住了,呜個様,女娘家不知嫌足,嫁着了我,我一軀个武大官人,有倷蠢?呜看我要上就上,要下就下,參頭狼能介拉里,有倷弗争氣?弗要説别様,呜看我個兩根狗嘴髭鬚,有羅個生得

出?(貼唱)

累奴家吃負虧。

(丑白)吃了罗个個虧?一定是鄉鄰人家哉,等我去罵個星毯養个。呔!南北兩横頭,罗裡個星烏龜花娘,欺瞞我里家王婆①,武大官人弗是好惹的个嘘,等我賣落了餅,担搭里打一場興官司。(貼白)進來,你罵那个?(丑白)我拉里罵個星鄉鄰,欺瞞我家里王婆②。(貼白)隣舍人家,誰敢欺負老娘?(丑白)介勒罗個欺呧?(貼唱)

情知只有武二來家里,見他冒暑歸來,備些酒漿茶水。

(丑白)無茶有水,是娘个好意。(貼白)可是好意?(丑白)一團好意,個个蠢才無竅,弗曉得个。以後那介?(貼唱)

誰想他太不仁,將奴戲。

(丑白)呔、呔、呔!將奴戲,將奴戲!放了呧丢辣騷猪婆黄胖癰濃宿馬狗臭屁,我里二官人,正直無私,弗是個樣人,吃酒打老虎,是哩个本等。况且我里兄弟,还是童男子,鉆阿弗曾出个來,從來不听婦人言,塞聾了耳朵,弗曾听見,弗曾听見!(貼白)大郎啊!(唱)

也無顔在此,必要遷居矣。

(丑白)便是個一个兄弟,要往拉屋裡个?(貼唱)

若要兄弟同居,

(白)也罢。(唱)

还我休書一紙。

(丑白)住了。夫妻淘裡羅里,無得句把説話,開口休書,閉口休書,就是個把兄弟住拉屋里,那就要搬起來?(貼哭,打桌介。白)天吓,还我休書來。(丑白)偖个打家生偖,我也會打个,嘘,我打穿呧个捲銅照壁,打碎个火石,溜春滩个鍍了底,我毡穿呧个花娘,等我舂穿了呧個馬桶底,看呧那哼撒尿。(貼白)呀,啐!

①② 應爲“主婆”。

氣死我也。(丑白)啊呀,我娘吓,㖶是氣弗得个,前夜頭氣了,放了一夜个屁,虧了我兩个膝饅頭塞住了。(貼白)没廉耻。(丑白)看你花粉碎恨难禁,(貼白)無奈强徒苦逼凌。(丑白)須從路遥知馬力,(貼白)果然日久見人心。快叫他搬。(丑白)就搬也。臭花娘!(貼白)吓,你罵那个?(丑白)罗個罵㖶介。(貼白)你說什麼花?(丑白)我説娘頭上,到代介朵好花。(貼白)賊嘴。(丑白)臭花娘罵哉,阿是罵了皇后了。(貼白)哎喲,天殺的,好罵!(丑白)哎喲,好打!我毛穿㖶个花娘,弗要箭箭上肚,㖶会打,我也会个,嘘!(貼白)你敢打?(丑白)打没打哉,倷毛穿㖶个花娘,非但打,我还会踢,我就踢!(貼白)啐!(下)(丑白)個一脚,直踢了个屄養个戲房里去哉!(渾下)(完)(接别兄)

二出　别兄

(末扮土兵隨小生上。唱)

【秋蕋香】半月不瞻兄面,何時意惹情牽。

(白)哥哥開門來。

(丑上。白)昨夜秋光入小庭,至今醉眼未曾醒。

(貼上。白)空街夜色凉如水,羞看牽牛織女星。(丑開門介。白)兄弟居來哉倷?(小生揖介。白)哥哥。(丑白)兄弟。(小生白)嫂嫂。(貼斜眼不里介。白)叔叔。(小生白)土兵,你把酒放下,先到縣前去,有事即來报我。(末應介。下)(丑白)兄弟請坐。(小生白)哥哥請坐。(各坐介)(貼背白)這厮敢是放我不下,故此又來了?(丑白)吓,兄弟,昨日是七月七,買了一壺酒,削了一塊藕,滿滂介模再尋,㖶弗看弗知㖶拉罗哩。(小生白)縣中有事,不得工夫。(丑白)今日爲倷个買了酒,拿個星物事居來?(小生白)哥哥,兄弟蒙本縣太爺,差往東京公幹,故此回來一别。(丑白)要几時居來虽介?(小生白)約要兩月方回。(貼背白)這厮要去了。(丑白)倷能長遠介?(小生白)哥哥,做兄弟的有句話,要对哥哥説,若能依得我,滿飲此盃。(丑白)㖶説个

話,做阿哥个豈有不听?今我飲乾了个盅酒,呸説嘿是哉。(飲介)乾。(小生白)我也別無化①事。(唱)

【風入松】只爲你從來心性軟如綿。

(丑白)是吓,呸丟阿嫂,因爲嫌我个軟了,日夜淘神碌氣个哉。(貼白)啐!(丑白)哎唷,哎唷!(小生白)哥哥講話。(丑白)拉里听,拉里听。(小生唱)

你是個隻手空拳,

(丑白)長拳我个拿手,只是呸出去哉,就有人欺瞞我哉。(小生唱)

你若被人欺壓……

(小生看貼,貼看小生,丑兩边看介)(丑白)兄弟,説話没好好能説,弗要是介拍抬拍橙②。(小生唱)

遭人騙,我回來後,必竟將……

(將拳拍抬,又兩边看介。唱)

他消遣,你須遲出去,早息肩。

(白)哥哥吓,(丑白)哪?(小生唱)

你把門兒閉得安然。

(白)哥哥可依得麽?(丑白)兄弟,呸个説話比金便透,依呸便罢。(小生白)嫂嫂也請一杯,武二也有一句話在此。(丑白)阿听見,阿叔有餚説对吾説了,立了起來嘘,立了起來。(貼白)唔,叔叔有話,請教。(小生白)喏。(唱)

只爲吾兄質朴,他的命迍邅,望伊家看視週全。

(丑白)阿听得,阿叔説,叫你照看照看我,弗要搭别人七搭八搭。(貼白)阿呀,我是婦人家,那里週全得介?(小生白)常言道,表壯不如裏壯。(丑白)自哩裡殷裡壯得極个嘘。(小生唱)

須教裏壯人欽羡,怕什麽男兒家柔軟。却不道夫禍少皆因婦賢,那籬牢處犬难穿。

---

① 應爲"他"。

② 應爲"拍枱拍凳"。

(丑白)是吓,籬笆夾得緊,罗拍拍野狗鑽。(貼怒介。白)啐!天殺的!(丑白)唯呀!(貼白)你有什麼閑話,对外人説了?(丑白)罗個是外頭人介?(貼白)到來欺負老娘麼?(丑白)弗吓,弗吓。(貼白)武二過來。(小生白)唔。(貼点包頭介。白)你不認差了人吓,我是不帶網巾男子漢,叮叮噹噹婦人家!(丑白)婦人家。(貼白)拳頭上跕得人起,膀子上跑得過馬。(丑白)肚皮上射得箭過去來。(貼白)我是要在人面上做人嚧!(丑白)弗差,輩①欢喜立拉人面前,不欢喜立拉人背後个。(貼唱)

【急三鎗】自從我与武大爲姻眷,

(白)不敢欺吓,(唱)

便是一螻蟻不敢進門前。

(丑白)螻蟻無得一个進來个。(貼唱)

却有甚籬不固招外犬?胡言語便得把人冤。

(小生白)嫂嫂,你今日説便這等説,(唱)

【風入松】只怕你心頭不似口頭言。

(丑白)好好,能言。(小生唱)

若、若得能如此心堅,何須武二將言劝?

(丑白)呃丢是説我吃。(小生唱)

与兄常争些門面。

(貼氣介)(丑白)好好,能説!好好,能説!(小生白)嫂嫂,你今日説的話,(唱)

我一句句不忘,你言罢,將此酒祭蒼天。

(潑酒介)(貼白)武二過來,(唱)

【前腔】既是你多伶俐將人劝。

(丑白)呃丢是説,我是吃。(貼唱)

却不道長兄嫂有父娘權。我當日嫁武大,原説無親眷。

(白)不知那里來的这个兄弟?(唱)

真和假强难纏。

---

① 應爲"單"。

(丑白)住厾,吃一盅去。(貼白)那个要什麽酒吃,少間進房來,我就……(小生伸拳睜眼介)吓。(貼抖介。白)啐,啐!(抖介。下)(丑白)哎呀,兄弟,弗要理個樣女娘家,我哩是吃酒。(小生白)哥哥請。(丑白)兄弟,(唱)

【前腔】二弟休听婦人言,我和你且自留連。

(白)兄弟,我拉里想。(小生白)哥哥想什麽?(丑白)我想今朝上床脱了鞋和襪,知道明日穿不穿?(唱)

想人生难保長康健,

(白)啊呀,好兄弟吓!(小生白)哥哥。(丑白)我仝个親兄弟。(小生白)哥哥。(丑白)哙出去了,我阿哥个倘然有倸三長兩短,啊呀,兄弟!(小生白)哥哥!(丑唱)

須把一杯酒將咱澆奠。

(哭介)(小生白)哥哥爲何出此不利之言?也罢,從此今日,不出去作買賣了。(唱)

且在家中自閑。

(丑白)只是屋里艰难嘿哪。(小生唱)

長与你寄盤纏。

(白)恐怕官府催促,就此拜别。(丑白)倸?就要去哉!(合唱)

【哭相思】一瓢長醉任家貧,明日千山与萬水。

(小生白)哥哥在家保重,我去了。(丑白)哙,去罢!(小生白)哥哥請轉。(丑白)哪?(小生白)这个小門,開不得的。(丑白)曉得个,去罢,去罢!(小生白)是。(丑白)兄弟回來,兄弟回來。(小生白)作什麽?(丑白)哙,打了活老虎,弗要到不别人打了死老虎去吓。(小生白)休得多講。(丑白)哎呀,兄弟吓!(小生白)哥哥吓。(哭下)(丑白)正是流泪眼觀流泪眼,断腸人送断腸人。咿啞伊啞人哉倸!(下)(全完)

戲叔(皮黄)

【劇目簡介】

皮黄,未署名。現存民國《戲考》刻本,可與車王府藏鈔本參照。小説《水滸傳》第二十四回《王婆貪賄説風情　鄆哥不忿鬧茶肆》有類似情節,明沈璟《義俠記》傳奇亦有相似情節,細節有所不同。

《戲考》刻本,題目作"戲叔",又名"叔嫂反目",一場,每頁十五行,每行三十六字左右。

劇演潘金蓮勾引武松反被斥責一事,與車王府藏《戲叔全串貫》頭齣情節大致相同,細節略有差異。

(旦上。唱)

【吹腔】癡男子假裝喬,我饞涎一縷怎能熬?

(白)奴家潘金蓮,自從那日一見了武二,奴就看上他了。(唱)

奴常把眼角傳情,話頭勾引,他却撇清裝假。

(白)他只做不知,我今日浸得一壺凉酒在此。(唱)

待他今日來家後,奴用心引調,任他是鐵漢也魂消,須落我圈套,須落我圈套。

(小生上)

【引】揮汗歸來罷早衙,何日成名揚天涯。

(旦白)吓。叔叔回來了麼?(生白)嫂嫂!(旦白)叔叔今日回來甚早。(小生唱)

我公門無事,早回家,問哥哥可曾歇下?

(旦白)你問你哥哥?還没有回來。(小生白)没有回來?待我向縣前去尋他。(旦白)吓,叔叔!他是個做生意的人,你到那裏去尋他?且到家中坐了,等他到來就是了。(小生白)既然如此,嫂嫂請!(旦白)叔叔請!(進門坐介)(小生白)好熱的天。(旦白)叔叔,你身上穿的是幾層衣服?(小生白)兩三層。(旦白)這樣熱天,那裏穿這許多?你看做嫂嫂的,穿得這等單薄。也罷!待我與你解下來,曬曬罷。(小生白)不消。俺武二日在官府,是穿慣的,不勞嫂嫂費心。(旦白)穿慣的?好性兒吓。(小生白)這桌上是什麽?(旦白)這是奴家浸得一壺凉酒,待等叔叔回來解渴的。(小生白)既有酒,等候哥哥回來,一同吃罷。(旦白)那裏等得及?待我與叔叔先吃一杯,等他回來再吃罷。(小生白)如此,多謝嫂嫂。(旦白)叔叔是海量,大杯罷。(小生白)好。竟是大杯。(旦斟酒遞介。白)叔叔請酒。(小生白)放在桌兒上。(旦放杯,看介)(小生白)多蒙嫂嫂所賜,武二立飲乾。(旦白)叔叔後生家,不要吃單杯,吃個雙杯罷。(小生白)嗳,有酒,待武二吃便了。什麽單雙?(旦白)叔叔,我說的是酒啦。(小生白)我原説的是酒吓!乾!(旦白)好量吓。(小生白)我剛忘了,待武二借花獻佛,回敬嫂嫂一杯。(旦白)奴家不會吃酒,半杯罷。(小生白)就是半杯。(旦白)取來。(小生白)閃開,待我放在桌兒上。(旦白)呵。又要放在桌兒上,古執得緊!多謝叔叔!(小生白)我武二在此,多謝嫂嫂。(旦白)呵呀,好説。叔叔請坐。(小生白)嫂嫂請坐。(旦白)待我閉上了門。(閉門介)(小生白)青天白日,爲何將門閉上了?(旦白)閉了門,穩便些。叔叔請坐。(小生白)嫂嫂請坐。(旦白)叔叔,今日無人在此。(小生白)無人在此,便怎麽?(旦白)不是吓。做嫂嫂的,有一句話要問你。(小生白)嫂嫂有話,武二當洗耳恭聽。(旦白)叔叔吓!(唱)

【古輪台】我要問你家,聞説你在東街,背地裏戀烟花。

(小生白)嗳,那有此事?(旦唱)

你緣何不説知心話,何不唤他來家?

(小生唱)

我是個風虎雲龍,怎肯向平康入馬?

（旦蹺脚介。白）叔叔！（唱）

你在客邸孤單，少年狂放，只怕你心頭不似嘴喳喳。

（小生唱）

我原非虚話。

（旦白）我不信。（小生唱）

不信時且待兄長還家，把咱行事，試將來問他，可知真假。

（旦唱）

休説那冤家。

（小生白）嗳！夫妻，説什麽冤家？（旦唱）

這風流話，若還知道，怎嫌他？

（小生唱）

嗟呀！好叫人懸望巴巴，這時候不見兄歸家。

（旦白）叔叔再請飲一杯。（小生唱）嫂嫂，

你且暫停杯盞，况天氣炎熱。

（旦白）叔叔往那裏去？（小生白）閃開！（唱）

只索向門外，臨風瀟灑。

（旦白）到如今把機關用盡，怎肯輕輕抛下？叔叔，且同消夏，怎生忒不通達？（小生唱）

只爲奔馳勞頓，心慵意懶，好難禁架。

（旦唱）

此意你知麽？伊休詐。

（旦持杯飲酒，小生看介）（旦唱）叔叔，

半杯殘酒飲乾咱。

（小生白）住了！這酒是那個吃的？（旦白）是叔叔吃的。（小生白）是我吃的？取來。（生接酒，潑介）呀，呸！（旦白）呵呀呀，啐、啐、啐！（小生怒介。唱）

【撲燈蛾】我怪你忒喪心，怪你忒喪心，羞耻全不怕。有眼睁開看，俺武二特地詳察！

（旦白）叔叔！（小生唱）走來！

我是含牙戴髮，頂天立地丈夫家，怎肯做敗倫傷化！

(白)嫂嫂!(旦白)唔?(小生白)你不要想差了念頭吓!我哥哥倘有些風吹草動,武二這雙眼睛,認得你是嫂嫂,這拳頭吓……(旦白)拳頭便怎麽?(小生白)却不認得你是嫂嫂!(旦白)呵呀,武二,你不要誇口吓!(小生唱)

我非誇,是從打虎手兒滑。

(旦白)啐、啐、啐!(唱)

【前腔】笑伊直恁村,笑伊直恁村,不辨真和假。酒後聊相戲,怎便將人叱咤。

(白)武二!你將我當做什麽人看待吓?(小生白)不過是嫂嫂罷了!(旦白)可又來!(唱)

常言道嫂嫂如娘大,好一個知輕識重丈夫家!

(白)喲!(唱)

只會把至親欺壓!

(笑介。白)叔叔!(唱)

總塗抹,從今兩意莫争差。

(旦抱小生腰介)(小生推介。白)嗳!(唱)

【尾聲】這場家醜堪羞煞!

(旦唱)

自恨當初錯認了他。

(白)吓,叔叔!(小生白)好没廉耻!(旦白)啐!蠢才!(下)(小生唱)

嗳呀哥哥呀,只恐終須作話把!

(丑上。白)清晨出去猶嫌晚,下午回來汗未消。(小生白)哥哥回來了?(丑白)兄弟回來哉!家裏坐。(小生白)咳!(丑白)兄弟!(唱)

【五更轉】你甚時來家裏?

(白)可曾吃點心來。若是不曾吃,呵,哥盤裏,還有兩個燒餅,拿去吃了罷!(唱)

敢是點心兒你尚未吃,緣何頻問你多不應?

(丑白)哦,我曉得哉。想是嫂……

(旦内白)嫂什麼?(丑白)不是吓,我要掃掃地呀!兄弟!(唱)

敢是嫂嫂跟前慢待着你?

(白)哦喝,是了!(唱)

莫非你受了官司氣?

(小生白)咳!本縣太爺,何等待我,什麼官司氣?快把我的行李拿來,俺不住在這裏了!(丑白)兄弟呀!(唱)

你若是怪我,我就先陪禮。

(白)做阿哥的跪下哉!(小生白)哥哥請起!(丑白)那個得罪了你?你對我説明,哥哥才能起來。(小生白)哥哥起來,我説便了。(丑白)你肯説,我就起來。(小生白)呵呀,哥哥吓!(唱)

你若問起根由,與你裝些幌子。

(丑白)你從那裏來呀?(小生白)方才兄弟在縣前回來,多蒙嫂嫂浸得一壺好酒。飲酒中間,説什麼"單"呐"雙"吓。哥哥吓,哥哥!(丑白)我今天做成的餅,是三十三個,乃是個單;兩個三十三,就是六十六,豈不是個雙?(小生推丑,倒介。白)咳!(下)(丑白)嗳喲喲,二官人怒氣沖沖去了,道是爲着煞個事體?待我叫出老婆來,問問看。噲,我那賢妻!拙荆!内人!老婆娘吓!(旦上。白)呀,啐!你還是勾魂,你還是叫命呐?(丑白)一個氣出,一個氣進。我且問你:二官人爲了何事,怒氣沖沖的呀?(旦白)啐!只爲你!(唱)

那蠢才不争氣,累奴家吃了虧。

(丑白)誰欺負你,對我説。我定不與他干休!(旦唱)

情知只有武二來家裏,見他冒暑歸來,備些酒漿茶水。

(丑白)無茶有水,是個好意。(旦白)可是好意?(唱)

誰想他太不仁,將奴戲。

(丑白)這話我不信。我那兄弟,吃酒打老虎是他的本等,況他正直無私,向不喜愛婦人。你要知道他,還是一個童男子,還靡有出過身子呢。這話我算是,靡有聽見!(旦白)大郎吓!(唱)

也無顔在此,必要遷居矣。

(丑白)自家的兄弟,那有不住在屋裏的?(旦唱)

若要兄弟同居,

(白)也罷!(唱)

還我休書一紙。

(丑白)你住了罷!開口休書,閉口休書,就是個兄弟,住在一處,又有什麽要緊?(旦哭介)天吓!(拍桌介)還我休書來!(丑白)説説他,又哭起來了。是了,我明日叫兄弟搬出去就是了。(旦白)這便才是。(丑白)正是:花消紛碎恨難禁,(旦白)可恨狂徒强逼人。(丑白)堪信路遥逢馬利①,(旦白)方知日久見人心。(下)(丑白)我把你個臭花娘!

(旦上。白)你罵那一個呀?(丑白)我説你的花樣。(旦白)啐!(下)(丑白)我把你個臭騷毯養的吓!(下)(完)

① 應爲"力"。

戲叔(崑腔)

【劇目簡介】

崑腔。現存清代刊本,《綴白裘》多種版本收録①,另《玄雪譜》《樂府歌舞臺》《醉怡情》《歌林拾翠》《方來館合選古今傳奇萬錦清音》等選録此齣。小説《水滸傳》第二十四回《王婆貪賄説風情　鄆哥不忿鬧茶肆》有類似情節,此劇出自沈璟撰《義俠記》第八齣《叱邪》,略有差異。

《綴白裘新集合編》本②,題目作"戲叔",一齣,每頁九行,每行二十字左右。

劇演潘金蓮見武松儀表堂堂,遂以言語挑逗,武松大怒,斥責其無禮并欲告知武大。武大回家,只關心自己一天的收入情況,不理解武松所言之事,武松憤而离去。潘金蓮反誣陷武松欲圖調戲,武大不信潘金莲的調拨之言。

【縷縷金】(貼上)癡男子假粧喬,我饞涎一縷怎生熬?

奴家一見了武二就看上了他,常把眼角傳情,話頭勾引,他却撇清粧假,只做不知。我今日浸得一壺凉酒在此。

待他今日來家後,用心引調,任從他鐵漢也魂消。須落我圈套,須落我圈套。

(小生上)

【引】揮汗歸來罷曉衙,何日成名得建牙?

(貼)叔叔回來了么?(小生)嫂嫂。(貼)叔叔今日回來得早吓。

---

① 原刊於寶仁堂乾隆三十一年《綴白裘新集四編》,後收入十二編本。

② 以《義俠記》爲校本。

(小上①)嫂嫂,

我公門無事早回家,問兄長可曾歇下?

(貼)吓,你哥哥么?還没有回來。(小生)没有回來,且到縣前去尋他。(貼)吓,叔叔,他是做生意的人,到那裡去尋他?且到裡面去坐了,等他回來就是了。(小生)既如此,嫂嫂請。(貼)叔叔請。(進介)(小生)嫂嫂。(貼)叔叔。(小生)好熱天!(貼)叔叔身上穿的是幾層衣服?(小生)兩三層。(貼)這樣熱天,那裡穿這許多?你看做嫂嫂的穿得這等單薄。也罷,待我與你解下來凉一凉罷。(小生)不消。武二答應官府穿慣的,不勞嫂嫂費心。(貼)穿慣的?好性兒吓。(小生)桌兒上是……(貼)吓!這是奴家浸得一壺凉酒,等叔叔回來解渴。(小生)既有酒,等哥哥回來一仝吃罷。(貼)那裡等得及?我同叔叔先吃一盃。等他回來再吃罷。(小生)如此,多謝嫂嫂。(貼)叔叔是海量,大盃罷。(小生)竟是大杯。(貼)叔叔請。(小生)放在桌兒上。(貼放盃,斜看介)(小生)多蒙嫂嫂所賜,武二立飲。乾。(貼)叔叔後生家,不要吃單杯,吃個成雙盃。(小生)嗳!有酒待武二吃便了,什么單雙!(貼)叔叔,我説的是酒喲。(小生)我原説的是酒吓。乾。(貼)好量吓!(小生)我到忘了,待武二借花献佛,回敬嫂嫂一盃。(貼)奴家不會吃的,半盃罷,半杯。(小生)就是半盃。(貼)取來。(小生)閃開!待我放在桌兒上。(貼)又要放在桌兒上,古執得緊。(作搊肩介)多謝叔叔。(小生)我武二在此,多謝嫂嫂。(貼)阿呀!好説。叔叔請坐。(小生)嫂嫂請坐。(貼)待我閉上了門。(小生)青天白日,爲何把門閉上了?(貼)閉了門穩便些。叔叔請坐。(小生)嫂嫂請坐。(貼)叔叔,今日無人在此。(小生)無人在此便怎么?(貼)不是吓,做嫂嫂的有句話。(小生)嫂嫂有話,武二洗耳恭听。(貼)吓!叔叔,

【古輪臺】我要問伊家,聞説你在東街背地裡戀烟花?

---

① 應爲“生”。

（小生）嗳！那有此事？（貼）

你原何不説知心話？何不攜來家下？

（小生）

我是風虎雲龍，怎肯向平康入馬？

（貼撓脚介）叔叔，

你在客邸孤單，少年狂放，只怕你心頭不似嘴喳喳。

（小生）

我原非虚話。

（貼）我不信。（小生）

不信時且待兄長還家，把咱行事試將來問他，可知真假。

（貼）

休説那冤家！

（小生）咻！夫妻説什么冤家？（貼）

這風流話，若還知道怎嫌他？

（小生）嗳！

【前腔】嗟呀！好教人懸望巴巴！這時候不見兄歸。

（貼）叔叔再請飲一盃。（小生）嫂嫂，

你且暫停盃斝。况天氣炎熱，

（貼）叔叔往那裡去？（小生）閃開！

只索向門外臨風瀟洒。

（貼）

到如今把機關用盡，怎肯輕輕撇？

叔叔，

且仝消夏，却怎生忒不撑達？

（小生）

只爲奔馳勞頓，心慵意懶，好難禁架！

（貼）

此意你知么？伊休詐。

（洒酒作吃半盃）（小生伸腰看介）（貼）叔叔，

這半盃殘酒飲乾咱。

(小生)住了！這酒是那個吃的？(貼)是叔叔吃的。(小生)是我吃的？取來！(作潑酒介)呀，呸！(貼)阿呀呀！啐！啐！啐！

【撲燈蛾】(小生)我怪伊忒喪心，怪伊忒喪心，羞恥全不怕！有眼睁開看，把武二特地詳察也！

(貼)啐！啐！(小生)走來！

我是含牙戴髮頂天立地丈夫家，怎肯做敗倫傷化？

嫂嫂！(貼)嗄！(小生)你不要想差了念頭吓！我哥哥倘有些風吹草動，武二這雙眼睛認得你是嫂嫂，拳頭……(貼)拳頭便怎么？(小生)却不認得你是嫂嫂！(貼)阿呀！武二，你不要誇口吓！(小生)

我非誇，是從打虎手兒滑！

(貼)喲啐！喲啐！

【前腔】笑伊直恁村，笑伊直恁村，不辨真和假！酒後聊相戲，怎便將人叱咤也？

武二，你將我做什么人看待吓？(小生)不過是嫂嫂罷了。(貼)可又來？

常言道嫂如娘大，

嘖、嘖、嘖！好吓！

好一個知輕識重丈夫家！

喲！

只會把至親欺壓。

(笑介)叔叔，

總塗抹，從今兩意莫爭差！

(作背後抱小生腰，小生撇介)嗳！

【尾】這埸家醜堪羞殺！

(貼)

自恨當初錯認了他！

吓！叔叔！(小生)没廉耻！(貼)啐！蠢才！啐啐！(下)(小生)阿呀！哥哥吓！

只恐終須作話靶！

(丑上)清晨出去猶嫌晚,下午回來汗未消。(小生)哥哥回來了?(丑)兄弟,居來哉。裡向請坐。(小生)咵!(丑)兄弟,

【五更轉】你甚時來家裡?

阿曾吃点心來?(小生不應介)(丑)若是弗曾吃飯,做阿哥个盤裡有兩个饅餅丢,拿得吃子罷。

敢是點心兒你尚未吃?

阿要吓?阿要吓?阿呀!

原何頻問你多不應?

(白)倽意思吓?我曉得哉。

敢是嫂……

(内喊介)嫂什么?(丑)罗個説呸,要呸來丢冷膨毬咳嗽!唅,兄弟!

敢是嫂嫂跟前慢憎着你?

阿是介?亦弗是。我那間真正猜着哩哉。

莫非你受了官司氣?

(小生)咳!本縣大爺,何等待我,什么官司氣?把我行李搬出來,不住在這裡了。(丑)呢!呢!呢!呸個賊狗腿,狗骨頭,欺老个,嚇小个!縣裡大爺欢喜呸,應該欺瞞我做阿哥个倽?老虎呢不呸打殺子,我做阿哥个汗毛吓阿敢拔一拔?呸阿記得小時節,拖子兩管鼻涕,坐拉門檻浪子撈鷄糖屎吃个日脚哉?乞我一記硬爍勒,攢得來脱脱哭。那間長大子,長子兩斤毛力,自道人能介,欺瞞我做阿哥個倽吶?阿呀!且住,我裡兄弟往長日脚弗是介,个今日駡哩弗開口,打哩弗動手,是倽意思吓?往常日脚,阿哥長,阿哥短,無話有説,爲倽了盖個光景吓?有數説勾:"若要好,大做小。"我哩兄弟及受勀个,讓我不一勀你使使没哉。無得眼淚没那處吓?有哩哉,戆吐來裡。阿呀!兄弟吓!同胞兄弟看娘面,千朵桃花一樹生。就是做阿哥個有倽弗到之處,萬百事體要看爺爺面上;弗看爺爺面上,要看阿姆面上;就弗看阿姆面上哟,要看呸丢阿嫂面上。(小生)呸!(丑)阿呀!我個好兄弟吓!

你若還怪我，我就先陪禮。

做阿哥个跪里哉。（小生）阿呀！哥哥請起。（丑）呸説子没我起來虱。（小生）哥哥起來，我説便了。（丑）呸若説，我就起來哉。是罗個欺瞞子呸了？（小生）阿呀！哥哥吓！

你若問起根由，與你粧些幌子！

（丑）呸拉罗里居來？（小生）方纔兄弟呢，在縣前回來。（丑）賣了鹽勒居來？（小生）不是，縣前回來。（丑）我也拉縣前居來。（小生）多蒙嫂嫂浸得一壶好酒。（丑）吴家里五个，張家里三个。（小生）哥哥，我告訴你。（丑）我也拉里告訴呸。（小生）我在縣前回來，多蒙嫂嫂浸得一壶凉酒。（丑）我今朝原弗肯出去个，纔是呸虱阿嫂叫我拿出去，鬮奪無人要，亂搶弗動手。（小生）飲酒中間説什么單吓雙。哥哥！哥哥！（丑）廿四个餅出去，原剩十二雙。（小生攛丑翻觔斗介）呀呸！（下）（丑）第二个，二官人，二舍，阿二！個個入娘賊，我正是筭賬頭上，拿我一攛，奔子去哉。且住，二官忿忿而去，大嫂必知其故，等我叫哩出來。（向内叫介）唫！我个房下，山妻，拙荆，内人，我哩个，阿听得吓？咳！有數説个：三朝新婦，月裡孩童。做親個夜頭要緊子点叫子一聲娘了，那間無个娘字再弗肯出來勾哉。我哩个娘！

（貼上）呀，啐！敢是叫命么？（丑）介中生介叫得應勾。（貼哭介）（丑）咦！一個氣出，一個氣進，我哩二官人肚裡个氣，爲啥了過子呸肚皮裡去吓？（貼）呀啐！

【前腔】只爲你那蠢殺才不争氣！

（丑）住子！呸個様女娘家弗知嫌足，嫁着子我堂堂一軀个武大官人，有啥蠢？呸看我要上就上，要下就下，參頭狼能介拉里，有啥弗争氣？弗要説别樣，呸看我個兩根狗嘴髭鬚，有罗個生得出？（貼）

累奴家吃負虧！

（丑）吃子罗個个虧？一定是鄉鄰人家哉，等我去罵個星毬養个。呔！南北兩横頭，罗裡個星烏龜花娘欺瞞我里家主婆？武大官人弗是好惹个嘘，等我賣落子餅担搭哩打一場興官司！（貼）進

來。你罵那個？（丑）我拉里罵個星鄉鄰欺瞞我里家主婆！（貼）鄰舍人家誰欺負老娘？（丑）介勒罗個欺呧？（貼）

情知只有武二來家裡。見他冒暑歸來，備些酒漿茶水。

（丑）無茶有水，是娘个好意。（貼）可是好意？（丑）一團好意，個个蠢才無竅，弗曉得个。以後那介？（貼）

誰想他太不仁將奴戲！

（丑）呔！呔！呔！"將奴戲"，"將奴戲"？放子呧丟辣騷猪婆黄胖甕濃宿篤狗臭屁！我里二官人正直無私，弗是個樣人。吃酒打老虎是哩个本等。况且我里兄弟還是童男子，鈷阿弗曾出个來。從來不听婦人言，塞聾子耳朵，弗聽見，弗聽見！（貼）大郎阿！

他無顔在此，必要遷居矣。

（丑）便是個一个兄弟，要住拉屋裡个。（貼）

若要兄弟仝居，

也罷！

還我休書一紙！

（丑）住子！夫妻淘裡，罗里無得句説話？開口休書，閉口休書！就是個把兄弟住拉屋裡，那就要哩搬起來？（貼哭打桌介）天吓！還我休書來！（丑）儕個打家生儕？我也會打个嘘，我打穿呧个捲銅照壁，打碎个火石溜春，滩个鑊子底，我毪穿呧个花娘！等我舂穿子呧个馬桶底，看呧那亨撒尿！（貼）呀啐！氣死我也！（丑）阿呀！我个娘吓！呧是氣弗得个，前夜頭氣子了，放子一夜个屁，虧得我兩個膝饅頭塞住子。（貼）没廉恥！（丑）看你花消粉碎恨難禁，（貼）無奈强徒苦逼凌！（丑）須信路遥知馬力，（貼）果然日久見人心！明日快叫他搬。（丑）就搬耶，臭花娘！（貼）吓！你罵那個吓？（丑）罗個罵呧介？（貼）你説什么花？（丑）我説娘頭上到帶介朵好花。（貼）賊嘴！（丑）臭花娘罵哉，阿是罵子皇后了？（貼）吓唷！天殺的！好罵！（丑）阿唷！好打！我毪穿呧個花娘！弗要箭箭上肚，呧會打，我也會打个嘘！（貼）你敢打！（丑）打没打哉，儕毪穿呧个花娘！非但打，我還會踢，我就踢！（貼）啐！（下）（丑）個一脚直踢子個毪養个戲房裡去哉！（渾下）

别兄（崑腔）

【劇目簡介】

崑腔。現存清代刊本，《綴白裘》多種版本收録①。小説《水滸傳》第二十四回《王婆貪賄説風情　鄆哥不忿鬧茶肆》有類似情節，此劇出自沈璟撰《義俠記》第十齣《委囑》，略有差異。

《綴白裘新集合編》本②，題目作"别兄"，一齣，每頁九行，每行二十字左右。

劇演武松被差遣前往東京公幹，實在放心不下武大，特來辭别，叮囑哥哥晚出早歸，不要惹事，二人撒淚而别。潘金蓮口頭立誓，心中不滿。

（末扮土兵隨小生上）

【秋蕋香】半月不瞻兄面，何時意惹情牽③！

哥哥開門。

（丑上）昨夜秋光入小庭，至今醉眼未曾醒。（開門介）

（貼上）空堦夜色凉如水，羞看牛郎織女星！（丑）兄弟居來哉儂？（小生揖介）哥哥。（丑）兄弟。（小生）嫂嫂。（貼斜眼不禮④介）叔叔。（小生）土兵，你把酒餚放下，先到縣前去，有事即來報我。（末）吓。（下）（丑）兄弟請坐。（小生）哥哥請坐。（各坐介）（貼背白）這厮敢是放我不下，故此又來了？（丑）吓！兄弟，昨日是

---

① 原刊於寶仁堂乾隆三十一年《綴白裘新集四編》，後收入十二編本。

② 以《義俠記》爲校本。

③ 《義俠記》此句爲"何時不意惹情牽"。

④ 應爲"理"。

七月七，買子一壺酒，削子一塊藕，滿膀介模再尋呍弗着，弗知呍拉罗里。（小生）縣中有事，所以不得工夫。（丑）今日爲儕了，買子酒，拿個星物事居來？（小生）哥哥，兄弟蒙本縣大爺差往東京公幹，故此回來一別。（丑）要幾時居來亾介？（小生）約要兩月方回。（貼背白）這厮要去了。（丑）儕能長遠介？（小生）哥哥，做兄弟的有句話要對哥哥講，若能依得我，滿飲此盃。（丑）呍説个説話，做阿哥个豈有弗听个？我乾子個鍾酒，呍説嚜是哉。（吃介）乾。（小生）哥哥，我也别無他事。

【風入松】只爲你從來心性軟如綿，

（丑）是吓！呍亾阿嫂因爲嫌我个軟了，日夜淘神碌氣个哉。（貼）啐！（丑）阿唷！阿唷！（小生）哥哥講話。（丑）拉里听，拉里听。（小生）

你是個隻手空拳。

（丑）長拳，我个拿手；只是呍出去子，就有人欺瞞我哉。（小生）

你若被人欺壓……

（小生看貼，貼看小生，丑兩邊看介）兄弟，説話没好好能説，弗要是介拍枱拍凳。（小生）

遭人騙，我回來後必竟將……

（將拳頭拍枱，又兩邊看介）

他消遣！你須遲出去早歸息肩。

哥哥吓！（丑）那？（小生）

你把門兒閉得安然。

哥哥可依得么？（丑）兄弟，呍个説話比金子有透，依呍便罷。（小生）嫂嫂也請一杯，武二也有一句話在此。（丑）阿听見？阿叔有儕話對呍説了。立子起來嘘，立子起來。（貼）唔！叔叔有話請教。（小生）哪！

只爲吾兄質朴他的命迍邅，望伊家看覷週全。

（丑）阿听得阿叔説，叫你熠看熠看我，弗要搭别人七搭八搭。（貼）阿呀！我是婦人家，那裡週全得來介？（小生）常言道："表壯不如裏壯。"（丑）自哩裡股裡壯得極个嘘。（小生）

須教裡壯人欽羡,怕什么男兒家柔軟?却不道夫禍少皆因婦賢,那籬牢處犬難穿。

(丑)是吓!籬笆夾得緊,罗怕野狗鑽?(貼起,怒介)啐!天殺的!(丑)阿呀!(貼)你有甚閑話對外人說了?(丑)罗個是外頭人介?(貼)到來欺負老娘么?(丑)弗吓,弗吓。(貼)武二過來。(小生)呃!(貼覕包頭介)你不要認差了人吓!我是不帶網巾的男子漢,叮叮噹噹婦人家!(丑)婦人家!(貼)拳頭上站得人起,膀子上跑得馬過!(丑)肚皮上射得箭過丟來。(貼)我是要在人面前做人的噓!(丑)弗差,單歡喜立拉人面前,不欢喜立拉人背後个。(貼)

【急三鎗】自從我與武大爲姻眷,

不敢欺吓,

便是一螻蟻不敢進門前!

(丑)螞蟻無得一个進來个。(貼)

却有甚籬不固招外犬?胡言語休得把人冤!

(小生)嫂嫂,你今日說便這等說,

【風入松】只怕你心頭不似口頭言!

(丑)好好能說。(小生)

若、若得能如此心堅,何須武二將言勸?

(丑)呃丟是說,我是吃。(小生)

與兄長争些門面。

(貼氣介)(丑)好好能說,好好能說!(小生)嫂嫂,你今日說的話,

我一句句不忘你言,罷,將此酒祭蒼天!

(潑酒介)(貼)武二走來。

【前腔】既是你多伶俐將人勸,

(丑)呃丟是說,我是吃。(貼)

却不道長兄嫂有父娘權!我當日嫁武大元說無親眷,

不知那裡來的這個什么兄弟!

真和假强來纏!

(丑)住乱,吃一鍾去。(貼)那個要吃什么酒！少間進房來,我就……(小生伸拳睁眼介)吓！(貼抖介)啐啐！(抖下)(丑)阿呀！兄弟,弗要理個樣女娘家,我哩是吃酒。(小生)哥哥請。(丑)兄弟！

【前腔】二哥休听婦人言,我和你且自留連。

兄弟,我拉里想。(小生)哥哥想什么？(丑)我想,上床脱了鞋和襪,知道來朝穿不穿？

想人生难保長康健,

阿呀！好兄弟吓！(小生)哥哥。(丑)我个親兄弟！(小生)哥哥。(丑)呸出去子,我做阿哥个倘然有僚三長兩短是,阿呀！兄弟吓！(小生)哥哥。(丑)

須把一盃酒將咱澆奠。

(哭介)(小生)哥哥爲何出此不利之言？也罷,自今以後,不要出去做買賣了。

且只在家中自閑,

(丑)只是屋裡艱难嚜那？(小生)

常與你寄盤纏。

恐怕官府催促,就此拜别。(丑)僚就要去哉？(合)

【哭相思】一瓢長醉任家貧,明日千山與萬津。

(小生)哥哥在家保重,我去了。(丑)呸去罷。(小生)哥哥請轉。(丑)那？(小生)這頭小門是開不得的嘘。(丑)曉得个。去罷,去罷！(小生)是。(丑)兄弟轉來,兄弟轉來。(小生)怎么？(丑)呸打子活老虎,弗要倒不别人打子死老虎去吓。(小生)嗳！休得多講。(丑哭介)阿呀！兄弟吓！(小生)哥哥吓！(哭下)(丑)

正是流淚眼观流淚眼,斷腸人送斷腸呷啞呷啞人哉僚！

(下)

挑簾（崑腔）

【劇目簡介】

崑腔。現存清代刊本，《綴白裘》多種版本收録①，另《玄雪譜》《醉怡情》《歌林拾翠》《方來館合選古今傳奇萬錦清音》等選録此齣，石渠閣主人輯《綴白裘全集》有目無文。小説《水滸傳》第二十四回《王婆貪賄説風情　鄆哥不忿鬧茶肆》有類似情節，此劇出自沈璟撰《義俠記》第十二齣《萌奸》，略有差異②。

《綴白裘新集合編》本③，題目作“挑簾”，一齣，每頁九行，每行二十字左右。

劇演潘金蓮因挑簾，偶然與西門慶結識，王婆在旁看到後，主動爲西門慶出謀劃策，欲圖勾引潘金蓮。

【一江風】（貼上）恨冤家聽兄弟臨行話，把我禁持怕，怎奈何他？索性做個乖張，早把簾兒下。叫他且信咱，叫他且信咱。爭知傒落他，有一日犬兒放入籬兒下？

奴家要挑這簾兒，不曾帶得竹竿，不免取了出來。

（付）

【其二】沒台孩，午睡醒來，快步出門兒外，記上心來。

前日子六個拉我耳朵裏説紫石街上有個標致女客拉里，六個説个吓？是裏哉。

---

① 原刊於寶仁堂乾隆二十九年《綴白裘新集初編》，後又編入乾隆三十一年《綴白裘新集四編》，收入十二編本。

② 删掉最後一支【皂羅袍】等。

③ 以《義俠記》爲校本。

記得王婆許我姻親在,行來紫石街,行來紫石街,誰家簾半開?

六個是介,打頭打腦?吓唷,妙阿!

這回打動我的相思債!

【其三】(貼)告官人休把奴嗔怪。

(付)阿敢怪介?(貼)

失手把竿兒褪。

(付)勿要説失手,就是故意何妨?

(老旦上)好天氣吓!這是西門大官人吓。

你忒殷勤。

(付)亦是六個?元來是乾娘。(老旦)

不在他簾下低頭,

打得好,

打你個不掩閏!

(貼)乾娘,來。(付)拉丟叫?(老旦)大娘子在門首。(貼)奴家挑這簾兒,一時失手,打了這位官人的頭,叫他不要見怪,多多上覆,多多致意。(老旦)吓,吓!大官人,這位大娘子説:"一時失手,掉下竿兒,打了你的頭,不要見怪。"叫老身,(貼)哪,多多上覆,多多致意。(付)啥説話?只是學生個粗頭弗中打個,若是娘子見愛,送到宅上木魚能介敲白相,如何?(老旦)什么説話!(付)干娘也去上覆個位娘子,

説應該打小生。

(老旦)

還該打你每。

(貼)

叫奴難置身。

(付)

娘行何必多謙遜?

(揖介)(老旦)這是什么意思?(付)有素説個,有個喏唱拉前頭。(老旦)休得取笑。(貼)乾娘,我進去了。(老旦)正是,進去罷。(付)再説説進去。(貼)正是,東邊日出西邊雨。(老旦)還有竹

竿在此,拏了進去。(付脚踏竹竿)(老旦)尖酸老,促甲老!(貼)道是無情却有情。干娘進去了,常來説説閒話。(下)(付)捉捉呃呃。(老旦)冒!(付)啐,啐!(老旦)到老身家里去坐坐?(付)倒拉你虱屋裏去坐坐。(老旦)請坐,待我取茶來。(付)勿要茶,到是冷水。(老旦)爲何?(付)殺殺個火。(老旦)這位娘子有火力,一根竹桿就燒酥了你!(付)個位娘子六虱个嘘?(老旦)這是閻罗王的妹子,五道將軍的女兒。你要問他做什么?(付)認認真真个問你,倒拉虱説鬼話哉。(老旦)把些糖兒抹在你嘴上,叫你嗏也嗏不着。我不説,你且猜一猜看。(付)要我猜罗个介?頭一猜就要猜着没好虱。罗個个底老介?(老旦)就在縣前賣熟食的。(付照上念介)吓?是里哉。

【紅衲襖】莫不是賣枣糕徐三的女艷姣?

(老旦)不是。(付)頭一猜就猜不着吓。是里哉。

莫不是銀担子李二的親底老?

(老旦)也没相干。(付)亦勿是吓。是哉。

莫不是花肐膊六小四的家生俏?

(老旦)若是他,到是一對好夫妻了。(付)吓!

莫不是賣粉團許大郎的客標?

(老旦)多不是。(付)介没猜不着个哉,到是你説子罷。(老旦)我説了罷,

我説着時,叫伊也心焦。

(付)個位娘子姓焦?(老旦)不是姓焦吓。(付)倷个新椒舊椒?一樣價錢。(老旦)

我説出來,叫咱也好笑。

(笑介)(付)介个老媽吃了笑蕈啥,能介好笑?(老旦)你道他是那個的老婆?(付)六個介?(老旦)

他便是賣炊餅的武大的渾家也。

(付)吓!阿是拉縣前賣餅个武大,人人叫渠“三寸丁谷樹皮”?方才个此人就是渠个家主婆?(老旦)就是他了。(付)完了!完了!壞哉!壞哉!干娘,個世去還要矮拉。(老旦)爲何?(付)

折盡了福哉！（老旦）休得取笑。（付）可惜，可惜！

好一塊肥羊肉到落在狗口嚼！

（老旦）嚼嚼。（付、老各笑介）正是，俊馬每駝村漢走，（老旦）巧妻常伴拙夫眠。（付）你一向許我个，就是此人罷？（老旦）這位娘子動也動不得。（付）爲啥了？（老旦）這位娘子性子又不好，況武大又關防得甚緊，叫我難對他説。（付）個老媽就乪作難哉，若得上手，重重里謝你。（老旦）若要這位娘子，須要依我……（付）自然依你。（老旦）要買一疋白綾，一疋藍綢，十兩好湖綿與我。（付）事體拉乪鼓當中拉，先要幾哈物事。（老旦）不是我要你的。（付）阿是個位娘子要？（老旦）也不是那位娘子。他做得一手好針線，只説央他做我的送終衣服，約他到來，大官人做個不期而會，拿耳朵來，如此如此，恁般恁般就是了呀。（付）好計策！好計策！老媽也拿耳朵來，竟是介便罷。干娘！

【皂羅袍】謝你不推別故，霎時間便有六出奇謀。山山九里十面大埋伏，十二峯雲雨來朝暮。千金莫吝，百年甚促。三生有約，兩情不辜，十分光做一個姻緣簿。

（老旦）一分錢鈔一分貨，（付）有錢使得鬼推磨。（老旦）不要説謊。（付）若還説謊負心的……（老旦）起个誓來。（付）難免天災與神禍。（老旦）東西就買了來。（付）我歸去買了，就叫男兒就送來干娘，事成之後，還要答你是介。是介來，今日白相得有趣。（下）（老旦）我説這兩日有些財爻，昨夜燈花結蕋，今朝喜鵲噪頻頻，不是生意順溜，定有財物進門，竟與他做，竟與他做。（笑下）

做衣（崑腔）

【劇目簡介】

崑腔。現存清代刊本，《綴白裘》多種版本收録①，另《怡春錦》《歌林拾翠》等選録此齣。小説《水滸傳》第二十四回《王婆貪賄説風情　鄆哥不忿鬧茶肆》有類似情節，此劇出自沈璟撰《義俠記》第十四齣《巧媾》，略有差異②。

《綴白裘新集合編》本③，題目作“做衣”，一齣，每頁九行，每行二十字左右。

劇演王婆貪圖西門慶的銀子，設計邀潘金蓮至家做壽衣，借機撮合西門慶與潘金蓮，二人遂行私通。

【懶畫眉】（貼上）昨日簾前事差迭，兩目相挑心共悦。重門一人暗傷嗟，水流何處花偏謝，路隔桃源雲萬疊！

且喜武大不在眼前，偶説出昨日心事。呀！聽小門聲响，想是干娘來了。

【前腔】（老旦上）庭院凉生暑消歇，

大娘子，

想你玉手初親針綫貼。

（貼）干娘，

---

① 原刊於寶仁堂乾隆二十九年《綴白裘新集初編》，後又編入乾隆三十一年《綴白裘新集四編》，收入十二編本。

② 將鄆哥窺聽奸情一節（【香柳娘】一支）挪到《捉奸》，令《做衣》《捉奸》兩齣情節更爲集中。

③ 以《義俠記》爲校本。

吾粧成未展綉文結,你清辰何事臨寒舍?

(老旦)無事不登三寶殿,

欲請神針特造謁。

(貼)昨日多謝。(老旦)好説。(貼)今日到此有何事?(老旦)老身向年蒙一個財主佈施送終衣料,一向不曾做得,不料今年正遇閏月,急要做完,只是没有好裁縫,欲求大娘子裁一裁,改日再請人做。(貼)干娘若不棄嫌,待奴家做了罷。但不知今日日子可好?(老旦)多謝大娘子。你一點福星,何必選日?就是今日罷。請到吾家去。(貼)恐怕大郎回來。(老旦)大郎回來,在吾家聽得見的。(貼)如此,乾娘請。(老旦)大娘子請。

【前腔】曲徑通幽省周折,才過門兒賓主别。

(老旦取衣料介)大娘子,衣料在此。(貼)干娘,要做多少長?(老旦)三尺三寸有了。(貼)待吾量一量,一尺,二尺,三尺。(戲老旦介)(老旦)討吾便宜。(貼)乾娘,三尺有了。(老旦)長些的好。(貼)短些的好。(老旦)長些。(貼)衣短身長俏。袖子多少大?(老旦)一尺勾了。(貼)一尺二寸。(老旦)一尺勾了。(貼)袖大惹春風。(老旦)休得取笑!(貼)

吾將雲錦慢裁剪,

(老旦)

天生妙手被人間借。

(貼)

願萬縷千絲不斷絶。

【前腔】針線初拈剪刀撇,

(付上。敲門)(貼)

門外誰人聲响徹?

(老旦)待吾去看來。(付低白)乾娘,此人可曾來?(老旦)來了。待吾先進去,你後來,做個不期而會便了。(貼)干娘,是那個?(老旦)是一隻狗在那里走來走去吓。(付)吓,干娘阿拉屋里?

(老旦)

元來壽衣施主偶相接。

(付)拉里做啥?(老旦)蒙你佈施的送終衣料,煩這位大娘子縫做。大官人來看,絶好的針線。(付)若是裁縫做个,弗消看得;大娘子做个,倒要看看个。(貼)不要看。(老旦)不妨的。(付)真正好針線!

【前腔】這般妙手難酬謝,干娘,此位誰家宅内客?

(老旦)就是前日打你的頭這位娘子。(貼)干娘。(付)吓。(貼)干娘走來。前日失手打了這位官人的頭,叫他不要惱。(老旦)是了。大官人,大娘説前日失手打了你的球,叫你不要惱。(付)阿敢惱?若是娘子爱个粗頭,明朝送到宅上來排拉枕頭邊木魚能个打白相罷。(老旦)休得取笑。(付)個位大娘子拉里做衣裳,該備介點啥替大娘子澆澆手才是。(老旦)大官人,常言道"一客不煩二主",就是大官人來澆手如何?(付)個個及使得。只是今日不曾帶得銀子出來。(老旦)待吾來搜搜看。(付)不要搜,方才亦討得一炷房錢在此,哪,一錠拉乩。(老旦)那里要這許多?(付)用剩子送拉大娘子買菓子吃。(貼)干娘,我要去了。(老旦)不妨事的。你不認得這位大官人,他是陽谷縣里第一个有名的財主,本縣老爺與他時常來往,家中又開一爿生藥鋪,最肯撒漫的。又是我的干兒子,你又是吾的干女兒,你們兩個就是干姊妹了,就坐坐何妨?(貼)吾不信。(老旦)待我叫與你聽吓。干兒子。(付)干阿姆。(老旦)吾的嫡嫡親親的干兒子。(付)吾的嫡嫡親親干阿姆。(貼笑介)(老旦)大官人,有個現成的在此,先吃起來。(付)及妙个哉,待吾奉敬大娘子一杯。(貼)不吃酒的。

【香柳娘】(付)幸相逢舉暢①,幸相逢舉暢。爲娘稱謝,愧無珍品堪陳設。

(老旦)大娘子,你也回敬大官人一杯。(貼)

感伊家用情,感伊家用情。淺量爲君竭,羞顔爲君撤。

(合)

---

① 應爲"觴"。

料三生契結,料三生契結。歡情正奢,可能不①夜?

(付)干娘,個個酒弗好吃,去買呷好个得來。(老旦)元是前日子剩下來的,待吾去買好的來。(貼)干娘,吾要回去了,恐怕大郎回來。(老旦)大郎回來,曉得在吾家,不妨得的。(付)干娘,走遠點介。(老旦)吾曉得。待吾閉上了門。正是:天上人間,方便第一。(下)(付)娘子拜揖。(貼)方才見過的了。(付)方才見過的了個?方才是勿志誠个,那間是志志誠誠个。娘子請坐,請一杯。(貼)奴家量淺。(付)大凡堂客满个好。(貼)什么說話!(付)請問娘子尊姓?(貼)姓武。(付)姓魯?(貼)姓武。(付)姓蘇?(貼)姓武吓!(付)吓!姓武吓,阿是文武之武?個個姓到少个。縣前有一个賣炊餅的矮子,也姓武,還是宅上个尊使,還是盛族?(貼)吓!是拙夫。(付)是貼夫?(貼)是家主公。(付)吓!是家主公。阿呀!笑殺笑殺,話靶話靶,那說介位標致娘子配子介个貨郎兒?咳!常言道:"巧妻常伴拙夫眠。"日里嘘,你入東,我入西,也罷哉;個個夜里松攏段能介一段押拉心口頭子,好勿難過!有子上頭,没子下底;有子下頭,没子上頭。那亨過?咮!才是媒人之過,只過②銅錢銀子,勿顧别人生死!吾若做子官府,該打里四十!(落扇介)(貼)扇兒掉了。(付)扇子掉哉,來罗哩?吾个娘吓!(貼)尊重些。(付)吾有個心來个。(貼)你既有心,吾豈無意?只是怕你口嘴不好。(付)吾若口嘴不好,吾就對天罰咒哉。老天在上,吾西門慶呵!

【前腔】若忘了伊此情,若忘了伊此情,暫時抛捨,愿天罰吾遭磨折!

(付)吾罰哉,你也來罰一個。(貼)吾不會罰。(付)罰咒啥勿會?(貼跪介)

聽金蓮誓言,聽金蓮誓言,

若忘了大官人呵,

愿身首不相連,天誅更不赦!

---

① 應爲"卜"。

② 應爲"顧"。

(合前)

(貼)吾要回去了。(付)阿是要急殺吾了!(貼作不肯,付抱下)

(老旦上。听介)

【前腔】聽人聲杳然,聽人聲杳然,想在枕邊低説。

待吾叫他們出來。你們快些出來。

(貼整衣急上)(付)干娘來哉。(老旦)好吓!你們幹得好事!武大郎回來,吾要……(付、貼跪介)

望高抬貴手來相赦。

(老旦)你們要官休私休?(付、貼合)

官休便怎么?私休便怎么?任伊怎的説,誰人敢逆也?

(老旦)

要官休,報武大郎;要私休,瞞武大郎。

(付、貼)

私休計設,叩頭稱謝。

(老旦)若如此,你兩人多要依吾。今日自此爲始,大娘子你每日到我店中來,不可失信。(貼)奴家依干娘便了。(老旦)大官人,你是不要説了,所許之物,千萬不可失信。(付)吾去了立刻就送來。(老旦)待吾去看看可有人。(老旦暗看介)没有人,去罷!(付與貼摟介)(貼)啐!(付念介)清秋路,黄葉飛。(下)(老旦)待吾閉上了門兒。你看頭髮多亂了。方才是……(伸二指,貼摇手,老又伸一指,各笑下)

挑簾定計(子弟書)

【劇目簡介】

子弟書,未署名①。現存清代鈔本,《子弟書目録》《中國俗曲總目稿》《子弟書總目》等著録。小説《水滸傳》第二十四回《王婆貪賄説風情　鄆哥不忿鬧茶肆》有類似情節,細節有所不同。

車王府藏清鈔本②,題目作"挑簾定計"③,全一回,每頁六句④,每句字數不一。

敘王婆見潘金蓮與西門慶因挑簾而互生情愫,爲西門慶謀劃,詳細解説"潘驢鄧小閑"幾字之意,定下引誘潘金蓮之計。

淫婦淫心本不良,况遇那知趣的捧頭可意的郎。
潘金蓮因下簾櫳悮觸西門慶,被那王婆子偷觀在一旁。
揚声兒道大官人唱的好肥諾,小娘子打的也合當。
潘金蓮眼角兒一撒忙廻避,西門慶笑入王婆的小茶坊。
向王婆控背躬身將乾娘叫,求乾娘將对過兒的雌兒與我誆。
若能使我倆成恩愛,我情愿十兩紋銀謝乾娘。
王婆笑説大官人别當偷情非是容易,有一个五字訣兒要你參詳。
"潘驢鄧小閑"五字真言非小可,若是要少了一様兒就不必商量。
何爲"潘"?"潘"者要你有潘安之美;何爲"驴"?"驴"者要你的行貨子比驴的長。

① 據傅惜華藏精鈔本卷首題作者爲鶴侶氏。
② 以史語所藏鈔本、傅惜華藏别埜堂鈔本《挑簾裁衣》作參校。
③ 亦題作《王婆説計》或《挑簾裁衣》。
④ 即三整句,其中各句字數多少不一,故多有雙行形式呈現者。

何爲“鄧”?“鄧”者要你有鄧通的豪富;何爲“小”?“小”者要你小心下氣莫强良。

何爲“閑”?“閑”者要你的工夫兒到,好一心一意的去養婆娘。

五者之中缺一件,大官人你要想風流枉費心腸。

西門慶聽説忙陪笑,説乾娘啊五件之中我件件强。

“潘”字兒我雖無有潘安美,要比上將纔那雌兒正相當。

“驴”字兒雖則不敢自居合式,要不信乾娘你親身用扎量。

“鄧”字兒咱清河縣中我頭一分,我專会低三下四工夫兒最長。

王婆兒説你快買上好的潞紬三四疋,老身好設計把他誆。

我假借憲書將口氣兒探,我説是瞧个好日子裁剪衣裳。

他若肯與我瞧日子,此事便有一分光。

我隨即説大娘子有勞尊駕替我裁剪,念老身是兒女全无終日家忙。

他若是肯與我將衣服做,此事便有二分光。

若來時我每用酒食將他請,他若是不瞅不睬就費了周張。

只要他隨便飲酒隨便説笑,此事便有三分光。

直到第三天你却故意的從我門前過,假意兒説怎的了這些時未会乾娘。

我説喲是大官人嗎快請在屋裡坐,那時看他是怎麽個行藏。

他若是起身要走我忙攔住,説小娘子莫要外道這是西門大郎。

我又説大官人見個禮兒罷,他要是還禮此事便有四分光。

我又説大官人不認淂這位小娘子,他丈夫是喒街前賣餅的武大郎。

這小娘子一手絶妙的活計又会吹弹歌舞,也是受過排場兒大家子的姑娘。

他若是有意兜攬開言合你説話,此事便有五分光。

我便説难爲这小娘子与我把衣服做,你倆个一個銀錢廣一個手藝强。

大官人替老身作個東兒治杯水酒,与小娘子澆澆手兒也表我的心腸。

他若是不十分攔阻身子不動，此事便有六分光。

你便拿銀子我便將酒餚治，臨出門我説有劳娘子陪陪大郎。

他若是應許相陪你可别動手，此事便有七分光。

待我買物回來收拾酒菜，我説娘子歇歇兒罢难淂這仗義踈財的西門大郎。

又没有外人大官人過來陪着小娘子，你便連忙施禮説狠該當。

他若是忻然就坐相對飲，此事便有八分光。

容他酒過三杯我説咳偏不凑巧，酒又没咧你忙説再沽何妨？

你忙拿銀子我就要去沽酒，他若是执意推脱此事就黄。

他若不推辞我即將門關上，此事便有九分光。

剩你二人以下的事兒全在你，只要你款款的言詞莫用强。

他若是吵鬧起來自有我相答救，要是不呢此事便有十分光。

你二人諸事和偕事兒妥，最要緊是許下我的東西莫要爬房。

（完）

捉奸(崑腔)

【劇目簡介】

崑腔,未署名。現存清代刊本,《綴白裘》多種版本收録①,另《醉怡情》選録此齣。小説《水滸傳》第二十五回《王婆計啜西門慶　淫婦藥鴆武大郎》有類似情節,此劇出自沈璟撰《義俠記》第十六齣《中傷》,細節略有差異②。

《綴白裘新集合編》本③,題目作"捉奸",一齣,每頁九行,每行二十字左右。

劇演武大郎在鄆哥幫助下捉奸,反被西門慶踢傷胸口。潘金蓮懼怕武松回來要報仇,王婆出計,欲藥死武大,以免事發。

(净上)

【香柳娘】有風聲在耳邊,有風聲在耳邊。女歡男悦,梅湯一盞爲媒孽!

自家鄆哥,聽得个星人説西門慶勾搭上子武大郎個家主婆,日日拉厾王婆店裡許思氣,我那間捉子哩個破綻,替武大郎説子,叫㕶个老花娘了弗得厾來!格里是哉。咦!

見門兒鎖着,見門兒鎖着,敢是計先設,藏人在房内?且潛身再窺,且潛身再窺,但見茶烟未絶,好似僧房客舍!

---

① 原刊於寶仁堂乾隆三十六年《綴白裘新集八編》,後收入十二編本。

② 將原作第十四齣《巧媾》鄆哥竊聽奸情的段落(【香柳娘】一支)挪到本出開頭,删去原作武大郎自述耳聞奸情的開場(【六么令】一支),又將廣東客商賣藥的段落(【玉胞肚】一支)挪到下齣《服毒》等。

③ 以《義俠記》爲校本。

無人拉里,明朝再來。老花娘吓,叫呧"閉門家裡坐,禍從天上來"!(下)

(貼上)

【玉胞肚】喬才虚謊,好叫我心中暗傷! 料應他别戀歌樓,這時節不到茶坊!

(付急上)

心慌路遠脚兒忙,一日如仝隔幾霜!

娘吓! 我來哉。(貼)啐! 你這薄倖的,昨夜竟到張惜惜家中去了,竟把我丢下了?(付)弗是嚧,昨日新到子一个廣東客人,兑子藥材錢了,所以弗曾來得。(貼)多是謊話!(付跪介)我就罰咒哉! 我若是説謊,嘴浪生一个碗大個釘瘡!(貼)既如此,起來。(付)要呧笑一笑,我起來虱。(貼)我到不会笑。(付)介嚜,我也弗会起來。(貼笑介)起來嚧!(付)我个娘吓!

心苗意喜兩情長,一日如仝隔幾霜!

(抱貼下)

(丑掮杠上)咳! 我武大官人做人弗成个哉!

【六么令】鄆哥攔擋,老虔婆怎做隄防? 我今便去打茶坊!

呧道阿好笑虱? 鄆哥對我説西門慶勾搭上子我裡家主婆,日日拉虱王婆屋裡個干兒。鄆哥説等个奸夫進子門,丢瓜籃爲號。(内丢籃介)咦! 個個正是鄆哥个籃,像是拉虱裡向哉,等哩出來,讓我不一記哩使使介。開門! 開門!

門閂住好難擋!

花娘做得好事務吓! 西門慶走出來,認認我武大官人个手段看!

(貼上)大郎來了,怎麽處?

(付上)弗妨得,呧是進去。(丑)花娘毴殺虱裡向哉!(付)

這回打破瞞天網,這回打破瞞天網!

(開門踢丑心下)(丑)阿嗄! 阿嗄! 踢殺哉!

(貼上,慌叫介)乾娘快來!

(老旦上)大郎爲什麽?(丑)一個長大人拏我兜心口介一脚踢倒子,奔子去哉!(貼)那個天殺的把我家主公踢壞了?(丑)臭花娘!纔是假个!(貼)扶你進去睡睡罷。(丑)好吓!叫奸夫踢我!(老旦)看仔細。(丑)慢慢里,慢慢里,拿個糞箕出來。(老旦)做什麽?(丑)奔落子個星跎搭。(老旦)什么跎搭?(丑)阿曉得"矮子肚裡跎搭多",纔跌子出來哉。(下)(貼)乾娘,如今怎么處?(老旦)吓、吓、吓!如今你們要做長夫妻呢,短夫妻?(貼)長夫妻便怎么?短夫妻便怎麽?(老旦)短夫妻呢,將息好了武大,自今以後,大家撒開。(貼)長夫妻呢?(老旦)若要做長夫妻,一些也不难,待我到大官人藥鋪内贖一服砒霜毒藥,藥死了他。

【玉胞肚】可不斷送這腌臢魍魎,一把火將他送喪!

(貼)武二回來怎麽處?(老旦)

那時節武二回來,

棺材又燒化了,

没踪跡怎生無狀?

(貼)好計!好計!(合)

管教地久與天長,免得明來夜去忙。

(老旦)吓!大娘子,我就去買藥,你看好了他。(貼)就來吓。(老旦)就來的。(貼下)(老旦)正是:不施萬丈深潭計,怎得驪龍項下珠?(下)

服毒(崑腔)

【劇目簡介】

崑腔,未署名。現存清代刊本,《綴白裘》多種版本收録①,另《醉怡情》選録此齣。小説《水滸傳》第二十五回《王婆計啜西門慶　淫婦藥鴆武大郎》有類似情節,此劇緊接沈璟撰《義俠記》第十六齣《中傷》而作,是依據王婆慫恿潘金蓮鴆殺親夫的幾句話編創而成,應出自演出者的編創。

《綴白裘新集合編》本②,題目作"捉奸",一齣,每頁九行,每行二十字左右。

劇演王婆自西門慶處拿來毒藥,與潘金蓮一起將武大毒死,又教唆潘金蓮痛哭丈夫之死。

(外上)

【玉胞肚】來從廣東把藥材到陽谷販行,今日裡約定成交,被他人偶尔相妨。

自家廣東生藥客人是也。西門大官人要買我的藥材,今日特地來尋他,那店中人説他在紫石街王婆店中,一路問來,此間已是。王媽媽。(内)怎麽?(外)西門大官人可在這里?(内)好幾日不曾來了。(外)咻!好幾日不曾來了?他往那里去了呢?吓!是了!

想他是個富家郎,只在章臺楊柳傍。

再到那邊去尋他,到那邊去尋他。(下)

---

① 原刊於寶仁堂乾隆三十六年《綴白裘新集八編》,後收入十二編本。

② 以《綴白裘新集八編》本爲校本。

（老旦拿藥上）贖得砒霜至，斷送矮矬人。大娘子。

（貼上）吓！來了？乾娘，可曾那个……（老旦）買在此了。（貼）你就與我煎起來。（老旦）你且去扶他起來坐坐，待我就去煎來。（下）（貼）就來吓。大郎，可要扶你到外邊坐坐？（丑内）使得个耶。

（上）（貼）看仔細。（扶丑立椅上介）（丑做痛介）苦惱吓！心頭好痛！（貼）咳！是那里説起！（丑）呃个花娘做得好事務吓！（貼）做什么事介？（丑）叫奸夫踢我！（貼）啐！那里有這樣事？可不屈殺了人吓！（丑）

【前腔】賊婆無狀，使奸夫把我心腹踢傷！

（貼做揉丑心介）（丑）我里兄弟那了還弗居來勒介？

且等待兄弟回來，把此情訴與他行。

（老旦拿飯碗上）

我今藥内用砒霜，管取他人一命亡！

（招貼介）大娘子來。（貼）乾娘怎麽？（老旦）煎在此了，快些拿與他吃。（貼）你來帮着我便好。（老旦）不妨！有我在此。（貼）大郎，我贖得一服心疼藥在此，吃一口。（丑）偖个藥？（貼）心疼藥。（丑）阿好个介？（老旦伴丑背後介）（貼）怎么不好？你吃了下去就不疼了。（丑）介嚜，拿得來嘘。（貼）在這里。（丑聞介）呣！介樣偖氣味？我弗要吃。（貼）阿呀，藥是生成是這樣的。那太醫説，吃了這藥就好的。你吃下去嘘！（丑）慢慢里，慢慢里吓。先生説吃子個個藥嚜就好个？（貼）就好的。（丑）也罷嘘！若是好子，兄弟居來我也弗搭哩説哉。（貼）快些吃。（丑）慢点，慢点。（吃一口介）（貼怕介）（老旦做手勢教貼灌介）（丑）慢點嘘。（又吃一口介）（老旦又做手勢介）（丑）慢慢里。（吃完介）（貼撈碗上藥淋丑口内介）（丑做鬼臉介）（老旦、貼做怕介）（丑痛介）爲偖了？個個藥有點辣蓬蓬个。弗好！舌頭浪蘇齊鬧起來哉。阿呀！肚裡痛哉！阿咊歪！肚裏痛吓！阿呀！阿呀！吃子毒藥哉！阿呀！阿呀！（跳下椅，滚介）（老旦、貼將單被兜丑頭介）（丑作上下左右塲滚）（老、貼追跌介）（再將被兜三兜，丑作死

介)(老旦看介)死了,和你抬了進去。(抬下,復上)

【尾】(合)**拔出眼中釘,除却心頭脹,管教地久與天長!** 就是武二回來也難放佯!

(老旦)大娘子,你看好了他,待我去報與西門大官人知道,買棺盛殮再處。(貼)乾娘,你住在此,不要去吓。(老旦)我就來的。(貼)阿呀!我怕!(老旦)啐!怕什麽!我就來的。(貼)就來吓。(老旦)就來的。没用的東西!哭起來嘘。哭!(貼)阿呀!大郎吓!(老旦虚下)(貼)乾娘。(老復上)怎么?(貼)你對大官人説,叫他今夜早些來。(老旦)這樣性急!(下)(貼哭介)阿呀!大郎吓!啐!哭他怎么!人已死了,哭他怎么!(下)

義俠記全串貫(崑腔)

【劇目簡介】

崑腔,未署名。現存清代鈔本,《蒙古車王府曲本分類目録》著録。小説《水滸傳》第二十六回《偷骨殖何九叔送喪　供人頭武二郎設祭》有類似情節,明沈璟《義俠記》傳奇情節大致相似,細節有所不同。

車王府藏清鈔本①,題目作"義俠記全串貫",一齣,每頁六行,每行二十一字左右。

劇演武松自外返家,却陡見兄長靈牌,心生懷疑,潘金蓮詐稱武大害疼病而死。武松夜宿靈前,半夜武大冤魂顯現,聲稱死得冤枉,要武松爲他報仇。武松找到證人何九、鄆哥,得知真相,遂到縣衙告狀。然西門慶已收買官府,告狀不成。於是武松邀集鄰里,私審王婆、潘金蓮,請衆鄰作證,殺死潘金蓮、西門慶後,將王婆送往公庭,報官自首。

(生在内嗽一声)

(生上,土兵隨上)(生唱)

【山坡羊】遠迢迢家鄉傳信,恨悠悠英雄自哂。眼吧吧望不到我兄宅前,急煎煎欲把平安問。

(到介)(進介)(見靈牌,看介。白)亡夫武林②之灵位。(拭眼又看介。白)呀!(唱)

想是我眼乍昏,夢魂中認不真?

---

① 《俗文學叢刊》第七八册收録三種鈔本,題作"武松殺嫂",文字相同。

② 多作"武植"。

(白)嫂嫂。

(旦穿紅衫上)(見生介,急下)(生呆看介。白)吓,嫂嫂,呀!(唱)

他原何應了不近,早难道叔嫂之間不、不容通問?

(旦穿孝衫上。作哭介。白)我那夫吓!(生白)我哥哥當真的死了?我那哥哥吓!(唱)

自喪了双親,骨肉相看只倆人。你作了亡魂,形影相看只一身。

(白)吓,嫂嫂!我哥哥是什麽病死的?(旦白)自從叔叔去後二月餘,偶得心疼病不除。(生白)俺哥哥從來没有此病,何不請人医治呢?(旦白)求神問卜俱不效,一朝病死待如何。(生白)我那哥哥呀!(旦白)我那夫吓!

(老旦上。見生,白)都頭回來了?① (老白)都頭一路辛苦,又煩惱,能几日,就把个哥哥死了。(生白)正是。啊,王媽媽,我哥哥是什麽病死的?(旦在生背後,望老旦使眼色,旦指心介)(老白)心疼病死的,心疼病死的!(生白)好个"心疼病死的"!(旦望老旦使眼色介,旦指天介)(老白)都頭,天有不測風雲,人有旦夕祸福。誰家难保長無事,是誰家难保長無事呢?(生白)好,好个"誰家难保長無事"!(旦哭介)(老旦白)大娘子,人死不能復生,不必哭了。你看越哭越痛了,不要哭坏了你的身子。(作眼目介。白)進去罢。(旦、老仝下)(生白)呀,看他二人,眉來眼去,言語蹊蹺,其中必有緣故。土兵!(土白)有。(生白)你到外面買些錢紙來,与你大爷作碗羹飯來。(土兵應介。下)(生下)

(二丑撲拍上。白)善哉,善哉,我是撲拍。和尚吃肉,我就開齋。自家撲排的便是。今日武二哥家的事情,大家進去張罗張罗。(上傢伙介)

(茶房上,横監②乱擱棹子板橙③介)(二丑白)辛苦了,辛苦了!

---

① 此處應有生的回答,即"(生白)是,回來了"。

② 應爲"豎"。

③ 應爲"凳"。

來啵,这不是外人家,自家喲。師付們都來咧!

(衆和尚仝上)(打法器接三介)

(衆扮鄉民,男女拿包兒紙帀祭介)(丑旦、小旦打明場上)(丑旦哭白)我的兒吓,我的肉吓!(小旦哭介)我的姐夫吓!(丑旦哭白)我的兒吓,我的肉哇,我的肉三角兒,炸了个燋哇,梅瑰澄沙燒餅。(衆虛白)姥姥來咧,後面吃茶罢。(丑旦、小旦、衆仝下)(和尚念經介)(茶房乱斟茶介)(撲排白)請師付們轉咒哇。(丑和尚白)我要轉咒了。本家灵前跪跪。(旦已上,在靈前跪介)(丑和尚摇鈴介。念白)俺哇子啦啦啦吽,俺嘛呢嘛呢吽,俺嘛呢吽,俺嘛呢吧呢吽……(丑和尚与旦对看,怔作調戲介)(完)(旦下)(丑和尚歸坐介)

(丑旦、茶房究扭上打架介)(茶房白)有这們下作的没有?吃了二十碟鹿猗尔,三十碟丸子,孩要①!(丑旦白)你們太爷們听听,有一碟成兩尔丸子的嗎?(衆白)本哪!這也顧不上姥姥生氣。明知道姥姥愛吃肥腸兒合丸子,也有一碟尔成倆兒的嗎?(丑旦、和尚对瞅介)(丑旦白)喲,慶家嗎,怎麽總不上我們家去咧?(丑和尚白)那尔吓,庙里頭忙,佛事太多,總没有睄你哪去。(丑旦白)那尔吓,你棄旧迎新咧。过兩天尔,我家裡等之你。我失倍咧。(丑旦虛白,下)(丑和尚虛白。衆和尚念完介)(仝下)

(生上。唱)

【前腔】想着你去匆匆路途忙奔,我見你苦苦别離未忍。分袂袂連理劈開,哀泣泣双雁驚分陣。我那哥哥呀,你是个軟弱人,必竟含冤死未真。若还容有冲天恨,就在梦里鳴冤,我与你報仇雪恨。

(白)方纔听王婆之言呵,(唱)

他雖言旦夕之間祸福分,

(白)且住。我想那王婆子,就是我哥哥死了,也該等我回來埋葬才是,怎麽一時就焚化了?(唱)

他必听了誰人,三日之間火葬身。

---

① 應爲"還要"。

(坐介)(丑扮王礼維,拿包乳紙上。白)自家王礼維的便是。我望武大哥,真是串房入廟的交情,冲北磕的頭不分彼此,听説武大哥死啦,我打了把子紙給他燒燒。今个兒到不是冲着武大哥來的,冲着武大嫂子。(見生介)(丑白)老二吓,你回來咧,兄弟煩恼咧。(生白)王大哥來了,請坐。(丑白)吓,老二嚥。我往大哥換手,使錢串房入屋,不分彼此。这个様兒的交情,我会不知道是怎麽个病兒,就死咧?我今个兒才知道,我給大哥打了把紙兒來祭奠祭奠。(生白)大哥從那里而來?(丑白)從那衙門里來。(生白)有什麽新文無有?(丑白)昨个尔有兩和尚打架,把辨①子究②下來了。(生白)大哥取笑了。(丑白)新文没什麽,就是明夥鬧的利害。來罢,我拈个香兒罢!(生白)罢了。(丑白)人死爲神麽。(焚紙燒介)(丑跪,叩頭介。唱)

【南鑼兒】王礼維拜灵前,燒張紙團團轉,拿到陰司作盤纏。礼維哭的如酒醉,哎呀呀,你死的甚实可怜。

(拉長声介)(起介)(灵前拿供吃介)(往怀里揣介)(生白)大哥餓了?(丑白)不是吓,給孩子們代几个供尖尔去,吃了不害怕。(生白)大哥,夜已深了,就在灵前睡了罢。(丑白)我害怕呀。(生白)説那里話來?咴呀,哥哥呀!一滴堦前酒,傾杯到九泉。

(内起更介)(生、丑睡介)

(武大郎顯魂,上灵棹吃供介)(喝酒介。白)哎呀,好辣酒!(喝完介)(跳下介。白)你看王礼維,吃我好些个供去,不免將他唬走,好与我兄弟托夢便了。(摸丑介。白)嘔嘔!(丑醒)(大郎藏介)(丑白)哎呀,我的媽呀,可了不得咧!老二吓,哥哥出來咧。(生醒介。白)大哥,怎麽樣了?(丑白)哥哥出來了。(生白)大哥,夢是心頭想吓,你我睡了罢。(丑白)你等等,這門之啵,老二吓,咱們倆人換个过罢。(換介)(生、丑仝睡介)(大郎出介)(又摸丑介)(丑醒介)(大郎藏介)(丑白)哎呀,我的旧旧吓,这是怎

---

① 應爲“辮”。

② 應爲“揪”。

麽話説？老二吓，哥哥又出來了。(生醒介。白)大哥，又怎麽樣了？(丑白)哥哥又出來了麽。(生白)那有此事？(丑白)这們之罢，老二吓，我家去罢。(生白)夜已深了，待等天明再去未遲。(丑白)我受不得啦，得找个亮兒。(丑点油拈介。白)老二吓，我走咧！(生白)大哥請。(丑出門介)(生睡介)(大郎出介，跟丑介)(吹滅丑油拈介)(丑白)不好，頭髮根尔扎然①，没風吓，怎麽會滅了？那兒找个亮尔点点？(大郎点油拈，对面走介)(丑白)吓，那边兒有个亮兒，借光你哪，点点火。(丑見大郎介)(大郎白)嘔嘔！(丑白)哎呀，我的媽呀！(丑急下)(大郎回介)(見生介。白)嘔，兄弟，你哥哥死的好不明白也！嘔，兄弟，你給我報仇吓！(下)(生醒介。白)哥哥吓！(生棹底找介)(慢帳找介。白)好奇怪，明明見我哥哥，訴説他死的好不明白。也罢！(唱)

【五供養】且待來朝廣巡听，樵樓更漏頻。一夜秋月偏長映，怨氣氤氲。説夜晚清早起，須知吾是不眠人。

(旦上)(生白)嫂嫂，我哥哥的棺木是何人買的？(旦白)王干娘。(生白)是何人殯殮？(旦白)團頭何九叔。(生白)知道了。(旦下)(生白)土兵！

(土兵上)(生白)守定門兒，我去去就來。(土兵麽下)(生行介。白)何九叔在家麽？

(末上。唱)

【前腔】誰來款門？感是都頭不弃貧。

(見介)(生白)我且問你，我哥哥的事情，你可曉得麽？(末白)令兄的事情麽，請少待。(取銀包、骨介)(遞生介)(唱)

几塊蘇黑骨，十兩雪花銀。

(生白)好，有了贓証了，放你不得。(生揪末介)(末白)吓，都頭！得放手時須放手，得饒人處且饒人。(生白)你只把我哥哥的事情説來，我便饒你。(末白)实实的不知。那、那日鄆哥尔与仝兄去捉姦，他必曉得。(生白)既如此，我合你一仝去尋鄆哥兒去。

---

① 應爲“煞”。

(仝行介)(生向内叫白)鄆哥兒在家麽?

(鄆上。白)是誰呀?(唱)

【前腔】都頭屈尊,

(生白)我且問你,我哥哥的事情,你可曉得?(鄆唱)

我先知八九分。

(生白)我且問你,姦夫是誰?(鄆白)西門大官人。(生白)怎麽?就是西門慶麽?走,我与你仝去告狀。(鄆白)吓,都頭!(唱)

親老誰供養,怎敢离家門?

(生白)我有銀子,与你安家。(鄆白)怎麽,有銀子?媽吓!(内麽介)(鄆白)收了銀子,我今仝武二哥打官私去了。(内白)去罢。(生白)我且問你,鄆哥尔,你小小年紀,如何曉得?(鄆白)世上本無难作事,常言只怕有心人。(白生①)哦,(唱)

【前腔】央煩你們,到官司作証盟。

(内打鼓退堂介)(生、末、鄆仝唱)

只得同回去,明日再來臨。往日劍誅无義漢,还將金贈有恩人。

(末、丑仝下)(生暫下)

(旦急上。白)下人得志逞英豪,枉向公庭走这遭。

(老旦上。白)曾小舟歸大海去,這回那怕浪頭高。(旦白)吓,干娘,不好了!(老白)怎麽樣了?(旦白)武二告狀去了。(老白)不妨事,大官人有的是銀錢。他總然告一百張,也是不怕他的。(旦白)説是這等説,我心里只是突突的。(老白)你放心罢,大官人上下都打点通了,包管你没事。(旦白)當真的都打点通了?(老白)當真!(旦白)這等,告去罢。(旦、老旦仝下)

(生上)

【引】一片热心,且把那冷氣虚情酬礼。

(老旦上。白)大娘子,都頭回來了。

(旦上。白)叔叔回來了?(生白)回來了。土兵!

(土兵上。白)有。(生白)快請衆位高鄰。(土兵請介)

---

① 應爲“生白”。

(衆上。唱)

荷相邀設席,唧盃撥穷忙乱别。冗反承高會,常言道遠親戚不如近鄰里。

(衆白)都頭煩①,大娘子煩惱了。(付白)王媽媽在这尔落忙呢。(衆白)吓,都頭,我等不曾与你接風,今日相詔,有何話講?(生白)列位高鄰請坐。(衆白)有坐,有坐!(生白)俺武二聊治一盃水酒,少刻有事相煩。土兵,將前後門与我封鎖了。(土麽②介)(付白)武二不要鎖門,难道不知我陶天亮就吃他娘的一夜,也不逃席的?(衆白)休得取笑,且看都頭有何話講。(生白)吓,列位,今日三盃酒,休當等閑看。非爲相答謝,不爲解愁煩。胡押司葛伊從頭寫迷題,一哥陶老四,煩伊作証看。冤家鱼路窄,天理有循环。我武二今日呵,(生甩衣持刀介)(付唱中白)老二,这是怎麽回事?(生唱)

【尾犯序】冤家到頭日,

(衆忙攔介。白)吓,都頭,(唱)

且從容与恁説詳細。

(付白)老二,这是怎麽回事?(生白)狗淫婦!(唱)

你把吾兄,恰便如何謀死?

(旦唱)

你冤誰?伊兄死,只爲心疼病疾。

(生白)俺哥哥從來没有此病呵。(旦唱)

与奴家没些首尾,夫和婦,本是同林宿鳥,限到兩分离。

(生白)列位閃開。(付白)老二,这是怎麽回事?(生唱)

【前腔】滉伊假痛与佯悲,也难饒徹他滔天之罪。

(生指老旦。白)老淫婦!(付白)好王婆子!(生唱)

好把真情,一一向前説知。

(老唱)

---

① 應爲"煩惱"。

② 應爲"應"。

諮啓，怎當得都頭怒起，容老身將情訴与。

（生唱）

真和僞，煩伊尽寫，休得有差遲。

（衆唱）

【前腔】你何必只恁推，有事從頭真説，倘得饒伊。

（生唱）

他若不招時，我把淫婦零遲。

（生揪旦髮介，欲殺介）（衆白）吓，都頭，容他説了，再殺不遲。

（旦跪介。唱）

停威，非是我生心故爲。都是他……

（老白）都是誰？（生掌老旦嘴巴介）（旦唱）

都是調唆，剌底成和敗，縱使蕭何律出，今日怎又持？

（生唱）

【前腔】你從实訴口詞，休得要藏頭露尾，輾轉挪移。

（旦唱）

成衣，他哄我入募偷期。

（生白）你既偷期，爲何將我哥哥謀死？（旦唱）

博知，体傷春只説是藥医，把毒药將他灌死。

（生怨介。唱）

兄和弟，人間地，恩兩没虧。

（生殺旦介）（生持刀急下）（衆白）找王婆子。（找介）（從棹底下拉出介）（付白）我騎上。（騎介。白）新近明夥，有你没你，説罢！（衆白）老淫婦！（衆唱）

【駐馬廳】你討得多少便宜，着甚來惹是非？由都是牽頭罪，今日搥胸悔。呀啐！

（上場門摆棹子介）（衆閃介）（生從内赶西門慶上）（從棹上摝跟頭下）（生追下）（衆又唱）

都是你老奸賊，害得他三人作鬼，一命償他，还是便宜你。

（老旦拜衆介）（付白）我再騎上你，你唱兩句兒罢。（騎介）（老唱）

伏望恩鄰作主爲,还望龙天相護持生。

(老旦起介)

(生提人頭上。唱)

【前腔】白辦輕揮,心还當白日期。

(衆白)这是何人的首級?(生白)这就是西門慶的首級。(衆唱)纔正奸邪罪,

(生唱)

方顯男兒志。

(衆唱)

噫,冤报冤,不差移,似簷前滴水。

(老旦唱)

看他結髮,不管我牽頭罪。

(生白)土兵。(土兵麽①介)(生白)將这老淫婦鎖起來。(唱)快口强舌任伊爲,送在公庭悔是遲。

(仝下)(全完)

① 應爲“應”。

獅子樓(皮黄)

【劇目簡介】

皮黄,未署名。現存民國《戲考》刻本,可與車王府藏鈔本參照。小説《水滸傳》第二十六回《偷骨殖何九叔送喪　供人頭武二郎設祭》有類似情節,明沈璟《義俠記》傳奇情節大致相似,細節有所不同。

《戲考》刻本,題目作"獅子樓",又名"武松殺嫂",一場,每頁十五行,每行三十六字左右。

劇演武松歸家,驟悉兄長暴故,悲痛欲絶。既見嫂氏潘金蓮身穿華服,不類居喪之狀,因留心伺察,當晚伴靈,夢見武大血淋被面,知必有冤。既而在何九等處,詰得金蓮與西門慶私通情形,告狀不許,遂邀請街鄰,審問王婆與潘金蓮謀死兄長之事,繼復至獅子樓與西門慶激鬬。幸賴武大冤魂在暗中相助,得斬仇人頭。復將嫂殺死,與兄活祭,完結此一公案。

(生内白)士兵帶路!(上唱)

【二簧】【摇板】一日離家一日深,好似孤雁宿寒林。

(白)俺武松,奉了太爺之命,拿捉江洋大盡①,且喜拿獲。太爺見喜,賞俺插花披紅,游街三日。今日閒暇無事,不免回家探望兄嫂便了。(唱)

在公堂領了太爺文,拿捉江洋大盜人。叫老軍,

(士)有。

帶路望家奔,不覺來到自家門。

① 應爲"盜"。

(白)士兵①。(士)有。(生)街前有事,速報我知。(士)是。(下)(生)吓,兄長那裏?兄長那裏?呀!桌案之上,現有靈牌。待我觀看,"武大郎之位","武大郎之位",哎呀!兄長呀!(唱)

一見兄長喪無常,怎不叫人兩淚汪。哭一聲兄長把命喪。兄長呀!

(旦上。照鏡)吓!(旦下)

(生)

身穿大紅爲那庄?

(白)吓!俺兄長已死,嫂嫂身穿大紅,是何緣故?不免請出一問。吓!嫂嫂那裡?

(旦上。白)只爲大郎亡故早,怎不叫人淚號啕。吓,二叔!(生白)嫂嫂請坐。(旦)二叔幾時回來的?(生)昨日才得回來。吓,嫂嫂,兄長得何病症而亡?(旦)乃是酒嗆心血而亡。(生)呀!俺兄長從無此病。(旦)二叔,有道是"天有不測風雲,人有旦夕禍福"。(生)好一個"人有旦夕禍福"!但不知何人買來棺木?(旦)就是那西……(生)西什麼?(旦)西鄰王媽媽。(生)哦,王媽媽!但不知何人會葬?(旦)就是何九叔。(生)何九叔?記下了。吓,嫂嫂,兄長已死,小弟要在靈前守孝一夜。(旦)待爲嫂陪伴與你。(生)不可。(旦)爲嫂陪伴與你。(生)哇!還不與我退下。(旦)嗳!大郎呀。(下)(生叫頭)兄長,似你這樣死得不明不白,今夜晚何不托兆小弟,也好與你伸冤報仇也。

(王祥上。白)清晨打從大街走,觀見街頭人咬狗。檢起狗來打磚頭,又被磚頭咬了手指頭。我王祥,只因好朋友武大郎已死,我特地買些紙錠,前去與他弔孝。來此已是他家門首。咳,武二哥開門來。(生)是那個?(丑)是我,王祥。(生)原來是王祥哥,待小弟與你開門。吓,王祥哥,這晚時候,到此何事?(丑)你哥哥一死,多日未來弔孝,今日聞得二哥回來,特地前來弔祭一番,以表我們燒餅朋友之情。(生)有勞王哥了。(丑唱)

---

① 多作"土兵"。

有王祥,跪靈堂。燒張紙,化張錢。紙錢燒得團團轉,不由人傷心淚漣漣。叫聲二哥快請起,你我談談别後言。

(生)請坐。(丑)還要謝謝孝呢!(生)王哥取笑了。(丑)二哥,你一人在此守孝,孤孤單單的。待我陪伴與你,好不好?(生)王哥要陪伴小弟麽?這倒使得。(丑)但是小弟胆小,我二人談談講講,混過一夜,你可不要睡着了。你此番去到外縣,那裡米買什價?(生)一兩八。(丑)麥子呢?(生)一兩八。(丑)魚呢?肉呢?咦!他倒睡着了。他睡我也睡,説睡就睡。呵唷!

(魂上)(丑)哎呀!(生)王祥哥,怎樣?(丑)不好,你哥哥來了。(生)那有此事?(丑)他還呵我手心。(生)嗳!斷無此事,請坐。(丑)哎,不好!你哥哥,他死在這椅子上的,我們兩掉邊。(生)好,請坐。(丑)這一下,你可不能再睡了。我們談談罷。二哥,我們這裡和尚與師姑打架,師姑把和尚辮子扯掉,和尚把師姑卵子抓住。咦!他又睡着了。這怎麽好?吓,有了!我不免臉冲裡睡。(丑呵欠)

(魂上)(丑)哎呀!(生)怎麽樣了?(丑)矮鬼他又來了。(生)斷無此事。(丑)這一回他呵我屁股。我受驚不起,要回去了。(生)拿個紙捻與你,不送了。(丑)二哥,我還有孝衣呢?(生)待小弟取來。(丑)不必開門,恐那矮鬼出來。(生)明日送到府上。(丑)這一下我可要回了。吓,燈爲何滅了?咳。(隨口唱)

遇鬼驚。

(下)

(魂手摇武松)(生左右望,唱)

適才兄長他來到,七竅流血爲那條?

(白)且住。適才觀見兄長七竅流血,定有冤情。等到天明,再作道理。

(土兵上。白)二爺,衙前有事。(生)隨後就到。吓,嫂嫂,小弟衙前有事去了,小心門户。

(旦内白)知道了。(生出門。白)正是兄長冤仇恨,何日才得明?(下)

(老旦上。白)巧安排,巧安排,二人同穿一雙鞋。大郎不解其中意,三杯藥酒喪陽台,喪陽台。老身王婆,聞得武二回來,恐怕不便,不免去到西門大官人那裏,躲避躲避。

(生上。白)將相本無種,男兒當自强。吓,王媽媽!(老旦)原來是武二爺。幾時回來的?(生)昨日回來的。(老旦)可知你兄長之事?(生)俺兄長一死,多蒙媽媽帮助,俺武二備得有酒,酬謝街鄰。媽媽你是要來的。(老旦)我無有功夫。(生)你去的好。(老旦)我實在無有功夫。(生)呀!你要與我走。(老旦下)

(生)要知心腹事,但聽口中言。不免到何九叔家中走走。吓,九叔開門來。(何九)是那位?原來是武二爺。請裏面坐。(生)有坐。(何)二爺幾時回來的?(生)昨日才得回來。(何)可知道你兄長一事?(生)俺兄長生死不明,要在九叔台前領教。(何)二爺呀!(唱)

【平板】聽訴原因,聽訴原因。惱恨王婆狗賤人,勾引了姦夫西門慶,一服毒藥喪殘生。

(生白)有何爲證?(何唱)

我説此話你不信,現有紋銀做證憑。

(生白)銀子?九叔暫且收下。今日武二特備水酒,酬謝街鄰,煩勞九叔代邀列位。(何)當得効勞。(生)告辭了。正是:兄長冤仇恨,今日才得明。(下)(何)我不免上大公家中走走。吓,大公開門來。

(大公上)昨晚一夢不識頭,閻王請我吃老酒。開開門來看,就是老九。(何)什麽講話?(大公)請裏厢坐。(何)有坐。(大公)無事不坐三寶殿,九叔爲什麽事,到我府上來?(何)則爲武大郎一死,武二爺回來,酬謝街鄰,請你去吃酒。(大公)還有誰?(何)還有英哥①。仝去英哥家走走。(大公)待我鎖了門,别叫羊吃了被窩。走吓!(仝)英哥,開門。

(英哥上。白)柴扉响吱喳,外面人講話。開開門來看,兩個老王

① 應爲"鄆哥"。

八。(大公)老阿爹!(英哥)噯。(大公)倒被他占了便宜。我們裏面坐。(英哥)二位到我府上,有什麽話説?(大公)到你寒舍,(何)則因武二爺回來,酬謝街鄰,有你在内。(大公)則怕他做不了主,待我問過他媽媽。噯,老嫂子,武二爺酬謝街鄰,邀英哥仝去。(内白)叫他少吃酒,早些回。(大公)聽見了麽?叫你仝去。可是少吃酒。(仝白)如此,走吓!來此已是,開門來。

(老旦、旦仝上)(開門)原來衆街鄰,請進。(英哥)面孔紅通通,夜夜不脱空。(何)少説話!

(生帶土兵上。白)烏鴉當頭叫,禍福在今朝。列位,早來了?嫂嫂,見過列位。(旦)吓,列位。噯,大郎呀!(英哥)不要哭,死了個矮子,還有個長子。(生)抓?(生三笑,摔旦坐子,白)土兵,將前後門上鎖。(叫頭)衆位街鄰,那位年高有德?請來上坐。(衆)我等依禮而坐。(生)王婆,你也坐下。(老旦)我不會飲酒。(生)你坐下的好。(老旦)我陪伴大奶奶罷。(生)呀!你要與我坐下。(叫頭)衆街鄰,俺武二身穿孝服,不能奉陪。俺自斟自飲。(衆仝唱)

【平板】酬謝街鄰,酬謝街鄰,有酒無餚飲幾巡。

(生白)土兵,酒過幾巡?(土兵)酒過三巡。(生)停杯再飲。(叫頭)衆位街鄰,俺武二要把酒三大杯。這頭一杯酒,酬謝街鄰;這第二杯酒,有酒無餚;這第三杯酒……(英哥)二爺,你不要敬咱們,你敬王婆。(生)却是爲何?(英哥)没有他,你哥哥死不了。(生)王婆,你飲了!(傾酒摔杯)俺兄長生死不明,要在列位台前領教。(大公)二爺,你説你兄長生死不明,這個那個,你還是問王婆。(生)吓!王婆,俺兄長得何病症而死?(老旦)心疼病而死。(旦)酒嗆心血而亡。(生摔王婆,踢嫂,叫頭)衆位街鄰,(二三鑼)王婆言道"心疼病而死",嫂嫂言道"酒嗆心血而亡"。他二人言語有些不對。(大公)二爺,你道他們言語不對,這個那個,你問英哥。(生)刀來!(英哥)

【撲燈蛾】英哥開言道,二爺你且聽。害死你兄長,都是王婆、西門慶。

(生遞刀,接狀,開門趕下)(土兵趕下)(何九拴英哥,大公拴王

婆,拉下)

(西門慶上。白)兩膀千斤力,拳棒無人敵。霸佔潘金蓮,好個美貌妻。俺西門慶,只因與王婆定下一計,將武大郎害死,聞得武二回來,諒他不肯與我甘休。我不免到那裏躲避躲避。小子,那裏潔浄?(小子)送死樓。(西)嗳,獅子樓!帶路前往。

(酒保上。白)舊店新開,送死的前來。大爺。(西)那裏潔浄?(保)送死樓。(西)呸,獅子樓!帶路上樓。小子,命你去至衙前打探。(小子)是!(下)(西)酒保,你將招牌去掉,樓門放下,今日你大爺包了。(酒保)遵命。(下)

(内打亂鑼)(土兵攙生上)(叫頭)西門慶吓,狗男女!你拿銀買動上下衙,是俺上得堂去,一言未發,責打我四十大板。(叫頭)天吓天!俺兄長冤仇,何日得報?(土兵)二爺,難道西門慶還勝似景陽崗的猛虎?(【四邊翻】脱衣,撕狀)

【撲燈蛾】(生)聽罷土兵言,叫人怒氣生。要殺西門慶,那裏去找尋?

(土兵)

二爺要殺西門慶,花街柳巷去找尋。

(生)

行過花街上,便把列位問一聲,有人知道西門慶,武松送他十兩銀。

(小子上。白)小子生來笨,常在大街混。大爺是好漢,我也充光棍。有人惹着我,這一拳打他。(生接問)西門慶現在何處?(小子)獅子樓。(生)去罷。聽罷小子言,起了殺人心。要殺西門慶,那個做證憑?(土兵)二爺殺了西門慶,土兵與你做證憑。(生)刀來。

(原場)呀!西門慶可在樓上?(西)俺在樓上。(生)你敢下來?(西)你敢上來?(生)俺上來。(劈刀)

【撲燈蛾】武二上樓台,刀劈兩分開。滿處尋找你,在此把宴排。

(西)

武二好大胆,酒樓把爺趕。殺人要償命,

(生)

欠債有我還。害死我兄長,

(西)是我！(生)

霸佔潘金蓮。

(西)也是我！(生)這都是你做的麼？(西)你把老爺便怎樣？(生)恨不得挖爾的眼睛。(奪刀)(生臥倒)(魂子推西下，扶生起，亮，趕下)(魂跳下)

(西上台，翻下)

(生上台，翻下。追打)(魂遞刀，殺西下)

(衆牽上，【急急風】上，生摔人頭，砍嫂，追下)

(大公)好一包大土。哎呀，人頭！

(旦上，翻，生追下)

(旦再上，生追殺，啣刀拿人頭，亮)(衆牽，仝下)

(完)

顯魂（崑腔）

【劇目簡介】

崑腔，未署名。現存清代刊本，《綴白裘》多種版本收録①。小説《水滸傳》第二十六回《偷骨殖何九叔送喪　供人頭武二郎設祭》有類似情節，此劇出自沈璟撰《義俠記》第十七齣《悼亡》，略有差異②。

《綴白裘新集初編》本③，題目作“顯魂”，一齣，每頁九行，每行二十字左右。

劇演武松回家後見兄長離世，心中不免生疑。夜間伴靈期間，武大還魂，更落實武松的懷疑，遂尋到何九與鄆哥打聽兄死詳情，得知西門慶與潘金蓮偷情之事與加害武大之情，遂打算報官告狀。

【山坡羊】（小生土兵隨生上）遠迢迢他鄉傳信，慢悠悠英雄自哂。望巴巴盼吾兄宅前，急煎煎欲把平安問。

來此已是哥哥門首了，開門在此，不免逕入。阿呀，爲何供着灵位？

敢是吾眼乍昏，梦魂中認不真？

待吾看來——“亡夫武大郎之位”。吓！如此説，吾哥哥没了！

① 原刊於寶仁堂乾隆二十九年《綴白裘新集初編》，乾隆三十六年《綴白裘新集七編》又選刊，後未收入十二編本，其他刊本亦未收入。

② 增加了【憶多姣】一支，曲詞順序有所調整，對白添加不少方言，如“我”皆變作“吾”等。

③ 以《義俠記》爲校本。

阿呀，哥哥吓！且住，不知怎么樣死的？土兵，請大娘出來。（小生）大娘有請。（貼内）怎么説？（生）嫂嫂，吾武二回來了。（貼）叔叔請外边少坐，吾就出來了。阿呀，天那！（生）

他元①何應了行還進？早難道叔嫂之間不當通問？

（貼哭上）阿呀，天那！只見你送兄弟，不見你接兄弟，丢得吾好苦吓！（生）嫂嫂且住了哭，吾哥哥幾時死的？犯什么病症？吃誰人的藥來？（貼）不要説起！自從你去兩月餘，偶患心疼不可醫。（生）住了，吾哥哥從來没有什么心疼病，怎么樣死的？（貼）問卜求神俱不効，一朝身死苦無依，撇得吾好苦吓！（生）如今葬在那里？（貼）家中窄狹，三日後抬出去燒化的。（生）倒做得干净相。

（老旦上）聞得武二回來了，待吾進去看。阿呀，二官人回來了么？（生）王媽媽，吾正要問你，吾哥哥是什么病症死的？（老旦）是心疼病死的。（生）是心疼病死的？吓，吾哥哥從來没有什么心疼病的。（老旦）二官人，天有不測風雲，人有旦夕禍福。（生）説得是。（老旦）二官人回來，可曾吃點心么？（貼）正是。叔叔外首坐坐，待吾收拾點心出來。（二旦下）（生）土兵，你去買些酒肴、香燭、紙定，待吾祭奠一番。（小生應下）（生）想吾兄弟兩個好命苦！吾和你自幼喪雙親，骨肉相看只兩人。你今做了亡魂去，形影相依只此身。②

（小生上）都頭，香燭、紙定多有了。（生）擺着，你自廻避。（小生應下）（生）阿呀，吾那哥哥吓！吾做兄弟的那日起身呵，

【前腔】想吾去匆匆程途忙奔，見你哭哀哀别離未忍。生擦擦連枝鋸開，哀嚦嚦雙雁驚分陣。

吾那哥哥吓，那日兄弟起身，可不道來：

你是個軟弱人，必竟啣冤喪了身。若還果有冲天恨，就在梦裏鳴冤，與你報仇雪忿。

---

① 應爲“緣”。

② 此句據《義俠記》應爲曲詞。

方纔那王婆説,誰人保得常無事?

他雖云,旦夕之間禍福分,

想吾那嫂嫂,怎么不等吾回來竟燒化了?可不作怪!

他聽誰人,三日之間火葬身?

阿,三鼓了!吾那哥哥吓!正是:一滴階前酒,何曾到九泉。做兄弟的今晚就在灵前伴你了,阿呀,哥哥吓!(困介)

(鬼上)兄弟吓,你居來哉么?吾做阿哥个,死得好苦阿!

【憶多姣】苦殺人,痛殺人,叵耐無知潑賤人,把吾一身來害殞。痛苦難禁,痛苦難禁,望你報仇雪忿。

吾做阿哥个,死得好冤枉吓!替吾報仇,吾去哉。(下)(生)哥哥吓,哥哥!呀?方才明明看見吾哥哥向吾訴冤,一霎時就不見了。吾那哥哥吓!吾想這一死,好不明白也!

【賞宫花】且待來朝廣詢,聽樵樓更漏頻,此夜偏長永,怨氣共氤氲。

天明了,吓!嫂嫂,吾且問你,哥哥的棺木誰人買的?(貼内應)是間壁王干娘買的。(生)那个抬出去燒化的?(貼内應)是團頭何九叔抬出去燒化的。(生)吾想王婆是個隻身,那有銀子買棺木?事有可疑了,吾如今只問何九叔便了。

只説夜眠清早起,誰知吾是不眠人。

來此已是,到了。開門,開門!

(末上)

【其二】有誰來敲門?阿呀,感都頭不棄貧。

(生)何九叔,吾哥哥的尸首是你看見的,你可實對吾説。(末)是吾檢殮的。都頭,吾進去拿一件東西與你看。(下)(生)你要進去么?不怕你飛上了天去。

(末上)

這幾塊蘇①黑骨,

是你令兄的骨殖。(生)吓,如此,是中毒的了!(末)

還有十兩雪花銀。

---

① 應爲“酥”。

西門慶與吾的。(生)吾不問你銀子,你對吾説,奸夫是誰?(末)都頭,這個不曉得。(生)吓!你不曉得?何九,你曉得吾性兒不好!(末)都頭,只聞得令先兄曾與鄆哥去捉奸,只問鄆哥就知。(生)你同吾去。(末)當得!都頭,

勸你得放手時且放手,得饒人處且饒人。

(合)

鄆哥開門。

(丑上)罗个來哉?

【其三】元來是都頭屈尊,

(生)吾要問哥哥的事情。(丑)阿,是爲你厾阿哥个事務么?

吾先猜八九分。

(生)吾問你,奸夫是誰?(丑)你道奸夫是罗個了?就是西門慶嚜!(末)咥!就是西門慶。(丑)你要告渠,吾是干証拉里。(生)好兄弟,既如此,仝去見官。(丑)單是一件,

親老誰供膳,怎好離家門?

(生)吾的事情怎好累你?吾有五兩銀子在此,你拿去安家。對你母親説聲,就仝吾去。(丑)是哉!阿姆,銀子拉里,拿子進去糴把米、買束柴且吃得去。吾跟都頭去去來野①。(内應介)(末)吾想你那里曉得?(丑)

世上本無難做事,常言只怕有心人。

(生)

【其四】相煩你們,到官司訴此因情。

(内)掩門。(生)退了堂了!(丑)都頭今夜住拉吾里子,明朝候早堂便罷。(末)説得有理。(生)

只得仝回去,明日再評論。

(丑、末合)

都頭只得同回,願把劍誅無義漢,還將金贈有恩人。

(同下)

---

① 應爲"也"。

殺嫂(崑腔)

【劇目簡介】

崑腔,未署名。現存清代刊本,《綴白裘》多種版本收録①。小説《水滸傳》第二十六回《偷骨殖何九叔送喪　供人頭武二郎設祭》有類似情節,此劇出自沈璟撰《義俠記》第十八齣《雪恨》,略有差異②。

《綴白裘新集初編》本③,題目作“殺嫂”,一齣,每頁九行,每行二十字左右。

内容敘武松因報官告狀不准,打算自己報仇,遂邀衆鄰至家,私審潘金蓮、王婆,得到口供後怒殺潘金蓮與西門慶,爲兄報仇。

(老旦上)

【不是路】烏鴉對咱喳喳聲噪,好教吾心内添焦。吉凶禍福應難料,且自覆那多姣。

(貼上)

吾煩乾娘去打听,怎不見他來回報?事体如何怎樣了?

(老旦)

休煩惱,休煩惱,那冰山之勢化成半杯雪消。

(貼)

---

① 原刊於寶仁堂乾隆二十九年《綴白裘新集初編》,乾隆三十六年《綴白裘新集七編》又選刊,後未收入十二編本,其他刊本亦未收入。

② 開頭增加了【不是路】等。

③ 以《義俠記》爲校本。

謝天天周全奴,好感伊成就鸞交。想恩山義海恩難報,侍奉你暮年高。

(合)

吾聞他去請衆鄰到,爲甚緣由設席招?難猜料,難猜料,武二回來時便有個分曉。

(净、旦、生上)

【引】①一片熱心,且把冷氣虛情酬禮。

(生)呀,王媽媽先在此了?(老旦)正是,都頭。(生)嫂嫂。(貼)叔叔。(生)你陪王媽媽在此坐坐,吾去請衆高鄰就來。(二旦應)土兵,看着!(净應)(生)列位高鄰,有請!

(末、小生、丑上)

【引】荷相招設席啣盃,撥窮忙,辭别見②,翻成高會。

(生)請,遠親不如近鄰里。(衆)都頭拜揖了。(生)列位高鄰、大嫂。(貼)列位。(衆)王媽媽。(老旦)衆高鄰。(衆)都頭回來,吾們還没有接風;令先兄亡了,吾們還不曾奉吊,反來相擾。(生)豈敢,家兄在日,多蒙列位高鄰照顧,今日不請别客,只得你們幾位。何押司?(末)都頭。(生)請上坐。(末)多謝。(生)姚二哥這邊坐。(小生)是。(生)趙老四請那邊坐。(老旦)曉得。(生)土兵,把前后門鎖了。(旦、净)吓。(丑)勿要鎖哉,吾里再弗逃席个便罷。(生)斟酒。列位高鄰。(衆)都頭。(生)小弟有事在身,不能奉陪,請各便。(衆)多謝。(净)一杯,乾。(生)再斟。(净)二杯,乾。(生)再斟。(净)三盃,乾。(生)酒須慢飲。(衆)都頭,今日之酒爲何而設?(生)列位高鄰在上,今日三杯酒,休將作等閑。(衆)多謝。(生)慢勞相答謝,不爲解愁煩。土兵,取紙筆過來。(衆)要他何用?(生)何押司,吾勞你一一從頭寫。(末)當得。(生)姚二哥,趙四老。(小生、丑)怎么?(生)吾

---

① 《義俠記》此曲牌名爲【南粉蝶兒】。

② 應爲“冗”。

憑伊作征①盟。(衆)曉得。(生)冤家非路窄,天理有循环。吾武二今日呵,

【尾犯序】冤債到頭日,

(貼)阿呀呸,阿呀!(合)

且從容與伊,説个詳悉。

(貼)阿呀,叔叔吓!(生)狗淫婦!

你把吾兄却便如何謀死?

(貼)阿呀,叔叔吓!

你冤誰?

(生)誰説冤誰?(貼)不是呢!(衆)不是?(貼)

伊哥哥死爲心疼病傷,

(衆)心頭病,寫了。(生)吾哥哥没有心疼病的。(衆)吓,有的!(貼)

與奴家没有些首尾。

(合)

夫和婦,似仝林宿鳥限到兩分飛。

(生)咳!

【前腔】從伊,假哭與佯悲,也難逃徹地滔天之罪。

(老)阿呀,都頭,非干老身之事。(生)老淫婦,哇!(合)

快把真情一一向前説起。

(老)阿呀,都頭吓!

咨啓,怎消得都頭怒氣?

(衆)都頭請息怒。(老)

容老身將情訴與。

(合)

真和假,

(生)

① 應爲“證”。

列位吾煩伊尽寫,休得有差遲①。

(衆)王婆吓,

【前腔】你何必直恁推? 從頭直說倘得饒伊。

(生)

列位他若不招時,吾把淫婦凌遲。

(丑)個使不得。(生)咳!(貼)阿呀,叔叔吓!

停威,非是吾生心故爲,

阿呀,王婆!(老旦)不干吾事呢!(貼)

多是你教唆到底。

(合)

成和敗,多是蕭何做出悔之遲!

(生)

【前腔】你從實訴口詞,莫藏頭換尾展轉那移。

(貼)待吾說。(衆)都頭,放他起來說。(生)跪在灵前講。(衆)快些說。(貼)

他哄吾成衣,入馬偷期。

(老)說不得的。(生)哇! 老淫婦快說,不說,吾砍下來了。(貼)阿呀,

撥置,踢傷後謝②只說道藥醫。

(生)怎么樣謀死的?(貼)

他教吾把毒藥將他灌死。

(生)哥哥,兄弟今日與你報仇雪恨。(合)

兄和弟,人間地底兩無虧。

(殺貼下)(衆)阿喲喲,這是那里說起!(生)土兵,把老淫婦鎖了。列位少待,吾去殺了奸夫西門慶來。開了門。(下)(净)吓!(衆)王婆吓,

【駐云飛】討得多少便宜,着什來由惹是多非。你牽頭罪,今日搥胸

① 應爲"差池"。

② "謝"字似爲衍字。

悔。多是你老奸賊,害了三人做鬼。把一命償他,還是便宜你。

(老)

伏望高鄰替解圍,

(衆)

但願龍天與護持。

(付上)阿呀,清平世界,武松殺人噓!(生)狗男女,那里走!(殺下)(生)

【前腔】白刃輕揮,心事還同白日知。

(衆)都頭,這是何人首級?(生)是奸夫西門慶。

才正奸淫賊①,方顯男兒氣。

(衆)

咻!冤報不差遲,簷前滴水。

(老)

看他結髮相連,不干吾牽頭事。

(生)

哇!快口强身任你爲,且到公庭悔若遲。

土兵,把老淫婦押到縣前。(衆)都頭,這是口詞,請收了。(生)待吾把兩個頭祭獻哥哥一番。(衆)有理。吾每大家同拜。

【鷓鴣天】一劍分明慰旅魂,休將修短問乾坤。堪怜獨自成千古,但見依然舊四鄰。

(衆)吾們便怎么處?(生)列位高鄰,你們不要散了,多隨吾到縣前去,决不累你們。隨吾來,隨吾來!(下)

① 《義俠記》作"罪"。

十字坡（亂彈）

【劇目簡介】

亂彈，未署名。現存清代鈔本，《蒙古車王府曲本分類目録》著録。小説《水滸傳》第二十七回《母夜叉孟州道賣人肉　武都頭十字坡遇張青》有類似情節，明沈璟《義俠記》傳奇、清唐英《十字坡》雜劇亦有類似情節。

車王府藏清鈔本①，題目作"十字坡"，十四場，每頁四行，每行二十字左右。

劇演"母夜叉"孫二娘在十字坡前開歇店，專做人肉買賣。一日，有彈棉花貨郎投宿，見孫二娘貌美，故行調戲。孫二娘自言守寡三年，貨郎提議兩人結爲夫婦，後被孫二娘用藥醉倒殺死。

（旦上。嗽唱）

奴家青春剛二八，鬢邊斜插海棠花。拉硬弓，騎烈馬，手拿鞭鐧當頑耍。好吃人肉孫二娘，江湖送號"母夜叉"。

（白）家住十字坡，開店作生活。有人來投宿，鐵漢也難活。瘦的包饅首，肥的下湯鍋。我孫二娘，丈夫張青，在這十字坡前開個歇店。今日天氣清明，不免將招牌挑出。（唱）

奴家本是少年人，江湖夜叉遠傳名。將身坐在店門首，

（内咳嗽介，旦唱）

那邊來了一死囚。

（丑扮貨郎笑上，探白）嗐喲！（唱）

---

① 《故宫珍本叢刊》第六六四册及第六七七册所録《十字坡》，均演武松與孫二娘事，與此本略有不同。

方纔前村彈棉花,工完不覺日西沉。投聽旅店來歇息,好與那蚊蟲蛇蚤臭蟲虱子作夥計。

(看旦介,白)亦!(唱)

見那邊坐定一姣滴,抹粉搽脂笑嘻嘻。手拿白扇真俏美,想是風流掌櫃的。本待上前忙問啓,嗐,恐怕旁人説是非。

(白)通天下犯法的事,也要人作,難道他標緻,似我就講話都講不得?好獃吓好獃!哎,自有道理。吓、吓、吓!嫂子,請來親嘴。(旦白)見禮。(丑白)不錯,見禮。(旦白)請坐。(丑白)請坐,請坐。(旦白)客官從那裏來的?(丑白)那裏而來的。(旦白)那裏去的?(丑白)那裏去的。(旦白)此人説話影無蹤。(丑白)慣到人家作老公。(旦白)呀!講什麽?(丑白)哎,不是,慣到茅司出大恭。(旦白)哦,這便纔是。(丑白)我話没有説,你動不動呀呀的叫。我問你,你在此是作什麽的?(旦白)開招商店的。(丑白)却又來,自古道"和氣生財"。我照顧你的生意來了。(旦白)什麽生意?(丑白)還有别的生意?總是睡覺。(旦白)呀,投宿!(丑白)莫呀。投宿又不是睡覺,睡覺又不是投宿,哎,總别挑字眼。(旦白)既是投宿的,可有行李?(丑白)行李是没有的,只有一個小小的箱兒。(旦白)如此,待我來拿。(丑白)不敢,不敢。(旦白)請坐,待我傳茶你吃。(丑笑介,白)唖,你看這嫂子倒會作人,進得門來,就傳茶與我吃。看他一副標緻面孔,活活愛殺人哪。(旦暗上作聽介,丑唱)

柳葉眉毛桃子眼,呵呵呵,摇來摇去動人心,呀呀呵,哎呀,動人心哪,呀呀呵。

(從跳介,旦上白)客官,那裏這們亂跳?(丑見白)喲,這個脚根上有個蚊蟲咬住,就跳也跳不落地。哎呀,如今這個脚根還是癢癢的。(旦白)請坐,用茶。(丑白)多謝,多謝!好茶,好茶!(旦白)請問客官,家住那裏,作何事業?(丑白)嫂子聽了。(唱)

家住陝西朝陽縣,流落江湖賣皮弦。

(旦白)什麽叫作皮弦?(丑白)就是那個哺噔哺噔彈棉花的,叫作江湖作買賣。(旦白)家中可曾有妻房?(丑白)嫂子不要説起

呀。(唱)

只因渾家命早喪,我在江湖受孤單。嫂子十字坡開酒店,當家的如今在外邊?

(旦唱)

奴的夫君亡過了,客官哪,

(丑白)唯。(旦唱)

耽誤青春有三年。

(丑白)你守了三年的寡了麽?(旦白)正是。(丑白)虧你,虧你。(旦白)虧我什麽?(丑白)虧你熬得住。(旦白)呀,啐!(丑白)吓、吓、吓!得罪,得罪!(旦白)那裏去?(丑白)告便,告便。(旦白)陪你去。(丑白)這個陪不得。(旦白)怎麽陪不得?(丑白)我要去出小恭。(旦白)如此,請便。(丑笑介,白)你看這個,日娘的真真好看啦!(唱)

眉清目秀難描畫,鬢邊斜插海棠花。不是卑人誇海口,南海觀音不如他。如今守了三年寡,我在江湖没渾家。想是前生有緣法,挑言動語試試他。

(作看扇介,旦白)客官,便過了?(丑白)便過了。吓,嫂子,我有句話要對你説,恐怕你着惱,不好説。(旦白)你是客,我是主。有話便説,我不着惱。(丑白)嫂子不着惱的?(旦白)不着惱,請説。(丑白)如此,告罪,告罪!嫂子你是這個,這個……還是不説的好。(旦白)説了罷。(丑白)哦,當真要説?(旦白)要説的。(丑白)要説就説。(旦白)講啊。(丑白)嗐,(唱)

膽大落得將軍作,怕死怎能見閻君。走近前來施一禮,尊聲大嫂聽我言。你的丈夫亡得早,有意兒我和你顛鸞倒鳳,倒鳳顛鸞快活幾年。

(旦白)銀子有多少哇?(丑白)有哇!(唱)

箱内還有一吊錢,順治錢、康熙錢、雍正錢、乾隆錢、嘉慶錢,紅銅錢、白銅錢,十足串,無剪邊,個個俱是大銅錢。

(旦唱)

你若不嫌奴容貌醜,

(丑白)還講那些話?(旦唱)

情願合作夫婦。

(丑白)哎呀,阿彌陀佛。(笑介,唱)

你我同來拜天地,拿壺酒來吃交杯。

(旦白)是。(唱)

本待將他來下手。

(丑白)什麽下手?(旦白)下酒。(丑白)哦,下酒,我説下手。

(旦白)哎,(唱)

凡事須要三思而行。

(下)(丑笑白)有趣,有趣!不想我的姻緣落在此處。與他作了夫妻,這個櫃兒自然是我掌的,賬也是我管的,那又不是誇口的話。銀子、天秤,兩京十八省的話,我那樣兒不會?

(旦持酒暗上,白)會就好哇。(丑白)娘子,拿酒到裏面去吃罷。(旦白)外面吃酒,裏面睡覺。(丑白)好,好,吓!兩個人吃酒,怎麽一個杯子?(旦白)我不會吃酒。(丑白)怎麽不會吃酒?(旦白)吃了酒,怕臉紅吓。(丑白)臉紅就有趣呀。(唱)

這一句話兒真爽快,不由卑人笑開懷。

(飲介,旦拍介,白)吃酒。(丑白)唔,我在此吃酒,怎麽打我一下?(旦白)我與你斟酒哇。(丑白)咱來斟哪。(唱)

自幼江湖感痴情,好貪花酒損精神。只爲酒引花心動,

(白)斟哪。(唱)

再死黄泉也心甘。

(旦又拍打丑介,丑白)吓,娘子!怎麽又乒乒乓乓的打我?(旦白)見你行路辛苦,與你搥打搥打。(丑白)妙哇!(唱)

夫唱婦隨効盤古,好似槐陽遇仙姑。你我同赴陽臺夢,娘子,石産猿猴入丹爐。

(旦又打丑,丑白)哎呀,怎麽重重的打我一下?(旦白)搥打搥打,生成要打。(丑白)唛,你莫非看輕了我?出門的人,是三脚毛兒、四門鬥兒都是會的。你這麽動手動脚的,想是會幾下子的,我也來得呢。(旦白)我是不會的,還是再吃杯酒罷。(丑白)一杯吓?死也吃完這一壺。(旦白)只怕吃不下。(丑白)吃得

下。(旦白)吃不下。(旦①白)吃得下。呀!(唱)

卑人混名唤酒仙,没有風流不開言。連二連三飲下咽,

(飲介,吐介,旦暗笑介,丑白)醉了,醉了哇!(唱)

昏昏沉沉伏案眠。

(睡介,旦白)賊子吓賊子,這是你命該如此。(唱)

駡聲賊子兩眼瞎,不認得江湖母夜叉。叫聲夥計忙走上,

(四雜應上。旦唱)

這條牛子用刀殺。

(衆應,殺丑介。旦下)(二雜白)殺人勝念千聲佛,(二雜白)行善空燒萬炷香。(一雜白)夥計,你們不要七手八脚的,待我來割毡毽頭子。(衆下)(全完)

① 應爲"丑白"。

殺貨(梆子腔)

【劇目簡介】

梆子腔,未署名。現存清代刊本,《綴白裘》多種版本收録①。小説《水滸傳》無類似情節,係衍化而出。

《綴白裘新集合編》本②,題目作"捉奸",一齣,每頁九行,每行二十字左右。

劇演貨郎投宿十字坡客店,因見"母夜叉"孫二娘孤身在家,欲行調戲,反被其殺害。

(貼上)

【梨花兒】奴奴青春正二八,鬢邊斜插海棠花,拈弓箭騎大馬,手拿鞭鐗當頑耍。好吃人肉孫二娘,嗏,江河上綽號"母夜叉"。

家住十字坡,鐵漢也难過;瘦的包饅頭,肥的熬湯喝。我乃孫二娘,丈夫張青,在此十字坡開張酒店。今日天氣清明,不免將招牌掛將出去。

【梆子腔】招牌掛在高竿上,專守的來往客商人。孫二娘坐在店門首,

(内咳喇介)

那邊來了客商人。

(付扮貨郎上。接)

猛抬頭觀見日漸西,尋一所旅店把身棲。你看店門前坐下個風流女,搽脂抹粉笑嘻嘻,手中拿把白紙扇,莫非就是掌櫃的?我欲待上前講一句話,猶恐傍人講是非。

---

① 原刊於寶仁堂乾隆三十九年《綴白裘外編十一集》,後收入十二編本。

② 以《綴白裘外編十一集》本爲校本。

有個道理在此。大娘子。(貼)客官那里來?(付)

我上前深深施一禮,我是江湖上問信的。

(貼)問什么信?(付)

你這里可是招商店?

(貼)正是。(付)

今日晚上要投宿的。

(貼)客官,前面店房俱已住滿,只有小店还空。(付)就是你家。(貼)客官,什么行李?(付)没有行李,只有小小一個箱籠。(貼)如此,待我來拿。(付)不敢,不敢。(貼)客官有禮。(付)大娘子也有礼。(貼)請坐。我去拿茶你吃。(下)(付)那大娘子倒會做人,我纔進門來就去拿茶我吃。呀,進去拿茶,爲何不見出來?想是裡面吃茶。待我進去。

(貼上)客官那里去?(付)進來吃茶。(貼)在外面吃。(付)吓!叫我在外面吃么?(貼)客官請茶。

吃盃茶我就開言問,貴郡仙鄉那里人?

(付)

家住在陜西朝陽縣,我流落在江河賣皮弦。

(貼)什么叫做皮弦?(付)就是那個不登不登弹棉花的,叫做皮弦。(貼)吓,客官!

你在江河上做生意,家中還有甚何人?

(付)大娘子,不要説起。

只因我渾家死得早,撇我在江河受孤單!

吓,大娘子!

你一人在此來開店,裡面當家的爲甚不出來?

(貼)

我的夫君亡過了,

客官吓,

躭擱我青春有三年。

(付)你守了三年寡了么?(貼)正是。(付)虧你……(貼)虧我什么?(付)虧你熬得住。(貼)呀,啐!(付)大娘子得罪。(貼)那

里去?(付)告便。(貼)陪你去。(付)陪不得。(貼)怎么陪不得?(付)我要去出小恭。(貼)如此請便。(付)

你看他眉來眼去似有意,必定是個要錢的。他莫非看上我的容貌好?未必他心是我心。我有句話兒裡面去講。

(貼看扇子介)客官便過了麼?(付)便過了。吓,大娘子,我有句話兒對你説,恐怕你着恼,不好説得。(貼)你是客,我是主,有話請説,我不着恼。(付)大娘子不着恼的?(貼)不着恼的。請説。(付)如此,告過罪兒。大娘子,是你……這個,這個……還是不説的好。(貼)説罷了。(付)大娘子當真不恼的?再告個罪兒。(貼)你的禮數太多了。(付)大娘子,

未曾開口禮當先。我見你丈夫亡得早,躭悮你青春美少年。你若肯與我姻緣配,

(貼)銀子少吓。(付)有吓。

到明朝找你一弔錢,老官板,没雜邊,十足串,白銅錢,白銅錢!

(貼)

你若不嫌奴的容貌醜,今夜和你同枕眠。

(付)阿弥陀佛。

拿一壺酒來我先飲,晚上和伊談一談。

(貼)

我本待要將他下了手,

(付)什么下手?(貼)我説的是酒吓。(付)酒吓?手是動不得的呢。(貼)

凡事還要是三思行。

(下)(付)有趣,有趣!不想我的姻緣倒落在這里。我與他做了夫妻,要掌櫃,又要筭賬。不是我誇口説,銀水,天平,戥子,那一様不熟?連十五省的話都會講。咻!他進去拿酒,怎么还不見出來?待我裡面去。

(貼持酒上)客官那里去?(付)我到裡面來吃酒。(貼)外面吃。(付)我不見你出來,只道在裡面吃;和你成了夫妻,還分什么内外?(貼)外面吃酒,裡面睡覺。(付)是的,不錯,外面吃酒,裡面

睡覺。(看介)兩個人吃酒,爲什么一個盃子?(貼)我是不會吃酒的。(付)爲什么不會吃酒?(貼)吃了酒怕臉紅吓。(付)吃了酒怕臉紅,有趣吓!

你有緣,我有緣,千里姻緣一線穿。

(貼)吃酒。(付)我在這里吃酒,爲什麼打我這么一下?(貼)我與你斟酒吓。(付)斟酒,爲什么斟到頭上呢?想是拿冒了些?

我腰間的銀子花了罷,就死在黄泉也甘心。

(貼)吃酒。(付)又是乒乒乓乓的做什么?(貼)我見你行路辛苦,與你搥打搥打。(付)吓!你見我行路辛苦,與我搥打搥打?妙阿!(貼)與你搥打搥打。(付)咻!爲什么重重的打我一下?(貼)搥打搥打,生成要打的。(付)你不要看輕了我,出門的人是三脚猫,你只么動手動脚,想是會幾下的?我也來得的嘘。(貼)我是不會的。請喝一盃罷。(付)一杯吓,我就死,把這一壺多要吃下去。(貼)只怕你吃不下吓。(付)

我連二連三吃幾盃,昏昏沉沉到天明。

(作呆坐,倒介)(貼)

罵一聲賊子瞎了眼,不認得江河"母夜叉"!叫一聲,

夥計們走動吓!

(付末、老、外仝上)(貼)張一頭牛子在此,快與我宰了!(衆應,殺付)(貼自破胸介)

【急三鎗】把賊徒破開剥,須認我"母夜叉"賽閻羅!

(貼下)(衆)殺人勝念千声佛,行善空燒萬炷香。(末、老、外擡付尸下)(净)伙計,你每不要七手八脚,待我來割雞巴頭吓。(下)

打店(梆子腔)

【劇目簡介】

梆子腔,未署名。現存清代刊本,《綴白裘》多種版本收録①。小説《水滸傳》二十七回《母夜叉孟州道賣人肉　武都頭十字坡遇張青》,與沈璟《義俠記》第二十三齣《釋義》情節類似,細節多有不同。

《綴白裘新集合編》本②,題目作"打店",一齣,每頁九行,每行二十字左右。

劇演武松在發配孟州途中,與解差來到十字坡,發現是黑店,借機制服張青、孫二娘,並與之結識。

(貼上)

【活羅剎】呀! 孫二娘笑嘻嘻,

(開門介)

忙將的招牌門上掛。住宿的歇了吾的店,准備着剮刀把他殺下,一鑼把包裹行李多丟下。憑你王孫見了咱,骨軟酥麻!

(坐介)

(生、末、丑上)走吓。(生)

行來到十字坡,呀! 見招牌門上掛。

二位哥,

把行囊放下,此店房正好打中火。

(末)喂! 伙計,你去打話。(丑)待吾來。這個大嫂子!(貼)做

---

① 原刊於寶仁堂乾隆三十九年《綴白裘外編十一集》,後收入十二編本。

② 以《綴白裘外編十一集》本爲校本。

什么①？（丑）要睡覺的。（貼）嗳！（生）哞！不會講話！你每這里可是歇店么？（貼）客官是投宿的么？（生、末）正是。（貼）我招牌上寫得明白。（丑）伙計，你看他好標致，動火么？（末）哞！胡説！（貼）

薄餅捲臈肉，蒙山好細茶；上房都潔净，小房更幽雅。客官宿一晚，

（生、末）要多少銀子？（貼）

紋銀二錢八。

（丑）甚的睡一夜只要二錢八分銀子？就是三錢也不多吓。（貼）嗳！（生）哞！多講！（貼）

臨行時贈你三盃酒。

（作收招牌介）（生）如此，引路。（貼）

陽關大路把名揚。

（引生、末、丑進介）（貼下）（生）

進店房四下觀，呀！你看弓箭器械掛兩傍。

阿呀！二位，這里是黑店。（末、丑）怎見得？（生）兩傍都有器械。（末、丑）果然。（生）呔！店家！（丑）大嫂子，大嫂子快來！（貼上）怎么樣？（生）呔！你這里是黑店！（貼）怎見得？（生、末）兩傍多有器械。（丑）你看那手銃，毛鎗，馬角，七手八脚的掛在上邊么？（生、末）哞！（貼）客官，我這里離梁山不遠，是防家的器械吓。（生）吓！是防家的器械么？（貼）正是。（生）如此，去罷。（貼）是。（回看生）（生喝介）呔！（貼急下）（生）

吾欲待與他講句話，

（末、丑）武二哥請坐。（生）

猶恐怕黑暗里將吾拿。叫店家，

（丑）大嫂子，來，來！（貼）來了。（見生介）客官犯什么罪？（生）

不必盤問咱，俺是個江河上含牙戴髮。

（生、末）你店中賣什么東西？（貼）我家賣的東西俱有名色。

---

① 底本此字作“�”。

(生)報名上來。(貼)客官听者。(丑)大娘子你説。(貼)

十字坡、十字坡前開酒樓,肉似羊羔酒似油;吃酒的還嫌吾的杯兒小,揀肉的要揀大塊頭。

(丑欲犇貼,貼將扇打丑跌介)(生、末)休得如此。(貼)

三杯酒能壯英雄胆,一醉能解萬事憂。可怜他少年花下死!

(生手扭拍桌介)呔!(貼)

流落在他鄉外國州。

(貼下)(生)

休説起他鄉外國州,可憐英雄似水流!

(末、付)武二哥爲何哭起來?(生)

俺只爲殺了西門慶,恨贓官發配到孟州!

(貼上)

休説他鄉外國州,叫客官先吃吾的羊肉包饅頭。

(生、末)既有饅頭,何不取來?(貼取饅頭盤放桌上介)(丑)

吾不讓二哥,吾先吃。

(末)呔!武二哥還没有吃,你倒先吃了?(丑)吾肚子餓了。(生)二位請。

咱武二饅首拿在手,

(拍開介)呀!

却原來人肉包饅頭!

阿呀!二位阿!這饅首是人肉的!(末)怎見得?(生)饅首内現有人指甲。(末)吓!有這等事?(生)店家!(丑作吐介)(末)店家快來!快來!

(貼上)又是什麽?(生)呔!你這饅首是人肉的。(貼)那里曉得?(生)饅首内現有人指甲。(貼)我不信。(生)不信,拿去看!(丢介,貼接看介)客官,我店中有兩樣包子。(生)那兩樣?(貼)羊肉包子早已賣完了,這是鴨子肉的,是鴨嘴喲!(生)爲何能小?(貼)吓,這是小鴨子的喲!(生)不吃了。取酒來。(貼)是,待我取來。(生)二位,

休聽他花言巧語,此店中有蒙汗藥酒。

(貼持酒上)酒在此。(生)不吃了。(丑)弗吃哉,阿曉得?我要去困哉。(生)店家,吾們三人兩處安歇。(貼)客官安宿上房。(生)引路。(貼)這里來。(拿灯推正門,將灯與生介)客官請進去。(末、丑)我們呢?(貼)這里來。(開半邊門介)請進去。(末下)(丑㩟貼介)唅!大嫂子,我對你説。(貼)啜!怎么?(付①)這個,這個銀子錢多在我處,今夜仝你睡一覺。(貼)啜!(踢丑下)(回頭看生)(生)呔!(貼退走下)(生冷笑介)你看這婦人眉來眼去,眼去眉來,俺武二今晚到要防他一二。(將灯照兩角,左邊摸墻踢三脚,右邊推墻打三拳,關門,又拿灯照門,熄火放半邊,上枱困介)

(貼上,打飛脚立中場介)今日留下三人,兩個解差猶如籠中之鳥。你看這囚徒到十分利害!憑他鉄金剛,也難免俺孫二娘一刀之苦!(看兩邊門角,摸門,用簪撥門閂,雙手掇左右兩邊門摸進,坐地听,又摸生脚,踢跌出門,飛脚下)

(生跳下檯,將手扭膝碎,上檯立介)

(貼持刀上,插地,坐起,看兩角,將刀撥門,直刺進去)(生跳下,用扭打,刀各落地)(生、貼打黑拳一路,生踢貼下)(生摸出門,拾刀)

(貼持棍上,打落刀)(生踢落貼棍,踢貼捧陰户下)(生追下)

(貼持棍上)衆伙計那里?

(四伙計各持棍上)來了!奶奶,怎么説?(貼)上房這囚徒與我擒了來!(衆)吓!

(生持棍上,每個打敗下,又與貼打,貼敗下,生追下)

(貼上)當家的快來!

(净上)來也!緑林爲好漢,馬上作生涯。爲什么大驚小怪?(貼)不好了!有個賊徒拿他不住。(净)有這等事?取吾的稍棍過來。(貼取棍付净下)(净使棍下)

(貼又雙刀上,開四門下)

---

① 應爲"丑"。

（生持棍上，净亦持棍上，對打幾合）

（貼使雙刀上）（三人共打，換棍打，生打净落棍跌倒）（生接貼棍，貼跌扒净身上）（生右脚踏貼背上）

【急三鎗】你在十字坡開黑店傷天理，俺怎肯便饒伊！

（净、貼）不要動手！好漢留名！（生放净、貼起介）俺武松。（净）原來是武都頭。（生）你二人叫甚么名字？（净）俺乃張青。（貼）俺乃孫二娘。（生）如此，得罪二位了。（净）好説。請問都頭爲何到此？（生）二位听者：

【風入松】俺在景陽崗上打死白額虎，陽谷縣探望哥，他娶了淫婦潘家女，把毒藥灌死我的哥，一時忿怒把奸夫淫婦屠！因此上發配孟州府，從此地過。

（净、貼）原來如此。

（末、丑持棍打出場，净、貼各接住，末、丑逃下）（净、貼）這二位是誰？（生）是解差。（貼）拿他出來殺了罷。（生）這个使不得。（净）請問都頭爲何不上梁山？（生）俺也有心，無人引進。（净、貼）待吾夫婦二人引進便了。（生）如此甚好。（合）

【尾】金蘭交誼從古少，英豪自古識英豪，有日身榮顯名姓標！

（净）都頭請。（生）哥哥請。（貼）叔叔請。（生）嫂嫂請。（笑介）嫂嫂。（貼）叔叔。（貼做走不動意思下）

快活林總講（亂彈）

【劇目簡介】

亂彈，未署名。現存清代鈔本多種，《蒙古車王府曲本分類目録》著録。小説《水滸傳》第二十九回《施恩重霸孟州道　武松醉打蔣門神》有類似情節，細節多有差異。

車王府藏清鈔本①，題目作“快活林總講”，一場，每頁五行，每行二十字左右。

劇演蠻子與老西在路上相遇，互相談論來歷，嬉笑鬭嘴，後一同到快活林飲酒。二人又與酒家陸懷耍弄嘴皮，互相調笑吵鬧。武松趕到酒店，替蠻子與老西了結酒賬，并乘醉鬧店，借機打跑蔣忠，令陸懷算清賬目，交還施恩，擇日重新開店。

（蛮子上）

【引子】子評生理，猫魚大蝦米。

吾乃蘇州人氏，自幼兒好習書文，如今學会了看相。看今日天氣晴和，我在街前走走。（唱）

離通州四十，離通州四十，船到張家灣，貨到里二寺。

（上老西兒。白）走吓。（二人碰介）（老西白）你要低頭走道，抬頭看人，怎麽往人身上碰？你碰了我了，王八日的。（蛮子白）吾在街前相面，我到碰了你，我到碰了你？（老西白）你碰了我到不

① 《故宫珍本叢刊》第六七五册收録，文字相近，兹用作参校；《國劇大成》第九集收録，文字略異，亦用作參校；《故宫珍本叢刊》第六六四册所録《快活林》，爲崑腔本，文字不同。另《京劇叢刊》第二三集亦有收録。

要謹①,你要叫我舅舅知道,奏你個雞膀日的。(蛮子白)你舅舅是誰?(老西白)我舅舅在西山里開煤窑。把你左边一塊煤,右边一塊②,上頭一塊煤,下頭一塊煤,把你這個王八日的煤起來。(蛮子白)你看我是誰?(老西白)哦,你是誰?(蛮子白)你不認得我,我是大相公。我舅舅在兵馬司那礼当差。我告訴我舅舅,把你左边一塊冰,右边一塊冰,上頭一塊冰,下頭一塊冰,把你這個混正王八羔子日的冰起來呀。(老西白)吓,如此説來,是樂子錯了,走的慌速了,你不要怪我了。(蛮子白)鳥呀,真正豈有此礼!(老西白)説了半天,你是个作什麼的?(蛮子白)你問吾?(老西白)吓。(蛮子白)我是相面的。(老西白)你是相面的先生,你給樂子相上一相,看一看我多尊發財?(蛮子白)老兄你要站正了。(老西白)你不要摸摸縮縮的。(蛮子白)你是不曉得,我這是揣骨相。(老西白)你摸摸老子身上,有貴處無有?(蛮子白)有貴處的,老兄,你这脑袋冠上有貴處。(老西白)有什麼貴處?(蛮子白)想你这武冠出在山東。(老西白)哦,我是山西人,这脑袋怎麼出在山東?(蛮子白)哎呀,老兄吓,你是不曉得的,山東爺們是發財的。(老西白)这山東發財的,就算是山東的?(蛮子白)老兄,你这支胳膊,乃是湖南的。(老西白)怎們老子这支胳膊,又出在湖南?(蛮子白)湖南發財的。(老西白)好,發財。(蛮子白)老兄,你这支乃是湖北的。(老西白)怎麼又是湖北的?(蛮子白)發大財的。(老西白)哦,發財就好。(蛮子白)老兄,你这條腿出在廣東。(老西白)我把你個王八日的,你把老子分一個五零四散?(蛮子白)老兄,不要取笑了,你往那里去的?(老西白)老子要到快活林快活快活。你往那里去的?(蛮子白)我也到快活林快活快活的。(老西白)如此説來,咱們兩懷人一塊走就結了。(蛮子白)你我一塊走吓?(老西白)咱們走吓。(仝白)行行去去,去去行行。(蛮子白)老兄不要走了,到

① 應爲"緊"。

② 按上下文,此處應有一"煤"字。

了。(老西白)老子我去看看。走罢,走罢,不对了!(蛮子白)怎們不对了哇?(老西白)这是林活快!(蛮子白)待我过去看看。哎呀,你这是不曉得,这個人打下往上長,這個字是打上往下念的呢。(老西白)到是你們这念書人,代老子再过去看看,林活快,快活林,不錯的。叫酒家,叫酒家!(蛮子白)吓,酒家,酒家!(老西白)酒家那里?酒家那里?

(陸懷上。白)吓,太爺來了,太爺來了。(蛮子白)混秦混正王八羔子呀,你怎麽是太爺?(老西白)王八日的,你怎麽是太爺?(陸懷白)二位别忙,二位别忙。你們二位在外頭叫酒家酒家,我們听見了,是迎接太爺。買賣人敢充太爺?我們不敢。你們二位是照顧主,是太爺,花錢的瑪①!那個王八旦是太爺?你們二位是太爺。(二人仝白)不錯的,我們是花錢的,是照顧主,我們是太爺。(蛮子白)不錯的,我們是太爺。(陸懷白)这不結了。二位請進去罢。(老西白)樂子頭礼走。(蛮子白)往里走吓。(陸懷白)二位請上座。(陸懷白)下來座。(老西子白)下來座。(蛮子白)吾是常來的。(陸懷白)他还是常來的?懷礼座,懷礼座。(老西白)你这個王八日的,你叫老子懷礼座,你叫老子懷礼座!(陸懷白)你們二位是没听出來,那懷礼座,椅子懷礼座。(蛮子白)吾是常來的。(陸懷白)他还是常來的?(老西白)你到説明白了。(陸懷白)你們二位吊过來。(蛮子白)吓,混正東西,你叫我吊过來,王八旦你叫我吊过來!(陸懷白)你这個模樣,还望懷礼扎哪,我叫你哪,吊过那椅子,臉朝外座。(二人仝白)要説明白了,不要站②吾們的便宜。(陸懷白)買賣人不敢。(仝白)酒家,我們要酒哇。(陸懷白)二位渴什麽酒?(蛮子白)我要史国公。(陸懷白)我給你哪取去。(蛮子白)回來,回來。(陸懷白)回來了。(蛮子白)什麽史国公?(陸懷白)史国公还有什麽兩様兒?(蛮子白)我們那里史国公,与你們这礼大不相同。(陸

① 應爲“嗎”。下同。

② 應爲“占”。

懷白)怎麽大不相同?(蛮子白)打上一礶①子酒,到那個毛房里瓦,上点史蒯上点尿,我要那個"史国公"。(陸懷白)大太你哪,那個喝個什麽問②?(蛮子白)我喝個躁臭問。(陸懷白)我們这不預備那個。(老西白)堂官过來,我也要酒。(陸懷白)要什麽酒?(老西白)我要二兩白干,我要二兩狀元紅,我要二兩竹葉青,我要二兩梅桂露,我要二兩蓮花白,我要二兩五加皮,我要二兩佛手露,我要二兩黄蓮葉,得了,勾了。(陸懷白)你要这們些,喝的了瑪?(老西白)老子有主意,找一個盆子,打在一塊,或弄云③竟了,給樂子打上六十錢的。(陸懷白)我們这不那們賣。(蛮子白)过來,我要菜。(陸懷白)要什麽菜?(蛮子白)我要一碗脚几音。(陸懷白)什麽叫脚几音?(蛮子白)翠翠的,酸酸的,里頭还有小賣。(陸懷白)那不是脚几音。(蛮子白)叫什麽?(陸懷白)你説的是拌海蜇呀,我取去。(老西白)堂官过來,給我要個炸支兒。(陸懷白)炸支有,給個面皮兒。(老西白)什麽炸支?(陸懷白)你不是吃面瑪?(老西白)吓,猙拉不对了。你挡是我要炸支吃面哪?我要的是炸豆支兒。(陸懷白)這不預備那樣。(蛮子白)堂官过來,我还要。(陸懷白)得了,大太别要了,我給你出個主意,我給你配一様酒菜瑪,麻脑兔腐。我給你哪,也配一様兒,炖爛甲魚,一個王八,一個兔子。(老西白)你説誰是王八,誰是兔子?打這個驴囚囚的。(陸懷白)大太别忙,容我説!這麻脑肉腐,是兔子不是?(蛮子白)不錯,是兔子。(陸懷白)我問你哪,這炖爛甲魚是王八不是?(老西白)是王八的。(陸懷白)夥計們,將这兩王八、兔子,一齊動手。

(上武松,醉介。白)(旦角暗上。内坐)走吓。(醉介)吻嚕嚕,吻嚕嚕。呔!你二人敢是助拳的麽?(老西白)我是花錢的。(蛮

① 應爲"罈"。

② 應爲"味"。

③ 應爲"均"。

子白）我是白吃的。（武白）呔！酒家，酒家。（陸懷白）在这伺候那。（武白）你叫什麼名字？（陸懷白）我叫陸懷。（武白）陸懷，他二人吃多吃少，上在你二太爺的賬上。（陸懷白）就上在你的賬上。（武白）陸懷，看酒來。（陸懷白）吓，二太爺，你这酒改日在①喝罢。（武白）一定要喝。（陸懷白）改日在喝。（武白）俺要喝。（陸懷白）酒到。（武白）打去封頭。（陸懷白）到是行家平蒲。（武白）好酒，好酒，斟上！（陸懷白）賣酒不管斟酒。（武白）不斟上，我就打。（陸懷白）我給你那斟上。（武白）咳，好酒！吻嚕嚕，吻嚕嚕。陸懷，你們这里可有妓者？（陸懷白）我們这没有妓者。（旦角白）陸懷，那一大漢他説什麼？（陸懷白）他説没代錢，記上。（旦角白）那就是了，与他記上，打發他走罢。（武白）陸懷，他是何人？（陸懷白）他乃是我們大奶奶。（武白）叫他前來，倍②你二太爺吃酒。（旦角白）他又説什麼？（陸懷白）他説叫你哪倍③酒。（旦角白）与我打。（武松与旦角起打，打旦倒介）（蛮子白）哎呀，干埧巴，你不要生氣。（老西白）不要生氣，干老子。（武松打，旦敗下）（武白）陸懷，你那礼有功夫？（陸懷白）脑袋上有功夫。（武白）站稳了。（打介）（老西白）我的太爺。（武白）那里还有功夫吓？（陸懷白）腿上有功夫。（武白）好，要站稳了。（打介）（老西白）哎呀，我的老西的老老。（陸懷白）你要打，有其打蔣忠去罢。（武白）好，他今在何處？（陸懷白）在松林内演拳。（武白）閃開了。（下）（陸懷白）好喪氣。（下）（蛮子白）哎呀，老兄，咱們一边養傷去罢。（仝下）

（四下手上，斜一字）

（蔣忠上。白）衆徒弟們。（衆白）吓。（蔣白）松林去者。（衆白）吓。（凹門介。蔣白）俺蔣忠自奪了施恩的酒店，揚名天下。今日閑暇無事，衆徒們，大家演拳上來。（衆演拳完，蔣三笑介）

（上陸懷。白）报上大爺，大事不好了。（蔣白）何事驚慌？（陸懷

① 應爲“再”。

②③ 應爲“陪”。

白)咱們鋪子里來了一醉漢,把大奶奶扠在酒罈子里。(蔣白)現在那里?(陸懷白)他赶來了。(蔣白)衆徒弟們,迎上前去。

(上武松)(蔣白)呔！大鬧酒店,可是你?(武白)正是某家。(蔣白)呔,看打！(起打。下)

(四上手【急急風】过場,站門,領施恩仝下,又上)(武松、蔣忠起打)(四上手、施恩仝陣起打)末場

(打走,蔣忠敗下)

(陸懷上。白)二太爺,賬目在此,你还得賞小人一碗吃。(武白)好吓,陸懷,算清賬目,擇日開賬。(陸懷白)吓。【尾声】(下)

(完)

鬧店(梆子腔)

【劇目簡介】

梆子腔,未署名。現存清代刊本,《綴白裘》多種版本收録①。小説《水滸傳》二十九回《施恩重霸孟州道　武松醉打蔣門神》,與沈璟《義俠記》第二十五齣《取威》前半齣情節類似,細節多有不同。

《綴白裘新集合編》本②,題目作"鬧店",一齣,每頁九行,每行二十字左右。

劇演武松爲打蔣門神,先到其酒店中故意調戲其妾,大鬧酒店,以便引出蔣門神。

(旦上)

【梨花兒】快活林中稱第一,終日櫃中來站立。丈夫武藝甚高强。嗏,不怕别人來戲妾!

自家乃蔣門神之妾"賽西施"是也。自幼在江湖上習學拳棒,故此教下幾個婦女丫环們,皆能武藝。今在快活林中開張酒肆,真個是門前車馬成群,店内貂裘滿座!閑話少説。怎么這時候還不見四兒出來掛望子?四兒那裏?

(丑上)來了。揩檯爲活計,洗碗作生涯。自家乃快活林中一個堂官四海的便是。奶奶叫我有嗜話説?(旦)怎麼這時候還不把望子掛出去?(丑)早得試來。(旦)既如此,你且把賬來筭筭。(丑)吓。張大官四百,李二哥二百,王老三三個銅錢。(旦)三個

① 原刊於寶仁堂乾隆三十九年《綴白裘外編十一集》,後收入十二編本。

② 以《綴白裘外編十一集》本爲校本。

錢就罷了。(丑)無零不成賬。(旦)今日好天氣也!(丑)等我來掃子地介。(旦)

【吹調】春景天,好鳥枝頭現,桃紅李白柳如烟。

(丑)

我把招牌掛這邊。

(旦)

招牌掛那邊,快活林中誰敢少錢?

(旦下)

(付揚州人上)

【前腔】艷陽天,百卉多開遍,對景芳菲懶去眠。

(外扮山東客上)

山東到此間,我要頑個遍,且向那快活林中去學醉仙。

(付)請了。(外)請吓。(付)老客何往?(外)喒往快活林中去頑頑。(付)小弟正欲前去,仝步何如?(外)使得!請。(付)請。

【前腔】杏花天,樂事從人愿,盃酒陶情仝去閑。

(付)

來到這酒鋪間。

(外)

看招牌,蕩鞦韆,且吃個開怀學醉仙。

吠!酒保。(丑)來哉,來哉!客人阿是吃酒嗜?(付、外)正是。(丑)請坐。喂!裡向走個把娘娘出來坐坐櫃咭。

(旦上)怎麽?(丑)上生意哉,照管,照管!(旦坐介)你自去。(丑)客人吃嗜個酒?(付)木細罷。(丑)木瓜細酒革里弗行个,福貞罷。(付)也罷了。(丑)客人,呃是吃儕酒?(外)咱喝高粱燒,小米子飯。(丑)無得个,即有大糟粈弔。(外)有什麽菜?(丑)三鮮,夗央①炒肉,參魚湯。(外)多不好。(丑)介没白煮雞巴蘸毪頭?(外打介)王八入的!仔么駡我?(丑)客人,我説是白煑雞跌介個大蒜頭蘸來吃,嗜介?(付)不要説了,快去備來。

---

① “鴛鴦”的簡字。

(丑)呟哉。(下)

(生上)好酒吓!

【前腔】且開懷,有酒須篩,休管着好和歹。更遇着三春景桃李争開,這光陰尋常難買,人生不飲容易頭白。

呔! 酒保。

(丑上)來哉,來哉,倄个?(生)吃酒。(丑)吃酒裡向請坐。(生跳坐櫃上介)(丑)几里是櫃上,請交椅浪坐。(生)呔! 你們做什麽的?(付)我在這里吃酒。(生)你呢?(外)喒老子吃飯。(生)吓! 你們不是與俺耍拳的麽?(付)説甚的話? 我們斯文人,爲甚的與你耍拳吓?(外)咱們走罷。(丑)客人,菜就來哉嘘。(外)喒們拏了銀錢喝酒,到受這狗頭的氣!(丑)客人,虧唔出路个人,倒怕子哩了,我一拳要打哩八个! 唔是坐玍吃,有我拉里。(付、外)這没,快些拿菜來。(丑)下子鑊哉,就來哉。(生)酒保!(丑)倄个?(生)拏酒來!(丑)客人吃倄个酒?(生)上等的燒刀。(丑)客人,我看唔有子呷玍个哉,阿要吃子個一壺元燥罷?(生)嗳! 俺要吃燒酒,快去取一坛來!(指丑,丑跌介)(外、付)吓! 你方纔説一拳要打他八個,怎的被他一洒就跌了?(丑)客人,地浪滑了。(丑)伙計,掇一甏燒酒得出來吓,客人,一甏來里,看唔阿吃得下?(生)打開!(丑)呟。(生取碗舀酒,吃介)

(净上)賣塊頭布吓。幾里是快活林哉,吃碗酒介。喂! 第二个。(丑)做倄?(净)倒碗酒來吃吃。(丑)阿呀。桌子坐滿哉,得罪,唔吃碗靠櫃酒罷。(净)隨便个。(丑洒酒與净吃。混介)娘娘,阿要買塊揩屄布?(旦)吓! 你在此討野火吃麽?(打介)(净)阿呀! 阿呀! 我説娘娘旧年作成子我多疋布,倄个動手就打介?(丑)去罷,去罷! 弗要拉里闖禍哉。(净)個是落里説起!(下)

(生)酒保!(丑)來哉,來哉! 亦要倄个?(生)叫一個妓女來陪酒。(丑)客人,弗凑巧,當槽个翻子《綴白裘》个板了,今朝纔去吃發財酒哉。(生)如此,就叫那櫃上的婦人來陪俺吃酒。(丑)客人,少説点罷。唔也要問問,革里是撒弗得野个,我里蔣大爺弗是好惹个嘘!(生)放屁!(立起潑酒介)(丑)完哉! 完哉! 醉

化乱个哉!(旦)酒保,這厮講什麽?(丑)哩叫奶奶去陪酒。(旦)有這等事!打這厮!(旦跳出櫃)(生取酒坛丢介)

【秦腔】堪笑奴才直恁歹,大胆痴愚惹禍灾,教人氣忿难寧耐!

【又】(旦)這殺才,胆兒直恁大,平白地向咱行惹禍灾!怎禁得我騰騰怒氣賒!

(生、旦打拳)(旦敗,生追下)

(旦復上)孩子們那里?

(雜扮四女人上)奶奶怎么?(旦)那個醉漢十分了得,與我擒下!

(雜)吓。(同下。取棍上舞)

(生上打,接棍混打介)(四雜打敗,生追下)

(丑持棍,生上接棍,打倒丑介)(丑)住了!你打得我希腦子爛,不伏!(生)你不伏怎麽樣?(丑)我要運氣。(生)你運了氣,再打你這狗頭!(丑運氣介)(生)呔!狗頭怎麽樣了?(丑)運完了。(生)你的氣運在那里?(丑)運在這里。(生)照打!(丑跌介)我的爺,這一下實在打不起了!(生)狗頭!我且問你,蔣門神在那里?(丑)拉乱着棋。(生)快去叫他來!(丑)吠,我去叫,你不要走了,走的就是王八羔子!(下)(生)這厮已去報蔣門神知道,不免先把他店中家伙打成齏粉便了!(下)

奪林(梆子腔)

【劇目簡介】

梆子腔,未署名。現存清代刊本,《綴白裘》多種版本收録①。小説《水滸傳》二十九回《施恩重霸孟州道　武松醉打蔣門神》,與沈璟《義俠記》第二十五齣《取威》後半齣情節類似,細節多有不同。

《綴白裘新集合編》本②,題目作"奪林",一齣,每頁九行,每行二十字左右。

劇演武松打敗蔣門神,張青、孫二娘亦來相助,幫施恩收回快活林,衆人歡聚一堂。

(末張青,旦孫二娘上)

【四邊静】(合)柵差掄扎來逗遛,結束忙行走,前去助他行,方顯男兒厚!

(末)俺張青。(旦)俺孫二娘。(末)昨接武二哥手札,要奪快活林。(旦)我們快些迎上前去。(合)

英雄聚首,賊人命休,憑你惡强人,且認咱們手!

(下)

(净上)一自施恩打倒,一方讓我爲尊,一爿酒店一紅裙,一世無愁無悶。自家蔣門神是也。今日天氣晴和,已曾相約拳師同往郊外閑耍,怎么還不見來?

(外上)拳打南山猛虎,脚踢北海蛟龍。(各見介)請了。(净)請了。

---

① 原刊於寶仁堂乾隆三十九年《綴白裘外編十一集》,後收入十二編本。

② 以《綴白裘外編十一集》本爲校本。

(丑急上)阿呀,爺不好了!(净、外)爲何如此慌張?(丑)店中來了一個醉漢,要吃黄酒就是黄酒,要燒酒就是燒酒。他説要個妓女頑頑,我説没有,他就要奶奶去陪他吃酒,奶奶説得一句,就把奶奶一摜。(净、外)便怎么?(丑)摜子酒缸裏去哉。(净、外)有這等事!我們仝去打這厮!(合)

【秦腔】賊子多强暴,爲甚前來厮鬧?管教你性命难保!

【又】(末、旦上)無知潑賊禍殃到,且認咱們手段高,教你命丧黄泉早!

(净、外)呔!你們什麽人,敢在太歲頭上來動土?

(生上,衆混打介)(净、外下)(生趕,衆齊下)

(净持棍上)徒弟們快來!

(四雜短袄拿棍上)(净)快與我擒下這厮!(衆)吓!

(生、衆上)(生奪棍仝末、旦逐一打下,一脚踢倒净,踏住介)(净)好漢饒命吓!

(小生施恩引衆上)哥哥,不要放他起來。(生)蔣忠,我且問你,這快活林原是小管營的地方,你爲何强奪了他的?你若要性命,須要依我三件。(净)不要説三件,就是三萬三千三百三十件,也都依好漢。(生)第一件,你把店面原産交還原主。(净)就交,就交。(生)第二件,要請鎮上有名的替施家賠禮。(净)依得,依得。(生)第三件,不許你住在此間,快些連夜他鄉遠避。(净)就搬,就搬。(生)你若有一點差遲,把你做景陽崗上大虫一般結果!(净)原來就是打虎的武都頭。早説時,連我的小娘子領了去也不妨。(生)唗!饒你狗命!去罷!(净下)

(丑上,跪介)我的爺!這是快活林的賬目。(生)兄弟收好了。(丑)小的一來賀喜,二來叩頭,三來……(生)便怎麽樣?(丑)到底磕頭。(生)這個人到也用得,兄弟,你用了他罷。(小生)是。(生)用了你了。(丑)偖用子我哉?介嚜我,你爺打子半日,肚裡餓哉,滚熱个酒丮,請用一壺罷。(小生)哥哥,二位何人?(生)是我哥哥張青,嫂嫂孫二娘。(小生)請一仝到舍下去。(衆)請。

【尾】從來否極還生泰,缺月重圓花再開,且去賀喜先將綺席開。

(同下)

蜈蚣嶺全串貫（高腔）

【劇目簡介】

高腔，未署名。現存清代鈔本多種，《蒙古車王府曲本分類目録》著録。小説《水滸傳》第三十一回《張都監血濺鴛鴦樓　武行者夜走蜈蚣嶺》至第三十二回《武行者醉打孔亮　錦毛虎義釋宋江》有類似情節，細節多有不同。

車王府藏清鈔本①，題目作“蜈蚣嶺全串貫”，一場，每頁六行，每行二十一字左右。

劇演武松血濺鴛鴦樓後，在張青夫婦幫助下改扮頭陀，持薦書往二龍山落草。惡道王飛天霸占蜈蚣嶺，一年前因提親不許，將張員外殺死，又乘清明上墳之機，率徒弟將其女張鳳琴强搶上山。武松途遇張家老僕，听訴事由，決意前往救助。與老僕約定，若見火起，即往領人；若無火起，則各自逃生。老僕回莊聚莊兵來助。蜈蚣嶺上王飛天正逼鳳琴相從，武松打門而入，與衆激戰，適老僕帶莊兵亦至，遂一同殺死王飛天，救出張鳳琴，武松放火燒山。

（武生上，拉山子完。白）不用喬粧奔茅菴，行者陀頭總一般。一路不住菴观寺，一心要上②二龍山。洒家武松，只因大鬧飛雲

---

①　《俗文學叢刊》第三一九册録鈔本兩種，歸入京劇類，其中第二種與此劇文字相同；《故宫珍本叢刊》第六六四册、《國劇大成》第九集、《京劇叢刊》第二三集亦有收録。《戲考》第二八册收録，兹輯録以作參照。

②　批注“奔也可”。

浦,血濺殀央①樓,打死張豪滿門家眷,投奔②張青,哥③嫂与俺改扮頭陀模樣,又与俺修書一封,荐往二龍山,投奔曹政。趁此月朗,須索④走遭也。(唱)

【新水令】盤山邁嶺路途賒,嘆飄零一身如葉。吾茫鞋隨步稳,破衲奔斜坡。恼恨奸邪,好教俺泪汪汪,心慘切⑤。

(下)

(老旦隨旦上)

【引】春堤伴翠輝,芳草無意養萬卉。

(白)風雨凄凄值仲春,乍寒乍日近清明。一縷愁腸千萬結,对天無語暗傷情。奴家張氏,小字鳳琴,母親去世已久,幸虧乳娘扶養,今已二八。前歲蜈蚣嶺上飛天大王,与我爹爹商議奴家親事,是我爹爹不允。誰想那强徒陡起黑心,將我爹爹殺死,如今將近一載。这也不在話下。今乃清明佳節,奴家准備祭礼紙錢,往爹爹坟上拜掃一番。吓,乳娘!(老旦白)在這里。(旦白)喚蒼頭。(老旦白)吓,蒼頭那里?

(外上。白)來了。東人去世早,門前車馬稀。小姐呼喚老奴,那边使用?(旦白)祭礼可齊備⑥?(外白)齊備多時。(旦白)如此,一仝前去。(外白)是,曉得。(合唱)

只見那姹紫嫣紅真堪嘆,徐步西郊外。嘆人何處,俺覓翠尋芳,誰把花估?

(仝下)

(净上。唱)

---

① 應爲"鴛鴦"。

② 批注"多虧也可"。

③ 批注"兄也可"。

④ 批注"説骰"。

⑤ 批注"失交列也亦可"。

⑥ 批注"添曾也可"。

【点絳唇】心性豪强①,威名遠佈。荆莽窝②,錦帳流蘇,只少个美貌姣娥。

(白)走遍天下是吾家,那怕律條共王法。匣中宝劍光閃閃,雄心一怒把人殺。俺姓王名飛天,别号"蜈蚣道人"③,只因東京殺傷人命,逃出在外,在这嶺上,到也逍遥自在。只因山下有一張小姐,未曾到手,這便怎處?哦,有了!不免唤出徒弟們來商議便了。徒弟們那里?

(衆上。白)來也!

習學拳棒,流落在山崗。打破脑髓,拿來当酒嚐,当酒嚐。

師父,叫我們出來,有何吩咐?(净白)徒弟們,只因山下有一張小姐,生得十分美貌,未曾到手,故此叫你們出來,大家商議。(衆白)大家想來。哦,有了。師父,今乃清明佳節,那張小姐必然上坟祭掃,徒弟們前去抢④上山來,与師父成親,好不好?(净笑介。白)哈哈,徒弟們,听我吩咐。(唱)

用心劝諭那佳人、佳人,好生和我結親、結親。

(衆白)倘然不允?(净唱)

就抢來不要近旁人,今朝果有姻緣分,叫他快快來從順。

(白)去罢。(分下)

(老旦、旦、外仝上)(老旦白)小姐,这里來。(旦唱)

劬劳念痛殺我老親,恨只恨强徒黑心人,又未知何日报仇雪恨。

(外白)來此已是坟前,請小姐拜掃。(旦白)啊呀,爹爹吓!今乃清明佳節,孩兒鳳琴,特備芹樽,前來祭掃。(唱)

誰知被害喪幽冥,那陰司地府把冤伸。

(衆隨净上)(外白)你們这些人,是那里來的?(衆白)我們乃蜈蚣嶺上來的。(外白)到此何事?(衆白)抢你家小姐,与俺師父

---

① 批注"寶劍光華"。

② 批注"心雄胆大恃强霸"。

③ 批注"只此往下改説俱是活白"。

④ 應爲"搶"。下同。

成親。(外白)吓呀,啐!清平世界,朗朗乾坤,你們抢奪人家妇女,該当何罪?是你們該当何罪?(唱)

【吹腔】堪恨强人太不端,抜抢良人罪万千。

(净、衆白)也呔!(仝唱)

恼得俺怒冲冲貫斗牛,須認得飛天道人。

(净白)徒弟們,抢吓!(衆抢介,衆扯旦,老旦下)(外白)啊呀,你看他們竟將我家小姐抢去了。吓,也罢!要我老頭兒①何用,一定要救他轉來。(唱)

饒他走上焰魔天,脚下騰雲須赶上。

(下)

(生上。唱)

趁月下、月下奔荒坡②,心忙不知路途遥。俺③只爲替兄殺了嫂,將俺發配到孟州。多亏了二哥將俺救,改頭换面逩路遥。他將俺改扮陀頭樣,二龙山下走一遭。

(外上)(生見,拔刀砍介)(外白)哎呀,爷爷吓!(生白)你是什麽人?(外白)小老兒是避难的吓,爷爷。(生白)既是避难的,起來講。(外白)是,起來講。(外哭介)(生白)老頭兒,你且住了哭。(外白)不哭,不哭!啊,爷爷,小老兒姓張,仝我家小姐上坟拜掃,誰想來了一夥强人,竟將我家小姐抢去了。(生白)有這等事?那厮姓甚名誰,住在那裡?(外白)那厮姓王名飛天,别号"蜈蚣道人",喏、喏、喏!就在前面嶺上。(生白)老頭兒,我且問你,你家小姐從也不從?(外白)哎呀,爷爷,我家小姐,至死也是不從的吓,爷爷。(生白)好吓,老頭兒,我意欲搭救你家小姐,不知你意下如何?(外白)哎呀,爷爷,若得如此,且慢説小老兒,就是我那去世東人,也感恩不尽。(叩介。唱)

倘然救得小姐轉,一重恩報九重恩。

---

① 批注"这老命也可"。

② 批注"郊亦可"。

③ 批注"都亦可"。

(生白)既如此,領洒家前去。(行介)(生唱)

听他言不覺怒冲冠,少不淂前去走一番。

(外白)吓,爷爷,看前面,喏、喏、喏!就是强人山上了。(生看介。白)好一所峻嶺。老頭兒,你在山下等候,你看山上火光一起,前來領你家小姐便了。(外白)如若火光不起呢?(生白)各自逃生去罢。(生下)(外白)好個莽撞和尚,竟自越嶺而去,我不免回庄,聚起庄兵,接應便了。正是:烏鴉喜雀同巢哨,吉凶事全然,哎呀,岔了氣了!(下)

(净上)(衆推老旦、旦上)(净、旦拜堂介)(净白)啊呀,妙吓!(唱)

【泣顔回】瞧着我那俏姣娥,常言淂意賽登科。

(衆白)師父大喜了。(净白)啊,徒弟們,你們也辛苦了。將弔窗兒支開,各自歇息去罢。(衆扯老旦下)(旦哭介)(净白)吓,張小姐,你看俺这嶺上,好不洒樂也!(唱)

劝娘行且莫要做作,千金难買時光錯。

(旦白)哇!你將我爹爹害死,又霸佔奴家,是你該当何罪?(接唱)

【前腔】一朝报應难逃躲,抎殺人无边罪過。

(生上)(用力打門介)(旦下)(净)啊。(扶桌站介。白)老道那里?

(丑上。白)時才打盹後边眠①,梦見小兒偷我的錢。他説老道哇,老道哇,你今日死在慶順園②。師父,有何吩咐?(净白)外面門响,出去看來。(丑應介,作摸頭介。白)不好,頭髮根扎煞。(回介。白)師父,没什麽。(净白)呔!看來吓。(丑白)吓。(作摸脖子介。白)不好,脖子膗膗③。(開門介)(生砍丑下)(生赶净下)

---

① 批注"活白爱説麽説什麽"。

② 批注"活白隨时更改"。

③ 應爲"癢癢"。

(净上。白)徒弟們那里?

(衆上。白)來也。(净白)外面來了一野和尚,殺上前去。

(生上,与净打介,又与衆殺介,生打衆下)

(外仝衆庄兵上)(外白)你看那師父,去了這等半日,怎麽还不見回來? 大家迎上前去。(衆下又上,与衆对把介,下)(生摸刀介)

(净上,削道冠介)(生殺净介,放彩介)(生下)

(生赶老旦、旦上)(生白)呔! 什麽人?(旦白)避难的吓,爷爷。(生白)將那厮金銀打点,逃下山去罢。(旦仝老旦下)(生白)待俺放火,燒了這惡寺。(放火介)

(外隨老旦上)(外白)這是我家小姐。(生白)既如此,領回去罢。(外白)多謝爷爷救命之恩。請問爷爷高姓大名?(生白)俺乃景陽崗打虎武都頭①。(仝唱)

【尾声】今朝忽遇妖魔衅,多蒙恩師相救情,这的是祸福仝途天降臨。

(分下)(全完)

① 批注"松也可,就是洒家也可"。

蜈蚣嶺全串貫(亂彈)

【劇目簡介】

亂彈,未署名。現存清代鈔本,《蒙古車王府曲本分類目録》著録。小説《水滸傳》第三十一回《張都監血濺鴛鴦樓　武行者夜走蜈蚣嶺》至第三十二回《武行者醉打孔亮　錦毛虎義釋宋江》有類似情節,細節多有不同,但此劇未出現武松之名。

車王府藏清鈔本①,題目作"蜈蚣嶺全串貫",一場,每頁六行,每行二十一字左右。

劇演王飛天在蜈蚣嶺爲庵主,三年前因向張員外提親不許,將之殺死,埋於嶺下。時值清明,張女桂英欲往墳頭拜祭,被王飛天命徒弟搶上山來。有和尚路遇張家老僕,聞聽王飛天强搶民女之事,決意前往救助,殺死衆惡道,救出張桂英,火燒惡寺。

(小旦上,老旦隨上)(小旦)

【引】門兒低呀簾兒淺,盡日里凄凉廷院。

(白)露湿陽濃夏日長,樓台風影玉池堂。水閣凉亭微風起,一架薔蘼滿院香。奴家姓張,小字桂英,不幸爹娘早亡,奶母照看成人。今日清明佳節,家家上坟插柳,不免到坟頭一祭。奶母。(老白)小姐,有何吩咐?(小白)唤蒼頭前來。(老白)曉得。蒼頭那里?

(外上。白)打掃堂前地,忽听又人呼。小姐,唤老奴前來,有何吩咐?(小白)祭礼可曾齊備?(外白)齊備多時了。(小白)頭前引路。(唱)

---

① 《俗文學叢刊》第五〇册收録,文字相同。

白雲一旦飛雌雁,向日沙滩落殀央①。西方遊行多憔悴,佳人房中錦綉粧。款金蓮出了香閣外,到坟茔祭奠老萱堂。

(仝下)

(净上)

【引】心粗氣强壯,練性在山崗。半生不要窈窕娘,狼虫虎豹俺能降。

(白)遊遍天下是吾家,那怕律條共王法。匣中宝劍光閃閃,一怒雄心把人殺。俺姓王名飛天,自稱“蜈蚣道人”。是俺在家不作好事,將人打死,恐怕官司有變,是俺全憑兩條飛腿,跑在蜈蚣嶺上,衆道童兒見俺是條好漢,就立俺爲觀主。我这嶺後有一小庵,庄上有一員外,請我到他家看宅,是我見他的女兒,生得有幾分姿色,那時啚洪,便不能到手。是俺心生一計,上得嶺來,將張員外請到嶺上,就將他女兒親事一提,誰想他再三不肯,是俺抄刀在手,將他殺死,埋在蜈蚣嶺下,算來三載有餘。今乃清明佳節,張小姐必然上坟插柳,俺帶領徒弟,將張小姐搶上嶺來,与俺一拜成親,豈不是好?还得与徒弟們商議。咳,徒弟們那里?

(衆上。白)來了。(唱)

習演拳棒在山崗,打破鼻孔當酒嘗。

(白)師父在上,徒弟們稽手。(净白)罢了。(衆白)師父將俺們唤來,有何話説?(净白)徒弟們,今乃清明佳節,張小姐必然上坟插柳,師父不能將他到手,這便怎處?(衆白)師父不必着急,待徒兒們想一條計來。師付,今乃清明佳節,張小姐必然上坟插柳,徒兒下山去,將張小姐搶上山來,与師付一拜成親,豈不是好?(净白)當真?(衆應)(净白)果然?(衆照净白)(净白)徒弟們听俺道來:(數唱)

只因偶遇那姣娘,引的我魂飄蕩。設立這禅堂,要把他命喪。

(衆唱)

單听中央,大家齊上。師付娶師娘,大鬧金銷帳。

① 應爲“鴛鴦”。

（仝下）

（外、老旦、小旦上）（小旦唱）

百笑实心勢咸大，古來一孝最爲先。見家家提定千張紙，今日原是艷陽天。

（外白）小姐，來在坟茔。（小唱）

坟前焚化千張紙，孩兒權當拜孝男。

（衆上）（净白）搶呵！（搶介）（外白）你們是那里來的？（衆白）我們是蜈蚣嶺上來的，要搶你家小姐，与我師付一拜成親。（外白）我把你这妖道，將我主人殺害，今日又搶我家小姐，难道説你們不惧王法？（衆白）我們惧得什麽王法？（外白）妖道！（唱）

听他一言恼心間，妖道行事欺了天。小姐豈是池中物，烏鴉怎配鳳凰眠？

（下）（净白）徒弟們，講的怎麽了？（衆白）張小姐再三不從。（净白）起開了。張小姐，隨俺一到蜈蚣嶺，吃不了的珍羞百味，穿不了的架上錦衣，你爲甚麽不從？（老白）我把你这妖道，將我主人殺害，又搶我家小姐爲婚，你看天礼何在，良心何存了？妖道！（唱）

狂徒不必逞豪强，全不看頭上有穹蒼。俺主僕總死九泉下，怎肯与你配鸞凰？

（净唱）

听他言把我的牙咬碎，太陽真火朝上升。匣中宝劍出了鞘，管叫你一命喪殘生。

（衆搶二旦下。）

（外慌介，上，白）哎呀，反了，反了！今日清明佳節，仝我家小姐上坟插柳，來了一夥悪道，將我家小姐竟是搶去了。我要与他較量一番，又不是他們的對手。我不免速速回庄，約些鄉客，前來搭救我家小姐便了。（唱）

心急只恨步行遲，叫人心下好驚疑。那里去請能强手？搭救小姐出虎圍。

（生上。唱）

生來好打报不平,朝行暮往奔路程。耳边只听人叫苦,走上前去問分明。

(外驚介。白)爷爷饒命,我是避难的。(生白)這老頭兒來的慌速,有何事?(外白)羅漢爷,怎知我有满腹怨枉?(生白)老頭兒,有甚麽事情,向愚下一講,俺与你报仇。(外白)哎呀,師付,今日清明佳節,仝我家小姐上坟插柳,來了一起狂徒,將我家小姐搶去了,爷爷!(生白)你知那狂徒家住那里,姓甚名誰?(外白)哎呀,老師付,那賊姓王名飛天,人人称他"蜈蚣道人",蜈蚣嶺上便是那賊的窩巢哇,爷爷呀!(生白)既是这樣,你領咱家前去搭救你家小姐出苦。(外白)呀,師付要能搭救我家小姐出苦,且慢説老奴感激,就是去世的主人呵,(唱)

就死九泉也瞑目,殺身难报你的恩。

(生白)这一老頭兒起來,你領俺前去搭救你家小姐呵,(唱)

俺生來好打不平事,那怕狂徒共豪兵。他要撞在我的手,与他个剪草除根不留情。

(外白)老師付,不要往前走了,此間就是那賊的窩巢了。(生白)這就是那賊的窩巢?待俺進去,搭救你家小姐出苦。(外白)師付能救便救,不能救,可也罢了,那賊甚实利害。(生白)这一老頭兒,你看俺進去,搭救你家小姐,那火光一起,約定鄉民前來護救,火光不起是①,你們跑。(生跳進介)(外白)哎呀,好一個莽撞和尚,竟自越墻而過。待我前去約請鄉民,前來搭救我家小姐便了。王飛天,王飛天,只説你剛强無对手,恶人自有恶人磨。(外下)

(衆上)(净白)徒弟們,請你師娘一拜花烛。(老旦、小旦不肯拜介)(衆强拉拜介)(推上坐介)(衆白)徒弟們与師付叩喜頭。(净白)今日难爲你們,將亮窗支開,各人安歇去罷。(衆應,虛下)(净白)張小姐,上得嶺來,咱家廣有的是金帛,你爲甚麽啼哭?請過來吃酒。

(生上)(作門响介)(净白)徒弟們,外面有人叫門,出去看來。

---

① 應爲"時"。

(丑童開門介,生殺死丑介)(净、生打下又上,打棍介,衆、净殺死介)

(外領庄客仝上)(生白)這就是你家小姐,領他还家去罢。(外、老旦、小旦拜介,下)(生白)將这狂徒殺死,要这个窩巢何用?我不免一火焚之。(作放火介,燒介,下)(全完)

蜈蚣嶺（亂彈）

【劇目簡介】

亂彈，未署名。現存民國《戲考》刻本，可與車王府藏鈔本參照。小説《水滸傳》第三十一回《張都監血濺鴛鴦樓　武行者夜走蜈蚣嶺》至第三十二回《武行者醉打孔亮　錦毛虎義釋宋江》有類似情節，細節多有不同。

《戲考》刻本，題目作“蜈蚣嶺”，又名“捉拿王飛天”，一場，每頁十五行，每行三十六字左右。

劇演武松夜過蜈蚣嶺，擒殺王飛天一事，與車王府藏《蜈蚣嶺全串貫》情節大致相似，細節略有差異。

（武生上，拉起霸。唱）

【吹腔】沉月下踏月奔荒郊，行忙奔走路途遥。惱恨西門狗富豪，賣囑王婆把淫婦挑。害兄喪命赴陰曹，因此上替兄殺了嫂。

（白）憶昔打虎景陽崗，替兄殺嫂惹災殃。只因大鬧飛雲浦，削髮爲僧改舊裝。洒家武松，只因爲兄殺了西門慶并淫婦潘氏，發配孟州爲軍。幸遇施恩，結爲兄弟，代他奪了快活林，打倒蔣門神。偏偏又遇張都監，與俺作對，因此大鬧飛雲浦，血濺鴛鴦樓，題壁留名，越城逃走。多虧張青、孫二娘，他夫妻二人，將俺改扮頭陀模樣，又賜俺鑌鐵戒刀，人骨素珠一串，修書一封，命俺去至二龍山花和尚魯智深那裏入夥。白日不敢多行，夜間貪走路程。看前面山嶺重重，不免趁此月淡星稀，就此走走也。（唱）

【前腔】芳草凄凄路不平，青松緑柳烟霧蒙。風吹樹木澗泉鳴，好一似龍吟虎嘯聲。

（下）

（末上。白）家有千担糧，前倉合後倉。（外扮院暗上）老夫張志善，本村人氏。不幸妻子去世，所生一女，尚未許配人家。今乃清明佳節，祭掃之期。蒼頭，請小姐出房。（院白）有請小姐。

（旦上。白）不幸母親亡故了，叫到奴家淚雙拋。爹爹萬福。（末白）罷了，我兒坐下。（旦白）告坐。喚女兒出來，有何教訓？（末白）今乃清明佳節，爲父要同我兒，上墳插柳。（旦白）孩兒遵命。（末白）蒼頭，車輛伺候。

（車輛上）（院托香紙盤）（旦唱）

【前腔】清明佳節雨初晴，家家户户祭掃坟塋。看花插柳女釵裙，萬紫千紅好是春。

（同下）

（净上）

【引】【點絳唇】身入空門，懷抱殺心好吃葷，不念經文，最好美佳人。

（白）走遍天下是某家，那怕律條共王法。一身霸占蜈蚣嶺，觀中却少一枝花。吾王飛天，道號"蜈蚣道"，在這蜈蚣嶺上，三清觀内出家，到也逍遥自在，只是少一美女陪伴。嶺下有一家富户，他有一女子，生得十分美貌，也曾命人前去提親，無奈他父再三不允。今當清明佳節，他父女必定上墳插柳，不免將徒弟們喚出，想一妙計。衆徒弟走上。

（四下手扮小道士上。白）出家不會誦經文，隨同師父亂胡行。參見師父。（净白）罷了。（衆白）將弟子們喚出，有何話講？（净白）因只①張家女子，十分美貌，提親不允，爲師時時掛念。今乃清明佳節，他父女必定上墳祭掃。特將你等喚將出來，想一妙計。（衆白）這有何難，待弟子們下得嶺去，將那女子，搶上山來，與師父成親，豈不是好？（净白）此計甚好，你等速速前去，須要小心，不可驚唬那女子。（衆白）遵命。（同下）（老道暗上）（净白）老道，你將紗窗打開，准備好酒鷄肉，等候某家成親便了。（下）（老道白）遵命。（下）

---

① 應爲"只因"。

(院子、末、旦同上。唱)

【前腔】桃紅柳緑萬家春,眺望郊原欲斷魂。

(下車。跪介)

見墳塋不由人淚盈盈,無限悲傷哭先靈。

(衆下手上,搶介)(背旦,打走末、院,雙下)(衆同下)

(武生上。唱)

山路崎嶇甚難行,樹木杈枒荆棘横。耳邊廂又聽得人聲震,想必是林内有歹人。

(院子上,撞生,倒地介)(武生白)呔!昏夜之間,不看路境,慌慌張張,莫非你是奸細麼?(院白)老漢不、不、不是奸細,老漢是避、避、避難的。(武生白)既然你是避難之人,有話起來慢慢講。(院白)哎吓,爺爺吓!今當清明佳節,小老兒隨同我家主人、小姐,上墳祭掃。此地有一蜈蚣嶺,嶺上有一三清觀,觀中有一道士,名叫王飛天,横行霸道,無惡不爲。是他看見我家小姐生得美貌,前來提親。那時我家主人不允。不料他今日竟命許多强徒,竟將我家小姐搶了去了。(武生白)想這清平世界,朗朗乾坤,竟敢擅搶良家婦女。老頭兒,洒家情願替你搭救你家小姐,不知你意下如何?(院白)哎吓,爺爺呀!你若能搭救我家小姐的性命,不但小老兒感激,就是我那主人也是感恩不盡了。(武生白)此番待洒家前去,你在嶺下等候。若見火光一起,你便前來,迎接你家的小姐。(院白)爺爺吓,若是火光不起呢?(武生白)若是火光不起麼,你就各自逃命去罷。(院下)(武生唱)

聽一言把人來氣壞,路見不平拔刀開。恨强徒大不該,搶掠民女爲何來。急忙忙且把山路上,管叫他霎時化成灰。

(下)

(净上。白)徒弟下山去搶親,爲何不見轉回程?

(四下手背旦上。白)搶來了!(净白)好、好、好!你等下面吃酒,明日俱有重賞。(衆白)多謝師父。(同下)(净坐介,旦掩面哭介)(老道閉門下)(净白)美人,不要啼哭了。(旦白)哇!胆大狂徒,清平世界,朗朗乾坤,擅搶良家婦女,難道你不怕王法麼!

(武生急跑上)(净白)某家生來,向不知什麼王法。你若從了某家的親事,造化不小。(武生白)呔！開門來！(净白)老道！

(老道上。白)什麼事吓?① 看看外面,什麼人叫門?(老道白)是。(旦暗下)(老道白)頭髮根扎插,不好,不妙。咳！昨夜一夢甚可愁,夢見小鬼偷我的油。我今開門瞅一瞅,必定殺了我的頭。靡法子,不出去也不行,待我開開門,看看是誰?(開門介)

(武生殺老道,下)(撲净,起打介)(净敗下,武生追下)

(净上。白)衆徒弟走上！

(四下手上)(净白)殺！

(武生追上,殺四下手,下)

(净跑上)(武生刀斫净道冠,起打,殺净,死介)(武生白)待我放起火來。(放火彩介)(武生拉旦轉場)

(院子上,跪介)(旦跪,哭介)(院白)多蒙爺爺救命之恩,請問尊姓大名?(武生白)若要問俺的名姓,俺就是景陽岡上,打虎的武松是也！(院白)多謝爺爺！(武生白)你等下山去罷！(吹【排子】仝下)(完)

① 原文漏"净白"。

上墳(梆子腔)

【劇目簡介】

梆子腔,未署名。現存清代刊本,《綴白裘》多種版本收録①。小説《水滸傳》三十一回《張都監血濺鴛鴦樓　武行者夜走蜈蚣嶺》有類似情節,細節差異較大。

《綴白裘新集合編》本②,題目作"上墳",一齣③,每頁九行,每行二十字左右。

劇演蜈蚣嶺上王飛天不但將張鳳琴之父害死,又在其上墳之時將其强搶上山,老蒼頭欲行追趕。

(生上)削髮爲僧改舊妝,雄心殺氣未曾降。平生專助不平事,何日鬚眉名姓揚。俺武松自從殺了淫婦發配到孟州爲軍,力舉千金④石,醉打蔣門神。又遇仇人作對,除奸殺却解差,又除了貪官,題名壁上,越城逃遁。幸遇張青、孫二娘夫婦二人,寫書一封,荐俺往二龍山"花和尚"魯智深處入夥敘義。又恐我路上難行,將俺改作頭陀模樣,剪髮齊眉,後髮披肩;又贈俺人頂骨素珠一串,鑌鉄戒刀一把。自别他們之後,行了幾日,水宿風飡,辛勤勞苦。咳!英雄困守,何日得展舒怀?今日趁此天色尚早,不免趲行前去。呀!你看山巒叠翠,峻嶺巍峩,好險僻去處也!

【梆子腔】山鳥啼鳴山樹棲,松山山草草凄凄。山風吹出山虎吼,山水

---

① 原刊於寶仁堂乾隆三十九年《綴白裘外編十一集》,後收入十二編本。

② 以《綴白裘外編十一集》本爲校本。

③ 《上墳》《除盜》二齣或共名爲《蜈蚣嶺》演出。

④ 應爲"斤"。

潺潺山澗溪。

（下）

（老旦隨貼上）

【引】春堤伴翠輝，芳草無意養萬卉。

風雨凄凄值仲春，乍寒乍暖近清明。一縷愁腸千萬結，對天無語暗傷神。奴家張氏，小字鳳琴，母親去世已久，幸虧乳娘扶養，今已二八。前歲蜈蚣嶺上有一飛天大王與我爹爹商義奴家親事，我爹爹不允，誰想那强徒陡起黑心，暗地裡將我爹爹殺死。如今將近一載，這也不在話下。今乃清明佳節，奴家准備祭礼、紙錢往爹爹墳上拜掃一番。吓，乳娘！（老旦）在這里。（貼）祭禮、紙錢可曾端正麽？（老旦）完備多時了。（末暗上）（貼）既如此，隨我前去。（末、老旦）是，曉得。（合）

只見那姹紫嫣紅春真堪嘆！徐步西郊外，嘆人何處淹！覓翠尋芳誰把花枝佔？

（仝下）

（净上）

【梆子】【點絳唇】窃弄干戈，威名遠佈荆莽窩。錦帳流蘇，只少個美貌姣娥。

金寶昏迷刀劍新，天高帝遠總無靈。廟廊聚集多凶曜，權學當初火聖嬰。俺蜈蚣嶺飛天大王是也。那山下有個張勇，他有一個女兒，生得十分標緻。我自見了他，神魂飄蕩，魄散魂消。我心上要與他成婚，他父親執意不從，我就將他殺死。此話將近一載。今乃清明佳節，他女兒必然要到他父親墳上拜掃，不免帶領徒弟們前去搶上山來，有何不可？徒弟每那里？

（衆上）來也！

【水底魚】聽得傳呼，未審有何故？三脚兩步，忙來問師父，忙來問師父。

師父有何分付？（净）徒弟們，今乃清明佳節，山下那張小姐必然要到他父親坟上拜掃，你每仝我到彼將好言相勸，成事回來，重重有賞。（衆）吓。（净）听我分付。（衆）是。（净）

【包子令】用心勸諭那佳人,那佳人,好生和我結成親,結成親。

(衆)倘他不從呢?(净)他若不從,

就搶來不要近傍人,今朝果有姻緣分,叫他快快來從順。

(仝下)

(末、老、貼上)小姐這裡來。

【吹調】(合)劬勞念痛殺我老親!恨只恨强徒黑心人!又未知何日裏報仇雪恨!

(末)小姐,來此已是坟上了,請小姐拜掃。(貼)阿呀!爹爹吓!今乃清明節届,孩兒鳳琴准備芹樽特來祭掃。

准知早已向黄泉幽冥,那陰司地裏須把冤鳴。

(衆隨净上)(末)你們是什麽人吓?(衆)我們是飛天大王蜈蚣徒弟,聞知小姐在此祭掃坟墓,特來請小姐上山去成親,允不允?不允就要抢上山去了。(末)呀!清平世界,朗朗乾坤,难道没有王法的么?(净、衆)也吠!(合)

恼得俺怒冲冲貫斗星,須認得飛天道人!

(净)徒弟們抢上山來!(衆)吓!(抢介)(衆扯貼、老旦下)(末)阿呀!你看他們把我家小姐竟自抢了去了!吓!也罷!苦我老頭兒性命不着,一定要救他轉來。

饒他走上焰魔天,脚下騰雲須趕趁。

待我追上前去,追上前去!(下)

除盜(梆子腔)

【劇目簡介】

梆子腔,未署名。現存清代刊本,《綴白裘》多種版本收録①。小説《水滸傳》三十一回《張都監血濺鴛鴦樓　武行者夜走蜈蚣嶺》有類似情節,細節差異較大。

《綴白裘新集合編》本②,題目作“上墳”,一齣,每頁九行,每行二十字左右。

劇演武松在趕赴二龍山時,途經蜈蚣嶺。遇到老蒼頭,得知王飛天强搶民女之事,仗義而爲,打敗王飛天一衆,救出民女,火燒蜈蚣嶺。

(生上)

【吹調】趲長途看羊腸曲徑多,

俺武松爲因貪趲路途,未投宿店。你看天色已晚,不知前面什麽所在了。(末内)阿呀!救人吓!(生)呀!

樹木陰森黑暗途,一望無人所。

(末上)阿呀!救人吓!(生)吓!你這老人家爲何這般光景?(末)阿呀!師父吓!不要説起。我仝小姐上坟祭奠員外、安人,誰想被“飛天蜈蚣”這强盜,把我家小姐竟搶上山去了!(生)吓!有這等事?咳!你不説强盜猶可,若説起强盜,惱得我怒髮冲冠,毛髮倒豎!

憑他有三頭六臂,且叫他認得俺剪髮頭陀!

---

① 原刊於寶仁堂乾隆三十九年《綴白裘外編十一集》,後收入十二編本。

② 以《綴白裘外編十一集》本爲校本。

(末)吓！师父,可能救得我家小姐?(生)老人家,那强人的所在你可認得?(末)認得的,就在前面。(生)既如此,前面領路,待俺相救你家小姐便了。(末)多謝師父。師父,這里來。

(生)

聽説罷不仁不義徒,良家女子受風波。奸淫賊盗施强暴,不怕他小醜衆凶魔!

(末)師父這里來。(生、末下)

(净、衆上)阿呀!妙吓!俺飛天今日天緣凑巧,剛剛將那女子擄上山來,好生快活!徒弟每,准備筵宴,可曾端正?(衆)端正了。(净)如此,請新娘出來。(衆)請新人出來拜堂。

(貼、老旦上)(净)阿呀!妙吓!

瞧着我那俏姣娥,常言得意賽登科!

(衆)師父,徒弟們辛苦一場,求師父賞賜。(净)也罷,就將這老婆子賞與你們罷。(衆)多謝師父。(老旦)阿呀!(衆扯老旦下)(貼哭介)(净)吓,小姐不要哭,上得山來享榮華,受富貴。

勸娘行且莫要做作,千金難買時光錯。

(生上,打門介)(净)吓!這時候誰人打門?道人那里?

(丑上)聽得師父叫,慌忙走來到。師父有何分付?(净)看外邊什麽人打門。(丑)吓。(净)呔!看來。(下)(丑)呒。(開門介)(生拔刀介)也呔!(丑跌介)阿呀!(生)你是那個?(丑)我是道人。(生)你師父在那里?(丑)在里面飲酒。(生)起來!(扯丑仝下)

(净上)(生趕上同净打)(生打净下)(净)徒弟們那里?

(衆上)來也!(净)徒弟,黑暗之中,有一强徒,十分利害,你們快些明火執杖,擒拏此賊!(衆)吓!

(生上,同净打介,又與衆打介)(生打衆下)

(末上)那師父去了半日,怎麽還不見來?

(生上)快隨俺走吓!

(貼、老跌上)(末見介)多謝師父相救,請到小庄,將銀錢相謝。(生)俺是出家人,豈是施恩望報的?奸盗已除,待俺燒了巢穴,送你們回去罷。(末)多謝師父。(生)快隨俺走。

【尾】今朝忽遇妖魔衅,幸送恩師相救情,這的是禍福仝途天降臨。

(衆仝生笑下)

蜈蚣嶺(子弟書)

【劇目簡介】

子弟書,未署名。現存清代鈔本,《子弟書目録》《中國俗曲總目稿》《子弟書總目》等著録。小説《水滸傳》第三十一回《張都監血濺鴛鴦樓　武行者夜走蜈蚣嶺》有類似情節,細節有所不同。

車王府藏清鈔本①,題目作"蜈蚣嶺",全四回,每頁六句②,每句字數不一。

叙武松血濺鴛鴦樓之後,在張青夫婦幫助下改作頭陀妝扮,前往二龍山入伙。路途中,武松偶遇一老蒼頭訴説蜈蚣嶺上蜈蚣道人强搶其家小姐之事,心頭大怒,言明要獨闖山嶺,除兇救人,蒼頭則回莊尋求救兵。嶺上庵内張小姐怒斥道人作惡多端,道人不耐煩,正欲行兇,武松仗刀而入,殺死道童及道人,救下小姐。老蒼頭帶人也趕到,武松留名後放起大火燒毁賊巢,依然趕路前往二龍山。

頭回　改粧

一派荒凉滿眼秋,英雄夙恨已全酬。
何妨放胆天涯走,好把栖身水泊投。
星月有情双足踏,雲山不礙兩眸收。
只爲杀亲嫂曾遇着結义嫂,才把个恨都頭改变作烈陀頭。

① 校以史語所藏鈔本。
② 即三整句,其中各句字數多少不一,故多有雙行形式呈現者。

只因他脱逃惧罪把形粧改，不是他向善回心把苦行修。
眼睁睁世界无門容我入，而况且官兵到處把他搜。
快活林当日操拳才吐氣，殈央①樓昨宵揮刃又結仇。
寅夜抽身离險地，黎明捨命跳城樓。
古庙中睡梦的武松遭暗筭，可怜見猛虎疏虞身受縛。
只道是本府拿人的官快手，原來是張青翦径的鉄撓勾。
十字坡失志的英雄逢故旧，百忙里热心夫婦問緣由。
武松把杀人事至尾從頭一一申訴，淂意處吐氣揚眉細細講究。
説到今朝才消我滿腹无明氣，挺身軀一任飛鵬天外遊
非是我惧怕王章惜一死，本当要衙前出首自相投。
可惜我頂天立地的男兒汗，置不淂給賊党們抵償把性命休。
因此上跳出边城來將祸避，是誰人飛進庙要把俗縛。
想不到与哥嫂相逢一場好笑，倒像我武二的身軀在梦里頭。
菜园子説这場快事樂煞人也，更把你那打虎的名兒閧動了九州。
可喜是殺尽了尽②人咱哥兒們雪恨，更好是走脱了兲弟叫知府躭憂。
他不过抹畫了圖像兒將人尋找，我这里横打着鼻粱兒把你收留。
這樁事哥哥足以担淂起，誰人敢動上來尋太岁頭。
兲弟呀此處安置有千万好，只要你放心寧耐个兩三秋。
官家遲几年兒誰还上緊，无頭案冷些日子官也不究。
但只是我这里糟池③兄弟要見諒，怕不似柴進、施恩款待的週。
張青是滿怀豪爽高談闊論，孫二娘④一旁咤⑤異擺手摇頭。
向張青説你的言詞是一偏之見，俗語兒説不雇一担只雇一頭。
叫兄弟藏在俗家熬岁月，我領你个教藏到多早晚才是个罢休？

---

① 應爲“鴛鴦”。
② 應爲“仇”。
③ 或爲“操持”。
④ 底本此字作“奵”，後不贅。
⑤ 應爲“咤”。

况他是点的着烈火的爷們脾性,怎作淂出不了門檻兒的女子温柔?
虽説是補①役官兵不在心上,免不掉風吹草動淂把神留。似这等私鹽包叫英雄作,據我瞧虽不躭驚也不自由。
張青説依你便当怎麽樣才好?二娘説趁早兒脱身离孟州。
張青摆手説言之差矣,妇人家不知深浅信口胡謅。
这如今外边緝捕拏凶犯,挂着椿呢那作眼之人一定熟。
你瞧瞧他臉上金印是配軍的字樣,身边血跡是凶手的行頭。
你叫他放心大胆向何方走?不过把性命残生在此處丢。
二娘説住了罢哥哥你别抢我的話②,我怎肯叫硬翅兒飛蛾把打③火投。
向武松説昨朝曹政的書來到,二龙山請我們入夥度春秋。
这就是英雄遠难全身的去處,我还有叫兄弟改頭换面的來由。
那一年有个僧人來到此,被嫂的药酒麻翻一命休。
他的那戒牒衣鉢依然在,包裹行囊被我收。
到不如把兄弟扮作个陀頭樣,管叫你鎮店庄村任去留。
武松大笑説奇哉計也,嫂嫂呀你妇道人家有好些个運籌。
自古移花堪接木,何妨换柱把梁抽。
就請把和尚的衣衫穿穿試試,僧人的動作煉煉熟熟。
就只怕武二麤豪容貌悪,不似那出家的樣子性情柔。
孫二娘取出包裹把武松扮,頃刻間穿衣繫帶散髮觜頭。
頂束銅箍把金印盖,腰懸錦袋把戒牒收。
佩一把修行的戒刀孩兒鉄,挂一串除邪的數珠人骨頭。
肩臂上摺叠起兩管伽④沙袖,明露出綁体的青衣黑似油。
菜园子一旁拍手哈哈笑,説好兄弟你走遍了天涯也漏不了兜。

---

① 應爲"捕"。
② 有注:"或'我不似你操毰毰張青少智謀',俱可。"
③ 應爲"燈"。
④ 底本作"袈"。

夫妻双劝辞行酒，給曹政把薦交的音書即刻修。
劝英雄好把前程加緊的奔，莫把黄湯没命的甌。
武松説後会有期兄弟去也，我武二在哥嫂的跟前再叩頭。

二回　遇僕

不是尋山訪比邱，巧將逃遁作雲游。
喬粧虽是僧人様，壯志仍爲俠者流。
麻履細縫針密密，戒刀新蘸冷颼颼。
放怀不管前程遠，怪嶺无端入兩眸。

武行者拜别了張青投曹政，一路上飢湌渴飲不停留。
蕩悠悠脚如萍藻隨風浪，急忙忙身似鯤鯢褪吊勾。
因此上无夜无明登古道，全不顧有山有水点残秋。
这一日英雄行至蜈蚣嶺，那天氣已是黄昏落了日頭。
不多時東方擁出一輪月，照見那山路羊腸小径幽。
意懸懸戴月被星將嶺上，挺身跨步把衣摟。
碧森蒼苔代露沾鞋襪，白亮亮瀑布飛泉落澗溝。
盤桓曲径多弯轉，遠遠的一个人影兒晃悠悠。
英雄咤異心疑惑，説誰人敢在这怪險的荒山月下遊。
又想道野怪山精或者也有，喜今朝遇見我武松是他的对頭。
景陽崗作打虎的英雄虽有趣，再作个降魔的罗汗更風流。
眼睁睁山間的行者把雄威抖，鞘里剛刀用虎腕抽。
扑至跟前一声喊，嚇的他跪倒磕頭痛淚流。
只道是吸露湌風的精怪也，原來是亡魂喪胆的老蒼頭。
滿面淚痕連叩首，説開恩罢爷爷把德行修。
饒我这似狗如猪的殘性命，可怜我有天般海様的大冤仇。
武行者見他不住哀怜英雄心軟，忙伸虎爪把他抽①。
説老人家有什麽煩难对我講，我僧人但能爲力便出頭。

① 應爲“扶”。

老苍頭站起把英雄看,袖稍兒連展紙花眼纔把淚痕收。
見武松雄抖抖的神威鋪堆着杀氣,手提着明晃晃的利刃园①睜着怪眸。
不由人哎呀了一声翻身拜倒,你看他不住的磕頭又哭了个不休。
武松焦皂②説鱉悶杀我也,你不知洒家的性子不禁揉。
无柰何輕拍脊背説起來講,休这樣委委曲曲哭的我心熟。
你只管傾心土③胆叫我知道,我必定斬丁截鉄給你分憂。
老蒼頭慢從地下把殘軀起,武行者忙向匣中把利刃收。
説快講罢老人家休要害怕,他这才忐忐忑忑的訴情由。
哭訴道此山名唤蜈蚣嶺,嶺上面有座坟菴是家主的故邱。
自那年无端來了个蜈蚣道,霸占了坟菴在里面焚修。
只道他自在菴中燒丹煉汞,誰知他常來山下硬搶明偷。
昨日个仝我家姑娘坟前拜扫,惡道人見俺小姐美抢進菴里頭。
我小姐痛碎芳心大哭大駡,賊强盗强陪笑臉不採不瞅。
把小老兒推出菴外將門閉,独把我那節烈冰霜的小姐留。
武行者大叫一声氣杀我也,我平生最往④貪花的是寇仇。
老人家領我洒家尋他的所在,救你小姐杀那賊囚。
你但看菴中火起急忙進去,接你們姑娘那烈女流。
老蒼頭拉住英雄説千万别去,惡道人本領高强拳棒熟。
武行者濁氣填胸一摔手,不承望把蒼頭掄了个大跟頭。
看嶺上茂樹遮菴灯光烱烱,趁月下芒鞋淂力虎步颼颼。
蒼頭爬起見武松去遠,不由人替英雄害怕反添憂。
説这陀頭定然丧在强人手,待我去回到庄中把救應求。

① 應爲"圓"。
② 應爲"躁"。
③ 應爲"吐"。
④ 應爲"望"。

三回　駡賊

為爱花枝艷且幽，百般放胆用机謀。
求凰无曲原非凤，逐鵲居巢自類鳩。
霸去坟菴心未足，护①來閨女欲胡求。
閉門自料渾无事，却不知有久慣杀人的在外頭。
武行者來至菴前見門兒緊閉，只听淂女子号啕罵不休。
英雄讚嘆説好个女子，又听淂道人涎臉的語兒勾。
説張小姐休嗔貧道把姑娘抢，恕我糟池②礼不周。
我虽然行径无知恩爱重，何苦來你哭損了芳容我不自由。
都只為三生有幸真奇遇，只覺得一旦相逢好幸頭。
我念你又无父母將何所靠，你与我既是夫妻怕甚麼羞？
應知今日成亲喜，莫記当年杀父仇。
望小姐慧性灵心往活動里想，常言道不是冤家不聚頭。
張小姐鶯声咤叱説賊住口，把你那巧語花言給我快收。
我本是知節义的真女子，不是那无廉耻的賤丫頭。
你打量弱女孤身貪生怎的，你姑娘横心执意除死方休。
今番既落賊人手，一任你斧操刀揮也不展眸。
惡賊人你總然不敢把姑娘犯，你姑娘决不回乎把性命留。
何妨自尽將身丧，豈肯偷生把醜丢？
想人生百歲終須一个死，你姑娘半生能有几顆頭。
也不过引頸凔刀一腔热血，挺身有力兩瓣蓮勾。
作一个鏡里的花枝水中的明月，給你个跌蛋的斑鳩箍嘴的老牛。
别当是姑娘一死丢開手，还有个耿耿的魂兒天地不收。
身化灰塵心未死，仇如山海恨难休。
无拘束变个精灵追性命，有灵圣作女厲鬼报冤仇。

---

① 應為“搶”。
② 或為“操持”。

叫你受永世千年活罪孽,剐你这滔天万恶狠賊囚。
蜈蚣道忍氣吞声尊小姐,你听他不敢强梁一味的柔。
説你把这横撞言辞肆行大駡,幸虧我寬宏度量並不深究。
你难住了我这大胆湯兒的真好汗,我无法治你这准心丸的小魔頭。
真个是兒女情長英雄氣短,可笑我这般忍受爲風流。
張小姐説滿口胡説賊該万死,誰像你这駡不死的賊人没个羞?
竟敢对千金小姐出言无狀,硬着臉一片混話信口胡诌。
你去年杀害我的天倫已經躲过,而今又逼凌他的幼女着甚來由。
你打着此間險峻无人到,終有日天公睁眼祸臨頭。
定有个凶似你的人兒也,他揫住你决不輕饒一任你哀求。
你淂把慘苦尽情的都試試,你才知道循还不放过一丢丢。
破腹開腸將命取,撕皮捋肉把筋抽。
緊連着剜①胆摘心揚灰錯②骨,又何妨点灯熬你的護心油。
駡的个道人大怒心躥火,動無明虬髯乱乍氣冲斗牛。
説賊賤人再四的无知瞎作作,好叫人万分也难忍恨悠悠。
平白的你用言辞將我駡,难道説誰把殘生給你留?
道人時下把身挨近,那光景欲待要逼凌用强求。
菴門外行者着忙説不好,急坏了救人情切的武陀頭。

四回　救难

天把强梁必不留,漫云邂逅素无仇。
道人自負无双手,行者偏來作对頭。
爲救佳人全义烈,因勘老仆淂缘由。
夜深月滿揮刀處,血伴菴前澗水流。

武行者在菴前听到危急處,説惡道人一動豪强小姐的命休。

---

① 底本此字作“挎”。
② 應爲“銼”。

向匣中把宾鉄刚刀拏在手，趁月下電光相似射人眸。
急忙忙神威抖叟①把菴門扣，听道人鬼胎害怕把歹心收。
叫小姐暫在屋中先避避，唤道童快些開門去搜搜。
是誰在此听賊話？着你將他給我縛。
道童兒朦胧睡眼開門户，武行者虎爪輕伸把頭髮揪。
暗説道先給戒刀開了利市，把这蛮童作个採頭。
輕輕的向怀中一捋把刚刀落，道童兒往門外一扑把首級丢。
踼②一脚尸骨菴前干拃挣，一鬏手頭顱坡下滚滴溜。
蜈蚣道見杀了童兒勃然大怒，氣的他燒心的烈火又澆油。
一回身連忙扯起齊眉棍，到院中排開架式打陀頭。
抖神威行者眼明身又快，支使的道人力猛棍难收。
明月下二人奮力相争鬬，蜈蚣道一棍扑空乱捤悠。
武行者宾鉄刀揮單臂力，照着那頂粱骨剁一声飕。
道冠兒齊根砍落塵埃地，差些兒斬下强粱惡道頭。
急的那行者咨嗟連跺脚，唬的个道人驚怕暗幙③頭。
武行者重將追命的剛刀舉，蜈蚣道連把寒心的凉氣抽。
少不淂强打精神还動手，无奈他全無氣力更添憂。
百忙里月下的英雄窺破綻，急利便手中的鋒刃刺咽喉。
唬声着声兒咤叱頭兒落，惡道人腕子扎煞棍子丢。
倒尸骸氣隨山上風中散，魂在天边月下浮。
只爲他心腸奸險十分惡，才落淂手脚扑騰一命休。
武行者刚然欲唤張小姐，見菴門外紅光一片火把灯球。
原來是蒼頭要助英雄力，亲往庄中把接應勾。
喘吁吁蒸笼相似一身汗，慌張張棃鶏一般兩个眸。
見道人鮮血直流身首異處，感陀頭热心激烈义勇千秋。
急忙忙跪倒残軀連叩首，説請把爷爷的名姓留。

---

① 應爲“擻”。

② 底本此字作“踤”。

③ 應爲“摸”。

武松説景陽崗你可知之否?我便是空拳打虎的武都頭。
你且去屋中把你小姐救,再將惡道的金銀細軟搜。
不多時蒼頭領出張小姐,重向英雄再叩頭。
武松揮手説回家去罷,鷄鳴了山間殘月欲全收。
連忙的燒菴放起无情火,不給那已後賊人把窠穴留。
因什麽无端寫起《蜈蚣嶺》,都只爲長日窗前静且幽。
僅可自歌还自快,不知人笑与人羞。
誰道是多心敷演期心賞,因此上有意荒唐任意謅。
仿佛是親向梨園觀此戲,才与那《水滸》的書篇迥不侔。

走嶺子(子弟書)

【劇目簡介】

子弟書,未署名。現存清代鈔本,《子弟書目録》《中國俗曲總目稿》《子弟書總目》等著録。小説《水滸傳》第三十一回《張都監血濺鴛鴦樓　武行者夜走蜈蚣嶺》有類似情節。

車王府藏清鈔本①,題目作"走嶺子",一回②,每頁六句③,每句字數不一。

叙武松大鬧飛云浦、血濺鴛鴦樓後,在張青夫婦的幫助下扮作頭陀,持推薦書前往投奔青州寶珠寺魯智深等人。途中夜走小路,經過蜈蚣嶺,想起自己的經歷不禁思緒萬千,恰見松林旁邊有一竹樓,欲行前往投宿。

　　　　瑣窗人静轉清幽,翻閲残篇小案頭。
　　　　筆端清遣閒時悶,墨痕点染古人愁。
　　　　謝朓山前花似錦,子陵台上月如鈎。
　　　　到而今謝朓子陵何處也,山自青青水自流。
且説那武松大鬧了飛云浦,一怒提刀轉孟州。
只殺得畫堂深處屍横地,銀烛光中血染樓。
多虧了張青義氣將都頭隐,怎當的王法森嚴把正犯搜。
十字坡夫妻不敢留盟弟,無奈何相荐英雄把宝珠寺投。
菜園子寫書一紙叫英雄帶乞,好着那魯達楊志把武松留。

---

① 校以吴曉鈴舊藏百本張鈔本,以史語所藏鈔本作參校。

② 此子弟書至武松欲行投宿即止,似未全。

③ 即三整句,其中各句字數多少不一,故多有雙行形式呈現者。

欲催彩鳳飛霄漢,又怕金鰲上釣鉤。
母夜叉細心施巧計,武二郎披髮作陀頭。
都只爲避难逃灾遮人的耳目,这英雄飄飖大袖冲①作是雲遊。
疾忙忙揣上度牒將戒刀珮了,拜謝他夫妻恩義重山坵。
張青忍淚回茅店,二郎上路奔青州。
仗賴着低垂短髮遮金印,路上的人並无一个与好漢相熟。
從此武松就呼爲行者,这是打虎的英雄下場頭。
武行者起身正是中元節,英雄在路上慢凝眸。
但則見一天清爽烟霞淡,萬頃黄雲禾黍熟。
一陣陣金風吹野樹,絮叨叨蛩語動離愁。
蝉声断續無些兒力,草色蒼凉有一半秋。
几處柴門歇客店,一点青帘賣酒樓。
睄了睄去往來回的人不少,這英維忽然一事上心頭。
於其在通商大道躭驚怕,何不從幽避小路奔青州。
想罢的英雄不待慢,從那板橋兒斜岔就渡了溪流。
武松纔待朝前走,見个牧童兒在黄土坡边正飲牛。
向牧童說借問一声前面的路,还有多遠就可以是宿頭。
牧童遥指說蜈蚣嶺外,張家庄在枯楊林北乱石溝。
那里纔能有个小店,算起來四十多里路悠悠。
你看那点点歸鴉斜陽美影,只怕你天晚难行道不熟。
牧童說罢飄然去了,行者說村店全无怎樣修?
俺只得今宵夜走蜈蚣嶺,大概也無妨不用愁。
慢說有歹人即或是虎豹,俺有这景陽崗上的舊拳頭。
好漢想畢將僧衣掖起,慢迢迢步履從容把小徑投。
望前約走了十來里,見遠山翠處把日輪收。
滿目蓬蒿坟壘壘,半林敗葉鳥啾啾。
不多時濛濛露氣沾衣潤,隐隐鐘声入耳幽。
孤另另天涯客对凄凉景,不由人恨鎖双眉淚慘眸。

---

① 應爲"充"。

想老天既産武松这般男子,大料俺也值作个人間的萬户侯。
爲甚的嫂嫂不仁哥哥命苦,弄得俺刺字充軍到孟州。
都是俺一時忍不住英雄氣,因此上血濺鴛鴦那座樓。
雖有这張青夫婦的書相荐,还不知二龍山中收不收。
但只願魯達楊志能容物,纔可以安身立命别作良謀。
異日裡身受招安爲个將佐,俺武松敢將血汗把君酬。
但挣得一條玉帶横腰繫,萬古英名史册留。
那時節舒展男兒平素志,净洗而今面目羞。
倘若是一世不能轟轟烈烈,那就是老天誠意按吾的頭。
武松慨嘆登高嶺,这時節大約着城裡交了更籌。
但則見月色輝煌披草木,蒼烟飄緲遍荒坵。
乱石坡、乱石坡上松林子,松林子青松那壁有個竹樓。
英雄一見忙移步,武行者竟奔前來把宿投。

削道冠尔(快書)

【劇目簡介】

快書,未署名。現存清代鈔本,《中國俗曲總目稿》《子弟書總目》等著録。小説《水滸傳》第三十一回《張都監血濺鴛鴦樓　武行者夜走蜈蚣嶺》有類似情節,細節有所不同。

車王府藏清鈔本①,題目作《削道冠爾》,别題《蜈蚣嶺》,全二回,每頁六句②,每句字數不一。

叙武松血濺鴛鴦樓之後,扮作頭陀前往二龍山。途中夜過蜈蚣嶺,恰遇張家老蒼頭哭訴蜈蚣道人强搶民女張秀英之事。武松路見不平,拔刀相助,獨自上嶺勇鬭蜈蚣道人等,殺死匪人,救出小姐,并於山頭放火後,不留姓名,趕赴前程。

一　回

詩篇

一派荒凉夜晚中,夙恨全酬美英雄。
何妨放胆天涯走,夜半孤身獨自行。
星月有情雙足踏,雲山不礙兩眸中。
都只爲殺親嫂曾遇着結義嫂,这纔要上梁山投奔宋公明。

【頭落】

我表的是梁山泊上好漢武松,景陽崗打虎留下美名。

① 校以史語所藏清鈔本《蜈蚣嶺》,以藝研院藏清鈔本作參校。
② 即三整句,其中各句字數多少不一,故多有雙行形式呈現者。

他也曾大鬧十字坡店，凌雲志像代英風。
他也曾替兄殺過親嫂，因此發配孟州城。
多虧賓朋將他救，前去避祸躲灾星。
裝束打扮陀頭模樣，腰間佩着劍鋼鋒。
由此直奔二龍山去，还有那一封書信在錦囊中。
英雄白昼不行路，古庙之中隐身形。
專等到夜晚之間星斗光輝皓月當空行于道路，無人之际步履如飛奔走途程。

【二落】

武松行程且慢表，再把那蜈蚣嶺上表分明。
山上住着個蜈蚣道，他不守清規逞横凶。
長下山來劫奪財物，專爱搶擄女花容。
这日下山遊春景，代領打手許多名。
路途中遇見秀英張小姐，代領蒼頭祭坟茔。
妖道觀瞧起惡念，喊叫衆人往上攻。
衆多打手真凶惡，撲嗵嗵將蒼頭踢倒地流平。
衆人上前齊動手，把小姐搶到峻嶺峯。
老蒼頭扎掙爬起緊步追隨跑不動，又答着紅輪西墜路途之間看不清。
遇难的蒼頭將天叫，眼望高山放悲声。
那一边來了打虎的將，赶上前來細問其情。

【三落】

你这老者因何傷悲慟，有甚冤屈要你説明。
蒼頭正在來哭叫，又听耳边有人声。
朦朧睁開昏花眼，見身旁站立一凶僧。
但見他威風凛凛多凶惡，煞氣騰騰是个英雄。
这蒼頭未從開言先落淚，磕頭碰地响連声。
好漢若問屈情事，小老兒從頭細禀明。
只因現令清明日，同定小姐祭坟茔。
塗間遇見賊强盗，將小姐搶到險山中。

小老兒今年過花甲,兩眼昏花耳不明。
小姐令歲一十六,閨字名唤張秀英。
也是那天意令當遭不幸,主僕分散不能相逢。
想必悪道起枉想,我小姐也曉四德与三從。
急难之時無非自尽,无在山中不能允從。
这是我從頭至尾一夕語,尽是寔言不敢虛情。

二　回

詩曰:

武松闻听双睛瞪,叫声老者休悲痛。
我今上山救小姐,主僕相逢重欢慶。

(白)話説武松一闻此言心頭火起,叫声老頭兒不必啼哭。我上山去答救你家小姐就是了。蒼頭闻听,説哎呀,好漢若能答救我家小姐下山,慢説我蒼頭念其盛情,就是我那死去的東人也是感恩不尽。武松説道你若見山頭火光一起,你上山前去迎接你家小姐,蒼頭連忙答應説是是。回言問道:山頭火光若是不起呢?武松説道:这个火光不起,你就逃生去罢。

【連珠調】説罢武松不怠慢,回身觳奔峻嶺峰。
山頭之上一坐庙,武松一見双眼紅。
咯吱吱刀尖撬開山門兩扇,噗嗵嗵身形跳在院落中。
四顧觀睄無動静,只听房内有人声。
挑開簾籠縱進身形,双眉緊絏虎目圓睁。
刀尖一指開言駡,胆大賊人理不通。
搶擄妇女該何罪,下來試試劍鋼鋒。
只听喀吱一声响,道冠尔削在地流平。
當時賊人心害怕,三魂七魄起在空。
吩咐衆人一齊上,大家努力拿凶僧。
手下答應説遵令,聚齊道童几十名。
棒棍刀槍齊圍住,武松困在正當中。

恰似生龍与活虎,單刀舞的不透風。
咯吃吃人頭滚滚齊落地,衆人一見退身形。
跳出外面尋找小姐背負身中,山頭之上放起火。
霎時之間青烟直冒烈焰騰空,金蛇乱串瓦碎磚崩。
恰遇山峯高高矮矮、低低凹凹、曲曲折折、咣咣絆絆下山中。
蒼頭一見信火起,不由歡喜在心中。
迎上前去跪倒流平,磕頭碰地口尊英雄好漢留名。
俠義武松不肯留名,主僕相逢同感恩情。
这蒼頭叩首連連,各自行程。
(完)

新著鬧江州全本(皮黄)

【劇目簡介】

皮黄,未署名。現存清李世忠主編光緒六年竹友齋刻本《梨園集成》本,民國《戲考》本,二本内容大略相同,《慶昇平班戲目》著録,同題材戲劇尚有《宋公明劫法場》等,亦名《宋江吃屎》。小説《水滸傳》第三十九回《潯陽樓宋江吟反詩　梁山泊戴宗傳假信》至第四十回《梁山泊好漢劫法場　白龍廟英雄小聚義》有類似情節,但細節多有不同。

《梨園集成》本①,不分折,每頁十行,每行二十一字。

劇演宋江發配江州之後雖結識戴宗、李逵等人,但時常想念家鄉,胸懷郁郁。一日獨自在潯陽樓飲酒,醉後題詩於壁,一訴衷腸,被偶然避雨到此的黄文炳認作反詩,遂報告給太守蔡得章。二人談及京城的童謡,遂派人前去捉拿宋江。戴宗提前報信,建議宋江裝瘋,以圖蒙混過關,宋江被逼吃屎,仍被黄文炳識破其未瘋的事實,遂被收監。戴宗替蔡得章到東京送信,途經梁山遂向衆人求救,晁蓋、吴用等派兵分頭進發,前去營救宋江。戴宗趕回江州,將吴用書信遞交宋江,誰知書信却被獄卒拾獲上交太守。蔡德章得知戴宗私通梁山,決定盡快將宋江、戴宗斬首以免意外。李逵途遇梁山衆人,于是共同混入江州,大鬧法場,救出宋江。

(生上)

【引】虚名博利,那堪空皓首。

① 以《梨園集成》本爲底本,以《戲考》本爲校本。

(白)終朝每日念家庭,不幸發配在江城。由如①失羣一孤雁,好似浪蕩與浮泙②。在下宋江,③山東鄆城縣人氏,只因殺了閻婼姣④,發配江州。一路行來,結識了多少英雄好漢。曾走梁山境⑤過,蒙晁大哥、吴先生接我上山,衆英雄勸我入伙。咳!想我以⑥是朝廷罪人,何苦又做那犯法的事情?被我再三推辞,纔得下山。來至江州,又結交了多少好漢,蒙他們每每侍奉⑦,正是:世情看泠⑧煖,人面逐⑨高底。

(付上。白)身在公門當節置⑩,"神行太保"是咱名。(生)賢弟來了。(付)大哥,今日爲何起得甚早?(生)昨日蒙賢弟相約,往潯陽樓一叙,故而起得甚早。(付)大哥請。(生)賢弟請。(付)相識滿天下,(生)知心能几人?(付)行行去去,(生)去去行行。(付)來此以是,酒保有么⑪?

(丑⑫)來了!人説天下無好酒,不信惟有此地高。是那个⑬?原來是都頭,敢是吃酒的?(付)正是。那里潔净?(丑)樓上好。(付)好酒好菜,拿上樓來。(丑)是。⑭(付)大哥請。(生)賢弟

---

① 應爲"猶如",此劇中多有將"猶如"寫作"由如"者。《戲考》本作"猶如"。

② 《戲考》本作"萍"。

③ 《戲考》本有"乃"字。

④ 《戲考》本作"閻惜姣"。

⑤ 《戲考》本作"經"。

⑥ 應爲"已",此劇中多有將"已"寫作"以"者,《戲考》本同,後不復贅。

⑦ 《戲考》本作"款待"。

⑧ 應爲"冷"。

⑨ 《戲考》本作"分"。

⑩ 《戲考》本作"節擊"。

⑪ 《戲考》本作"麼",後不復贅。

⑫ 《戲考》本作"酒保上,白"。

⑬ 《戲考》本作"個",後不復贅。

⑭ 《戲考》本作"保允"。

請。好一座潯陽樓!(付)這都是那些商人、翰墨遊玩之所。(丑①)酒來了,酒菜有了②。(付)放下。(丑)都頭要什么東西,呼喚即至。(付)下去。③(丑下)(付)大哥請。(生)賢弟請。(付行礼)④

稱佳釀,弟兄門悦意歡觴⑤,略一樽表寸心,以解愁暢⑥。

(生)矣⑦弟吓,(唱)⑧

我自離家走他鄉,碌碌風塵空忙忙⑨。父母家中倚門望,不由我悽悽慘慘意徬徨。

(付唱)⑩

勸大哥免愁腸,男子漢⑪四海爲家休戀故鄉。

(生白)話雖如此,只是放心不下。⑫請寬飲几盃。(生)矣弟,李奎⑬也曾相約,今日他往那里⑭去了?(付)不要説起他來,⑮每日在潯陽江邊,東闖西闖,是個浮踪浪跡⑯之人,知道他往那里去了?(生)原來如此。矣弟,昨日那封書,可曾見過?(付)小弟以曾觀看⑰,原來梁山吴先生寄與小弟的。(生)不錯。(付)小

---

① 《戲考》本將酒保角色"丑"作"保",後不復贅。
② 《戲考》本作"菜來了"。
③ 《戲考》本作"唤你再來"。
④ 《戲考》本作"(付唱)【平板】【二簧】"。
⑤ 《戲考》本作"暢"。
⑥ 《戲考》本作"腸"。
⑦ 《戲考》本作"賢",後不復贅。
⑧⑩ 《戲考》本有"【平板】【二簧】"。
⑨ 《戲考》本作"茫茫"。
⑪ 《戲考》本作"大丈夫"。
⑫ 《戲考》本有"(付)",此句當爲戴宗所白。
⑬ 《戲考》本作"李逵",此劇中有數處作"奎",亦有作"逵"者,後不復贅。
⑭ 《戲考》本作"裡",亦有作"裏"處,後不復贅。
⑮ 《戲考》本作"不要説起,他每日……"。
⑯ 《戲考》本作"浮浪"。
⑰ 《戲考》本作"小弟看過"。

弟看那書上情由，大哥也曾上過梁山來？（生）再①不要説起。（付）爲何？（生）走梁山境過②，蒙晁大哥、吴先生接我上山，衆英雄勸我入伙③。（付）就該依從。（生）想我以是朝廷罪人，豈肯又做那犯法的事情？被我再三推辞，纔得下山。（付）既是他們相留，就該依從。反來此地，孤孤惮惮④，寂寞悲急。⑤（唱）⑥

你往日虚名終何用？

（生唱）

只怪我時乖命又⑦低。

（付）⑧

你每日里好似那失郡⑨孤雁，由如那傷弓鳥折了双翅。自古道男子漢早當立志，這等机緣也非容易。

（生）

百歲光陰能几時？

（丑上）是，是！⑩ 都頭，外面有人請你説話。（付）想是李奎來了。（付）是什么樣人？（丑）他説奉府大老爷所差，有要緊話説，他在門首相等⑪。（付）叫他先回去，説我就來。（丑）都頭叫你們先回去，他就來。（下）（付）大哥，今日回去，明日再來。（生）兲弟既有公事，先請回去。愚兄在此消遣一時就來⑫。（付）如

---

① 《戲考》本無此“再”字。

② 《戲考》本作“愚兄走梁山經過”。

③ 《戲考》本多將“伙”作“夥”，後不復贅。

④ 《戲考》本作“單”，後不復贅。

⑤ 《戲考》本無此句。

⑥ 《戲考》本有“【摇板】【二簧】”。

⑦ 《戲考》本作“運”。

⑧ 《戲考》本作“（付唱）【摇板】自古男子早立志，百歲光陰能幾時？”唱詞省略不少。

⑨ 應爲“群”。

⑩ 《戲考》本作“哦，哦”。

⑪ 《戲考》本作“有要緊之事，門首相等”。

⑫ 《戲考》本無“就來”二字。

此少倍①了。(生)請。(付)酒保,好酒好菜拿上樓去,酒錢記在我賬上。(丑)是吓。② (付)正欲情談進客至③,偶思小飲报花開。(下)(生)妙吓! 我雖發配江州,一路以④來,見多少名山古跡?⑤ 我那鄆城縣,再没有這樣江景,真過俊雅,其寔可觀⑥。待我自酌自飲,開懷暢遣,寬飲几盃⑦。(唱)⑧

且放懷,丢寂寞把愁解,暫將煩冗⑨一旦丢開,得自再⑩來且自在。

(白)我宋江生在山東,長在鄆城,幼年學吏出身,曾留虚名,結交多少好漢? 目今山⑪旬之上,名又不成,利又不就,反陷誣在此。哎呀! 爹娘吓,你在家懸望,不知何時纔得見面? (唱)⑭

苦殺俺双双⑮老椿槿,可怜你身憚孤影衰體暮年⑯。爹娘吓,哎呀,不知可能勾重見顔面?⑰ 哏,恨殺婼⑱姣惹罪招愆,閃得我無依無靠少親眷戀戀⑲,冷静静愁無限。

(吐酒介。白)一時事在心頭,這酒不覺湧上來了。唔⑳,吓! 看這壁上題得有詩句。也罢,我不免稱此酒興,把我衷腸之事略表

① 《戲考》本作“陪”。

② 《戲考》本“吓”作“下”,以表酒保之離場。

③ 《戲考》本作“正欲清談有客至”。

④ 《戲考》本作“而”。

⑤ 《戲考》本將“真過俊雅”提前至此,作“看這潯陽樓,真果俊雅”。

⑥ 《戲考》本作“其實可觀”。

⑦ 《戲考》本作“開懷暢飲幾盃”。

⑧⑭ 《戲考》本有“【平板】【二簧】”。

⑨ 《戲考》本作“煩惱”。

⑩ 《戲考》本作“在”。

⑪ 應爲“三”,《戲考》本作“四旬”。

⑮ 《戲考》本“双”作“雙”,後不復贅。

⑯ 《戲考》本此句作“可憐你身單孤影衰時暮”。

⑰ 《戲考》本此句作“但不知可能够重見尊顔”。

⑱ 一般作“惜”。

⑲ 《戲考》本無二“戀”字。

⑳ 《戲考》本“唔”作“呃”,後不復贅。

几句,也不忘①我在此悲嘆。吓,酒保,有筆硯借來一用。(丑)來了。看你這个樣兒,敢是吃醉了?(生)有点意思了。(丑)白頭的酒少吃些。(生)呸,下去。(丑)是。(生)待我把墨磨②得濃濃的,筆剔得满满的,把我衷腸之事略表几句。[題詩]自幼曾攻經史,掌撑③亦有机謀。恰于猛虎卧荒坵④,塹⑤伏牙爪忍受。不幸刺文双頰,那堪配在江州。他年若得报寃仇,血染潯陽江口。(唱)

稱酒興自顛狂略表衷腸,事不住有諱言,他日到此不忘,今日吁嗟怨。⑥

(白)哎,恨他不過,还要寫他几句。[詩]心在山東身在吴,飄怕江海慢吁嗟⑦。他年若得凌雲志,堪⑧笑黄巢不丈夫。鄆城宋江題。(唱)(笑)⑨

满腹心事在壁上,酒醉⑩眼花繚乱意朦朧。

(吐介了)果然吃醉了,回去罢,明日再來吃酒。酒保,錢是會過了的?(丑)是吓。⑪ (生)回去罢。(吐介。下)⑫

(二頭目、四袍、丑白⑬)

【水底魚】打道上獲盜捕强,巡查要謹防。掃除民害,緝獲休輕放,休

---

① 《戲考》本作“枉”。

② 《戲考》本作“摩”。

③ 《戲考》本作“長成”。

④ 《戲考》本作“恰如猛虎臥山坵”。

⑤ 應爲“暫”。

⑥ 《戲考》本無此段唱詞。

⑦ 《戲考》本作“飄泊江海慢嗟吁”。

⑧ 《水滸傳》此字作“敢”。

⑨ 《戲考》本作“笑介”,無“唱”字。

⑩ 《戲考》本無“酒醉”二字。

⑪ 《戲考》本作“保允”。

⑫ 《戲考》本有“保下”。

⑬ 《戲考》本作“(二頭目、四青袍引醜上)【水底魚】”。按其意此後應爲“唱”,而非“白”。

輕放。

(引丑上)①下官黄文炳,近來潯陽江邊,出了一伙强道繞害②江湖,因此晝夜巡緝。(衆)雨來了。(丑)速速趲行几步,風雨大作,江邊路滑,難以行走。(丑)③前面什么所在?(頭目一)④潯陽樓。(丑)就往潯陽樓躲避一時。(衆)是!酒保,拿酒來。(丑)不用,略坐一坐,風雨住了,即便回衙就是⑤。(丑)看四壁題有詩句,待我看來,這是稱讚江樓之景,這是邪談外道,⑥到也做得好,到要看看⑦:"自幼曾攻經書⑧,長成亦有机謀。"⑨此人自富不賤⑩。"恰如猛虎臥荒⑪坵,暫⑫伏牙爪忍受。"⑬原來是个守法的人。"不幸刺文双頰,那堪配在江州。"原來⑭是个配犯。"他年若得報冤仇,血染潯陽江口。"哎喲,但不知報那个的冤仇?這候面⑮还有几句,待我看个明白⑯。"心在山東身在吴,飄迫江海慢吁嗟⑰。"這是个思念家鄉的⑱,到也可恕。⑲

---

① 《戲考》本作"(白)","引丑上"按上下文意應在唱詞之前。
② 《戲考》本作"强盜擾害"。
③ 《戲考》本中無此"丑"字。
④ 《戲考》本作"衆"。
⑤ 《戲考》本作"(衆)是"。
⑥ 《戲考》本有"這是閒敘平生"。
⑦ 《戲考》本作"我來看看明白"。
⑧ 《戲考》本作"經史"。
⑨ 《戲考》本有"吓"。
⑩ 《戲考》本作"自負不淺"。
⑪ 《戲考》本作"山"。
⑫ 《戲考》本作"暫"。
⑬ 《戲考》本有"哦"。
⑭ 《戲考》本作"哎,乃"。
⑮ 《戲考》本作"後面"。
⑯ 《戲考》本作"待我細細看來"。
⑰ 《戲考》本作"飄泊江海慢嗟吁"。
⑱ 《戲考》本有"意思"。
⑲ 《戲考》本有"哎"。

"他年若得凌雲志，堪笑黄巢不丈夫。"哎呀，他要賽過黄巢，這还了得！但不知是那个做的，①"鄆城宋江題"。來！將此詩抄寫一張②下來。（手）③是。（丑）傳酒保。（手應）④

（丑上）⑤叩見老爺。（丑）這詩何人寫的？（丑）方纔有个人自酌自飲，只怕是他寫的。（丑）那人有多大年紀？何等樣人？（丑）年已⑥不過三十餘歲，他那臉上刺得有字。（丑）這就不錯了。將此詩不要損壞，下去。（丑下）⑦此事非大非小，若不早田⑧，国家有害。我回去禀明府大老爺，再做道理。來，打道回衙！（差頭下）⑨

（末上）⑩

【引】父勢當權恩榮耀，官職長綿。

⑪君恕臣良及樂葉⑫，清慎官員四海分。但愿高揚甯父母，不聞嘶馬動刀兵。⑬ 下官蔡得章，父親蔡景⑭，位列三台⑮之首，文武羣寮之尊，滿朝献⑯耀，半出吾門；四海貢献，盡歸我府。下

---

① 《戲考》本有"哦"。

② 《戲考》本無"一張"。

③ 《戲考》本用"衆"。

④ 《戲考》本作"衆照"。

⑤ 《戲考》本作"保上白"，其中"酒保"的角色"丑"多作"保"以與黄文炳相區分，後不復贅。

⑥ 《戲考》本作"紀"。

⑦ 《戲考》本作"（保允下）（丑）"。

⑧ 《戲考》本作"早除此人"。

⑨ 《戲考》本作"衆允仝下"。

⑩ 《戲考》本作"四套引末上"。

⑪ 《戲考》本有"詩"。

⑫ 《戲考》本作"業"。

⑬ 《戲考》本有"白"。

⑭ 《戲考》本作"京"。

⑮ 《戲考》本作"官"。

⑯ 《戲考》本作"顯"。

官①特授江州府太守,到任以來,年歲豐足,去去②安甯。正是:惟願国家龍安福③,自有封妻蔭子時。

(丑)堪笑無耻輩,何故自造愆?(手)④有人么?(院)什么人?(手)黄老爺拜。(院)候着。(手)投過帖了。⑤(丑)退下。(手下)(院)黄老爺拜。(末)有請。(院)有請。(丑)太爺請上,卑職參拜。(末)少礼,請坐。(丑)告坐。(末)前日下官生寿,煩勞送來許多厚礼,何以當受!(丑)好説。多蒙提拔,尚未報答,些須薄礼,何勞掛齒!(末)豈敢。(丑)這几日尊府可有家報到此?(末)昨日來得一封家書,到是一樁⑥新文。(丑)什么新文?(末)説⑦東京街市上,有一小孩童謡哥⑧四句,將有謀国之人繞害民間⑨,因此家父特寄家信到此,叫下官隄防要緊。(丑)請問謡哥怎道?(末)"耗國之⑩家木,刀兵点水工。六六三十六,撓乱在山東。"(丑)這就不錯了。(末)何出此言?(丑)昨日巡查江邊,不覺在潯陽樓避雨,見壁上⑪題得有詩句,是卑職抄下一張,太爺請看。(末)這是一首反詩,可知是何人做的?(丑)上面明題"鄆城宋江作"。(末)這宋江是何等樣人?平日做何生理?(丑)卑職曾問酒保,説是牢獄中配犯。(末)量這配犯,也能成

---

① 《戲考》本作"吾"。

② 《戲考》本作"處處"。

③ 《戲考》作"能安静"。

④ 《戲考》本無前句,此處作"(四青袍引丑上)(青袍白)","手"多作"袍",後不復贅。

⑤ 《戲考》本無"(手)投過帖了"一句。

⑥ 《戲考》本作"莊"。

⑦ 《戲考》本作"説道"。

⑧ 《戲考》本作"有小孩童謡歌",後"謡哥"均爲"謡歌",後不復贅。

⑨ 《戲考》本作"謀反之人擾害民間"。

⑩ 《戲考》本作"因"。

⑪ 《戲考》本作"門"。

豈①什么大事？（丑）太爺不要小覷了②，方纔所③説謡哥，恰恰④應在此人身上。（末）怎得見？（丑）那謡哥是？（末）“耗國因家木”，（丑）“耗國因家木”是耗散国家錢粮的人，⑤“家”字寶盖頭，有个“木”字，明明是个“宋”字。（末）不錯！⑥“刀兵点水工”呢？（丑）這“刀兵点水工”之人⑦，三点水有个⑧“工”字，不是个“江”字？看來宋江無疑了！（末）“六六三十六，反乱正山東”，這兩句話怎么説？（丑）“六六三十六”，此乃六六之人數，合⑨者六六之年。這“撓乱在山東”，何須説得？一則⑩宋江本是鄆城縣人氏，二則⑪又應了謡哥，耗國之人一定是宋江此賊無疑了。（末）我想謡哥之人，此是⑫非大非小。若不早除，又恐國家遭害。你自回去，下官自有道理。（丑）卑職告辞。（末）吟反詩其罪非小，（丑）應謡哥事出偶然。（丑下）（末）來，吩咐升堂。（隨照）⑬

（手下末兩边上）（末）傳戴宗。（衆應）⑭

（付上⑮）叩見太爺。（末）命你帶着三班衙役，去到牢獄中，拿那潯陽樓題反詩的宋江，速速前去。掩門。（下）（付）你們回去收

---

① 《戲考》本作“其”。

② 《戲考》本作“小覰此人”。

③ 《戲考》本作“聽”。

④ 《戲考》本作“却是”。

⑤ 《戲考》本無“人”字，有一“那”字。

⑥ 《戲考》本有“還有”。

⑦ 《戲考》本無“之人”，有“麽”字。

⑧ 《戲考》本“有個”作“加一”。

⑨ 《戲考》本作“倘或”。

⑩ 《戲考》本無此二字。

⑪ 《戲考》本作“豈不”。

⑫ 《戲考》本作“事”。

⑬ 《戲考》本作“院照”。

⑭ 《戲考》本作“（手下）傳戴宗”。

⑮ 《戲考》本有“白”。

拾收拾,少時①呼喚即至。快去,快走!(二手下)②(你③)哎呀,④不好了!(唱)

【西皮】⑤他那里氣昂昂把令傳下,唬得我战兢兢⑥魄飛天涯。爲什么題反詩令人害怕,好叫我無主張怎么拿他?

(白)哦,有了!我⑦先到牢中,問个明白,恐那題反詩不是他,⑧也未可知。正是:認⑨是龍啚在世,難免復分⑩之冤。(走口⑪下)(生)

【前】⑫每日里悶沉沉愁眉難放⑬,到此間受盡了許多凄凉⑭。路途上相與⑮了英雄好將⑯,都叫我上梁山霸战⑰一方。我本是男兒漢英雄志量,起⑱做那無義的薄倖⑲兒郎。大不該殺婠姣自投羅網,離别了二双親以在高堂。可怜⑳無依靠倚門嘆望,提起來悲切切好不慘傷。

---

① 《戲考》本無“少時”。
② 《戲考》本作“手下允下”。
③ 《戲考》本作“付”。
④ 《戲考》本無“哎呀”二字。
⑤ 《戲考》本有“摇板”。
⑥ 《戲考》本作“驚驚”。
⑦ 《戲考》本作“俺不免”。
⑧ 《戲考》本作“尤恐反詩不是他題的”。
⑨ 《戲考》本作“任”。
⑩ 《戲考》本作“覆盆”。
⑪ 《戲考》本無“走口”二字。
⑫ 《戲考》本作“(生上,唱)【西皮】【慢板】”。
⑬ 《戲考》本作“展”。
⑭ 《戲考》本作“寒”。
⑮ 《戲考》本作“遇”。
⑯ 《戲考》本作“漢”。
⑰ 《戲考》本作“佔”。
⑱ 《戲考》本作“豈”。
⑲ 《戲考》本作“犯法”。
⑳ 《戲考》本有“你”。

(付上。唱)①

公堂上領爺命事急如忙,却叫我無主章怎生酌量②。

(白生③)矣弟來了?(付)來了。(生)看你這个樣兒,有什么心思?(付)我道没有心事,只恐有了禍事。④(生)矣弟你來謊我?况我是个守法的人,有什么禍事?(付)你昨日在潯陽樓?(生)不錯,昨日在潯陽樓上,⑤多謝矣弟⑥好酒。(付)吃酒之後,爲何題反詩?(生)⑦便怎樣?(付)被人看破,奉府爺命⑧,特來拿你。(生)不好了!(唱)⑨

忽然間被他人一言説破,⑩唬得我战兢兢兩眼淚落。我叫一声矣弟吓,我哭一声戴宗,眼睁睁只有你事还可托。須念我是離鄉鬼無主着落,料想我不能勾回去的了,还望你救一救我這狼心狗肺不幸的人⑪。哎呀,矣弟吓!

(付唱)⑫

看他⑬哭得我心如刀割,就是那鉄石人魂魄飛落⑭。千不是萬不是是你之錯,酒醉後發狂言自招其禍。任憑你横⑮身口难以分訢⑯,急

---

①⑫ 《戲考》本有“【西皮】【摇板】”。

② 《戲考》本作“到叫我這件事怎生主張”。

③ 應爲“生白”。

④ 《戲考》本作“我到没有心思,只恐你有禍事”。

⑤ 《戲考》本無此句。

⑥ 《戲考》本作“你的”。

⑦ 《戲考》本有“詩”。

⑧ 《戲考》本作“愚弟現奉府爺之命”。

⑨ 《戲考》本有“【西皮】【倒板】”。

⑩ 《戲考》本有“(唱)【摇板】”。

⑪ 《戲考》本此句較爲簡略,爲“還望你救一救我這離鄉不幸人”。

⑬ 《戲考》本作“只見他”。

⑭ 《戲考》本作“魂飛魄落”。

⑮ 《戲考》本作“渾”。

⑯ 《戲考》本作“説”。

得我肝腸断無計奈何。怎能勾離虎穴跳出網羅,縱有那擒①天手不能逃脱。

(生唱)②

料想你不能勾答救與我,罷,到不如喪九泉免受折磨。

(付)大哥吓,(唱)③

勸大哥暫消停且慢結果,我合你好合歹再做定妥④。

(白)大哥,事以急了,人夫⑤甚多,難以逃脱。⑥ 你到不如假粧瘋邪,倘辨過⑦,也未可知。(生)⑧這粧瘋在我,請。(办瘋邪樣下⑨)(付)吓,(唱)⑩

許騙他也不過假粧瘋魔,急得他難中人無有卜落。怕只怕狹路上冤家难躲,

(内白)走吓!(付)吓,

那一廂又來了催命閻羅。

(二頭上)【水底魚】都頭。(付)俺在此多時,你們爲何纔來?(二白)我們回去收拾就來⑪的。宋江呢?(付)以在後面,前去拿來。(二頭目)⑫宋江走上。(生内)⑬

---

① 《戲考》本作“擎”。

②③ 《戲考》本有“【摇板】”。

④ 《戲考》本作“奪”。

⑤ 《戲考》本作“役”。

⑥ 《戲考》本有“俺有一計,大哥”。

⑦ 《戲考》本作“倘能瞞過”。

⑧ 《戲考》本有“就依賢弟”。

⑨ 《戲考》本作“粧瘋介下”。

⑩ 《戲考》本有“【西皮】【摇板】”。

⑪ 《戲考》本無“就來”二字。

⑫ 《戲考》本作“二目仝白”。

⑬ 《戲考》本有“(唱)【西皮】”。

【倒板】莫①奈何顧不得腌臢齷齪。呀②,吓!③ 戰兢兢止不住牙根哎破④,看你們一个个把冷眼觀我,推的推、攘的攘⑤却是爲何?

(二頭目)我們奉大老爺所差,特來拿你。(生)你們閑來無事,前來看看爲父的?(二頭目)放屁!伙伲⑥,看他有些瘋顛,你們小心了。(生)哎,大胆的狗才,我乃玉皇大帝的女婿,夜叉的娘舅,牛頭的丈人,怎么到説我是瘋子?豈有此禮,放屁不通。(二)站開些⑦,伙伲⑧,他當真是个瘋子⑨,胡言乱語,大家小心了。(生)該死的狗才,吾奉玉皇大帝旨意,帶領天兵十萬,要殺你們江州的人。唔⑩,只怕要拿你開刀。(二⑪)伙伲,他當真是个瘋子,拿他也是枉然⑫,回付⑬大爺,再來拿他也还不遲。(付)是吓。(二)⑭管他瘋不瘋,拿他去見太爺!有禮,鎖了帶去。⑮(生)那里去?(二)⑯見太爺去!(下⑰)

---

① 《戲考》本作“没”。
② 《戲考》本有“(上白)哎”。
③ 《戲考》本有“(唱)【西皮】【摇板】”。
④ 《戲考》本作“落”。
⑤ 《戲考》本作“拉的拉”。
⑥ 《戲考》本無此二字,有“(付)”。
⑦ 《戲考》本無此三字。
⑧ 《戲考》本作“伙計”,亦有作“夥計”處,後不復贅。
⑨ 《戲考》本作“他當真瘋了”。
⑩ 《戲考》本作“哽”。
⑪⑭ 《戲考》本作“一目白”。
⑫ 《戲考》本作“拿他也無益”。
⑬ 《戲考》本作“覆”。
⑮ 《戲考》本無“有禮”二字,作“鎖了,走,走”。
⑯ 《戲考》本有“仝”。
⑰ 《戲考》本爲“仝下”。

(四手、末上①。白)惧法②朝朝樂,期公③日日憂。

(付上)啓稟老爺,宋江拿到。(末)帶上來。(付)伙伲,將宋江帶上來。④

(二)⑤宋江當面,有刑⑥。(生拜,作神色⑦)(末)看他有些瘋顛。(付)啓稟太爺,他不是瘋顛,也能題那反詩?(末)哦。(二)⑧啓稟老爺,小人拿他的時節,胡言乱語,有些瘋顛。(末)看他做的詩,全無瘋顛之意。他起初來的時節,可有是个此病?⑨ (二)他起初來的時節,没有此病,新發作的。(末)是新發作的么?⑩ 也罢!我也與他過"瘋断"。將大糞抬在丹墀,命他吃,若是吃干净了,我便任作瘋顛;如若不然,這逆天大罪就難免了。將大糞抬上來。(二⑪)伙伲,太爺叫你我去抬糞。(一)叫你去,叫我快去。⑫ 大糞有了。(末)命他去吃。(二)⑬宋江起來。(生)做什么?(二)太爺賞你東西吃。(生)請我下棋?我不會下棋。(二)叫你吃大糞。(生)什么?(二)吃屎。(生)吃屎?在那里?(二)在這里。(生)咻,⑭好東西,我多時要吃⑮,也没得到手。今日被我想到了,那里來的?(二)太爺賞的。(生)多

---

① 《戲考》本作"四手下引末上"。
② 《戲考》本作"守法"。
③ 《戲考》本作"秉公"。
④ 《戲考》本此句只作"宋江帶上"。
⑤ 《戲考》本作"(二目引生上)(二目白)"。
⑥ 《戲考》本無此二字。
⑦ 《戲考》本作"作瘋介"。
⑧ 《戲考》本作"二目白"。
⑨ 《戲考》本作"可有此病"。
⑩ 《戲考》本作"哦,是新發作的"。
⑪ 《戲考》本作"一目"。
⑫ 《戲考》本此句作"(一目)這也是官差不自由"。
⑬ 《戲考》本"二"多作"二仝",後不復贅。
⑭ 《戲考》本作"(生笑介)哈哈哈"。
⑮ 《戲考》本作"想你吃"。

謝太爺賞屎。(末)下去吃。(生)不要慌,這樣好東西,必須要慢慢的吃,不要胡里胡涂吃吊①了,豈不可惜?你吃些罷。(二)②太爺賞你的。(生)來,來,你也吃点!(二)③我没有犯法,叫你吃。(生)太爺請用。(手)站下去④。(生)咊,⑤你也不吃,他也不吃,這樣一大桶,叫我一人那里吃得許多?我也不吃!少倍⑥了,少倍了!(末)叫他快些吃,如若不然,我這里就要動刑了。(手招⑦白)(生)不要動刑,待我來吃。(手)快些吃。(付望生)(洒屎)(末)哇!(唱)⑧

任這厮發狂言大胆無裡⑨,公堂上豈容你莫个高底⑩。叫人來快與我責打四十,爲甚么潯陽樓自題反詩?

(末白)來,將大糞灌與他吃。(衆灌屎)⑪(生吐介)唔,(唱)⑫

見兩傍一个个狼威虎勢,論國法他⑬叫我吃這様東西,他那里把宋江這般羞耻。罷,恨不得剥兒肉嚼尔之皮⑭。

(末唱)⑮

那有你全不知剛常論理⑯,你犯了蕭和⑰法插翅難飛。好一似仆⑱灯蛾自投火死。

---

① 《戲考》本作“糊裏糊塗吃掉”。
②③ 《戲考》本作“一頭白”。
④ 《戲考》本作“(手下)站下些”。
⑤ 《戲考》本作“(生笑)哈哈哈”。
⑥ 《戲考》本作“陪”。
⑦ 應爲“照”。
⑧⑫⑮ 《戲考》本有“【西皮】【摇板】”。
⑨ 《戲考》本作“禮”。
⑩ 《戲考》本作“豈容他没有高低”。
⑪ 《戲考》本作“衆允,灌生屎”。
⑬ 《戲考》本作“怎”。
⑭ 《戲考》本作“嚼爾肉剥爾之皮”。
⑯ 《戲考》本作“綱常倫理”。
⑰ 《戲考》本亦作“和”,應爲“何”。
⑱ 《戲考》本作“撲”。

(白)來,將乱板打,①

霎時間管叫你碎骨分尸。

(衆)啓稟老爺,昏倒在地。(白)來,將他釘鈕收監。禁子帶下去。掩門。(四手)哎呀!(末下)(生)②(付唱)③

氣昂昂双眼皱怒眼生花,

(進監)④

急得我肝腸断咬碎銀牙。

(白)大哥醒來!(生)哎!⑤

只⑥看我鮮血淋寔難招架,

(唱)⑦

横身上止不住活活痛殺,还望你施惻隐速速救咱。

哎,矣弟!⑧

如不然命難保定染黄沙。

(付)大哥,事以如此,無計奈何。也罢,想俺日行千里,夜行八百,如今只好去往梁山求救。萬般無奈,只有這个出頭之日。(生)哎,矣弟你往梁山走一遭,我宋江死在九泉也不忘恩。⑨ 請上,受我一拜。(付)不敢。(生唱)⑩

多感你使惻隐如天还大,只念我離鄉鬼往宿無家⑪。

---

① 《戲考》本作“亂棍齊打。(衆允,打生介)(末唱)【摇板】”。

② 《戲考》本作“(四手下引末下)(付扶生)”。

③⑩ 《戲考》本有“【西皮】【倒板】”。

④⑧ 《戲考》本有“(唱)【摇板】”。

⑤ 《戲考》本作“(生唱)【倒板】”。

⑥ 《戲考》本作“你”。

⑦ 《戲考》本有“【摇板】”。

⑨ 《戲考》本前句與此差别較大,作:“大哥,事到如今,並無别計,只好去入梁山求救。(生)千里之隔?(付)想俺日行千里,夜行八百,若梁山允可,自有出頭之日。(生)哎,賢弟如此,使我宋江永不忘恩。”

⑪ 《戲考》本作“離鄉井住宿無家”。

(丑扶生下)①(付)禁子過來。② 都頭何事?(付)你看宋江是个好人,被傍人所害的。你我當衙門人,也要行个方便。自古道:"公門之中好修行。"你可办点好茶飯與他吃,這錢都筭我的。(丑)説話我也明白③。我弄些好茶飯與他吃,這錢都筭你的。這个空頭人情,我还不曉得做?④ 你有事去罢。(付)我去了。(丑)一个錢没有,筭他的?⑤ (下)(付)俺如今不分晝夜,遶上梁山求救便了。正是:不辞登山涉水,只救燃眉之急。那怕潑天大禍,朋友只在五倫。走,走!(下)

(四文堂引净⑥上)

【引】壯士英豪,事業將成⑦消耗。

(外⑧上)

【引】運筹帷幄,永鎮山剛⑨辛勞。

(白)大哥。(净)少禮,請坐。(外)謝坐。(净)某"托塔天生⑩"晁盖。(外)山人"智度⑪星"吴用。(净)當日生辰崗劫了皇杠,官兵追拿甚急,來至梁山爲寇⑫。托賴先生妙筭,衆英雄之威武,立我以爲寨主。官兵不敢追救⑬,百姓何能侵犯。吾心歎悦

---

① 《戲考》本前有白,作:"(付白)大哥,寬懷養息,等候佳音。(一禁子扶生下)。"

② 《戲考》本有"(禁)"。

③ 《戲考》本作"這話我明白了"。

④ 《戲考》本有"你放心,我照辦"。

⑤ 《戲考》本無此句。

⑥ 《戲考》本"净"作"晁蓋",後簡作"晁",後不復贅。

⑦ 《戲考》本作"我"。

⑧ 《戲考》本"外"作"吴用",後簡作"吴",後不復贅。

⑨ 《戲考》本作"崗"。

⑩ 《戲考》本作"王"。

⑪ 《戲考》本作"多"。

⑫ 《戲考》本作"因此嘯聚梁山爲寇"。

⑬ 《戲考》本作"追究"。

矣。(外)此乃大哥鴻①福齊天，威名遠振，我等霑恩也。(净)好説。先生，想宋江發配江州，我也曾要接他上山，共同大業②。不料他只③死不從，如之奈何?(外)④想宋江輕財重義，江湖好漢無有不相于⑤，他不久就要歸我梁山。(净)也未見得。

(夫上⑥。白)奉命巡山境，慣打事不平。小弟交令。(净)命你巡山，可有軍情?(夫)小弟奉令巡山，只見一人氣宇掀⑦昂，逩上山來。(净)可曾問他姓名?(夫)以曾問過，他説是先王⑧好友，名叫“神行太保”戴宗。(外)哦，他來了!想是宋江有了差錯。⑨ 有請。(夫)請。(净)先生待⑩迎。(外)是。

(付上)又⑪道男兒義氣，須當濟困輔⑫危。(外)吴弟。(付)仁兄。(外)請進。(付)請。這位莫非⑬是……(外)晁大哥。(付)⑭久聞大名，今爲寨主，少來恭賀，有罪，有罪!(净)好説，請坐。(付)謝坐。(外)吴弟，看你双眉愁鎖，⑮有什么緊急事情?(付)二位兄吓⑯，問弟的來意，説來令人怜憫。只爲宋公明酒候⑰言語不遜。(净、外)所爲何事?(付)如今囚在監中，可怜

---

① 《戲考》本作“洪”。
② 《戲考》本作“共圖大事”。
③ 《戲考》本作“至”。
④ 《戲考》本有“吓，大哥”。
⑤ 《戲考》本作“相識的”。
⑥ 《戲考》本作“一上手上”，後“夫”多作“上手”，後不復贅。
⑦ 《戲考》本作“蹔”，應爲“軒”。
⑧ 《戲考》本作“生”。
⑨ 《戲考》本作“差誤，吩咐”。
⑩ 《戲考》本作“代”。
⑪ 《戲考》本作“有”。
⑫ 《戲考》本作“扶”。
⑬⑮ 《戲考》本無“莫非”二字。
⑭ 《戲考》本有“哦，晁大哥”。
⑯ 《戲考》本作“兄台”。
⑰ 應爲“後”。

他舉目無親。(净、外)爲了什么?(付)潯陽樓上吁悲声,做了題反詩的罪人。① (外唱)呀!②

听宋江因監禁另人着急③,他如今遭羅網怎生離脱④?

(净唱)⑤

慢躊躇我合你再作商議,必須要早準備事不取⑥遲。

(付)二位哥哥吓,(唱)⑦

離江州好一似兔走鳥飛,只爲那急時雨任般孤恓⑧。望二兄衆英雄同心合意,發人馬到江州免他悲啼。

(外唱)⑨

戴矣弟你那里休要着急,

(净)⑩

探虎穴入龍潭見个高低。

(外白)矣弟請至後面,愚兄自有道理。(付)仁兄,事在急迫,早些爲妙。(下)(净)宋江身遭大難,性命有虧⑪,先生傳令,衆英雄披掛,礼應下山攻打江州⑫。(外)大哥不要性急,江州離梁山甚遠,若發人馬,只恐因⑬兒招禍,這叫打草驚蛇,到送了宋江一

---

① 《戲考》本上句與此差異較大,作:"只爲宋公明酒後……(晁、吴仝)酒後怎樣?[(付)]只因那日在潯陽樓上,酒後題了反詩,被人看破,如今囚在監牢。可憐他舉目無親。"

② 《戲考》本有"(唱)【西皮】【摇板】"。

③ 《戲考》本作"令人着惱"。

④ 《戲考》本作"脱逃"。

⑤⑦⑨ 《戲考》本有"【摇板】"。

⑥ 《戲考》本作"宜"。

⑧ 《戲考》本作"及時雨百般孤悽"。

⑩ 《戲考》本有"(晁唱)【摇板】"。

⑪ 《戲考》本作"險"。

⑫ 《戲考》本此句作"命衆英雄披掛下山,攻打江州,救出宋江才是"。

⑬ 《戲考》本作"影"。

命。(净)①何計妥當?(外)只可志②取,不可力敵。大哥修書一封,③安妥宋江,④不要害怕。事到臨期,自有救應。然後吩咐衆英雄混入城中,埋伏法場,救活宋江便了。(净)先生高才,待我修書,帶與宋江。(外)有理。(净)但願水泊虎添翼,(外)方顯梁山義氣忠。(净下)(外)來,吩咐衆英雄,齊集將台听点。(下)(夫昭白下。吹⑤)

(衆上將台。白)⑥梁山壯士能救苦,(二)⑦寨内豪傑好殺人。(二)不犯昔日蕭和律,(二)叉難剪柳是咱名。(仝)⑧俺林冲。(一)秦明。(一)郭勝。(一)劉唐。(一)鄭天寿。(一)院⑨小二。(一)時迁。(一)百順⑩。(林)請了!先生点將,在此伺候。(衆)有礼!請!

(四文堂引外上)

【引】机謀與⑪反掌,袖内暗陰陽。

(衆)參⑫。(外)吩站⑬兩廂。(衆)是!【引】⑭弓弩叢中繫性命,刀鎗對理⑮救英雄。殺叫血流水波湧,尸如山集污蒼穹。山

---

① 《戲考》本有“依先生之見”。

② 《戲考》本作“智”。

③ 《戲考》本有“付與戴宗”。

④ 《戲考》本有“叫他”。

⑤ 《戲考》本作“(上手白)師爺吩咐,衆英雄齊集將台聽點。(下)(吹打)”。

⑥ 《戲考》本作“(二將上。白)”。

⑦ 《戲考》本後“(二)”多作“(二將上。白)”,後不復贅。

⑧ 《戲考》本衆將按序報名,無“仝、一”等字。

⑨ 《戲考》本作“阮”。

⑩ 《戲考》本作“白勝”,後不復贅。

⑪ 《戲考》本作“如”。

⑫ 《戲考》本作“參見先生”。

⑬ 《戲考》本作“站立”。

⑭ 《戲考》本作“(吴白)”。

⑮ 《戲考》本作“隊裡”。

人吴用，奉了晁大哥將令，調撥分遣①，去往江州救護宋江。戴矣弟過來。（付）仁兄。（外）大哥有書一封，寄與宋江。叫他不要害怕，待等点刑之時，自有救應。（付）伏庇仁兄之威，全賴衆英雄之湧②。倘救得宋江，不忘③小弟在此走一遭。就此告辞。（衆）請！（付）蒼龍噴毒火，（衆）猛虎吼天風。（付下）（外）林冲、秦明听令。（二④）有。（外）命你二人，各帶五百嘍囉，办⑤作百姓么⑥樣，混進城中，埋伏法場⑦，一齊殺出，听我一令。（排子【風入松】）（二⑧）得令。（外）郭勝、劉唐听令。（二）有。（外）命你二人，檢點兵器，假粧賣拳之人，混進法場，準備救應。（合二）得令。（外）鄭天寿、阮小二听令。（二）有。（外）命你二人，办作頑戲法的，潛入法場，保護宋江性命。（合二）得令。（外）時迁、百順听令。（二）有。（外）你二人办作乞丐，四下打听消息。（合二）得令。（外）衆英雄分遣以定，各自小心。這場血戰，非比等閑，須要恊力同心，血戰成功⑨，自有旌奬。但願你們，虎穴龍潭，英雄勇去。（衆）管取得勝，愷哥⑩回还。（各番介⑪。外下）（林）衆英雄，不分晝夜，往江州去者。（衆）有理。衆嘍囉人馬，往江州去者⑫。（【排子】下）

（丑⑬上。白）禁子説話不頂真，見了銀錢黑了心。我乃江州府

① 《戲考》本作“調撥衆家英雄”。
② 《戲考》本作“勇”。
③ 《戲考》本作“枉”。
④ 《戲考》本作“二允”。
⑤ 《戲考》本作“扳”，應爲“扮”。
⑥ 《戲考》本作“模”。
⑦ 《戲考》本“場”後有“左右，待宋江臨刑之時”。
⑧ 《戲考》本作“二仝”，後面幾處聽令多爲“二仝”，後不復贅。
⑨ 《戲考》本作“成功之日”。
⑩ 《戲考》本作“凱歌”。
⑪ 《戲考》本無此三字。
⑫ 《戲考》本作“趲行”。
⑬ 《戲考》本禁子角色“丑”作“禁子”，後簡作“禁”，後不復贅。

禁子便是。只因宋江進的監來,分文没有,今日不免叫他前來,合銀于錢①,弄他几兩用用,起②不是好?吠③!宋江,走出來。(生上)【引】④平空惹下分身禍,看來怎生結果?吓,大哥叫我出來何事?(丑禁)一句⑤叫你出來何事?這个……⑥宋江,自古道"管水吃水、管山吃山⑦",管毛茨⑧的,也要弄点屎答答嘴。(生)那屎都是吃得的?(丑)是的,我曉得你是吃多了的,少不得⑨我管你犯人,就要吃你們的。(生)⑩大哥敢是問我要錢?(丑)不錯,就是那个東西。(生)大哥,我戴矣弟對我説過,這吃用的飯錢,都筭他的。(丑)不錯,那日他説"公門之中好修行",叫我弄些茶飯與你吃,這錢都筭他的。不過説了一句話,没有見他半个錢。(生)不防⑪,他自然要把錢與你。(丑)要把錢與我?這几日不知他往那里去了,太爺傳他數次,不曾見他,命人到茶酒館、三街六巷找他不着,我當也當净了,用也完了⑫。今閑話少説,是銀子是錢,拿來我禁大爺使用。(生)大哥,想我犯罪在此,那有銀錢孝敬大哥?(丑)没有銀子,就是金子也罢。(生)你這人好蠢,没有銀錢,那有金子?(丑)⑬都没有,我只怕就要……(生)要怎樣?(丑)要怎樣?慢点,待我看看,可有人在外面,不要説禁子在監中,拷打囚犯要錢用。(開門看)一個人都没

① 《戲考》本作"或銀或錢"。
② 《戲考》本作"豈"。
③ 《戲考》本作"呔",後不復贅。
④ 《戲考》本作"白"。
⑤ 《戲考》本無"一句"二字。
⑥ 《戲考》本無"這個"二字。
⑦ 《戲考》本作"靠山吃山,靠水吃水"。
⑧ 《戲考》本作"毛廁"。
⑨ 《戲考》本作"可知道"。
⑩ 《戲考》本有"哦"。
⑪ 《戲考》本作"妨"。
⑫ 《戲考》本作"我當也當完了,用了用净了"。
⑬ 《戲考》本有"金銀"。

有。這个宋江,你到的有没有①?(生)没有。(丑)分文②没有?招老子的打。(生)唗!大胆的狗頭,我犯罪在此,少不得朝廷有你的口粮③,难道叫我拿些銀錢買罪受不成?放屁不通,豈有此礼④!(丑)咻,你听見没有?到被他説出礼來了。這个宋江,你道犯罪在此,朝廷有你的口粮?我問你:一天四个盤子、兩个碗吃飯,那里來的?(生)少不得戴兲弟自然要把錢與你。(丑)人都没有見,要把錢與我,你到的没有⑤?(生)⑥没有!(丑)没有?老子也不與你講礼,與⑦你一蠻三分礼,我就打死你這个囚徒。(打)

(付)吓,你這狗才,在此做什么?(丑答。下⑧)我在此與他老人家搥背。(付)這地下也不掃掃?(丑)没得閑。(付)还不下去?(丑)又被他看見了。(下)(付⑨)兲弟回來了?我的事情,怎么樣了?(付)大哥受驚了。晁大哥、吴先生有書,大哥請看。(生)待我看來。(付⑩)吴先生志⑪意,叫大哥不要驚慌,事到臨期,自有救應。(生)兲弟吓!你是我宋江大大恩人,請上,受我一拜。(付)不敢!(生唱)⑫

兲弟⑬你請上受我一禮,爲我事朝夕裡費盡心机。

---

① 《戲考》本作"你到底有是没有"。
② 《戲考》本作"你"。
③ 《戲考》本作"少不得朝廷有口粮下來"。
④ 《戲考》本作"理"。
⑤ 《戲考》本作"你到底有是没有"。
⑥ 《戲考》本有"分文"。
⑦ 《戲考》本作"苟"。
⑧ 《戲考》本此處僅有"禁"。
⑨ 《戲考》本作"生"。
⑩ 《戲考》本有"【排子】"。
⑪ 應爲"致"。
⑫ 《戲考》本有"【西皮】【摇板】"。
⑬ 《戲考》本作"叫賢弟"。

(付)①

勸大哥休流泪且免悲啼,皆因是酒醉後自覺不知。我爲你上梁山也非容易,無晝夜臥慌②圻迍走風馳。晁大哥、吴先生疏財仗義,只等那禍臨頭自然救你③。且忍耐放寬心牢牢緊④記。

(出監)(生吊⑤書)

(丑暗上。拾介)⑥

到來日决雌雄劫⑦有誰知?

(下)(生唱)⑧

戴兵弟果筭得英雄豪傑,早燒香晚点灯報恩不及。

(罵吊書,暗找⑨)(生)大哥,你怎么把眼精看了我⑩?(丑)咴,你不看我,怎曉得我看你?(生)是,哎呀!(丑)宋江,我看你這个様兒,只怕吊了什么東西?(生)不錯,吊了一件東西,大哥可曾看見?(丑)可是這長,這様闊,上面还有紅紙条兒,寫得有字,可是的?(生)不錯。大哥拾着,把还與我。(丑)我没有看見。(生)哦,説得明明白白,又説没有看見?大哥,那是不要緊的東西,拾着把还我罢!(丑)是的,吓!我知道不是要緊的東西,方纔掃地,掃到陰溝里去了。(生)哦,是大哥掃地,掃到陰溝里去了,若是敗漏⑪出來那还了得?看來还是我宋江有倖,有倖。

---

① 《戲考》本有"唱【摇板】"。

② 《戲考》本作"荒"。

③ 《戲考》本作"提"。

④ 《戲考》本作"謹"。

⑤ 《戲考》本"吊"作"掉",後不復贅。

⑥ 《戲考》本有"(付唱)【摇板】"。

⑦ 《戲考》本作"却"。

⑧ 《戲考》本有"【摇板】"。

⑨ 此處字迹不清,《戲考》本作"找書介"。

⑩ 《戲考》本作"把眼睛看住我"。

⑪ 《戲考》本作"露"。

(生下)(丑)有倖?吓,只叫你敗倖①!宋江②,這叫作机不密則禍生烟。戴宗,你這个狗劊劊的,那里弄了這封書,封内面有③什么原故?我不免報與老爺知道。伙伲,看好監門,我有事就來。戴宗,你知進而不知退,知存不知亡,知得而不知喪也。來此以是,門首有人么?

(院)什么人?(丑)通禀老爺④,説禁子求見。(院)候着。有請老爺。

(末上)怎么説?⑤(院)禁子求見。(末)傳見。(院)老爺傳。(丑)叩見老爺。(末)何事求見?(丑)小人在監中,看見戴宗與宋江交頭⑥,唧唧噥噥⑦,不知説什么,説到臨期,只見宋江放声大哭,手慌足乱⑧,吊下書信一封,老爺請看。(末)下去。(丑)是。戴宗吓戴宗,看看还是你凶,是我凶?(下)(末)原來一封救書,⑨私通粱山,結連晁盖這伙强人,前來答救宋江,這还了得?傳外班伺候。(院昭白)⑩

(四手下兩边上)(末白)傳戴宗。(手昭白)⑪

(付上。唱)

只听得公堂上呼声慌忙,衆衙役雄糾糾氣宇昂昂。站衙前底⑫下頭心中暗想,吉和凶上公堂便知端詳。

---

① 《戲考》本作“不幸”。

② 《戲考》本作“宋江吓宋江”。

③ 《戲考》本作“書内定有”。

④ 《戲考》本作“煩勞通禀”。

⑤ 《戲考》本作“什麼事”。

⑥ 《戲考》本有“接耳”。

⑦ 《戲考》本作“嚕嚕”。

⑧ 《戲考》本作“手足慌亂”。

⑨ 《戲考》本有“戴宗”。

⑩ 《戲考》本作“(院白)傳伺候”。

⑪ 《戲考》本作“(手下)傳戴宗”。

⑫ 《戲考》本作“低”。

(白)太爺。(末)戴宗,你的事完了么?(付)小的没有什么事情。(末)來,推下去重責四十。(衆)賞號①?(末)頭號!(手)打完。② (末)你這狗才,一③向往那里去了?(付)小人冒了風寒,在家閑坐④。(末)到也説得干净。有件東西,拿去看來。(付)哎呀,不好了!(唱)⑤

見書信不由人横身頦抖⑥,這其間漏机關有死無休。

(末)扯下去打。(衆應)(末唱)⑦

叫人來快與我打這蠢才⑧,

打!

私自里⑨上梁山好没來由。

打!

那宋江他本是賊人之數⑩,

打!

爲什么結强寇⑪私把書修。

(打完)(付)哎喲。(末)你這狗才,怎么⑫與宋江私通梁山,弄得這封書信?幸喜老天不佑⑬,敗漏出來,如若不然,非但本府

---

① 此“號”應爲用何種類型刑具之意,“頭號”即用最大號的刑具。

② 《戲考》本作“衆打介”。

③ 《戲考》本無“一”字。

④ 《戲考》本作“養息”。

⑤ 《戲考》本有“【西皮】【摇板】”。

⑥ 《戲考》本作“渾身戰抖”。

⑦ 《戲考》本作“(衆允)(末唱)【摇板】”。

⑧ 《戲考》本作“重重責究”。

⑨ 《戲考》本作“你私自”。

⑩ 《戲考》本作“類”。

⑪ 《戲考》本作“爾膽敢通强寇”。

⑫ 《戲考》本作“膽敢”。

⑬ 《戲考》本作“庇佑”。

姓①命，滿城百姓断送你手②。（付）太爺，這是傍人出③害的。（末）來，打嘴。（衆應）④慢些，這嘴賞與小人打打。（末）打。（丑）是了，須⑤着了，一二三四五，再添几下，看是你利害，我利害？（末）來，將他鎖起⑥收監，不許與外人相見。帶下去。（丑）當堂上刑。（付、丑下）（末）想戴宗私通梁山賊寇，⑦若不早除，成恐有害⑧。來，傳與各衙門知道，⑨各帶兵丁，齊集十字街頭，明日午時三刻，本府親自監斬宋江、戴宗。掩門。（下）⑩

（净内）不好了，⑪

【不是路】覆盆冤侵，驀地踰跟烈火紛⑫。

（白）俺李逵方纔進得城來，听得那些閑人紛紛説道，宋江、戴宗囚在監中，也不知爲了他娘的什么事情。想俺這几日在潯陽江邊作那些勾當，不曾進城，就鬧出他娘的事情來了。也罢，不免先到監中，劫出他二人來，然後再殺那些囚娘養的。走，走！呃⑬？又⑭道單絲不成線，獨木怎⑮成林？俺一人濟得甚事，這便怎處？哦，有了，想宋江也曾上過梁山，他與晁盖，情投意

① 《戲考》本作“性”。
② 《戲考》本此句作“還要連累滿城百姓，爾從實招來”。
③ 《戲考》本作“陷”。
④ 《戲考》本作“（衆允）（禁白）”。
⑤ 《戲考》本作“幫”。
⑥ 《戲考》本作“將戴宗釘鐐”。
⑦ 《戲考》本有“結連宋江”。
⑧ 《戲考》本作“恐有後患”。
⑨ 《戲考》本“明日午時三刻”在此位置。
⑩ 《戲考》本作“（衆喝，仝下）”。
⑪ 《戲考》本有“（上白）”，下句應爲唱詞，應是《戲考》本有誤。
⑫ 《戲考》本作“驀地裡踰跟烈火焚”。
⑬ 《戲考》本作“走吓，哎”。
⑭ 《戲考》本作“有”。
⑮ 《戲考》本作“不”。

何①,俺今前去求救便了。想那梁山呵,(唱)

迢遥遠難馳騁,又道遠親不如近鄰,怎聚衆扶危困?咳,好叫我追思不定、不定,走、走!

(下)

(八將上。唱)

【鎖南枝】飛馳驟遠涉程,潛道江州境。因那宋公明陷縲絏與坐井,衆兄弟我們不分晝夜而行,前進休慢停,隐急的蹌踉,伏踪覓跡勿漏形。且喜離江州不遠,就此前往。

(衆)有理,請。(合)

【前腔】俺可也忙。

(净上。白)呔!你們是些什么人,擋住俺的去路?(衆)你是何人,擋住俺②的去路?(净)俺乃"黑旋風"李逵,往梁山去的。(衆)李逵?(林)久聞江湖上有个"黑旋風"李逵,未曾見面。你往梁山何幹?(净)呔!誰與你們勞③哩勞叨的,閃開,讓俺行路。(衆)呔!俺門④梁山好漢。(净)怎么,你們就是梁山好漢?哥哥們,咱李逵不知,多有得罪⑤,咱這厢倍禮⑥。(二丑⑦扯脚)(净)唔,閃開的。(衆)呔!(净哭,哭⑧)(衆)李逵,爲何哭起來?(净)衆位好漢哥哥,想那宋江、戴宗囚進監中……(衆)怎么樣?(净)衆位英雄,(唱)

【前腔】無端遭刑拘雯時禍臨⑨,除⑩賴英雄濟困仗忠義。

---

① 《戲考》本作"合"。

② 《戲考》本有"門"。

③ 《戲考》本作"嘮"。

④ 《戲考》本作"俺們是"。

⑤ 《戲考》本作"多多有罪"。

⑥ 《戲考》本作"俺這厢陪禮"。

⑦ 《戲考》本表示時遷和白勝的"二丑"多作"時、白",後不復贅。

⑧ 《戲考》本無第二個"哭"字。

⑨ 《戲考》本有"頭"。

⑩ 《戲考》本作"全"。

(衆唱)唔,

听心①罢心悽慘,正是鳳入深山到被鵲鳥欺。

(衆白)我們殺上前去。(林)且慢,軍師自有應念②。李逵先進城去,我們隨後就到。(凈)列位好漢哥哥們,就要來的!(衆)我們就來。(凈)咱去也。(下)(二丑)衆位哥哥,帶③小弟二人進城去打听明白。(衆)須要小心。(二丑)得令。(下)(林)衆英雄就此前往。(衆)有理。請。(唱)④

殺叫他尸横野遍地屍骸汾⑤,由恐連累他二人,悞傷⑥絶幽冥。

各自凖備呵,⑦

挨擠擠混與衆人⑧,縦隐隐偷眼覷,須要見机行。

(下)

(丑上。白)地方年年當,官差日日忙。自家,小生,⑨江州城内地方便是。只因府大老爺,今日午時三刻監斬二犯宋江、戴宗,命我打掃十字街道,不許閑人混乱。吠!閑人站開,大家小心了,小心了。

(丑卒⑩仝上)

【扯⑪洛子】行過了三里桃花店,

三朵花兒呀下一朵梅花⑫,

---

① 《戲考》本無“心”字。

② 《戲考》本作“驗”。

③ 《戲考》本作“待”。

④ 《戲考》本作“(林唱)【前腔】”。

⑤ 《戲考》本作“管叫他屍横遍野地尸骸分”。

⑥ 《戲考》本有“性命”。

⑦ 《戲考》本作“(衆白)凖備吓,(唱)【前腔】”。

⑧ 《戲考》本作“混入城中”。

⑨ 《戲考》本作“咱乃”。

⑩ 《戲考》本作“時、白”。

⑪ 《戲考》本作“打”。

⑫ 《戲考》本作“一朵朵梅花”。

又到五里杏花村,

荷花兒開,浪打金錢洛,梅花開,梅花洛咴①。

這位朋友笑臉開,今年必定發大財。發了財,大大的開个金盒②店,又買③酒又買烟,又買香紙臘④燭霸王邊⑤。别人家的炮燭放不响,你家炮燭吧哩吧咄⑥响連天。响連天,一年年甚一年⑦。

(四手下⑧)

這位老爹眼睁睁,

八⑨字鬍鬚二面分。

見⑩了人不唧⑪声,望着我們番眼精,

⑫好似你媽的降遭温。是了,⑬和長和短説一声,是了。

(丑)嘴里放干净!(丑)⑭

休動氣,不要做个烏龜哼。听我説个古人名,關老爺曾把豆付賣⑮,是了,劉備也曾賣草鞋,是了。

(丑)説得好,拿个錢去。

---

① 《戲考》本無此四字。
② 《戲考》本作"京貨"。
③ 《戲考》本"買"均作"賣"。
④ 應爲"臘"。
⑤ 《戲考》本亦作"邊",應爲"鞭"。
⑥ 《戲考》本作"嗟"。
⑦ 《戲考》本無後一"響連天",此一句作"一年一年勝一年"。
⑧ 《戲考》本作"(時)"。
⑨ 《戲考》本"八"前有"(白)"。
⑩ 《戲考》本"見"前有"(時)"。
⑪ 《戲考》本作"作"。
⑫ 《戲考》本有"(白)"。
⑬ 《戲考》本均無"是了",後不復贅。
⑭ 《戲考》本作"(時念)"。
⑮ 《戲考》本作"荳腐磨"。

①這个錢真可怜，又麻又缺又剪邊，又被老鼠咬破了大半邊②，吃不得飯，歇不得店，打不得酒，包不得烟。求人須求真君子，是了，

這③望老爺换个大銅錢，是了。

(丑)拿个大錢去。(丑卒)④

多謝你，打覺你，一个錢是小事，爲何將他輕在地，輕人由如輕自己，老子不曾教訓你，是了，無知無識你這蠢東西，是了。

(丑)我是个地方。(丑卒)⑤

地方地方，説話昌⑥喨。太爺傳你，庇古⑦遭殃。我今與你看一相，不久就要見閻王。是了。

(丑)放你媽的庇。(丑卒)⑧放你媽的庇，烏龜王八狗入的，是了。

(衆上⑨。【水底魚】)(丑)⑩呔！你是做什么的？(丑)我是个地方。(衆)在此何幹？(丑)你們不知，今日我府大老爺，親自監斬逆犯宋江、戴宗。(衆)几時？(丑)午時。(衆)午時还早。(丑)你們什⑪作什么的？(衆)我們走江湖，賣搼賣打⑫的。(丑)來得好。殺人还早，你們要一套，若是要得好，回來這个樓上吃酒，筭我的東道。(衆)這叫什么樓？(丑)叫潯陽樓。(衆)潯陽樓，記下了。(丑)你們耍起來。(林)衆兄弟，把身子活動了。(衆)

---

① 《戲考》本有“(白念)”。
② 《戲考》本無此句。
③ 《戲考》本作“(時接)只”。
④ 《戲考》本作“(時、白仝念)”。
⑤ 《戲考》本作“(時白仝)”。
⑥ 《戲考》本作“高”。
⑦ 《戲考》本作“屁股”。
⑧ 《戲考》本作“(時)”。
⑨ 《戲考》本作“(梁山衆將上)”。
⑩ 《戲考》本作“(衆白)”。
⑪ 《戲考》本作“是”。
⑫ 《戲考》本作“藝”。

吓！(耍捧、武刀，二兄①)

(净上棹，笑笑②)耍得好，耍得好。(丑)是那个叫好？(净)咱老子。(丑)原來是李逵。(净)是咱。(丑)李逵，你是个外行，等他頑到热鬧去中，在叫好，你胡哩胡途③叫好，不怕他們見笑我們江州的人不識貨，没有見過世面④？(净)你是个地方？(丑)是地方。(净)今日殺人，可是真的？(丑)是真的。(净)几時？(丑)午時。(净)午時还早。酒保拿酒來，待咱老子吃得醉醉的，好殺這些囚娘養的。(衆下)(内吶。白)⑤衆將官，打道法場。

(四手下、四下手、兩將金钱、花)(外)⑥俺江州參鎮何保大是也。(小生)右營城守花先春是也。(外)請了。今日大老爺監斬逆犯宋江、戴宗，命我⑦前去十字街頭出⑧護。(生)有理。衆將打道。(合頭下⑨)

(刀斧手押生、付过場)(梁山衆英雄上棹)

(四下手、四文堂引末上，过場)(衆英雄下棹介)⑩呀！

【鋪紅灯】一對對持弩杖弓，擕狼牙青鋒，恁看這戈矛遮蔽滿空。衆牙爪覩目⑪挺胸，吸⑫，一个个双眸炯炯，盤弄，似雲飛彤佈蒼穹，似洪蒙

① 此二字漫衍不清，《戲考》本無此二字。

② 《戲考》本作“笑白”。

③ 《戲考》本作“糊裡糊塗”。

④ 《戲考》本作“識面”。

⑤ 《戲考》本作“(内吶喊介)(衆下)(内白)”。

⑥ 此處漫衍不清，《戲考》本作“(四下手、四套引二將上。白)”。另“外”作“何”，“生”作“花”，後不復贅。

⑦ 《戲考》本作“你我”。

⑧ 《戲考》本作“保”。

⑨ 《戲考》本作“(合頭【排子】仝下)”。

⑩ 此段科介較爲混亂，按《戲考》本録。原文作：“兩刀斧手走場，押生，末下。吹打下。四將兩邊沖上，二棹刃，刀手又走下。四將兩邊沖上棹，四下手四走場下。兩將走，下四文堂、知府。衆英雄下棹介。”

⑪ 《戲考》本作“凸肚”。

⑫ 《戲考》本作“嘘”。

天烈地崩，恰與那霹靂轟轟，料難逃，

（大衆介）①

叠叠重圍如鉄桶。

（一对包下）

（衆上）②

【前腔】稠蜜蜜軍威壯，齊执看劍戟鎗，叫恁魂魄飄飄蕩，

（衆）③

斬除了荆棘鉒，滅却④了耗國殃，頃刻自送頭顱蹌。

（衆唱）

那得有戀⑤。

（一对下）（仝下）

（英雄上。回開）⑥

【錦中怕⑦】覷看⑧這前護後擁，似浪蝶狂蜂虫，如那妖氛縱横，怎擋俺英雄力湧⑨？

（衆）⑩

那宋江與戴宗，徬惶夢中，亦似那落葉飄風，怎能勾跳出樊籠。

（衆）⑪

霎時翻江攪海，對累⑫沖鋒，殺⑬叫他血染草木紅。

---

① 《戲考》本無此三字。

② 《戲考》本作“（末、原人上。唱）”。

③ 《戲考》本作“（衆接唱）”。

④ 《戲考》本作“除”。

⑤ 《戲考》本作“野蠻”。

⑥ 《戲考》本作“（梁山原人上）（林唱）”。

⑦ 《戲考》本作“帕”。

⑧ 《戲考》本作“覰看他”。

⑨ 《戲考》本作“勇”。

⑩ 《戲考》本有“接唱”。

⑪ 《戲考》本無此字。

⑫ 《戲考》本作“壘”。

⑬ 《戲考》本作“管”。

(仝下)

(花、何原人上)(刀斧手押生、付上)①

(净上。白)今日斬除賊首,以免萬民遭殃。下官蔡得章,只因宋江、戴宗,造下反詩,勾引梁山,又②恐國家有害,因此斬首示衆。然後伸奏龍廷③。來,傳地方!(丑)地方叩頭。(末)將犯由牌懸掛示衆。(丑)是。犯由牌懸掛示衆。(末)與兒一碗長休飯,且飲湧血酒血酒④。

(衆)⑤吓!⑥

【耍孩兒】看刀鎗擡⑦佈生殺氣,生殺氣,

(四將兩边冲,站)(衆白)⑧(末)閑人站開,休得混乱!(手昭白)(唱)⑨

劍戟交架遮空日,傾身絶命須臾地,血流長桀魂魄飛,魂魄飛。

(⑩四將兩边冲上,站)(末)休得混乱。(手昭白)⑪

誰敢憐憫痛悲泣,共赴雲陽市。霎時間黄粱時至,管叫恁萬剮㓮劆⑫。

(末)斬首示衆。

(梁山八將吶喊,杀介,仝下。出城,下,又上。開打。逵杀花、

---

① 底本文字次序混亂,據《戲考》本録。原文作"(衆上,回頭武搼掉去頭,吹打,府上椅)"。

② 《戲考》本作"猶"。

③ 《戲考》本作"申奏龍庭"。

④ 《戲考》本後一"血酒"作"來嚐"。

⑤ 《戲考》本作"(林、衆英雄上)"。

⑥ 《戲考》本有"(唱)"。

⑦ 應爲"密"。

⑧ 《戲考》本無前科介。

⑨ 《戲考》本作"(林、衆唱)【前腔】"。

⑩ 《戲考》本有"梁山"。

⑪ 《戲考》本作"(四下手白)呔,休得混亂。(四將唱)【前腔】"。

⑫ 《戲考》本作"淩遲"。

何，衆救生、付。仝下）①

（出法場，扯城）

（完）

① 底本文字次序混亂，據《戲考》本録。原文作："八將吶喊，殺同下。出城，衆跑下。破打。凈殺外、小生死。下。"

潯陽樓(皮黄)

【劇目簡介】

皮黄,未署名。現存民國《戲考》刻本,可與車王府藏鈔本參照。小説《水滸傳》第三十九回《潯陽樓宋江吟反詩　梁山泊戴宗傳假信》有類似情節,但細節多有不同。

《戲考》刻本,題目作"潯陽樓",又名"鬧江州",一場,每頁十五行,每行三十六字左右。

劇演宋江潯陽樓醉後在粉壁間題寫反詩,被黄文炳瞧見抄呈太守蔡得章。戴宗至牢營,私將情節備細告知。宋江聞言,驚惶無措,戴爲之設一裝瘋之計,希圖暫時掩飾。及庭訊時,宋遂語無倫次,大都所問非所對。問官欲辨真僞,傳差役抬糞水一桶安放堂上,試其口鼻有無知覺。宋無可奈何,衹能不顧臭穢,飽嘗一番,因此暫且收禁。

(生唱)

【西皮】【原板】昨日裏,在江樓,把酒飲。只吃得,醉薰薰,轉回牢城。邁步兒,且把小營房進。等待了,戴賢弟,把話來云。

(副浄上。白)忙將衙中事,速報大哥知。(生白)呀,賢弟來了。(副白)大哥,大事不好了!(生白)何事驚慌?(副白)只因昨日,大哥在潯陽樓上飲酒,酒後在粉壁墻上,曾題反詩一首,被那黄文炳看見,報於蔡九知府知道。時才將小弟唤進衙去,叫小弟將大哥拿到州衙,問出口供,就要就地正法!(生白)你待怎講?(副白)就地正法!(生死介)(副白)大哥醒來!(生唱)

【倒板】聽一言,不由人,三魂渺渺。

(白)賢弟呀!(唱)

【摇板】嚇得我，魂靈兒，飛上九霄。走向前來，忙跪倒，望賢弟，搭救我，性命一條。

(白)賢弟，你要快快想一妙計，搭救愚兄性命才好！(副白)事到如今，那有妙計？大哥你快快打扮作一瘋漢，混他一時，再作道理。(生白)事到如今，只好如此。正是：閉門家内坐，禍從天上來。(副白)大哥速速改扮，小弟要少陪了。(生白)請便。(副下)待我改扮起來。(下)

(二差役上。白)奉了太爺命，捉拿造反人。夥計，咱們太爺，叫拿造反的人，叫什攄葱薑？(役白)宋江。(丑白)不錯，宋江！這宋江，他到底在什麽地方呀？

(副上。白)你們敢是去拿宋江的麽？(二役白)正是。(副白)來、來、來，隨我來！(二役白)好。正在爲難的時候，偏偏遇見戴院長啦，不然我們一輩子，也找不著他！(副白)到了。宋江想必正在裏面。我少陪了。(二差役白)請便，請便！(丑白)待我喊着一聲。我説宋江，你出來！

(生唱)

【倒板】喬裝改扮安排定，

(上唱)

【摇板】假裝瘋魔有病人。悔不該，在江樓，來把酒飲。無故的，題詩句，惹下禍根。

(二役白)宋江，你出來！

(生唱)

我這里，邁步來，忙觀定，却原來，是我的，結髮人。叫一聲賢妻，你來得好。你我到房中，叙一叙恩情。

(丑白)你是他的媳婦呀？(役白)你才他的媳婦啦！(丑白)我是他媳婦的爹！(生唱)

扭回頭來把話論。却原來是岳父到我門。

(役白)你原來是他的丈人呀！(丑白)得啦！倒玩笑。我説宋江，太爺傳你哪，跟著我們走罷。(生白)叫岳父與賢妻把路引，你我一同見聖君。(同下)

(四青袍官上。白)奉了太尊令,審問造反人。

(二差役上。白)啓太爺:宋江拿到。(官白)帶上來!

(生上。唱)

我大摇大擺往前進,上面厢坐的是對頭人。我撩袍端帶上龍廷,問我一言,我答一聲。

(官白)膽大宋江,見了本州,爲何不跪?(生白)你是何等樣人,我豈能跪你?(官白)你在酒樓題了反詩,你要從實招來!(生白)想我宋江,乃是天神下界。吾奉玉帝勅旨,帶領十萬天兵天將,去至京城,掃蕩奸臣。我不久就是皇帝了。(唱)

【摇板】我奉上方玉帝令,帶領十萬鬼神兵。除却朝中衆奸佞,一統山河我坐朝廷。

(官白)看宋江,滿口瘋話,但不知是真是假。呵哈,有了!待我將些尿糞臭穢之物,叫他去用。若是吃,便是真瘋;他若不吃,便是裝就。來!(差役白)有!(官白)將尿糞抬一桶上來。(役白)嗻!(抬桶介)嘿,好臭,好臭!糞抬到。(官白)宋江,你莫要欺哄本州。堂下有糞水一桶,你去用來。(生白)呵哈,哈哈哈!我今到此,你還要費心設晏。好,待我用來!喝喝,我就叨擾了。(唱)

多謝兄台太多情,來此還要設席珍,衆位何妨同來請。

(二役白)這樣好東西,你請罷,我們靡有這個造化。(生唱)

他一個一個,就不應聲。看起來你等無福分,他不識海錯與山珍。我這裏抓一把,就四面洒,

(白)有道是"主不請,客不飲",你請用呀!(唱)

我洒他個滿堂亂紛紛!

(倒介)(官白)來!將宋江暫且收禁,待我稟報蔡大老爺,任他發落便了。(衆同下)(完)

鬧青州總講（皮黄）

【劇目簡介】

皮黄，未署名。現存清代鈔本多種，《蒙古車王府曲本分類目録》著録。小説《水滸傳》第四十三回《假李逵翦徑劫單身　黑旋風沂嶺殺四虎》有類似情節，但對李鬼（魁）形象刻畫截然相反，細節處多有不同。

車王府藏清鈔本①，題目作"鬧青州總講"，此本原鈔題"鬧江洲"，十一場，每頁四行，每行二十字左右。

劇演李逵因懷念母親，遂向宋江告假一月回家探母，宋江百般囑咐，又令衆兄弟暗中接應。李逵途遇冒用其名搶劫的李魁，知其爲贍養母親而不得已行劫，遂贈金一錠，相約三日後在望江樓相會。李逵回到家，兄長李達怕受牽連，出首報青州知府。李逵倉促背負母離去，中途因母渴而覓水離開，致老母爲虎所食。李逵怒殺五虎，適差役跟蹤而至，以賞銀誘捕，被判斬刑。李魁如期赴約，從望江樓殺下，救下李逵，與前來接應的梁山好漢會合，同上梁山。

頭場上

（"浪子"燕青、李逵起垻双上。唱）

【粉蝶兒】巾幗英雄，俺本是巾幗英雄。聚山林，施威武，山摇地動。

---

① 《京劇叢刊》第四册收録《真假李逵》，與此劇前兩場情節相同，文字略異。

(仝白)俺"浪子"燕青。俺"黑旋風"李逵。(燕白)李二歌請了。(李白)請了。(燕白)大歌①陞帳,今当大操之期,你我兩厢伺候。(李白)請。

(排山將,"大刀"關勝頭一個,餘者隨便如意,愛上多少上多少。一丈青、顧大嫂、孫二娘衆上)

【点絳唇】(唱)威風凛凛,扫蕩烟塵。聚山林,滅却奸臣,暗保宋乾坤。

(各通名字)(關勝白)列位歌弟請了。(衆仝白)請。(關勝白)大歌陞寨,你我兩厢伺候。(衆仝白)請。(归兩边站介)

(四喽兵佔門上)("玉麒麟"芦②俊義、"智多星"吴用、宋江,衆抬轎一字上,三人仝上。唱)

【粉蝶兒】水泊英豪,俺可也水泊英豪。聚英雄,逞强暴,暗把国保。

(關、衆仝白)參見大歌。(宋白)衆位歌弟姐妹少礼,同上忠義堂。(關、衆仝白)謝大歌。(挡圍摸③,衆上高台)(宋白)水泊梁山俺爲尊,替天行道宋公明。(吴用白)雖然未曾登九五,(芦俊義白)雅賽東君小宋君。(宋白)俺"及時雨"。(吴白)山人"智多星"吴用。(芦白)俺"玉麒麟"芦俊義。(宋白)只因大鬧李室師④府,多虧衆家歌弟救我回來。今又闻青州王仁,有勦滅梁山之意,亦曾命時千⑤、白勝下山探听,這般時候,还未見回來。左右伺候了。(衆白)啊!

(時千、白勝仝上。白)走哇。【水底魚】(仝白)參見大歌。(宋白)你二人回來了?(時、白仝白)回來了。(宋白)命你二人探听青州之事,怎麽樣了?(時、白仝白)大歌容稟。【風入松】【排子】(宋白)好,你二人之功,仝上忠義堂。(時、白仝白)謝大歌。(李逵白)啓大歌,小弟稟事。(宋白)有何事,當面稟來。(李逵白)

---

① 應爲"哥"。下同。
② 應爲"卢"。下同。
③ 應爲"幞"。
④ 應爲"師師"。
⑤ 應爲"迁"。下同。

小弟昨晚三更時分，偶得一梦，只見我母渾身代①血，不知主何吉兆？（宋白）此乃不祥之兆，凶多吉少。（李逵白）小弟要在大歌台前，要告假一月，回家探望老母，不知主何吉兆②？（宋白）準其回家探母乃是矣弟孝道之心，只恐半路途中酒興不好，还是不去爲妙。（李逵白）大歌，從今以後，小弟借③酒如何？（宋白）矣弟既是借酒，命你即速下山，探望伯母，一路之上，不可躭悮日期。下山若是飲酒，按軍令示行。下山去罢。（李逵白）小弟遵命。（下）（吴白）啓大歌，李逵下山，恐他路上飲酒，必須暗差一人，暗地保護才是。（宋白）先生言之有礼。燕青听令。（燕白）在。（宋白）命你暗地保護李逵，不得違悮。（燕白）遵命。（下）（吴白）啓大歌，李逵下山，面代殺氣，难免殺人之禍。山人昨夜仰觀乾像，見將臨霄，必有一場惡战。（宋白）既然如此，先生就此分派他們。（吴白）遵命。五虎上將听令。（關勝、衆白）在。（吴白）命你等埋伏青州城左，若有喊殺之声，一齊殺出，不得違悮。（關勝、衆仝白）遵命。（吴白）步軍頭目听令。（楊雄、石秀、武松、楊凌等衆白）在。（吴白）命你等扮作僧道模樣，混進青州城内，听有喊殺之声，一齊殺出，不得違悮。（楊、衆仝白）遵命。（吴白）水軍頭目听令。（院④小二、院小七、院小五、張順、李俊、費豹仝白）在。（吴白）命你等扮作乞丐、花子模樣，混進青州城内，听喊之声，一齊殺出，不得違悮。（衆、院小七仝白）遵命。（吴白）女班頭听令。（一丈青、孫二娘、顧大嫂仝白）在。（吴白）命你等扮作打花鼓蓮香模樣，混進青州城内，听有喊殺之声，一齊殺出，不得違悮。（三人仝白）遵命。（吴白）啓大歌，分派已畢。（宋白）大家後面扮起來。正是：衆人巧粧下山崗，（衆仝白）雅賽東京小宋王。（仝分下）

---

① 應爲“帶”，後多有此用法，不贅。

② 應爲“意下如何”。

③ 應爲“戒”，下不贅。

④ 應爲“阮”，下不贅。

貮場上

(李魁上)

【引子】武藝高强,論板斧盍世無双。

詩:自幼生來不可当,練就板斧世無双。常在賭博場中混,輸打贏要李大王。咱"黑面雄"李魁,自幼保標①爲生。是我愛賭錢,一分家財,俱已輸净,是俺在半路途中,假冲②李逵,攔路打搶。今乃天氣暇晚,代我稟告母親,松林走走。啊,母親!(老旦内白)兒吓,作什麽?(李魁白)母親,好好看守門户,孩兒到外面,去去就來。(老旦内白)兒要早去早回。(李魁白)孩兒知道了。想俺李魁,好不命苦也!

【數板】好賭的不听劝,賭博場中称好漢。賣騾馬,点房産,大元宝手内攢。賭博場中去耍錢,耍一夜,俱輸干,到天明,还是他娘的光膀漢。到松林,把路攔,有人問咱的名合姓,黑旋風李逵就是咱。

來此已是松林,看那傍有人來了,代俺里面等候便了。(下)

(李逵上。唱)

行了一程又一程,前面黑暗一松林。來在林外用目听,

(李魁内白)呔,留下買路金銀,放尔过去。(李逵白)啊!(唱)

樹林里面有歹人。

(白)哎呀,强盗遇見賊了。呔!里面听者,要俺的金銀,前來会俺一会。

(李魁上。白)來也。(李逵白)呔,何處毛賊,敢住某家去路?(李魁白)呔,留下買路金銀,放尔过去吓。(李逵白)留下姓名,俺便將金銀与你留下。(李魁白)听了,二年前大鬧江州,与宋江、岱③宗結拜,誰人不知,那個不曉"黑旋風"李逵。(李逵白)

---

① 應爲"鏢"。下同。

② 應爲"充"。下同。

③ 應爲"戴"。下同。

哎,這個,這個真是李逵,还有假的,那假充字号。(李魁白)呔!通上名來。(李逵白)俺不便通名,勝的过俺板斧,情愿將金銀与你留下。(李魁白)招打。(起打,双下)

(李魁上。白)且住。這厮殺法利害,他若追來,缺尖斧傷他。

(李逵上。白)那礼走?看斧。(李魁白)好漢留命。(李逵白)講了寔話便罢。如若不然,要尔的狗命。(李魁白)要問俺,我不是李逵,我叫李魁。(李逵白)起來,起來!(李魁白)好漢留名。(李逵白)听了,提起俺的名兒,你不要害怕,俺就是二年前大鬧江洲①,後投梁山,与岱宗結拜"黑旋風"李逵。(李魁白)原來是二歌,失敬了。(李逵白)豈敢,豈敢!(李魁白)哎呀,大水冲了龙王庙,一家人不認得一家人,圣人門前賣《三字經》,不想遇見二歌,打了我個没趣尔。我没有大活頭了,二歌你殺了我罢。(李逵白)我要殺你,早就殺了你拉。起來,起來,你這様武藝高强,爲何在这松林之内撂抢?(李魁白)二歌,我自幼保標爲生。(李逵白)好漢子,好漢子!(李魁白)我一生愛要錢。(李逵白)对劲,我也愛要錢。(李魁白)一分的家財,俱已輸净。家有八旬老母,無人扶養,是我在松林之内打抢,假冲二歌名姓,不想遇見歌歌你哪拉。这才是大水冲了龙王庙,二歌你殺了我罢。(李逵白)起來,起來。你也是好漢,俺也是好漢。來、來、來!這里有黄金一定,拿回家去,奉養老母,改过前非。(李魁白)多謝二歌。二歌要往那里而去?(李逵白)回家探望老母。(李魁白)你我要在那里相会?(李逵白)三日之後,在望江樓相会,記下了?(李魁白)小弟記下了。(李逵白)兲弟,我今賜你一定金,拿回家去孝娘親。(李魁白)多謝二歌賜黄金,拿回家去孝娘親。(李逵白)只要真心孝娘親,你母我母俱不分。(李魁白)弟兄二人把路分。二歌,(李逵白)兲弟,(李魁白)我是假來你是真。(李逵白)取笑了。兄告辞了。(唱)

辞别兲弟归故道,探望老母走一遭。

---

① 應爲"州"。下同。

(下)(李魁白)二歌贈我銀兩,俺不免回家便了。(唱)

思想起來,我真真的後悔,爲要錢只得抖雄威。腰别着板斧,藏在了松林内。假李逵遇見了真李逵,真李逵、假李逵、真假李逵。我二人乱殺乱砍,不知誰跟誰。手拿黄金我就往家归,見老母細説一回。哈,哈,哈!

(下)

叁場上

(老旦上。唱)

只因兒夫亡故早,抛下母子受煎熬。將身且坐草堂道,眼跳心驚爲那條?

(李逵上。唱)

將身且把草堂進,見了母親問安寧。

(白)叩見母親。(老旦白)啊,你是何人?(李逵白)母親哪,孩兒是鉄牛兒回來了。(老旦白)哦,你是鉄牛兒回來了。(李逵白)孩兒是鉄牛兒回來了。(老旦白)哎呀,兒吓!【哭鄉思】【排子】(老旦白)兒爲何這等光景?想死爲娘了。(李逵白)孩兒坐了官,接母親受享榮華富貴來了。

(李達上。白)啊,母親望誰説話那?代我進去看看。喲!愿來是兄弟。(李逵白)啊,兄!(李達白)兄弟,自你去後,把母親都想的這眼精①瞎了。(李逵白)兄長請上,受小弟一拜。(李達白)兄弟,你不必拜,歌歌也想你了。代歌歌給你打点酒去你喝,再買点菜,咱們倆人二三年没見了。(李逵白)兄長不必費心了。(李達白)母親,别叫我兄弟走了。(老旦白)兒,快去快回。(李達白)是了。兄弟,你同母親説着話,我去去就來。(李逵白)兄長,請。(李達出門,暗白)哎呀,站站!我兄弟李逵,二年前大鬧江洲,官兵拿他,他逃走了,官府中將我拿問在監,收了我一年

① 應爲"睛"。

多，才放我出來。今聞听人説，我兄弟他投逩梁山，与宋江同党。官府中若是知道，將我又拿問在監。哎，有了！我先到衙門里，把他送下來，没有我的事情。就是这們办。（下）（李逵听介）哎呀，且住。看我兄長臉上，氣色不正，他此去还有什麽好意？代我揹定母親，逃走了罢。啊，母親，孩兒如今坐了官了，隨①定孩兒前去，受享榮華富貴去罢。（老旦白）可有車輛？（李逵白）車輛現在城外。（老旦白）爲娘难以行走。（李逵白）代孩兒揹定老母出城，再作道礼。（老旦白）好兒，揹定爲娘。（仝下）

肆場上

（李達上。白）走哇。來此已是衙門，代我前去擊古②。（擊古介）

（四青袍、二班頭，知州高俊上。白）來。代几古③人。（二班白）啊，代几古人。（李達白）叩見太爺。（高俊白）嘟，胆大狂徒，本州自有放告之期，你抎几堂古！來，扯下去打。（李達白）且慢，小人有話回稟。（高俊白）講。（李達白）小人名叫李達，我有一兄弟，名叫李逵。只因他前二年大鬧江洲，他投逩梁山，归順宋江。今日他回來了，我到太爺台前，我先將他送下來，免得太爺拿他。（高俊白）啊，你兄弟今在何處？（李達白）他現在家里哪，你哪，快快着人前去拿他。若是去晚了，他可就逃走了。（高俊白）好。二班頭，隨④定李達，前去捉拏他兄弟李逵。（二班仝白）是，遵命。（下）（高俊白）掩門。（分下）（李達白）二位跟着我走哇。（二班頭白）（小元場）到了没有？（李達白）到了。二位跟着我進來。（二班頭白）前面代路。（進門介）（李達白）兄弟，兄

① 底本此字作“蹦”。

② 應爲“鼓”。下同。

③ 應爲“帶擊鼓”。下同。

④ 底本此字作“蹦”。

弟,兄弟！啊？母親,母親！他往那里去了？(二班頭白)你兄弟在那哪？(李達白)哎呀,我也不知那去了。(二班頭白)無有你的兄弟,你就是跟着我們去見我們太爺去。走,走,將他鎖了。(李達白)二位别忙,想是我兄弟揹着我母親逃走了。料他們娘兒倆走之不远,咱們三人一仝追他們去。(二班頭白)既然如此,走哇！(仝下)

伍場上

(李逵揹老旦上)(李逵白)走哇。【水底魚】(老旦白)哎呀,兒吓！爲娘飢渴,如何是好？(李逵白)母親,前面有一山神庙,等候孩兒,代孩兒山下取水。(老旦白)兒要去,快去快來。(李逵白)孩兒遵命。(下)

(五虎形上,吞吃老旦,死下)

(李逵上。白)走哇。母親,母親,母親！往那里去了？哎呀,母親哪！(見死尸介)哎呀！(打虎介)(虎死,下)

(二班頭仝李達仝上)走哇。(李達白)二位,你看那傍就是我兄弟。(二班頭白)你向前把他代过來。(李達白)二位,你看他身量高大,又有力氣,他在那打虎哪,我如何拿得住他？二位,你們向前,把他誆在衙門里去,用酒將他慣①醉。你們要留点神,我在衙門里等。(下)(二班頭白)是了,交給我們了。哎,二歌辛苦了。(李逵白)好説,好説！(二班頭白)你在這幹什麽哪？(李逵白)我在打虎那。(二班頭白)打了几支②？(李逵白)打了五支。(二班頭白)打了五支？(李逵白)打了五支。(二班頭白)巧急拉,我們太爺出下告示,有人打死一支猛虎,賞紋銀十兩。(李逵白)好,我打死了五支。(二班頭白)打死了五支,有你五十兩銀子。(李逵白)好,拿銀子來,五十兩。(二班頭白)銀子到有,得

---

① 應爲“灌”。

② 應爲“隻”。下同。

跟我們衙門里見了太爺，才有銀子，堂上去領。（李逵白）到了堂上去領？（二班白）堂上領。太爺給銀子，我們那有？（李逵白）好哇，咱哇！（仝下）

陸場上

（四青袍佔門）（知州高俊上。白）爲官清正，与黎民判断冤情。（二班頭仝李逵白）到了衙門，拿銀子去呀。（二班頭白）等等，别忙，我們有酒，你先助助氣，吃几盃。（李逵白）好，咱最愛吃酒。（二班頭白）吃上三盃。（李逵白）好，吃上三盃。（二班白）在吃上几盃。（李逵白）不吃了，不吃了。（二班頭白）不愛的，这有一小罈子，吃罢。（李逵白）吃，吃，吃，吃……（二班頭白）看，这有一根鎖練代上。（李逵白）代他作什麽？（二班頭白）代上好領銀子呀，不然太爺不給你哪，这五十兩銀子。（李逵白）好哇，看在銀子分上，与俺代上。（大班頭白）我先給你哪，回一声兒去。（李逵白）快去。（大班頭白）回稟太爺，李逵拿到。（高俊白）好，將他代上堂來。（大班頭白）啊，夥計，代上來！（李逵白）這就要銀子了。（二班頭白）要拿銀子了，進來罢。（李逵白）呔，俺打死了五支猛虎，你要拿五十兩銀子。（高俊白）呔！胆大李逵，見了本州，爲何不跪？（李逵白）俺乃天下英雄好漢，豈肯跪你？（高俊白）前二年你大鬧江洲，指望你远走高飛，尔也有今日瑪？（李逵白）呔！狗赃官，俺乃英雄好漢，你敢把我怎麽樣？（高俊白）來呀，將李逵綁了。（李逵白）呔！狗赃官，要殺要砍，咱老①何惧？（高俊白）你乃朝廷重犯，本州也不加罪与你。來，將他收在監中。

（一禁子上。白）是。走哇！（李逵白）咱老子走哇。（仝下）（高俊白）左右，濃墨伺候。【排子】（寫文書介）來，有公文一角，会同青州總鎮，調五营四哨官兵，明日午時三刻，西門以外監斬重犯大鬧

① 應爲“老子”。

江洲李逵,不得有悮。(二班頭白)遵命。(高俊白)我今吩咐你。(二班頭白)怎敢悮遲延?(仝下)(高俊白)掩門。(衆分下)

七場上

(四紅文堂、四紅大愷佔門)(四上手、四大將、四大刀手、一中軍,總鎮王元上)

【点絳唇】(唱)**殺氣冲霄,兒郎虎豹。軍威好,地動山摇,要把梁山扫。**[詩四句]執掌黄金印,榑①管衆三軍。令出山摇動,將士誰不尊。本鎮王元,今奉圣命,鎮守青州一代等處。恼恨梁山賊寇,累犯边境,每日操演人馬,扫滅山梁②賊党。今當三六九日大操之期,中軍听令。(中白)在。(王元白)傳令下去,命五营四哨大小兵丁操演。往教場就此。(中白)得令。(照白)

(二班頭上。白)大人請了。(王元白)奉了何人所差?(二班頭白)青州衙署高俊高大老爺,有文書一角,大人請看。(王元白)呈上來,代本鎮觀看。【排子】(王元白)回去稟报你家老爺,回文不及,明日大兵必到法場,保護去罢。(二班頭仝白)遵命。(下)(王元白)衆將官,明日午刻,齊赴法場,不得違悮。掩門。(下)

捌場上

(四青袍、二班頭上)(高俊知州、衆摆隊过場,下)(連場上)(四刽子手押李逵過場,下)

玖場上

(李魁上。白)【水底魚】走哇。來此已是望江樓,約定今日在此

① 應爲“専”。

② 應爲“梁山”。

与李二歌相会。呔,酒家,酒家!

(酒保上。白)來了,來了!隔壁三家醉,開罈十里香。(看介)哎呀,我的皂王爺!(李魁白)呔,咱是一個人。(酒保白)是個,怎們這個樣尔?(李魁白)哎,天生來的雄臉。(酒保白)天生來的不要臉?(李魁白)哎,天生來的雄臉。(酒保白)那就是了。你哪,是作什麼的?(李魁白)咱是吃酒的。(酒保白)酒今個不賣了。(李魁白)怎麼不賣了哇吓?(酒保白)我們这要出斬殺人。(李魁白)他殺他的人,我吃我的酒,与我何干?(酒保白)那們着,你哪,可要老實点的。(李魁白)我最是個老實人。(酒保白)那們你哪,請到里面。(李魁白)那里干净?(酒保白)樓上到也干净。(李魁白)代路。(酒保白)你哪隨我來呀。(李魁白)走。呔,酒保,酒保,酒保!(酒保白)咳,大太你哪,这还老實哪?你哪,睄我那金膆①的八仙棹子。(李魁白)拿酒來,拿酒來!(酒保白)别忙,别忙,酒到。(李魁白)与咱老子斟上,斟上。(酒保白)賣酒不管斟上。(李魁白)賣酒不管斟上?(酒保白)不管斟上。(李魁白)我打你这個王八日的。(酒保白)别打,我給你哪斟上。(李魁白)哎,我多把銀錢給你,再斟上一盃。(酒保白)再斟一盃。(李魁白)好,連仲三元,再斟上。(酒保白)斟上。(李魁白)酒家,在此斬的什麼人?(酒保白)你那会不知道?只因前者有一大鬧江②的,名叫"黑旋風"李逵,被官兵拿住了,今日午時三刻,要在这樓底下出斬。(李魁白)怎麼講?(酒保白)監斬"黑旋風"李逵。(李魁白)哇呀,哇呀!(酒保白)你哪,这还是老實哪?你哪别嚷呀!(李魁白)我不嚷,我不嚷。(酒保白)不嚷就結了。(李魁白)你將這樓門打開。(酒保白)我不打開。(李魁白)不打開?我就你这王八日的。(酒保白)是了,你哪别打,我打開樓門,你哪,睄快不爽快?(李魁白)好爽快。唤你在來,不唤你去罢。(酒保白)我这伺候你哪。(李魁白)不用伺候,去

---

① 應爲"漆"。

② 應有一"洲(州)"字。

罢!(酒保白)我一定要伺候。(李魁白)你这來,你給我滚下樓去罢!(酒保白)哎!(下)

(四青袍、二班、衆凹門)

(高俊上。白)來,將李逵綁上來。(二班頭白)將李逵綁上來。

(四剑子手扶李上)(李逵白)蒼天哪蒼天,想我李逵,死的好不明白也!【排子】(高俊白)時辰可到?(衆白)時辰已到。(高俊白)拿去開刀。(李魁跳下樓介。白)呔!看刀。(殺青袍介,知州跑下)(王元、衆元人兩边抄下)(李魁白)李二歌醒來,李二歌醒來。(李逵白)啊,你是何人?(李魁白)小弟李魁。(李逵白)到此何事?(李魁白)前來搭救二歌。(李逵白)兲弟請上,受我一拜。【排子】兲弟,殺呀!(接衆人攢下)

拾場上

(梁山衆元人【急急風】过場,下)

拾乙場上

(王元、衆元人凹門上)(报子上。白)劫去法場。(下)(王元白)衆將官,殺上前去。

(梁山元人会陣上,起打,下)(起殺,下)

(連場上)(李達上)(李逵上)(李魁上。白)啊,李二歌,他是何人?(李逵白)这是我兄長,他把我送到当官,才得出斬。(李魁白)啊,好歌歌呀,好歌歌呀!(李達白)兄弟,你叫他饒了我罢。(李逵白)哎呀,哎呀!(李魁白)好歌歌呀,好歌歌呀!(殺死李達,下)(李逵、李魁、高矮相尔下)(梁山衆人起,大打,官兵敗下)(梁山元人两边上)(武松白)大家回山交令去者。(衆仝白)請。(仝下)【尾声】(完)

李逵接母（子弟書）

【劇目簡介】

子弟書，未署名。現存清代鈔本，《子弟書目録》《中國俗曲總目稿》《子弟書總目》等著録。小説《水滸傳》第四十三回《假李逵剪徑劫單人　黑旋風沂嶺殺四虎》有類似故事，細節多有不同。

車王府藏清鈔本①，題目作"李逵接母"，全三回，每頁六句②，每句字數不一。

叙李逵在梁山興起思家探母的心思，臨去時宋江等人百般叮囑其不可貪杯并留下板斧。李逵一一應允，獨自下山接母。夜晚時分，在沂嶺上碰到假借其名劫路的李鬼，將之打倒後因聽信其家中有老母奉養的謊話，反贈其金銀。李逵肚飢，入茅屋乞食，正遇李鬼夫婦，發覺二人欲行加害，一怒之下砍死李鬼，放走其妻，又縱火燒其茅屋。李逵至家騙母親説自己做了大官，要帶母親前去享福。

一　回

且説那宋江既聚梁山寨，終日裡若非宴飲即談兵。
只因爲衆家頭目接家眷，有个人引起思家探母的情。
這英雄姓李名逵"黑旋風"是號，生成的性如閃電氣若飄風。

---

① 校以吴曉鈴藏百本張鈔本，以史語所藏鈔本作參校。
② 即三整句，其中各句字數多少不一，故多有雙行形式呈現者。

秉一團猛虎様的威風鉄牛般的氣力,真是凴河抱虎與衆不同。
这一日宋江設宴把群雄聚,衆頭目依次排班在聚義廳。
參拜已畢方入座,忽听淂有人喊叫大放悲声。
衆將愕然齊舉目,見李逵淚流滿面跺脚搥胸。
宋江忙問因何傷感,李逵説哥哥行事不公平。
衆兄弟俱各回家去睄父母,我李鉄牛难道不是人間父母生?
自從我流落江湖十數載,我那娘年残有病家内又貧穷。
宋江讚嘆將頭点,説难淂矣弟有孝母之情。
不必悲傷差人前去,迎接老母奉養在山中。
李逵説不必差人我親自去,我恨不能一時淂見老母的形容。
宋江説矣弟的誠心难阻挡,但是有悬心的几事要你依從。
只爲你酒後行凶生事故,倘若是被人看破關係非輕。
此一去路途不可貪盃酒,怕的是醉後生非走漏風。
还有一言犹緊要,將你那板斧收留在山寨中。
李逵道誰有工夫生事故,到家里迎接老母即便回程。
就此拜别衆家兄弟,宋江説千万留神在途路中。
若見萱堂替弟兄們問候,山寨里安排筵宴預備着接風。
命左右取几錠金銀爲路費,这英雄辞别寨主到自己的房中。
更换行粧收板斧,直裰里藏朴刀一把取路而行。
一路上滅跡藏踪早行晚住,説不尽路途劳苦帶月披星。
不一日早見家鄉臨故里,正值那西山日落晚烟横。
眼看着迢迢野徑无人跡,不多時星輝銀漢四野昏濛。
又則見一座高山連碧落,森森樹木乱草叢生。
这英雄不管高低蔓①延而上,洒開大步搶過了山峯。
暗想道这沂嶺离家只三十里,前行不過半夜的途程。
趁着这寅夜无人接老母,也免淂驚動鄉隣走露風。
黑旋風正自思量闻一声大叫,説快留買路放你前行。
这英雄久慣江湖昂然不俱,一蹲身体直瞪着双睛。

---

① 底本此字作“蹑”。

見樹林子里形形有一人相离切近,好汗發威喊一声。
説何處的毛賊敢攔吾的路徑,有何本領报尔的賊名。

二　回

那汗子説來者的听真俺李逵的便是,江湖上綽号人称是“黑旋風”。
知吾利害快留買路,好汗發獃心一驚。
説怎的賊名同我一樣,猛然省悟必是假冒吾名。
黑旋風並不回答看那人臨近,一飛右腿正中前胸。
那汗子一仰身軀被英雄按住,取朴刀逼在賊人脖項中。
那汗子兩脚登空渾身乱战,連呼饒命望好汗留名。
李逵説鼠輩因何冒吾名字,那汗子口内哎哟説我的祖宗。
小人該死真瞎了眼,早知是大王到此我怎敢提名?
李逵説你姓甚名誰怎知吾的利害,那人道小人叫李鬼素仰俠風。
只因爲母老家貧无養贍,所以我借爷的大号劫路爲生。
有玷英雄該萬死,作梦兒不期今夜与好汗相逢。
李逵大笑一鬆手,説这厮説話倒也聡明。
快些兒起去睄一睄我,李鬼在星光之下認英雄。
見李逵滿部剛鬚身高体壮,面如鍋底目似銮鈴。
这李鬼拜倒在塵埃連叩首,説念小人家中有老母望好汗寬容。
李逵説偏宜你这厮起來説話,那李鬼一旁站立战战驚驚。
英雄取兩定金銀説你拿回家去,养你那娘①再休剪徑坏我的声名。
李鬼接銀説多蒙賞賜,大王的恩惠真是山海相同。
英雄説不必多言快些去罢,那汗子揣銀在怀内兩脚如風。
英雄趲步將山下,一陣陣風摇葉落澗湧泉声。
夜静生寒風露冷,只覺得腹中飢餓兩脚难行。
暗想道荒山夜半無村店,似这樣飢渴如何走路程。
英雄正自心思忖,猛抬頭見樹林之内灯火熒熒。

---

① 底本此字作“奻”。

英雄大喜説有人家也,我何不覓些酒飯再前行。
这英雄直奔灯光离不遠,到門前見几間茅屋有犬吠之声。
黑旋風用手拍門里边答應,啓柴扉是个中年的婦道提一盞灯籠。
那婦人一見英雄朝後退,李逵説吾乃梁山黑旋風。
只爲行程把宿頭走過,腹中飢餓到你家中。
有什麽隨便東西我飽飡一頓,賞你些銀兩莫要發惊。
那婦人末及回言李逵走入,到屋兒里見蕭蕭四壁一盞灯明。
李逵説有甚東西拿來吾用,那婦人一團的仔細満面和容。
説山野貧家无什麽供饌,李逵説現成的就好莫悞我途程。
那婦人院内拾柴鍋中添水,这英雄心中急躁到外面閒行。
且説那淂銀的李鬼回家轉,到門前見柴扉半掩屋内有灯明。
忙走入才欲開言見妻兒点手,低声兒道你快些兒來罢此事不輕。
李鬼低声説有甚麽事,婦人道梁山的賊寇現在家中。
李鬼説是個黑面的强人婦人説正是,李鬼説活活兒的倒運真是狹路相逢。

三　回

婦人忙問緣何故,李鬼説方才在嶺下見了孤客独行。
誰知道就是李逵拿住我,險些兒被他傷害真是虎口脱生。
亏了我一片花言將我放,給了我的銀兩定放我回程。
妇人説他道吃点子東西前途还有事,李鬼説你先作飯莫要走露風声。
家内現成蒙汗藥,若能勾將他害死管保富貴無穹。
這正是暗室亏心神天不佑,恩將仇报造化难容。
且説那李逵在門外見一人走入,英雄潛步看行踪。
見那人直入房中与妇人講話,細看時原來是李鬼回到家中。
听見説飯内多加蒙汗藥,英雄憤怒引起無名。
大喝一声説狗男女,如何胆大敢胡行。
一縱身軀到灯光之下,向李鬼用朴刀砍去响亮一声。

正中頭顱登時命尽，身形栽倒血染尸灵。
那妇人見好汗行凶魂飛魄散，瞅空兒溜出門去跑如風。
这英雄並不追隨睄尸首，摸了摸大銀兩在李鬼怀中。
取出來收在囊中尋火種，登時間草房火起烈焰飛騰。
黑旋風一怒行凶殺人放火，也是他合該月下有灾星。
这英雄餘怒未消恨恨而去，不覺淂前行已至自己的村中。
只見那風景依稀还照旧，村子里那几家隣舍正在朦朧。
黑旋風不敢消停緊行了几步，來到了自家的門首立住身形。
但則見土壁頹危柴扉不整，籬笆兩扇把門横。
无限的蕭條十分的破落，真是蓬居華户院宇空空。
黑旋風用手推門側身而入，到房門外聞人説話正是老母的音声。
説这早晚还不回家往何處去？把個听話的英雄滿腹里疼。
隔窗兒叫了声娘呀鉄牛來了，老人家忽聞窗外有人声。
只当是李①在外回家轉，説你來了麽有何事故到半夜三更？
黑旋風忙進房中床前拜倒，説孩兒是李二今日回程。
老人家聽淂李二回家轉，一伸手把英雄拉住大放悲声。
説兒啊你何處飄零十數載，想的我一身疾病双目失明。
也不管家内貧寒是如何度日，你哥哥又无田土那討个营生？
今日個那陣風兒吹到此，兒啊娘还活几日难道你不心疼？
李逵説老母休悲兒大喜，老母説喜從何至你告訴我听听。
李逵説孩兒在外把高官作，爵尊位顯富貴無窮。
有的是大厦高樓肉山酒海，衣服成套銀子成封。
所以我特地回家接娘去上任，從今後只享榮華不受窮。
老人家滿腹的傷心由不的强笑，説这厮还是这樣的撒風。
你得的是怎樣個官兒如何去上任？李逵説口説难信眼見纔分明。
走罢娘啊天明了不便，老母笑説我兒説話恁的輕生。
你也不見見你哥哥他常常兒念你，你和他多年不見兄弟之情。
（完）

---

① 應爲“李逵”。

翠屏山全串貫(皮黄)

【劇目簡介】

皮黄,未署名。現存清代鈔本多種,《蒙古車王府曲本分類目録》著録。小説《水滸傳》第四十五回《楊雄醉駡潘巧雲　石秀智殺裴如海》至四十六回《病關索大鬧翠屏山　拼命三火燒祝家店》有類似情節,另傳奇《翠屏山》亦演此故事,細節有所不同。

車王府藏清鈔本①,題目作“翠屏山全串貫”,二本,每頁六行,每行二十一字左右。

劇演楊雄醉酒歸家,潘巧雲從其偶然的話語中,得知石秀已告訴私通之事,遂倒打一耙,誣告石秀曾經調戲於她。楊雄信以爲真,欲趕走石秀。石秀發覺情由,主動離去,又趁裴如海赴約之時,逼問出真情,將其殺死。石秀攜證據向楊雄説明真相,楊雄始悟,與石秀定計,將潘巧雲及丫環迎兒誆至翠屏山,問明原由,石秀動手將巧雲主僕殺死,二人遂投梁山而去。

頭　本

(旦上)

【引】獨坐房中思悶恨,无有一人共相問。

[詩]白玉堂前蘭射香,每日思想俊俏郎。一夜風流千金價,美貌

---

① 《俗文學叢刊》第三一九册收録《翠屏山二本》,文字相同;同册另收録石印本一種、鈔本兩種,文字有異;《故宫珍本叢刊》第六七二册收録鈔本兩種,《戲典》第二集、《戲考》第三册、《國劇大成》第一〇集等亦收録。

風情夜夜强。(白)奴家潘氏巧雲,嫁与楊雄爲妻。他当了一名快手,今日也是官差,明日也是官差,時常不在家中。我与那闍黎二人成夫妻,每日晚間,以香爲號,思想起來,好不凄凉人也。(唱)

有奴家悶來時綉房獨坐,忽然間想起來少年風光。我二人夫合妇双双合好,夜晚間如仝那並体鴛鴦。

(迎兒上介)(旦白)迎兒。(迎白)大奶奶。(旦白)你大爷回來,可要小心。(迎白)大奶奶放心,有我呢。

(楊上。唱)

一路行來酒氣冲,不覺來到家門中。

(白)開門。(吐介)(旦白)迎兒。(迎白)大奶奶。(旦白)大爷回來了,你去開門。(迎白)知道。(開門介)大爷回來了?(楊白)回來了。(吐介。白)我這幾日不在家中,你作的好事吓!好醉好醉吓!(吐介)(旦驚白)這事你怎麽知道?哦,是了,想是石秀心中不平。石秀哇石秀,叫你早早出我的門口!大爷,你要問這个人,我不説,你問迎兒。(楊白)迎兒,你大奶奶説道你知道,快快講來。(迎白)大爷,你問大奶奶罢!(楊白)吓,我道是問那一个?(旦白)説了你要生氣。(楊白)我不生氣,你講來。(旦白)就是你的好朋友,賊石秀吓!(楊白)原來是他!他進門講説什麽?(旦白)他進門要垻王硬上弓。(楊白)他与你可弄上了无有?(旦白)若叫他弄上,你豈不是个這個了?(旦比介)(楊怒白)好石秀吓!(唱)

楊雄聞言把劍抽,

(旦白)大爷何往?(楊白)去殺石秀。(旦白)大爷不必如此。以我之見,將賬目算明,打發他回去,外人也不知道,你也好看,是个兩全其美。(楊白)就是了。我心中好不明白!正是:深山赶猛虎,(下)(旦白)暗箭射蛟龍。迎兒,將石秀叫出來。(迎白)有請三爷。

(石秀唱)

胸中有事心不寧,一夜无眠到天明。

(白)嫂嫂,兄弟有礼了。(旦白)不見礼罢。我对你説,肉鋪買賣也不好,你大哥説道,叫你另想一个生路纔好。(石白)既然如此,我要走也。(唱)

【西皮】石秀郎站面前作揖打躬,尊了声矣嫂嫂細听明。我二人結交的真是有情,今日里要當面親自謝承。

(旦白)不用謝。(石怒介。白)要謝吓!(迎白)老爷子,快來吓。(丑上。白)老汗①今年七十五,我的兒子九十五,我的孫子一百五。老汗潘老兒的便是。膝下無兒,有兩个女孩兒。大女兒叫潘金蓮,嫁与武大郎爲妻。二女兒潘巧雲,嫁与看坐爲妻。死了後,纔嫁与楊雄爲妻,也到罢了。迎兒,爷爷出來,有什麽事情?(迎白)大奶奶仝石秀打起來了。(丑白)打起來了?你去看的?(旦白)不要謝。(石白)一定要謝。(丑白)得、得、得了!看我老頭面上,這是爲什麽?有話好好説,別生氣吓。(石白)老丈有所不知,我告辞,相謝与嫂嫂,他好不尊貴?(旦白)你不尊貴。(石白)你當真不尊貴吓。(丑白)得、得、得了!看着我,你要回家,你我好了一場,我有点小敬意。迎兒!(迎白)作什麽?(丑白)你把艮箱開開,把那紅紙包兒拿來。(迎白)來了。(丑白)你來,我有一兩三錢艮,大小十二件,你快拿住,看風刮了。(石白)多謝老丈。(丑白)不要謝了。(石唱)

日后見面謝年尊。石秀説罢揚常去,日后再來看仁兄。

(下)(丑白)他可走了。你若生了兒子,不用叫他姓楊。(旦白)叫他姓什麽?(丑白)叫他姓海。(下,又上介。白)叫他姓海吓!(下,又上介。白)叫他姓海!(丑、旦仝下)

(石上。唱)

离了鋪中到街前,伤心埋怨結拜男。賤人秃驴他通奸,傍人笑他家不嚴。但恐日後交情久,大哥性命难保全。

(白)你看前面有所空房,不免藏在其內。這和尚來時,問他个明白便了。(下)(頭本完)

---

① 應爲“漢”,底本中多作“汗”,後不贅。

二　本

(丑上。白)和尚吃斋念天尊,只恐修念不成真。當年講説唐三藏,今日準是吕洞賓。(白)來此已是。可喜外面無人,待我暗暗看來,有香號無有。

(石上抓住。白)我且問你,你是何人?(海白)我、我、我是化緣的。(石白)你三更半夜,化的什麽緣?説了真情,放你回去,如若不然,將頭割下。(海白)爷爷饒命,小僧講來。(石白)講吓!(海白)容禀。(唱)

海禿黎急忙跪埃塵,尊了声爷爷听分明。小僧那日把經念,楊雄有个潘巧云。我二人定下香號計,夜静三更小僧臨。

(石白)這事何人知道?(海唱)

我二人相會无人曉,除非是迎兒他知道。小僧説罢真情話,爷爷饒命放我逃。

(石怒唱)

石秀聞听恼在心,大罵禿驴不是人。刚刀一舉人頭落,我对大哥説原因。

(白)且住。我今將他殺死,不免將人頭藏在一边,作一个明白也好,哈哈哈,呵,哈哈!(下)

(楊上。唱)

一行走着一心想,前行來至酒鋪前。迈步就把酒樓上,

(石上。唱)

來了石秀我一人。

(白)大哥何往?(楊白)那边可是石秀麽?(石白)正是。(楊白)好石秀,你还有什麽面目見我?(石白)小弟有話与哥商議,這里不是講話之所,請大哥到酒樓沽飲三盃,小弟也好講呵。(楊白)既然如此,走吓。(石白)走。

(酒保白)二位爷,吃什麽酒?(楊白)有好酒拿來。(保白)好酒兩壺。(楊白)你先下去,叫你再來。(保白)是。(下)(楊白)有

話講來。(石白)大哥听道:(唱)

石三郎未開言怒氣冲,尊了声大哥听從頭。潘氏嫂嫂不仁義,相遇那海和尚夜夜調情。

(楊白)此是①當真?(石白)大哥不信,你來看。(拿頭介)(楊驚白)你有何妙計拿他?(石白)明日乃是翠屏山,大哥回家,到了明日,叫嫂嫂仝去。小弟仝大哥問一个明白,將他殺死,你的面目也好看吓。(楊白)此計甚好!正是:今日作事無人曉,(石白)翠屏山前問賤人。(仝下)

(迎兒②仝上)(旦白)自從相交海闍黎,每日暗暗用心機。楊雄日日家中坐,牛郎何日會織女?(迎白)大奶奶每日常常欢喜,今日爲何不樂?(旦白)你不知道,海師付也不得來,我想起來,真受不得。迎兒,門口看看。(迎白)知道。(驚介)大奶奶,不、不、不好了!海師付不知叫何人殺了。(旦白)我去看來。吓!(唱)

我哭一声海丈夫。

(楊上。白)哭那个丈夫?(旦驚,白)我没有哭。(迎白)大爷,大奶奶那里是哭,他、他是眼里有了情人了。(楊白)你們兩个都有情人了!明日乃是翠屏山香火,我要前去進香,你也仝去。(旦白)我身上不干净,月經來了,我是去不得。(迎白)是,大爷,我們去不得,改日再去。(楊怒白)哇,吓!(旦白)走就走吓。(迎白)大奶奶,我也要去,娘們兒死在一塊也好。(旦白)好喪。走吓!

(石上。白)賤人,你要説海和尚的真情。(楊白)你要講的真?(石白)大哥不信,你問迎兒便知明白。(楊怒白)迎兒,過來。(旦白)迎兒他年紀小,他知道什麽?(楊白)不用多嘴。迎兒,我且問你,海和尚之事,説了放你回去;你若不講,砍下你頭。(迎白)我、我、我不知。(楊白)他來過幾次?一一講來。如若不講,看刀!(迎白)夜夜來。(石白)這可明出我的冤來了。(楊唱)

---

① 應爲"事"。

② 應爲"旦、迎兒"。

好汗聞听怒氣冲，大罵賤人你是听，你与楊雄丢了名，一把刚刀拿在手，

(殺介，迎下)(楊唱)

我今叫你命歸阴。

(旦唱)

潘巧云跪流平，尊了声丈夫你是听。今日若是饒了我，再也不敢乱胡行。

(楊唱)

听此言一陣陣怒氣冲，大罵臭妇不是人。我今殺你粘我的手，与你刚刀自損身。

(旦白)大爷，饒了罢，從今后再也不敢了。(石白)殺吓！我的冤屈也明白了，我要走也。(楊白)矣弟，替我殺了他罢。我看在夫妻分上，不好下手。你与我代勞罢。(石白)閃開了。(唱)

石秀舉刀惡恨恨，罵了一声狗賤人。刚刀一舉人頭落，再与大哥説原因。

(白)大哥吓，小弟看來，大哥既然殺了他二命，也难回去了，不如弟兄二人，投奔梁山去吧。(楊白)依你行事。(唱)

有日梁山大舉義，

(石唱)

擺動乾坤大有名。

(白)請。(仝下)(完)

翠屏山(皮黄)

【劇目簡介】

皮黄,未署名。現存民國《戲考》刻本,可與車王府藏鈔本參照。小説《水滸傳》第四十五回《楊雄醉罵潘巧雲　石秀智殺裴如海》至四十六回《病關索大鬧翠屏山　拚命三火燒祝家店》有類似情節,另傳奇《翠屏山》亦演此故事,細節有所不同。

《戲考》刻本,題目作"翠屏山",又名"殺嫂投梁",一場,每頁十五行,每行三十六字左右。

劇演楊雄、石秀殺潘巧雲一事,與車王府藏《翠屏山全串貫》相似,細節有所不同。

(旦上)

【引】滿懷心中事,盡在不語中。

(坐下。白)春逢三月桃花放,雨打荷花滿池塘。應時秋月黄花酒,冬來臘梅聞雪香。奴家潘氏巧雲,配夫石遠。石遠一死,後嫁楊雄。想那大郎習學拳棒,不喜枕前之歡,是我與海師父私下勾情,常來常往。又被石秀看破,石秀在外面,必要與我大郎言講,搬動是非。大郎回來,豈肯與我干休?石秀吓石秀,没有此事便罷,若有此事,嫂嫂豈肯與你干休?(唱)

【西皮】【男梆子①】潘氏女,坐前堂,自思自想。思想起奴心内事,好不悲傷。但願得,楊大郎,鴛鴦拆散。我與那,海師父,日久天長。

(生内白)走吓。

(上。唱)

---

① 應爲"南梆子"。

在衙前，辭别了，衆位賓朋。自幼兒，愛拳棒，喜在眉容。

（白）俺楊雄，時才在衙前，打了幾路拳，要①了幾路棒，太爺見喜，賞我大壜酒、大方肉，故爾吃了這樣薰薰大醉。吶，石秀對我言講，我妻潘巧雲，與那海奢利②有姦。今日回去，没有此事便罷，倘有此事，定不與這賤人干休！走吓。（唱）

只吃得，醉薰薰，路走不穩。一步兒，來至在，自家門庭。

（白）來此已是。開門來。汰！開門來。（旦）想是大郎回來呢。待我開門。啊！大郎回來了？（生）好賤人！（坐下）（旦）吓。大郎回來了麽？（生）好賤人！（旦）云兒快來。

（云上）大奶奶什麽事？（旦）你大爺回來了。想是要吃茶，快取茶去。（生）回來。不用。（旦）想是没有吃飯？快作飯去。（生）回來。亦不用。（旦）大郎今天回來，茶不想，飯不想，你心裏打算怎麽樣？（生）云兒掌燈。（云）哦。我們大爺，要睡覺了。（仝下）

（仝上。演覺）（生）云兒，看看外面什麽叫？（云看）回稟大爺、大奶奶的話，梁頭燕兒入巢呢。（生）梁頭燕兒入巢？好惱吓，好恨！好惱吓，好恨！（旦）梁頭燕兒入巢，大郎惱他何來？恨他怎的？（生）想那大鴈，逢死不配；相那小生，到晚就要成雙着對。怎不叫人好惱吓，好恨？（旦）如此説來，你該惱，該恨。（生）清晨起來入公衙，一片心事亂如麻。猛虎口内奪脆骨，事到頭來不自殺。（吐，睡介）（旦、云咬耳）（云下）（起更）（旦唱）

【南梆子】聽譙樓，打罷了，初更鼓响。坐不安，睡不眠，心中自想。

（白）且住。想我大郎，往日回來，歡天喜地。今日回來，愁眉不展，是何原故？哦，是了！（二更）（唱）

想是那，小石秀，對他言講。因此上，我大郎，吵鬧一場。

（白）哎呀，且住！想必是石秀在酒席筵前，搬動是非，也是有之的。石秀，石秀，没有此事便罷，若有此事，嫂嫂豈肯與你干休？

---

① 應爲“耍”。

② 應爲“闍黎”。

(小和尚上)(三更)(旦唱)

耳邊厢,又聽得,梆聲响喨。

(拍掌)(云上)(開門白)我們大爺在家呢。(小和尚下)(云)那是猫兒捕鼠。(旦)退下了。(四更)(旦唱)

想必是,海師父,來到門上。但愿得,我大郎,早把命喪。我與那,海師父,日久天長。將身兒,倒臥在,象牙床上。到天明,把此話,細問大郎。

(五更,天明)(云上。白)大爺,大奶奶。天不早了,該起來呢。(生)云兒,看洗臉水伺候。(三人洗臉)(生)啊,巧姐,卑人昨晚帶酒回來,可曾講些什麽?(旦)你吓,没有説什麽旁的話,説的一個字。(生)説的一個什麽字?(旦)你撒酒瘋。(生)呐。楊雄,這就是你的不是了!昨晚與朋友吃酒,帶酒回來,與自己老婆,撒的什麽酒瘋?啊,巧姐,往後戒酒不吃。(旦)往後不要戒,少吃一點就是。(生)巧姐,看你臉上,變顔變色,莫非有什麽心事?(旦)想我們婦道人家,吃的飽飽的,喝的足足的,一點心事也没有。(生)看你臉上,一定有什麽心事。(旦)想我縱有心事,你也猜不着。(生)慢説你的心事,就是我們太爺的心事,不猜便罷。(旦)要猜呢?(生)要猜猜他一個八九。(旦)今日簡直也,簡直也……没有事情,你就猜上一猜。(生)啊,什麽心事?哦,有了。我這頭一猜,就要猜着了。莫非是,街坊上鄰舍,得罪了大姐?(旦)大爺你這頭一猜……(生)猜着了?(旦)猜錯了。(生)怎麽,猜錯了?(旦)想我們,街坊好街坊,鄰舍好鄰舍,想我們,没有什麽不是。總有不是,不看住我們娘兒們,還要看住大爺。你誰人不知,你在衙門裡進,衙門裡出,跕的起來,一個粉紅的頭兒。(生)頭兒就結了,不要上顔色。(旦)如今上點顔色好看,他們也不好意思的。不是的!(生)啊!頭一猜猜錯了。第二猜一定要猜着了。(旦)請猜罷。(生)哦。莫非是,潘老公得罪你了?(旦)大郎,你第二猜……(生)猜着了?(旦)更錯了。(生)怎麽又錯了?(旦)你想潘老公,他是我的爹。(生、云仝允)(旦)怎麽呢?(生、云)答應大奶奶的話頭。(旦)往後别……

(生、云)什麼?(旦)往後不要這麼答應。你想潘老公,他是我的爹。他老人家,打也打得,罵也罵得。我還敢把他人家怎麼樣呢?你猜的那裡去?不是的。(生)哦,又不是的。我這一猜,一定要猜着了。莫非是云兒這孩子,得罪了當家的大奶奶?待我來打他幾下,與你出出氣。(旦)不是的,不是的。你想云兒,是我提起錢來買的。我叫他上東,他不敢往西。我叫他打狗……(生)打狗不要拍我。(旦)哎吓,我拍錯了。我叫他打狗,他不敢罵雞。我們娘兒倆,高起興來,愛怎麼頑,愛怎麼頑。不是的,不是的!(生)哦,又不是的。哎呀,好難猜的心事。這一猜,我一定要猜着了。(旦)請猜罷。(生)莫非是,卑人昨晚帶酒回來,言語冒犯當家的大奶奶?(旦)哎呀,你説的是誰?(生)就是我!(旦)哎呀,我的大爺。(生)哎呀,我的大奶奶。(旦)哎呀,我的大太爺。(生)哎呀,我的大太奶奶。(仝)怎麽這樣客氣!(旦)常言道的好:"夫妻没有隔夜之仇。"總然有點不是,睡到晚半上,中間有個説和老人,滿天雲彩都散了。大爺你説的那里去了?説的那里去呢?(生)哦,又不是的。吓,這一下,一定要猜着了!莫非是,石三郎得罪了大姐?(旦)你説的是誰?(生)説的是那石三郎。(旦)大郎進前來。呸,呸,啐!吓,他媽的石四郎呢!(生)哎,大姐,爲何提起石家賢弟,這樣煩惱?(旦)我們不説呢。(生)爲什麼不説了?(旦)你想我們婦道人家,吃飽了,喝足了,到説我們搬動是非,説出來你也不信!我們不説了。(生)哎,巧姐,如今我改了皮①氣,聽老婆的話了。(旦)哎,於今你聽老婆的話了?可要發財了。(生)哦,莫怪我老不發財,我没有聽老婆的話。(仝)云兒打坐。(云擺坐)(仝)這椅子怎麽擺的?(云)上頭説話,底下好抽雪茄烟。(仝)什麽話?把椅子擺好了。(云)大爺、大奶奶請坐。(旦)大爺請坐。(生)大奶奶請坐。(仝坐下)(生)石賢弟怎樣得罪了你?(旦)待我想想。哦,是的!就是天陰的那一天,(生)天陰怎麽樣?(旦)我在房里作

① 應爲"脾"。

活。(生)作活怎麽様?(旦)石秀站在房門口。(生)房門口怎麽様?(旦)我吓,怪難爲情的。我叫石叔叔,上房裏來坐坐。(生)進來了没有?(旦)他進來了。(生)進來便怎麽様?(旦)東邊有椅子,西邊有凳子,他不坐,一屁股坐在我們床上了。(生)吶,他坐在我們床上?(旦)你想我們床上,豈是他坐的?(生)哎,自己兄弟,坐坐也何妨?不要緊的。(旦)我也這麽説:"自己兄弟,坐坐不要緊的。坐住,坐住。"他就不老實呢。(生)怎麽不老實?(旦)他抓住我的手,他説:"嫂子,嫂子,哎呀,我的嫂子吓!"(生)哎,哎,哎!這是石秀的様兒?他没有這個毛病!後來便怎麽様?(旦)他説:"嫂子,我們兩人好一好。"(生)什麽叫作"好一好"?(旦)你們衙門裏當差,連個"好一好"都不懂?(生)我到不懂。(旦)他吓,他要動廳堂瓦。(生)什麽叫做"廳堂瓦"?(旦)他要動茅連草。(生)什麽叫做"茅連草"?(旦)他要動色。(生)啊,啊!這石秀混脹①!你就該提起我來。(旦)不提你還則罷了,提起你來他急呢。(生)他怎麽急呢?(旦)他將指在床上,與我一個"霸王硬上弓"。(生)哈,哈,好利害的"霸王"!跑在我楊雄家裏上起弓來了!啊,巧姐,這張弓可曾讓他上去?(旦)你不要着急。我要上了這張弓,怎麽讓你在外面漏這個臉?(生)快講,快講!這是頂要緊的事情。(旦)我有一天在家,你教徒弟的把式,偷學了一着。(生)偷學了那一着?(旦)他與我一個"霸王硬上弓",我攢住他兩個手腕子,與他一個"喜鵲登梅",把他登跑了。你瞧好是不好?(生)好!還是楊雄的老婆,會"喜鵲登梅"。若不是"喜鵲登梅",我就要當了此道了。(旦)我説你吓,幸虧娶了我這個老婆,要是娶了不三不四的,你早當了忘八了。話也説完,信也在你,不信也在你。云兒打坐。(生)哈,哈!他們説這個話,我不能相信。吓,巧姐,你説這個話,我全不之信。我那石賢弟,不是這様的人!(旦)你瞧,不説叫我説,説出來他也不信。吓!大郎,你不信我的話,你去問問云兒這丫頭,他也上過他的

① 應爲"賬"。

當。(生)哦?云兒上過當?快些過來,告訴你大爺。(旦)云兒過去,把這話告訴你大爺。(生)把你石叔叔的話,告訴我聽聽。(云)我不敢説。説出來,石叔叔回來,要打我的。(生)他要打你,有你大爺。快些講來。(云)待我想想。哦,就是前天。(生)前天怎麽樣?(云)我在房里梳頭。(生)梳頭怎麽樣?(云)石叔叔在外頭宰牛。我頭也梳好,他的牛也宰得了。他站在我房門口。(生)站在房門口作什麽?(云)他就進來了。(生)進來干什麽?(云)他抓住我的手,他説"云兒,云兒,我的寶貝",他問我多大歲數了,我説我是平菓桃。(生)什麽叫做"平菓桃"?(云)"平菓桃"就是十六。(生)他爲什麽問你多大歲數?(云)他説:"云兒,你老大不小了,你有婆婆家没有婆婆家?"(生)有婆家、無婆家,有你大郎、大奶奶做主,與他什麽相干?(云)我也這麽説,他説:"没有婆婆家,你答允我,我與你打簪子、買鐲子。"(生)這是什麽話?你就該提起你大爺。(云)哎呀!不提你哪,還好……(生)提起我來呢?(云)他説的,連大爺、大奶奶一塊頑。(旦)大郎,你交的好朋友。近前來,呸,呸,啐!你交的好朋友!(生)哎呀!石秀,我把你當作仁人君子,誰知你,哎吓!石秀背後也提過他來。啊,巧姐,你麽背後,邈視石秀,石秀背後,也講過你來。(旦)想我們婦道人家,有什麽苟他説的?説什麽,説出來,我們聽聽!(生)哎吓,不説也罷!説出來有些難爲情。(旦)有什麽難爲情?他説什麽,説出來,我們聽聽!(生)哎吓,不説也罷!(旦)不要緊的,説出來。(生)他説你吓……(旦)他説我什麽?(生)他説你私通一個和尚頭。(旦)哎呀,這個話是石秀説的麽?(生)不是石秀説,我還要這個好看麽?(旦)石秀吓,石秀!我把你這個忘八蛋造的。云兒,拿剪子剪頭髮,我去當尼姑,不活着了!單説我偷和尚!(哭)(雲仝哭)(生)不要啼哭,啼哭,啼哭!叫他算清帳目,早離我家。(旦)你捨得你的好朋友麽?(生)云兒,請你爺爺。(云)爺爺有請。

(丑上)哽吓。(白)老漢今年八十一,養個兒子九十九。添個孔①子一伯一。(生)哎,老丈人。(丑)女婿大官人,請坐,請坐。(旦)爹吓,我們有禮了。(云)爺爺有禮。(丑)罷了。大清早起,把我弄出來干什麽?(生、旦)把你請出來的。(丑)請出來,弄出來,我總要出來。什麽事?(生)如今買賣作不成了。(丑)頂好生意,怎麽作不成了?(生)人心大變。(丑)哎吓!這個怎麽變?把我變住了。我不懂這句話,什麽話?云兒這孩子,長的聰明,我來問問他。云兒過來。(云)爺爺什麽事?(丑)你大爺、大奶奶,説的"人心大變",這是什麽話?我不懂。(云)我説爺爺,你鬍子都白了。(丑)鬍子都白了。(云)連個"人心大變"都不懂?(丑)這句話,我到不懂。(云)"人心大變",即是大變人心。(丑)勞你的駕,你不是②,我到明白;一説,我更糊塗了。應在誰人的身上?(生、旦仝)應在石秀身上。(丑)這是好夥計。(生)不要多管閑事。取我的衣帽過來,上衙門去了。正是:跕在人前貌堂堂,(旦)酒後休把廉耻忘。(生)栽花休栽無結果,(旦)大郎,交友休交無義郎。(生)好吓,好一個"交友休交無義郎"!走吓。

(石秀内白)哽嚇,楊仁兄,起床來了?(生)貧賤之子不押富,(石)聽妻背言反談吾。(生)沙灘無水怎撒網,(石)目不識俺大丈夫。(生)那一個大丈夫?(石)俺是大丈夫。(生)近前來,呸、呸、呸!匹夫之輩。(下)(石)吓!我與楊仁兄朋友相交,就是這樣的看待?也罷,不免算清了賬目,早離他家。正是:久住令人賤,貧寒親也踈。再住三五載,(旦)也來呢。云兒打坐。(石)吓,相交不如初。吓,老丈。(丑)原來是石夥計。云兒,與石叔叔看坐。(旦)石秀慢着,我們這里,不是菴觀寺院,招商客店,愛來就來,愛走就走。云兒,與我駡出去。(云駡)石秀,忘八蛋造的。(石)嫂嫂,俺無非短你幾兩銀子。何須叫駡英豪?(旦)你拿過來。(石)取俺的包裹來吓。(旦)云兒,拿他的原行包裹。

① 應爲"孫"。

② 應爲"説"。

(云)拿的去。(石)俺要俺的原行包裹,誰要你這慵贓東西!(旦)云兒。叫你取他原行包裹,你把的騎馬布拿出來?(云)哦,拿錯了。(旦)快拿去。(云)這是他的原行包裹。(旦)拿過來。石秀,這是你的原行包裹,好比鄉大老兒賣布,夾住跟我走,跟我走!(石)哦。(丑)這叫作"人心大變"。(石唱)

【西皮】【慢板】石三郎,進門來,云兒罵道。只罵得,小豪傑,臉上發燒。忍不住,心頭火,與他吵鬧。

(丑勸)石夥計,常言道的好,好男不仝女鬭,好雞不仝狗鬭。有什麽事情,你看在我爺爺……(三人仝允)(石唱)

【原板】哦,還看在,楊仁兄,朋友相交。辭别了,潘老公,忙登路道。從今後,再不能,把你來瞧。

(丑)石夥計,此方走,身上可有盤費?(石)這慚愧。(丑)年輕的人好勝,不肯説没有錢。我來交交朋友。云兒過來。(云)爺爺,什麽事?(丑)替你爺爺開庫。(云)爺爺造反?(丑)作官的開銀庫,我老頭子開一條棉褲。中間有硬梆梆一塊。(云)什麽?(丑)一段銀子。與我拿出來,我要交朋友。(云)不要與他,留住罷。(丑)你要不管,快拿來。(云)爺爺,拿出來了。(丑)什麽?(云)銀子,你的棺材本,少要交朋友。(丑)小丫頭,不要多話。石夥計,你要走了,我又留不住。我這裏有碎散銀子,與你買飯不飽,買酒不醉。(石)老丈,這是多少?(丑)一分短八厘,大小二十四件,還有兩塊頂銀。(石)咳,愧領了!(唱)

【原板】謝過了潘老丈,恩高義好。你令愛,他待我,不如蓬蒿。見了那,潘家女,就把牙咬。

(旦咬牙)(丑打)(旦)哎吓,打的我的腰了。(丑)干什麽?(旦)打了我的腰了。(丑)你真正會作戲。我打的椅子背,没有打你的腰。(旦)哦,打的椅子背,没怪我不疼什麽。(丑)家①要走了,不吃還要吃,不交還要交,不要人家走後去罵你。你過去説兩句好話,貫貫米湯。(旦)哦,説好話?我會説。你瞧,我見他

① 應爲"人家"。

氣就來了。好話打那裏來吓?呀,石叔叔!吓,哈哈!嫂子我不會吃酒。清早起來,吃了幾杯早酒,酒言酒語,得罪了你了。你把包袱拿回來,再住這三兩天、一半天。你哥哥不在家,嫂子作不了主。你跟我走罷。(石)哦。(丑)你不是米湯,這成了米湯?(石唱)

【原板】他那裏假意兒,將我來招,走上前,施一禮,口尊嫂嫂。

(旦白)你張口嫂嫂,閉口嫂嫂,嫂嫂待你有什麽好處?(石)有好處。(旦)你講!(石)你聽:(唱)

這幾日,連累你,多受煎熬。

(旦)説説半天,説出一句有良心話來。嫂嫂清早起來,頭也不梳,脚也不裹,前廳跑到後院,後院跑到前廳,我爲的是誰吓?(石)你爲的是那一個?(旦)我爲的是你!(石)你爲的是我?你爲的是我?(丑)慢着,慢着。石夥計,爲什麽事,吵起來了?(石)你令愛言道,清晨起來,前廳跑到後院,後院跑到前廳,他爲的是我。(丑)小心些,我没聽見。再説我聽聽。(石)他説,前廳跑到後院,後院跑到前廳,他爲的是我。(丑)你不要生氣,待我來問問他。丫頭,你説,清早起來,頭也不梳,脚也不裹,前廳跑到後院,後院跑到前廳,你爲的是誰?(旦)爲的你石夥計!(丑)不是的。(旦)爲誰吓?(丑)爲的那一個没有辮子的和尚頭!(石)照吓!(唱)

【原板】楊仁兄,回家來,好言稟告。俺去後,休得要,叫駡英豪。

(旦白)你嫂子,一生一世不會駡人。(石)你不會駡人?(旦)不會駡人。(石)你不會駡人?(丑)什麽事?什麽事?(石)你令愛言道,他不會駡人。(丑)我來問問。你説你不會駡人,你駡起人來好一比。(旦)好比什麽?(丑)蒲桃拌豆腐,一奪掠一塊。(石)照吓。(唱)

口似砂糖,舌如刀。

(旦白)哎吓,石秀!你説嫂子"口似砂糖,舌如刀"?想我們婦道人家,一要行的正,二要走的端,三條大路走中間。大爺簡直説開了,一不作賊。(石)好!我問你這"二"?(旦)二吓……(石)

我問你這“二”？（旦）你管不着。（石）你這“二”，你這“二”……（丑）石夥計什麽事？（石）他言道，“一不作賊”，我問他這“二”？（丑）哎！留神我的眼烏珠。你不要生氣，我來問他這“二”。（石）老丈要問這“二”，作什麽？（丑）“二”上我要緊的。有一伯洋錢匝丁，要問你。吓，丫頭。你説三條大路走中間。我問你這“一”？（旦）一不做賊。（丑）好！我老頭子露臉。我問你這“二”？（旦）爹吓！你怎麽也要問這“二”？（丑）“二”上我有一伯洋錢匝丁，要緊的。（旦）二吓，不偷人家的。（丑）哎吓，你就壞的這個“二”上了！（石唱）

心如狼虎未長毛，有朝犯在三郎手，剮刀之下豈能饒？

（旦白）量不就。（石）量得就。（旦）量不就！（石）量得就！（唱）

今日與你分别了，除非你死我活兩開交。哈哈哈，吓，哈哈，再不來了。

（石下）（旦、云同）好了，好了，可去了。（丑）石秀走了，你們開心了？（旦、云）石秀走了，我們是開心了。（丑）石秀走了，我要哭了。（旦、云）爹吓！你爲什麽在那裏發笑了？（丑）我在這裏哭呀。（同）你哭什麽？（丑）石秀在這裏，刀前刀後肉，都與我吃；他走了，我没肉吃，我怎麽不哭？（同）我們娘兒兩個肉，都與你吃。你不要哭。（丑）你們二人的肉，有一點騷氣，我不要吃。你們養兒養女往上長。（同）不往上長，還往下長？（丑）哦，往上長，養兒子，千萬讓他姓楊。（同）爺爺回來，你這個話，話裏有話。楊雄的兒子不姓楊，姓什麽？（丑）哦，楊雄養的兒子，是姓楊呀？姓楊罷。（同）爺爺回來，把這話説的明白。楊雄養的兒子，不姓楊，姓什麽？（丑）姓楊就姓楊罷。（同）你把話説明白了，放你走。（丑）真要讓我説明白了？我有點難爲情，不好意思説。（同）不要緊的，你説罷。（丑）哦，好！楊雄養的兒子，千萬讓他姓楊，不要姓海，海和尚，海奢利。（丑下）（旦唱）

【梆子】【小六四】老爹爹，説此話，把我戲耍。到叫我，潘巧雲，無有話答。叫云兒，你與我，把門關上。等候了，海師父，來到此間。

（同下）

(和尚上。唱)

時才間,在禪堂,拜佛念經。忽然間,想起了,美貌佳人。叫徒弟,你與我,梆兒敲定。我與那,潘巧雲,叙叙舊情。

(云上。白)有請大奶奶。

(旦唱。上)

耳邊厢,又聽得,梆聲響喨。想必是,海師父,來到門上。叫云兒,你與我,門兒開放。我與你,紅羅帳,好配鸞凰。

(同下)

(石秀上。唱)

【梆子】我與那,潘巧雲,一場吵鬧。只氣得,小豪傑,臉上發燒。正行走,陽關道,心中惡氣怎能消?

(酒家上。白)敢莫是石夥計?(石)正是。(酒)你慌慌戰戰,往那裏去呢?(石)俺另有别事。(酒)石夥計面上,氣色不對。(石)酒保,楊仁兄不在家中,命俺巡更守夜,手中兵刀無有。(酒)我這里有把刀。(石)有刀?好。借刀一用。(酒)你看,稱手不稱手?(石)好剛刀稱手。告辭了。(酒)石夥計,我這裡有酒喝兩鐘,助助胆量,也是好的。(石)有酒?(酒允)(石)酒家,看酒來。(吃酒)(酒)石夥計,再喝兩鐘?(石)酒也够了。(酒)石夥計,天也不早,人也不少,該派走呢。(石)酒家,酒錢上在帳上,改日登門叩謝。告辭了!(唱)

【梆子】在酒樓,我得了,剛刀一把。

(耍刀掃以下)

(旦内)

【倒板】今日好比七月七,

(丑仝上。唱)

牛郎織女會佳期。

(嘆)(旦白)海師父,爲什麽寒聲嘆氣?(丑)昨晚偶得二夢,甚是不祥。(旦)頭一夢?(丑)夢見高樓品簫。(旦)高樓品簫?你的聲名在外。(云)不是的,不是的!(旦、丑)怎麽不是的?(云)高樓品簫,海師父有出去的氣,没有回來的氣呢。(旦、丑)哼,什麽話？（旦①）第二夢，夢見海里漂口棺材。（旦）你姓海，海里漂口棺材，要發財了。（云）不對，不對！海師父姓海，海里漂口棺材，海師父死無葬身之地。（丑）住口！（唱）

丫頭説話太屈情，開出口來便傷人。云兒與我門開定。

（掃）（旦、云下）

（石上。白）什麽人？（丑）海、海、海和尚。（石）前來作甚？（丑）我化緣來了。（石）白天不來化緣，晚上爲何到此？（丑）白天没有功夫，我化的夜緣。（石）講了實話便罷，如若不然，我就要……（丑）潘巧雲叫我前來的。（石）不枉俺胸中韜略。海和尚，你將僧衣、僧帽與我留下。（丑）要僧衣、僧帽？不行！（石）你脱是不脱？（丑）我不脱。（石）不脱，我就要……（丑）脱、脱、脱！（脱衣）（石）海和尚，想你出家之人，這件色衣，那裏來的吓？（丑）乃是潘巧雲贈與我的。（石）也替我留下。（丑）要這件衣裳？你把我殺了，也是不脱的！（石）你脱是不脱？（丑）我不脱！（石）你不脱我就要……（丑）你放我過去罷。（石）下次來是不來？（丑）下回再也不來了。（石）我却不信。（丑）情愿盟誓。（石）你且盟來。（丑唱）

走上前來忙跪定，過往神靈聽我云。我若下回來到此，叫我來世變蒼蠅。

（石唱）

【梆子】自幼出家入佛門，並無半點敬佛心。今天犯在三郎手，剛刀以下兒的命殘生。

（殺丑）（石白）海和尚一死，俺不免將屍推在楊雄後門。

（生上。白）什麽人？（石）石秀。（生）你還不曾回去？（石）你家出了人命，俺往那裏去？（生）我家出了什麽人命？（石）海和尚被俺殺死。（生）屍首現在何處？（石）現在你家後門。（生）我却不信。（石）隨俺看來。（生）不錯，待我將賤人殺死。（石）且慢。殺死嫂嫂，你我弟兄，難出蓟州。（生）依弟之見？（石）依小弟之

① 應爲“丑”。

見,誆嫂嫂翠屏山燒香還愿,中途路上再殺不遲。(生)好。二人定計二人知,(石)切莫走漏這消息。(下)

(云上)大奶奶,大事不好了!(旦)什麽事?(云)海師父被人殺了。(旦)現在那裏?(云)現在後門。(旦)待我看來,罷了,海……

(生上)好忘八蛋!(進門)啊!巧姐在此作甚?(旦)我與云兒鬧着玩的。(生)眼中流淚?(旦)哦,云兒手指揹摣着我眼睛。(生背白)辯的到也干凈!取我香袋、戒刀過來。(旦)大郎,要香袋、戒刀何用?(生)翠屏山燒香還愿。(旦)爲妻也要前去。(生)好。明天一仝前去。(云)大爺,我也要去。(生)小孩不去也罷。(云)我與大奶奶要死,死在一處。(生、旦)這是什麽話?(生下)

(旦唱)

【哭板】哎哎,海師父吓,但不知,是何人,將你來殺。到叫我,潘巧雲,痛在心腸。叫云兒,把尸首,與我搭上。明日裡,我主僕,翠屏山上。

(仝下)

(石上。唱)

殺和尚,我得了,僧衣、僧帽。誆嫂嫂,翠屏山,來把香燒。眼望見,翠屏山,一座大廟。楊仁兄,他到此,再把手招。

(生上。唱)

【梆子】賤人作事太不良,暗地私通海和尚。邁步且把翠屏山上,賤人到此問端詳。

(旦、云上)(旦唱)

【倒板】潘巧雲,出門來,淚流滿面。

(上。唱)

怎不叫人痛心間。叫云兒,你與我,把路來帶。

(掃一句)(石白)嫂嫂,你來了?(旦)我來了。(石)來的好!(旦)云兒,我們回去罷。(生)云兒,那裏走?(旦)今天日子不好。(生)良辰吉日。(旦)我身上來了。(生)石秀,你説你嫂嫂與海和尚有姦,有何憑證?(旦)呀,呀,呸!石秀,自古道,捉姦……(石)要雙。(旦)捉賊……(石)要贜。(旦)有什麽贜證?

拿來觀看。(石)不看也罷。(旦)一定要看。(石)算着。(唱)

翠屏山前俱家吵,不由得,小豪傑,氣上眉梢。我把實話對你講,休得撒野來放刁。

(生白)你拿來我看。(石)你等着。(石唱)

取出嫂嫂香蓮襖,

(白)你醮①,你看!(生)還有麽?(石)你等着。(唱)

僧衣僧帽和道袍。

(白)你醮,你看!(唱)

自己妻子不訓教,反來背害駡故交。

(白)近前來,呸、呸、呸!(楊殺云下)(旦唱)

一見云兒命喪了,

(石白)楊仁兄,你與我殺,嫂嫂你與我死。(旦唱)

怎不叫我痛在心。我只得,上前來,哀告大郎,大郎,夫吓。大郎今日饒殘生。

(生)呀,呀,呸!(旦唱)

我只得,上前去,把石叔叔哀告。吓,吓,吓,石叔叔吓。石叔叔饒我命殘生。

(石白)你爲何不殺?(生)夫妻難以下手。(石)你不殺他,我殺你。(生)賢弟與我代殺。(石)難道連累我的人命不成?(生)待我對天可表。(唱)

走上前來忙跪定,尊聲過往一神靈。我若三心並二意,叫我死後不轉人。

(石殺旦下)(生)賤人心裏如何?(石)心似桃花。(生)一家人,被你殺了干干净净。你我何處安身?(石)你我弟兄投奔梁……(生)梁什麽?(石)梁山。(生)走吓。(石)走吓。楊仁兄,你敢莫有後悔之意?(生)大丈夫也能後悔?(石)既然不後悔,你我走吓。(下)(完)

---

① 應爲"瞧"。下同。

交帳（崑腔）

【劇目簡介】

崑腔，未署名。現存清代刊本，《綴白裘》多種版本收録①，另《醉怡情》選録此出，將"交賬""戲叔""送禮"連成一齣，標目"覷綻"。小説《水滸傳》第四十四回《錦豹子小徑逢戴宗　病關索長街遇石秀》至四十五回《楊雄醉駡潘巧雲　石秀智殺裴如海》有類似情節，此劇出自沈自晉撰《翠屏山》第八齣《戲叔》的前半齣，略有差異。

《綴白裘新集合編》本②，題目作"交帳"，一齣，每頁九行，每行二十字左右。

敘石秀收賬回轉，發現店鋪安静，案板收過，疑心楊雄等對己有所懷疑，遂準備交賬離開。潘巧雲作解釋，石秀方明白要做佛事，而非趕己離開。

（小生上）

【引】仗劍遥辭江樹，向燕城秋月孤雲。

荆卿西去不覆返，易水東流無盡期。日落蕭條薊城北，黄沙白草順風吹。我石秀自與楊大哥結義，在此生理，這幾日在外鄉討些賬目，今日纔回。呀！爲何静悄悄店也不開，刀砧傢伙多收拾過了？是什麽意思？咗，吓，是了！自古"人無千日好，花無百日紅"。我哥哥在官不理家事，必定嫂嫂見我做了幾件衣服，心上

① 原刊於寶仁堂乾隆三十一年《綴白裘新集三編》，後收入十二編本，其他刊本亦多收録。

② 以《翠屏山》爲校本。

有些不快。我這幾日又不在家,呸,必定有人搬鬭些言語,想是嫂嫂疑心,不做買賣了。咳,休等他發言,先辭了,明日回去罷。阿呀,只是一件,那賬目是要交代明白的,見我石秀無欺。呸,這是要緊的。(看賬。筭介)這家,呸,有的;那家也有的;呸,偏是這家再不肯还。那家清,這家清,賬已查明,不免請潘老丈出來交付明白。潘老丈有請。(貼内)不在家裡,外邊去了。(小生)吓,這是嫂嫂的聲音吓,就請嫂嫂出來罷。嫂嫂有請。

(貼上)來了。

【引】獨坐閑庭無緒,

(小生)嫂嫂。(貼)

聽三郎傳話歸與。

(小生)嫂嫂。(貼)叔叔回來了?(小生)正是,回來了。嫂嫂,請收了賬目。(貼)吓!(小生)那賬目分文清楚,石秀若有半点欺心哪,天誅地滅!(貼)阿呀,叔叔何出此言?並不曾有甚他故吓。(小生)咳,不是吓,我石秀離家日久,欲要回家去。爲此把張①目交還,今日辭了哥哥,明日就要行了。(貼)吓,奴家知道了。叔叔這兩日没有回來,今日回來,見收了店面家伙,只道不開店了,故此要回去麼?(小生)不然爲何呢?(貼)阿呀!這是那里説起?叔叔且寧耐性兒,待奴家説個明白。(小生)嫂嫂,有話請講。(貼)請坐。(小生)有坐。(貼)叔叔,你是曉得的喲,我先夫王押司呵,(小生)嗄!(貼)

【桂枝香】情非朝暮,寧仝陌路?没來兩個週年,欲把經文超度。

(小生)

却元來爲此,却元來爲此,

(貼)並無他故的喲②。(小生)

應無别故。

(貼)叔叔,

---

① 應爲"賬"。

② 底本此字作"嚛"。

還要勞伊相助，

(小生)當得。(貼)

勸伊莫多疑。

阿呀，就是這夥計賬也不消提起吓。(小生)放在椅兒上。(貼)吓，放在椅兒上。(小生)嫂嫂，我石秀豈不知道？

受恩深處家隨在，

嫂嫂，

這是財上分明大丈夫。

(貼)叔叔來了半日，待奴家收拾些点心與叔叔過中。(小生)不消嫂嫂費心，前途用過了。(貼)阿呀，這是大郎分付的，説叔叔回來，好生看待。請坐。(小生)有坐。(貼)阿呀，這等執性得緊。(下)

戲叔叔（崑腔）

【劇目簡介】

崑腔，未署名。現存清代刊本，《綴白裘》多種版本收録①，另《醉怡情》選録此齣，將"交賬""戲叔""送禮"連成一齣，標目"覿綻"。小説《水滸傳》無此情節，此劇出自沈自晉撰《翠屏山》第八齣《戲叔》的後半齣，略有差異。

《綴白裘新集合編》本②，題目作"戲叔叔"，一齣，每頁九行，每行二十字左右。

敘潘巧雲用言語多般引逗石秀，石秀不爲所動，并怒斥其無禮，就此心生嫌隙。

（小生）吓，元來他爲前夫二週年，要請僧做好事，故尔收拾店面。我也休得多心，再住幾時便了。

（旦持盃上）大娘，我先出去了嘘！吓，石叔叔回來了？（小生）是，回來了。（旦）石叔叔一向好麽？（小生）好。你好麽？（旦）我是好的。

（貼持酒上）迎兒。（小生）吓，待我來拿。（貼）啐！小賤人！（旦）什麽介？（下）（貼）叔叔來路遠了，隨意用些便飯罷。（小生）多謝嫂嫂費心。（貼）這是奴家在樓下親自整治的嘘。（小生）多謝嫂嫂。（貼）待我來斟酒。（小生）放下，待石秀自斟。（貼）叔叔請酒。（小生）乾。（貼）待我來斟。（小生）放在桌兒

---

① 原刊於寶仁堂乾隆三十一年《綴白裘新集三編》，後收入十二編本，其他刊本亦多收録。

② 以《翠屏山》爲校本。

上。(吃介)乾。待石秀借花獻佛,回敬嫂嫂一杯。(貼)阿呀,叔叔你曉得奴家是不會吃酒的喲。(小生)吓,嫂嫂不會飲酒的?(貼)不會的。(小生)好,到是不會吃酒的好。(吃介)乾。(貼)叔叔斟滿了。(小生)彀了。(貼)我不依,我不依。(小生)吓,嫂嫂不依,乾。好酒!(貼)叔叔再請一杯。(小生)不消,彀了。(貼)如此,叔叔請用飯罷。(小生)前途用過了。(貼)少用些罷。(小生)哪,尚飽。(貼)如此,收拾過了罷。吓,前途用過了!(收完介)叔叔,這兩日在外邊可曉得些新聞?(小生)新聞?這個石秀到不知。(貼)吓,叔叔不曉得么?待我告訴你吓。聞得陽谷縣有個打虎的,叫,叫……(想介)叔叔,叫什麽?回轉來。(小生)吓!你在那裡講,怎么到問起我來?(貼)啐!吓,叫什麽武松。起初那嫂嫂也是這般喜歡他的,誰想那厮不肯從順,後來那嫂嫂想是做出什麽事來,與那厮何幹①,到被那厮殺壞許多人。江湖上遍傳,難道叔叔不曉得的?(小生)吓,這個是武都頭幹的事麽?(貼)呸!(小生)好!幹得正氣!(貼)什么正氣!什么正氣介!據奴家看起來,那武松到是個獃子!

【前腔】②傾城一顧,高唐應賦。

(小生)咳!

大丈夫帶髮含牙,敢使陳平名污?

(貼)叔叔,

又何須恁般?又何須恁般?

咳!只是可惜……(小生)可惜什么?(貼)可惜那嫂嫂一片好心。(小生)什麽好心!(貼)怎麽不是好心?(小生)什麽好心!(貼)怎么不是好心?怎么不是好心?阿呀!怎么不是好心吓?

把此情辜負。

(小生)嫂嫂,

你出言無度,

---

① 應爲“干”。

② 指【桂枝香】。

（貼）咳！（小生）阿喲！

他意如何？

（貼）

雖云男女無親授，却不道嫂溺須將親手扶。

叔叔。（小生）咳！（貼跌介）我石秀是個不讀書的男子，誰耐煩這許多嘮嘮叨叨，咭咭嗒嗒！嗐！好没趣！（貼回頭看小生介）呸！咳！正是酒逢知己千杯少，（貼）叔叔。（小生）咳！（貼）啐！話不投机半句多！原來是個蠢才！（下）

送禮（崑腔）

【劇目簡介】

崑腔，未署名。現存清代刊本，《綴白裘》多種版本收録①，另《醉怡情》選録此齣，將“交賬”“戲叔”“送禮”連成一齣，標目“覷綻”。小説《水滸傳》第四十五回《楊雄醉罵潘巧雲　石秀智殺裴如海》有類似情節，此劇出自沈自晉撰《翠屏山》第九齣《送禮》的後半齣，略有差異。

《綴白裘新集合編》本②，題目作“送禮”，一齣，每頁九行，每行二十字左右。

敘和尚裴如海來潘巧雲家送禮，借機勾引潘巧雲，并邀其至寺上香。石秀撞破，看出二人之間關係不一般，心生警惕。

（小生）吓！有這等事！豈有此理！咘！（坐介）

（付上）

【皂罗袍】和尚雙眸如注，把光光乍正，去飽看姣姝。

來此已是楊家門首。阿呀，妙吓！

看色色空空總模糊，緑窗新吐香絨縷。

阿有啰個來裡？（小生嗽介）檀越稽首。（小生）和尚，你來做什么？（付）小僧特來尋我裡个乾爺个。（小生）那個是你的乾爺？（付）個個潘公没，就是小僧个乾爺。（小生）吓，那潘老丈就是你的乾爺？（付）正是乾爺，正是乾爺。（小生）呔！你怎么這等亂

---

① 原刊於寶仁堂乾隆三十一年《綴白裘新集三編》，後收入十二編本，其他刊本亦多收録。

② 以《翠屏山》爲校本。

闖！（付）弗要是介咭，自家屋裡走得个嚯。（小生）外厢伺候。（付）阿喲！個個是啥人？弗認得哩，直頭生𠀌。

（貼上）叔叔，那個在外？（小生）有個和尚，叫潘老丈什麼乾爹。（貼）吓，這是門徒海師兄。（付）那説個道人，個歇還弗來勒。（貼）

他是裴家年少，言清行孚，與奴結拜，兄稱妹呼，與爹行自小做乾兒父。

（净上）纔離報恩寺，又到薊州城。（付）那直到過歇來介？（净）真真有數説个："百步無輕担"喲。（付）走得來。（净）那哼？（付）裡向有一个鑑魀人拉𠀌小心点吓。（净）曉得个。楊奶奶。（貼）老師父。（净）楊大爺。（小生）没相干！没相干！（净）阿喲，阿喲！放手，放手！阿，啐！出來！是也罷，弗是也罷，偖正經！楊奶奶，我裡師父送个没事來裡。（貼）又要出家人費心。（净）無偖个，一樣是糟枇杷，一樣是熏柿餅，送拉楊奶奶嗒酒个。（貼）多謝。（净）偖話？（貼）叔叔，收了他的。（小生）吓！要受他的么？（貼）自然吓。（小生）如此，隨我來。（净）是哉。阿弥陀佚。（小生）要知心腹事，這裡來，但聽口中言。（仝下）（付）道人進去子，那個歇還不出來勒？（貼）

心忙向，步又徐，嬌羞遮掩到前除。

（各見介）（付）賢妹出來了。（貼）師兄請。（付）賢妹請。（進介）久不見賢妹，多時好？

只爲趨程遠，音信殊，紅塵隔斷薛蘿居。

（貼）請坐。（付）有坐。賢妹，押司二週年，無甚罕物相送。些些掛麵，幾包京枣，聊表薄意。（貼）阿呀，出家人的禮物怎好消受？（付）個個出家人个此物極受用个哉。（貼）啐！

【前腔】謝得師兄縈慮，

（付）日日夜裡困弗着，想殺哉。（貼）

把麥塵供枣，當取伊蒲。

啐！不要動手，待我唤迎兒取茶與你吃。（付）吠，是哉。（貼）吓，迎兒。（旦）怎么？（貼）取茶出來。

(旦上)吓,來了。

一盞清茶獻芹餘,

海師父,茶在此。(付)阿呀,迎大姐,亦要你拿茶出來。(旦)好說。(付)妙吓!

似瓊漿玉液親傳與。

(吃介)好茶!有偧説迎大姐前日來,待慢子哑。(旦)前日打攪。(付)你一点啥也弗吃,改日我還要拿一个乱頭蒸捲來哑吃吃來。(旦)啐!(付)賢妹,敝寺啓建水陸道場,欲請賢妹隨喜隨喜,恐怕節級見怪,個没那處?(貼)這個大郎到不計較的。(旦)正是,到不計較的。(付)阿弥陀佚。介没及好个哉。(貼哭介)(付)阿呀!爲偧了哭起來?(貼)我老母死時,曾許下血盆經懺,要到上刹,相煩還愿。(付)個是正經。賢妹,你不見那些孝順的呵哪?

爲親恩無限,還要肉灯點膚。三年懷抱,血盆愿篤,却不道目連救免生身母?

迎大姐,到個日你也來白相白相。(旦)來是要來的,阿呀,只是路遠。

只是花宫杳,蓮步迂,白雲深處有精廬。

(小生上)莫信直中術,須防人不仁。(旦)石叔叔來了。(付)南無阿弥陀佚,南無阿弥陀佚。(小生)呔!和尚!(付)呋!(小生)你怎么還在此?(付)等我裡个道人了。(小生)道人打從後門去了。(付)宅上到有偧後門个了?(小生)呔!和尚!

我是邯鄲生,惡少徒,休嫌村野理文疏!

(付低問介)(貼)這是我丈夫新結義的兄弟。(旦)叫石叔叔。(付)吓,怪道了,有點硬頭硬恼①个。尊姓?(小生)你到來問我么?(付)弗敢。請教。(小生)我么,姓石,名秀。(付)石大爺。(小生)排行第三。(付)三官人。(小生)金陵人氏。(付)南京朋友。(小生)一生好管閑事。(付)好吓!(小生)專肯與人出力。(付)個也妙吓!(小生)路見不平,便欲拔刀相助。(付)個也有

① 應爲"腦"。

趣吓！（小生）人人稱我是“拚命三郎”石秀。（付）正真好漢！（小生）是個粗魯漢子。（付）一点也弗。（小生）和尚！（付）吠！（小生）你可認我一認，你可認我一認！（付）阿呀！阿呀！認得个哉！認得个哉！一隻臂把！（小生）去罷！（付）吠。（對貼丟眼介）（小生）呔！（旦下）（付）阿呀！嚇殺哉！弗知個毴養个阿拉乱哉，讓我轉去看看介。（小生）你去了，怎么又轉來？（付）弗是，小僧此來有句要緊説話要説了。（小生）什么要緊話？快講！（付）明日個個道場……（小生）道場便怎么樣？（付）個個我到弗説哉。（下）（小生）呔！（付又回頭看介）阿喲！（下）（小生）阿呀呀！好乾姊妹！我石秀將他親嫂嫂看待，誰知這般光景！咻！休教撞在我石秀手内！我就……咳！不要説了，不要説了。（下）

反誆（崑腔）

【劇目簡介】

崑腔，未署名。現存清代刊本，《綴白裘》多種版本收録，另《醉怡情》、石渠閣主人輯《綴白裘全集》等選録此齣，標目亦作“巧譖”。小説《水滸傳》第四十五回《楊雄醉駡潘巧雲　石秀智殺裴如海》有類似情節，此劇出自沈自晉撰《翠屏山》第念一齣，略有差異。

《綴白裘新集合編》本①，題目作“反誆”，一齣，每頁九行，每行二十字左右。

内容敘石秀將潘巧雲與和尚裴如海偷情之事告知楊雄，誰知楊雄酒醉回家後大駡潘巧雲而不知，潘巧雲在楊雄醒後反誣陷石秀意圖調戲，楊雄一怒之下揿掉屠肉板，欲趕走石秀。

（貼上）

【引】門兒低亞簾兒淺，咳，終日裡凄凉庭院。

奴家潘巧雲，只因迷戀如海，年少大胆，做下些勾當。阿呀，且住，今晚是我丈夫下班歸家，怎么這時候還不見回來？呣，吓！想又是仝伴們拉他飲酒去了。吓，迎兒，迎兒！（旦内）怎么？（貼）准備些热湯水，等家主回來要吃。（旦内）不消吩咐。（貼）吓，這小賤人！這等放……阿唷，你這小賤人！呀，啐！（下）

（末上）請了。（内）請了。（末）明日會。（内）明日會。（末）好醉

---

① 原刊於寶仁堂乾隆三十五年六編合刊本《綴白裘新集合編·初編》，乾隆二十九年單本“初編”本未收，後收入十二編本，其他刊本亦多收録。以石渠閣主人輯《綴白裘全集》本爲校本。

也！咳！

【園林好】嘆人生榮枯在天。咳，枉教人英雄自怜。啊喲，博得個衙門斯賤，看發跡是何年！要發跡是何年！

方纔太爺道我使得傢伙好，賞我十大碗酒；纔出得府門，又被那些衆兄弟們拉到店中痛飲一回。（笑介）哈、哈、哈！不覺大醉。來此已是自家門首了。

（貼暗上）怎么這時候還不見回來吓？（末扣門介）開門。（貼）想是他回來了。（末）開門吓。（貼）來了。（開門介）（末吐介）（貼）又吃得這般大醉。吓，大郎看仔細。（末）唗！

【又】我見、見伊時胸中氣塡！

（貼）怎么様？（末）啊呀！

不由人不一時恨牽！

（末打貼介）（貼）啊唷唷！啐！（末）狗淫婦！幹得好事！

好、好結果你這腌臢潑賤！

（貼）阿呀！爲什么破口吓？（末）阿唷，吓！

休刮着大虫涎！

（貼）吓！（末）

休咶着大虫涎！

（又打介）（貼）阿唷唷！（末）狗淫婦！幹得好事！阿唷吓！少不得死，死……（長聲介）在我的手裡！（困介）（貼）阿呀！這是爲何呢？

【江兒水】他往日歸來醉，安然一覺眠。爲何的，今宵不自生歡忭？唷，喉，莫不有甚風聲通一線，因而出口言不善？

吓！想是石……（住口介）（末打呼介）（貼）吓，想是石秀那廝在他面前搬鬬些言語。這便怎么處？唷唷，呀碎①！這有何難吓！

我只得將他消遣。

吓，大郎醒來。吓，大郎醒來噓！

和你説個明白，免使得夫妻情变。

---

① 應爲"啐"。

吓,大郎醒一醒嘘!(末)哼哼。(又呼介)(貼)啐!你看他竟是和衣而睡了。也罷,我也和衣而睡了罷。咳!不知那個天殺的把這酒與他吃了,回來惹這樣閒氣!(哭介。睡介)(末嗒口介)口燥得緊吓!迎兒!迎兒!(旦内)怎么?(末)有凉水取一碗來解渴。

(旦上。打哈介)半夜三更要湯要水,惹厭得緊!吓,凉水在此。(末)取來。(吃介)有趣!(旦做手勢介)(貼)惹厭!(旦做鬼臉介)(貼)啐!(末)拿了碗去!拿了碗!(旦)碎!取來。(打哈下)(末打哈介)爽快吓!這是巧姐吓?巧姐。(貼不應介)(末)巧姐。(貼)阿呀!怎么,怎么?(末)我夜來不曾脱衣睡麽?(貼)你么?(末)嗄!(貼)嗄!(末)唔!(貼)和衣睡的。(末冷笑介)怎么就和衣而睡了?(貼作假哭介)(末)又醉了?(看貼,駭介)巧姐,巧姐!(貼)怎么?(末)我夜來可曾説什么言語么?(貼哭介)你往常醉了便睡,昨夜回來是發酒風,發酒風!(末又駭介)發酒風?(笑介)哈,哈,不是吓,就是那個石家兄弟在此,你也該好好的看待。(貼)吓!你説那一個吓?(末)就是石秀兄弟在此相帮我,你也該好好看待他纔是。(貼哭介)阿呀!天吓!還要説什麽兄弟爹娘!把我潘巧雲呵……(末)吓,説了石秀,他爲何就哭起來?

【江兒水】(貼)指望嫁做王郎婦!

(末)來了!來了!又是什麽王郎?咳!(貼)

指望一竿撑到邊!誰知道殘香斷却前生願!

(末)你如今嫁了我,也不虧負了你吓。(貼)

似你英雄人欽羡,

(末笑介)不敢欺。(貼)

誰知背後成糊麵!

(末)住了!成什么糊麵?(貼)你么?(末)我便怎么樣?(貼)

叫、叫我語到舌尖還咽。

(末)吓,巧姐!

和你①説個明白,免使得夫妻情变。

(貼哭介)阿呀!天吓!(末)不要哭。(貼)娘吓!(末)吓!(貼聽介)(末背)

【五供養】我尋思展轉,若個冤家到此相關?

(末回身,貼又哭介)(末)

好將情訴俺,不必恁俄延。

説!(貼)

言……

(末)説!(貼)

言之靦覥。不説時遭他毒眩。

(末)有話告訴我吓。(貼)

欲待將言告,怕你性如弦。

(貼哭介)(末)唗!

有事關心故相嗟怨。

(貼又哭介)阿呀!天吓!(末)不要哭,有話告訴我。(貼)阿呀!事已至此,不得不説了(末)説。(貼)

【前腔】那、那石郎……

(末)那石秀?(貼)

偃蹇!

(末)他便怎么樣?(貼)

他對我花言巧語翩翩!

(末)住了,他對你説什麽?(貼)你且坐了,待我告訴你。(末)吓,告訴我!(貼)他起初也還好吓。(末)後來呢?(貼)以後是……咊!(末)唔?(貼)見你幾次不歸,他嘗嘗對我説……(末)説什么?(貼)他説道:"嫂嫂吓……"(末)吓,吓!(貼)"你獨自一個睡,可不冷静么?"(末)咳,咳,這就不該吓。(貼)阿呀!我只是不保他的嘘。(末)好,有志氣!(貼)阿呀!

不想昨朝將項洗,

---

① 應爲"我"。

(末立起介)吓！洗臉？他便怎么樣？(貼)

他背後竟來纏。

(末)吓！他來纏你么？(貼)哞！(末)你怎么樣打發了他？(貼)那時被我打脱了。(末)好！(貼)

欲待聲張，

(末)怎不叫喊？(貼)

怕喊……

(末)怎么怕喊？(貼)阿呀，大郎吓，你是個堂堂男子，要在人頭上做人的哟！(末笑介)果然。(貼)

喊得個隣家傳遍。

等得你回來要告訴你。(哭介)

等得君來到，又遇醉魂顛。

(末)阿呀，妻吓！

有事關心故相嗟怨。

(貼哭介)阿呀！天吓！爹娘吓！(末)吓，吓，石秀！你這狗男女！(貼暗聽，喜介)(末)

【玉交枝】知人知面不知心，從來信然。

就是那石秀……巧姐。(貼哭介)阿呀！天吓！(末)

分明破綻些兒見，

我的娘，走來吓！(貼)哞！(末)

反誣你惡事傳宣。

(貼)吓，他説我什么來？(末)他説你的事也不小。(貼)他到説我？(末)他説你海……(貼呆介)海什么？(末)

海闍黎事情多罪愆。

(貼)阿呀！這等亂嚼嘘！

没些巴臂將人騙！

(末)哞！

説將來無因至前！

(貼)

又何須聽他巧煽！

【川撥棹】(末)休呵譴,且將他肉案捲。

(貼扯末介)走來!(末)放手!(貼)

一時間不辨愚賢,

(末)咳,

一時間不辨愚賢!

(貼)

到今朝朋情怎全?

(末)

好叫他歸故園,儘由他急着鞭。

【又】(貼)不説他行忒行羶①,

(末)巧姐,

只道我從今收市廛。

待我駡他幾聲……咳,不必!

念絶交不出惡言,

(貼)阿呀,要駡的嚧。石秀!石秀!你這狗……(末)咳,不必!(貼氣介)(坐介)(末)巧姐,不必。

念絶交不出惡言,古人詞垂諸簡編。

(貼)

好叫他歸故園,儘由他急着鞭。

【尾】人情閃爍如飛電,

(貼)

魆地裡將人輕撚。

(末)巧姐,

和你閉户安居最值錢。

(對内介)太山。(内)怎么?(末)把這店面剪了。(貼暗聽,喜介)(末)不做買賣了,店中伙計要去叫他去,我這裡不留了。(貼)好,有主意。(末)巧姐,我人前……(氣介)(貼)氣壞了!(末)吓喲!誰不貌堂堂,(貼)他背後多將廉耻忘。(末)種花休

① 底本此字作"羴"。

種不結果,(貼)交友莫交無義郎。(末)好個“交友莫交無義郎”!(貼)走來。(末)啰?(貼)你結交得好兄弟吓!(末)又提他怎么?我明日打發他去,一庄事就完了。(貼)走來嚧!(末)便怎么?(貼)你夜來把我這般光景,是可不要屈殺了我么?(末)吓,我的娘!我屈了你了,枉了你了罷。(下)(貼笑介)阿呀,你看這酒徒,被我三言兩語,他就聽信了。酒徒吓酒徒!(做手勢介)不怕你不做此道吓!(下)

酒樓（崑腔）

【劇目簡介】

崑腔，未署名。現存清代刊本，《綴白裘》多種版本收録①，另《醉怡情》、石渠閣主人輯《續綴白裘》等選録此齣，標目作“憤訴”。小説《水滸傳》第四十五回《楊雄醉罵潘巧雲　石秀智殺裴如海》有類似情節，此劇出自沈自晉《翠屏山》第念齣《酒樓》，細節略有差異。

《綴白裘新集合編》本②，題目作“酒樓”，一齣，每頁九行，每行二十字左右。

劇演楊雄自衙門返家時遇到石秀，遂同到酒樓飲酒。石秀借機向楊雄告知潘巧雲与裴如海私通之事，并叮囑其不要吐露口風。

（末上）

【引】愁旅寓聽關山，人物蕭條屬歲闌。

驅馬薊門北，往來成古今；結交期一劍，情極爲知音。我楊雄只因身在公門，一身碌碌，未曾少暇，就是那石秀兄弟，與我恁般情厚，時常不得相親。喜得今日稍閒，不免回去與他相敘相敘。（小生内嗽介）（末）那邊來的好似石家兄弟，不免迎上前去。

【引】（小生上）遊此地不知還，直道無憂行路難。

（末）兄弟那里來？（小生）家裡來。（末）早吓。（小生）小弟要尋哥哥講幾句話，爲此起早特來尋你。（末）尋我？如此，家中可有

---

① 原刊於寶仁堂乾隆三十六年《缀白裘新集八編》，後收入十二編本。

② 以《翠屏山》爲校本。

什么事情?(小生)家中吓……没有,没有!(末)既没有事情,不消回去了,和你到前面酒樓上去暢飲三盃,相敘相敘如何吓?(小生)酒樓上到也使得。哥哥請。(末)兄弟請。行行去去,(小生)去去行行。(末)這裡是了。呔!酒家。

(丑)來哉。隔壁三家醉,開坛十里香。楊大爺吃酒倷?石三爺也來裡。(小生)正是。有好酒打一角上樓來。(末)兄弟請。(小生)哥哥請。走來,我們要講幾句話兒,不許容人上來。少停筭賬,多筭些與你罷。(丑)吠哉。(下)(末)走來。(丑)倷个?(末)我叫你便來,不叫你不要上來。(丑)吠,曉得个哉。(下)(末斟酒介)兄弟請。乾。(小生)請。(末)兄弟,我一向不得工夫,不曾與你相敘,今喜空閑無事,我與你吃個盡興方回吓。兄弟請。(小生)哥哥請。乾。小弟借花献佛,奉敬哥哥一盃。(末)請。乾。(小生)來吓。(末)住了。兄弟,你方纔説有什么話講?(小生)吓!就是那個……咳!吃酒。(末)兄弟,酒也要吃,話也要講。(小生)是吓,酒也要吃,話也要講。就是那個……(怒介)咳!(末)阿呀,兄弟!

【風入松】你從來開口没遮攔,今日裡呵,爲甚的欲言如赧?

(小生)就是家中也該回來走走。(末)兄弟,

我一身在官多羈絆。

(小生)一身在官,難道家裡多是不要的?(末)吓!我曉得了。(小生)哥哥曉得什么來?(末)

敢是家無主,必竟將伊輕慢?

(小生)小弟蒙哥哥如此厚待,"輕慢"二字,一發赧顔了。(末)這等説,爲什麽來?(小生)哥哥,就是這個……咳!(末)呸!我與你相交半世,難道不曉得俺楊雄的性兒么?

咱家性須不耐煩。嗳,你疾速講免推難。

【前腔】(小生)蒙兄骨肉恁相看,好教俺一言难按。哥哥自伊出去歸家晚,腦背後不生雙眼。

(末)吓!有什么事情?(小生)

朝夕裡在公門中事繁,你那家……

(末)家什么?(小生)

家門内怎防閑?

(末)吓!敢是我家中有什么事麼?(小生)是嫂嫂……(末)嫂嫂便怎么?(小生)哥哥,元來嫂嫂不是個好人。(末)怎見得?(小生)小弟已看在眼内多次,故尔直言,哥哥休怪。(末)我不怪你,你説是那一個?(小生)你道是誰?(末)是誰呢?(小生)就是那海闍黎。(末)可就是那海和尚麼?(看介)(小生)正是。(末)他便怎么樣?(小生)哥哥,那和尚呵!

【急三鎗】他做功德多顛倒直到更深散,兩個相嘲笑在眉間。

(末)已後便怎么?(生)已後呵!

三日後還經懺,歸來晚,只見嫂嫂,帶着酒艶粧殘。

(末)吓!有這等事!(小生)這個還不打緊,小弟呵!

【風入松】昨宵不寐五更寒,只聽得伕聲高讚。

(末)吓!又是一個?(小生)呸!好没志氣!是個報曉的頭陀!(末)頭陀便怎么?(小生)每夜在後門首叫來叫去,那時小弟就有些疑心了。

我潛身暗裡相凝盻,見一個和尚俗家粧扮,悄出去一似鷄鳴渡關。説甚麼僧未起不如閒!

【急三鎗】(末)咳!怎知道賊潑賤,多淫悍!

兄弟,你住着,

我頃刻裡便除奸!

(小生)

却不道奸情事須親見?

(末)兄弟,

难道你無確見,怎虚攀?

(小生)此事必要哥哥親眼看見,方好行事。(末)阿呀!兄弟吓!怎得我親眼見他!(小生)哥哥,不难的,待明日里呵,

【風入松】只推值宿又輪班,

等待三更時分,

那時節打進門環。

(末)走了吓。(小生)不走的。

他從後門一路常行慣。

那時節哥哥把住前門。(末)我把住前門。(小生)小弟把住後門。(末)把住後門。(小生)等那秃驢出來的時節也,呔!

我一一索綳莫教他鬆泛。

吓!哥哥,

歸家去切莫要破顔。

哥哥,你要依我。(末)我就依你。(小生)你要依我吓!(末)我依你罷了。

我只得權寧耐且相安!

酒家,上在我賬上。(内應)(小生)飲散高樓便轉身,(末)教人怒氣欲沾襟!(小生)五更專等頭陀到,(末)兄弟,准備鋼刀要殺人!請了。(小生)哥哥,請轉。(末)兄弟,怎么説?(小生)今晚回去切不可提起。(末)我曉得,請了。兄弟,請轉。(小生)哥哥,怎麽説?(末)你方纔説我把住前門?(小生)把住前門。(末)你把住後門?(小生)小弟把住後門。(末)等那秃驢出來的時節,我就……(嗽介)請了。(下)(小生)嘖、嘖、嘖!是個漢子!是條好漢!方纔被我説了,他就毛髮倒豎,怒氣冲天。不枉我石秀與他結義這麽一場!(笑介)我明日帮他行事便了。吓!明日帮他行事便了!(下)

殺山（崑腔）

【劇目簡介】

崑腔，未署名。現存清代刊本，《綴白裘》多種版本收録①，另《醉怡情》、石渠閣主人輯《綴白裘全集》、《續綴白裘》等選録此齣。小説《水滸傳》第四十六回《病關索大鬧翠屏山　拚命三火燒祝家店》有類似情節，此劇出自沈自晉《翠屏山》第念陸齣《殺山》，細節略有差異②。

《綴白裘新集合編》本③，題目作“殺山”，一齣，每頁九行，每行二十字左右。

劇演楊雄按照石秀的計策將潘巧雲與迎兒騙至翠屏山，審問潘巧雲與裴如海私通及陷害石秀一事。真相明瞭之後，二人殺死侍女與潘氏，準備共投梁山。

（小生上）

【山坡五更】④鬱匆匆⑤層嵐如靛，急煎煎寒颸如箭。虚飄飄孤踪似萍，泠颼颼怒髮如虬顫。我也不自憐，愁他作話傳。不平意氣難消遣，因此刃落霜街塵襟血濺。我還想他胡做作没高見，被我一時賺出閨中媛。若得個迹剖情真，説甚麽言深交淺！

迤逞行來，已是翠屏山了。好一個荒僻去處！少不得要在這里

---

① 原刊於寶仁堂乾隆三十六年《綴白裘新集八編》，後收入十二編本。

② 多了一支【沽美酒】等。

③ 以《翠屏山》爲校本。

④ 南商調過曲【山羊轉五更】。

⑤ 清鈔本《翠屏山》作“葱葱”。

做一個法場,不免站在古墓之中等待。呀!你看,潘氏已出轎,迎兒隨後,楊大哥也來了。

(末押二旦上)(末)

【前腔】亂紛紛叢篁如箐,响泠泠幽泉如咽。

(旦、貼)

愁戚戚一心似呆,意懸懸千轉如揉線。

(貼)迎兒,爲何只管走到這個荒僻去處來?(旦)便是。(末)

我思量起事到頭來難辭辯。今日一身做事,敢向誰埋怨?俺是個男子鋼腸,怎肯爲妻兒情軟!

(小生迎見介)哥哥。(末)賢弟,過來見了。(小生)嫂嫂拜揖。(貼)阿呀!叔叔爲何也在這里?(小生)吓!石秀爲嫂嫂有句話兒,在石秀身上有些干涉,故此特來講個明白。(貼)呀!叔叔,你是個曉事的人喲!

何緣隨人把話煽?

(末)咳!

雖然也要還咱一句言。

(貼)阿呀!天吓!有什麽説話介?(末)住了!你前日對我説,石叔叔幾番調戲你,今日無人在此,對個明白。(小生)正是,對個明白。(貼)阿呀!這是過了的事,提他怎麽?(小生)嗳!嫂嫂,你休説這般閑話!今日在哥哥面前,

【古輪臺】問明白,無端浪語爲誰來?

(貼)叔叔,

爲何没事耽驚怪?那些寧耐!

(小生)嫂嫂,你休要口硬,我把一件証見與你看看!(二旦)有什麽証見!有什麽証見!(小生)還你個証見!(解介,出衣拋介)這不是!(二旦見衣呆介)(小生遞刀與末介)哥哥,此事只問迎兒就知明白。(生揪旦介)你這小賤人!我且問你,怎地僧房入奸?如何黄昏勾引,五更敲木魚?快快實説!

若有半句胡歪,看取鋼刀磨快!

(旦)阿呀!官人待我説,此事與迎兒無干的嘘。那日呵!

入寺燒香酒酣春色,把迎兒發付早和諧。

(末)罷了!罷了!後來呢?(旦)姐姐與他約定:

但官人不在,夜來香桌早安排。五更出去暗中來,望頭陀耽貸。不想石叔惹非灾。

(末)吓!怎麽反説到石三郎身上去?(旦)姐姐恐事情敗露,買囑迎兒,只説石叔叔調戲。

都是胡厮賴。眼珠落地,不見影兒篩!

(貼)阿呀!小賤人!怎麽都説出來了!(小生)哥哥。

【前腔】休猜料,非是我叮囑裙釵。還問取嫂嫂根節情因,莫教遮蓋。

(末揪貼介)你這淫婦!快講!

他無語搪塞,怎把你奸情詞改?

(貼)官人,

看平日夫妻兩情厮爱,勸你權將怒兒解。

(小生)哥哥,含糊不得,須問嫂嫂一個明白。(末)賤人!還不快説!(貼)阿呀!天吓!

這是前生孽債,托爲兄妹同儕;道埸留意,僧房約定,往來無碍。

(末)前日怎麽説石叔叔調戲你?(旦)前日呵!

你酒後露狂乖,多尷尬駕言嘲戲總難挨。

這是支吾的言語,石叔叔並無此事。(末)罷了!罷了!

【撲燈蛾】我怒從心上起,怒從心上起,惡氣怎分解。

(旦)阿呀!官人饒命!此事與迎兒什麽相干介?(末)唗!賤人!

送暖與偷寒,這丫頭好生胆大也!

(旦)官人,饒命吓!(末)

留伊貽害,好叫你先喪塵埃!

(殺旦下)

惱殺這奴胎,從今斬草去根荄!

【又】一時間悮聽,一時間悮聽,惹得交情壞!醉裡露消息,反被你把人來賣也!

賤人!

你心腸忒歹,險教咱一命難挨!

(貼)阿呀!官人饒命吓!石叔叔,勸一勸噓!(末)

先下手恨舒懷,霎時身首早分開!

(殺貼下)

【尾聲】拋將怒氣雲霄外,狼藉横尸不可埋。

賢弟,

我和你何處安身别擺劃?

賢弟,如今淫婦都已結果,和你到那里安身便好?(小生)小弟已尋思一個去處在此。(末)是那里?(小生)哥哥,我和你都殺了人,少不得吃官司,不如同上梁山入夥罷。(末)且住,那山上那個認得我?况我又是個做公的,怎肯收留?(小生)宋公明招賢納士,天下傳名,况小弟前日曾會過神行太保戴宗,不必憂慮,竟去便了。(末)如此甚妙,同去便了。翠屏深處究緣因,(小生)頃刻尸骸化作塵!(末)若欲避他災與禍,(合)梁山泊裏好潛身。(仝下)

巧連環全串貫(高腔)

【劇目簡介】

高腔,未署名。現存清代鈔本,《蒙古車王府曲本分類目録》著録。小説《水滸傳》第四十六回《病關索大鬧翠屏山　拼命三火燒祝家店》有類似情節,細節有所不同。

車王府藏清鈔本①,題目作"巧連環全串貫",一齣,每頁六行,每行二十一字左右。

劇演楊雄、石秀、時遷欲投奔梁山,路經祝家莊在獨龍崗開的客店,時遷在店裏偷店主銀兩,戲弄店主,又偷報曉的公雞來吃。店主發覺後,與時遷争吵,并大打出手,楊雄三人燒店逃去。祝龍恰到獨龍崗射獵,聞訊後,帶人馬殺敗楊雄、石秀,生擒時遷。

(店家上。白②)三庄雄布壓神京,龍虎彪名人訝驚。祝家莊上称三傑,敢与梁山悪战争。自家祝家店店家是也。俺这獨龍崗,前面有三座山崗,列着三个村庄,中間是祝家庄,西边是扈家庄,東边是李家庄。這三處庄上,爲有祝家庄最爲豪强。祝龍、祝虎、祝彪,名爲"祝氏三雄"。我領祝太公之命,在此開座店房,專延天下好漢。你看日已西斜,諒無人投宿。店小二,收了店面罢。(内應介)(店白)長笑李斯稱溷鼠,不堪吟倚夕陽樓。(下)

(楊雄、石秀上。唱)

【普矣歌】離鄉背井爲淫妻,不覺紅輪日墜西。迢迢路徑迷,漁翁罢釣

---

① 《俗文學叢刊》第五〇册收録,題作"時遷偷雞",文字相同。

② 原批注曰"店家不吊場也可"。

歸。早尋旅店安身听曉啼。

(楊白)兄弟,來此天色已晚,前去打店。(石白)來此已是。裡面有人麽?

(店家上。白)來了。扶得刘伶纔上馬,何人高叫又來沽?是那個?原來是二位客官,到此何事?(石白)我們是投宿的。(店白)如此,請到裡面坐。(進介)(楊、石白)那裡潔净?(店白)樓上潔净。(上樓坐介)(店白)二位客官,可用什麽飯食?(楊、石白)前途用過了。有酒拿來。(店白)現成。(下樓)

(丑慌上,撞介)店家,店家,店家!(店白)你毛毛孤孤的,往那兒去?(丑白)我是打店的。(店白)我这个店,不住你这個樣的,那边兒有夥房子。(丑白)我我①我的倆哥哥。(店白)你哥哥是誰?(丑白)方才進去的就是。前頭走的是你大爷,後頭走的是你二爷,在下不敢,是你三爷。(店白)你可别噯,你配有这們倆个好哥哥?我要去問。(丑白)你問去。(店問介。白)啊,二位客官,外面有一窮漢找二位。(楊、石仝白)那是我們的兄弟,叫他進來。(店白)你到别睄,他有这們倆兒好哥哥!(丑白仝店白,一並説)哈哈哈!这小子睄不起我,不叫我進去。回里我進去偷狗合的個精光。(店白)你偷誰個精光?(丑白)你倆兒耳刀,一個好的没有?我説昨兒個晚上,教人家偷了我個精光。你倒睄我这個姿格吓,你問咧?(店白)不錯,有請。(丑大白)店家。(店白)别嚷。(丑白)引路。(店白)你睄你这個酸受兒。(丑上下場門睄介)(店白)你毛不滕的找什麽?(丑白)我睄有狗没有,我怕狗。(店白)你别詐我,这狗白日里不咬人,黑家才咬人呢。(丑白)黑家咬人,这是什麽狗?好残頭狗。(店白)你往那兒去?(丑白)我哥哥在那兒呢?(店白)在樓上呢。(丑白)什麽叫樓?從來没睄見過樓。哦,房子落房子,这叫樓?(丑摸店家渾身介。白)这上頭什麽東西?(店白)这是兵器架子。(丑

① 應爲"找"。

白)要他奏什麽?(店白)妨①備梁山的。(丑白)哦,妨備他們太爷的。(店白)又太爷咧,不過是一夥毛賊。(丑白)这上頭扎巴六豆付的是什麽?(店白)那是刀鎗劍戟、鞭鐧錘抓。(丑白)刀鎗劍戟、鞭鐧錘抓。(抓帽子藏介)(上樓見介)(丑白)二位哥哥有理,請坐。我來晚咧,罰我一盅。(喝酒介)(店白)三位在上,店家有理。(楊、石仝白)衣帽不齊,見什麽理?(丑白)管他衣帽齊不齊的,我再赶一盅。(喝酒介)(店白)怪我衣帽不齊?不是我説,我們这六兒都没有我鮮明。这個樣的洒鞋,这個樣的袍子,这個樣的藍毡,啊,我的帽子那兒去咧?哦,方纔在櫃房兒帶出來咧。哦,想是那小子偷了去咧,待我哨過他來。(店哨介)(丑指鼻,跳下介。問白)有什麽事?(店白)我丢了点兒東西。(丑白)什麽東西?(店白)帽子。(丑睄介。白)你这小子的腦袋是木頭的?帽子丢咧都不知到,你拿耳刀來。(咐②耳介。白)没見。(店白)没見?不能,别走,我睄睄你格掰底下。(睄介。白)奈③支。(丑轉介)(店白)你这小子轉了個快,明明是你偷了去咧。(丑白)你拿耳刀來,我告訴你。(咐耳介。白)又一個没見。(店白)别跑,我孩德④睄睄奈支。(丑白)拿了去啵,害你頑兒哪。(店白)拿來啵。(丑白)店家,店家!(店白)别詐。(丑白)我孩没吃飯呢。(店白)没吃飯?有貪⑤鷄蛋烙薄餅。(丑白)得,快拿來。(店白)吓,夥計們哪,樓上要貪鷄蛋烙薄餅吓。(内白)没有条活咧。(店白)没有条活,拿銀子買去。(内白)銀子你代之呢。(丑听介。白)这小子有銀子,偷狗合的。店家,店家,哎呀,哎呀!可了不得咧!我的肚子破咧,我要拉屎,拉屎。不好,我鱉不住咧,就在樓上拉罢。(店拉丑手介。白)使不得。

① 應爲"防"。下同。
② 應爲"附"。
③ 應爲"那"。
④ 應爲"還得"。
⑤ 應爲"攤"。下同。

跟了我來,你睄,過了耳房,就是茅房。可别往後去,後頭有家眷。(丑掏銀子介。白)過了耳房,就是毛房,别往後去,有家眷?(店白)是咧。(丑白)我不拉咧。(店白)不能不拉咧,也得蹲蹲。(丑白)我的屁股由之我,不能由之你。可是我的貪鶏蛋烙薄餅得咧没有?(店白)得咧。(丑白)得咧?我不要咧!(店白)不能得咧,是你的。哎,夥計們哪!貪鶏蛋烙薄餅得咧没有?(内白)没有条貨嗎。(店白)拿銀子買去。(内白)銀子你代之呢。(店白)是吓,銀子我代之呢。(找介。白)啊?銀包子那兒去咧?哦,是咧,想是那小子要拉屎的奈個空兒,他掏了去咧。(哨介)(丑指鼻点頭介,下椅白)又有什麽事?(店白)我又丢咧東西咧。(丑白)怎麽之,你又丢了東西咧?哈哈,偏偏的我下在你店中,你廣丢東西,你又丢了什麽咧?(店白)銀子,銀子。(丑白)多少兩?(店白)二十兩。(丑白)有几塊?(店白)大小十七塊。(丑白)什麽成色?(店白)細系兒。(丑白)散扎拉的一大包?(店白)不錯。(丑白)你拿耳朵來,我告訴你。(附耳介。白)没見。(店白)什嗎?没見?我告訴你,这可比不得帽子,这是銀子,我可翻。(丑白)翻,翻出來怎麽樣?翻不出來怎麽講?(店白)翻出來,將你送到當官,打板子問罪。(丑白)翻不出來呢?(店白)翻不出來,罢!(丑白)駒,你吃了灯草灰咧,説的那們輕巧?(店白)也罢,若是翻不出來,今兒個的房錢、飯錢,兜不合你們要咧。饒了我咧。(丑白)當真?别爬房,來翻罢。(店抓丑帽子,看介)(丑白)这小子到行家,帽子裡会庄的下二十兩銀子?(丑掏銀包要介)(店白)没有。(遞帽子,丑接庄銀包介。白)拿來罢,帽子裡頭没有。擱下帽子,咱們再脱衣裳。(店摸身介。白)没有,你抬起腿來。(摸介。白)也没有,你抬起奈條腿來。(丑白)哎呀,哎呀,我抬不起來。(店白)你擱下這條。(丑白)許我擱下这條?(丑抬腿挾店帽子介。白)哎呀,哎呀,腿子抽筋。(店白)拿帽子來罢,这小子腿比手快,也没有。真是他嗎的怪事,那兒去咧?甕走了鱉咧。(丑白)便宜他爹咧。(店白)不害你要咧。(丑白)

翻了個到不要咧，你訛我籟①我偷，悞②良爲盗。（連白代哭介）（店白）这麼大漢子，哭什麼？（丑白）你賴我偷，我危屈③，我就是會哭。（店白）不用哭咧，我的錯。（丑白）你的錐，我的軋刀子呢？（店白）方纔説過，店錢飯錢，都不害你們要了，就是不咧，饒了我咧。（店家下）（丑白）狗攮的，賴我作賊，翻了我個週遭兒，到底兒没有翻着，哥，你們瞄这個。（楊、石白）什麼？（丑白）銀包子。（楊、石白）有了，爲何不还他？（丑白）还他？孩留着咱們作盤纏呢。（合唱）

【皂羅袍】暗想當年結義，勝似管鮑陳雷。心中展轉自猜疑，教人仇恨难容恕。人離家破，窮途慘悽。黄虀淡飯，身無所倚，飢寒二字甘心意。

（丑唱）

【前腔】只爲餚疏酒薄，难解二兄煩惱憂焦。東睄西望兩三遭。

（内鷄叫介）（丑唱）

猛然听得啼鷄叫，

（白）你看二位哥，没有什麼下酒，不免將啼鷄偷來，与二位哥下酒。（下樓偷介。唱）

將他窃取，权當酒餚，碎切爛煮，油煎火燒。

（白）我这兒孩有把剪綹刀，我教你活一会兒也不能。（唱）

剛刀宰殺毛，撏了撏了。

（火介）（丑白）厨房有火，不免煨一煨，与我两兒哥吃。（丑下）

（楊、石唱）

【前腔】我有衷腸訴与，俺爲人豈肯忘恩負義。桃園結義殺姣妻，後來青史傳名記。身居旅店，寂寞悽其，時遷歌舞，石秀舉盃，猛拚沉醉忘歸矣。

（丑上。白）二位哥，請吃鷄。（楊、石白）那裡來的？（丑白）拿銀

① 應爲“賴”。

② 應爲“誣”。

③ 應爲“委屈”。

子買來的。(楊、石白)想是你偷來的。(丑白)吓,總别提“偷”字,我性應这句。(楊、石白)我們不吃。(丑白)不吃?便宜我。(吃介。白)哈哈,有趣!(楊、石白)兄弟,你有什麽本領,説与我二人听?(丑白)二位哥尊坐,听兄弟道來:(唱)

【前腔】慣會飛簷走洞,那怕他銅墻鉄壁海底龍宫。玉皇寶印失無踪,遊龍項下珠曾弄。天仙機女,偷他三尺錦絨。犀牛若現,鋸角作弓。老君怕我把仙丹送。

(楊、石仝白)夜深了,睡罷。(丑白)我就在桌子上睡。(仝睡介)(店家上。唱)

【前腔】五鼓頻頻喧鬧,架上更鷄原何不叫①?點燈遶店尋不着,想是被賊來偷盗。尋思細看,門墻俱好,並無失處,想是客官偷了。真情查出當官告。

(丑已下樓跟介,吹灯介)(店白)没有風,灯怎麽滅咧?回去再點。(丑拿腿勾倒,跌介)(丑學狗叫介)(店白)狗狗,是我,是我。好残頭狗,窩裡爬之克。(店踢介。白)啊,我这鷄爲何不見咧?是咧,昨兒個晚上,來了三個客官,裡有個毛不騰的,定是他偷了吃咧。上樓上頭找找去。(店上樓介)(丑隨上介,上桌睡介)(店白)我摸摸这小子在那兒睡呢。(丑打呼)(店摸白)你睄,这小子跕之睡覺!你到别説真舒服,占者。他要是吃了我的鷄,地下必有鷄骨頭。(店摸介)(丑下桌地下睡介。白)一壶。(店摸对撾介。白)这們個空兒,跑咧这兒來咧,没有,哦,那巴拉摸摸。(又摸介)(丑跟過睡介。白)兩壶。(店白)好快活,滚在这來咧。(店又摸介)(丑上桌拿頂介,用脚挟换帽子介)(店摸着鷄爪子。白)哈哈,有了賍咧。(丑又睡介)(内鷄鳴介)(店白)天色明了,二位該走路咧。(楊、石白)兄弟,我們樓下等你。(楊、石下)(店白)庄睡也是白饒。(叫介)(丑醒介。白)好臭虫,只咬了我一夜。(店白)只偷了我一夜。(丑白)他們倆兒兜走咧?(急忙拿

① 批注“鸡兒不叫好心焦也可”。

行里①跑介)(店攔介。白)你那兒去?(丑白)我下樓,打發你店錢。(店白)前者説過不要咧。我且問你,我的鷄那兒去咧?(丑答白)我知道麽?(店白)準是你偷吃咧!(丑白)你瞧準了我咧,就筭是我,不咱入肚無賍?(店白)入肚無賍,這不是鷄爪子?(丑詐白)你訛我,你是賊,偷到我这來咧!(丑抓店帽子介)(店白)真是他嗎的野事,拿我的來啵。(丑擲介。白)拿了去。(店白)吃咧我的鷄,你那走哇?(丑白)筭我吃定咧,我賠你不咱?(店白)你賠不起,我那是寶貝鷄。(丑答白)寶貝鷄摣我的牙。(店白)我告訴你,我那鷄一更叫一声,二更叫二声,三更叫三声,四更叫四声,五更叫五声。(丑白)以你説这個鷄,我敢字賠不起?吓,吓,我不賠咧!(店白)不賠?打死你,給我的鷄償命。(丑白)什嗎?提别的孩讓你三分,提打,就和你打三日三夜不拉屎。下樓去打!(店白)下樓去,你好跑哇?(丑白)跑了的王八羔子,是你的兒子。(店白)下樓去不咱?(丑白)好高樓。(店白)咱們往下跳。(打旋風脚跳下介)(丑白)喲,下去咧。接之!(店白)什麽?(丑白)行李。(丑打跟頭下介)(店白)文打?武打?(丑白)文打怎麽説,武打怎麽講?(店白)文打,跕住了你一拳。(丑踢介。白)我一脚。(店白)好快腿吓。武打,是脱了衣裳走開了,乱打一回。(丑白)武打,不咱熱鬧。(打介,虚白)(丑唱)

【玉胞肚】听説原因,俺三人爲客營生,到此處霧罩雲横,听更鷄咕咕連声。我本待要对伊言,自古道漏声残夜不敲門。

(打介)(丑上桌坐介。白)太爷乏咧,在房上歇歇。(店白)説咧,打三日三夜不乏麽?你滚下來啵。(駡介,虚白)(丑白)我巴你的瓦。(打介)(丑唱)

休得要出口傷人,俺三人豈無個治國之能?饒你有一群教手,打教你井底蛙鳴。

---

① 應爲"行李"。

(店白)打了这半天,你是誰?(丑白)你敢情不認得我?吓,吓,時遷!(店白)時遷是個飛賊。(丑白)也偷過個人兒吓。(店白)好賊不偷我的鷄吃!(丑白)我偷鷄吃,皇帝老子孩①偷鷄②呢。(店白)滿口胡説!(丑白)胡説?你听着:(唱滚白)

昔日有個刘智遠,馬神廟中偷福鷄。時來至,坐天下治國安民。

(打介。唱)

二十四跤都跌盡,十八滚滚廣傳名。

(楊、石上介)(店下)(楊、石仝白)兄弟,不要打了。他若報与祝家知道,赶來如何是好?(丑白)哥放心,取把火來,把他的店房燒了。他來救火,咱們也走開咧。(楊、石白)言之有理。(放火彩介)(仝唱)

【水底魚】放火燒莊,英雄胆氣剛。那厮無礼燒他一片荒。

(仝下)

(手下引祝龍上。唱)

【西地錦】平生志氣雄豪,天然武藝称高。兩边鉄臂若輕摇,猛可把泰山推倒。

(白)俠氣蕭森貫斗牛,水中縛怪陸行舟。一生武藝誰能敵,海宇驚聞龍虎彪。俺祝龍是也。今日天氣晴明,正好到獨龍崗獵射一番。(衆應介)

(店上。白)報!今有時遷偷雞,放火燒莊逃走。(祝白)可还赶的上?(店白)赶的上。(祝白)來,看鎗馬,就此赶上前去。(衆應介)(仝唱)

【水底魚】擊鼓鳴鑼,撓鈎去捉他③。庄前奮勇,賊子尽消磨。

(楊、石上,冲殺介)

(丑上,殺介)(楊、石下)(衆拿住丑舉起,丑抓四頂帽子仝下)

(丑又拿帽子上,衆赶介)(丑擲帽子,与衆上桌,摘祝龍帽帶介)

---

① 應爲“還”。

② 批注“添吃也可”。

③ 批注“唱托”。

(衆下)

(店家上)(丑上店家肩膀遶場)(丑白)哇哇呀,哇呀!(店白)下去啵。(店下)(丑騎大杠子跑介)

(楊、石上。白)兄弟,怎麼樣了?(丑白)这小子被我打出三宗寶貝來。(楊、石白)什麼宝貝?(丑白)屎、溺、屁①!

(衆又上,冲殺介,楊、石敗下)(捉住丑介)(衆白)時遷已擒,楊雄、石秀逃走。(祝白)楊雄、石秀逃走,此去必投梁山頒救。大衆快快回庄,報與教師欒廷玉,設計準備便了。就此回庄。

(仝唱)

【清江引】叵耐時遷没道理,展轉教人氣。石秀与楊雄,投向梁山地。救兵來到,管教一股擒拿住。

(仝下)(全完)②

---

① 批注“至此就下不唱尾也可”。

② 批注:“此巧連環,話白俱是流口活白,過場也不一樣,收場也不得一樣。所有唱句,一点不錯。自多没少。常行的不吊場,不拿時遷,战完就下,没後頭的。”

落店（梆子腔）

【劇目簡介】

梆子腔，未署名。現存清代刊本，《綴白裘》多種版本收録①。小説《水滸傳》第四十六回《病關索大鬧翠屏山　拼命三火燒祝家店》有類似情節，細節多有不同。

《綴白裘新集合編》本②，題目作“落店”，一齣，每頁九行，每行二十字左右。

劇演楊雄、石秀在翠屏山殺潘巧雲後，與時遷在途中相遇，約定共赴梁山。經過祝家店歇息，時遷借偷帽子和銀包等百般戲弄店伙計。

（末扮楊雄，小生石秀仝上）

【吹腔】迢迢古道路兒欹，涉水登山敢憚遲？看金烏漸漸已沉西，早覓個旅店安身一夜棲。

（末）兄弟，爲何不行了？（小生）哥哥，你看樹木叢雜，恐有歹人。待兄弟拏把土泥來撩他一撩。（丑内）呔！留下買路錢，放你過去！（小生）你是大快、小快？

（丑上）阿呀！他問我是大快、小快，“大快”是梁山上的朋友，“小快”是偷雞剪綹兒的。想我怎肯認做娘的小快？呔！我是大快吓！（小生）你既是大快，敢出林子來么？（丑）我出來，你個不要跑！看打！（小生接棍介）（末）住了！不要動手。原來是時遷兄

① 原刊於寶仁堂乾隆三十五年《綴白裘新集六編》，後收入十二編本。初歸“梆子腔”一類，後歸作“雜劇”類。

② 以《綴白裘新集六編》本爲校本。

弟。(丑)原來是楊大哥。請了,請了!(末)請了。(丑)這一位硬頭硬腦的是那一個?(末)這就是"拚命三郎"石秀。(丑)這么着,楊大哥,得罪么。在石哥面前,説我兄弟要與他見個禮兒。(末)使得。待我去對他説。吓,兄弟,此位"鼓上蚤"時遷要與你見禮。(小生)就與他見禮。(丑)我聞得石秀好得狠,我與他見這么一個高低。(末)時兄弟,與你説過了,上前相見。(丑)石哥,我們見禮。請了。(右臂拉小生,小生右脚掃跌丑介)請了。(丑爬起介)楊大哥,他的武藝子比我高得多哩!待我去賠他一個禮兒。石哥,小弟年輕,最喜動手動脚,你却不要怪我。(小生)我不怪你。(丑)二位哥往那裡去?(小生、末)上粱山去。(丑)上粱山去?好吓!我正想上粱山,可肯帶挈兄弟去走走?(小生、末)你這般身上,如何去得?(丑)去不得?我有出奇的好衣服。(小生、末)在那里?(丑)在林子裡。我去拿了來。

(下場披龍袍,歪帶冲天冠。上)哥,你看好么?(小生、末)吓!這是王陵裡的東西,你盗了出來,是犯禁的。還不脱下來撩掉他!(丑)這樣好衣服,撩掉他,捨不得。(小生、末)上粱山要緊,衣服是小事。快些脱下來。(丑)是的!上粱山要緊,衣服是小事。我想這個衣服又不是我自己銀子錢買的,我就撩掉了走罷。(小生、末)頭上帽子也帶不得。(丑)怎么着,那個帽子也帶不得?(小生、末)帶不得。(丑)罷了,拿下來。咦!二位哥瞧,這是金子打的,放在地下。(小生,末)做什么?(丑)踹扁了,藏着走。(小生、末)住了,好物不可損。(丑)嗳!這是金子打的好東西。也罷,看二位哥面上,我也撩掉了。走罷。(小生、末)還要依我一件。(丑)什么事情?(小生、末)一路上不許偷人家的東西。(丑)如今不做賊了。(小生、末)既如此,我們趲行前去。(小生、末合)

【梆子】【駐雲飛】離鄉背井,露宿風飱不暫停。叠嶂穿山徑,怪石危峯嶺。嗏!紅日漸西沉,荒凉僻静,遠望前村,草舍茅廬近。快趲前程,早覓個旅店安身。

(末)你看那邊有一宿店,不免去問來。(丑)二位哥且慢,待吾去瞧着。(下即上)(末)時兄弟,怎么樣了?(丑)不好,我們換個地方去。(小生、末)換到那里去?(丑)前面那個掛灯的地方住去。(末)吓!手中的是什么東西?(丑)是個鏇子。(小生、末)那里來的?(丑)是那個店家的。擱在櫃上,嗜叫他不應,就拿着來了。(末)咾!又偷人的東西!快些去還了他!(丑)還他?我換他一百二十個老黄邊,路上買東西吃。(小生)不可!快些还他!(丑)這么着,我就還他。(打觔斗下)(小生、末)吓,店家!

(付上)來了。我看這個銀子足足的九五,他怎么只看是九三?(小生、末)店家,快來!(付)來了,來了!可是要黄豆銀子的么?(小生、末)是投宿的。(付)二位是投宿的?請到裡面去。二位請了。(小生、末)請了。(付)二位請坐。

(丑暗上,探帽介)(付)阿呀!做什么?不要頑!阿呀!什么人吓?朋友,你是那裡來的?(丑)我問你是那一個?(付)我是店家吓。(丑)你是店家?我們三個進來,你看他兩個衣冠齊整,就與他見禮,我的衣冠破些,就洒我在這個地方?(付)你倒底是什麼人?(丑)這兩個是我的哥哥。(付)我不信。(丑)不信,你去問!(付)二位,這一位是?(小生、末)是我的兄弟。(付)如此,得罪了。我實不知尊介從那里進來的。(丑)怎么着?這么半天还没有瞧見我么?(付)没有瞧見。(丑)這狗囊的!你小心着!(付)吓,朋友。(丑)做什么?(付)我方纔實在没有看見尊介在那里進來的,是我的不是。我這回賠你的禮。(丑)你賠我的禮?(付)賠你的禮。(丑)這么着,我倒得罪。(付)不敢。請了。(丑)請了,請了。(付)客官,請上樓去。(丑)你先走。(付)我引道了。客官,請坐。可用夜膳了?(小生、末)不用了。有酒取一壺來。(丑)快些去。(付)嗳、嗳、嗳!你又偷我的帽子!拿來!不要頑!(丑)那個拿你的帽子?(付)我頭上的帽子呢?(丑)你頭上的帽子倒來問我!(付)這又奇了!我這帽子往那里去了?(下,取酒即上)(丑)好帽子!(付)吓!這個不是我的帽子?(丑)這個帽子是你的?(付)不是我的,倒是你的?(丑)好帽子!多少錢買的?(付)二百個大錢。(丑)便宜。(付)便宜,送巳你罷。(丑)不要你送,我們換着罷。(付)我不换。(丑)你不换?只是你帶得不好。你站定了,我與你帶。(付)吓,我跕着,你與我帶?(丑)帽子有個帶法的。(付)我看你怎么個帶法。(丑)這么樣帶。你瞧着好不好?(付)呸!你這想我的帽子!你這個人好胡鬧么!今兒弄了一個賊到我家來了!(下)(丑)這個狗囊的,纔進門來就曉得我是個賊!我慢慢兒的與你談心!

(付上)二位請茶。(小生、末)放下。(付)朋友,請茶。(丑)我正想茶吃,得罪你。(付)阿呀!怎么又抓我的帽子?(丑)好茶!這個盃子好,待我藏起來。(付)又偷茶盃!(丑)誰偷茶盃?(付)你不偷,往懷裡亂揣!(丑)你這個盃子髒得很,我替你抹抹。你瞧,這不是贊的?(付)放下罷!他娘的!盃子也想偷我的!(丑)我偷他的盃子!這多是什么話!(付)阿呀!三個人吃茶。怎麽剩下兩個盃子?吓!朋友!(丑)我又吃茶。(付)不錯,再吃茶,連這兩個杯子多不見了。(丑)怎么樣?(付)你們三個人吃茶,怎么剩下兩個盃子?(丑)你把那個眼睛睁開些,慢慢的瞧!(付)我的眼睛睁得開開兒的!(丑)這是一個,那是兩個,這不是三?(付)不錯,是三個。(轉身介)阿呀!倒底是兩個。(丑)這是一個,那不是三個?(付)這狗囊的!倒會要戲法兒的!(下)(内)黄豆銀子。

(付上)來了。(袖内摸介)吓!我的銀包又不見了!待我去問這個朋友。吓!朋友,我一個東西又不見了。(丑)什么東西。(付)是一個銀包?(丑)是的。這個銀包是我的。(付)怎么銀包是你的?(丑)是我一個銀包失掉了,是你拿着,還了我。(付)呸!我一個銀包不見了,來問你,你倒問我要銀包!(丑)你的銀包不見了來問我?我却没有瞧見。你自不小心!(付)我不小心?(丑)不小心!(付)吓!朋友,你方纔偷我的帽子,如今這個銀包一定有些古怪。得罪你,要在你身上搜這么一搜。(丑)站着!搜得出便怎么樣?(付)送到當官夾打問罪。(丑)搜不出呢?(付)搜不出就罷。(丑)他娘的!吃了灯草灰,説着輕飄話兒!從那里搜起?(付)先看帽子。(丑)帽子里也是藏東西的?

你瞧,有没有?(付)没有。脱衣服!(丑)有没有?(付)没有。褲襠裡瞧。(丑)你瞧!在屁股眼子裡!(付)呀呸!呸!好臭屁!(丑)你娘的!搜不出來便怎么?(付)這又奇了!我這銀包那裡去了?(丑)王八羔子,小非①養的!(付)吓唷!好打!(下)(丑)這小非的搜着我的銀包還了得!二位哥,請收着。(末)啢!還不還他!(丑)還他?我路上去買東西吃。(小生、末睡介)(内雞叫介)(丑)咻!這是雞叫。待我去看這么一看。二位哥。(小生、末)怎么?(丑)我下去出個恭就來。(小生、末)就來吓。(丑下)

① 應爲"毴"。下同。

偷雞（梆子腔）

【劇目簡介】

梆子腔，未署名。現存清代刊本，《綴白裘》多種版本收録①。小説《水滸傳》第四十六回《病關索大鬧翠屏山　拼命三火燒祝家店》有類似情節，細節多有不同。

《綴白裘新集合編》本②，題目作"偷雞"，一齣，每頁九行，每行二十字左右。

劇演時遷在祝家店中不但戲弄店伙計，還偷雞吃，惹怒店伙計，雙方發生争鬭。時遷初被祝家莊擒住，又借機逃脱。

（生③、末）

【梆子】【皂罗袍】遥想當年結義，勝如管鮑陳雷，心中展轉自猜疑。

（末）

我有衷腸訴伊，俺爲人豈肯忘恩負義？殺姣妻，教人忿恨難容！

（合）

今夜裡，身投旅店寂寞慘悽。黄齏淡飯身無所依，飢寒二字甘心意。

（丑上）二位哥，請吃雞。（小生、末）那里來的？（丑）這是我路上買來的。（小生、末）又是偷的！（丑）那里是偷的？他在那裡叫，攪人家的睡覺，我宰他娘吃了，明早好走路。（小生、末）無義之物，我們不吃。（丑）二位哥不吃，這么，我得罪，有偏了。

---

① 原刊於寶仁堂乾隆三十五年《綴白裘新集六編》，後收入十二編本。初歸"梆子腔"一類，後歸作"雜劇"類。

② 以《綴白裘新集六編》本爲校本。

③ 應爲"小生"。

(付上)更鼓頻頻喧鬧,籠内金雞原何不叫? 我這雞兒,一更叫一聲,二更叫二聲,如今三更就不叫了。待我看來! 不見,想是跑到樓上去了。待我上去瞧着。咦! 風也没有,灯倒滅了! 点了再找。(下)(丑藏雞倒睡椅上介)

(付上)吓! 這二位睡着了,還有一個在那里。咦! 這是什么睡法? 他的頭在那里? 阿呀,單見屁股不見頭! 頭呢? (丑翻身介)我把你這個浪蹄子小非的! 你這個意思,想是要偷我的帽子? (付)我點着灯來偷你的帽子? (丑)你不偷帽子,跑到樓上來做什么? (付)我一隻雞不見了,來問你可曾看見。(丑)你不見了什么雞? (付)寶貝雞。(丑)寶貝雞? 我没有見。(付)這么,你没有看見? (丑)没有看見。(付)罷了,再到樓下去找。(丑)我帮着你去找。(付)不要你帮! 呸! 怎么把我的灯吹熄了! (丑)是風吹的。我送你下去罷。(付)我不要你送! (丑推付,换帽介)(付)呸! 叫你不要送,把我這么樣亂推! 你這個人實在嚕嗦! (下)(丑)這個帽子,他不肯送我帶。好帽子! 待我藏起來。好雞腿!

(付暗上)(丑)好鷄! 他娘的! 淡得狠! 弄個醬油兒蘸着就好了。(付)倒是醋罷! 我把你這狗囊的! 又偷我的雞吃! (丑)那是偷你的雞! 是我路上買來的鴨子。(付)鴨抓①兒是扁的,雞抓兒是尖的! (丑將鷄爪踏介)這不是扁的? (付)二位醒來。(小生、末)爲什么? (付)他把我的雞兒偷吃了! (小生、末)筭幾個錢賠你罷。(付)客官不知,我這雞一更叫一聲,二更叫二聲,五更叫五聲,有名的寶貝雞。(丑)二位哥,不要听他這狗囊的説鬼話! 他把我的行李多偷去了! (付)你有什麽行李進來的? (丑)王八羔子! 我没有行李進門的? (付)他娘的! 又鬧他的什么行李出來! (丑)做了個人,没有行李的? 我找出來,把你這個腦袋多打下來! (付)你找罷! (丑)我這個行李在你頭上找下來! (付)他娘的! 我頭上那里來的行李? (丑)二位哥,他偷我

① 應爲“爪”。下同。

的帽子！(小生、末)吓！店家,你怎么偷他的帽子？(付)二位客人,难道我自己没有帽子的？(小生、末)你除下來看。(付)吓！你又把我的帽子换了去了！(小生、末)天明了,時兄弟,會了鈔,趲路罷。(下)(丑下)(付扯介)呔！小非的！你那里去？(丑)我下樓会鈔。(付)我今兒打死你這狗囊的,替我雞償命！(丑)你要打？站着！試試武藝子瞧！打這三天三夜不許撒刁！照打！(付)站着！我們樓下去打！(丑)好！樓下去打！(下樓介)(付)站着！我們還是文打呢武打？(丑)文打怎么樣？(付)穿衣服打。(丑)武打呢？(付)脱了衣服打。(丑)爽快些,武打！(各脱衣,丑偷付衣,捲在自衣内介)(付)吓！我的衣服呢？(丑)你的衣服擱在那一塊的？(付)我擱在這塊的。(丑)你擱在這塊,原到這塊去尋么。(付)王八羔子！把我的衣服又偷去了！(丑)誰偷你的衣服？(付)狗囊的！這不是我的衣服？(丑)這是你的衣服？(付)不是我的,倒是你的！我把你這浪忘八羔子,伏了你了！(丑)你伏了我了？(付)你偷得我乾净！(丑)我偷得你乾净？小非的！(付)吓唷！好打！你這狗囊的！(丑)小非的！要得好拳！(付)我要得好拳？(丑)這是什么東西？(付)有名堂的。(丑)什么名堂？(付)這叫"西牛①望月"。(丑)我有解。(付)你解來。(丑)呔！(付)吓唷！這是什么？(丑)也有名堂的。(付)什么名堂？(丑)這叫"狗吃屎"。(付)我也有解。(丑)你解來。(付)照着！(丑)吓唷！好拳！(付)好拳！把你這浪忘八羔子！(丑)放着我的拳頭利害得狠哩！(付)怎么個利害？(丑)這一下子,你要睡倒半個月！(付)小非的！你打！(丑)打不着,抓你的鼻子眼睛下來！(付)你抓！(丑)我把頭撞！(付)你撞！(丑)呔！照打！(付)小非的！打了一夜,到底你叫什么名字？(丑)你不認得我？(付)我不認得。(丑)我就是時遷大老官！(付)是個飛賊！(丑)賊么？我是梁山上的大頭目。(付)不好了！有梁山上强盗在此,快去報與爺知道。(下)

---

① 應爲"犀牛"。

(末、小生上)時兄弟,不好了!他去報與祝彪知道了,怎么處?(丑)不妨!放火燒他娘!(作放火,仝下)

(浄領衆軍上)

(末、小生上)(殺介)(小生、末敗下)(浄捉丑下)

(末,小生上)(末)兄弟,不好了!時遷兄弟被他拿去了!

(丑上)二位哥!(末)吓!你怎么逃出來的?(丑)祝彪這狗頭把我弔在馬坊裡,被我解開扣子逃回來了!(末、小生)這也難爲你了!(丑)難爲我又拿了他幾頂帽子!(渾仝下)

翠屏山（子弟書）

【劇目簡介】

子弟書，清羅松窗所作。現存清代鈔本，《子弟書目録》《中國俗曲總目稿》《子弟書總目》等著録。小説《水滸傳》第四十四回《錦豹子小徑逢戴宗　病關索長街遇石秀》至四十六回《病關索大鬧翠屏山　拼命三火燒祝家店》有類似情節，細節有所不同。

車王府藏清鈔本①，題目作"翠屏山"，全二十四回，每頁六句②，每句字數不一。

叙劊子手楊雄因不借錢於破落户張保，遭人圍毆，一時擺布不開，賣柴的石秀路見不平，慷慨相助，二人遂結爲兄弟。石秀入住楊家，開設屠攤以助生計。楊雄妻子潘巧雲因見石秀年輕，欲圖勾引石秀，未果，心中不滿。後潘巧雲與僧人裴如海私通，被石秀發現。石秀將潘氏奸情告知楊雄，誰知潘巧雲反在楊雄面前誣衊石秀調戲於她，楊雄不察，遂逼走石秀。石秀殺裴如海以表清白，并幫楊雄定下計策，在翠屏山查明真相後殺潘巧雲及侍女迎兒，二人一同投奔梁山。

詩　篇

雪月風花固可憐，奈何月缺與花殘。
千年長恨英雄賤，萬古难消紅粉冤。

---

① 校以倉石文庫藏百本張鈔本，以史語所藏鈔本作參校。

② 即三整句，其中各句字數多少不一，故多有雙行形式呈現者。

鐵筆欲留俠烈傳,松窗故寫《翠屏山》。
望君莫笑愚多事,願作人間醒世言。

頭　回

大宋徽宗國政偏,蔡京童貫掌威權。
蚕食四海黎民怨,蜂起八方盗寇添。
最是梁山多好漢,廣招天下有名男。
不講那宋江晁盖梁山事,演一回楊雄石秀翠屏山。
楊雄祖貫河南郡,在薊州隨任伯兄作府官。
因兄病故流落薊州爲押獄,拳棒渾身武藝全。
知府怜他是好漢,特用了劊子手的頭尔作領班。
只因他面貌微黄双眉八字,鬚髯五綹鳳目朝天。
因此上人稱綽號“病關索”,薊州一帶有名男。
爲人義氣心胸敞,作事疏忽酒量寬。
妻兒貌美芳年幼,小字兒巧雲本姓潘。
模樣兒風流骨格兒俏,小脚兒周正指頭兒尖。
半路兒失節從頭兒改嫁,一家兒和順兩口兒投緣。
使唤着迎兒雖小多伶俐,到是个隨心順意的小丫嬛。
岳翁潘老兒无妻子,也住在女婿家中把門户看。
这一日楊雄城外决人轉,相識們慶賀在衙前。
花紅綵緞無其數,衆人劝酒正歡然。
有一個守城軍卒名張保,綽號兒“踢殺羊”慣打拳。
無賴專交破落户,若非凶①酒便訛錢。
常恨着楊雄本是流來户,到在薊州体面寬。
因此上代領一羣無耻輩,特找楊雄生事端。
踢死羊撥退衆人偏拱手,斜楞双睛歪帶冠。
説大喜楊雄多彩幸,特地今朝會會尊顔。

① 應爲“酗”。

楊雄説且請大哥來飲酒，張保説特向尊兄來借錢。
楊雄説曾無与足下交錢鈔，今朝且住另日再言。
張保説你詐得百姓許多財物，小弟沾光分所當然。
楊雄説此乃朋情抬愛我，你無故發刁壓抓咱。
張保説大家兄弟獃什麼臉，破落户一齊放搶鬧成團。
楊雄才與衆人打，不隄防張保劈胸抱了個嚴。
後有二人封住手，好漢着急难動弹。
眼看着礼物財帛奪了個净，楊雄髮乍怒冲冠。
不言好漢在着急處，來了个路見不平的俠烈男。
慌忙放下枯柴擔，向前來手提張保摔在一边。
楊雄得便把威風抖，拳起脚飛閃電般。
張保爬起來不動手，緊跟着拿包袱的三人一溜烟。
楊雄趕去奪包袱，好漢还在街頭似猛虎怒掄拳。
從旁边轉過二人忙劝住，一人便替把柴擔。
三人相讓把酒樓上，立時酒保列杯盤。
好汗説多感二兄怜小弟，怕我生災惹祸端。
又蒙賜酒優相待，小弟於心甚不安。
二人説四海之内皆兄弟，英雄代笑訴根源。
賤名石秀在建康府，自幼無端好耍拳。
“拚命三郎”人送的號，隨叔父販馬爲生在外边。
因叔病故消折本，流落在薊州苦挣打柴錢。
那人道尊兄何不到江湖上，尋一個下半世的榮華快樂几年？

二　回

石秀説小弟並無别本領，那討榮華屬道咱。
學了些无用閑槍棒，遮不住風雨攩不住饑寒。
那人説方今天下無非如此，这時候認真是枉然。
朝廷閉塞权臣当道，苦殺了迂老兒庸庸講聖賢。
可怜黎庶如牛馬，終朝每日耙隴耕田。

粒粒黄粱滴滴紅血,滋膏尽屬污吏貪官。
歌兒舞女是良人的子,肥馬輕裘是百姓的錢。
小弟有个相識因口氣,心中忿恕①上梁山。
这如今論秤分金銀换套穿衣服,今聞得朝廷不日便招安。
大家博得一官半職,勝你我飄零湖海一身閒。
石秀開口微一嘆,説引進無人是枉然。
那人説壯士真心如肯去,不才相荐有何難。
石秀説小弟未曾輕拜問,何公幹二位官人到此間?
那人説小弟戴宗號太保,石秀聞听代笑言。
聞得江湖人称“神行太保”,甲馬莫非就是貴官?
太保聞言説不敢,又指那人向石秀言。
此位是“錦豹子”楊林多義氣,大家結拜上梁山。
戴宗叫楊林取出銀十兩,贈石秀手頭使用作盤纏。
説話間一夥差人閧然而入,戴宗楊林各訝然。
乘空而逃无曾别石秀,原來是楊雄代領衆三班。
衆衙役聞听楊雄与人厮打,飛奔前來欲助拳。
進酒樓楊雄見石秀忙握手,説一路尋兄聞兄在此間。
款待公差先散去,二人对飲細盤桓。
問罢姓名分長幼,石秀二十八楊雄他長一年。
叙罢了二人結拜爲兄弟,楊雄邀石秀轉家園。
唤巧雲②説出來會會石家兄弟,潘氏從簾縫裡边可望外觀。
一見英雄心大喜,説这般个好汗怎的这様貧寒。
忙向鏡中照了照粉面,又從頭上整了整雲环。
掀開箱子换了换衣服,先於簾下露了露金蓮。
走出來比乍放蕊的花兒還嬝娜,到人前比才出嫁的女子更新鮮。
石秀向前説嫂嫂請坐,推金山倒玉柱拜倒婦人前。

① 應爲“怒”。
② 本篇底本中“巧雲”與“巧云”混用,現統一録爲“巧雲”。

三　回

巧雲説叔叔請起奴還年幼,折寿了奴家叫嫂嫂難擔。
还禮已畢相讓坐,早有那迎兒按次捧茶盤。
楊雄向潘氏誇石秀,至尾從頭訴説了一番。
因而結拜爲兄弟,須要你用意慇懃在叔叔前。
巧雲説奴知道不勞君吩咐,向石秀説叔叔現今住在了那邊?
石秀回答在旅店,巧雲説何不搬來叫兄嫂挂牽。
楊雄説愚兄的主意原如此,説話間迎兒設坐列盃盤。
用畢飯三郎自去搬行李,潘老兒笑对女兒女婿言:
聞得石秀能屠宰,重整我舊日生涯强似白閒。
日進分文爲買賣,屠户生涯大有錢。
楊雄夫妻齊歡喜,不多時石秀归來共議一番。
後門是断頭小巷多安静,做作坊正好閒房有兩間。
就請石叔那边起坐,还有那方便井一圓。
擇吉日開張猪肉鋪,買賣興隆果賺錢。
且説那巧雲自見三郎後,眉稍兒活動眼角兒歡。
打扮得桃腮正配梨花面,翠袖偏宜藕色衫。
兩髩風流花艷艷,一身嬝娜柳懨懨。
指伸玉笋條條細,耳墜珍珠個個圓。
到人前宝釧兒声摇白玉腕,湘裙下綉鞋兒紅透小金蓮。
淡粧時胭脂不点青衫子,水鬢横别白玉簪。
杏眼風流盈盈秋水,娥眉不畫没没春山。
生成皓齒白如玉,不染硃唇紅似丹。
滿臉冰姿堪自醉,一身蘇調可人憐。
构搭但用鶯声尔引,親近全凴好氣尔沾。
怎奈英雄心似鐵,正氣逼人怎入言?
急得他病体强扶如火熱,春心难奈似油煎。
暗恨道冤家太左心腸硬,怪物無情性氣尔偏。

誰不憐奴如至宝,他偏待我不值個錢。
没福的獃頭吊了造化,無知的楞雁錯過機緣。
秋波滿眼誰能飲,秀氣盈眉他待懶飡。
辜負奴無限的真心空眷恋,一團美意枉牽連。
奴爲你裙帶兒精鬆身子尔瘦,手腕子焦酸袖口兒寬。
奴爲你怕对凌花模樣兒改,悶倚粧臺鬼病兒纏。

四回

可怜奴滿腹間愁姣怯怯,一身無力軟懨懨。
可怜奴几陣金風吹弱体,半輪明月靠欄杆。
情緒昏沉茶飯減,精神恍惚夢魂添。
奴与你相逢空在陽台上,誰嘆我夢醒依然在醉鬼前。
你將我有限青春空放過,你叫奴无情長夜每孤眠。
怎怨我迷乱狂蜂招浪蝶,誰叫你凄凉寡鳳冷孤鸞。
不是奴家生外念,欲從石秀結私緣。
那一日好漢在作房才寫賬,潘巧雲手捧香茶到後邊。
石秀抬頭心暗訝,説嫂嫂独來咳好不端。
潘巧雲笑捧香茶説奴慢待,我竟忘了你哥哥囑咐的言。
吃茶罢叔叔莫恼奴來陪罪,可見我粗心就夯了个不堪。
石秀説嫂嫂請回各自便,我正有零星賬目未寫完。
巧雲説正爲此來酬勞辛苦,也要東家心内安。
爲的是叔叔鰥居无人陪伴,也叫奴送茶送酒的要周全。
石秀説嫂嫂請回家無常礼,巧雲説这輕巧話兒你向那个言。
冷淡叔叔不打緊,惹的他絮絮叨叨嘍落咱。
哥哥愛你如珍宝,嫂嫂心中常掛牽。
石秀説此處無人多不便,聞男女受授不親是聖賢言。
巧雲説奴家是嫂嫂非别箇,何事叔叔外道咱?
叔嫂相親非爲歹,那一箇敢把瞎言妄語添。
奴有句知心的話兒來尋你,你反倒推三阻四到有許多言。

叔叔想眼看着青春將半世,祖上香煙那个傳?
也不怕枯乾坟上土,奴看你一心哈帳總不爲然。
石秀説嫂嫂的盛情全已見,另日在哥哥面前言。
巧雲説有一門親事多方便,奴家不合你要謝媒的錢。
自古道男要金剛言不錯,女要丁香話果然。
細条条个身子彀人半摟,一点点个脚兒值你一牽。
頭髮兒多來墨錠兒黑,指頭兒精細藕芽兒尖。
通紅的腮頰兒桃花兒樣,雪白的臉皮兒杏蕋兒般。
一汪秋水真堪飲,兩道春山秀可飡。
通管鼻兒懸玉胆,双輪耳襯墜金環。
口似楧①桃牙排碎玉,香氣兒逼人賽過了麝蘭。

五　回

今日叔叔依了我,管叫你立刻成親有什麽難。
石秀心中如火起,暗恨道無耻賤人太不堪。
嘻皮笑臉寔难看,兩眼乜斜話語粘。
石秀説俺到前面鋪内去,嫂嫂請回看兄長还。
説罢佯長前面去,巧雲暗恨代羞慚。
那一日石秀揣銀從外縣,買猪幾口三日方還。
則見門前關鋪面,疑巧雲怀嗔私進枕边言。
好漢將猪忙入圈,寫了本明白賬目把行李拴完。
尋見潘翁交賬簿,説俺要回家在外多年。
賬目並無私心意,潘老兒哈哈大笑言:
一定是石叔見關了鋪面,你不曉有宗緣故在其間。
爲給我小女前夫作些佛事,明朝正是二週年。
請的是報恩寺内的裴如海,超度亡灵尽一尽情緣。
石秀点頭説原來如此,果見个鋪排把經担兒擔。

① 應爲"櫻"。下同。

問了声挑得圓籠往後走,又見个年輕的和尚到了門前。
一身綢緞新衣帽,小沙弥捧定盒尔立在後边。
向潘公説爹爹昨日多勞碌,見石秀慌忙問訊控背縮肩。
一團和氣渾身諂媚,低声下氣不敢高言。
笑嘻嘻説官人是楊府何親眷,我小僧未聞貴姓府上住那邊?
好漢説俺麽姓石名秀,綽號兒"拚命三郎"就住在此間。
潘老兒一旁説你还不曉,这便是打張保的英雄義氣男。
海闍黎笑容滿面誇石秀,説久聞大号似皓月當天。
好一表出衆的人材驚人的像貌,强似金剛亞賽伽藍。

六　回

又喚沙弥將盒盖尔指,箔禮些須狠不堪。
明朝是王押司的周年无可敬,这是京枣一包挂面兩盤。
潘公笑道説又蒙破鈔,相与間何用訴多般。
喚石秀將盒兒搬進去,潘巧雲淡粧①輕抹立簾前。
笑嘻嘻的説何人來送禮,石秀低頭手指外边。
説叫老丈爲干爹年輕的和尚,潘巧雲笑代柔声兒向石秀言。
那是爹爹義子裴如海,是一个老实和尚看不得輕年。
他父現開絨線鋪,奶地出家裴小官。
爹畄壓子他剛一歲,故母生奴可是第二年。
是我師兄奴是他妹妹,從不會涎臉皮纏來化緣。
有一口絶好的声音兒習熟經卷,石叔叔遲会听听方信奴言。
巧雲説罷掀簾子出去,石秀攢眉向外觀。
二人一笑忙施礼,四目的精神对了个圓。
闍黎問訊巧雲回拜,説謝師兄多蒙賜礼又花錢。
闍黎説些須薄物难爲敬,不過是一点穷心到矣妹前。
迎兒忙捧茶來獻,巧雲接杯十指尖尖。

① 應爲"妝"。

用袖口兒在盅上抹了一抹,笑嘻嘻双手擎杯到和尚面前。
闍黎用手接茶盞,潘巧雲秋波一瞅笑滿朱顔。
闍黎説水陸經堂修盖畢,請矣妹隨喜隨喜到我那边。
但恐怕節級嗔心不大便,巧雲説他到不理会这許多般。
先母臨終許下的血盆願,少不得还求兄長把愿心还。
和尚説爲母当伸犬馬力,自家裡頭有什麽难。
但得蓮步沾佚地,就是菩薩心也欢。
潘巧雲笑迷迷的呆斜杏眼,海闍黎涎登登的瞅定金蓮。
石秀在簾中全看在眼,猛然的忽撞出來走到面前。

七　回

裴如海兩眼發毛忙讓坐,巧雲插口便開言。
這是你妹夫新交石家兄弟,好一個人兒賽玉柱金山。
你与他弟兄常來往,護法你弱懦法門勝似伽藍。
石秀説俺本一條粗魯漢,一時冲撞莫要怪咱。
和尚躬身説不敢不敢,忙告辞説去接大衆即刻便還。
連忙作别出門去,巧雲説師兄早來莫要遲延。
賊秃忙走不答應,巧雲别了石秀走入簾。
三郎氣悶惟一嘆,兩眼發獃只看天。
只見楊雄從外轉,説家中有事矣弟照看。
今日當牢該上夜,石秀説代兄料理不必挂牽。
楊雄嘱咐妻兒方自去,三郎不悦好爲难。
不多時衆僧齊來到,潘公煩石秀款待一番。
茶罢衆僧動法器,海闍黎手摇鈴杵把經喧。
潘巧雲調開春色把風流賣,裴如海弄起高声把氣力添。
石秀留神着冷眼,衆僧滿口咽饞涎。
好一似一枝花惹狂蜂蝶,滿堂僧鬧醉八仙。
这婦人淡粧雅服輕施脂粉,假低杏臉半露金蓮。
花枝一朵斜别頂上,横桃小口笑在半边。

無边春色眉頭兒滿,一片芳情眼角兒含。
双膝拜佛柳腰細細,兩手拈香十指兒尖尖。
闍黎不覺神魂散,故意殷勤倚背挨肩。
衆僧一見七顛八倒,一箇箇直眉楞眼口流涎。
證盟已畢排齋飯,闍黎讓衆僧前走自落後边。
回頭含笑觀淫婦,潘巧雲掩口留情眼角怜。
石秀留神全已見,心中滚滚起火發烟。
咬牙暗納胸中劍,只見那潘老年殘先去眠。
这石秀假托肚痛眠在壁後,從板縫兩眼精神向外觀。
巧雲暗喜無人碍眼,迎兒又是心腹丫环。
任意兒輕狂身無四兩,一心的嬝娜態有千般。
情傳杏眼偷含笑,姣囀鶯声不住的言。
引的那衆僧法器胡敲乱打,滿案伏經豎四横三。
鬧到了三更衆僧困倦了,潘巧雲独立屋門簾里边。
吩咐迎兒私唤裴如海,闍黎推故到簾前。

八　回

潘巧雲輕拉和尚僧袍袖,説師兄血盆心愿幾時还。
和尚低声呼妹妹,心事兒須当早早的完。
暗向那巧雲袖内捏了捏手,嫩如春笋軟如綿。
巧雲假意着簾攏擋,説和尚人家臉太涎。
闍黎又去拉裙帶,淫婦説好一个哥哥把妹妹纏。
秋波一瞅低声兒啐,海闍黎笑攬香肩附耳言。
你家这叔叔好生利害,眼似凶神臉又酸。
淫婦摇頭説採他怎地,又不是親骨肉與他何干?
不過是在我家中吃碗飯,恼一恼立赶出門不費难。
闍黎説若得如此方纔好,見他由不得毛髮悚然。
巧雲説到底是僧家多軟弱,有奴作主不相干。
海闍黎笑把巧雲擰了擰杏臉,又從頭上嗅了嗅雲環。

潘巧雲春心蕩漾呆斜杏眼，海和尚口咬櫻唇遍体癱。
潘巧雲舌吐丁香酥胸姣喘，海和尚双手慌忙摟住香肩。
巧雲説你到底輕輕兒的咬，咬的奴牙印生疼肉里鑽。
涎臉皮纏看人家看見，闍黎説那見个人影兒在此間？
巧雲説仔細迎兒來撞見，闍黎説迎兒到是个好𠮷妚①。
雖然年幼多知趣，唤我時隨机應变有包含。
巧雲説莫使衆僧輕看破，妄造非言葬送咱。
闍黎説大衆外边睄不見，無人識破這機關。
二人私語簾櫳下，迎兒偷看隐一邊。
一点春心情乍動，兩隻俏眼自發涎。
牙兒襯着衫兒袖，戤着額兒楞了半天。
惟恐衆僧相看破，这丫妚一声咳嗽走到跟前。
闍黎慌轉把壇場入，隔壁英雄眼瞪圓。
暗恨道吾兄好漢多英烈，娶这等腥臊淫婦把醜名兒安。
遲合早兩條狗命难逃吾手，那時節方解胸中怒一團。
不言好汗頻發恨，淫婦將迎兒代在一邊。
手拍肩背把丫妚哄，説從此後你是我親生女一般。
娘與你打銀鐲子，娘与你做套綉衣衫。
娘与你称几兩扎花絨線，娘与你買几对点翠簪环。
來年便与你提親事，嫁一个富貴才郎美少年。

九　回

迎兒害臊低垂頸，半晌才眼角兒撒姣往上翻。
説你老人家多背悔，打量迎兒狠不堪。
主母疼奴恩似海，娘兒們投分義如山。
就便是赴湯蹈火奴还去，何况这窃玉偷香事不难。
巧雲听罢心欢喜，説还有句知心話兒对兒难言。

---

① 應爲“環”。下同。

迎兒說主母何难與賤婢,用奴之處我會週全。
巧雲說爲的無非这件事,關心不忍把兒瞞。
你想想今歲娘纔二十二,花兒一朵正新鮮。
人生幾個風流夜,却叫奴整对着孤燈斜月眠。
你爹爹在外日多在家時少,偶尔歸來还醉個不堪。
可怜奔枕如奔命,一覺天明身不翻。
你的娘無边風月皆虛度,鏡子裡的花容空自怜。
青春一去白頭嘆,再想風光只怕難。
因此上奴家无奈胡盤算,只恐失身与無義男。
浪子輕薄嘴不稳,豈不叫人家作話兒談。
有碍你爹爲好汗,才想到和尚人家口最嚴。
偶爾方纔奴有意,無奈何硬抬着老臉到兒前。
迎兒說你老偏將奴外道,迎兒枉作了貼己小丫嬛①。
主母若疑心堵上奴的口,一個丫奷可能值几个錢?
巧雲笑道奴心怎肯,你是个女孩兒人家比不得咱。
若到婆婆家如何是好,關係这一条小命兒害理傷天。
可怜你一朵花兒还未放,怎禁得狂風惡雨乱摧殘。
常言道和尚人家如餓鬼,况且你青春在幼年。
莫不是只爲奴家不顧你,天理人情立在那边?
我的兒作女孩兒人家有多少苦,爲娘的怎好意思对兒言。
潘巧雲手攬迎兒口附着耳,說非是奴吃醋你莫心寒。
淫女撒姣兒將淫婦啐,說罢呀你老人家好不堪。
小迎兒粧羞含笑望厨房去,五更已後道場完。
衆僧作謝都回去,巧雲樓上自安眠。
三郎忍氣作房去睡,天明時闍黎復轉到門前。

---

① 應爲“環”。下同。

十　回

潘老兒迎見説多劳師傅，昨日失礼望包含。
彼此相謙復讓坐，迎兒含笑捧茶盤。
巧雲樓上梳粧畢，蓮步輕移代笑言。
昨日有劳師兄多費力，闍黎説兄妹之間分所当然。
巧雲叫迎兒捧過紅封套，請請師兄收過昨日經錢。
和尚作謙收過礼，説小寺明朝正設壇。
聞得矣妹要还血盆愿，只用得寫疏一道就一舉兩全。
潘巧雲滿臉堆欢説正好，走到他爹爹背後附耳低言。
你女婿遲會兒來替奴告訴，省得孩兒開口难。
潘老点頭説我知道了，潘巧雲又向箱中取还願錢。
兩下裡笑别回里走，好石秀張罗買賣正眼不觀。
只見楊雄從外轉，潘老兒接言同到里边。
説你岳母臨終許下血盆愿，你妻兒常掛心中不敢言。
將就着報恩寺内現喧經懺，搭一分齋兒到底剩錢。
楊雄向巧雲説何必勞岳父，何妨親身對吾言。
[親身遞與裴如海，説些須薄礼把小妹包含。
和尚固辞説不用，些須小事早已備完。
巧雲陪笑説豈有此理，闍黎收礼讓之再三。
和尚起身忙作礼，請矣妹拈香早降莫躭延。
説罢告辞往外走，巧雲親送到門前。]①
巧雲説你雖好性兒深怜妾，三番兩次豈不絮煩？
合家兒費用你一人吃苦，諸凡事兒俱要你爲难。
傍插花又要將錢費，所以奴家怕与你言。
楊雄听罢哈哈笑，説一家兒過日子那有这許多般。

---

① 以上五句按文意應在“潘巧雲又向箱中取还願錢”句後，底本位置抄錯。

當日無言都不表,次早楊雄去應官。
潘巧雲洗臉梳頭刷玉齒,擦胭抹粉裹金蓮。
時樣簪環摘了又帶,新鮮衣服脱了又穿。
臉嫩桃花照了又照,眉湾柳葉鉗了又鉗。
催逼潘老吃早飯,打扮迎兒换新衫。
忙請香燭放盒内,立催了轎子到門前。
潘公也换上新衣服,走向前边与石秀言:
暫失陪去隨小女還心愿,鋪内中又累石叔独照看。
石秀説不勞老丈多牽掛,但照看嫂嫂燒一柱好香早早还。

十一回

潘老兒告辞叫女兒上轎,代領迎兒隨在後边。
不多時來到報恩寺,海闍黎悶倚山門眼盼圓。
遥見巧雲的轎子至,手脚慌張扶定轎杆。
親看巧雲下了轎,一枝花顫海棠鮮。
闍黎説貴体光臨何太晚,大衆多時把經念完。
單等着妄妹來燒疏,一場佛事便齊全。
巧雲笑道天还早,婦女家出門就是这般。
裴如海引領三人上大殿,拜佛已畢放香錢。
重引到水堂中參過礼,又拜菩薩地藏前。
懺悔已完燒罢疏,大家吃齋散襯錢。
闍黎將巧雲讓到僧房内,只見小沙弥兩手捧茶盤。
飲畢茶又引到里边小閣内,潔净清幽甚可觀。
滿屋蒼茫貼古畫,一爐繚繞散沉煙。
潘巧雲父女皆正坐,迎兒侍立在旁边。
和尚相陪下面坐,閒話間兩个沙弥列盃盤。
潘老兒告辞忙跕起,和尚着忙用手攔。
説今朝妄妹爲施主,現成的素面豈可不飡?
潘公只得重歸坐,列摆定希奇果品甚新鮮。

沙弥兩手忙斟酒，香艷非常順口甜。
这都是有意配成迷性药，些須幾盞醉个不堪。
潘老兒貪杯不住飲，裴如海劝酒盞盞干。
不多時潘老双合了眼，斜卧歪身就势眠。
闍黎又讓巧雲飲，則見他酒入情盃杏眼翻。
説你只管逼奴吃酒作怎的？低声道無非敬愛娘子心虔。
巧雲有意只推量窄，沙弥送麵到跟前。
潘氏强强喫了半碗，忙立身吩咐迎兒坐在一邊。
你只管消停慢慢吃麵，奴從壁上閑把畫兒觀。
闍黎説矣妹与其觀畫，怎不如去把佛牙觀。
人若見時多好處，免祸消災福壽綿。
巧雲説師兄何不同去看，闍黎説要看佛牙在樓上边。
二人相唤將樓上，闍黎隨手把門關。
巧雲説關奴在此因何故？闍黎説佛牙不許外人觀。
巧雲見床帳鋪叠多齊整，明知和尚卧房間。
故意兒説佛牙在何處領奴去看，海闍黎春心蕩蕩兩眼發涎。

十二回

摟定巧雲輕笑語，我爲你費尽心机不是一年。
今日方得來到此，这也是菩薩成就的姻緣。
巧雲説奴的丈夫不是好惹的，大胆勾奴到此間。
你看那石秀拳頭石頭兒樣，一杓打你個兩頭湾。
他要得知休想饒你，海闍黎慌忙跪倒捧起金蓮。
淫婦斜肩將手掌兒舉，説賊秃可倒會把人纏。
看奴老大的耳刮子把你打，闍黎説但請心肝任意兒搧。
只恐皮臉村俗硌了手，閃着了玉腕罪叫誰担。
巧雲説疼不成當真打你，閃香軀笑臉相偎用手搀。
和尚將巧雲忙抱起，二人叠坐在床前。
裴如海双手乱抓將裙帶兒解，潘巧雲一絲不掛把綉鞋兒穿。

春歸枕畔風流地,情透花心極樂天。
丁香半吐舌尖兒冷,雲鬢全歪髩髻尔偏。
呆斜杏眼凝秋水,揉碎酥胸鬭牡丹。
闍黎說誰知你身上有这般樂,那曉得人間樂似仙。
俏心肝忍叫愚兄離一刻,傻和尚愿同矣妹睡十年。
可愛你遍体温柔香透骨,可愛你渾身嬝娜有千般。
常言道作鬼風流花下死,一命兒叫寃家裙帶兒拴。
愁只愁一朝嚐尽真滋味,怕只怕相思害的更香甜。
怎能彀夜來明去天長地久,也免得朝思暮想意惹情牽。
巧雲說奴家到有一條計,早已思量在此間。
你妹夫一月在家能几日,當牢上宿有二十天。
買轉迎兒行暗號,他上宿把棹兒放在後門邊。
推故燒香神鬼不覺,只少個探信人兒暗往還。
闍黎听罢心中暗喜,說这條計策妙不可言。
有个陀頭胡老道,現住在寺後新修一小菴。
五鼓敲竹長報曉,天明化飯過流年。
託付此人多穩便,他素日曾把愚兄恩惠沾。
巧雲大喜說奴回去,仔細爹爹酒醒尋找咱。
慌忙坐起穿衣服,重匀粉面再整雲環。
二人無奈將樓下,唤醒潘公作别而还。
闍黎將陀頭唤至幽深處,飽齋酒飯給銀錢。
胡道尋思必有用我處,何必開口叫他向我言。
說師付有何使用處?弟子報恩分所當然。
闍黎說你既有心我豈肯瞞你,潘公的女兒要与我往還。
他夫若是當差去,香桌兒爲暗號放在後門边。
五鼓煩勞去報曉,我若聞知与你仝还。
胡道点頭說全在我,这些小事有何爲难?

十三回

下晚他家去打听,若有佳音立刻還。
闍黎大喜休言講,傍晚時胡道到楊家後門前。
推故化齋將佚念,潘巧雲代領迎兒到後边。
忙問道莫非你是報曉的師付?胡道説報曉陀頭便是咱。
潘巧雲忙叫迎兒樓上去,快取那穿成一串佈施的錢。
胡道見丫嬛才然轉背,低声道海師使我請娘子安。
潘巧雲粉面通紅説多有累,啚报深恩望乞包含。
胡道説我是海師親弟子,自己裡頭心腹一般。
巧雲説今日師兄來的正好,他上宿奴請尊師到这边。
胡道点頭説領命,不多時迎兒捧過佈施錢。
遞与陀頭慌忙到①謝,告去回身一溜烟。
迎兒的手快將門掩,陀頭回寺把好音傳。
初更時和尚代頭巾到楊家後户,早有那淫婦迎兒眼盼穿。
見一人頭代巾慌忙閃入,到把个迎兒唬了一蹿。
忙問是誰不答應,潘巧雲拉去頭巾光頂團團。
輕輕笑駡十禿九詐,迎兒回手把門關。
他二人挨挨倚倚上樓去,丫妳独自去安眠。
巧雲忙把樓門閉,手捧香茶到和尚前。
早安排美酒佳餚闍黎不用,二人解帶把衣寬。
同入香衾將雲雨整,説不尽千般恩愛萬般歡。
正睡濃時忽驚醒,竹梆兒乱敲後門前。
巧雲与和尚把頭巾带,再三嘱咐送到後边。
闍黎忙与陀頭去,自今爲始任意往还。
又引迎兒也上了手,海闍黎真相勾魂攝魄般。
快活往來無滿月,樂極生悲天運循環。

---

① 應爲"道"。

石秀心中常怀此事,那夜不思量到五更天?
五更時听得陀頭來報曉,手敲竹筒在後門前。
暗想道此乃一条断頭小巷,事有可疑甚是無端。
这夜五更英雄忽醒,只听得念佛声音到後門边。
石秀忙從門縫裡看,見一人代頭巾在黑影裡边。
閃出後門與陀頭去了,迎兒隨後把門關。
暗説道此情不與兄説破,異姓同胞是枉然。

十四回

好漢无心買賣尋兄去,遥見楊雄立在橋南。
楊雄説賢弟你今何往?石秀説州縣一代討賒錢。
楊雄説連日衙門公事緊,未仝吴弟叙心田。
此來正好吃杯酒,尋了座清雅酒樓坐在上边。
唤酒保美味佳餚羅列擺,見石秀無語擎盃有事一般。
楊雄説賢弟心中有些不樂,莫不是家中有什麼言?
石秀説家中到無甚言語,楊雄説賢弟直説不必隱瞞。
英雄幾次难開口,半晌無言只是看天。
楊雄本是急性的漢,説吴弟几時曾这般。
滿口含糊使人急燥,莫不是嫂嫂不良把你憎嫌?
石秀摇頭非如此,楊雄説定是岳翁話語顛。
石秀説老丈年高多厚道,並無惡語共閒言。
楊雄説敢是迎兒小賤婢,不知好歹他理不週全?
英雄代笑他焉敢,楊雄説活活叫你悶死咱。
鈍劍殺人还好受,悶的俺心頭火起眼内出烟。
石秀説哥哥不必心急燥,事到其間不得不言。
只因那、那、哼且吃酒,楊雄説酒也要吃事也要完。
石秀説哥哥你、你道嫂嫂,哎弟兄且把此盃飲干。
楊雄説他、他却怎麼樣?石秀説嫂嫂的事兒哎小弟怎言?
楊雄説莫非他有别緣故,石秀無言嘆了几番。

楊雄説兄弟速速講，兄少刻便急破胸膛怒碎肝。
石秀説嫂嫂全非節烈女，兄長的英名一旦完。
楊雄瞪眼無言語，面如金紙怔了半天。
涼①久方回一口氣，不由髮乍怒冲冠。
説你説、説、此、此是何人等？將那厮割頭断体喝血嚼肝。
石秀説這厮你當何人也？忙立身走向樓梯望下觀。
便回身説就是那秃厮也，楊雄説那一个秃厮你告訴咱。
石秀説便是干哥哥裴如海，好楊雄哎喲了一声氣的半晌無言。
一口濁痰昏過去，石秀慌忙用手搀。
酥②醒多時睁二目，口咬牙關手攥拳。
立起身來樓下跑，石秀着急用手攔。
楊雄説立刻不剮賊淫婦，哥哥一命眼然間。
石秀説捉得奸夫方濟事，奉勸哥哥事款則圓。
楊雄説此事如何叫兄忍耐，石秀説但凴呼喊事怎能完？
機如不密反遭害，楊雄説弟有心機快快言。

十五回

石秀説那日家中喧佛事，弟便胸中不耐煩。
既然改嫁歸楊氏，爲前夫無端在此辦什麽週年？
楊雄説兄弟你説有这様理，他當我怎様無知是無性氣的男。
石秀説无非借此生端耳，勾引秃賊把風月担。
楊雄説怎奈我當差常在外，石秀説他把賊秃誇講的甚周全。
説他父親現開絨線鋪，奶地出家的裴小官。
爹圖壓子他剛一歲，故母生奴第二年。
他是師兄奴是他妹妹，從不会涎臉皮纏的來化緣。
有一口絶好的声音習热的經卷，叫我遲会兒听听方信他的言。

---

① 應爲“良”。
② 應爲“蘇”。

説完去會裴如海,小弟留神向外觀。
他二人眉來眼去相含笑,不由人怒氣暗冲肝。
向晚來板壁後边我推肚痛,從板縫一夜的風光都看全。
三更和尚到簾櫳下,二人私語立了半天。
是俺彼時难忍耐,任意的胡爲瘋了的一般。
和尚寺中又去还他娘的什麽血盆願,奈無实証难对兄言。
今夜五更陀頭報曉,是俺疑心忙向外觀。
見一人代頂頭巾黑影裡,自内閃出到門外边。
似共陀頭一般的去,迎兒隨後把門關。
感兄待我如親弟,石秀如何袖手觀?
兄一命將來难脱奸夫手,俺於心何忍不對兄言。
楊雄听罢渾身战,咯吱吱不住的咬牙關。
罵了聲賊秃淫婦氣殺我,摩拳擦掌喊叫連天。
石秀説事要三思從長計議,这般光景捉甚麽奸。
楊雄点頭説此言有理,你快快説來我心作了火團。
石秀説小弟得了一條計,楊雄説兄弟底声向我耳底言。
石秀説兄到家中須忍奈,照常形景莫露机關。
嫂嫂心灵休着他看破,走漏風声事便难。
楊雄説包管無妨全在我,作事經心莫過咱。
石秀説明朝兄長推上宿,拚着俺在作坊一夜不眠。
等待秃賊來入内,我報知兄長堵在前边。
小弟潛身於後户,你在前擊户高声必須動地驚天。
使那賊從後門驚走被我攔住,有了姦夫事事俱完。

十六回

楊雄説妙不可言隨筭还了酒賬,二人分手在街前。
楊雄復返呼兄弟,附耳低言莫要悮咱。
石秀点頭説何勞囑咐,哥哥只管放心寬。
楊雄轉步衙門去,石秀回身説兄且還。

低声道今日回家緊防言語，事非兒戲最要口嚴。
楊雄回答説兄知道，吴弟無妨話不必兩三。
二人語罢方分手，楊雄見四五个虞候代笑言。
何處不曾尋節級，相公立等在花園。
要觀你我頑拳棒，楊雄隨衆且去應官。
拳棒耍完官大喜，素曉楊雄的酒量寬。
大杯賞酒無其數，奈楊雄心中有事早已半酣。
出花園衆友又邀於酒肆，大杯小盞飲到日落西山。
衆人見楊雄大醉身难動，扶到家中各自还。
潘巧雲見丈夫朦朧了醉眼，和迎兒挽上樓來坐在床沿。
咯啵着眉才与楊雄除巾解帶，不隄防醉眼斜楞就是一拳。
淫婦側身將躲過，醉楊雄滿口劳叨話語粘。
好淫婦真淫婦活脱淫婦，他还跕在我的跟前。
好歹一刀結果了你，淫婦聞听战作一團。
楊雄不住將牙咬，还要掄拳难動弾。
滿嘴咕囔合上眼，連衣斜卧在床沿。
説我把你这、我把你这，漸漸無声才住了言。
巧雲害怕心窩尔里跳，暗愁思此事尔八分性命難。
常言人醉心不醉，醉時説是醒時言。
那个天殺的將奴葬送？况奴那事兒我每三人防備嚴。
莫不是石秀那狗男女，妄口拔舌鬼話三千？
搬弄是非無踪無影，敢則是好事兒多魔①漏在他眼前。
總是奴一遭兒成了百遭兒也，所以他只管打諒奴家狠不堪。
未必知奴把真底兒透，無非疑我把詭辞兒編。
調唆得那醉鬼如瘋狗，不久的狂牢要酒顛。
倒愿那狠毒石秀懸空葬送，最愁奴軟弱的師兄没影兒干連。
細想他頂着福兒不知福，吃着閑飯造閑言。
也想想奴怎痴心怜念你，一条条針線那个縫拴？

① 應爲“磨”。

奴不懷仇還照舊,他只要傷人也不怕天。
恩將仇報心何忍,從未在奴家身上有句好言。
横眉立目發豪横,哭丧着臉旦子丧牢一般。
吃得几頓飽茶飯,頓忘了咧嘴咨牙把柴担子擔。
这不是救了蝦蟇生水鼓子病,天生的厭物討人嫌。
况奴家至今在你身上的心無死,还有一些半点尔的怜。
他反來小妇舌頭調三握四,我到不丈夫耳内巧語花言。
越思越想叫人生氣,糊里糊塗叫我抱冤。
潘巧雲前思後想双腮落泪,受怕担惊一夜無眠。

十七回

不多時楊雄酒醒睁開眼,一盞燈半明不滅照床前。
見巧雲独坐咕嘟着嘴,楊雄説你爲何不睡坐在一边?
巧雲説你大醉归來奴怕你吐,預備些湯湯水水我可怎麽眠?
楊雄説我昨朝過飲不知人事,酒言酒語惹人煩。
巧雲乖巧不答應,故意兒的泪湧秋波指甲偷弹。
楊雄坐起觀淫婦,低頭無語柳葉尔眉攢。
不敢高声微嘆氣,强掌着傷心眼望上翻。
楊雄底問因何故,巧雲説奴家的業障与你何干?
楊雄説你心中莫非有什麽冤屈處?巧雲説誰來怨你只恨老天。
也是奴家生成命苦,一條繩子萬事俱完。
楊雄笑道这是何言語?好巧雲一腔冤氣兒忍兩眼淚珠尔含。
楊雄説我平生最怕含糊語,巧雲説正爲你心直才不敢言。
你是个有氣性的男兒性如烈火,奴是个無心的女子氣似柔綿。
强如你動氣不如我忍奈,肯叫你煩心寧叫我熬煎。
楊雄説那个敢來欺負你?巧雲説哼这到也不然。
你一会子的霹雷閃電我魂灵尔乍,劈頭的巴掌拳頭我身子兒滩。
楊雄説你快説來誰欺負你,巧雲説説之無益不如不言。
楊雄急燥説急速講,淫妇姣声説实在的難。

楊雄用手搭肩背，親身与淫妇把泪擦干。
低笑道我又不曾得罪你，何必傷心痛到这般。
巧雲説多謝多多謝，多謝你老人家奉承我一拳。
淫妇長來淫妇短，咬牙切齒駡了个不堪。
强如你一刀結果了我，不如我自尋一死免的人嫌。
楊雄代笑忙陪罪，都是我酒後無德太不堪。
再飲这黄湯子是腔子里的血，巧雲正色皱眉尖。
閑言淡語摘奴的胆，乱口胡舌扎妾的肝。
打死妾身誰敢怨，駡死奴家心不寒。
淚眼愁眉誰爲你，恨只恨石秀那奸賊氣坏了咱。
楊雄一怔説因何故，巧雲説事到其間不得不言。
念奴家嫁到王家十六歲，实指望一竿子到底過百年。
誰曉得前夫已死將奴抛下，並無生長半女一男。
无奈何忍恥含羞重改嫁，怕的是後婚常惹丈夫嫌。
料不到我多造化，一嫁了冤家就上你的緣。
珍饈百味掰着口兒問，錦緞紗羅由着性兒穿。
總仗着兒夫怜愛小妾，縱的奴家那像先。
又把我爹爹接來養他老，你的恩情海一般。
粉身碎骨也难啚報，雖爲你念伕燒香还是你的錢。

十八回

难得你一片好心不嫉妬，爲前夫許奴追荐办週年。
又請些和尚在家拔鈸打鼓，又叫奴报恩寺内把愿心还。
何况是个頂天立地的奇男子，就是那隣舍街坊誰不敬咱。
但是半世英名难已定，倒不如棄了奴家夫哇你另緒絃①。
楊雄聽罢干急燥，説有話何須半吐半含。
巧雲説此事皆因關係你，所以奴家怕对你言。

---

① 底本此字最後一筆缺，爲避“玄”諱。

吃亏你義氣過人多哈賬,看的人人和你一般。
恨不能自己的肉把人貼補,那一个真心实意在你跟前?
奴劝你侠肝義胆收拾起,交什麽朋友可惜了的銀錢。
花錢費物何足論,有礙閨門關係咱。
那不是咱家相与好朋友,穿房入户親弟一般。
初到家中还見好,到後來兩支賊眼就不似先。
茶前飯後將奴瞧,無夜無眠往裡鑽。
你知道奴是無心誰理會,誰知他打量你无能把胆放元。
那一日笑对奴家説哥哥上宿,少不得嫂嫂今宵又自眠。
氣得奴等你回家來告訴,我偶又回心忖了一番。
人非聖矣誰無過,或者他改過前非我不落个賢?
他見我不言不語當我真憨傻,得意兒更比前番的眼更饞。
那日窗前奴洗臉,從外來公然摩弄我的胸前。
説嫂嫂肚中敢是懷着孕?恼得奴慓多子打战身子兒氣癱。
才待声張忽然轉念,有碍兒夫可是那樣的男。
只顧奴家不打緊,醜名兒怎忍在兒夫頭上安。
忍了罢又便宜那条臭狗,並非一次他盹盹把奴纏。
他見我势派不祥真氣動,唬的他像偷油吃的狗一般。
磕頭如搗蒜饒了他罢,單待君來訴此冤。
怔呵呵一日到晚誰吃飯,呆獃獃盼你盼得奴眼睛穿。
盼到黄昏才盼到,天哪誰想冤家又爛醉的还。
一見你趔趄着腰直瞪着眼,無奈何親身扶侍你安眠。

十九回

氣的奴尋死覓活哭了一夜,羞辱了兒夫枉在人間。
半世的英名奴替你丧,由不的虧心暗叫天。
你是个在人頭上爲人的漢,冤家路兒窄娶了个妻兒偏遇着咱。
奴與兒夫丢体面,你總要留奴奴也不心干。
你的妻兒叫人家摩弄,要知道这点胸膛兒不属官。

他欺負奴没嘴的葫芦多軟弱，不敢在丈夫的跟前乱語胡言。
要知道这番不比尋常事，可以吃虧氣忍吞冤。
此事兒若要瞒夫不告訴，真成了女兒無性麻穰兒一般。
小妾的冤屈君已曉，奴情愿死於明處在我夫前。
淫妇見楊雄直瞪了眼，拿話尔又往結实里拴了一拴。
巧雲的双乳他摸弄，怎叫我抬頸施臉伴夫眠？
这也是奴家不幸生來的命苦，紅顔薄命自古皆然。
從今後恩怨一齊收拾起，小命兒化作殘霞与断烟。
嘆妾身下塲頭的結果今如此，夫吓奴与你再結來生後世的緣。
楊雄听罢心頭火起，説狗男女怪不得尋咱先下言。
巧雲説何人又把非言造，除石秀誰敢在夫前和妾作冤？
楊雄説可不是他是那个，巧雲説哎幸亏頭上有青天。
你是个糊塗男子粗心的漢，别説一个云娘就是十个也完。
合該是我每夫妻緣未尽，阿弥陀佛这是神鬼撥攔。
可恨他只想弄人反弄了己，奴看你怎把人家的飯碗子端？
天爷不佑出塲醜，獃憨着臉旦子屁股一般。
你若留他除非休了我，好兄弟不賺哥哥的賺誰的錢？
你睄睄篇篇賬本子純花賬，这些事誰在你跟前下了句言？
也不過怜他前者出了些奔力，所以奴家處處包含。
誰知他丁是丁兒、卯是卯，我只想人家在患难間。
每日挑着个柴担子，下磨脚掌上磨肩。
剛剛兒的巴着一碗閒茶飯，再説呢喂狗的殘食他还吃不完。
你就該低定頭兒出死力，癩蛤蟆指望楧桃樹上躥。
一心想吃个天鵝肉，硬騎着他的頭兒只怕难。
再想想人家的男子是什麽樣的汗，也到底挽起眉毛來認認咱。
别説他立在衙門人体面，就是个軟蓋子烏龜人家也爲挣錢。
好淫婦把楊雄激得渾身战，説好狗男女叫他假意虚情哄信了咱。
恨我楊雄兩隻瞎眼，怎麽就認準这畜生是義氣男。
險些兒無把好人葬送，矣良的女子受不白的冤。
亏是我妻兒心路兒聪明才唱破，不然还在春夢裡边。

怪不得他説你與悲①如海,淫妇吃驚半晌未言。
故意搭訕微冷笑,左右是他把奴家編派个不堪。
他是怎樣説來你是怎樣信了,要不当面鑼对面鼓把石秀叫到跟前?
楊雄説何必、何必真何必,打發他一走事事全完。
最是你妇女人家抓住理,一味的抖擻也不管人煩。

二十回

淫婦見揚雄轉背穿衣服,咨牙兒一笑眼角兒斜觀。
暗喜道老楊这忘八听依了我,石秀那奸賊看着咱。
天明赶厭物离門离户,夜晚和師兄謝地謝天。
從今後天長地久隨奴愿,到是他伕家的保佑我每團圓。
不講巧雲心暗喜,楊雄早向岳翁言。
鋪面速速闗了好,宰死的肥猪一槩醃。
説罢佯長州里去,潘老兒納悶只得把鋪闗。
石秀早知机已洩,楊雄听信妇人言。
搬起行囊交賬簿,别潘公怀揣血刃説再会尊顔。
好石秀賃了一間臨近的店,遁影藏形住在那边。
这一日打听楊雄該上宿,專等更深去捉姦。
潘巧雲狐媚楊雄叫石秀去,眼都清亮心也放寬。
倚門懸望如海至,忽見情人到跟前。
巧雲笑道師兄大喜,厭物骨頭去了兩天。
闍黎便問因何故,説上樓去奴对哥哥細細兒的言。
他二人並肩携手將樓上,早備得佳肴美酒列盞盤。
也唤迎兒一處坐,潘巧雲從頭至尾説了一番。
闍黎听罢心歡喜,説多亏矣妹嘴頭兒甜。
巧雲笑倚闍黎怀内,以口爲盃風月無边。

① 應爲“裴”。

楊柳纖腰常自醉,桃花臉上可人怜。
闍黎説自此並無一隻醋眼,巧雲説從前爲有那塊鹽磚。
闍黎説你伴哥哥眠夜夜,巧雲説兄陪妹妹樂天天。
闍黎説怎能日夜長相守,巧雲説未免師兄要絮煩。
闍黎説妄妹爲何又來取笑,巧雲説師兄莫怪这是实言。
闍黎説軟香温玉豈獨我愛,巧雲説殘花敗柳最討人嫌。
闍黎説海棠模様是誰得見,巧雲説蒲柳姿格那个怜。
闍黎説愚兄誇妄妹並非過奬,巧雲説小妹合尊兄豈敢太謙。
闍黎説伶牙俐齒对丢眉掣眼,巧雲説拙口鈍腮要巧語花言。
闍黎説石秀不知何處去?巧雲説窮兒不過把柴擔。
闍黎説老楊哈賬無足論,巧雲説醉鬼糊塗不必談。
闍黎説鼓弄嬰兒於掌上,巧雲説抽牽傀儡在場間。
闍黎説既爲死物要他何用,巧雲説養活奴家給我吃穿。
闍黎説我係僧家多富貴,巧雲説奴雖小户不貧寒。
闍黎説究竟老楊微有碍,巧雲説莫學石秀妄生端。
闍黎説只畄与你天長地久,巧雲説但愿与君日往月还。
闍黎説每夜里沾身方尽性,巧雲説偷空尔見面到新鮮。
闍黎説到底楊雄强似我,巧雲説魔頭和尚會嗷咱。
二人一笑仝歸帳,且表英雄到四更天。
越墻而過到断頭小巷,身藏利刃到後門前。
只听得報曉的陀頭声氣近,走向前低声一喝抓住肩。
一舉剛刀説快講,饒賊狗命不許虚言。

二十一回

陀頭害怕把真情吐,從頭至尾細説了一番。
石秀説快脱衣衫我饒你,陀頭乱战褪僧衫。
拉出巷口刀横脖項,特意把陀頭殺死在街前。
英雄忙裝陀頭樣,連敲竹筒在後門边。
見一人閃出門外門忙掩,英雄先走到街前。

讓闍黎走近身边忙捉住,和尚吃驚唬了一躥。
細看原來是好汗,海闍黎魄落魂飛跪面前。
声声只是求饒命,石秀説要我饒你莫要高言。
这英雄慌忙用手剥衣服,赤条条一絲不挂战在一團。
好石秀暗取鋼刀於手内,連搠幾下尸倒街前。
鋼刀放在陀頭處,捲衣而去不須言。
有一个賣粥的王老兒起得早,手打燈籠把粥担子擔。
死尸拌①倒粥潑滿地,打破沙鍋喊叫連天。
驚動了臨近几家人來看,死尸兩个躺在街前。
都説王老尔將人殺死,立解州前去告官。
知府陞堂傳罪犯,王老兒哭訴叫青天。
念小民挑得粥担起得早,不料死尸擋在那边。
一跤跌倒鍋都打碎,只当是兩个僧人醉倒街前。
那曉得赤條條尸首全都死,衆鄉隣不許分説送到官。
冤枉冤哉老爷垂念,並非小的害命啚錢。
知府取口供差里甲,代領着忤②作人犯隣舍一干。
驗尸已畢忙回報,知府升堂細問了一番。
死僧人係報恩寺内裴如海,陀頭自刎在傍边。
他是报恩寺内後小庵胡道,凶刀一把在跟前。
孔目向前忙稟道,眼見得二僧不法互相殺殘。
不干王老兒与鄉隣事,知府説此論想當然。
隨即發放一干人等,死尸着本寺抬埋自備棺。
發落已畢都不表,且説那潘巧雲一聞此信胆烈心寒。
憂的是此事忽發官司連累,悲的是情人难忍恩愛牽纏。
背後傷心足跺地,暗中落泪口呼天。
此事兒一定是都出於那石秀的手,凶賊子八分是生就的黑鉄心肝。

---

① 應爲“絆”。
② 應爲“仵”。

凶如惡虎非同小可，狠似豺狼詭計多端。
愁只愁祸出賊子懸心内，怕只怕害及奴身在目前。
也是我无耻的賤人失主意，一心心柳影花陰往死里貪。
而今後悔中何用，只落滒風声尔自苦月影兒独怜。
樂極生悲无足怪，紅顔薄命奈何天。
曾聞道苦海無边回頭是岸，哎臨到奴家未必然。
不表雲娘深自悔，且説那楊雄也醒悟这机關。
説準是那拚命三郎行此事，可恨我不該听信妇人言。
不知兄弟今何往，尋吾容易尋他难。

二十二回

好楊雄滿腹殺机全不露，動静行藏總照前。
这一日衙門來應役，忽听背後有人言。
連声問道兄何往？回頭石秀到跟前。
慌忙拉住三郎手，説矣弟連朝在那边？
愚兄何處無尋到，盼弟盼的兄眼穿。
石秀説特請哥哥到吾下處，一件小事对兄言。
兄弟二人來店内，三郎忙着把門關。
取出了僧衣几件与楊雄看，楊雄大怒代羞慚。
説總是愚兄無主意，辜負三郎你受冤。
酒後失言机已洩，心活听信婦人言。
他説你摸弄他双乳如何調戲，言語勾搭几次几番。
如此愚兄心内恼，不管虚实把鋪面關。
兄長無顔难見你，只求賢弟總包含。
三郎代笑尊兄長，俺与你兄弟的交情非偶然。
異姓同胞如骨肉，蒙兄恩待親弟一般。
是弟連日恐兄受害，那厮勢重你孤單。
無可奈何下毒手，請哥哥還要隄防嫂嫂前。
楊雄切齒呼賢弟，我回家把淫妇刀刀剁作肉團。

三郎笑道豈有此理,兄長在公門枉走这些年。
哥哥豈不知條律,殺人償命欠債还錢。
楊雄説这等不成干休罢了?石秀説有一計安排在此兄長悄言。
此事須知非小事,今番不可似前番。
楊雄説只管説來全在我,你看咱粗中找細呆裡藏奸。
石秀説留心要緊方成此事,楊雄説知過必改何用你言。
石秀説東門以外十數里,有一座荒凉幽僻翠屏山。
兄長只推还願去,代領着嫂嫂迎兒到那边。
小弟明朝先去等,公同當面對証一番。
真自真來假自假,明白後一紙休書萬事完。
楊雄点頭説是妙,明朝兵弟莫貪眠。
千萬留心休悞事,只在明朝这一天。
石秀説兄長放心弟如不去,今日所言尽是謊談。
楊雄石秀商量畢,分手回家一夜無言。
楊雄睡醒推淫妇,説夢見神人大怪咱。
題親時曾許燒香於嶽庙,至今數載愿未还。
今日得乘閒同你去,完得此愿也心安。
巧雲説兒夫自去要奴何用,楊雄説原因爲你表心虔。
巧雲忙起穿衣服,安排早飯整雲環①。
楊雄去請香燭紙馬,雇兩乘小轎到門前。

二十三回

收拾已完催上轎,楊雄把積下的金銀代在身边。
嘱咐潘公小心門户,嶽廟燒香傍晚还。
邁步相隨於轎後,出東門一直竟奔翠屏山。
多時方至山根下,楊雄説住轎对轎夫言:
你弟兄們歇在此,下山時一併酬勞送酒錢。

① 應爲“鬟”。

衆人笑道楊爷請，楊雄命迎兒下轎把巧雲搀。
迎兒忙把轎簾掀起，巧雲下轎説呀这是那边？
乱艸窠窠併石子，如此荒凉这座山。
楊雄説庙兒不遠前边就是，潘氏心虚各處觀。
壘壘荒坟皆乱葬，根根楊樹尽枯乾。
一片白沙鋪満地，無边黄草望連天。
朿刺牵衣無道路，荊條碍步少人煙。
那有庵觀並寺院，真爲惡水与穷山。
巧雲强笑尊夫主，我兩腿焦酸邁步难。
楊雄説你还心愿偏如意，我許愿心就不奈煩。
潘巧雲満面通紅説奴不敢，無非偶語我閑言。
楊雄説過此山坡离不遠，樹林裡面就望見旂杆。
迎兒説离家足有三十里，可見爹爹心意虔。
楊雄説賤輩无知休褻瀆，嶽爷靈應莫胡言。
二人只覺心驚肉跳，小脚兒难行骨軟筋酸。
潘巧雲强陪笑臉説歇歇兒罢，大高的山崗子狼牙一般。
走的奴脚掌兒生疼走不動，長这麼大來誰上過山？
見丈夫只管前行他佯不採，巧雲害怕不敢多言。
無奈何手扶侍女把山坡過，來到深山古木边。
猛自抬頭魂飛魄散，拚命三郎到眼前。
巧雲説叔叔原何也在此？石秀説久候多時有一言。
楊雄説你道石叔調戲你，又來摸弄你胸前。
又説有孕也無有，对証明白你快快的言。
巧雲説過去事兒題他怎的，石秀一旁眼睁圓。
説嫂嫂休説囫圇語，巧雲説叔叔無事攬在於身边。
石秀説嫂嫂全説些輕巧語，現今石秀我含冤。
巧雲説叔叔何必偏多事，好弄这魚頭不怕煩。
石秀听罢微冷笑，忙取過和尚衣裳丢在面前。
説你來認認是誰的衣服，潘巧雲満面通紅無一言。
石秀將鋼刀遞与楊雄道，只問迎兒事便完。

楊雄把迎兒揪到面前跪，説小賤人好好实説莫要謊言。
如何与和尚姦樓上？如何放香棹在後門边？
如何叫陀頭來報曉？一字兒説差剁作肉團。
迎兒哭道非干我，饒奴狗命敢不实言。

二十四回

巧雲害怕把迎兒瞅，説丫頭呵頭上有青天。
千万万莫要胡言連累我，迎兒不語把巧雲觀。
楊雄大怒把鋼刀舉，唬得迎兒縮作一團。
連叫官人饒奴的命，奴婢实説不敢妄言。
共在僧房將酒飲，私同和尚把佛牙觀。
胡道第三日來化飯，大娘給五百佈施錢。
但是官人逢上夜，香桌爲號在後門边。
五更聞得木魚兒响，放出他去把後門關。
許賤人一套衣服双鐲子，往來足有數十天。
後來便叫人殺死，又叫我暗对官人密密兒言。
説石叔怎樣私調戲，奴無親見不敢胡言。
楊雄心内如躥火，罵了声淫婦如何無言？
巧雲害怕双流淚，俯身跪倒丈夫前。
粉臉焦黄身乱战，説奴的不是敢①多言。
死有餘辜辜負你，但恨恩夫的恩未还。
万不能报一還羞夫的面，賤淫妇有何顔面在人前。
速求一死奴無怨，潘巧雲他生結草再啣環。
又回頭口尊石叔容奴一拜，嫂嫂該殺理固然。
出乖露醜一時錯，懊悔傷心是枉然。
可敬你頂天立地奇男子，不枉与奴夫相遇一番。
萬古流芳爲榜樣，奴家雖死不含冤。

① 應爲“不敢”。

曾聞得人至將死其言也善，鳥死声哀是固然。
嫂嫂固然成糞土，也是奴臨死的良心待死的言。
你哥哥口快心直情性暴，並無毒意在胸間。
一差半錯須担待，截長補短体量他孤單。
奴雖死在叔叔手，皆因奴家罪如山。
念嫂嫂千朝不好也有一日的好，一死無仇恕恕咱。
相託的言語劳劳①記，奴在黄泉也感念不完。
石秀与楊雄偷送目，楊雄心軟强咬牙關。
説你既行出这樣事，不須巧語弄花言。
手舉鋼刀將動手，眼看着花容怔了半天。
不覺手軟刀尖倒，石秀着忙眼睁圓。
説英雄氣概今何在？好漢名頭此日完！
兩句話激得楊雄復動手，手舉鋼刀把眼睁圓。
巧雲抱住楊雄腿，眼望着兒夫泪似湧泉。
哀声不止呼夫主，饒了我唦呵只當是可怜。
石秀見楊雄手又軟，眼对着妻兒不忍觀。
渾身力軟無言語，眼看着刀子尖兒又往下湾。
忙向前攀住楊雄手腕子，説哥哥醒醒莫要粧憨。
楊雄怒攢渾身力，鋼刀一舉手掄圓。
龍泉過處花魂散，雪刃抽回柳魄殘。
石秀把迎兒忙代過，斬草除根一並完。
楊雄手起人頭落，石秀湾腰收拾簪環。
弟兄轉步纔要走，忽听背後有人言。
（完）

① 應爲"牢牢"。

奪錦標(崑腔)

【劇目簡介】

崑腔,未署名。現存清代鈔本,《蒙古車王府曲本分類目録》著録。小説《水滸傳》第四十七回《撲天雕雙修生死書　宋公明一打祝家莊》有類似情節,細節有所不同。

車王府藏清鈔本①,題目作"奪錦標",八齣,每頁六行,每行二十一字左右。

劇演梁山泊向祝家莊討还時遷不得,宋江大怒,發兵攻打。因祝家莊欒廷玉智勇雙全,地形復雜,不易攻破,梁山衆人進退兩難。宋江乃計激石秀,令其與楊林喬裝入莊偵探軍情,楊林扮作道人,被人識破被擒,石秀扮作樵夫,在鍾離老人處探得路徑與暗號。當夜宋江帶兵攻莊,迷失方向,四面受敵,幸而石秀趕到,指明暗號并引路,花榮射滅祝家莊調動兵馬的紅燈,遂突出重圍。

頭出　走边

(林冲上。唱)

---

① 《俗文學叢刊》第五〇册高腔類收録《奪錦標全本》與此劇文字相同;《國劇大成》第一〇集收録,文字略異;《俗文學叢刊》第七九册收録《祝家莊》宋江脚本,并《探莊》兩種;《故宫珍本叢刊》第六八五册收録《奪錦標》脚本數種,第六六六册收録《奪錦標》石秀脚本,文字相近。與第二編《射紅燈》相似,可相互參照。

【粉蝶兒】水泊英豪，莽騰騰水泊英豪。聚雄關替天行道，

（花榮上。唱）

环凱①甲耀日光豪。

（石秀上。唱）

惡狠狠握剛矛，驚敵隊。

（楊林上。唱）

氣昂昂舞神鋒，星飛日皎。

（林白）日落轅門鼓角鳴，（花白）只將號帶定秋風。（石白）他年圖畫淩烟閣，（楊白）定有參謀息主公。（林白）俺"豹子頭"林冲是也。（花白）俺"小李廣"花榮是也。（石白）俺"拼命三郎"石秀是也。（楊白）俺"錦豹子"楊林是也。（林白）只爲代②院長下山救取時迁，打听祝家庄消息，那厮出言不遜，每日操演人馬，要与俺梁山交战。大哥忿怒，亲統大隊人馬，前去征勦，命我等先行開路，須索走遭也。（上馬介）（仝唱）

奉公差齊下山砏，似一群摩雲虎豹。

（下）

（四僂儸、王英、孫二娘、吕芳、郭勝、周通、李忠、逵③、秦明、宋江纛上）（仝唱）

【泣顏回】軍威陣雲高，摆戈簇簇环遶，旌旂揚影，翩翩龍蛇動摇。

（宋白）俺"及時雨"宋江，叵耐祝家庄，仗賴"鉄棒教頭"栾廷玉，每日操練人馬，要与吾山拆对，前者爲索取時迁，他又出言毁辱。我闻此事，心中大怒，留下軍師吴用权守山寨，亲統大隊人馬，定要勦滅三雄，踏平庄落，方消吾恨。衆僂儸，快快趲行。（衆應）滑令。（合唱）

似星馳電皎，忽拉拉振池翻江倒，佈雄師勦穴犁巢，要把祝氏誓掃。

（下）

---

① 應爲"鎧"。

② 應爲"戴"。

③ 應爲"李逵"。

(林、花、石、楊上。唱)

【柘榴花】擁風雲,狰獰傑士抖威豪。蕩塵埃战馬乱咆哮。

(僂儸、宋江等上,下)(林、花、石、楊白)呀!(唱)

摆列下刀槍劍戟,大纛飘飘。漫天佈霧,匝地湧洪滔。

(内擂鼓介)呀,(唱)

只听撲咚咚,撲咚咚,畫鼓鳴金吹征角,望一派錦旂幡,望一派錦旂幡。

(内炮响介)

炮响振淂山川倒,黑漫漫風雲馳驟喊声高。

(下)(四僂儸、孔明、孔亮、代①宗、刘唐、公孫勝上)(仝唱)

【泣顏回】紛紛鉄騎擁弓刀,白茫茫映日光毫。旂槍摆列,統三軍,後合分標。

(公白)俺"入雲龍"公孫勝是也。奉大哥將令,壓着後隊。衆僂兵,快快趱行者。(唱)

(合前)

(下)

(林、花、石、楊上。唱)

【黄龙滚犯】轉過了峻嶺重桥,轉過了峻嶺重桥,摆征駝長驅直搗。遵奉着号令崇高,遵奉着号令崇高,待將那三庄平掃。

(二衆都分場上,下)(林、衆仝唱)

俺只見壓寨軍声透九霄,把大隊中軍緊圍繞。列千行健勇雄饒②,列千行健勇雄饒,按八方星辰拱耀。

(下)

(僂儸、宋江、衆等上)(仝唱)

【上小樓】笑盈盈征鞍跨,齊集集虎隊彪。一个个俊傑人豪,一个个俊傑人豪。千軍万馬,鳴金鼓操③,浪滚滚沸起波滔,浪滚滚沸起波滔。

---

① 應爲"戴"。下同。

② 或爲"驍"。

③ 應爲"噪"。

（四僂儸、公孫勝、衆等上，唱）

先鋒後合，聯行互靠，這的是將軍八面逞威遥。

（林、花、石、楊唱）

【叠字犯】密密的軍兵圍繞，蕩蕩塵迷霧落。昏慘慘蔽闕摇，赤滴滴長江渺。烈烈轟轟，喧喧浩浩。

（林、花、石、楊白）啓上大哥，已到祝家庄了。（宋白）就此安营下寨。（衆應）得令。（内鳴金）（衆唱）

响噹噹几棒鑼鳴，响噹噹几棒鑼鳴，大纛金書，替天行道，抵多少炎刘十面定功高。

（唱）

【尾】先鋒開路趨前導，祝氏三雄數滅消，管取一践平陽宇宙標。

（下）（完）

二出　报信

（衆鄉民上。唱）

【四边静】梁山水泊威風大，千軍合万馬。捲地奔吾庄，犹如太山壓。

（白）我們乃祝家庄百姓，只因祝氏三雄，今日操兵，明日演陣，要与梁山交战，如今惹起宋公明，代領無數人馬，要踏平庄落，勦滅三雄，連鷄犬不留。我們报与他弟兄三人知道，与我們作主，大家前去。（唱）

村微势寡，黎民驚怕。莫作釜中魚，殘生皆虚化，殘生皆虚化。

（白）來此已是，不用通报，大家進去。

（三祝上。白）你們衆百姓，爲何如此驚慌？（衆白）不好了，我的爷。今有梁山泊宋公明，代領千軍万馬，來到山庄，要与爷上对敵，口称要踏平庄落，連鷄犬不留。我等驚慌不定，报与三位爷知道。难道三位爷还不知道麽？（三祝白）我等早已曉淂。那厮合当數尽，自來納命。你們不須害怕，吾等自有道礼。師付有請。

（栾廷玉上。白）盗寇臨庄境，居民晝夜驚。你們百姓，到此何事?(衆照前白)(栾白)你們衆百姓不要驚慌,有俺在此。(衆白)多多仗賴虎威了。(栾白)三位矣徒,我想宋江人馬,初到庄院,必然暗差奸細入庄探听虚寔。此庄山路叢雜,外人难測,只是有白楊樹爲引,恐怕外人曉淂出入,那時决难伏战。你們衆百姓不要怠慢,快快傳集多人,各执鍬钁,沿庄深深撅下陷坑,再將白楊樹一齊鋸倒,只留樹根爲記。賊人到來,便自迷路,那時擒拿賊人,便不难矣。(衆應走介)(栾白)轉來。还有一令,但是本庄百姓,頭上各代白翎爲號,如無此記,便是梁山細作,即使拿下。小心在意,不淂有違。(衆應介,下)(栾白)三位矣徒,我想宋江初到,行寨方立,必然劳倦,你我今夜点起庄兵,悄地去劫賊营,先叫群寇知吾利害。(三祝白)師付妙筭如神,我等敢不遵依?(仝唱)

【前腔】笑伊草寇称尊大,屯粮聚人馬。攪乱帝皇畿,目中欺王法。公明奸詐,瞞天声價。今日遇吾儕,管取魂飄洒,管取魂飄洒。

(下)(完)

三出　祭風

(宋江上)

【引】荆枳久困在蓬茅,何日淂棲鵬騰并。

(公孫勝上。唱)

【引】腹内生鱗,脅間無翼,四海一家斯混。

(宋白)啊,先生!咱們大隊初臨,行营纔立,未便交鋒。暫息一宵,明早探听庄中動净便了。(公白)大哥所見不差。

(風旂上,遶場下)(公白)呀,帥旂隨風自捲,定主敵人今夜劫我营寨也。(宋白)如此,待我分派軍兵,准備便了。(公白)不消。我軍遠涉而來,权教暫息一宵,待我略施小術,管叫他們驚魂断魄而回。(宋白)全仗先生法力。(宋下)(設台介)(公唱)

【点絳唇】道法爲能,兵戈何用施威能。立退敵兵,鬪勇争强勝,鬪勇争强勝。

(起吹)(公上高座,住吹)(公白)一擊天清,二擊地灵,三擊百灵。吾今奉召山精鬼怪,鬼魅魍魎速降。

(衆魂上)(公唱)

【混江龍】速整神通,屈氛鬼魅使敵兵。也不用鎧甲光明,也不用劍戟刀鋒,術法成功。今夜里安排一陣,冷颼颼烟霧起陰風。

(衆魂下介)(公白)骷髅速降。

(八骷髅仝上。白)法師有何差遣①?(公白)听吾吩咐。(唱)

梁山泊替天行道,豈容他奸党胡行?

(骷髅仝下)(公白)風神何在?

(四鬼形上。仝白)法師有何旨?(公白)听吾吩咐。(唱)

望尊神施風一陣,吹得他魄散魂驚。

(鬼形應下)(公白)安排已定,不免回覆大哥知道便了。(下高坐。唱)

今日里不战定成功,使威能,使威能,不战定成功。將祝家庄的兵丁吹散,方顯俺公孫勝法力精通,法力精通。

(公下)

(内起更介)(庄兵、三祝、栾玉②各代刀上)(一更介)(衆唱)

【索南枝】澄空净,月已勾,杀場鬼位隐伏幽。

(白)呀,(唱)

霎時烟霧迷稠,撲面寒風抖。

(内二更介)(栾白)衆位庄兵,听我吩咐。(唱)

須要人声穽,

(衆應)(合唱)

尽豁眸。

(内三更介)(合唱)

听樵樓早又是三更後。

(衆白)已到賊营。(栾白)杀進去!(衆應,杀介)

---

① 批注"吩咐也可"。

② 應爲"栾廷玉"。

(衆鬼魂上,遶場下)(公上高桌介)(栾、祝敗介)(栾唱)

【前腔】使我魂魄散,不禁鬼魅遊。

(三祝上。唱)

只見陰風颯颯,許多惡鬼狰獰,大衆齊驚走。

(栾白)賊人隊内有妖術之人,且回山庄,永不溺战。待等賊人入庄,用計捡他便了。(合唱)

且自回庄去,明日定雪仇。排兵陣,設陷溝,等他來,入吾彀。

(仝下)

(衆鬼魂仝上,向公白)啓上法師,敵兵俱已驚回。(公白)尔等速退。(衆鬼魂應下)(公下高桌,打)【尾声】(公下)(三出完,下接激秀)

四出　激秀

(宋江上)

【引】轟雷宇宙播声闻,啃聚山林暫寄身。忠義素存心,四海英雄跋踄臨。

(白)一点雄心勝万夫,緑林寄跡豈良圖。他日淂効朝廷力,不負人將忠義呼。俺宋江混跡市塵,率每用侠任事。公門托業,大都以德爲鄰。爱老怜貧,是以揚名于鄉党。扶危濟困,不覺于江湖。自胃①有日飛昇,重整蕭曹事業。豈料一朝失志,潜踪柳緑窝巢。然我此志不衰,終未肯委身草莽;丹心不昧,何向年吐氣庙廊。正是:男兒未遂風雲志,夜半呼灯取劍看。这也不在話下。前者楊雄、石秀在祝家庄上鬧祸,失陷時迁。奈祝家父子,口出不遜狂言,滅我山寨威風,是以提兵到此。虽然公孫先生用法取勝,他却緊守不出。只小小村庄,一鼓可破,不料村垣峻險,道路崎嶇,不独攻战甚难,亦且深淺莫測,是以遲疑不决,婉轉多愁,好生煩悶。花兄弟那里?

① 應爲"謂"。

(花榮上。白)但看今日雕翎箭,不讓當年吕奉先。哥哥,有何使令?(宋白)花兄弟,我軍机憂慮,在此觀看兵書。你在营門用心巡視,不淂差錯。(花白)曉淂。(宋坐介)

(石秀上。白)三十光陰上鬢毛,胸中磊塊未全消。男兒事業今何在,腰下空懸斬佞刀。俺石秀自從在祝家庄闖祸,投上梁山,多蒙公明哥哥義氣相待,提兵到此復仇。來此三日,未便交兵。連日見哥哥悶悶不悦,未審意下如何,不免前到营門觀其動静。若有用俺之處,赴湯蹈火,决不推辞。來此已是营門,花兄弟?(花白)石哥哥,到此何事?(石白)特來求見寨主,煩矣弟轉禀一声。(花白)哥哥爲陣机抱悶,一夜不眠。既是哥哥要見,小弟自当轉禀,且請少待。(走介。白)禀上哥哥,石秀求見。(宋白)請他進來。(花白)哥哥有請。(石進介。白)哥哥在上,石秀參見。(宋白)兄弟少礼,二位兄弟請坐。(花、石白)有坐。(宋嘆介)(石白)闻知哥哥抱悶,不知爲何?(宋白)兄弟,(唱)

【江頭金桂】你道我終宵廢寢,却原何愁悶增?只爲着伊家起釁。

(石白)有兄弟們在此,难道还勝不得他麽?(宋白)兄弟,我自提兵到此,欲待交战呵,(唱)

不便虛寔。欲待不战呵,又恐怕貽笑于他人。此時立与兩难之地,好一似色含巾闊①羞,色含巾闊羞,因此教我疑夢神驚,祝家庄、祝家庄,來用兵。

(石白)如此説,哥哥愁悶,爲着用兵了?(宋白)兄弟説那里話來?我宋江呵,(唱)

虽不能東挡西除,東挡西除,也曾經北討南征,怎肯但將愁悶增?

(石白)爲着何來?(宋白)兄弟,(唱)

假若是平源曠野,水陸山林,水陸山林,怕什麽驅馳与战争?

(白)兄弟,你看这所庄院呵,(唱)

危墻难近,危墻难近,全軍难進,因此上我自沉吟。

(石白)哥哥,若慮庄中道路,何不差人進庄,探听裡面虛实,然後

① 或爲"巾幗"。

進兵,有何不可?(宋白)兄弟,若有可托之人便好。(唱)

正是要知山下路,須問過來人了,矣弟,須問那過人①。

(石白)石秀蒙哥哥收録,未有寸箭之功,如今請过將令,前往庄中探听虚实便了。(唱)

【前腔】蒙收録执鞭墜蹬,效微劳礼所應。

(宋白)虽然如此,是矣弟初來,怎好劳動?(石白)哥哥,俺石秀呵,(唱)

便赴湯蹈火,剖胆披肝,肯前途、肯前途生悔心?

(花白)哥哥,你不知山寨軍令,好生利害。(石白)花兄弟,(唱)

豈不知山寨威嚴,山寨威嚴,我敢欺軍令?你須知我三郎,每常間拚命行。

(白)不是我石秀誇口説,那祝家庄,也还不在我心上。(唱)

甚狸溝兒溷,甚狸溝兒溷,难道是孔明八陣?

(宋白)矣弟,話虽如此,我还慮你不小心。(石白)哥哥只管放心,(唱)

你慢叮嚀,管教庄中事事无遺漏,寨内哥哥但放心,寨内哥哥但放心。

(下)(宋白)妙吓!你看石秀被我三言兩語,激得他怒髮冲冠,竟自往庄中細作去了。花兄弟傳令,着楊林扮作壓魔道,也往庄中帮助石秀,須要小心。(花白)淂令。軍令森嚴捷似風,(宋白)行难履險显英雄。(花白)若能探淂庄中事,(宋白)初出茅廬第一功。(下)

五出　定計

(四庄兵隨栾廷玉上)

【引】平生志氣雄豪,天然武藝称高。兩膀鉄臂若輕摇,猛可把泰山推倒。

(白)俠氣蕭森貫斗牛,水中縛怪陸行舟。一生武藝誰能効,今日

---

① 應爲"過來人"。

傳將龍虎彪。俺“鉄棒教師”栾廷玉，只因拿住時迁，引淂宋江前來，却被邪術驚唬一場。只得設計捡他，不免將祝氏三雄吩咐一番。三位矣徒那里？

(三祝上。白)來了。(龙)

【引】定霸逞英豪，

(虎)

【引】祝氏声名標。

(彪)

【引】安排香餌釣魚鰲，

(仝)

【引】草寇真堪笑。

(各通名介。白)師付呼喚，不免向前。師付在上，愚弟兄有礼。(栾白)少礼。宋江提兵還扣庄門，我們連日不与他交战，他今日必有人入庄潛來。我今定下計策，大郎可從庄後埋伏，二郎可從庄東埋伏，三郎可從庄西埋伏。(三祝白)得令。(栾白)我曾差人去請扈三娘，叫他從南杀來，我在中庄等候。只待宋江入來，便挑起紅灯一盞，宋江往東，灯往東指，宋江往西，灯往西指。尔等只看紅灯所向，並力向前，那宋江定可捡矣。(三祝白)師付用計如神，我等敢不遵依？(栾白)听我吩咐：(唱)

【玉交枝】紅灯高照，這机關相謀尔曹。三人鼎力俱相靠，莫把那强徒看小。黄昏以後須定省，人人側耳中营炮。把群奸一時尽掃，把群奸一時尽掃。

(三祝唱)

【前腔】神机真妙，果包藏三略六韜。愚徒敢不遵台教，各自去横冲直搗。啣枚潜入在西郊，凝眸只看紅灯号。

(栾白)各自前去，早早准備，不得差悮。(三祝白)領命。(唱)各自去施雄逞豪。

(下)

(四女兵引扈三娘上)(唱)

【玉胞肚】扈氏名標,賽鬚眉遠振飄飄。紅群①策馬桃花舞,楊柳番翠帶纏腰。閨中窈窕声名好,何日淂遂風雲浩,何日淂遂風雲浩。

(白)教師在上,奴家有礼。(栾白)三娘少礼,請坐。(扈白)教師呼喚,有何見教?(栾白)宋江提兵,已到庄外,我已定下計策,只待夜深,軍中以紅灯爲号。紅灯挑起,伏兵捡捉宋江。三路兵馬已定,只有西南一路未有,敢煩三娘一往。(扈白)如此,怎敢推辞?(栾白)三娘,(唱)

【玉胞肚】机關圈套,按三方不愁動摇。只西南一路無人,願三娘切莫辞劳。你胭脂陣上显英豪,共把妖氛一旦掃,共把妖氛一旦掃。

(扈唱)

【前腔】强徒堪笑,那曾見虎離穴巢。承尊命把職西南,又豈敢假力辞劳?

(栾白)如此,就煩三娘一往。(扈白)领命。(唱)

梁山寇,莫逞豪,試看佳人日月刀,試看佳人日月刀。

(下)(栾白)分派已定,还怕宋江什麽細作,在我庄中探听虚实?天色將晚,不免亲自庄前庄後,巡邏一番,有何不可?(唱)

【尾】從來暗箭須防着,莫使机關枉自劳,預作隄防万事高。

(下)(完)

六出　探庄

(石秀上。白)篛笠苫鞋打扮喬,英雄自古付魚樵。凴將姜維如斗胆,虎穴龍潭走一遭。俺石秀奉哥哥將令,前往庄中,打听地理虚实,因此扮作樵人模樣,迤逞行來,早又是庄門西畔也。(唱)

【新水令】潜來庄上探踪跡,变形模芒鞋篛笠。龍潭何處慮,虎穴慢須提。

(白)我虽是樵人模樣,只是不曾担着柴薪,如何進去?哦,有了!你看这庄边人家,都是避兵的,把門户都緊緊關在那里,我便取他几捆,挑進去便了。(唱)

① 應爲"裙"。

你看門户寂寂，

（下）

（挑柴上。唱）

好讓我困粮於敵。

（下）

（楊林扛牌上。白）無量寿佛，天光地光，昼夜神佛自至，邪魔消亡。貧道西岳華山來的壓魔道人，因見你这庄上，有一股黑氣，直上雲端，自是邪魔作耗村坊，貧道特來与你們壓魔，与你們壓魔哩。（四顧介）俺“錦豹子”楊林，奉哥哥將令，扮作壓魔道人，前往庄中探听軍情。石秀已往庄西入去，俺竟往庄東進去便了。（唱）

【步步娇】改換衣裝往庄中去，面目真堪異。鋼鈴手内提，只是道路迂迴，東西难記。

（白）無量寿佛。（照前白）（丑内白）呀！那个道人，你才説西岳華山來的，在路上行了多日子呢？（林白）且住。我一時筭不出來了，可怎麽？哦，有了！你那庄上的官人听者，貧道云遊度日，离家半載有餘了。（丑白）你不要遠去了，待我斋你。（林白）是，多謝了。亏我急口对付他这一句，不然怎麽了？（唱）

應变要随机，有誰人識破我是真奸細？

（下）

（石上。唱）

【折桂令】進庄門道路週折，走巷穿街，脚步踏蹉。早又是紅日西斜，並無个音耗消息。

（白）進淂庄來，只見道路迂迴，果然难以識認。你看那些庄客來來往往，再没有个説交战之事的，可見这庄上的約束嚴明，不可輕視。况又紅日西斜，咳，石秀！多管是你今日此來，不淂成功也。（唱）

枉了俺誇口饒舌，走空回有甚顔色？

（白）且住，你看天色已晚，不免且寻旧路回去，明日再來打听便了。（唱）

我趁早潜摭再作端的。

(白)呀,我記清路径,回步向往走了半日,怎麽还走到这个所在來了?我听的人説,祝家庄道路难行,進的來,出不去。这便怎麽處?(外白)三兒,頂上門,我去借些柴火,來做晚飯吃。

(上介)咳,寧作太平犬,不爲离乱民。什麽要緊,今日打战,明日也打战,弄得家家閉户,處處關門,連柴伙①也没處去買。(石内白)賣柴吓。(外笑白)唏!好吓,思衣淂衣,思食淂食。唅!柴伙挑往这里來。

(石上。白)來了。公公要買柴麽?(外白)好个後生,你是那里人哪?哪,我这里多少兵馬在外,亏你挑柴來賣。(石白)公公,(唱)

念區區穹途无柰,把柴薪暫濟飢渴。

(外白)你説穷途无奈,莫非你不知我这里路径,胡乱闖進來的麽?(石白)公公,小可原是行路之人,那里知道这里路径,不过是賣柴的,又没犯什麽法,有甚打緊?(外白)你是外鄉人,不知我这里的利害,待我説与你。我这里叫作祝家庄,庄上有个祝朝奉,他有三个兒子,精通武藝,四海闻名。这还小事,还有个教師,叫做栾廷玉,此人有万夫不挡之勇。(石白)他便凶勇,难道胡乱害人麽?(外白)不是胡乱害人,有个原故。只因近日呵,(唱)

【江兒水】他与梁山泊曾將仇怨結,这庄中目下行兵革。

(白)你若是差了路,被他們一把拿住,(唱)

便当作奸細难分説,他豪門已定肖②何律。

(石白)如此利害,叫我怎生出去?(外白)你要想出去,哼,难,难吓!(唱)

你看道路迂迴折,要想逃生,除非身边生翼。

(石白)如此説,望公公救我一救。(唱)

【雁兒落】可怜我路穹途無見識,可怜我借柴薪爲謀食。可怜我觸藩籬進退难,可怜我命如鳩难存活。公公吓,你与我明説,那里是走生門將危脱。你的恩德,可不是勝燒香和念佛,勝燒香和念佛?

---

① 應爲"火"。

② 應爲"蕭"。

(内喊介)(外白)快些躲進去罷。(石、外下)

(楊上。白)阿呼,不好了!我楊林探听軍情,誰知被他們參破,真乃畫虎不成反累犬也。(唱)

【僥僥令】机關被識破,莽走恨不迭。

(栾上。白)賊子那里走?(唱)

大胆夹①徒來窺覷,怎肯輕輕放过者,怎肯輕輕放过者?

(三祝上,擒楊林下)(庄兵綁介,下)

(石上,外扯住介。白)小哥,你往那里去?栾教師捡了奸細,你去怎麼?(石白)待我去帮他。(外白)他的手段还弱,要你帮他?你若去,只怕連你也当做奸細了。(石唱)

【收江南】呀,若不是老人家着棒喝,險些兒闖祸危,却叫俺打熬不住淋漓血。

(外白)我看你是尔老实人,我指引你一條生路罷。哪、哪、哪!打此處往東,見了白楊樹根角,往右走,都是生路了。若是走差了,就要被人拏住。如今天色已晚,行走不淂,且在我家住一夜,明日去罷。(石白)多謝公公!(唱)

你仁風难淂,你仁風难淂,謝恁个週旋,覆庇咱孤客。

(下)

(丑酒醉上。白)有趣,有趣!爹爹開門來,是我來了。

(外上,開門介。白)原來是你,那里吃淂這般大醉?倘被查夜的拏住,那还了淂?(丑白)什麼查夜的,他敢拿我?自許我拿他。(外白)不要胡講,你醉了。(丑白)我不醉,爹爹,我方才看見一个道人,形狀異様,被我拏話,就勾住了他。正遇着栾教師到來,被他三言兩語,露出破綻,元來是梁山奸細。爹爹,那人也是利害的吓。(外白)怎麼利害?

(石上,听介)(丑向外,唱)

【園林好】破机關依然強②崛,

---

① 應爲"奸"。

② 應爲"强"。

(白)若不是栾教師手段高强呵,(唱)

恐作了水中捞月。

(白)只爲拏了奸細,栾教師道我看庄用心,賞了一頓酒肉,一吊大錢。(外白)这也罢了,你頭上爲何插着一根鵝翎?(丑白)爹爹,你不知道麽?現今宋江引路進庄,栾教師定計策,暗撥兵馬,四路合來,捡拏宋江。庄上挑起一盞紅灯爲號,宋江往東,灯往東指;宋江往西,灯往西指。又恐黑夜里認不出自家兵馬,故此把这鵝翎爲号,插在帽上那。(唱)

黑暗里認不明白,

(外白)若没有鵝翎呢?(丑白)那还了的?(唱)

天灵盖当瓜切,天灵盖当瓜切。

(外白)你醉了,睡去罢。(丑白)爹爹,这事情就自咱爷兒两知道。(丑虚白)(石偷翎插頭上)(丑、外下)(石白)唬殺我也,唬殺我也!方才听淂这些言語,好不利害也!(唱)

【沽美酒】火搽搽眉下急,火搽搽眉下急,醉中言却真切。闻道哥哥受困危,叫他行那知消息?俺这里机勾明白,怕什麽孤拳独力急。

(走介)(外上攔介。白)小哥,夜净更深,往那里去?(石白)老人家,我説來,你可不要害怕。(唱)

俺呵,我便是梁山水泊石秀三郎声显赫。

(内喊介)(外拉匾担)(内火枪介)(外急下)(石唱)

呀,喊軍声如闻霹靂。

(下)

七出　报路

(四僂卒、花榮引宋江上)

【引】帥衆壓山庄,整頓軍威战一場。

(白)昨日差遣石秀,前去入庄探听,又差楊林,相續保護。待他二人回來,説明祝家庄内動净,然後点起人馬,杀入其中,立勦三雄,踏平庄落,方遂吾愿也。

（石上。唱）

【不是路】急走忙还，虎穴龍潭探一番。

（宋白）兄弟回來了？（石唱）

奉兄言，前到祝庄覔事源。

（宋白）祝家庄怎生動净？（石白）他們呵，（唱）

驟狂瀾，兵排九里山峤边，十面埋伏垓下般。

（宋白）楊林怎樣了？（石白）楊林呵，（唱）

漏机關，三雄祝氏亲交战，鉄棒教師苦困旋。

（白）楊林呵，

一時失陷，一時失陷。

（宋白）有这等事？可恼吓可恼！（唱）

【棹角兒】听説罣怒法①冲冠，頓叫人惡氣胸填，恨杀伊祝氏凶頑，渺吾行把太山觸犯。

（白）花兄弟，（唱）

急忙的傳軍令，集人馬亲臨战，搭救回旋。

（花應下）（石白）待小弟庄中等候。（宋白）轉來，（唱）

休迴迳轉，計取週全。這机關須当慎密，暗引吾前，暗引吾前。

（石白）淂令。（下）

（花引衆僂卒上）（宋白）花兄弟，先行開路。（花白）淂令。（衆仝唱）

【换頭】【前腔】率桓鉄騎千員，乘黄昏直入龙潭。霧漫漫雲露暗暗，喊震山庄太岱巍然。鋭健兒郎，敢勇争先，杀叫他胆落心寒。捉拿尽統師旋，捉拿尽統師旋。

（下）

（四庄兵引栾廷玉上。唱）

【泣顔回】机關密密預隄防，把賊兵誘至吾庄。盤蛇曲迳，饒他乱走羊腸。

（白）宋江人馬，已入吾庄，待俺扣起紅灯，指引伏兵便了。（唱）

---

① 應爲“髮”。

登高策應,指伏兵各路知前向。

(合)

听喧閧喊震云黄,舉紅灯一盞金光,舉紅灯一盞金光。

(上高舉灯介)

(四女兵引一丈青上。唱)

【前腔】相扶策應護山庄,显奇英扈氏三娘。無巨寇興師,敢壓吾行。

(白)紅灯一起,想是賊兵已入庄中,不免率衆,杀向前去。(唱)

黄昏夜良,笑狂徒已入羅網。

(介前①)

(下,上)

(祝上。唱)

【前腔】群寇跳梁起祸殃,远吾庄何處潜藏?自來入計,插翅怎脱羅網?伏兵分派,落机殼定滅梁山党。

(合前)

(下)(下接射灯)

八出　射灯

(僂兵、花引宋上)(仝唱)

【縷縷金】心急遽,意煎熬,重地自輕,入祸难逃。

(内喊介)

忽听庄中响連珠号炮。

(宋白)花兄弟,我們大隊兵馬,都被阻在庄外,如今路多月黑,何處奔逃?(花白)哥哥放心,我花榮只靠这張弓,一壶箭,管保哥哥无事回营便了。如今只往南走,自然找着來路。(唱)

趁星光隐隐透松梢,共相覓歸道,共相覓歸道。

(宋白)花兄弟,又走了許多路,怎麽不見庄門?

(祝兵衆上,遶場下)(宋白)呀!你听追杀之声,四下雲集,如何

① 應爲"合前"。

是好?(唱)

【前腔】山中虎擅离巢,輕敵兵家忌自相招,黑夜难分辨定遭圈套。

(石上。白)俺石秀來也。(唱)

偷將消息走荒郊,忙向哥哥道,忙向哥哥道。

(宋白)兲弟,你來的正好,我們走錯了路了,在此心忙意急,如何是好?(石白)吓,哥哥,(唱)

【榴花泣】何須慮不必用焦劳,且隨我急走荒郊。莫愁狂火燎眉毛,个中消息我已曉根苗。

(宋白)你認的那条路好走?(石白)隨我來!(唱)

盤蛇路径邊,路生人不識郊。犹道看白楊西靠,通衢認着,須頭隨步爲潮,須頭隨步爲潮。

(仝下)

(栾持灯上)(三祝上,望灯介,下)

(宋、石、花仝上)(宋白)吓,兲弟,黑夜之間,那追兵那里知道,我們走到那里,他就追到那里?(石白)呀,呸!我到忘記了,他軍中以紅灯爲号,哥哥你看:(唱)

【前腔】可不見一盞紅灯向高挑,兵如蟻將似涛,四方俱向我軍招。若能除此怎得受煎熬?

(宋白)这紅灯,怎麼除却纔好。(花白)哥哥,要去此紅灯,有何难哉?今日看俺花榮的神箭也。(唱)

雕翎出韬,定教他一盞紅灯落。

(内喊介)(三祝、庄兵上,杀介)(丑作拔翎当,祝彪看介,下)

(宋衆上)(宋白)紅灯已去,果然彼軍大乱。(唱)

薛將軍三箭天山,小李廣一時跨①高,一時跨高。

(下)

(栾上,与花杀介)(栾唱)

【漁家傲】水泊賊跳越果遭,命煢煢何處潛逃?自拚將送死他方,不忍維拡失窝巢。

---

① 應爲"誇"。

(又杀介)(花唱)

我花榮神箭誇奇妙,定教你身似灯飄。今番要見低高,斬栾賊方把賬消,斬栾賊方把賬消。

(栾敗下)(一丈青接杀,榮下)(石接杀)(扈唱)

【漁家灯】賊强梁試我霜刀,休淂想黑夜潜逃。

(白)俺今來捡賊首宋江。(唱)

早离鞍拜服求饒,望生既少有分毫,望生既少有分毫。

(又杀介)(一丈①白)快些下馬受縛,我便饒你性命。(石白)呔,賤婢休誇大口。(唱)

小娃娃不守閨門道,蠢妖魔賣弄唇巧。

(丈唱)

当遭揮持宝刀。

(石唱)

那管你輕盈態娇,那管你輕盈態娇。

(一丈青敗,三祝接战,榮下)

(石上战)(栾上,杀下)(一丈青、石、花三人对战)(内鳴金介)(战下)

(宋衆上)(宋白)今日天晚,暫且收兵,不可恋战。(衆白)淂令。

【尾声】若不是石家兄弟前來到,如何出淂羊腸鳥道?这總是急难的功劳一様高。

(下)(完)

① 應爲"一丈青"。

盗甲（崑腔）

【劇目簡介】

崑腔，未署名。現存清代刊本，《綴白裘》多種版本收録①，另《醉怡情》、石渠閣主人輯《綴白裘全集》等選刊此齣。小説《水滸傳》第五十六回《吴用使時遷盗甲　湯隆賺徐寧上山》有類似情節，此劇出自范希哲撰《偷甲記》第十五齣《偷甲》，略有差異。

《綴白裘新集合編》本②，題目作“盗甲”，一齣，每頁九行，每行二十字左右。

叙時遷夜入徐寧家，百般擾鬧，趁亂盗出寶甲，并交由戴宗等人先行帶回梁山。

（丑上）我做偷兒本事高，鷄鳴狗盗其寔妙。飛簷走脊捷如神，扢壁扒墻真个巧。入室穿房鬼不知，傾箱倒籠何曾曉？官銜本是“賊中郎”，綽號叫做“鼓上早”。我時遷奉宋大哥將令，着我到徐寧家去偷取雁翎寶甲。我日裡行來，已是黄昏時分了。阿呀，妙吓！你看星迷霧鎖，月暗雲升，真個是天隨人愿。不免前去走遭則個。（拍腿介）

【園林好】俏低聲行行自驚，

（内打一更介）

聽漏聲沉須提心自警，早又是更闌人静。

① 原刊於寶仁堂乾隆二十九年《綴白裘新集二編》，後收入十二編本，其他刊本亦多收録。

② 以《偷甲記》爲校本。

迤逦行來,已是他家門首了。待我放大了胆推他一下。(作推門介)咻!這門是响的。

我推一下响如鈴,

(又推介)

我住下震如傾。

(内打二更介)

【伊令】聽樵樓有①更交應,想他們夢魂方定。

且住,只管在此講話,怎么弄個法兒進去便好?(想介)有了。我日裡行走的時節,那邊有一棵大樹,待我扒上去,跳過墻兒有何不可?(踏上交椅介)

你看這墻垣十分勁②。

(踏交椅背上,跳下)(胸前拔煤筒,吹火照介)(將紙策火吹息,筒插腰裡介)咦!又是一重門。

只見門户重重,已到天台第一層。

(内打三更介)呀!

【品令】三更正緊看燈火尚微明,儀門疏散好馱輕。

不免撬開他的。(腰裡拔斧,作撬門响介)(末内)吓!是那個敲門?老漢起來了。

(提燈籠上)忙將灯火炤,誰人在外敲?是那個?待我開門出看。(丑縮半邊,末兩邊炤介)吓!什么响?(丑扒進門介)(末)没有什么,吓,想是風吹響的。不免關了門進去罷。(將灯籠放在地下,作關門)(丑腰内拔火筒,吹映灯籠火介)(末)阿呀!火映了!(丑縮半邊介)(末)吓!風也没有,爲何火映了?奇吓!(丑做鬼叫介)(末)咦!這是鬼叫吓。(丑又叫介)(末拍額角拏灯籠介)呃嘿!我是不怕鬼的嘘!(丑撒泥屑介)(末)啐!什么?(丑又撒介)(末作寒戰戰抖介)呔!(渾下)(丑開門出看,又開大門介)咦!這老兒被我一嚇嚇了進去了。

---

① 《偷甲記》作"二更"。

② 《偷甲記》作"雄勁"。

他時時震驚,也只爲寶甲如瑜瑾。我營營自驚,還怕他一時接應。嘖嘖噥噥雨去雲來送且迎。

(内打四更)(丑慌介)阿呀,你聽,已是四更了。此時不動手,更待何時?(進介)

【豆葉黄】聽聲聲漏滴夜半黄昏,

聞得他那副甲藏在樓上,待我扒上去取了他的呵。

怎做得風燈泡影①?這是閨房左右,須要手輕脚灵。

(摸介)這頭是房門,要緊的,不免撬開他的。(取斧撬介)(旦内)秀蓮!秀蓮!你听外面什么响吓?(付内)無傗个响。(旦内)起來看看。賤人看仔細!

(付拏紙灯火上)傗個响介?半夜三更要我冷冰冰介起來!(開門走出,將火熠介)(丑從背後拏火筒吹映紙灯火介)(付)阿呀!鬼火映裡哉,像是個隻猫哉。無傗个!(丑做猫叫介)(付)吾説是個燒愿个。呀,奶奶!(旦内)是什么响?(付)無傗个,猫捉老虫了。(丑先扒進門,將脚絆付膀介)(付)阿唷!阿唷!一個爛痔膀磞痛里哉。(丑又猫叫介)(付)阿唷!阿唷!(渾下)(丑又開房門出介)妙阿!

喜得他殘灯自瞑,他殘燈自瞑,直逼到猫鼠同居自批自評。

我時遷今日此來,原是不肯的。

【玉交枝】只爲軍中嚴令,這奇功賽過偷營,梁山好漢威名震!

(到内室摸門介)咦!

聽聽酣呼聲息不住鳴,陽臺霧鎖夗央②冷。

(磞介)阿唷!苦腦③!

好頭顱撞得血淋,

阿唷呱!

閃了好腰肢不禁痛疼。

---

① 《偷甲記》前有一句唱詞:"我肩重擔所任非輕。"

② 應爲"鴛鴦"。

③ 應爲"惱"。

(作賊形下)

(浄扮湖州老上)阿嗄!冷絲絲个。老媽起來牽豆腐洛。

【江兒水】早起營生計,朦朧睡未醒。巴巴望得天將明。

(丑左手掮箱,右手摭①臉奔上)捉賊!捉賊!(對面將浄叉頸,浄跌倒,隨手搶浄頭上毡帽摭面介)捉賊!捉賊!(奔下)(浄扒起介)阿呀!搗入娘鰻鯉!自家掮子一隻箱子,無頭無腦介乱銃,倒話子“作賊、作賊”!

看他獐頭鼠腦向前奔,瞻前顧後藏餘影。

(摸頭介)爲沙頭浪有點冷絲絲。壞哉!大齊話弗差個,真真賊無空過,一個毡帽不奇捉子去齊。方才斢住子奇挄奇介兩記。(想介)呸!奇是做奇个賊,何大是做何大個个腐,管奇儕事!

早起營生,惹甚無端灾横?

(渾下)

(丑帶毡帽、掮箱,奔上)

【川撥棹】功成頃,漸天明。將度影,喜城門出入無驚,喜城門出入無驚。

(放箱,坐正場吼喘,對兩場叫介)湯哥哥。(末内應介)白兄弟。(付内應介)大哥!(末内又應介)兄弟!(付内又應介)咦!

我叫聲愈高,他應聲愈輕。

(末、付上)住了。

怕人聞風鶴驚,怕人聞風鶴驚。

(末、付)寶甲呢?(丑)在這裡。(末、付)好手段!(丑)不敢欺。(末)我們如今拿了宝甲。(付)將黄袱包甲背上山去見宋大哥,你在後面引上山來便了。(丑)曉得了。

【尾聲】三人各自分頭奔,也多要勞思省。

(付背包先下)(末後下)(丑跋身轉叫介)阿呀!大哥轉來!大哥轉來!

(末復上)怎麽?(丑)一件要緊物事忘記拉乭屋裡哉。(末)什么

① 應爲“遮”。下同。

東西？（丑）兩把鉾子，一個鉄先生。（末）喲，呸！這是小事，罷了。（丑）罷，夾没罷嘘！

莫犯着風火雷庭號令申。

（嬲箱退縮，渾下）

盜甲(子弟書)

【劇目簡介】

子弟書,未署名。現存清代鈔本,《子弟書目録》《中國俗曲總目稿》《子弟書總目》等著録。小説《水滸傳》第五十六回《吴用使時遷盗甲　湯隆賺徐寧上山》有類似情節,細節有所不同。

車王府藏清鈔本①,題目作"盗甲",全三回,每頁六句②,每句字數不一。

叙爲剿滅梁山,高俅舉薦呼延灼領兵擺下連環馬陣。梁山上湯隆識得此陣,指出只有徐寧上山并傳授鈎鐮鎗方可破得此陣。時迁主動請纓,要盗取徐寧寶甲并誘其上山,宋江等派湯隆、時迁、戴宗三人下山共行此事。時迁於夜間潛入徐寧家擾鬧一番,主仆不得安歇,精神困怠,時迁趁機偷得寶甲,并留下名號,驚醒衆人後越墻而走。

頭　回

宋徽宗駕坐金鑾,朝中响罢武㗻花。
但見那蝦鬚簾捲,宝座兒上帝露艮牙。
天子問説文武公卿,誰能勾把梁山的賊滅勦。
有那高太尉口尊陛下説主寬心,臣自有那除賊的妙法。
吊來的呼延灼將軍,他的那連环馬陣无敵手。

---

① 校以故宫藏百本張鈔本,以史語所藏鈔本、倉石文庫藏清鈔本作參校。
② 即三整句,其中各句字數多少不一,故多有雙行形式呈現者。

天子喜急命出城選精兵,呼延灼奉旨把賊拿。
一路上催道三軍登途路,眼看着梁山泊來到了。
擺一座連环馬陣,慌的那报事的喽卒急忙忙尽往山上爬。
啓寨主那大宋人馬在山下安营寨,公明問説那一家兵弟下山去敵他。
"黑旋風"李逵説小弟愿往,他不知那連环陣是难敵把鋭氣搦。
吴用欠身尊寨主,傳令不可把兵發。
那厮摆的是座連环馬的陣,須淂那鈎鐮鎗方能破他。
話未完旁閃一人是"金錢豹子"名唤湯隆,他説打造鈎鐮全在咱。
宋江説總然會製也无人会使,湯隆説事不难弟有个亲家。
名唤徐寧人称"金鎗手",他的祖上專習此鎗法。
小弟同他是姑表,若淂此人乃能破陣把呼延灼拿。
宋江説誰能將他去請,况他与宋臣一氣如何肯來助咱。
湯隆説他有鎕鋺①鎧,此物可是我表兄的命根子。
他一服連心的總線,可淂了人掐。
宋江説要去还須兵弟你去,湯隆説哥呀他這收甲的去處甚麼掐。
修一座暗樓從他臥房裡上,大鼓漫的樓梯叫人可怎麽爬?
週圍密密金鈴懸繞,招着了消息就响花啦。
皮箱裝定搪猊鎧,吊在中摇可怎麽上去拿。
宋江説如此他这个甲可有些不②难盗,旁閃一人笑哈哈。
説寨主寬心盗甲可在我,就是徐寧他穿着我会去巴他。
公明見是"鼓上蚤"名時迁,此人生的体輕滑。
好一似灯心作底藕絲兒嵌,悶騎蝴蝶兒去尋花。
他在蜘蛛網上翻觔斗,鵝毛舡上去唱冤家。
閑暇无事坐在戥盘兒内,他在定盘星兒上去蹭滑。
公明笑問説兵弟你要去麽,時迁説些須小事交与咱。

---

① 多作"唐猊"。
② 按語意應爲"不有些"。

掌上觀紋一般樣,由如靴腰①子里把腿抓。
宋江説这②淂一人陪着二位矣弟,並力同心方能盗他。
“神行太保”代③宗尊寨主,説小弟相陪这事兒不差。
公明闻听心欢喜,説好吓咱們大家伙努力。
但能保的住这粱山泊,咱弟兄每才好住扎。
言畢吩咐嘍卒排筵宴,挑席序坐乱喧嘩。
宋江滿斟三盃酒,説此事全凴你你薩。
三人站起忙接酒,施礼躬身谢过他。
飲畢了各自收什行囊去,代了些干粮④棋炒醬茄瓜。
这時迁也打点隨身的物,无非那蹬高撥户的碎踢搭。
三人一齊將山下,有那張順摇舡渡过金沙。
湯隆説大路上安着营呢必須小路兒走,一路上時迁合湯隆就把老底兒巴。
湯隆説徐寧住在東門内,坐北朝南第四家。
磨磚砌墻大門走馬,这馬台石蹬的溜油兒滑。
時迁他句句留心記,來到了東京住在了店家。
三人將行囊安頓畢,洗了臉那小二前來把桌搽。
説三位客官要是用酒飯,我这裡菜蔬俱全般般有。
鍋燒損鵝肥煑羊肉,还有那母鷄白煮配着大由鴨。
要吃鮮魚將活的攮,素的有面觔豆腐裸会鍋炸。
面食鍋烙千層餅,米飯喧吮不沾牙。
絶好燒黄南北酒,爷們用甚麽要早些兒吩咐好往上拿。
時迁説这些个東西只好問他們二位,这葷東西上面可總没有咱。
自幼兒吃斋是个胎里素,闻見了葷腥兒我的肉都麻。
小二説方才我回过有素飯,叫他們把鍋灶碗碟净净的刷。

---

① 底本此字作“肤”。

② 應爲“還”。

③ 應爲“戴”。

④ 底本此字作“籵”。

時迁說總然刷净我到底疑影,罢咧不如我到外面尋些素飯茶。
这時還出店觀睄天色晚,紅日西墜把山壓。
溜進了城照着湯隆的話找到徐寧的門首,等人静時他在黑影兒里溜湫要把墻爬。

二　回

忽听角門兒開放响嘩啦,原來是丫奷一对悄喽喳。
二使女天晚開門把贓水倒,忙裡貪頑閑嗑牙。
听一个說秋香姊姊你等我一等,听一个說春花兒妹妹快走杀。
春花兒悄語把秋香問,說昨一晚奶奶打你是爲着甚嗎?
秋香說冤枉冤哉他說老爷爱上我,又說房内无人他把我拉。
春花兒忍不住噗嗤兒笑,說想必是老爷爱你臉上兩塊疤啦。
秋香怒赶春花兒打,拔下了鋼針挤住要扎他。
春花兒告饒說不敢了,姐姐你明日再把我罰。
二使女貪頑不顧門户,怎当淂那時迁身子兒輕滑。
眼錯不見一溜兒進去,那看家的犬他見了生人費力的抓。
这時迁忙扔了几塊碎風餅,那个犬淂食就乱摆尾巴。
这時迁就進了二層院子,迈步輕輕兒的就上了姜擦①。
進仪門見廳房的大門厰,暗暗地攛上了天棚在席底下爬。
且說二使女倒完了贓水把門關鎖,到厨房裡净手去預備酒茶。
这時迁听勾多時无个動静,溜下了天棚用眼瞰。
見上房中内外將灯点,听丫奷仆妇唧唧噶噶。
又听淂乱嚷說快斟酒,行令猜拳还說五哇薩。
時迁暗暗心欢喜,迈步溜啾就着地兒擦。
上廊簷餂破窗棂往裡看,見徐夫人嗷着老爷頑笑在那裡嗑打牙。
說好哇你瞞着我背地裡把秋香引,想必是你爱他那一双尊足兒搗搭。

---

① 應爲"礓礤",意爲臺階。

徐爷面紅説胡鬧,夫人你竟是來刻薄咱。
也看看秋香是个甚麽樣子,那不怕孫大圣的姑姑、猪八戒他媽。
夫人冷笑説他还嘴硬,常言道情人眼内出西施这話兒可不差。
徐老爷摇頭説豈有此理,偌大年紀真是没六兒拉瓜。
信口兒開合不怕人耻笑,夫人帶笑説你莫虚發。
似这等夜静更深有誰到此,除了你我难道説还怕那春花?
那知道時迁在窗外他全都听見,久已後聚会梁山才笑磕牙。
他夫妻樂飲時多会,樵樓更鼓二点發。
徐老爷次日上朝还是起早,熬的夜沉了怕身子乏。
夫人吩咐你們别温酒,快撤殘餚連桌兒搭。
秋香服侍老爷安寢,小丫妳就倒过了漱口茶。
徐夫人未從安寢先吩咐,叫了張家的又唤李家。
傳出去叫厨房休断火,老爷起早哇預備羹湯点心合茶。
再吩咐叫早之人休貪睡,各處裡吹灯把門都扣插。
吩咐畢夫人才把殘粧卸,小丫妳就拿过摘頭的匣。
把壓鬢金釵收放在内,回身向裡把脚布兒紮。
脱下綉鞋换上睡鞋,綉鞋放在背槅兒上,寬去了衣衫把翠被兒搭。
丫妳在地上也搭下了鋪,灯裡添油把净桶兒拿。
不一時他主仆全都睡,窗兒外的時迁往裡瞰。
見房中閃閃灯光兒亮,背槅兒上有双窄小的鞋兒上綉着花。
暗想道何不先盗他的花鞋後盗他的甲,忙取鈎兒往外搭。
他盗取花鞋因何故,他爲的是梁山上的朋友間好把他誇。
好時迁他把花鞋偷到手,心中輾轉把計安插。
正无了主意听夫人醒,床上翻身叫春花。
你起來洗洗手倒些嗽口水,必須潔净半盃茶。
丫妳答應將身起,净了手倒水又斟茶。
不言他主仆房中的事,窗兒外的時迁喜暗加。
口内不言暗道我正要他醒,叫他前半夜不眠是淂鬼混着他。
等後半夜徐寧上朝去,他的家内无人才更由淂咱。

这時迁把竹筒兒結成長數尺,其名叫作百步吹灯好妙法。
对準了灯頭噗一口就滅,夫人京①醒叫春花。
丫妳爬起打着了火,慌忙就把取灯兒抓。
这時迁把竹筒兒抽回往黑影兒裡一躲,那个丫妳点上了灯兒又在被兒上爬。
床上的夫人刚閉眼,窗兒外的時迁又把竹筒兒拿。
照旧如前一口氣,夫人又醒就罵春花。
説佯憨嗎勢的这灯兒是怎麽点,該死的丫頭真欠把皮疤。
罵的个春花兒咕嘟着嘴,睏眼朦朧滿打世家抓。
總而言之春花兒点、時迁兒吹一連好几次,春花兒説哎今宵好奇怪吓,怎麽這等的磨牙?

三　回

夫人説难道房中有鬼麽,莫不是狐狸作怪把人魔?
我今不睡單瞄着你,若被我捉拿就别想着活。
時迁暗暗説不好,再要吹灯那就不淂。
若被他知覺机就不美,我不免另想个方法兒混混此婆。
蹲在那簷頭底下學猫打架,真的一般賽活脱。
一遞一声喵兒嗷兒的叫,臨了兒啡啡可难爲他怎麽學。
徐夫人手拍着窗棂赶,説那裡不去叫唤在此把人聒。
時迁他又學狗將猫赶,急的他呲呲的乱叫到像咬不着。
这般的吵鬧着徐寧他爲何的不醒,只因消夜酒吃的多。
混到了三更天阴了,遮掩参辰把星斗合。
那房兒内的夫人似乎要睡,窗兒外的時迁又使智謀。
説我何不攛掇着徐寧叫他早上朝去,房内无人我好動手脚。
倩着这云霧不知天早晚,躥在那旁边大道兒裡把鷄學。
哏哏哏一声叫去真活像,招的那各處鳴京都唱合。

---

① 應爲“驚”。下同。

夫人京醒呼使女,説鷄都叫了你們还不張罗。
快到厨房吩咐去,叫他們把茶水羹湯全都預備着。
丫妳答應往厨房裡去,床兒上的夫人掀起了帳罗。
將朝衣放在包袱内,小丫妳低声悄唤語柔和。
説醒醒兒罢麽老爷天色曉,金鷄乱唱有五鼓多。
徐寧翻身一睁眼,猛听淂鷄唱他眼似楞鵝。
拿起件中衣当褂子,抄起件袄兒伸上支脚。
穿上襪子才匕脚布,洗了臉不搽就端過了帽盒。
徐奶奶見他忙成一處,帮着他拢髮包巾穿代淂。
吩咐家丁速備馬,夫人説莫忘了毡包与帽盒。
不講徐寧朝中去,家下的夫人和侍女們説:
昨夜晚这灯兒滅的甚奇怪,猫狗齊鳴了也是了不淂。
前半夜京京①恐恐何曾淂睡,此一時恍恍惚惚睏又來魔。
這門兒且自虛掩着罢,天都待亮难道还有賊?
主仆劳乏一齊都睡,恰好似陳摶枕住華山坡。
窗外的時迁心裡盤算,説还不進去难道等人約?
推了推門兒半掩无插扣,説好啊省淂時爷用刀撥。
躡足潛踪將房進,堵着樓門是張飯桌。
端在一旁將樓上,鼓皮兒上虽走可不粘脚。
上樓來取火扇子一幌果見个皮箱在中樑繫,呀又无个勾頭兒可怎麽勾的着。
取出条絨繩長的狠,上拴着熟鉄鋼鉤尖兒銼的淂。
用竹筒兒接送上边將樑搭住,探了探身子盘聳似雲托。
这豪傑件件合湯隆都問过,惟有那一事不明幹淂拙。
他不知那皮箱上面有金鈴掛,拔咧抬手不妨挨蹭着。
只听淂嘩啷啷滿樓山响,英厷説不好,若要京動了人來可了不淂。
京醒了夫人呼侍女,説丫頭們裝憨兒都掉了耳朵。

---

① 應爲“驚驚”。

鈴响不掌灯往樓上去照，丫頭們报怨説好啰嗦。
托懶的丫奷哄主母，説奶奶呀咱樓上出了耗子窝。
白日間出來中樑上鬧，七大八小一窝拕。
樓上的時迁暗中感激，説行好的姑娘我給你念佛。
与人方便自己方便，我保佑你將來出嫁淂个好婆婆。
他口中就學耗子叫，唧溜呱拉的乱撕啰。
取出支綉鞋望樓上扔，只听淂噗嗵嗵的連声像耗子逃脱。
夫人説既有耗子何不早禀，啶坏了皮箱可了不淂。
明日把猫兒抱往樓上去，哎难道説事事都要我張罗?
徐夫人只当是耗子復又睡，時迁忙自又用手脚。
説鈴铛哥我偶尔疏忽不曾候你，你就學舌把主人窝。
取出棉花將鈴铛塞滿，堵住你的咽喉再不能學舌。
用手把絨繩揪了个緊，取出把匕首將皮条套兒割。
左手的絨繩换在右手，皮箱跨在左胳膊。
順着絨繩溜在鼓皮兒上，收起什物可見英厷身体活。
背定皮箱將樓下，溜至院内暗顛奪。
説我何不留下个号兒叫他追我，大丈夫作事一場要明白。
用手一拉將門倒扣，走進前來把窗户橙兒嗑。
説醒醒兒罢徐奶奶你家失了盗，今朝却被賊人入了白。
我本梁山鼓上蚤，借你的宝甲去换酒喝。
料想徐寧也不敢追我，这英厷一下台堦兒假哎喲。
適才上樓栽了我的腿，下樓時真娘的喪氣又把脑蓋兒嗑。
呀好黑天那慢慢兒的走罢，我可慢着些兒走。
又无个灯笼兒，連道兒也摸不着。
自言自語的越墻兒去，吓的徐奶奶体似篩糠説了不淂呀这可了不淂!

大名府總講(皮黄)

【劇目簡介】

皮黄,未署名。現存清代鈔本多種①,《蒙古車王府曲本分類目録》著録。小説《水滸傳》第六十一回《吴用智賺玉麒麟　張順夜鬧金沙渡》有類似情節,但細節多有不同。

車王府藏清鈔本,題目作"大名府總講",六場,每頁五行,每行二十字左右。

劇演宋江聽聞芦②俊義大名,欲邀其上梁山聚義。吴用遂喬裝成相師,攜同李逵前往大名府,爲芦俊義算命,稱其近期有刀劍之傷,必須往東南千里之外方可避禍。芦俊義不聽燕青勸阻,執意前往泰山天齊殿。途經梁山,宋江等人早已預先等候,李逵、武松、刘唐、魯智深等輪番與其交戰,芦俊義體力不支敗走。至晚失路,經蘆葦蕩,被李俊哄上小舟,張順則從水中擒其上了梁山。宋江誠邀芦俊義聚義,芦俊義堅决不從,宋江等人遂挽留在山寨小住以表敬意,并讓其隨從先回大名府報信。

① 《戲典》第三集收録《玉麒麟》《大名府》兩種,《玉麒麟》劇情與此劇相似,《大名府》劇情與此劇不同;《國劇大成》第一〇集、《京劇彙編》第七六集亦有收録,文字均異;《清車王府藏曲本》第五册、《俗文學叢刊》第三一九册收録。《戲考》收録,情節稍異,後附以資參照。

② 多作"盧",此依底本。

頭場上

(吴用末扮相上)

【引子】(李逵暗上)八卦安陰陽,萬算腹内藏。

[詩]昨夜離山酒半醺①,灵丹記問大羅分。摇摇三十六天路,踏蹁迷離一片云。山人"智都②星"吴用,奉了大歌將令,下山順説芦俊義歸順粱山,一仝替天行道。李逵!(李白)在。(吴白)命你暗地跟隨,假粧啞叭童尔模樣。不可多言,看我眼色行事。(李白)是。(吴白)天色尚早,就此走遭也。(唱)

【西皮】【正板】奉將令寅③夜間離却山崗,到大名順説那俊義矣良。因此上假扮作談星看相,見豪强將言語打動心腸。

(白)看相。

(生扮上,唱)(芦俊義)

忽听得大門外何人喧嚷?

(吴白)看相。(生白)啊!(唱)

却元來風鑑人異表非常。我看他到有些儒家氣相,

(白)先生,(唱)

施一礼尊先生請進高堂。

(吴白)這厢有礼。(生白)还礼,請座。(吴白)請。(生白)請問先生上姓尊名?(吴白)學生姓名門字天口,請問足下?(生白)在下芦俊義。(吴白)原來是芦員外,學生不知,失敬了。(生白)不敢。久慕先生大名,善入風鑑,今朝幸遇請教。(吴白)學生初知相法,見識卑痛④,有唇⑤尊听,殊爲抱愧。(生白)休得过謙,

---

① 應爲"醺"。

② 應爲"多"。

③ 應爲"夤"。

④ 應爲"通"。

⑤ 應爲"辱"。

定要請教。(吴白)如此,請員外正座。(生坐中場)(吴白)好相。再把尊冠陞一陞,借手一觀,是了,請座。(生白)先生請講。(吴白)員外听了。大凡論相,先觀骨格,後看五行。相書有了:"高從而少,富貴可期。地閣方圓,晚歲榮華。定取又虧,智惠生于皮毛,苦樂觀乎手足。"今觀尊相,一步五行,紅運直到晚歲花甲,只是目下,有個美中不足。(生白)全仗先生指教。(吴白)員外听道:(唱)

看尊相天庭滿地閣方圓,觀鬚眉論双睛龍如星朗。到晚景定飛騰凤凰池上,这目下定有個刀劍之傷。

(生白)先生,(唱)

俺生來富豪家身在高堂,念祖先施恩德陰積通廣。自幼兒學正道不敢相闖,從何處定有那刀劍之傷?

(笑介)哈哈哈!先生謬言,先生謬言。(吴白)員外不信?(生白)先生取笑了。(吴白)員外,學生不过依相法而断,豈可信口胡言?只恐事到臨頭,悔之晚矣。吓,學生告辞了。(生白)且慢,且住!察顔觀色什麽样,又道是"寧可信其有,不可信其無"。啊,先生,在下既有此大难,相煩先生與我再看一看,可还有解救之法?(吴白)學生是謬言,焉能知之?(生白)先生請息怒,愿听領教。(吴白)我看尊公正走目下行運印堂,當犯本年太歲,又兼眉心更有凶文一道,直冲天庭,該有夫妻行傷之危,又有山根半窪,武庫有傷,便有尸首两分之祸,應在白①日之内。莫怪學生説,这是員外生來命定,不可逃也。(生白)还求先生再看一看,可还逃得脱?(吴白)我與你再看一看。唔,还好!且喜土盈满行,还有可逃之地。(生白)可逃之地,在于何方?(吴白)除非東南方選②地上,千里之外,方可免此大难。(生白)多承指教。(吴白)學生有四句相法詩云,題在壁③上,留與員外,以爲後念。

① 應爲"百"。
② 應爲"巽"。
③ 應爲"壁"。

(生白)請教。(吴白)芦花滩上有偏舟,俊杰黄昏独自遊。義到尽頭原是命,反躬逃难免無憂。啊!員外須要緊記在心,學生告辞了。(生白)少送。(吴白)請。(唱)

題詩句打動了豪杰心腸,他必然有①水滸仝上山崗。

(白)請了。(李逵仝下)(生白)哦,(唱)

听他言急得我心中暗想,好教人难解这暗里陰陽。

(丑、小生上。唱)

忽听得前堂上爲何喧嚷?

(生白)哎,(仝白)呀!(丑、小生仝唱)

見員外爲什麽悶坐廳堂?

(白)吓,員外,爲何一人悶坐廳堂?面代憂愁,所爲何事?(生白)燕青、李固,你二人有所不知,只因遠方來了一位星相先生,他説我有飛灾之祸。想我生在富豪之家,何所不樂?不想命運顛沛,更有分身之祸。多虧相士指明,要往東南方千里之外,方解之危。我想東南方,乃是太安州東獄②天齐仁圣金屏③,掌管天下人命、生死祸福。我意欲到彼,一則進香祈福,二則避此大难,三來做些買賣。你等意下如何?(丑白)員外既有此非灾,理當避之則急。(小生白)咗,你曉得什麽?(丑白)吓,我不曉得,你曉得什麽?(小生白)啓禀員外,此去山東進香,路过梁山不遠,山上有宋江爲首,聚了一般忘④命之徒,打劫客商行人,到彼恐其有阻。我想爲人命犯飛灾,何處不可燒香,那里不可祈福?何故听那相士之言,將堂堂万金之軀,一但遠離鄉井,倘遇梁山賊寇,引入虎穴,那時豈不進退兩难?还望主人三思。(生白)听你的言詞,也却有礼。但我命犯飛灾之祸,豈可不避灾?难道坐

---

① 應爲“遊”。

② 應爲“嶽”。

③ 應爲“殿”。

④ 應爲“亡”。

而代避①不成？我意已定。还該與安人商議才是。②（生白）言之有礼。李固过來，命你整頓車輛貨物，押扛前往。（丑白）曉得。哎呀呀，又要出遠門了！（下）（生白）燕青，四路賬目，着人去討，家中緊守門户，你員外異日回來，重重看顧與你。（小生白）小人領命。員外，但是途中須要保重。（生白）那我知道。待我後堂别过娘子。哎，時運不際犯灾星，遠去他鄉求神灵。（下）（小生白）但愿一路平安稳，祈福求神免灾星。（下）

二場上

（起垻，净上。白）乾坤生俺顧皮身，

（付上，起垻。白）本性生來愛殺人。

（武生上，起垻。白）山寨軍師傳將令，

（魯白）一心要捉“玉麒麟”。（李白）俺“黑旋風”李逵。（刘白）“赤髮鬼”刘唐。（武白）“行者”武松。（魯白）“花和尚”魯智深。（李白）（刘仝白）三位歌。（武白）三位歌，我等奉軍師將令，下山捡拿芦俊義，二位歌發兵。（李白）三歌請。（武白）一仝發兵。（仝白）嘟，衆僂儸，小心下山！

（八僂儸、四下手兩边上）（衆唱）

奉將令下山崗，攔路劫搶，俺本是好汗名威鎮四方。叫僂儸忙代路仝下山崗，

（衆領只下）（仝唱）

收復那芦俊義英雄矣良。

（仝下）

① 應爲“坐而待斃”。

② 此句應爲“小生”燕青所白。

三場上

（生内）

【倒板】（唱）叫李固押車輛離了市井，

（八車夫、李固丑扮）（生上。唱）

要往那太安州朝見帝君。猛抬頭枯木寒雅山野景，那青松和翠柏有些峥嵘。山林内小鳥兒声声相應，小橋边緑水兒生上浮平。在馬上觀不尽深山野景，

（内喊介）（生白）啊！（唱）

又听得山林内呼哨一声。叫李固押車輛忙遶山林，待你爺会一会賊夥强人。

（八車夫、丑下）

（李逵、衆元人上。衆仝白）來此三岔路口。（李逵白）小心埋伏了。

（八車夫、丑上介）（李逵白）呔！留下買路金銀，放你們过去。（丑李固白）客人不在此間。（李白）呔！推上山去。（八車夫下）（丑过場，八僂儸搶下）

（芦俊義上）（李逵白）芦員外請了。（生白）啊，你乃何人？（李白）你可認得俺？（生白）俺却不認得。（李白）俺乃梁山寨上“黑旋風”李逵，奉了軍師將令，接你上山，隨俺这走。（生白）呔！我把你这醜鬼，敢出此狂言。俺乃堂堂七尺之軀，豈肯降兒草寇？大丈夫有日陞騰，務要勦滅梁山，方息我平生之愿。（李白）呔！員外，俺家軍師妙算，算就今日歸山，顧差俺李逵爺爺在此等你，隨俺快走。（生白）休得多言，招刀！（唱）

醜臉賊出狂言另①人可恨，聚梁山終日里劫奪害民。俺今日滅梁山填平水滸，頃刻間殺賊子踹爲而平。

（起打，李敗下）

① 應爲“令”。

(刘唐上。殺介)(生唱)

無名賊敢與爺交答相併,豈不知展英才芦玉麒麟?早回頭听你爺頓心歸順,也免得隐深山粉臭万民。

(起打,刘唐敗下)

(武松上,起打介)(生唱)

大丈夫拼残軀取兒性命,殺賊寇方顯得志氣凌云。那怕你使尽了神机妙算,俺一心滅梁山万古標名。

(殺介,武敗下)(宋内)

【倒板】(唱)皇羅傘遮盖了宋室①公明,

(四僂兵、四下手、八排山將英雄、一傘夫、宋江上。唱)

聚梁山衆兄弟立我爲尊。爲只爲芦俊義不肯歸順,離山寨登俊嶺細察其情。

(白)衆兄弟!(内白)有。(宋唱)

你與我摆下了無名惡陣,只捡了芦俊義方可收兵,兒郎們拴战馬身登俊嶺,

(武松、鲁智深、刘唐、李逵衆上,殺介,起打介)(宋唱)

那一傍殺壞了姓芦之人。

(生唱)

寔指望避非灾朝恭金鼎。哎呀,

(唱)(打介)

又誰知中机謀不由自人。想那日小燕青劝我不听,到今日來將滸把他鈎吞。

(白)且住!適纔與那些賊寇交战,殺过只處深林,來到此間因何不見?(吹打)(听介。生白)原何有鼓樂之声?待俺四圍一望。(衆白)大歌請。(生白)原來宋江展開杏黄旂,坐在紅羅傘下,與那些狂徒飲酒。待俺赶上山去,生捡宋江,方消俺恨。(唱)

顯奇能迫忙里遶上山林,我一心要捡了宋室公明。

(吴用上介。白)員外!(生白)唔。(吴白)且自消停,貧道有一

① 應爲“氏”。

言相告。(生白)唔,我把你这牛鼻子的村夫,假扮星相,引誘你爺身入虎穴,恨不得取兒之肉。还敢前來多言?招刀!(吴白)員外不必如此,俺大歌宋江,久慕大名,特命吴用親到尊府,請員外上山,一仝替天行道。尊意如何?(生白)住了。俺芦俊義生來情性剛强,豈肯降兒草寇?俺今日到此,務要生捡宋江,勦滅梁山,方消俺恨。(吴白)吴弟出馬。

(武松上。白)呔!你有何本領,敢出此狂言?(生白)休得多言,看刀。(起打介,敗下,追下)(宋唱)

及時雨坐山崗忙傳將令,

(下位。唱)

將人馬緩緩的徹回山林。請軍師發調遣軍威齊整,使妙計與神算活捉生捡。

(下)(吴唱)

我委托掌兵權軍師大印,

(内坐。唱)

施妙計點齊了水步兵丁。頭一名"混江龍"名曰李俊,

(俊内白)啊。(吴唱)

向前來听吾的將令施行。

(李俊上。白)來也。(唱)

正飲酒忽听得軍師將令,不知是何路遣那處興兵?向前來施一礼打躬問信,差李俊到何處放火殺人?

(吴唱)

我命你駕小舟芦葦藏影,粧魚夫只渡姓芦義之人。

(俊白)得令。(唱)

領軍令扮魚夫是我本等,要渡那"玉麒麟"船江心。

(下)(吴唱)

二支令再傳那浪里張順,向前來听我的將令施行。

(張順上。唱)

正午時眼朦朧酒还未醒,又听得軍師爺喚俺連声。走向前尊軍師有

何將令？想則是要殺那同①貫、蔡京？

(吴唱)

俺命你在江底潛身藏影，捡俊義献頭功仝上山林。

(張白)得令。(唱)

急忙的領將令威風凛凛，顯水性要捡那芦玉麒麟。

(下)(吴唱)

傳將令施妙計安排已定，

(下位。唱)

衆弟兄听鑼鳴各自收兵。

(下)

(衆粱山將全上。仝白)鳴金收兵。(衆下)(生白)殺不得了，哎！

(下)

四場上

(宋江、衆粱山好汗元人全上，衆过場回山)(下介)

五場上

(芦俊義上。白)哎呀，罢了哇罢了！(唱)

殺得我兩膀疼横身力凈，我心中只恨那宋室公明。行一步兩腿兒站立不稳，

(白)哎呀！(唱)

要抬頭眼又花看不分明。

(白)且住！適纔與那些强寇交战，忽見高崗之上，見旂一繞，对陣之兵，一時不見。柰我一人力尽，不能对敵，只得且战且走。呀，天色已晚，四處云霧迷漫，蹌②茫之間，不知此處是何地也。

---

① 應爲“童”。

② 應爲“蒼”。

呀！原來是鴨嘴滩頭，四圍都是芦花深畔，又是一派汪洋大水。前，前無出路；後，後有追兵。想俺芦俊義，一生英雄豪杰，不想喪入此地也。（李内白）打魚吓。（生白）呀，那厢有魚船來了！叫他渡俺过去。啊，魚船摇过來！

（李俊上。唱）

【山歌】芦花阿個滩上有偏子個舟，俊杰阿個黄昏独自自由。義到阿個尽頭原是子個命，反躬阿個逃难免無子個，我是個有魚的舟憂。

（生白）船家。（李白）阿呀，你这客人，好生大胆！此處離梁山不遠，况这芦花深處，慣出强人，况在天色已晚，你一人在此，豈不害怕麽？（生白）船家，俺因迷失路經，不知去向，要離此地，不知拐往何處的好？（李白）此去有一鎮，名曰蔡花鎮，離此有五六十里。水路去，只得十里之遥。到了那里，才有歇店。（生白）敢煩大歌渡我过去，自當重謝。（李白）我是打魚船，不是渡船，俺要去打魚了。（生白）大歌，你要渡俺到蔡花鎮，多將銀兩相謝。（李白）也罢。念你是個孤客人，渡到那里須要重重謝我。（生白）这個自然。（李白）待我摇船过來，請上船。（生白）船家，把摇稳了。（李唱）

【山歌】休笑阿個我頭頗皮子個身，殺賊阿個原來殺賊子個人。手摸阿個胸膛目子個相，眼觀阿個船上玉麒麟。

（生白）船家將船摇稳了。（李白）如此，請座①稳了。（唱）

假扮魚夫到河中，傾刻一命落水中。

（生白）吓，船家，爲何將船摇芦葦中來了？（李白）俺是什麽船家？（生白）吓，你是何人？（李白）俺乃"混江龍"李俊。（生白）哎呀！（李白）奉了軍師將令，在此等你，接員外上山，一仝替天行道。隨俺这走。（生白）住了。俺芦俊義生來情性刚强，豈可降你草寇？好好渡俺过去便罢，如若不然，手中的刀，豈不利害？（李白）員外，还是听俺相劝。倘若遲埃②，性命难保。（生白）大

① 應爲"坐"。

② 應爲"挨"。

丈夫万死何惧？不必多言。招刀！(打李俊下)(生唱)

俺一拳傾刻間取兒性命，俺一脚只叫你命見閻君。那怕你會神机妙算用尽，要想俺順梁山万万不能。

(張順上介)(李撥水介)(生跌倒介)(衆捡介)(押芦俊義下)

六場上

(四僂兵、衆排山將上)(宋江上。唱)

水泊梁山降勅宣，忠義堂上散云烟。至今進耀離金闕，故使罡星下九天。

(白)某宋江。昨日軍師傳令，命水軍頭領張順捡拿芦俊義，未見交令。

(張順上。白)全凴翻江攪海志，生捡活捉玉麒麟。小弟交令。(宋白)命你捡拿芦俊義，可曾拿獲？(張白)現在忠義堂外。(宋白)好。將他綁上來吓。(張白)得令。呔！將芦俊義綁上來。(下)

(四下手押芦俊義上介)(生上。白)要做天下奇男子，那怕鎗刀劍戟中。(宋下位介。白)啊，員外！(生白)唔。(宋白)宋江久慕大名，遠聞威得①，可恨無有得見。故請軍師定計，指望請員外上山。誰知累急員外受此大驚，此乃宋江之罪。(松綁介)望乞海涵、海涵。(跪介)(生白)哎，寨主吓！(跪唱)

自幼兒在家門情性才変，今日里落圈套抱愧與俺。大丈夫寧一死言不瞞怨，豈肯作叛逆賊臭名万傳？

(宋白)員外，不是这等説。宋江要久已奉請員外上山。今日得見，真乃三生有幸。員外何言抱愧？(生白)俺既已被捡，感蒙不殺，幸在万全。芦某有何德能，敢劳寨主替事？似芦某心中抱愧。(宋白)好説。員外若不棄嫌，可爲山寨之主，一仝替天行

---

① 應爲“德”。

道，原①听領教。員外意下如何？（生白）寨主説那里話來？俺芦俊義，生來草莽，一介村夫，何敢在此重任？願求一死，寔难從命！（唱）

蒙寨主寬洪大执意相劝，豈肯撇妻②妻室抛别家园？田园傾家滿足黄金數万，寔不能來投降歸順梁山。

（吴白）員外既不愿入夥，难以逼迫。請起。（宋白）來，看衣更换。（吹打介，各歸坐介）（宋白）員外請坐。（生白）請。（宋白）員外既不愿入夥，宋江不敢逼迫。只是难得員外至此，且自消住几日，以表寸心。（生白）既蒙寨主款留，本不③從命。柰因在此，盤桓几日，只是家中無人，刻不能容。（吴白）員外，少住几日，也無妨的事。（生白）既蒙勝情，不知李固今在何處？（吴、宋仝白）來，有請李主管。（衆照白）有請李主管。

（丑上。白）輕身入虎穴，胆战心又驚。寨主在上，小人叩頭。（生白）李固，你的行囊馬匹呢？車輛貨物呢？（丑白）一概不短。（生白）我蒙寨主款留在此，你可先回去，照應家務。説我不过三兩月就回，一路小心去罢。（丑白）小人知道。（宋、吴仝白）來，看十兩銀子，與他做爲盤費。（生白）謝过寨主。（丑白）多謝寨主。（下）（吴、宋仝白）請員外後堂一叙。（生白）請。（吴、宋仝白）請。（仝下）（頭二本【尾声】完）

---

① 應爲“願”。

② 應爲“棄”。

③ 此處似應爲“本待從命”。

大名府（皮黄）

【劇目簡介】

皮黄，署“大錯述改”“鈍根編次”“德福正曲”“燧初校訂”。現存民國《戲考》刻本，可與車王府藏鈔本參照。小説《水滸傳》第六十一回《吴用智賺玉麒麟　張順夜鬧金沙渡》、第六十二回《放冷箭燕青救主　劫法場石秀跳樓》、第六十六回《時遷火燒翠雲樓　吴用智取大名府》有類似情節，但細節多有不同。

《戲考》刻本，題目作“大名府”，又名“玉麒麟”“盧十回”，二本①，每頁十五行，每行三十六字左右。

劇演盧俊義於雪天與夫人賈氏觀梅賞雪，遇李固乞討凍倒在門首，遂令燕青扶進門救活并收留在家。誰知李固恩將仇報，反而覬覦賈氏美貌，欲圖私通。梁山宋江慕盧俊義大名，派吴用與李逵前往招納。吴用借算卦之名誘使盧俊義離家外出，梁山衆人於路埋伏，强行邀至山上小住，并放走李固。李固回到大名府，與賈氏私通，并向官府告發盧俊義投靠梁山，燕青被二人趕出家門。盧俊義返家，途遇燕青，不信賈氏與李固私通之事，執意回家，遂被官府擒拿至獄。後本演盧俊義被捕之後，李固暗中出錢買蔡福、蔡慶，使於獄中害其性命。適柴進亦攜千金以來，囑二蔡善視盧俊義并保全其生命。蔡福素重盧俊義爲人，故許柴進而暗吞没李固之不義財。得蔡福上下賄通，盧俊義得減輕刺配沙門島，李固又賄買解差，使於半路結果盧俊義。危急之時，燕青從天而降，救下主人，遂匆促負盧東南行，擬投水泊。不意又被人覷破行蹤，重行捕獲。幸燕青得脱，途遇楊雄、石秀，告

---

① 《戲考》本分“頭本”“後本”收録《大名府》，兹二本輯録一處。

知情形,於是楊雄偕燕青同上梁山報信乞救,石秀即單身奔大名。石秀拚命將盧劫出,終因孤掌難鳴,二人俱被擒回。既而梁山起兵攻打大名府,吴用設計令諸英雄喬裝混入,乘元宵燃燈之夕,放火劫獄,内外接應。終將盧俊義等接取上山,並將賈、李擒押解寨,報以酷刑,始了此一重孽案。

頭　本

(老生上)

【引】仗義疏財,兼英武四海名顯。

(院上。白)豪傑凌雲志,胸藏百萬兵。英名揚天下,人稱“玉麒麟”。某盧俊義,乃北京大名府人氏,曾拜周同老師門下爲徒,習就一身武藝,家財鉅萬,倉穀無數。娶妻賈氏,只愁膝下無子,正所謂人無全美,這且不言。看大雪紛飛,梅花壓倒,不免請安人出來,一同賞雪觀梅。家院!(院)有。(生)請夫人出堂。(院白)

(四丫環引旦上)

【引】淡淡明似月,輸梅一段香。

(白)員外。(生)安人請坐。(旦)員外請坐。吓,員外,這樣嚴寒天氣,不在煖閣,獨坐前廳則甚?(生)安人,吾看鵝毛剪剪,梅花倒地,特請娘子賞雪觀梅。(旦)妾身奉陪。(生)家院,備酒一席,梅亭去者。(衆允)(生)安人請。(旦)員外請。(仝唱)

【玉芙蓉】鵝毛翠剪裁,扯架隨風擺,粉粧成萬殿閣樓檯。飛花六出如銀界,撒遍瓊瑶玉砌堦。真堪愛,任飄來瑞彩,一霎時鳥飛認做白鶴來。

(吹打入席)(衆)上宴。(生)安人請。(旦)員外請。(唱)

【前腔】執金杯,飲滿懷,撲鼻香風來。員外,半空中飛花壓倒斜老梅。

(生白)安人。(唱)

【前腔】不受半點灰塵埃,雪裏吟香真可愛。

(李固内白)凍死人也!(生)那裏喊叫“凍死人也”?(院)花園以

外。(生)是吓。這樣大雪寒天,難免凍死貧民。待我出去看來。(旦)員外有惻隱之心。(生)娘子且回煖閣。(旦)是。飽煖不知飢寒苦,貧富身軀俱一般。(旦下)(生)來,喊燕青走上。(院照)(青内白)來也。(上)奇哉花綉身,浪子是燕青。員外在上,小乙叩頭。(生)罷了。(青)有何吩咐?(生)方纔聽得花園以外,有人叫苦,一仝看來。(青)員外善心。(生)你等退下。(院下)(生)燕青帶路。(唱)

【前腔】真奇怪,聽哀聲遠來,救困危仗義疏財。

(下)

(丑上,跌介。白)娘娘、太太,把點飯我吃罷,餓殺哉!(唱)

【前腔】這飢寒叫我如何過來?腹内空,單衣破,大雪飄飄路難挨,傾刻間性命有碍。

(白)我李固,東京人氏,祖上有份家私,被我吃喝嫖賭,弄得乾乾凈凈,連飯也不着扛。來到大名府,投親不遇,落得沿門乞討。正是:貧在市口無人問,富居深山有遠親。這樣大雪寒天,那裏去討?身無衣,肚無食,啊呀,凍死哉!(唱)

【前腔】真無奈,凍死在長街。可憐我死無葬埋,啊呀!

(倒地)

(生内)帶路。(上。唱)

【前腔】見一派銀砌世界,認不出舊識路來。遥望四方無踪境,這悲聲何處吹來?

(青白)啓員外,有一乞丐,倒卧雪地。(生)看他有氣没氣?(青)還有氣。(生)扶他回去,再救。(青允,扶丑)(青唱)

【前腔】這恩德太憐恤乞丐,當日個孟嘗還在。

(生白)取衣服薑湯伺候。(丑吐介)吓,呀呀!餓死人也。我怎到此地來哉?(青)你這乞丐,員外救你性命,還不上前叩謝?(丑)是,是!多謝員外救命之恩。(生)起來。你是那裏人氏?(丑)哦,吓,吓!(生)爲何?(丑)員外,我三日勿吃飯呢。(生)小乙帶他飽餐。(青)隨我來。(丑仝下)

(旦上。白)員外,什麽人叫苦?(生)有一乞丐,倒卧雪地,故爾

救他回來。(旦)想這化子,員外贈他銀米就是,救他回來則甚?(生)我看此人相貌,乃暫時落魄,出於無奈也。(唱)

【千千歲】看他窮無奈,沿門走長街。抱琵琶彈唱,當年伍員吹簫、伍員吹簫困英雄,是有運來無來。

(旦接唱)

贈他銀米歸故里,積善家,陰德大,免得是非罷,休輕覷他是乞丐。

(青、丑仝上)(丑唱)

【紅綉鞋】人身飽煖,喜哉喜哉,怎知飢寒,苦哉苦哉。

(白)多蒙小哥,帶我飽餐,身上煖哉。正所謂"飽煖思淫慾",吓,勿要瞎説!員外在上,待我來拜。(唱)

【前腔】上前去,叩塵埃,謝大恩,不忘懷。

(生白)起來。(丑)啊呀!這位安人,雙眼到引人,到騷來個。我要謝謝來。(唱)

屈膝於他禮應該。

(旦白)罷了。(生)你姓甚名誰,家住那裏?(丑)小子姓李名固,乃東京人氏。(生)因何至此?(丑)父母雙亡,家貧如洗,來至大名府投親不遇,又寒又飢,故此倒卧雪地。(生)家中還有什麽人?(丑)連老虫都死去哉。(生)我意欲收你與爲小厮,可願否?(丑)承蒙員外救命之恩。慢説小厮,就是做条狗,替員外看門,也是情願的。(青)吓,員外!此人獐頭鼠目,不可收留。(丑)你多嘴啥?(生)我救了他的性命,日後自當恩報。(丑)員外救了我的性命,自當恩將仇報。(生)什麽?(丑)打嘴,打嘴!説錯哉。日後若是仇報,天打火燒,做人油蠟燭點殺哉。員外,好是不好?(生)哈哈哈!安人一仝暖閣去罷。(唱)

【尾聲】今朝恩義將你待,

(丑唱)

忘恩負義非人胎。

(生、旦、青)哽。(仝下)

(丑扑青)(丑在場)(丑白)我叫他一聲,他到呼起來哉。啥個道禮①? 他叫員外不要收我,哦,是的哉! 怕我搶了你個生意。一定是的! 咳,小乙吓,我和你,(唱)

對頭冤家難分開。

(下)

(黑套四鎧、吴用、宋江上)

【引】水泊英豪,義氣冲九霄。

(吴白)大哥,(宋)請坐。(吴)謝坐。(宋白)曾頭市前擺戰場,可嘆大哥一命亡。一箭之仇若不報,旗倒火焚忠義堂。某"及時雨"宋江,只因段金柱獻馬,被史文恭劫去,晁大哥帶領人馬,攻打曾頭市,被史文恭箭射而亡。蒙衆家弟兄,扶我與爲寨主。怎奈一箭之仇未報,先生有何妙計?(吴)大哥要報此仇,除非河北"玉麒麟"。若得此人,曾頭市必破也。(宋)他乃富豪之人,怎肯入夥?(吴)不妨。憑小弟三寸不爛之舌,管叫盧俊義入我範圍。(宋)但不知帶多少人馬?(吴)小弟不用人馬。大哥請至後面,弟自有道理。(宋)須要小心。(宋下)(吴)來,傳時遷進見。(衆照)

(千内)來也。(上白)身體輕如草,人稱"鼓上跑"。先生有何差遣?(吴)命你到大名府盧俊義家中,粧神弄鬼,擾亂一番。(千允,走)(吴)轉來,勿許傷人。(千允,下)(吴)唤李逵進見。(衆照)

(逵内)來也。(上白)放火論手段,殺人斧開葷。參見軍師哥哥。(吴)少禮。(逵)唤俺則甚?(吴)隨我大明②府一走。(逵)如此,走!(吴)且慢。要依我三件大事。(逵)那三件?(吴)第一件不許吃酒。(逵)俺一生喜的是酒,不吃酒喉嚨發燥。(吴)回山好飲。(逵)第二件?(吴)第二件,一路之上不許殺人,不許違拗。(逵)叫我殺人,我就殺人。第三件?(吴)第三件是最難的。

---

① 應爲"理"。

② 應爲"名"。

(逵)怎麽樣?(吴)你扮做道童模樣,粧作啞吧,不許説話。(逵)不説話,豈不悶壞?咱弄不來!(吴)那就另差别人。(逵)看在下山份上,我不説話。(吴)看衣更换。(换衣介)(吹打)(吴)嘍囉的,通禀大哥,説我下山,多則一月,少則十日回山。退下。(衆允下)(逵)回來可能説話?(吴)回山準你説話就是了。(逵)軍師。(吴)怎麽?(逵)你這個忘八脅的!(吴)怎麽駡起我來了?(逵)多説兩句話,好粧啞吧。(吴)非是不準你説話,恐怕惹出禍來。(逵)這差事好難吓!(吴)事成之後,算你頭功。帶路下山。(唱)

【摇板】【西皮】只爲天王把命喪,聘請英雄上山崗。

(仝下)

(花旦上。唱)

【西皮】【慢板】雪中人,生得來,令人可愛。他眉來,我眼去,暗地裏粧呆。若做這,風流事,也有員外。想思繩,成了結,何日解開?

(白)奴賈氏,配夫盧俊義。只因那日員外,在雪地救來一人,名叫李固,留在家中,管理帳目。此人聰明伶俐,眉清目秀,與我眉來眼去,思想起來,好不愁悶人也!(唱)

【快板】心想他,不能够,得到一塊。相思病,害得我,何日丢開。

(丑上。唱)

【快板】終日裏,想安人,難到一塊。假意兒,門前過,引他的心懷。

(白)咳。(旦)外面啥人介?(丑)是我吓。(旦)阿,是李固?(丑)是個。(旦)你啥不進來吓?(丑)我怕。(旦)怕啥?(丑)怕員外。(旦)員外不在這裏。(丑)這麽我與奶奶都進來哉?(旦)啥個?(丑)連腿都進來哉?(旦)進來罷。(丑)參見奶奶。(旦)這幾月未看見你吓。(丑)帳房算帳没有空。(旦)找你有件事體。(丑)奶奶啥事體?(旦)我要打根金耳挖。(丑)我替奶奶辦個哉。(旦)要幾何重?(丑)二斤重。(旦)呸!二錢重。(丑)吓,不錯,二錢重。要幾何長?(旦)你看吓?(丑)這樣長?(旦)太長。(丑)要短的?格短可好?(旦)差不多了。

(丫環上,送茶)(旦)帳房裡拿銀子去。(丑下)(旦)啥人吃你個

短命茶!(旦下)(丫下)

(吴、逵仝上)(吴唱)

【小羅摇板】【西皮】餐風宿雨路途遥,大名府内走一程。

(二青袍暗上。白)呔!你這道人往那裡去?(吴)在下張用,賣卦算命營生,有文引請看。(袍)這是什麽人?(吴)這是個道童。他是個啞吧①,不會說話。(袍)一雙賊眼,好像强盗。(逵)哽!(逵欲打,吴摇頭)(袍白)你不敢!(吴)二位休要動氣,我這裡陪禮。(袍)不看你份上,不放他進去。(吴)承情。我兒跟我來,改日再見。(扯逵下)(袍)夥計們,好好把守。小心梁山强盗,混進城來吓。(下)

(吴、逵上)(吴唱)

【摇板】看紅日不却午時到,吓,李逵不走爲那條?

(逵指肚介)(吴笑白)敢是餓了?(逵點頭)(吴)來此飯店。店家有麽?

(店上。白)來了。隔壁三家醉,開罈十里香。客人敢是住店?(吴)正是。(店)請進。(進門)(店)請問先生那道而來,作何生理?(吴)我們是山東而來,算命起卦營生。(店)這是何人?(吴)這是我的道童,他是個啞吧。(店)哦,是!(逵演手段)(店白)原來是個啞口畜生!(逵白)你這個忘八肏的。(店)先生,他怎麽會罵人?(吴)他就會說這一句話。他叫你切大塊的肉。(店)哦。這到奇怪吓!(下)(吴)我在山上,怎樣囑咐於你,不許說話,你怎麽罵起人來了?(逵)他罵他,我怎麽不罵他?(吴)下次說話,定要責罰!(逵)你把我個交代,我就不說話。(吴)好。與你個交代,我回頭一看,你就不動,不許說話。(逵)我們演演看。(吴)好,演演看。(吴走,逵跟)(吴看,逵住)(吴笑下)(逵)好難辦的啞吧,我到後面吃飽了,無有人,我還是說話。(下)

(時千上。白)[小羅]領了軍師令,辦做狐狸精。俺時千,奉了軍師之命,到大名府盧俊義家中,粧神弄鬼,擾亂一番。幸喜渾進

① 應爲"巴"。下同。

城來，且到他家走走。（下）

（丑上。唱）

進府來，掐指算，到有三載。這時光，好叫我，喜笑顔開。

（白）我李固，自從進得府來，員外見我一筆寫算，半年後升做了總管哉。上下人等，都稱我李都管。就連人也歡喜我，員外勿在屋裡，時常叫我到房裡，説説笑話，跌跌膀臂，叫我陪他困，阿要快活，今天員外出去哉，我到房裡仝他談談説説，好不快活吓！（唱）

【西皮】【摇板】夢兒裏，想不到，這樣快活。這也是，桃花運，時來運來。

（下）

（旦上。唱）

【摇板】夜黄昏，人寂寞，睡臥不安。待偷香，竊玉人，私情開懷。

（丑上）（千跟上）（丑咳介）（旦）倽人吓？（丑）開門吓。（旦開門，千跟進）（丑白）安人。（旦）李固。（仝笑）（丑）員外可回來哉？（旦）飲酒未回。半夜三更，來此作倽？（丑）我困不着，落得陪陪安人。（旦）李固，替我揲揲背。（丑笑允）（旦）你今年幾歲？（丑）二十二歲。你幾歲哉？（旦）我也是廿二歲。（丑）你我仝年。勿好，頭痛！（旦）有塊手帕，扎起來就好哉。（扎帕）（丑）不痛了。（旦）李固，你那裏這縹①緻？（丑）不縹緻，安人那能歡喜我呢？（旦）我看見你，勿知倽洛，有癢勿捨處。（丑）我見了安人，立不直哉！（旦）倽道禮？（丑）不曉得。（千吹燈）（旦、丑仝）啊，燈熄哉！（丑）方才來還亮的。吓，燈亮哉！我要去困呢。（旦）在我房裡困。（丑）好安人！（進帳子）（千學鬼叫）（旦）李固，你去看看，倽麼子叫？（丑）無倽叫。（千代鬼面）（丑）啊呀！（跑下）（旦）李固，快點來！李固，那裡去哉？李固，李固！（千代鬼面）（旦怕，下）（千白）他們都怕鬼，我肚子餓了，吃飽了再來。（下）

---

① 應爲“標”。下同。

(三更)(青拿燈上。白)外面怎麽喊叫?待我出去看來。

(丑跑上)勿好哉,吓!有鬼,有鬼!(青)李固,你在那裡來?(丑)房裏來。(青)那個房裏來?(丑)自己房裡來。(青)你頭上扎的什麽?(丑摸頭,取聞香。白)一塊手帕。(青)這手帕我認得。(丑)認得,那能?(青)你作的好事吓!(丑)啊呀!什麽事大驚小怪的。(下)(青)李固,李固!你作出此事,難逃俺燕青之手。

(千暗上)(吹燈)(青白)吓,這燈什麽熄了?吓,李固回來呢。這燈什麽又亮了?(千代鬼面)(青白)打鬼,打鬼!(跑下)(千笑白)哎,燕青,這麽一條好漢,他也怕鬼!待我再去鬧去。(下)

(老生内)

【倒板】【西皮】酒逢知己千盃少。

(上,吐)(二院扶介)(唱)

【原板】脚軟腿麻路低高,家院挽扶紗燈罩,心中不安爲那條?

(青上。白)吓,員外。内庭有鬼。(生)哽!良善人家,那有鬼怪?

(丑上,拿夜壺介)勿好哉!員外屋裡出子精怪哉。(生)放屁,那裏來的精怪?(丑)馬桶搬在灶頭上去,筷子插在夜壺裡,阿是有子妖怪哉!(生)既有此事,燕青,拿我寶劍過來。(唱)

【摇板】想是俺盧某時運倒,妖怪出現鬼纏繞,手提寶劍内庭到。

(千急急風上,撞青,碰生,拿狐尾)(千下)(生燈下看)吓,是個死猫!(丑)這裡還有活的。(生)看活的!(丑)是我。(生)哎!(唱)

【摇板】原來是個死狸猫,大家仝把前堂到。

(千上,過棹)(生劍砍馬桶蓋。白)燕青,掌燈來。(青拿燈)(生看)原來是馬桶蓋。(丑)還有夜壺在這裡。(生吐介。唱)

【摇板】這才是門户不開禍自招。

(吐介。扶下)(仝下)

(吴、逵上)(吴白)(院暗上,聽)甘羅運早太公遲,彭祖、顔回壽不齊。范丹貧窮石崇富,八字生來各有時。乃是運也命也。在下能知生死貴賤，若問前程，先付白銀一兩。(院)這算命先生好大的口氣！有請員外。

(生上)何事？(院)外面有一算命先生，口出大言。(生)既出大言，必有本領。請他進來。(院)先生，我家員外有請。(吴)有勞大叔。(院)隨我來。(吴)你在此等候。(逵點頭，下)(院)上面就是員外。(吴)員外，這厢有禮。(生)豈敢？請坐。(吴)不敢。(生)談講命理，那有不坐之理？(吴)如此，告坐。(生)先生貴鄉何處？尊姓大名？(吴)在下姓張名用，綽號“鐵口”，能推算生死貴賤。但是先取白銀一兩，方能排算。(生)來，取白銀一兩。(院允)白銀在此。(生)先生收下。(吴)請問年庚月日。(生)先生，君子問災不問福，要這年庚何用？(吴)是，是！不會奉承，年庚總是要的。(生)愚今年三十二歲，十一月初一日卯時生。(吴)吓，吓！(盤算，摇頭介)哎吓！怪哉，怪哉！(生)哎，先生請坐。賤造有何吉凶？(吴)恐員外見責，不敢直言。(生)正要先生與迷人指路，但説無妨。(吴)吓，講得的。(生)請坐。(吴)照八字算來，員外百日内，必有血光之災。家財不能保全，死於刀劍之下。(生急介。又笑白)先生差矣！想俺盧某，生於北京，長在豪富，祖上無犯法之男，親族無再婚之女。况且俺做事謹慎，非禮不爲，非財不取，如何能有血光之災？此話笑談了。(吴站起)原銀奉還。(生)先生請息怒。盧某偶然戲言，還望指教。(吴)從來直言，原不易信。(生)豈有不信之理？先生請坐。請問先生，可有廻避否？(吴)待我再來推算。(點頭算)哦。員外，除非去東南一千里之外，方能避此大禍。雖然保全性命，還有驚恐之憂。(生)若是免得此難，當得厚報。(吴)這有卦歌四句，員外寫於壁上，日後自有應驗。(生)看筆硯來。(吴)員外聽了。蘆花蕩中一扁舟，俊傑黄昏獨自遊。義到盡頭原是命，反躬逃難必無憂。(生寫)(吴)百日之外，方知歌句妙處。告辭！(唱)

【摇板】躬身一禮出門道，

(生)少送了。

(逵上)(吴唱)

【摇板】叫他中我計籠牢。

(吴、逵下)(生白)來,有請安人。(院允)

(丫環引旦上。唱)

【原板】口是心非前堂到,員外爲何鎖眉稍?

(白)員外,爲何煩惱?(生)方才有一算命先生,説我百日之内,有血光之災。叫我往東南方,暫避幾日,方保無事。(旦)員外説那裏話來?他乃是江湖之術,你乃是堂堂丈夫,怎信此無根之説?(生)你乃女流之輩,曉得什麽?來,將燕青、李固唤來。(院允)

(青、丑仝上)(青白)忽聽員外呼唤,(丑)想是理庫盤倉?(仝)員外有何吩咐?(生)方才有一算命先生,與我推算八字,言我百日之内,有血光之災。除非去東南千里之外,能脱此難。我想泰安州,有一天齊廟,十分靈驗,掌管人間災厄。一者前去進香,二來作些買賣,三來觀看方外景緻。李固覓太平車十輛,裝就山東貨物,跟我仝去。家中倉庫鎖鑰,命燕青掌管。(丑)員外你差哉!江湖郎騙飯吃,靠子瞎三話四,員外既然相信,即便有點小災晦,親眷朋友處去避兩日,勿消千里之外逃難個。(生)我命中註定,休要違拗,若不躲脱,悔却晚矣。(青)吓,員外!這泰安州正打梁山經過,一夥强人利害,不如等太平後,燒香不遲。(生)那算命先生,稱爲“鐵口”,想必有準,不能不去。(青)莫非梁山歹人假粧前來,煽惑主人,他們於中取事?哎,可惜小乙不在前堂。若在前堂看出,定是一場笑話。(生)説什麽梁山賊寇,依我看來,如仝草芥。把我生平武藝顯出,也好叫他們認得俺“玉麒麟”。(旦)員外何必抛家遠出,去往龍潭虎穴?不如打掃净室,清心養静,自然無事。(生)你女流之輩,曉得什麽?我去心一定,李固備車伺候。(青)且慢,小乙伏侍主人前去,留下李固看家。(丑)哎,小乙哥有點武藝,若是碰着强盜,還能抵當。我看屋裏阿好?(生)李固能以寫算,仝我前去,你在家中。來,快備車。(丑)是!(生)快去備車。(丑咳,看旦介)骨個員外,我這兩日骨裏痛,有點走不動。(生立)住了,要你去,便有許多推辭。

你若不去，呸！照打。(旦勸)去罷。(丑)一庄巧事體，勿就是拆空。(旦)妾身明日備酒，與員外餞行。(生)有勞安人。正是：閉門家中坐，(旦)這禍從天上來。(仝下)

(起鼓)(林、呼、秦、徐、一旗仝上)

【粉蝶兒】赫耀耀威風顯繞，

(李、劉、魯、武一旗上。仝唱)

漫騰騰水泊英豪。

(戴、時、花、應一旗上。仝唱)

聚雄閣替天行道，

(朱、穆、雷、白一旗上。仝唱)

環鎧甲耀日光毫。

(横、順、威、猛一旗上。仝唱)

鬧恨恨舞動剛矛，

(【急急風】三阮、俊上。仝唱)(亮舵)

氣昂昂水浪白滔，

(各立齊。仝唱)

冲前鋒，星起月巧。

(仝白)俺，(報名)“豹子頭”林冲。“金鎗手”徐甯。“雙鞭”呼延灼。“霹靂火”秦明。“黑旋風”李逵。“赤髮鬼”劉唐。“神行太保”戴宗。“行者”武松。“花和尚”魯智深。“鼓上跑”時千。“撲天鵰”李應。“小李廣”花榮。“美髯公”朱仝。“插翅虎”雷横。“没遮攔”穆弘。“白日鼠”白勝。“浪裏白條”張順。“船伙兒”張横。“出洞蛟”童威。“翻江蜃”童猛。“立地太歲”阮小二。“短命二郎”阮小五。“混江龍”李俊。“活閻王”阮小七。(林)列位哥弟，請了。(衆)請了。(林)大哥排山，在此伺候。(衆)請。(兩邊下)

(吹打)(四文堂、四凱上)(公孫勝、吴用、宋江仝上)(宋)

【引】今日裏齊集英豪，似一羣，

(起鼓)(衆將兩邊上，立齊。仝唱)

摩雲虎豹。

(吹打上高台。衆白)參見大哥。(宋)衆家哥弟少禮。(衆喝,兩邊分,立齊)(宋白)參透石碣聚百將,(吴、公仝)陰陽八卦腹内藏。(宋)共滅贓官併污吏,(衆)替天行道忠義堂。(宋)某"及時雨"宋江。(吴)"智多星"吴用。(公)"入雲龍"公孫勝。(宋)只爲曾頭市,一箭之仇未報,欲請盧俊義上山,先生怎樣安排?(吴)山人在他家中,題下反詩,誘他東南方避禍,定然打此經過。(公)久聞此人武藝精通,必要遣上將誘敵才是。(宋)是吓!(吴)山人自有道理。李逵聽令。(逵允)(吴)命你帶領五百精兵,往松林口迎接盧員外。(逵)得令。

(四下手仝上)(吴)轉來。若遇交鋒,只許敗,不許勝。(逵允)(四下手仝下)(吴)劉唐、魯智深、武松聽令。(三允)(吴)你三人在松林接殺一陣,力戰三合就敗。(三仝)得令。(下)(吴)時千、白勝聽令。(二允)(吴)代領雄兵,將他家丁,押送金沙灘,不得有悮。(二允下)(吴)林冲、徐甯、秦明、呼延灼聽令。你四人埋伏松林左右,與盧俊義車輪大戰,不許取勝。(四允下)(吴)朱仝、雷横、李應、穆弘,你四人在金沙灘殺出,往蘆花蕩敗去。(四仝)得令。(下)(吴)李俊、阮小二、童威,你三人假扮漁人,架一小舟,在蘆花蕩口,引誘盧俊義上船,將他翻入江心。(三允下)(吴)張順聽令。命你藏在水底,將盧俊義擒住。(順)得令。(下)(吴)阮小五、童猛、張横、阮小七,你四人扮作漁人,在蘆花蕩右邊,唱歌而出,將他擒捉,不可難爲於他。(四仝)得令。(下)(吴)戴宗聽令。命你准備金花綉襖,將盧員外濕衣换去。(宋)還要小轎一頂,將他抬上山寨。(宗)得令。(下)(吴)花榮聽令,我等與盧員外,叙話之間,你暗放一冷箭,射落他的兜盔,不許傷他性命。(花)得令。(下)(吴)我與大哥、公孫先生,去往崗上飲酒,看看盧員外武藝如何。(宋)帶馬。(唱)

【摇板】虎嘯龍吟麒麟降,全仗妙計與山崗。二虎相争恐有損,還要軍師作主張。

(吴)

【摇板】天賜山泊得虎將,

（公唱）

【摇板】陰陽早已腹内藏。

（仝下）

（生内）

【倒板】道路平陽車輪轡。

（四車夫、四家丁、丑背包、生仝上。唱）

【摇板】薰風吹得野花香，桃紅柳緑春風降。

（内喊介）（生唱）

松樹林中有强梁。

（丑白）啊呀，員外！梁山强盗下來哉，轉去罷。（生）吓，那些毛賊，難道不知盧某利害？來，將黄旗打開，插在車上。（家丁插旗）（丑念白）“北京慷慨盧俊義，保標到此，金裝玉匣來深地。太平車子不空歸，收伏梁山羣賊去。”這個勿是標旗，真是勾魂票！員外，快點拿脱子罷！（生）住了。某一身本領，未遇着買主，今日不就這裡發賣，更待何時？車夫們，大胆向前，若遇强人，有某抵擋。（唱）

【摇板】叫車夫大胆往前闖。

（四下手上，搶車）（丑下）（車夫下）

（逵上。唱）

【摇板】李逵迎接一棟樑。

（白）員外，認得啞道童麽？（生）住了！俺正要拿你這夥毛寇，快叫宋江下山投拜。如不然，一個個劍下之鬼。（逵）員外，快來坐二把校椅罷！（生）看劍。（殺介）（逵敗。生追下）

（丑、丁、車夫上）（白、時、下手上）（綁丑、丁，仝下）

（生上。唱）

【摇板】只見毛賊松林闖，不見蹤跡在何方。豪傑正在心暗想，

（魯上。接唱）

帶髮頭陀是豪强。

（生白）毛賊通名。（魯）“花和尚”魯智深。（生）看劍。（殺介）

（武、劉上，打，追下）

(朱、雷、李、穆仝上)(生上)(打,四敗)(生追下)

(林上)(生上)(打林敗。生追下)

(套鎧、宋、吴、公仝上)(宋唱)

【摇板】嘍囉催馬山崗上,看誰是虎來誰是狼。

(林、秦、呼、徐急上)

(嘍抬轎兩邊下)

(四人又上)(生上)(開打。四人敗下)(生白)吓!李固、衆車夫人等,不知那裡去了。待我山崗一望。

(衆嘍押丑、丁過場)(生)哎呀!(唱)

【摇板】李固被擒繩索綁,强人紛紛押車輛。不顧生死往前闖,

(林、秦、呼、徐仝上)(生唱)

【摇板】馬上毛賊通上名。

(林唱)

【摇板】俺"豹子頭"林冲威風旺,

(秦唱)

秦明奉令下山崗。

(呼唱)

連環馬就是呼延灼,

(徐唱)

徐甯慣使這金鎗。

(生唱)

【摇板】呸!步下兵卒馬上將,個個俱要劍下亡。老爺今日殺氣長,

(殺介)(宋接唱)

麒麟名兒天下揚。

(吴白)盧員外别來無恙。(生)山崗上答話是誰?(吴)山人吴用在此。(生)大胆妖道,竟敢誘某到此!(吴)宋大哥久慕大名,特請上山,一仝替天行道。(生)住了,恨不得將你們這班草寇,斬盡殺絶。

(花榮暗上,放箭。白)看箭。(下)(生散髮)

(衆上,打介)(生)哎呀!(唱)

【摇板】左抵右攔難以擋，花榮暗箭怎隄防？

（林、秦、呼、徐仝唱）

【摇板】員外快請山崗上，

（生唱）

【摇板】要俺入夥日出西方。

（宋三人仝下）（生打下）

（起鼓）（生上。白）蒼天吓，蒼天吓！前面大江，後有追兵，四面俱是蘆葦，叫俺往那道而去？

（李俊摇舟上。白）客官半夜三更，到此則甚？（生）哎，船家，我是迷失路途，望你渡我過去。（俊）摇過對岸，要兩十①紋銀。（生）就是十兩紋銀。快快來渡。（俊）如此，待我扶你上船。（生上船。白）快快開船。（俊唱）

【山歌】漁舟一葉江上走，東風吹得冷颼颼。一錢逼死英雄漢，看來拿不出十兩頭。

（生）呀！（唱）

【原板】一錢逼死英雄漢，事到頭不自由。不聽人言東南走，悮中奸計身無謀。

（阮大②二、童威上，唱歌）

英雄不愛讀詩書，只合梁山泊裡居。準備窩弓射猛虎，安排香餌鈞鰲魚。

（下）

（生）吓！（唱）

【原板】準備弩弓猛虎收，安排香餌魚上鈎。看來又是草賊寇，江中東流水滔滔。

（阮小五、童猛上。唱歌）

雖然我是潑皮身，只念義氣不殺人。手摸胸前擒豹子，船内坐的玉麒麟。

---

① 應爲“十兩”。

② 應爲“小”。

(下)

(生)吓!(唱)

【摇板】麒麟名兒出了口,今夜性命難保留。叫船家催舟往前走,恨不得落水付東流。

(阮小七、張横上。唱歌)

蘆花蕩上一扁舟,俊傑黄昏獨自遊。義到盡頭原是命,反躬逃難必無憂。

(下)(生白)哎吓!

(張順上,過場)(生唱)

【摇板】心内急亂肝火透,壁上詩句記心頭。

(白)船家爲何停槳不摇?(俊)你認得我麽?(生)你是那個?(俊)"混江龍"李俊,特來迎接員外。(生)好强盜,照劍!(殺介)(生落水)

(順等仝上,接生仝下)

(四下手捧衣、宗上)(衆綁生上)(宗白)衆家兄弟,快將員外鬆綁,不要傷了貴體。請員外脱下濕衣,改换乾衣。(生看,换衣)(下手抬轎上)(宋上。白)請員外上轎。(生)有勞了。(吹打)(生領下)

(原人仝上)(生、宋上)(宋白)擺寨門。吓!盧員外。(生)宋寨主。(宋笑)哈哈哈!(生)咳咳咳!(吴)吓!俊義公。(生)這先生。(宋)請。(仝下)

(原人仝上,立)(宋)方才衆弟兄冒犯員外,望乞恕罪。(生)豈敢!(吴)昨日兄長特命吴用,假粧相算,到府聘請員外上山,共聚大義。當面恕罪。(生)總是先生好陰陽,好鬼計!(仝笑)(宋)請坐。(生)那有盧某的坐位?(宋)怎有不坐之理?(生)如此,告坐。(仝)請坐。(生)請。(坐下)(宋)吓,員外!在下實慕盛德,如飢如渴,屈請員外爲山寨之主,早晚拱聽嚴命。(生)盧某到此,不望生矣。要殺便殺,何必戲言?(宋)句句實言,怎敢戲也?(生)盧某要死極易,要從極難矣。(宋)員外可看"忠義"二字,一仝替天行道。宋江情愿讓位,休得推却。(生)呔!頭領差矣。盧某生爲大宋人，死爲大宋鬼。不提“忠義”則可，若提“忠義”二字，盧某情愿一腔熱血，死與此處。(公孫)俊義公請息怒，有道是：留得員外身，留不得員外心。只是衆弟兄之意，難得大駕到此，且請在山寨略俟幾日，再送員外下山便了。(生)咳！(宋、吴仝)這是要應承了。(生)尤恐家中懸望。(吴)這有何難？叫尊价回去，通個消息。員外就可放心，多住幾日了。(生)我那小价，不知那裏去了。(吴)來，唤李都管前來。(衆允)

(丑上。白)衆位大王。咦？員外也來哉。(生)李固，車仗貨物呢？(丑)一樣勿少。(吴)來，取二百兩銀子過來。(衆取)(吴)李都管，這銀子送與你的。押了車仗回去，説員外在此盤桓幾日，叫你安人放心就是。(丑)是哉！多謝大王。(生)李固，我的苦處，你都知道。回去對安人説明，我在此幾日便回，叫他不要憂心。(丑)頭領如此見愛，主人多住幾日無碍。(吴)來，送他們下山。(丑)員外，我去哉。(生)一路上小心了。(丑)呋！梁山個强盗，好白個。(二套押丑下)(衆)宴齊。(宋)後寨擺宴，與員外接風。(生)有勞了。(生、宋仝下)(衆仝下)(吴在場)(吴)來，唤李逵進見。(衆照)

(逵上。白)軍師有何吩咐？(吴)命你帶領嘍兵，去往松林，將李固車輛銀子劫回。你説盧員外坐了第二把校椅大王，他若不信，家中壁上有反詩四句，乃“盧俊義反”四字，説明了即將他放去。(逵)得令。(仝下)

(丑上。笑)哈哈哈！【水底夢】好笑我裏員外，聽了算命先生的閒話，到梁山泊來白相了。(内喊介)(丑)阿呀！强盗又來哉。

(逵、嘍兵上，殺車夫丁)(丑白)黑大王饒子我罷。(逵)銀子丢下。(丑)呋！强盗與我，强盗拿去。(逵)哽！(丑)拿去，拿去。(逵)包裹丢下。(丑)呋，也拿去！(逵)李固，可想發財？(丑)財是想發，只怕强盗打劫。(逵)放屁！(丑)怎樣發財？(逵)你今回去，佈告滿城百姓，説你主人在梁山坐了第二把校椅大王。倘若不信，家中壁上有反詩四句。(丑)倫個反詩？(逵念)“蘆花蕩上一扁舟，俊傑黄昏獨自遊。義到盡頭原是命，反躬逃難必無憂。”那時府縣官員捉拿於他,他回去不得。這份家財,歸你掌管,豈不是發了財了?(丑)哈哈,好一個黑大王!我若發了財,拿你當祖宗代。(逵)這話怎講?(丑)日後有人問起,我説我裏個祖宗的主意,有人曉得個要駡哉。(逵)駡什麽?(丑)掘啥的祖宗,操你的祖宗!(逵)殺你這個忘八龠的。(丑跑下)(逵)回山交令。(仝下)

(旦上。唱)

【慢板】一陣風來一陣香,荷花透水滿池塘。主僕二人泰安上,杳無信息轉回鄉。

(白)可笑我裏員外,聽了算命的閒話,帶子李固,到泰安州避禍,杳無音信。拿個燕青放在家中,弄得勿尷勿尬。想起來好悶吓!(丑上。白)人無遠慮,必有近憂。個個安人,辣裏浪裏浪裏浪裏。(旦)吓,李固回來了!員外呢?(丑)員外快活個辣來。(旦)阿是員外作了官?我要做夫人哉。(丑)員外在梁山作了强盜,你押要作押寨夫人哉!(旦)呸!員外有百萬個家私,肯做倍個强盜?勿要瞎説。(丑)我瞎説?墻頭上還提了反詩辣裏來。(旦)在那裏?(丑)你來看。(旦)你念念我聽。(丑)“蘆花蕩上一扁舟,俊傑黄昏獨自遊。義到盡頭原是命,反躬逃難必無憂。”(旦)個兩句話,勿倍要緊。(丑)你横着看。(旦)吓,“蘆俊義反”!(丑)如何?(旦)吓呀!勿對。“盧”字頭上有個草頭。(丑)梁山爲王,就是草頭王。“盧”字有草頭,對吓!(旦)阿呀!員外,害殺妻子個。(丑)勿要哭!員外做子强盜嗎,哪有個員外辣裏!(旦)呸!到造化子你。(丑)阿呀!我個姣娘吓!(唱)

【摇板】是你就把春情動,短頭夫妻,到作了地久天長。

(旦唱)

【摇板】私情結識心難放,

(並坐介)

(青上。接唱)

後面來了小乙郎。

(丑立)(青白)李固,你怎麽回來了?(丑)骨個,我到轉來哉。

(青)員外呢?(丑)作子强盗哉。(青)胡説!(旦)阿呀,天吓!你作子强盗,叫你妻子怎麽好?(青)哎,安人。怎見得員外作了强盗?(旦)他在梁山坐了第二把校椅,壁上提下反詩,豈不是有心害我們?(青)員外久住大名府,誰人不知,豈肯爲盗?想這壁上詩句,乃是兩句淡話。(旦)隱藏"盧俊義反"四字。(丑)員外作子强盗哉。(青)住了。就有此事,家醜不可外言,你難道忘却雪中救你的性命麽?(丑)困在雪地也勿曾請教你來救我!救子轉來,擾裹兩頓飯,骨歇做子强盗,官府曉得,要滅門九族還要殺頭個。我又要叫呢,員外做子强盗哉!(青)我把你這忘恩負義的刁奴,看來都是你弄鬼。(旦)燕青,你罵他刁奴,難道你勿是刁才?員外在家用得你着,員外如今做子强盗,此地用勿着你。你與我滚出去罷。(青)安人,員外帶①我恩重如山,未曾報德,等員外回來再走。(旦)你再勿走,我到衙門裹去告,説你與强盗同黨。(丑)他是老强盗,你是小强盗。(青)吓!(旦)走。(丑)滚。(看拳介)(青)哎吓!(唱)

【慢板】我思想主人兩淚汪,他一生威名頃刻亡,他主僕雙雙把良心喪。

(旦白)誰人喪良心?(丑)呋,丢爺喪良心?(旦)你娘喪良心!(青)我把你這奸夫。(丑)你這個賊叫花子。(青)你這淫婦。(旦)殺你個千刀。(丑)拖你到巡捕房裹去。(青打丑嘴,旦抓衣,青撲旦,旦接奶)(青唱)

【摇板】你二人全不顧敗壞門墻,哼哼。

(丑欲打青,青打旦跌,青下)(丑白)阿呀,阿呀!阿跌壞。(旦)阿個個殺千刀,好利害!個個路倒屍,勿知阿要來個了吓。(丑)我有個主意辣裹。(旦)倽個主意?(丑)我到衙門裹存案,説燕青與盧俊義同黨,皆作反叛。你去知會諸親六眷,如有人家收留燕小乙,即是一黨。阿乾净相。(旦)好個,你去存案,我差人知照親眷。(丑)呋,我就去。(旦)轉來。(丑)倽事體?(旦)阿要

---

① 應爲"待"。

點銀子?(丑)要個。(旦)房裏去拿。(仝下)

(梁山衆人上)(宋、吴、公、生仝上)(宋唱)

【原板】捨不得英雄義肝胆,宋江言來聽端詳。若然不嫌山寨小,員外權作忠義王。

(生唱)

【摇板】盧某生來情性剛,學有武藝保身傍。麒麟名兒江湖上,豈作那反叛草頭王?

(吴唱)

【摇板】員外不把位來掌,寬住幾日有何妨?

(生唱)

【摇板】列公款留酒宴賞,家中之事掛心腸。

(公孫唱)

【摇板】麒麟草上怎肯順,還請大哥作餞行。

(宋唱)

【摇板】叫嘍囉將珠寶忙抬上,

(衆抬上)(宋唱)

微禮聊表寸心腸。

(生唱)

【摇板】無功受禄禮不當,寨主何必費心腸。快將珠寶抬下往。

(宋白)且慢。員外敢則嫌輕?(生)多蒙厚意,實實不敢收留。(吴)冠袍不收,金銀是要的。(生)先生,金銀乃臭物,我身邊盤川還有,請抬下去。(唱)

【摇板】多蒙美意永不忘。

(林、秦、呼、徐仝)酒來。(林、秦唱)

【摇板】滿滿斟上葡萄釀,

(呼、徐唱)

但愿平安轉回鄉。

(生唱)

【摇板】多蒙四位英雄漢,果稱仗義又安良。

(逵白)來,將酒抬上。員外,李逵有高粱酒一罎,收下了。(劉唐)員外,咱有個猪頭,收下沽酒。(白勝)俺白勝,有兩塊狗肉,老人家收下了當點心。(時千)俺時千有雞一隻,送與員外當路菜。(生)哈哈哈!(千)不是偷的,是買的。(生)多蒙四位美意,實實不敢收受。(四仝)不受?俺們自己吃。(生唱)

【摇板】回轉頭來把話講,大小寨主聽端詳。

(宋白)員外。(生唱)

【摇板】有朝一日重相見,義氣相投扶保兄王。躬身施禮跨絲韁,

(宋白)時千,帶馬。(千帶馬,宋執鞭)(生白)不敢。(上馬。唱)

我離却虎坑是非墻。

(白)請!(仝)請!(生下)(宋唱)

【摇板】一見豪傑把馬上,再對先生問端詳。此去吉凶可能量?

(吴接唱)

時乖運衰遭禍殃。

(衆唱)

【摇板】再排大將巧改粧,大名府前鬧一場。

(仝下)

(青上)咳!(唱)

【快板】主人作事不思想,避禍不應反遭殃。

(白)俺燕青,自幼父母雙亡,蒙盧員外撫養成人。此恩未報,安人聽了李固之言,將我赶出門外。他又知會親族人等,不許收留於我。英雄出於無奈,落在乞討之中。我想員外,豈肯作那反叛?現百日已滿,若不入夥,也該回來,此番回家,必中奸夫淫婦的圈套。我不免在大路傍邊,等候於他,説明此事,免入虎穴龍潭。(唱)

【摇板】員外將我來撫養,誰知今日受凄凉。

(下)

(生上。唱)

【原板】【西皮】牧童放牛横背上,無心觀看馬蹄忙,催馬加鞭往前趲。

(青暗上)(生白)那一乞丐好生面善。(唱)

【摇板】你是燕青小乙郎?

(白)你不是小乙麽?(青)員外吓!(生)吓,爲何這等模樣?(青)此地不是講話之所。轉過土坡,請問員外,敢是梁山泊而來?(生)我被他們款留數日,才能回轉。(青)員外千不該,萬不該,不該叫李固回來。(生)我叫他回來通個消息,免得一家懸望。(青)他那裏回來送信?他説員外在梁山,作了二把校椅大王,四處播摇,是我説他幾句,他在安人面前,搬弄是非,將小人赶出在外。(生)你就該到我親戚那裡安身。(青)他又四處交代,不許收留燕青。若有人收留,就與員外同黨。主人若從山泊而來,千萬不要進城。(生)却是爲何?(青)尤恐落他們圈套。(生)我那娘子,不是這等人。(青)依小人看來,安人與李固有……(生)住口。(看介)有什麽?(青)小人不敢講。(生)事到如今,有話還不快講。(青)這個,(打嘴)員外吓!他二人有姦。(生)你怎麽知道?(青)被小人撞過幾次。員外今日回去,必遭毒手。(生)哎,我家久居大名府,誰人不知俺姓盧的,量李固有幾個人頭,敢作這般勾當?吓,是了!想是你這奴才,做了歹事,到來反説。我到家中問出虛實,燕青吓,燕青吓,某要你的人頭使用!(唱)

【摇板】青天平空霹靂嚮,急得豪傑失三光。

(青白)主人,不要進城。(生唱)

【摇板】若無此事把你首級降,

(青跪介)(生鞭打,下)(青)哎吓!(唱)

不聽人言定遭殃。

(白)主人此番進城,定遭毒手。這,這,這便怎麽處?哎,不免暗地打聽便了。(掃下)

(旦、丑仝上)(丑唱)

【摇板】看起來似有富貴相,

(旦唱)

只恐你,小主人命薄壽不長。

(丑)倍個?"小主人命薄壽不長"?你看我裡個樣子,勿相員外吓!(旦)倍個人家員外,呃味咀嗾啊。(丑)有子咀嗾,啥勿歡喜,阿是勿倫做?買部《水滸》書看看。阿呀!好快哉、樂哉也!

(生唱)

【摇板】【西皮】心忙意亂進城厢,

(丑脱衣帽)(旦暗下)(生唱)

不覺來到自門墻。

(丑白)阿呀,員外回來了!(生)李固,爲何這等慌張?(丑)要緊迎接員外,門檻上扳了。(生)呸!燕青往那裏去了?

(丑院上)阿呀,員外!一言難盡。員外路途辛苦,歇子定了再説。帶過子馬,李固與員外叩頭。(生)罷了。(丑)員外轉來哉。哑篤泡茶,揪手巾,讓我弄點心去。(生)不用。(丑)要個,要個。到衙門裡去送信哉。(丑下)

(旦上。白)叫員外回來哉?員外吓!(唱)

【摇板】【西皮】自從員外離家鄉,不由妻子受熬煎。

(生白)别的不問,那燕青往那裡去了?(旦)燕青?不必提起!(生)爲何?(旦唱)

【摇板】整夜不歸去宿娼,他口是心非作事顛狂。

(内喊介)(四牢子、丑仝上)(捉生仝下)

後　本

(索超内白)開導。

(四套仝上,超下馬坐。白)朝爲田舍郎,暮登天子堂。將相本無種,男兒當自强。咱大名府節度使梁大人麾下中軍官,"急先鋒"索超是也。方才大人傳話下來,説盧家家人李固前來擊鼓鳴冤,説他主人盧俊義,私通梁山賊寇。我想盧俊義,有百萬家私,武藝出衆,名揚天下,怎肯作那反叛?我看來這内中總有别情,也罷,等拿到了,看大人怎樣審問。

(四牢上。白)回老爺,盧俊義拿下了。(超)哦,盧俊義拿下了?(牢允)(超)看衣更换。(换衣。吹打)牢子的,今日大人升堂,非比等閑,要小心了。(允)

(二堂官上)吓！尊中軍請了。(起)堂翁請了。大人吩咐什麽下來？(堂)大人傳話下來,説盧俊義非等閑之輩,用刑時候,都要小心些。(超)那個自然。

(内中軍上)大人吩咐開門。(超)吓！開門。

(大吹打)(四套、四凱上)(梁中書上)

【引】節重威武掌兵權,任經略運籌帷幄。

(吹打)(坐。白)奉聖旨職受黄堂正印,蒙恩相兼理軍機兵權,恨宋江霸佔梁山水泊,天護佑掃盡了烟塵羣奸。本節度使梁中書。今早盧家家人,前來擊鼓鳴冤,説盧俊義結識梁山,今日回來要裡應外合,暗取大名府。(超)稟大人,中軍領了大人之命,差牢子軍二百名,將盧俊義拿下了。(書)好！吩咐弓上弦、刀出鞘,將私通梁山盧俊義綁上來。(超照)

(四牢推生上)(大牢白)你就是盧俊義？(生)正是。(大牢)唗！(打嘴,推生進跪)(大牢)你就是盧俊義麽？(生)是。(大牢)跪下了。(生跪)(書白)下面跪者可是盧俊義麽？(生)是。(書)抬起頭來。(生)有罪,不敢抬頭。(書)恕你無罪。(生)謝大人。(書)唗！我把你這死囚,爾本此地良民,因何歸降梁山？如今到來裡應外合,暗取大名府？今日被擒,爾還不從實招來？(生)哎吓,大人吓！小人世居北京五代,祖宗無犯法之男,親族無再婚之女。小人焉敢欺宗滅祖,投奔梁山賊寇？望恩相明鏡。(書)住了。你還强辯？我且問你,既不投順賊寇,怎麽打梁山泊回來？你講！(生)哎吓,恩相吓！小人命犯血光之災,往東嶽泰山避禍,路遇宋江一夥小賊,將車仗劫去,擒小人上山,勸我入夥,小人誓死不允,軟監梁山二月有餘。到今日纔得放回。小人意欲殺賊献功,乃不能够,豈肯做那反叛？(書)唗！那梁山上是些什麽樣人,既然擒你上山,豈肯放你回轉？就是三歲孩童,也不相信。此乃愚人做事不思想,一人反叛九族亡,打諒實言你不講。(牢子手)八十威棍打强梁。(衆允)(抓生,脱衣)(四小牢拉生手脚,白)請大人驗刑。(書)打！(衆允)(執棍,數)一十,喝,二十,三、四十。(牢扶生,唱)

【倒板】【西皮】一陣昏迷魂飄蕩，哎吓！

（唱）

【摇板】無情棍，打得我，好不慘傷。這黑天冤枉，叫我何處講，還望大人作主張。

（書白）盧俊義，你説是黑天冤枉，你家人李固，爲何前來出首于你？（生）這個，大人吓！這刁奴，是小人當初救了他的性命，他竟忘恩負義，欲想謀吞小人的家財，故有此誣告。（書）住了。幸虧天網恢恢，你還説誣告？若是做將出來，慢説滿城百姓，就是本節度使的性命，也要傷在你手。來，夾起來！（衆允）（生）且慢，莫用大刑，盧某有招了。（牢）啓大人，有招。（書）畫供。（牢）畫供。（生）哎吓，蒼天吓，蒼天吓！我盧俊義，果然命中該當横死也！（唱）

【摇板】【西皮】執筆難寫冤枉狀，城門失火魚遭殃。私通梁山是冤枉，

（洒介）也罷！（唱）

粧粧①件件我承當。

（起。白）招狀呈上。（書）來。將他當堂釘鐐，押去收監。（牢允）（押生下）（書）掩門。（仝下）

（蔡福上。白）身當押牢節級，兼充行刑刀手。弟兄仁義管囚獄，公門積善少有。俺"鐵膀臂"蔡福，兄弟蔡慶，人稱"一枝花"。弟兄二人，在這大名府，當一個禁子牢頭，代做行刑劊子手。方才出衙遇着李固，送我二百兩黄金，託我在監中將盧俊義結果了性命。我想盧員外，是個義俠的英雄，我若將他害死，豈不被人咒駡？若不下手，怎奈黄登登的，念念難捨，怎麽好？不免回到監中，説與兄弟得知，再仝張孔目商量。

（柴進、戴宗暗上）（柴白）蔡節級别來無恙？（福）哎吓！原來一位官長，請問尊姓大名？（柴）這個……此處不是講話之所。（福）請舍下一叙。（柴）府上何處？（福）前面就是。（柴）請。（宗暗下）（福）行行去去，去去行行。來此以是，官人請進。（柴

---

① 應爲"樁樁"。

進門。白)請閉上了門。(福)不妨事。(柴)有要緊言語。(福)吓,吓!(閉門)(柴)節級請上,受在下一拜。(福)請起。不敢,不敢!(對坐)(福)請問高姓貴表?有何見教?(柴)在下便是滄州横海郡人氏,“小旋風”柴進。(福)原來柴大官人!久聞大名,待蔡福一拜。(柴)不敢,不敢。(福)要拜的,要拜的。(柴)不敢受,不敢受。(仝笑)哈哈。(福)如此請坐。近聞大官人,投奔梁山,到此何事?(柴)實不相瞞,奉了宋大哥將令,差我前來,打聽盧員外消息。誰知被贓官污吏、奸夫淫婦,通情陷害,監在死囚牢獄。看來一命懸絲,盡在足下之手。故此在下不避生死,前來懇託足下。若是留得盧員外性命,佛眼相看,自當圖報。(福看金。白)吓,吓!(柴)久聞足下,是仗義全終的好漢,無物奉敬,今將一千兩黄金相送,足下倘若要捉柴進,就來綑綁,決不皺眉。(福)哎吓,大官人言重了。(柴)告便,少坐。

(開門)(宗上)(福思介)(宗白)怎麽樣了?(柴)有些意思,黄金取來。(宗)我在前面等候。(柴)小心了。(宗)是。(下)(柴)吓,蔡節級。黄金在此,請收了。(福)吓,吓,不敢受的!(柴)好漢做事,休要躊躇。(福)如此,受領了。(柴)這便才是。(福)且請官人回步,小人自有措置。(柴)既蒙允諾,没齒不忘。請上,受進一拜。(唱)

【摇板】【西皮】大丈夫作事信爲上,

(福唱)

【摇板】豈肯失信意徘徨。

(柴唱)

我今重託抽身往,

(福唱)

【摇板】自有好音到山崗。

(柴回頭。白)好漢哥,員外若有傷損,莫怪梁山泊英雄無義。(福)只管放心,傷了盧員外,我蔡福一家償命。(柴)那就是了。(宗暗上)(福、柴仝)請。(宗、柴仝下)(福)好個大胆英雄。也罷,不免去到監中,先與兄弟商議,然後買通張孔目,搭救盧員外

的性命便了。正是:衙門大展開,有禮無錢休進來。(下)

(青上。唱)

【摇板】【西皮】英雄縲綫①遭魔②難,不由小乙淚不乾。

(白)來此監獄,禁大哥有麽?

(蔡慶上。白)人生義俠胆,到處有賓朋。什麽人?(青)節級哥,小乙叩頭。(慶)請起,請起。原來是小乙哥,你來作什麽?(青)哎吓!節級哥,聞得員外收禁在監,小人在城外討來半碗殘飯,權與主人充飢。望節級哥行個方便罷。(哭介)(慶拭淚。白)咳,可憐!這才算得個義僕。小乙哥,我告訴你,盧員外在監,比不得别人吃官司。如有人來探望,都不許相見,就讓你一人見面。吓,小乙哥,你也明白的。(青)是,是!(慶)我念你一片好心,放你進來罷。(青)多謝,多謝。

(進門)吓,主人在那裏?(慶)不要嚷,自然與你相見。(青)是,是!到鹵莽了。(慶)吓,盧俊義出來走走。

(生内白)苦吓!(上。唱)

【摇板】【西皮】釘枷鎖,戴手鈕,鐐銬並鍊。淚汪汪,見節級,再把話講。

(白)節級哥,唤我出來何事?(慶)燕青前來看你。(生)我家小乙來了?在那裏?(青)主人,在那裏?(仝)哎吓!員外,小乙吓!(青唱)

【摇板】【西皮】見員外,披枷鎖,淚流滿面。

(哭介)

你是個,大義人,陷害在監。

(生唱)

【摇板】【西皮】恨不聽,你言語,果受魔難。混濁水,分不出,兩般魚鮮。

(青白)哎吓,員外吓!燕青聞得主人,遭此屈冤,囚禁在監。小

① 應爲"絏"。

② 應爲"磨"。

人身無分文,只得在街坊,叫化半碗冷飯,送進監來,與員外充飢。(生)哎吓,燕青吓!你這樣義氣,叫我盧俊義,痛斷肝腸也。(倒地介)(青白)哎吓,主人醒來。(慶)走開,醒來!上司知道,這罪是我的。(青)是,是!(生)

【倒板】【西皮】一霎時,傷心淚,咽喉塞斷。

(叫頭)好賤人!(唱)

【摇板】罵一聲,狗刁賊,求天報冤。

(叫頭)

燕青,小乙,吓吓。小乙吓,我哭哭一聲,燕小乙。

(青接唱)

我叫叫一聲,我的大義的恩人,吓吓。

(仝哭)

(福内白)老爺查監來了。(慶)不好了,老爹查監,快走!(生、青洒淚,各下)

(福上。白)兄弟,什麽人在此探望?(慶)燕小乙,與他主人送飯來了。(福)好一個義僕。(慶)令人可愛。(福看介。白)兄弟,方才我在衙前,遇着一人。(慶)什麽人?(福)李固。(慶)他便怎樣?(福)他送我二百兩蒜條金,叫我今晚將盧俊義,結果了性命。(慶)弄死他?(福)正是。(慶)好吓!你去動手。(福)你呢?(慶)我不管。(福)黄金與你均分,你怎麽不管?(慶)大名府那個不知,你叫"鐵膀臂"蔡福,我叫"一枝花"蔡慶。弟兄二人,慣行善事的牢頭禁子,這二百兩黄金,就把一個天上聞名,仗義疏財的英雄弄死了?你分明是重財輕義!我不管。(福)兄弟,你不要性急,這内裏還有拆解。(慶)你得人錢財,與人消災,還有什麽拆解?(福)與李固分手之後,我走到相近家下,又遇着一人。(慶)什麽人?(福看)乃是滄州"小旋風"柴進。(慶)吓,柴進!他乃梁山的好漢,到此則甚?(福)在路上不能講話,一仝到家,他便磕頭就拜。(慶)禮下於人,必有可求。(福)他説奉了宋大哥之命,差他打聽盧員外消息。(慶)好大胆,有能幹。(福)他説今被奸夫淫婦陷害在監,送來一千兩黄金,託我弟兄,要保全盧員外的性命。臨行再三重託,特來與你商議。(慶)這事好辦了。常言道:“殺人須見血,救人須救徹。”既有千兩黄金在,你我替他上下使用,想那梁中書、張孔目,都是好利之徒,得了贓賄,必然週全盧俊義的性命,只要發配出去,那時節救得救不得,自有他梁山好漢的計策,你我幹的便完了。(福)好,好!你且把盧員外安頓好着,弄些好湯水,與他奨養。(慶)那我知道。(福)我囑託張孔目辦事去。(慶)好,快去。(福)兄弟,兄弟。(慶)什麽事?(福)那李固的黄金怎麽樣?(慶)擾他的。(福)只怕下不去罷?(慶)他也不是好來的,你我用他些,也没有什麽罪過。(福)説得是吓。(仝下)

(丑上。白)斬草不除根,萌芽又發生。斬草除了根,來春永不生。我李固,送子蔡福、蔡慶二百兩金子,要他監裡結果子盧俊義的性命,隔忙頭裡,部文下來哉,發配沙漠島。骨個事體勿穩當。聽説兩個解差,叫董超、薛霸,苦銅錢勿着,勿如買通裡去兩家頭,半路上弄殺子裏,我就是員外了。再説勿差個,人狠勿算狠,心狠方算人。

(二解差上。白)(仝)手拿無情棍,慣打犯法人。(大)我董超。(小)我薛霸。(大)夥計,你我自從開封府,押解林冲,路上失利,被高太尉發配北京,蒙梁中書提拔,將我二人,薦在留守司衙門當差。今日又遇盧俊義,發配沙漠島。這三千里路程,有些難熬。(小)難熬不難熬,只要有錢就好。(大)這樣苦差,那裏去弄錢?

(丑暗上。聽)(小)你枉爲老當衙門的,憑你這根棍,就是銀子,我這張嘴,就是錢。(丑白)刀就是金子。二位老兄。(二仝)原來李都管。何事?(丑)員外發配沙漠島,阿是呸丢二公陪解?(仝)正是。(丑)阿呀,一場苦差。(大)苦得狠。

(青暗上)(丑白)哪,哪……我有一百銀子拉裏,送與二公,與做安家盤費。(仝)吓,不要吓!(丑)要收的,要收的。(仝)李都管真正是個好人。(丑)有一件要緊事體,拜託二公辦一辦。(仝)什麽事?我二人包辦!(丑)實不相瞞,盧俊義是我個仇人,今發配沙漠島,有三千里路程,二公也受不起這辛苦。(仝)是吓!(丑)勿如就拉半路上,結果子裡個性命,揭裡面孔上個金印轉來爲證,再送二公二百兩蒜條金。(青)哎吓!只怕使不得罷。(大)哎,李都管,是個頭等好人,有名的男子,我們就把這件事,結識了他。若有急難之處,還要他照應。(丑)放心,我勿是忘恩負義個人。只要辦得光先絶後,慢慢拉裏報答。(青暗下)(仝)只是銀子不敢受。(丑)這一伯銀子,送與二公,與爲盤費,是要收的。(仝)好。賣把你罷!只是留守司那裏,怎樣安排?(丑)呧丢只消一角文書,留守司房裏有我。(仝)如此,多謝,多謝!(丑)拜託,拜託!(仝)豈敢,豈敢!(丑)再會,再會!(丑下)(仝笑。白)要發財,好銀子。(大)好一個李官人,真是個好人,出得好主意。(小)要走運麽,原叫好人碰好人。(大)方才的銀子呢?(小)一百一個,公道的狠。(大)閑話少説,且回去安安家,打個包裹,好動身了。(小)好。這才是運來推不開,(大)銀子送到手裏來。(仝笑)哈哈。(仝下)

(丑上。白)阿吓,一計不成,二計必穩。好忙,好忙!家主婆!

(旦上。白)奈倯賊梗子個叫得個好聽?(丑)那是實個哉。(旦)何以見得?(丑)私託董超、薛霸兩個解差,路上拿裡弄殺子哉,阿是乾净相。(旦)好是好個,嗏個主意,有點太毒哉。(丑)勿要管裡毒勿毒,奈阿要到府場上去搭裏分别分别。(旦)我吓,犯勿着把裡去駡兩句。我勿去!(丑)葛末奈也有點太毒,我搭裏毒碰毒,搭裡後頭去毒攻毒去。(仝下)

(青背弓上。起,唱)

【摇板】【西皮】自幼生來多伶巧,英雄志氣天性高。主人發配沙漠島,暗地防護走一遭。

(白)俺"浪子"燕青,只因員外發配沙漠島,那刁奴李固買通解差,要結果俺主人的性命,因此暗地跟隨。倘若動手,叫他二人,死在俺的弩箭之下。看來離此不遠,俺在松林等候便了。(掃飛腿下)

(生内)

【倒板】【西皮】一路上，受不起，無情棍棒。

(二解仝生上)(大白)呔！我把你這死囚，這裏到沙漠島，來回有六千里路程。相你這樣慢騰騰的，走到來年也是不得到的。不如打殺你這狗强盜。(小)慢來，慢來。盧員外棒瘡疼痛，行走不動，何必打他？有道是"公門中好修行"，隨他慢慢走罷。(大)到是我不好？(小)本是你不好。(大)依你講，放了他？(小)依你講，打死他？(大)我就打死他！(小)不要抬扛。一個作紅臉，一個作白臉，你作惡人，我作好人，一步步來，這大路有人，觀之不雅。(大)我到是惡人？(小)狠一點。(大)你到是好人？(小)不過好説話些。(大)我就作惡人。呔！狗强盜。(小)盧員外。(大)你不要粧腔作怪。(小)也是没法。(大)起來，快走！(小)慢慢兒走，不要緊。(生)咳，(唱)

【原板】【西皮】這樣苦，他還説，作怪粧腔。顧不得，棒瘡痛，脚步鬆放。

(大白)呔！(生)哎吓！(唱)

【原板】吼一聲，唬得人，脱了三光。

(大白)哎，我越想越嘔人。你想作强盗的，犯法充軍，我也没犯法，陪着你充三千里，你這麽一個大財主，一毛也不拔，他還説我作惡人，打死你這死囚！(生抓棍)呔！俺犯的朝廷皇法，要你這狗頭在此拷打？若不看"王法"二字，俺盧某也不是好惹的！(打大)(小勸)吓，員外！看我份上，饒了他罷。(生)咳！君子不得志，反被小人欺。(大、小咬耳)(生唱)

【緶編子】皆因是，命運蹇，龍遭蝦戲。吓喲！一陣痛，血水流，崩裂棒瘡。

(白)二位哥，我棒瘡疼痛，歇歇再走。(小)好。大家歇歇。(大)大路有風，松林内坐坐。(生)咳，哎，吓吓！(小)夥計，我起早了，要打瞌睡了。(大)我也要睡了。(生)大家睡罷。(大、小丢眼色)(大)綑起來。(生)怎麽將我綑起來了？

(青暗上桌子。白)人心狗肺。(大)我們打睡，你要跑了，那個担得起？(生)哎，我若要走，也等不到此地來走了。(小)是我們的關係,不得不如此。(生)罷了吓,罷了!(大背叫小。白)夥計,你在外面等候望風,倘有人來,咳嗽爲號。(小)吓!咳嗽爲號。(大)要緊的。(小咳嗽介)(大)什麽人來了?(小)我來呢。(大)你怎麽咳嗽?(小)我傷風,怎麽不咳嗽呢?(大)你要望好吓!(小)是吓!(大)呔!盧俊義吓盧俊義,你家主管李固,叫我們路上結果你的性命,你便到沙漠島,也是一死,不如早點打發你回地府。你死後不要怨我們,明年今朝,是你的週年。照棍!(青白)看箭。(大死介)(小)吓!怎麽不見動静?待我來看看。哎,好壞種,叫我外面望着,他到睡覺。也罷,讓我來動手。盧俊義吓盧俊義,你該在刀下亡,吃俺一刀。(青)看箭。(小死介)(青下桌,割繩介。白)員外醒來。(生唱)

【倒板】【西皮】朦朧睡去魂飄蕩,吓!

【摇板】抬頭只見小乙郎。

(白)吓,你是燕青?(青)正是。(生)這兩個狗頭解差,因何睡倒在地?(青)兩個狗頭聽了李固言語,到此下手。被小人弩箭射死了。(生)哎吓!射死公差,罪上加罪。你我往那裡才好?(青)哎吓!情急無奈,還是投奔梁山去罷。(生)哎,這也是逼上梁山了!只是我棒瘡疼痛,難以行走,如何是好?(青)待小人攙扶,慢慢行走。(生唱)

【原板】你果是,大義人,深宏無量。

(青接唱)

但願得,到梁山,再報仇冤。

(仝下)

(四皂丁、把總上)(【水底魚】把白)我乃羅市鎮一個把總是也。只因松林慣出强人,故此帶兵前來巡查。來,小心了。(衆允)吓,什麽人?回老爺,有二人被短箭射死路傍。(把)將箭取上。(衆允。取箭)(把看)"浪子燕青!"(摸尸)人還未冷,吓,好相公門中人,來看看他身邊,可有公文?(衆)有文書路引。(把)取來我看。哎!原來是發配盧俊義的。兩個解差董超、薛霸,被燕青射死,劫去盧俊義,想逃之不遠。來,將尸首叫地保看好,追!

（仝允。下）

（生、青仝上）（生唱）

【摇板】【西皮】脚軟難辨路低昂，金烏西墜玉兔升。心中一陣昏迷漫，口枯舌乾飢斷腸。

（白）燕青，我肚中飢餓難忍。（青）主人在此歇息片時，待小人前去討碗水飯，與員外充飢。（生）就是，快去快回。（青）是。（唱）

【摇板】【西皮】他可曾受此飢寒苦，英雄落魄好凄凉。

（下）（生唱）

【摇板】【西皮】獨坐松林暗思想，搔首問天降吉祥。

（把原人仝上。暗聽）（把白）有人在内。（衆摩拳）（生）咳，我那燕青，還不回來？我餓死了！（把衆咬耳掩燈。白）盧員外，燕青來了。（生）吓！小乙來了？拿飯來我吃，在那裡？（衆）在這裏！（生）拿來。（把）拿下了。（衆擒）（仝下）

（青上。白）員外，水飯在此，水飯在此。哎吓！主人不在此地，想必被人劫去，這便怎樣？哎，有了！俺不顧生死，前去救來。吓，主人不要驚慌，俺燕青來也！（下）

（石秀、楊雄上）（楊唱）

【摇板】【西皮】山寨奉了大哥命，

（石接唱）

打聽大名"玉麒麟"。

（仝白）俺楊雄。石秀。（楊）請了。奉了大哥之命，打聽盧員外消息。（石）時千下山未回，不知怎麽樣了？（楊）他的詭計多端，不要緊的，你我趲行。（唱）

【摇板】【西皮】行漢不顧路途遠，

（青内白）走吓！

（石唱）

【摇板】人聲呼急爲那條。

（青急上，撞石）（石白）呔！你這人行路不帶眼睛？（青白）呸！照打！（楊、石仝打）（青跌介。白）哎吓！好漢饒命。我死何惜，可憐我家主人無救。（楊刀架棍。白）你是何人？（青）在下燕青。(石)有個"浪子"燕青,就是你麽?(青)正是!(楊、石)請起。(青)多蒙不殺之恩,請問尊姓大名?(楊、石)俺楊雄,石秀。(青)有個"病關索"楊雄,"拚命三郎"石秀。就是二位?(仝)不敢。(青)燕青鹵莽,多多有罪。(仝)豈敢。員外如今怎麽樣了?(青)哎吓,二位吓!(唱)

【快板】【西皮】沙漠發配離京城,解差受賄害主人。燕青箭射二污吏,員外遭擒問典刑。

(楊唱)

【摇板】脱離虎穴又被擒,

(石接唱)

這場官司不非輕。

(白)楊仁兄仝小乙上山,報知大哥,别作理會。待俺去往北京,打聽消息便了。(唱)

【摇板】事在急迫須加緊。

(白)請。(石下)(楊、青仝唱)

回轉山寨報分明。

(仝下)

(套、劊、福、慶、牢子、中軍仝上)(梁上。白)來,將盧俊義綁上來。

(牢推生上)(牢白)犯人當面。(書)唗!狗强盜,本節度使好意開豁於你,發配沙漠島,爾敢命射死公差,還想逃上梁山,爾好大的胆!(唱)

【摇板】【西皮】罪惡滔天犯王法,筆下超生將你發。射死公差罪加大,害你一命染黄沙。

(白)盧俊義這是爾自作自受。來,將他宣剥了。(牢允。剥衣)

(書)請王太守。(衆照)

(守上)卑職在。(書)今日午時三刻,將盧俊義先斬後奏。命你監斬市曹,必須多派公人,擁護法場,不得有悮。(守)得令。

(書)掩門。(仝下)

(旦、丑仝上)(旦腰裙,丫提籃隨上)(旦唱)

【駐馬聽】叵耐冤家，自作叛逆犯律大。市曹典刑法，一命染黄沙。喳！夫妻是仇家，一旦歸地。

(白)適聞丈夫市曹受戮，念他夫妻情份，因此帶了酒飯，來到法場，不顧廉恥，前去活祭一番便了。(丑)丫頭攙好子。快點走吓。(仝下)

(内號三，内白)閑人站開吓！(套、衆、福、慶、牢推生上)(生白)三堂歸中扎，咳，老夫，(唱)

【前腔】含冤訇①大。

【冒子頭】啊吓！淚沾紅衣眼昏花。

【鼓嚮】命鼓咚咚打。

【羅】魂號呼喇喇，喳。阿呀説不出是非家，伸頸受殺。

(旦、丑、丫仝上)(旦唱)

【前腔】人聲滚沸析析心胆怕，假粧愁態兩淚洒。

(福、慶仝白)呔！作什麽的？(旦)二位吓，我是盧員外之妻，前來祭奠的。(丑)劊子伯伯小意思，勿算倫個。(福、慶)如此，快來相見。(丑)是。讓我進去，隨我來，有我拉裹。(旦)丈夫在那裏吓？阿呀，夫吓！你妻子帶來酒飯，前來活祭與你，你快請吃些罷！(生)呔！我把你這賤人，俺盧某被你害得如此，有何面目前來見我？(旦)啊呀，夫吓！爲妻的怎生害你呀？(唱)

【尾犯序】良人自歸家，言語未問，霎時擒拿。你自陷傷身，命染黄沙，似你妻在人世，

(丑白)跪泣倫滿痛。(旦唱)

傷心痛殺。

(丑白)個起來罷。(旦唱)

投梁山，罪孽大。

(生接唱)

冤情大。

(丑白)啛個强盗，殺脱裹個骷髏頭，阿呀勿要謊。(生唱)

---

① 原字爲“嗬”。

你口是心非粧甚假?

(旦唱)

【前腔】休罵我何必恨咬牙,你雪中憐恤,休得要家醜外揺。

(生追丑,練旗打丑介)(生唱)

【前腔】咬牙噴血,定把惡奴來殺。

(丑唱)

【前腔】你休紅衣刎頸刀下,裏員外今日歡洽。

(生接唱)

罵奸徒惡奴,欺主害良家。

(丑白)慢點,啥千惡奴、萬惡奴罵啥人。(生)我罵你這刁奴才。(丑)啥個殺頭坯。(生)曾記得在雪中,救你的性命?(丑)吓,喲喲,啥就是裹一句拿手戲。呃篤爺勿曾叫啥來救。(生)到今日忘恩負義,吞我的家財。(丑)用哉。(生)謀佔我的妻子。(丑)困哉。(生)我恨不得食你之肉,呷你之血。(用旗打丑)(旦)住了!我好意前來祭你,到惹了辱罵不休。過了午時三刻,看你英雄何在?(生)哎吓!(旦唱)

【前腔】今朝休要將人罵,自作自受來害吤。

(抽頭)

嚴刑受戮天報不假。

(丑白)那是我要做員外哉,骨末叫快活。(生)哎呀,屈殺!(旦跪走,抽頭)(生唱)

【前腔】【吹】血奔心有言難話,陰司府定把生魂追拿。

(元場反身)(旦打生,生回身,旦跌,生洒,劊扶生下)(丑白)阿呀,骨個殺坯!阿要怕吓。哎,大娘子阿跌壞吓?(旦)啊呀,氣殺哉!(丑)勿要氣,受子氣要放屁。丫環扶娘子轉去。(丫環扶旦仝跌介)(丑白)阿呀,叫啥扶好子,獨仗吃飯,轉去歇脱啥個生意。(旦)阿呀。(唱)

【前腔】【吹】這驚謊,慢自嗟呀,且歸家。

(渾下)(仝下)

(石秀急上。唱)

【縷縷金】心急急意咆哮，人聲嘶喧鬧，急奔市曹。

(白)俺石秀，聞得盧員外在市曹斬首，山泊弟兄都不在此，這便怎樣？有了，有道是一人拚命，萬夫難當。不免急奔市曹，拚着性命，劫他的法場。走！(念白)不顧生死路，兩脚奔跑，石三郎今日名姓表。吓，來此酒店。酒保，酒保！

(酒家上)來哉，來哉。(石)拿酒來，拿酒來！(保)來哉，來哉。酒辣裏。(石)斟酒，斟酒！(保斟)(石白)再斟，再斟。(保)曉得，曉得。(石)酒保，這街上爲何如此熱鬧？(保)殺人。(石)什麼人？(保)梁山個强盜。(石)好漢姓甚名誰？(保)此人天下聞名。(石)是那個？講、講、講！(保)勿要着急，看唻也是梁山個强盜。(石)放屁，快快講來！(保)就是我裏大名府，大財主俠義英雄盧員外盧俊義，綽號"玉麒麟"。(石)吓、吓、吓！什麼時候？(保)午時三刻，嗑唱①一刀，嗚呼哀哉。(石)哦，午時三刻？快到了。(保)快哉。(羅嚮)(内喊介)(保)哎，吓，不好了！客人快走。(石)什麼事大驚小怪？(保)殺人呢，我要關店哉。(石)我就在你樓上看看何妨？(保)我裡怕强盜。(石)俺也不是强盜，怕什麼？(保)骨末我關店，領唻樓上去看。(閉門上樓。開窗介)

(吹打)(四公人、套鎧、王守、福、慶、生仝上)(守白)刀斧手，將盧俊義綁好了。(衆允)(生白)蒼天吓蒼天，想俺盧俊義，死得好不瞑目也。(福、慶仝白)閑人站開吓。(生唱)

【吹腔】到今日，哎吓，冤魂冲九霄，冤魂冲九霄。

(地方白)回大老爺，午時三刻了。(守)劊子手，吩咐閑人站開，將盧俊義行刑者。(福、慶仝)閑人站開吓。(石秀白)呔！梁山好漢一齊動手。(搶福刀，背生下)(酒保絆桌)哎吓，好多强盜吓！連我也是强盜。(下)

(索超、成、達急上)(公人上。報)稟老爺，盧俊義被强人劫去了。(索超、成、達追生下)

---

① 擬聲詞，類"咔嚓"。

(石背生上)(衆上)(殺介)(石背生下,衆追下)

(超上。白)來,撓鈎套索擒他。(衆允)

(石背生上,打介)(生、石被擒)(超白)綁好了。(仝下)

(時千上。白)哎吓!(念)

【縷縷金】鼓聲敲,軍民鬧,雙雙鐵索套,性命不保。

(白)俺時千,聞得盧員外在市曹斬首,我正着急,好一個石三郎,拚命獨劫法場,不知怎樣,又被擒捉了。打量此番捉去,性命難保,山寨又不發兵,我的媽吓,怎麽好呢?有了。我不免去到衙前,打聽明白,再作道理。(念白)不顧路高低,急急奔跑,但願得山泊救兵早到。

(宗上,撞千)(千白)吓,你不是戴宗麽?(宗)住口。(千)吓!戴大哥,你可曉得盧員外、石秀之事麽?(宗)都知道了。(千)山寨可曾發兵?(宗)發兵不及,先生命我帶來白頭條子,叫你拿去,到各衙貼放。只要保全他二人的性命,就好辦事了。還有幾句言語要緊,你附耳上來。(千附耳)(宗白)如此如此。(千)曉得了。如此如此。(宗)我去了。(千)大哥,你回來。(宗)作什麽?(千)你方才説的什麽?(宗)哎吓!如此如此。(宗下)(千)啊,啊,啊,如此如此!哎呀,還是這樣如此,那樣如此呢?哎,到那其間,就是這樣如此便了。哎吓,不好!我拿這白頭條子,到衙門口去貼,我這一身打扮,怎樣混進去呢?

(内咳嗽介)(千白)那傍有人來了,待我躲在一傍。(皂隸上。白)三杯知大道,一醉萬事丢。我王伯伯,今朝捉牢子兩個强盜,老爺吩咐要坐夜堂。隔忙頭裏,我裡個家主婆要養哉,老娘還勿曾喊,只好先轉去看一看再來。(千聽)(撞皂)(皂白)咳,咳,啥骨個人走路,呃鉢脚個!(千)你自己撞了人。(皂)啥撞個哉!(千)王伯伯,我認得你吓!(皂)啥是啥人?(千)我與你仝衙門,你不認得我麽?(皂)勿曾看見歇啥個狗賊。(千)不要駡人。我聽人説,你家老婆要臨盆了。(皂)吓,要養哉。(千)哎吓!回來,潼又要當差,你怎麽忙得來吓?(皂)就爲骨庄事體,辣裡爲難。(千)這樣罷,我替你當差去。(皂)阿,真個介?(千)真的。

(皂)哎吓,我個好兄弟。等養子小個,請你啥出潼關。(千)什麽?(皂)説錯哉,請你啥吃紅蛋。(千)好吓。(皂)明朝會。(千)明天會。吓,王伯伯回來,回來。(皂)倽事體?(千)老爺若要點名,拿什麽爲憑呢?(皂)啥勿説我到忘記哉。差人身上,全要掛腰牌。若無得腰牌,就得强盜辦,暗歇定要點名,忙啥拿我骨扇腰牌,賊梗一觀。(轉代)就局個哉。(千)咳,咳。(皂遞牌。白)到底是仝衙門個夥計。(千)你看我這根帶子,可是老爺的麽?(皂)到有點相。我骨根帶腰牌拿去,明朝會。(千)下雨了。(搶帽子)(皂)哎吓,勿好哉,呒得傘拉裏。(吐吐①下)(千)哎,哈哈哈,這好了。我就打扮皂隸模樣,混進衙門便了。(念白)事急生計巧,事急生計巧。(内咳嗽介)(千)吓!

(超上。白)號令傳下,千軍齊諾。方才擒住梁山賊寇,大人傳令下來,升坐大堂。審問明白,就要處決。今夜升堂,非比等閑,到要小心爲妙。(千聽,拍背)(超白)呔!你是什麽人?辦甚的?(千)我是皂隸。(超)可有腰牌?(千)這不是腰牌麽?(超)皂隸,大人吩咐下來,今夜當差比不得往常,跕公堂的,都要到齊。兵丁們護住衙署,這盔甲要鮮明,刀鎗要鋭利,放小心了。(千允。跟三步)(超回頭。白)呔!少時升堂,吩咐弓上弦、刀出鞘,腰牌帶好,若無腰牌,就是梁山賊寇,爾要小心。(超下)(千)哎吓!諕死我也。少時升堂,弓上弦、刀出鞘,外有兵丁把住,内有公人跕班。倘若看出我的馬脚,怎麽好?哎吓。(抖介)哎,不要緊,按定元神,既入龍潭,怕什麽虎穴?待我來叫開門。(三扎,三號,開門)

(吹打)(套鎧、劊、牢、四將、成、達、中軍、超、千、旗牌上)(梁中書上)

【引】龍吟虎嘯軍威正,除豺狼干戈縱消。

(吹打)(白)除却萬民憂,先斬賊人頭。來,將擒來賊寇綁上來。(牢允)

---

① 擬聲詞,表走路聲。

(綁生、石上)(千代練咬耳)(書白)哇！你這兩個死囚，見了本節度爲何不跪？(千掛帖)(石白)住了。我把你這贓官，俺家大哥發兵前來，將你鳥城子踏爲平地，定把你這贓官，砍爲三截，方知俺們的利害。(書)來，推出斬首。(牢推生、石介)(書)哽？頭上掛的什麽？(牢)白頭告條。(書)取來我看。(牢取)(書看念)"梁山泊義士宋江，仰示大名府官吏：盧俊義乃天下豪傑，吾今聘請上山，一仝替天行道，如何妄徇奸賄，屈害善良？吾令石秀，先來報知，反被擒捉，如是存得兩人性命，獻出奸夫、淫婦，吾無多求。倘若故傷羽翼，屈壞股肱，便當拔寨興師，仝心雪恨。大兵到時，殺得大名府雞犬不留，天地感扶，鬼神共佑，談笑而來，歌舞而去，清官良民，切勿驚恐，各安職業，諭衆知悉。"(千混下)(書)哎吓！難道大堂上，也有梁山奸細在此麽？(超)啓大人，梁山泊這夥强盜，朝廷幾次都奈何他不得，况大名府一郡之力？不如將他二人，押在死囚牢裏，待拿住宋江，一仝問罪。豈不是好？(書)正合我意。來，將二賊押在死囚牢裏，好生看守。(牢允)(石笑)哈哈哈，量他不敢斬。(牢押生、石下)(書)索超聽令。(超)在。(書)命你帶領李成、聞達，人馬三千，把守飛虎峪，緊防賊寇犯境。(超)得令。(書)掩門。(鎧套引下)(超)衆將官兵往飛虎峪去者。(仝允)(【尾聲】仝下)

(秦明上。起㶌，【點降】白)霹靂雷火，

(黄信上。起㶌)三山兵符。

(呼延灼上。㶌白)雙鞭起舞，

(花榮上)神箭威武。(仝白)仝把水泊扶。(各通姓名)(秦白)請了。頭領發兵，你我在此伺候。

(吹打介)(四鎧上)

(林冲上。唱)

【粉蝶兒】俺只旌旗光耀，猛將軍齊上馬，各顯英豪。

(外場坐介)(衆白)參見頭領。(林)衆位哥弟少禮。(衆)吓。(林白)猛將齊處爲棟樑，金戈鐵弓仁義强。馬步軍兵安排亮，飛虎峪前擺戰疆。俺"豹子頭"林冲，奉了軍師將令，帶領人馬，攻

打飛虎峪。衆位將軍，人馬可齊？（衆）俱已齊備。（林）兵發飛虎峪。（衆）呔！衆嘍兵，往飛虎峪去者。（【註①顔回】仝下）

（四下手、四女兵上）

（明、亮、珍、寶、凌、逵、三女將仝上）（仝報名。白）俺"一丈青"扈三娘。"母夜叉"顧大嫂。"母大虫"孫二娘。"毛頭星"孔明。"獨角星"孔亮。"雙頭蛇"解珍。"雙尾蝎"解寶。"轟天雷"凌振。"黑旋風"李逵。（扈）請了。奉了軍師將令，帶領嘍兵攻打飛虎峪。聞聽人言，此山一人把守，千軍難過，只怕不能成功。（逵白）三娘，自古道："一人拚命，萬夫難當。"慢説他一人把守，就有千軍，俺李逵兩把板斧，一向未發利市，今朝要去吃些人血了。（衆）他有滚木擂石，近前不得，也是枉然。（凌振白）列位英雄，休長他人志氣，滅俺水泊的威風。少時攻打，只要俺的轟天雷一放，慢説飛虎峪，就是通天峪，也要轟得他粉碎。（逵）照吓！（扈）既然如此，催軍前往。（衆允）（仝下）

（四上手上）（王定上。【排子】，白）俺王定，奉索將軍將令，把守飛虎峪。衆將官人馬上峪。（衆允）（擺山）

（扈原人過塲）（定白）呔！俺王定奉索將軍將令，把守峪口，梁山賊寇誰人敢來？

（逵内白）俺李逵來也。（四下手引逵上）（開打，跌下）（定白）呔！誰敢來？

（扈、顧、孫三女將内白）水軍女將來也。（女兵領上）（打介，敗下）（定笑）哈哈哈，你們這些毛賊，都是虚名無實。

（凌内白）轟天雷凌振來也。（四下手、明、亮、珍、寶、凌仝上）（背炮上，倒退放炮，打定死）

（扈原人過峪）（林原人過峪）（仝下）

（大吹打）（套鎧、二將官、三旗、成、達、索超仝上）（超唱）

【端正好】奉運承英名勝，大宋朝有幾個良臣，猛將軍沙場顯奇能，滅梁山功成定。

---

① 應爲"泣"。

(進帳。白)溝渠鰍兒起風浪,欲跳禹門遭羅網。(李成)那怕梁山千乘勇,(聞達)管叫一戰定家邦。(仝)某索超。李成。聞達。(超)只因梁山賊寇犯境,奉令帶兵抵敵,曾命王定把守飛虎峪,未見回報。

(報上。白)報索將軍,飛虎峪破了。(三仝)吓!那王定呢?(報)容禀:王將軍把守峪口,梁山賊寇前來攻打,俱被滚木擂石打下。後來忽然現出一將,身長八尺,面如鍋鐵,名叫"轟天雷"凌振,身背大砲,將王將軍轟死。破了峪口,人馬如潮水一般,湧將前來。離此不遠,請令定奪。(超)賞銀牌一面,再探再報。(報)得令。(下)(超)且住。梁山賊寇果然利害。二位將軍分兵一半,快去迎敵。(成、達)得令。(上手、英雄仝下)(超)二將此去,恐有失誤,待某親自出馬。衆將官,抬刀帶馬。(衆允)(唱)

【滚綉球】怎知俺急先鋒領兵,氣昂昂先行出征。堪笑那宋公明,不識俺的英名,恁可犯境。他仗着劫寨偷營,遇着俺索超妄想逞能。

(仝下)

(林原人上)(成、達原人上)(會陣,成、衆敗下)(林、衆追下)

(超原人急上)(四下手、李逵上。白)呔!認得俺梁山黑爺麽?(超)哇!我道梁山好漢,是怎樣出衆,原來腌臢的毛賊!(逵)吓!毛賊,叫你先吃咱老子一斧。(超)住了。(唱)

【倘秀才】惱得俺急先鋒氣填胸,奮勇趁。

(逵白)我的板斧要開葷了。(超連唱)

這毛賊言語不遜,

(逵白)爾快拿頭來。(超連唱)

在陣前賭下了這頭顱。哎吓,定輸贏,俺今日抖威風,要擒賊兵。

(殺介)(逵敗,追下)

(又上,又下)(超白)毛賊休走。(唱)

【脱布衫】這一場殺得他竄竄奔,戰場上勒馬提刀,梁山賊寇誰敢來。

(珍、寶、明、亮仝上)少得逞强。(超白)老爺馬前不斬無名之將,通名上來。(四仝)聽者,俺解珍。解寶。孔明。孔亮。(超笑)哈哈哈,都是無名小卒,叫你索老爺,殺得好不爽快也。(唱)

【快活三】見幾個無名賊來鬭陣，喝一聲毛賊。

(四白)住了。(超唱)

管叫恁一個個，多要喪命。

(殺介)(四仝敗下)

(三女將上)(超笑)咳，粱山賊寇，無人出馬，你等前來，出怪露醜。(三女仝)住了！匹夫休誇大口，認得俺"一丈青"。俺"母大虫"。俺"母夜叉"。(超笑)哈哈哈，刀吓刀，你今日晦氣也！(笑)恁没廉恥也來對陣。(殺介)(女將敗下)(超追下)

(林冲、李成、聞達上，開打)(成、達敗，林追下)

(林原人上)(超原人上)(會陣)(林白)敢是怯戰？(超)老爺豈能怯戰？你看天降大雪，馬不能行，你我各自收兵，再約戰期。(林)好。一仝收兵，請。(超)來，鳴金收兵。(超原人先下)(林原人)

(挖門宗上。白)大哥生下發背，請頭領回山。再作良法。(林)事有凑巧。衆嘍兵，前隊改作後隊，不可聲嚷，人馬回山。(衆允。【排子】仝下)

(旦、丑、丫環仝上)(旦唱)

【皂羅袍】兩下情憐相愛，正青春少年夫妻和諧。幽室異香風流快，多情那怕傍人怪。

(丑白)吓，夫人。(旦)員外。(仝笑)哈哈。(丑)骨兩家親眷篤，我去拜年，到才叫我員外哉。(旦)别人掙子一世家當，把啥享福。(丑)吠！前頭候補，骨歇子到實缺辣裏哉。(丫白)大爺，啥賊個快活，勿要樂極生悲。(丑)放屁！倽個樂極生悲？員外骨樣快活，倽場化生出悲哉？啥個出尿丫頭，明朝賣啥到花煙間裡去。(旦)快嘴丫頭，全是多話。(丑)哎吓，安人！昨日上燈，明朝元霄，要預備酒席，我搭倷好賞燈。(旦)骨到要個。(丑)丫頭，吩咐外面掛燈結彩，廚房擺酒，明朝賞燈。(丫允下)(丑)吓，安人吓！(唱)

【吹腔】朝朝暮暮，雨去雲來，生生死死，花台酒台，平昇三十三天界。

(仝下)

(二青袍城門官上。白)我"不貪財"便是。奉了梁大人鈞旨,設放花燈,添扮社火,通霄不禁。只恐梁山奸細混進城來,李都監遶城巡視,城門上要加意盤查。來,出城的不問,進城的要仔細。(魯、武挑担上。【水底魚】)(官)吓,什麽地方的和尚?(仝)俺們遊方朝山,路過此地。聞聽貴處花燈熱鬧,進城觀燈。(官)從那道而來?(仝)朝罷五台回來。(官)好魁梧的面貌,進去罷。(仝)回來再見。(下)

(孫新、顧大嫂上)(官)什麽人?(仝)打花鼓的。(官)打套聽聽,放你們進城。(孫)如此,我們打起來。(打唱)

年年有個三月三,昭君娘娘去和番。懷抱琵琶馬上坐,思想漢王淚滿腮。

(官白)唱的好,進城罷。(二下)

(王英、扈三娘仝上)(張青、孫二娘仝上)(官)什麽人?(四仝)打連相的。(官)打套聽聽。(四仝)我們打起來。(過門。打唱)

八月十五賞月光,思想才郎淚汪汪。你一去不回還,哎哎,你一去不回還。奴家生來花蕊樣,等着蝶兒採花香。你枉費心腸,哎哎呀!

(官白)進城罷。(四仝下)

(林、秦、花、呼、二孔、二解、逵、宗仝上)(官白)你們這班作什麽的?(衆白)頑社火燈的。(官)頑的好不好?(衆)好的狠。(官)頑把老爺看。(衆)我們頑起來。(搭燈)(官)好,請進城,進城。(衆下)

(千上。偷物)(官找物,下)

(梁山原人仝上。唱)

【耍孩兒】在山寨領將令領將令,巧粧改扮下山林。花鼓連相社火燈,社火燈。

(林白)列位請了。(衆)請了。(林)奉了軍師將令,巧粧改扮,混進大名府,劫獄殺官,捉拿奸夫淫婦。(逵白)王賢弟,你到捨得當這忘八。(王英)軍師將令,不得不遵。(逵)到有點烏龜相。(英)放屁。(林)休得取笑,一仝前往。(唱)

【前腔】一路之上要小心,休露真情,各自謹慎,元霄節大功成。

（仝下）

（二院、二丫環上。擺席）

（旦、丑仝上，坐席）（【排子】）

（三對夫妻仝上，打演）（丑問）何事？（院白）外面有羣打花鼓連相的，甚是熱鬧。（丑）叫裡篤進來。（院）吓，我家員外，叫你們進去。（衆）是了。（院）見了員外、安人。（衆）吓，員外、安人。（丑）你們打唱起來。唱得好，我員外有賞。（仝）是了。我們打起來。（唱歌）

正月裡元宵鬧，家家齊唱太平歌。君王有道多快樂，大名府與民仝樂和。

（鑼鼓）（丑彩唱）

上面坐的是奸夫，下面坐的是淫婦。多快樂，傾刻叫你見閻羅。

（旦白）賊叫花子！（丑）員外出子銅錢，淘情作樂，擅敢罵人，叫地方，治個兩個毴養的。（衆）呔！梁山好漢在此，將奸夫、淫婦拿下了。（衆擒旦、丑）（仝下）

（魯、武、逵、宗上。打進監）

（生、石、福、慶仝上。白）列位好漢，不可斬盡殺絶。（宗）賢昆仲若不棄嫌，共到山寨聚義。（福、慶）還有家眷不便。（宗）柴大官人早接去了。（福、慶）有勞了。（衆）囚犯們，此時不走，等待何時？（四犯、衆放火）（仝下）

（四鎧、二將、超上。白）人道元宵快樂，我爲放燈憂愁。

（套引李成上。白）盧俊義家被劫，將李固、賈氏劫去了。（下）

（超）吓！强人要劫李、賈二人何用？

（上手引聞達上。白）强人劫監，將盧俊義、石秀劫去了。（超）哎吓！這必是梁山奸細混進城來。

（報上。白）留守司火起。

（李成上。白）大名府火起。

（報上）翠雲樓火起。

（梁山原人上，開打）（成、達逃下，衆擒超）（仝下）

（吹打，擺寨）（公、吴、宋上台）

(英、新、清押丑過場)

(三女將押旦過場)

(千拿包下)(宗引福、慶上跑)(達拉超上,林等押下)

(魯、武、秀、生仝上)(宋見拉手)(仝下)

(前原人仝上)(宋白)宋江欲請員外上山,共聚大義,不想反陷此難,險遭不測,使我寸心如割。幸得上天庇佐,得見尊顔,請上,受我一拜。(生)豈敢。盧某有何德能,敢勞衆位頭領,如此救援賤體?雖肝腦塗地,難以報答。衆位英雄請上,受盧俊義一拜。(衆)我等也有一拜。(生)二位賢昆仲,前來拜見宋寨主。(福、慶)寨主請上,受我弟兄一拜。(宋)請起。二位尊姓大名?(生)這是“鐵膀臂”蔡福,“一枝花”蔡慶。賤軀承他二人照應。(衆)有勞了。(宋)二位就在山寨仝聚大義。(福、慶)願效犬馬之勞。(宋)好説。員外請上坐。(生)盧某不敢。(宋)員外生於富貴之家,長在豪傑之舉。宋江乃小吏出身,犯罪到此,手無縛雞之力,身無寸箭之功,那一件及得員外?這頭一把校椅,員外不坐,那個敢坐?請上坐,請上坐!(生)且慢。多蒙救命之恩,未曾報德,讓位之事,枉是多談,盧某甯死不從。(逵)你們都不坐,讓咱李逵來坐!(衆)嗄!(吴)哎,員外執意不肯,兄長還請上坐。員外坐第二把就是了。(宋江)員外允從了罷!(生)有勞衆位抬愛,這第二把盧某只得遵命了。(宋)請坐。(吹打)(宋一。生二。吴三。公四。林五。宗六。福七。慶八。魯九。武十。石十一。青十二。逵十三)(宋白)將索超綁上來。

(八將押上)(宋)索將軍,衆弟兄冒犯,多多有罪。(生)索將軍不如仝在山寨,共聚大義。(超)住了,俺索超食君之禄,當報君恩,背主投降,非丈夫所爲。(吴)吓,將軍!自古君不正臣投外國,父不正子奔他鄉。目下宋皇昏暗,奸佞專權。你看山寨,大半俱朝廷命官,盡在山泊避閑。他日若遇機會,建功立業,官爵陞遷,豈不美哉?(衆)軍師之言極是,將軍降了罷。(超三嘆介)也罷。寨主請上,待索超拜見。(宋)請起。(超)衆位英雄。(衆)將軍請坐。(吴)來將奸夫淫婦綁上來。

(三對押旦、丑上)(丑白)員外,安人原物未動,親手奉還,讓我轉去罷!(生)哇!你這惡賊,當初雪中救你的性命,收留在家,百般重用,你怎麽忘却前情,害得我家破人亡?你還想回去?吓,吓!只怕今生不能得够。(丑)阿呀,我個員外!啥裡救子我個性命,我害你家破人亡,也算恩將仇報了。(旦)阿呀,丈夫吓!放了我罷。(生)哈哈哈,俺盧俊義五代官家,非禮莫爲,非財不取,出你這個淫婦,傷風敗俗,玷污門庭。你還想活命?(打嘴巴)(唱)

【吹腔】全不念錦綉英豪,污門庭廉耻抛。

(旦白)哎呀,夫吓!饒我初次,下次不敢。(唱)

【前腔】早難道夫妻是仝林鳥,大限到各自抛。

(生接唱)

【吹腔】奸夫淫婦巧話言,却報冤仇在今朝。

(吴白)將他二人怎樣處治?(生)這個?(洒介)將他二澆爲人油蠟燭,活活的點死。(吴)來,將他二人澆爲人油蠟燭,綁下去。(宋)忠義堂擺宴,與員外、衆位慶賀。(仝)請。(仝下)(又仝上)(唱【玉芙蓉】)

(下手抬人燭上)(衆白)將火點起。(下手點介)(丑)軋姘頭個看看,要澆蠟燭個。(旦)全是啥害我個。(丑)大家快活個。(旦)啥個殺千刀。(丑)倷個殺千刀?刮刮叫蠟燭胥。(衆仝笑。白)今日之事,大家爽快也。(合引連【尾聲】)(仝下)(完)

貪歡報總講（皮黄）

【劇目簡介】

皮黄，未署名。現存清代鈔本多種，《蒙古車王府曲本分類目録》著録。小説《水滸傳》第六十五回《托塔天王夢中顯聖　浪裏白跳水上報冤》有類似情節，細節有所不同。

車王府藏清鈔本①，題目作“貪歡報總講”，十四場，每頁四行，每行二十字左右。

劇演名醫安道全與妓女李香蘭厮纏至金盡，老鴇催其出院，雙方發生争吵。安道全説及吏部王老爺請他看病，幾日後將給酬金千兩，老鴇聞听心喜，方纔留其暫住。適宋江身患重疾，遣張順前來迎請安道全醫治，安應允次日起行。“截江鬼”張望得了張順的横財，點名找李香蘭尋歡，與安道全發生沖突，張順遂殺死張望、老鴇及李香蘭，復在牆上留名“殺人者安道全”，逼迫安道全前往梁山。

（安道全上）

【引】流落烟花，怎叫我輕人脇下。

（白）卑人安道全，幼習耆花，丸如扁雀，声名補正，四遠皆知。是我在清淮河下，溝攔院中，宿妓女李香蘭。我二人十分成情恋，將一分家産，尽行花費，亡八保兒，終日要錢要鈔，一無打算。却

---

① 《俗文學叢刊》第三一九册收録，文字相同，兹用作參校；第三四七册收録《貪歡報》，唱詞附有工尺譜，係崑弋腔；《京劇彙編》第七六集收録李燕生、王介林藏本《秦淮河》，文字相近，亦用作參校；此外，《戲考》第一四册、《國劇大成》第一〇册收録。

好吏部王先生請我治病，病好，他許我一千兩銀子，早晚下來，也免得他們陶氣惹嚴①。（李内白）啊哈。（安白）話言未了，大姐來了。

（李香蘭上。唱）

身落在烟花巷，仝心歡暢，每日里倍伴客夜會新郎。

（白）哎，醒醒吓。（安白）大姐出來了。（李白）我早就出來了吓。（安白）卑人有裡。（李白）哎，我看你這個樣兒，你又可怜，又可嫌，你活給花錢老爺們，丢人卸底呀！（安白）你安大爺花錢買樂，怎言丢人卸底？你這話不通，要吃些砂仁豆寇藕節湯，通通氣嗎才好。（李白）你看别中②，花拳、行令、弹唱、歌舞，你睄咱們屋里，冷冷清清。慢説是個人，就是皂王爺，也都占着点停食招凉。（安白）皂王爺病了？代我開個方子。（李白）皂王爺病了，開什麽方兒哪？（安白）天麥冬、地麥冬，歌③姜糖三片，要盖上被屋，撒撒一身漢，也就好了。（李白）我這没叫你備藥方子。我問你，或是有銀子，或是有錢，快些拿出來，别叫我跟着受熱。（安白）你又不曾吃了硃砂，説些什麽傻話？（李白）我問你，我媽買我爲什麽？（安白）買你爲諾。（李白）什麽叫“諾”？（安白）就是藥。（李白）爲什麽藥？（安白）爲的是十香煖臍膏，連生種子丹，人馬平安散，外有一頂抱龍丸。（李白）我們這是養濟院，不是太醫院，没請尊駕你哪開藥方子！（安白）請我，馬錢四吊八。（李白）門脉呢？（安白）六伯，概不多取。（李白）要是有錢，早些的拿出來。要是没錢，别處你討討高招兒吓。（安白）你安大爺自幼學内外兩科，外代扎針，不用學高招兒。（李白）我看你可怎麽好？（安白）你是雜劳底子，叫我無方兒可治。（李白）哎，冤家吓。（安白）我成了冤家皮了。（李唱）

你本是讀書人理當守分，爲什麽貪烟花悮却功名？

---

① 應爲“厭”。

② 應爲“别屋中”。

③ 應爲“擱”。

(安唱)

蒙大姐你待我十分恩顯,我死後必須要將我哀怜。

(老保子上。唱)

耳邊廂又听得悲声一陣,來只在門兒外嗽嗽一声。

(白)啊哈。(李白)喲,我媽來了。(老白)哀怜哀怜,從得花錢,若無銀錢,何必眷練①?(安白)若有銀錢,何必哀怜?若是要錢,在等來年。(李白)媽呀,你听見没有?他那説了,若是要錢,在等來年。媽呀,你哪常常的功夫,耐耐的性兒,等着罢。(老白)這是他説的?(李白)他説的。(老白)我去問問他。咳,安相公。(安白)怎們又相公了?(老白)我听見我們丫頭説,若是要錢,在等來年。你哪這句話,好叫我七八十個睄不着你哪。(李白)不躭我媽睄不着你,連我都睄不着你。(安白)哎,老保無情,妓者無義,真道另②人可恨哪!(老白)你跟我轉文,我也是要錢!(李白)媽呀,你哪别生氣,我去問問他去,有什麽打算没有?咳,安大爺,你或是有錢?(安白)無有。(李白)或是票子?(安白)有。(李白)拿來。(安白)兩張當票子。(李白)那麽銀子方曹?(安白)方曹?連馬槽我都没有。(李白)你不成了窮磨了嗎?(安白)要錢没有,有命拿了去。(李白)媽呀,他説了,“要錢没有,要命拿了去”。(老白)這是他説的?代我問問他去。咳,安相公,我听見我們丫頭説,“要錢没有,要命拿了去”?你今個有錢給我,没事;你要是没錢,小孩子拉史,(安白)此話怎講?(老白)你得移個窝。(安白)叫你安大爺走?(老白)走!(安白)走到也使得。自到你院中,花費多少銀錢,一一的算还与我,你安大爺即刻就走,决不拉絲。(李白)媽呀,你哪听見没有?他説自到院中,花了多少銀錢,一一的算还与他,他立刻就走了。媽呀,你哪就把錢算個他,叫他走了就結了。(老白)那個,咱們娘

---

① 應爲“戀”。

② 應爲“令”。

們不倍①了本了？(李白)咱們給錢，叫他倍咱們東西。(老白)不是你提起這個大接骨眼來，我还忘了那。安相公，你要錢，我們給你，你得倍我們娘們東西。(安白)我又不曾損掇破，叫我倍你們什麽東西？(老白)好説，什麽東西？拿我們丫頭，好比一座四合套的房子，被你出來進去，進去出來，連門框都礳没了，你就是給太太修理門面。(安白)你安大爺賃房子住，不管修理門面。(老白)那們給你一個龕尔睄睄。捞毛的？

(捞毛上。白)什麽事情，掌櫃的？(老白)把這小子給我拱出去。(毛白)走哇，走哇，查堂了。(安白)你叫那個走哇？(毛白)叫你走！(安白)你是作什麽的？(毛白)我告訴你説，九城八條大街，前三門大街總胡庫的，這們一個捞毛的太爺。(安白)哦，你是個忘八。你安大爺正要用你，接了你的盖子，熬献菜架魚膏。(毛白)走罢，相公。(李白)老二，你拱誰那？(毛白)我拱這個相公。(李白)别几瑪②，你未曾拱他，你还得睄你妹子哪。(安白)你不要拱我了，我望你妹子有交情。(毛白)我要不睄我妹子，我就駡你的妹子。(下)(李白)安大爺，你哪到底是有打算没有？(安白)有了打算了。日前吏部王老爺請我看病，代等病好，許我紋銀一千兩，俱已把还与你，就是了。(李白)媽呀，他有了打算了。(老白)有了什麽打算？(李白)他説吏部王老爺請他看病，代等病好，三兩天，謝候他紋銀一千兩。若是來了，都給咱們。(老白)得了，安大爺，什麽有錢没錢的，你哪只管住着。今個喝酒，都是我的事。來，預備酒吓！

(張順上。白)踏破鉄鞋無覓處，得來全不費功夫。來此已是溝③欄院。呔！里面有人麽？走出一個來呀。(老白)你是找誰的？(張白)你問俺麽？俺是找安先生的。(老白)找安先生的？(張白)找安先生的。(老白)有邊，多一半是送銀子的。安大爺，

---

① 應爲“賠”。

② 或爲“擠嘛”之意。

③ 應爲“勾”。下同。

門口有人找你哪。(安白)待我看過。是那個?(張白)啊,安先生。(安白)啊,不認得。(老白)别躭悮交情,細細的睄睄。(安白)啊,不認得吓。(張白)安先生,你在俺家中吃過鲜魚,难道你忘壞了不成麽?吓,(唱)

曾記老母身有樣,特請先生開藥方。

(安白)不認得。(老白)你這兩天眼精①有点上了火了,擦一擦,睄一睄,别躭悮交情。(安白)我細細的看看。还是不認得。(老白)多一半是想錢的,你們兩人進去,待我打發他。(安、李仝下)(老白)咳,老二,我們這開開門,若大的花消,官私兩面,我們這的分子二八月,就是三節兩往,也没平常日子來想錢的。你來也不打听打听,别説我,就是我們丫頭,二指大的帖送到衙門里,你就吃不了抖着走。依我説,你趁早尔馬二巴打戗,你給我走球。(張白)俺一定要找安先生。(老白)我看你這個樣兒,不走,你要怎麽樣?(張白)我要抄你們的媱子。(打老保子介,追下)

(老保子上。白)撈毛的,撈毛的,快來呀。

(四下手上。白)掌櫃的,什麽事情?(老白)給我打那個小子。(仝下)

(張順上,接四下手,攢介)(老保子上,張獰老保子手,安道全、李香蘭起打,仝上)(安白)啊,慢些動手。你尊姓大名?(張白)俺乃"浪里波條"張順。(安白)啊,原來是張大兄,認得了。(張白)便宜了你。(老白)哎,好哇,打了個西几恼子爛,他又認得了。(安白)張大兄是我的好朋友。(老白)好"銅油"。(安白)好朋友!啊,張兄請座。(張白)安先生請座。(安白)張兄到此何事?(張白)今有宋大歌,身長疽背,特請安先生上山,与宋大哥調治病症。(安白)這個,今日天色已晚,明日一仝前往。啊,老保子,你們叫别的姐兒,倍伴張大爺,好生款待。我少倍張兄了,我要安歇去了哇。(安、李仝下)(老白)走哇,張大爺。(張白)那去?(老白)到我那屋子里去。(張白)慢着,你是個作什麽的?(老

① 應爲"睛"。

白)你會不知道?(張白)我不知道。(老白)我是扁食樓的掌櫃瑪。(張白)扁食樓會有你這樣的?(老白)爲倍客,还外代賣扁食。(張白)你們這有元宵没有?(老白)我們這竟賣扁食,不賣元宵。(張白)你這扁食是什麽餡子的?(老白)羊肉白菜的。(張白)好,將就了。我先鬧兩晚①扁食常常。(仝下)

(張望上)(鑼鼓介)(望白)得了垢拉,垢使得了。哎呀,真是的,你們太們睄人,要是有錢,打鼓的這塊,他就駕弄你。這們一抬腿,鼓嚨蒼。又一抬這條腿,又一個鼓嚨蒼。哎呀,哎呀,人不得外財不富,馬不吃夜料不肥。在下“截江鬼”的便是。我慣作這河下的買賣。那天我仝我們夥計在船上喝酒,凑功②來了一個孤行客,銀子代了不少。是我二人見財起意,就將這小子推在河内。我見這些個銀子,就紅了,我睄睄將我們那個夥計就殺死了,這些銀子就署了我拉。我見天吃銀子、嚼銀子,我這心里總是心神不定,把他花了,就心平氣和拉。俗語説的好,君子發財,如仝享福,小人發財,如仝受罪。啊,是我听人説,這溝欄院有一個姐兒們,甚是長得好看,他叫什麽李香蘭。我今個也事没是③,我不免前去逛他這們一盪。哎呀,説着説着,到了。哎,此處發賣楊梅大豆。啊,里面有人麽?出來一位。

(老上。白)來了。哎呀喲,大爺,你哪怎麽老不來哪?你哪好哇?(望白)你别往,你望我生鷄蛋畫花,假冲熟。你認得我瑪?(老白)我怎們會不認得你哪?(望白)你認得我?我姓什麽?(老白)你哪姓這個?(望白)没有姓這個的。(老白)你哪姓那個?(望白)我也不姓那個。(老白)啊、啊、啊!你哪姓趙?(望白)我不姓趙。(李白)啊,姓王?(望白)不姓王。(老白)你哪姓錢?(望白)不姓錢。哎呀,你這半天,竟朦嗎?(老白)咳,姓朦?(望白)你纔姓朦哪!(老白)你哪姓什麽來?這怪眼熟的。(望

---

① 應爲“碗”。

② 應爲“巧”。

③ 應爲“也是没事”。

白)我告訴你罢,我姓張。(老白)咳,不錯,姓張。上回仝着高大爺來的那位張二爺。(望白)不對,根里頭我就是歌一個。(老白)歌一個?(望白)歌一個。你跟我這們尾尾層層的,怎們就當了我跑了馬了,買賣生意。我里頭座座,有那個好的,叫出几個來,咱們把合把合。(老白)那們張大爺,你哪請到里頭坐。(望白)這不結了。(老白)請罢你哪。(望白)都把他們叫出來見見。(老白)交給拉我。姑奶奶們,見客拉。

(二旦角上。仝白)掌櫃的,有了客拉?(老白)過去見一見張大爺。(二旦仝白)啊,張大爺,你哪好哇?你哪好哇?(望白)好哇你哪,你們姐們好哇?(二旦仝白)好哇,托你哪的福!(望白)你們二位這個年歲,都有四五十了罢?(二旦仝白)我們才十八歲。(望白)這條大腿!(老白)你們兩人倍着張大爺説話,我先預備点酒去,滕①点茶來。(下)(望白)你們二位,一頓飯还吃得了五斤雜花面啊?(二旦仝白)我們可不吃那個。(望白)好哇,不吃那個,是口袋服兒。你們二位誰是李香蘭?(二旦仝白)找李香蘭?(望白)那個是李姑娘?(二旦仝白)你錯上了坟拉,王八旦日的。(仝下)(望白)哎,好哇,怎麽他們兩人駡起我來了?哎,老保子,老保子!

(老上。白)來了,來了!張大爺,什麽事情?(望白)你麽,叫出兩鼻嫋姐駡人哪?(老白)不能駡,我們買賣人,不能出口傷人。(望白)現在駡了那。(老白)你哪不是説了什麽错話拉罢?(望白)我没説什麽。(老白)没説什麽,他們不敢駡人。(望白)我就説你們誰是李香蘭,他們兩人張嘴就駡人“錯上了坟拉”。(老白)如何?你哪,是錯説了不是?(望白)怎們錯説了話拉?(老白)我告訴你哪,行有行規,鋪有鋪規,我們這也歸五行八作。(望白)你們是那一作?(老白)我們是頭一作。張大爺,你哪是不知道,我們這找誰誰見,你哪找他們,姐們見,找李香蘭,李香蘭見,他們就不能見了。怪不得他們駡你哪,是錯上了坟拉。

---

① 應爲“沏”。

(望白)錯上了就錯上了。我問問你,你們這到是有這們個李香蘭没有?(老白)有。(望白)有,叫出來我見見。(老白)不行,有了包家了。(望白)什麼包家?(老白)是個大夫包着哪。(望白)我告訴你,什麼大夫不大夫的,錢大買不了錢二。這是大道驢,誰騎誰騎。張大爺我這有的是銀子,叫出來見見我。(老白)可先説下,張大爺,可竟倍酒,可不當差時。(望白)這們辦,差時我給他署起去。(老白)就是這們辦。丫頭,香蘭,还得小声兒叫。咳,我説香蘭孩子,快來,有了好客拉。

(李香蘭上。白)哎呀,才睡着。媽呀,什麼事情?(老白)有位大嫖客,有許多的銀子哪,你去見見。(李白)我們不能去,回來他知道哪。(老白)不愛①的。你見見去,不當差時。(李白)差時哪?(老白)我早望你們誇蘭達説明白了,差時我給你署起來了。(李白)那們我去見見去?(老白)丫頭,見見張大爺。(李白)張大爺,你哪好哇?你哪好哇?(望白)哎呀,我的媽吓!(老白)你哪這是怎們了,張大爺?(望白)我這認坟哪。(老白)起來罢,張大爺。(望白)你們太爺睄,這才好惱袋。(老白)預備酒吓。(望白)咱們喝点。隨便花拳隨便唱,愛唱什麼唱什麼。

(安道全暗上,听介。白)啊,怎麼花上拳來?代我進去看來。嘟,王八旦,雜種,混章,什麼東西?还不与我滚出去!(李香蘭下)(老白)張大爺,這個就是大夫包家,白吃白喝白挑眼。(望白)交給我拉。咳,相公。(安白)你是什麼東西?安大爺的人,都是你跕的瑪?狗才!(望白)哎,有的,我把個老車前子日的。我告訴你相公,這是大道上驢,誰有錢誰騎,你要攔我,我就玩你哪。(安白)什麼東西?你不要忘吓。(望白)太爺跑不了。(安白)張兄快來。

(張順上。白)何事?(安白)有人欺壓与我。(張白)現在那里?(安白)隨我來。(張白)對頭到了。(追下)

(張望、老保子仝上)(望白)老保子,老保子,你怎們煩出一個大

---

① 應爲"礙"。

花臉,打我這個小花臉?(老白)他這就是那個大包家麼?(望白)那們打,打出什麼來,全我哪。你有個人没有?(老白)有人。(望白)叫出來打呀。(老白)捞毛的,捞毛的。

(四下手上。白)什麼事情?打鷄八日的。(老白)打呀!

(張順上,接四下手,攢殺,死下)(張望死下)(張殺老保子,仝下)

(張追李香蘭,兩過場下)

(張上。白)且住。看他恋恋不捨,這便如何是好?哦,呵呵,有了,棹案之上,現有文方四宝,代我墻上提詩一首。“殺人者安道全,殺人者安道全。”(下)(又上,殺李香蘭,死下)(張白)呔!殺人还不走嗎?(安白)我何曾殺人那?(張白)現有詩句。(安白)在那里?(張白)隨我來。(小元場介)你且看來。(安白)“殺人者安道全,殺人者安道全。”哎呀!(張白)呔!你还不走?(安白)走,走。(張白)走哇!(仝下)(完)

英雄義總講(皮黄)

【劇目簡介】

皮黄,未署名。現存清代鈔本多種,《蒙古車王府曲本分類目録》著録。小説《水滸傳》第六十八回《宋公明夜打曾頭市　盧俊義活捉史文恭》有類似情節,但細節多有不同。

車王府藏清鈔本①,題目作"英雄義總講",一場,每頁五行,每行二十字左右。

劇演史文公[恭]在曾頭市收曾家五虎爲徒,因射死晁蓋,日夜嚴防死守,以提防梁山復仇。盧俊義係史文公同門師兄,力勸史文公歸順梁山,以化解此仇。史文公不聽勸告,雙方遂發生争鬭,此日天色已晚,議定次日再戰。當晚史文公偷襲梁山營寨,盧俊義等人早有防備,史文公中伏敗走,逃至江邊,終被阮氏兄弟生擒。

(史文公上)

【引子】武藝高强,論拳棒四海名揚。

(四下手兩边上)(史白)兩膀膂力無窮,毒藥袖箭掌手中。手下庄丁似狼虎,要把梁山一扫平。俺史文公,自幼愛習拳棒,曾拜周通爲師,寔指望出力皇家,揚名与天下。自幼在家,將人傷壞,是俺來在曾頭市。曾家五虎看我武藝出衆,曾拜我爲師。这且不言。前者段金柱,与梁山晁盖進來一馬,是我代領家丁,出庄搰抢,將此馬抢到庄上,段金柱又被大虎羞辱一場。段金柱一

① 《故宫珍本叢刊》第六七六册收録,文字相同,兹用作参校;《俗文學叢刊》第三册收録生角脚本,與此劇同源;《京劇叢刊》第二三集亦收録。

怒,緊逩梁山,禀明晁盖。那晁盖代領僂兵下山,与某敖①战,不想那晁盖被某一箭,哦呵,射死。此事梁山定不与我干休,因此每日操演庄丁,隄防不測。俺亦曾命大虎四路打听,未見回报。(大虎上。白)走哇。忙將梁山事,報与師爺知。啓稟師爺,梁山芦爺拜。(史白)啊!梁山芦爺拜?(大虎白)正是。(史白)他是怎樣的打拌②?(大虎白)乃是軍家打扮。(史白)哦,軍家打拌,少時進得我庄,看爲師的眼色行事。有請。(大虎白)有請。

(四文堂、燕青、林冲仝上)(芦俊義上。白)啊,師弟!(史白)啊,師兄!(仝笑介)啊,哈哈哈!請。(史白)不知師兄、師弟駕到,未曾远迎,面前恕罪。(芦白)豈敢,豈敢。兄來得鲁猛,師弟恕罪。(史白)豈敢。師兄爲何軍家打拌?(芦白)這個……爲師弟而來。(史白)爲弟何來?(芦白)只因師弟箭射晁天王,梁山衆家兄妹,一個個不服,要报那一箭之仇。(史白)哦,他們一個個要报那一箭之仇,爲弟何來?(芦白)不是吓,將兄擄上山去,拜我爲帥。兄下得山來,相劝師弟归順梁山,以解此圍。(史白)師兄此言差矣。吓!(芦白)不差。(史白)想你我師兄三人,曾拜周通爲師,寔指望出劾皇家,揚名与天下。想林矣弟八百軍中,称爲教首,又被奸佞所害,出在无柰,归順梁山。想師兄家財豪富,怎麽你也归順梁山賊寇?今又劝弟归順梁山,禁声,禁声吓!(芦白)師弟,听愚兄相劝你的之言,归順梁山,以解此圍。(史白)想俺史文公,与梁山呵……【風入松】【排子】(林白)听大師兄之言,归順梁山,身爲有喜。(史白)咳。想俺与梁山呵……【風入松】【排子】(芦白)好言相劝,怎麽不听?真乃匹夫也。(史白)那個是匹夫?(芦白)你是匹夫。(史白)你是匹夫。(芦白)你是匹夫。(史白)師兄,俺今不念与你同堂學藝,進得我庄,你們要想出去,萬萬不能。(芦白)芦爺早知你庄利害,敢把你芦爺怎麽樣?(史白)師兄,你执意与我較量不成?(芦白)芦爺可惧?(史

① 應爲“鏖”。

② 應爲“扮”,底本中多有此用法,後不贅。

白)如此,得罪了。(芦白)請。(衆元人分下)(史、芦二人对鎗,双仝下)

(林冲單起,接英雄攢)(史文公上,打)(林敗下,上)

(燕青上,打)(史文公敗下)(燕青接下手,攢大虎瞞頭打,燕青敗,上場門敗下)(大虎追燕青,急仝下)

(燕青下塲門上,出庄下)

(四下手仝上)(大虎上。白)好好看守庄門,大家小心了。(下)

(四僂兵、四上手、四英雄、李逵、"一丈青"户三娘、孫二娘、魯智深、徐寧、花榮仝上)(武松上。白)列位請了。(衆白)請了。(武松白)你我大家,奉了大歌①之命,下山保護芦大歌成功,就此前往。

(燕青上。白)走哇,啊,衆位英雄!(武松白)怎麼樣了?(燕青白)里面動起手來。(武松白)好,殺上前去。(当塲砍庄門,四下手護庄門,衆進庄門下)

(芦俊義、史文公起打,双架住兩边,元人攢烟同,会陣下)(芦、史双收,下)(起打,起小連环,元人全打)(末对芦、史仝上,起打,架住。史白)你敢是怯战?(芦白)非是怯战。今日天氣以晚,你我明日在②战。(史白)來者呢?(芦白)君子。(史白)不來者呢?(芦白)小人。(史白)出庄去罢。(芦元人全領只下)(四下手元人當塲凹門,衆仝白)師爺好鎗法,師爺好鎗法。(史白)俺与他同堂學藝,怎麽不知他的鎗法利害?尔等飽飡战飯,三更時分,隨爲師的偷营劫寨。(衆仝白)啊。(史白)听俺吩咐。【排子】(衆仝分下)

(芦俊義、衆元人凹門上。衆仝白)芦爺好鎗法,芦爺好鎗法。(芦白)我与他同堂學藝,怎麽不知他的鎗法利害?那厮生來奸詐,你等人不可卸甲,馬不可離鞍,以防他今晚三更時分偷营。衆位兄妹,後面歇息去罢。(衆仝白)啊,遵命。(衆分下)(芦卸

① 底本中多有將"哥"作"歌"處,不贅。

② 應爲"再"。

靠兩望介)
(三更時,史文公元人上)(斜一字,偷营介)(史白)呔!看鎗。(芦架住,大推磨,半拉过合)
(武松元人全上,会陣下)(起打,大連环,留芦、史二人起手礼,起打,大連环,末对,留史上,武松下)(大虎四拐挡)
(燕青上,打史文公下)(燕青接攢)
(四下手上)(三旦角上)(打稍子棍下)(留一旦角單对芦,接攢下)
(武松元人全上,史文公敗下)(芦元人追下)
(阮小二、阮小七上。白)俺阮小二。俺阮小七。(阮小二白)兵弟請了。(七白)請了。(阮小二白)你我奉了大歌之命,埋伏江口,就此前往。
(小元場)(下場門等史文公上,三冲頭介。白)且住。梁山甚寔驍勇,將俺殺得大敗。行在江边,那傍有一支小舟,將他唤將过來,將俺度过江去。船家这里來。(阮小二白)你敢是过江的麽?(史白)正是。(阮小二白)搭扶手。(史上船)(小元場)(上棹子)(阮小二白)將你度过江去,拿錢來。(史白)將俺度过江去,多把銀錢与你。(阮小二白)我們船家不打过河錢。(史白)你乃何人?(阮小二白)俺乃梁山好漢阮小二。(阮小七白)俺乃梁山好漢阮小七。(史白)呔,招打!(阮小二、阮小七起打,史文公被捡)
(武松元人全上)(阮小二白)史文公被捡。(武松白)回山去者。(全下)【尾声】(完)

曾頭市（皮黄）

【劇目簡介】

皮黄，未署名。現存民國《戲考》刻本，可與車王府藏鈔本參照。小説《水滸傳》第六十八回《宋公明夜打曾頭市　盧俊義活捉史文恭》有類似情節，但細節多有不同。

《戲考》刻本，題目作“曾頭市”，又名“英雄義”“一箭仇”“拿捉史文恭”等，一場，每頁十五行，每行三十六字左右。

劇演梁山大破曾頭市、擒捉史文恭之事，與車王府藏《英雄義總講》情節大致相同，細節略有差異。

（生上）

【引】武藝高强，論鎗法，蓋世無雙。

（白）志氣冲霄武藝能，曾頭市上逞威風。一箭射死賊晁蓋，要把梁山一掃平。某史文恭，自幼曾拜周侗爲師，習練全身武藝。只因梁山賊寇，恃蠻横行，每每打家劫舍，擾害黎民。前有段景住，在口外得了一匹好馬，名爲“追風千里駒”，曾要獻與宋江，那時他打從我庄經過，被某將此馬奪來。誰想那段景住，去至梁山，搬動是非。那晁蓋帶領人馬前來，是俺一箭，將他射死，梁山衆賊寇，定必要與他報仇。俺也曾命庄丁暗地打探，未見回報到來。

（四下手、四英雄暗上）左右。（衆白）有。（生白）伺候了。

（八莊丁上。白）忙將梁山事，報與莊主知。參見莊主。（生白）爾等回來了？（衆白）回來了。（生白）打探梁山之事，怎麽樣了？（衆白）今有宋江，拜盧俊義爲帥，帶領忠義堂衆好漢，一并前來，要擾亂我莊。（生白）那梁山賊寇，要擾亂我莊？（衆白）正是。

(生白)想那盧俊義,與俺同窗學藝,他若前來拜莊,速報我知。(衆白)吓!(生下)(衆隨下)

(四龍套、四上手、二武旦、二丑、三净、林冲、燕青、武松,盧俊①白)衆位哥嫂請了。(衆白)請了。(盧白)我等奉了大哥將令,來到此處,待俺隨同林賢弟與燕小哥,前去拜莊。衆家哥嫂,在莊外埋伏,不得有誤。(衆白)得令!(下)

(龍套、上手轉場)(燕白)有人麽,走出一個來!

(副净上。白)什麽人?(燕白)盧俊義前來拜莊。(副白)候著。有請莊主。

(四下手、原人同生上。白)何事?(副白)盧俊義前來拜莊。(生白)有請。(副白)有請。(生白)吓,師兄。(盧、林同白)賢弟。師兄。(生白)請坐。未知師兄、賢弟駕到,某家未曾遠迎,面前恕罪。(盧白)豈敢。愚兄來得鹵莽,賢弟海涵。(生白)豈敢。吓,師兄爲何這樣打扮?(盧白)賢弟有所不知,只因梁山"及時雨"宋公明,招賢納士,結交天下英雄,除暴安良,替天行道,特命愚兄前來,邀請賢弟,同上梁山,安享富貴。(生白)師兄此言,差矣!(盧白)不差。(生白)想你我弟兄三人,同拜周侗爲師,同窗學藝,練就全身武藝,誰不聞名喪胆?林賢弟,因被奸臣所害,無處可歸,投奔梁山躲避,事出無奈。想師兄久居大名,家財萬貫,坐享安樂,爲何也投那梁山賊寇?(盧白)只因你將晁天王射死,忠義堂好漢,紛紛議論。你若執意不肯歸順,梁山衆弟兄,就要報那一箭之仇!(生白)師兄吓!(唱)

【急三鎗】一箭仇,却因爲相争鬥。

(盧白)賢弟,事要三思,免得後悔。(生白)想俺史文恭!(唱)

俺全憑鎗法優,縱有梁山賊寇,恁來將,俺相候,那怕你人馬稠。

(盧白)好言相勸,執意不聽,少時被擒,悔之晚矣!(生白)聽你之言,敢麽是要與小弟較量麽?(盧白)正是要與你這匹夫比試。(生白)那個是匹夫?(盧白)你是匹夫!(生白)你是匹夫!來

---

① 原文此處漏一"義"字。

打！（起打）（羣場）（衆同下）

（生、盧比鎗，打快鎗，奪鎗，雙扯下）

（燕上，對八莊丁，敗下，衆追下）（燕出莊）

（副净上。白）衆莊丁，好生把守莊門。（下）

（四上手、武旦、三净、武松同上）（燕上。白）衆家弟兄一同前往！（同下）（武松耍刀下）

（原人同上，進上，會陣，打連環下）

（生、盧奪鎗，扯上，起打）（盧看介）（生白）你敢麽是怯戰麽？（盧白）看天色已晚，你我明日再戰。（生白）來者？（盧白）君子。（生白）不來？（盧白）小人。（生白）請！（盧原人同下）（生白）衆莊丁，後面歇息。（衆下）（生白）且住，我與那盧俊義，數載不見，他的鎗法越發精壯了，待等明日前來，只怕此莊有些難保。（拉勢子。唱）

【風入松】我看他鎗法，甚是高强，盤旋圍繞似秋霜。任你英雄武藝壯，怎當俺横冲直撞。好一似攪海翻江，管叫你一命亡。

（白）我看他等初到此地，未必准備，不免三更時分，偷營劫寨便了。（拉勢介。下）

（盧隨原人同白）衆弟兄，今晚要飽餐戰飯，謹慎小心，防備那賊前來劫寨。（李逵白）大家小心了！

（生隨原人上）（起打，八股蕩，生敗下）

（二丑上。白）我，“追魂太歲”阮小二。我，“短命二郎”阮小五。哥哥，你我奉了大哥之命，扮做打魚的模樣，等候史文恭，你我就此前往。（同下）

（生上。翻跟頭介。白）盧俊義十分驍勇，待我逃走。吓，漁船快快攏過來！

（二丑上。白）我們是打魚的船，不渡人。（生白）多把銀錢與你。（丑白）多給銀錢？就好，待我搭了扶手。（上船介）（生上桌介）（丑白）船到了江心，給錢罷。（生白）到岸再給。（丑白）不行！（生推二丑下水，丑扯生下，對打）（生被擒）（完）

丁甲山總講（皮黄）

【劇目簡介】

皮黄，未署名。現存清代鈔本多种，《蒙古車王府曲本分類目録》著録。小説《水滸傳》第七十三回《黑旋風喬捉鬼　梁山泊雙獻頭》有類似情節，但細節多有不同①。

車王府藏清鈔本②，題目作“丁甲山總講”，十四場，每頁六行，每行二十字左右。

劇演丁甲山上匪徒王江、董海冒充梁山宋江等人，將太平莊員外刘志善的女兒搶去。李逵、燕青偶然投宿太平莊，得聞此事後，李逵暴怒，径直趕回梁山砍倒杏黄旂，又到忠義堂欲砍殺宋江，被梁山諸人勸住。宋江得知事情經過，與李逵、燕青同往太平莊以證清白，李逵方知是賊人冒名頂替。李逵自知理虧，聽從燕青的建議，負荆請罪，宋江令李逵捉拿冒名頂替的賊人以將功贖罪。李逵與燕青幾經展轉，終于尋得賊人巢穴，直搗丁甲山，殺死王江、董海，救出刘小姐。

---

①　此劇與元康進之《梁山泊黑旋風負荆》雜劇相似，人物姓名和情節有所不同。另此劇前半搶女情節文字與《青風寨》相類，莊主姓名刘志善、張志善亦相近，兩本當有相承關係。

②　《故宫珍本叢刊》第六七三册收録《丁甲山》《丁甲山總講》兩種，情節相近；《京劇彙編》第三三集、《戲典》第一集、《國劇大成》第九集收録，題“丁甲山”，情節相同，文字相近；《俗文學叢刊》第四册收録浄脚本，第三二〇册收録李奎、燕青脚本，文字有異。《戲考》第一四册收録同名戲曲，予以附録以作參照。

頭 場

(八嘍兵站門上)(王江、董海上)

【点絳唇】垻站山崗,自强馬壯。威風掌,似虎如狼,坐守山林上。

(王白)有人打俺山前走,(董白)金銀財宝休想有。(王白)山中缺少美花娘,(董白)少個姣姣來奉酒。(王白)俺乃丁甲山大代王王江是也。(董白)我乃丁甲山二大王董海是也。(王白)吴弟,你我站住了丁甲山,到也逍遥自在,只是缺少壓寨夫人,如何是好?(董白)也曾命"半瓶油"下山打探,等他回來,便知分曉。(王白)來,伺候了。

(半瓶油上。白)忙將山下事,回报大王知。大王在上,半瓶油叩頭。(王白)起來。打听山下之事,怎麽様了?(半白)小人打听山下太平庄刘志善,有一女兒,生得十分美貌,特來报知。(王白)怎麽講?(半又照前白)(王白,三笑介)哈,哈哈,哈哈哈!吴弟,一仝下山提親。(董白)小弟奉倍①。(王白)半瓶油引路。衆嘍兵,代馬下山。(衆領下)

二 場

(刘志善上)(院子暗上)

【引子】自守家园,終日里愁鎖眉尖。

[詩]老妻不幸喪黄泉,夕②下無兒盼眼川③。所生一女無佳婿,無靠怎得奉暮年?老漢刘志善,祖居太平庄。不幸老妻去世,留

---

① 應爲"陪"。
② 應爲"膝"。
③ 應爲"穿"。

下一女,年已十六,此地並無門①当户对之家,終日爲了此事,心下不爽也,每日憂愁。不勉②唤出女兒出來,閑談一番。來。(院白)有。(刘白)請小姐出堂。(院白)是。後堂傳話,請小姐出堂。(丑丫坏内白)請小姐出堂。

(小姐上)(丫环仝上)

【引子】清辰早梳粧,紅日過粉墙。

爹爹萬福。(刘白)我兒罢了。坐下。(小姐白)謝爹爹。唤孩兒出來,有何教訓?(刘白)兒吓,爲父爲了我兒年已長成,此地並無門户相對之家,爲父年已花甲,有悮兒的終身,爲此愁悶吓。(小姐白)孩兒終身,自有定數,何必爹爹掛心?(刘白)哎,兒吓,

【西皮正板】(唱)③遭不幸兒的母一命早喪,兒年紀有十六未配夫郎。空自有这粮田無人指掌,父好似風前烛瓦上寒霜。

(小姐白)爹爹吓,(唱)

【西皮正板】劝爹爹休得要心煩愁腸,那吉人有天相豈無主张?老爹尊雖年邁身體健壯,良善家得机緣全靠上蒼。

(刘白)兒吓,回綉房去罢。(小姐白)是。兒尊命。(丫环仝下)(八喽兵、王、董、半瓶油仝上)(【水底魚】排子)(王白)來到了太平庄,(董白)滿腔兒羊双腸。(半白)來此已是。(王白)前去通报。(半白)吓。(半④白)转來。就説梁山宋江拜見。(半白)是人人不愛,是門上有人麽?(院白)什麽人?(半白)梁山宋江,求見員外。(院白)候着。啓員外,梁山宋江求見。(刘白)説我出迎。(院白)員外出迎。(王白)吓,員外。(笑介)吓,哈哈哈!(刘白)吓,大王請。(董白)員外。(笑介)哈哈哈哈!(刘白)二位大王請座。(王、董仝白)請座。(刘白)不知二位大王駕到,有

① 車王府抄本底本"門"多簡寫爲"门","闖""攔""爛""開""閒""蘭""關""烱"等字中的"門"字亦多作"门",後不贅。

② 應爲"免"。

③ 此劇底本"唱"字多寫作"叹",後不贅。

④ 按上下文意,此處應爲"王白"。

失迎接，面前恕罪。（王白）豈敢。我們來得鹵莽，員外恕罪。（刘白）好説。請問大王尊姓大名？（王白）俺叫宋江。（董白）对了，他叫宋江，我叫宋蒜。我兄弟叫宋葱。説得有礼。（刘白）二位大王來到荒庄，有何貴幹？（王白）闻得員外好善，特來拜訪。（刘白）豈敢。備得有酒，与大王接風。（王、董仝白）到此就要費心。（刘白）看酒。代小老尔把盞。（王白）擺下就是。（刘白）二位大王，請吓。【排子】（王白）請問員外，今年多大年紀？（刘白）小老尔六十三岁。（王白）膝下有几位公子？（刘白）夕下無兒，所生一女。（王白）多大年紀了？（刘白）一十六岁。（董白）員外請过來，你看看他这個年紀，这個樣兒，要不把令愛与我歌歌①做個押寨夫人，富貴不小。（刘白）住口！如何使淂？（董白）不知好歹。（王白）抢吓。（八喽兵抢小姐）

（丫环急上，董抱）（衆下）（王白）不知台擧②。（下）（刘白）哎呀，兒吓，

【西皮】【摇板】（唱）一時大祸從天降，强人抢去女紅粧。可嘆姣兒入羅网，一去性命不久長。

兒吓，女兒，哎呀，我那苦命的兒吓！（下）

三　場

（燕青内白）二歌，趲行吓。（上唱）

弟兄双双朝前闖，

（李逵上。唱）

好似猛虎下山岗。

（燕白）俺“浪子”燕青。（李白）咱“黑旋風”李逵。（燕白）李二歌。（李白）燕小歌。（燕白）你我与衆家兄妹一仝大歌下山，大

① 底本中“哥”多有作“歌”處，後不贅。

② 應爲“抬擧”。

闖李府，多蒙衆家兄妹，保護小歌①回山，你我二人錯走路徑，悮住在王小二的店中。誰知他的妻子与道士有姦，被二歌看破，多虧你裝座神弄鬼，殺了奸夫淫妇，因此上大鬧了一場。(李白)燕矦弟，你道我殺得好与不好？(燕白)好便好，只是太莽壮了。(李白)吓，又莽壮了！(燕白)看天色已晚，我們那里安身？(李白)看前面是座村庄，我們赶到那里，借宿便了。(燕白)如此，二歌請吓。(唱)

二歌一仝前行往，

(李白②)

原來一座小村庄。

(燕白)來此已是。(李白)我去叫門。(燕白)你不会。(李白)我連叫門都不会？(燕白)吓，門上有人麽？(李白)我連個“門上有人麽”都不会説？

(院上。白)什麽人？(燕白)我們是远方來的，錯过路頭，要在保③庄借宿一肖④，明日早行。(院白)請少待。員外有請。

(刘上。白)咳咳，何事吓？(院白)有二位客人，要在我家借宿一霄，明日早行。(刘白)領他們西廊安宿罢。哎，女兒吓！(下)(院白)是。(李白)怎麽進去了？(燕白)通禀他的家主。(李白)怎麽还不出來人？(燕白)不要性急。(李白)我打進去。(院白)吓，二位請到裡面。(燕白)有劳了。二歌來吓。(李白)走你的。(燕白)方才足下通禀何人？(院白)乃是家主。(燕白)原來是位都管，失敬了。(李白)哎呀，原來是位都管歌，失敬了。起來。(燕白)請問員外上姓？(院白)姓刘名志善。(燕白)刘員外。此庄何名？(院白)太平庄。(燕白)太平庄。李二歌計下了？(李白)我記着哪。(院白)請問二位尊姓大名？(李白)這個……(燕

---

① 應爲“大歌”。

② 應爲“唱”。

③ 應爲“寶”。

④ 應爲“宵”。

白)在下小乙,他叫李二。(李白)二歌賣豆尔的。(院白)可曾用过飯食?(李白)這個……(燕白)前途用过了哇。(李白)他一排一攔我。(院白)如此,請到西廊安宿。(燕白)二歌請。(李白)都管歌,飯到是小,可有酒?(院白)酒是有的。(李白)你拿來。(院白)是。(燕白)二歌这里來。(李白)來了,來了。(仝下)(起更)(刘上。白)哎呀,兒吓!(唱)

嘆老漢時不至遭此冤枉,此一方又出了惡垻强良①。

(白)老漢刘志善,不想我家昨日來了一夥强人,將我女兒抢去。可怜我女兒姣生貫養,今被强人抢去,休想得生。哎,天哪!想我良善之家,無故遭此大祸。看天色已晚,我那女兒定遭强人毒手,好不可嘆也!(唱)

姣兒一去無影相,强人萬惡意猖狂,嘆只嘆自孤身遭逢羅网,我的兒吓,定是孤魂轉回鄉。

(李上。白)呔!你这人真好無分晓,我們行了一日,正是一覺好睡,你在此哭哭啼啼,你是何人?(刘白)小老兒刘志善。(李白)原來是刘員外,失敬了。起來,你爲了何事,這樣啼哭?(刘白)壯士有所不知,我家昨晚呵,(唱)

一夥强人到草堂,安排酒宴飲瓊漿。

(李白)用酒宴相待,乃是你的好意。(刘白)哎,壯士吓,(唱)

言三語四胡乱講,抢去我女配鸾凰。

(李白)怎麽,他把你女兒抢去了?(刘白)抢去了。(李白)我且問你,昨晚來了多少强人?(刘白)一夥强人。(李白)可有爲首的在内?(刘白)有兩个爲首的在内。(李白)怎生樣的面貌?(刘白)一個有翻鬚,一個没有翻鬚。(李白)那有翻鬚的,他叫什麽?(刘白)他叫這個宋江。(李白)叫什麽?(刘白)他叫宋江。(李笑介)哇呀呀!(唱)

听罢言來怒滿腔,太阳頭上冒火光。此番我把梁山上,

(燕上。唱)

① 應爲"惡霸强梁"。

吓,二歌爲何怒一傍?

(白)李二歌,爲了何事?(李白)你告訴他。(刘白)小老尔刘志善。(燕白)刘員外,失敬了。爲了何事?(刘白)壯士有所不知,只因我家,昨晚來了一夥强人,口称梁山宋江,把我女兒抢去了。(李白)你听見没有?(燕白)只怕不是大歌。(李白)你怎麼説不是他?那晚在李府中觀見,就有些眉來眼去,一定是他無移①了。哦呵,員外,俺寔对你講了罢。(燕白)不可胡言。(李白)我們都是梁山泊的好漢,他叫燕青,我叫李逵,俺此番回山,我砍倒杏黄旃,火焚忠義堂,交还你女兒便了。(唱)

黑夜我把梁山上,定要去尋黑宋江。

(下)(刘白)壯士救命吓。(燕白)員外不必着慌,待我回山报与大歌,差人找尋你女兒的下落便了。(刘白)多謝壯士。(下)(燕白)正是:渾濁不分連②共鯉,水清方現兩般魚。(下)

肆 場

(伐典,吹打)(四文堂、四女將、四男將、四英雄、吴用、柴進、宋江上)

【点降③唇】替天行道,扫除奸僚。雄兵号,地動山摇,要把逆挡④扫。

(衆仝白)參見大歌。(宋白)衆位兄妹少礼,請坐。(衆仝白)謝大歌。(宋白)家住山東在郸城,水泊梁山我爲尊。杏黄旃上写大字,替天行道宋公明。俺宋江,只因汴梁大放花灯,衆家兄弟妹子,保孤下山,大鬧李府。多虧衆家兄弟,保護我回山,爲有燕青、李逵不知去向,爲此放心不下。(衆仝白)啓大歌,李逵有燕

① 應爲“疑”。
② 應爲“鰱”。
③ 應爲“絳”。
④ 應爲“黨”。

青保護，料然①無事，大歌但放心寬。(宋白)來，伺候了。

(李归②白)走哇。(上白)好，宋江吓，好宋江！我把你当作個仁義的朋友，誰知你是個混障攮的。吃咱一斧！(衆仝白)李二歌，爲了何事，这等無理？(李白)他私自代領喽啰下山，把人家女兒抢上山來。你好受用吓。吃咱一斧！(衆仝白)只怕不是大歌。(李白)不是他，我就是老虎日的。

(燕白)走哇。(上白)參見大歌。(宋白)燕兵弟回來了，見了衆家兄妹。(燕白)衆家兄妹仝礼。(衆仝白)燕小歌。(宋白)燕青，李逵爲何这等無礼？(燕白)大歌有所不知，我与李逵錯走路經，行至太平庄，在刘員外家中借宿，不認他家日前來了一夥强人，將他女兒抢去，口称大歌名姓。李逵闻知，所以如此。(李白)你們听見了？(宋白)原來如是。(李白)燕兵弟，这内中还有個年輕的，这年輕的是誰？一定是柴進了。好吓，你年輕輕尔的，也幹这個勾当，吃咱一斧！(宋白)李逵休淂無理。你到刘員外的女兒是愚兄抢來，愚兄隨你下山，叫那刘員外認我一認。若是愚兄，愿吃你几百斧；若不是愚兄，你便怎樣？(李白)若不是你，也罢，咱把这黑頭輸与你。(宋白)可要立下軍狀。(李白)我不会写字。(柴白)小弟代劳。(【排子】)(柴白)大歌，小弟也要跟随前去，也叫那刘員外認我一認。(李白)着吓。也不怕你不去。这根皮條欠，还是你拉的，到了那里，不是你便罢，若要是你，慢説是柴大官人，就是米大官人，我也要砍你娘的希爛。(宋白)李逵听令。命你晓諭刘員外，愚兄親身到庄。(李白)淂令。(下)(宋白)衆家兄妹，好生看守山寨，愚兄去去就來。(衆仝白)淂令。(下)(宋白)衆喽兵，代馬下山。(四龙套【排子】下)

---

① 此劇底本"然"字多作"犾"，後不贅。

② 應爲"李逵"。

伍　場

(李上。白)員外開門來。

(刘上。白)壯士。(李白)員外,抢你女兒的宋江,他少時就來,你可要認真了他,不然咱这吃飯的傢伙就要輸了。

(宋元人凹門上)(【排子】四龙套)(宋白)李逵,命他們認來。(李白)刘員外,抢你女兒的宋江來了,坐在上面,你説是他,咱就是这麽一斧。你去認來。(刘白)是、是、是!(李白)來、來、來!你説是他,我就是一斧。(刘白)這個……(李白)是他?(刘白)不是他,不是他。(李白)怎麽不是他?是了,燕青,他把眼睛朏着你,你心中有些害怕?(刘白)是、是、是!(李白)不怕,你放大了胆,前去認來,你説是他,我就是一斧。(刘白)這個,不是他。(李白)怎麽不是他?(宋白)員外,想是你老眼昏花,看不真切。叫你家下人前來,認吾一認。(刘白)是,家下人快來了。

(丫环上。白)來了,來了!員外,什麽事?(刘白)抢你小姐的宋江,他又來了,你去。(丫白)不好,想起我來了?(刘白)你去認來。(李白)你是什麽東西?(丫白)哎,皂王爺?(李白)嘿。(丫白)真黑。作什麽?(李白)你叫什麽?(丫白)我叫如意尔。(李白)意如尔?(丫白)又意如尔了。(李白)抢你家小姐的宋江來了,坐在上面,你説是他,我就是这麽一斧。(丫白)别鬧,我去。(李白)來、來、來!你説是他,我就是一斧。(丫白)哈哈。(李白)是他?(丫白)不对,不是。(李白)抢你家小姐的,内中还有個年輕的,你可認得?(丫白)認淂。臨走他还这麽弄了一下。(李白)哎,他也來了,坐在上面,你説是他,我就是这麽一斧。(丫白)我去。(李白)來、來、來!你説是他,我就是一斧。(丫白)吓,不是,這個掌①得多好看。員外,我嫁了他罢。(刘白)下去。胡説!(丫下)(刘白)大王救命吓。(宋白)員外不必驚慌,

---

① 應爲“長”。

代吾回山，着人找尋你女兒下落便了。（刘白）多謝大王。（下）（宋白）李逵無礼。【排子】燕青听令，將李逵交付与你，代回山寨。代馬回山。【排子】（下）（燕白）呔！二歌，大歌去了。（李白）燕兄弟，你把咱的頭代回山寨。咱是不見他的了。（燕白）李二歌何必如此，何不學位古人廉頗，身背荆杖，跪上忠義堂？衆家兄妹講情，大歌定然饒恕。李二歌，隨我來吓。（下）（李白）咳，這是他媽的何苦？（下）

陸　場

（宋元人凹門，【排子】上）（衆英厷①上接）（宋白）燕青听令。李逵到此，报門尔進。（燕白）吓。

（李上。白）（若是火工的，此一断話白不念，上來就唱）咳，爲了一個人，再也不要莽壯，因爲得罪了大歌，身背荆杖，跪上忠義堂。就此走遭也。（唱）

【二六板】咱李逵生來太莽壮，是何人假冒梁山称宋江？太平庄把人抢，咱闻知一時怒滿胸膛。身代板斧梁山上，俺李逵大鬧忠義堂。真宋江，假宋江，俺一時魯猛起祸殃。身背荆杖把忠義堂上，衆家兄妹坐兩傍。

（白）那傍好似燕小歌。燕小歌？（燕白）李二歌。（李白）大歌可曾陞帳？（燕白）大歌早以陞帳了。（李白）喜在那里？恼在那里？②（燕白）大歌麼？（李白）喜在那尔？（燕白）恼在那里？（李白）明見。（燕白）轉來。跪下。（李白）要跪下？（燕白）膝行。（李白）夕行？（燕白）要叫。（李白）叫什麼？（燕白）叫大歌。（李白）大歌。（燕白）还要叫。（李白）大歌，大歌，我一個人的親歌歌，歌歌門前接着一道河。喲，喲，大歌！（宋白）下面何人？（李白）李逵。（宋白）身背何物？（李白）荆杖。（宋白）要他

① 此字爲“雄”字的簡寫。

② 此句表明李逵的忐忑心情，欲知宋江此時心情之喜惱。

何用?(李白)因爲得罪了大歌,打也罢,罵也罢,还是打得好。(燕白)打便好。(李白)燕兄弟,三分劲尔打東西。(宋白)住了。(唱)

駡声黑賊太魯莽,無故大鬧忠義堂。喝令兩傍忙綁上,斬首号令在外厢。

(衆仝白)刀下留人。大哥,李逵犯罪,理應斬首。看在衆兄妹分上,饒他一死。(宋白)衆家兄妹請座。(柴白)大歌,待小弟問來。(宋白)兵弟向前。(柴白)吓,李二歌,抢那刘員外的女兒,内中有個年輕的,可是小弟?(李白)他也來了。不是你,不是你!你是我的好兄弟,如何作的出那個事尔來?与歌歌説個情尔。(柴白)看你説得可怜。(李白)我成了小可怜尔了。(柴白)大歌,李逵犯罪,理應斬首,看在衆家兄妹,饒恕他罢?(宋白)兵弟,請座。(柴白)謝大歌。(宋白)來,將李逵解下椿來。(燕白)吓!謝过大歌。(李白)我知道。(燕白)謝过大歌。(李白)我知道哇。(燕白)吓,又來莽壮。(李白)又不好了?謝大歌不斬之恩。(宋白)非是愚兄不斬与你,看在衆家兄妹分上,饒你不死。(李白)謝大歌。(宋白)燕青、李逵听令,命你二人捉拿冒名之人,不得有悮。(李白)得令。(燕白)俺不去。(李白)他又來了。燕兄弟,帮着歌歌走这遢。(燕白)不去。(李白)來、來、來!歌歌殺個鸡尔你吃。(仝下)(宋白)衆家兄妹,燕青、李逵此去,只恐难以成功。一仝前去相助,听愚兄令下。【排子】(衆仝白)得令!(下)(宋白)掩門。(下)

柒　場

(燕起埧上。唱)

【新水令】欽奉將令下山岗,恨狂徒肆行無壯①。

(李上。唱)

---

① 應爲"狀"。

【新水令】俺平生多魯莽，

（燕唱）

切齒恨他行。

（白）咳，我想此事，皆因你尔①起。（李白）燕兄弟，想弟兄之中，爲有你我这心，这急难救人，又是一件好事。（燕白）言雖如此，你我行了一日，不見賊人巢穴，怎樣回山交令？（李白）燕兄弟，抬頭觀看。（看介）前面那里黑洞洞的，必有奸人在内，我們拿住一個，追尋賊人巢穴便了。（燕白）如此，二歌請吓。（仝唱）

【新水令】恨那强良，那怕他深山路曠。

（仝下）

捌　場

（草上飛上。白）咘！（唱）

【步步姣】自小山林行無狀，終日閑遊蕩。暗地隐藏棍下伤，人难堵挡。

（白）我"草上飛"一生剪径，看天色已晚，望山中走走。（唱）

須遠在山塲，若遇孤行豈能放？

（下）

玖　場

（燕、李上）（燕白）李二歌，有了奸細了。（李白）代俺殺。（燕白）不要莽壮。（李白）我又莽壮了？（燕白）李二歌，悄悄的隨俺來吓。（仝下）

---

① 應爲"而"。

拾　場

(八英雄起垻上。唱)

【折桂令】奉將令齐下山崗,撥草尋蛇剪除惡强。他總有鉄壁銅墻,怎挡俺武藝高强?咱須速欽承前往,全憑俺劍戟刀鎗,故①不淂道路羊腸。犬吠堯王,他狗肺心腸,一任他逃走何方,怎当俺武役②高强?

(全下)

拾一場

(草、燕、李仝上)(燕放箭)(燕白)呔!尔可是奸細?(草白)我不是奸細,我是剪径毛賊,我叫"草上飛"。(燕白)刘員外的女兒,可是你們抢去?(草白)我不作那個事尔。这有坐丁甲山,有兩個大王,一个叫王江,一个叫董海,是他們幹的。(燕白)你可引我們前去。(草白)你哪,給我拔出來,我好走。(燕白)李二歌,與他拔出來。(李白)我給你拔出來。(草白)哎喲!(李白)拔出來到囔。(燕白)快走。(分頭下)

(八英雄上。唱)

欽奉着都軍令走山場,巧改拌③路把奸人訪。那怕他暗躲閃緊埋藏,管叫他遇某家神魂喪。

(草、李、燕上。白)衆家兄妹,到此何事?(衆仝白)奉大哥將令,助你二人成功。这是何人?(燕白)这是我二人拿住丁甲山的奸細。(李白)他叫"草上飛"。(衆仝白)如此,你二人先行,我等隨後接應便了。(燕白)請哪。(仝下)(衆白)看他二人已去,我等跟隨便了。(唱)

---

① 應爲"顧"。

② 應爲"藝"。

③ 應爲"扮"。

呀，全憑着虎狼心入山場，看望那狗奸人称强良。他今番再休想暗躲藏，强良抢去了美姣娘。心雄壯，他行叫那厮一命亡，叫那厮一命亡。

(仝下)

拾貳場[①]

(李、燕上，殺草下)(燕白)有了巢穴。(李白)我殺。(燕白)哎，又莽壯。(李白)咳，好他媽的慘頭記性。(燕白)李二哥，你隨我來呀。(仝下)

拾三場

(王、董、旦角仝上。唱)【打排子】

(燕、李仝上，殺王、董敗下)

(燕領旦角出山，見刘志善，同哭介，拜介，下)(李、燕起打介，下)

拾四場

(王、董仝上。白)嘟，喽啰們！

(八喽啰兩边上。白)有何吩咐？(王、董仝白)殺呀！(衆仝白)吓！

(八英雄兩边上)(李逵、燕青兩边上)(大牌樓起打，起殺，死)

(完)【声尾②】(仝下)

---

① 前有"連場"二字，當是与上一場連演。

② 應爲"尾声"。

丁甲山(皮黄)

【劇目簡介】

皮黄,未署名。現存民國《戲考》刻本,可與車王府藏鈔本參照。小説《水滸傳》第七十三回《黑旋風喬捉鬼　梁山泊雙獻頭》有類似情節,但細節多有不同①。

《戲考》刻本,題目作“丁甲山”,又名“李逵犯罪”“大鬧忠義堂”,一場,每頁十五行,每行三十六字左右。

劇演周明、周亮兄弟二人占據丁甲山爲盗,并冒稱梁山首領宋江之命,向太平莊陳員外説親,不問其肯與不肯,率領小嘍囉强搶其女而去。適值李逵、燕青奉命尋訪公孫勝,路經太平莊借宿,李逵聞聽此事勃然大怒,回至梁山忠義堂上,抽出板斧向宋江便砍,經衆攔住。宋江無奈,與柴進、李逵諸人同至太平庄以證清白。李逵後知鹵莽,當場認罪,宋江即命李逵緝查冒名之人。李逵無意中過一松林,遇見盗夥草上飛,盤詰明白,將二周勦滅。

(四下手、浄、副,【急急風】,上)(【點絳唇】浄白)自幼生來力無雙,弟兄二人占山崗。(副白)終日山下來打搶,最喜美貌女姣娘。(同)俺,(浄)周明。(副)周亮。(浄)弟兄二人,霸占丁甲山,每日打搶,坐地分贓,倒也安然快樂。只是山寨之上,缺少一美貌女子,以作押寨夫人。(副)前在太平庄上,觀見陳員外之

---

① 此劇與元康進之《梁山泊黑旋風負荆》雜劇相似,人物姓名和情節有所不同。另此劇前半搶女情節文字與《青風寨》相類,莊主姓名刘志善、張志善亦相近,兩本當有相承關係。

女，長得十分美貌。待小弟前去提親，大哥意下如何？（浄）只恐他不肯應允。（副）小弟自有妙計，但須多備彩禮。（浄）如此，煩勞賢弟前往。正是：花紅彩緞交付與你，（副）管保大哥成夫妻。（同下）

（末上）家有萬石糧，前倉合後倉。

（副上。白）門上有人麽？

（院子白）什麽人？（副白）梁山差人要見你家員外。（院子白）梁山上差人要見。（末白）説我出迎。（院白）員外出迎。（副白）員外。（末白）請坐。請問壯士，貴姓高名？（副）在下宋蒜，我兄長宋薑，命我前來提親，要娶你家小姐，作一押寨夫人，員外料無推辭了。（末白）只是我女兒，已有了人家了。（副白）那裏什麽有了人家！現有彩禮在此，三日抬親。告辭了！（末白）斷斷使不得！（副下）（末白）這閉門家内坐，禍從天上來！（下）

（李逵、燕青同上。唱）

【西皮】【摇板】時才領了大哥命，

（李唱）

一路之上要小心。

（燕白）咳！奉了大哥之命，一路尋找公孫先生。叫我等往那裏去找？（李白）你看天色不早，你我去到前村，大户人家，暫住一宵，明日再作道理。（燕白）好，就此前往。走吓！（唱）

邁開大步，往前闖，

（李唱）

又只見紅日，落西方。

（同下）

（副帶四青袍、花轎上）（抬旦下）

（末上，哭介）（下）

（李、燕上。白）來此大户人家，你向前借宿。（李白）這個我會。呔！裏面有腿的，滚出一個來！（燕白）這是什麽講話！起過一傍。（李白）那麽就聽你的。（燕白）裏面有人麽？（李白）“有人麽”，全在這個“麽”字上哪，我可模不着一點。

(院白)什麽人?(燕白)我們乃是遠方來的,前來借宿一宵,明日早行。(院白)候着。員外有請。

(末上。白)何事?(院白)外面有二人求見。(末白)説我出迎。(院白)員外出迎。(燕、李白)員外!(末白)請坐。二位到此何事?(燕白)俺乃遠方來的,因天氣不早,無處投宿。願在此地借宿一宵,明日早行。(末白)原來如此,家院帶他二位,去至後院小房安歇,准備酒飯吓。二位壯士,老漢不能奉陪,請便!(下)

(院帶燕、李下)

(末上。白)可恨宋江這强盗,將我女兒搶去,我女兒倘若不從,只恐性命難保!(唱)

惱恨宋江理不端,擅搶民女爲那般?眼睜睜,父女們,不能得見。女兒吓!

(李上。聽)

怎不叫人,淚漣漣。

(李白)呔!想我弟兄二人,行了一日路程,身體困倦,你在此哭哭啼啼,是何道理?(末白)老漢有心事在懷,壯士休要動怒。(李白)你有何心事,你對我説明,我與你分憂解愁。(末白)只因前日,來了一人,言説是梁山來的。要叫我女兒與他大王成親,老漢未允。他今日竟帶了多人,將我女兒抬了去了。(李白)你可曾問過他家山大王名姓?(末白)他言道名叫宋江。(李白)你待怎講?(末白)名叫宋江!

(燕暗上。李白)哇呀呀呀呀!(唱)

聽一言來怒氣生,大駡宋江不是人!

(燕白)你在此叫些什麽?(李白)你去問他去!(燕白)吓,員外!你到底爲了何事?(末白)前日來了一人,送些彩禮,與我女兒提親,言道是梁山宋江,遣他來的,要我女兒與他作一押寨夫人,老漢不允。今日他竟自帶了多人,將我女兒,搶了去了!(燕白)我想此事,斷不是大哥所作。(李白)不是他,還是我不成?我説宋江,宋公明!平日我把你當作俠義朋友看待,你竟背地裹做出這等事來!(燕白)可曾問那來人的名姓?(末白)未曾問過,只是他年紀不大。(李白)呵,喝,是了！此人定是柴進無疑了。員外,我實對你説了罷。我名叫"黑旋風"李逵,他就是"浪子"燕青,俱是梁山好漢。待我回到山寨,定要將宋江殺死,救回你的女兒！(燕白)你休要鹵莽！(李白)你走開罷！(下)(燕白)員外,此事清白不分,待俺轉回山寨,定見分曉。請了！(下)(末同下)

(四龍套、四英雄、柴進、生上)(【點絳唇】白)胸藏韜略貌堂堂,梁山水泊自爲王。誰人不知"及時雨",替天行道在山崗。俺姓宋名江,字公明,别號"呼保義",蒙衆家兄弟,推我爲王。也曾命燕青、李逵,下山打聽公孫賢弟下落,未見回報到來。左右,伺候了！

(【水底魚】李上。白)什麽"替天行道"？去你的罷！呔！宋江吓,宋公明！往日我把你當作好朋友,誰知你暗地裏背着大家,作出這樣勾當來啦！你先吃老子一斧！(衆攔介)

(燕上。白)參見大哥。(生白)罷了。燕青,李逵爲了何事,如此無禮？(燕白)大哥有所不知,是小弟二人,行至太平庄上,遇見陳員外。他言道不知那裏來了一夥强人,冒充大哥名姓,將他女兒搶去,作爲押寨夫人。李逵聞聽此言,即刻回山,小弟也就跟同來了。(生白)原來爲此。(李白)他説有一少年前去提親,我看不是别人,定是柴進這小子！我説柴進吓,柴進！平日哥哥把你當成朋友,你敢是同他狼狽爲奸？你竟敢給他拉皮條！你先吃我一斧再説！(生白)李逵,今日愚兄同你去到太平庄,叫他相認。他若説是愚兄,任你發落;倘若不是,你便怎樣？(李白)好！我若輸了,願賭項上人頭！(生白)好。柴進賢弟,一同前往。(李白)如此,大家就走。(同下)

(原人上)(燕白)有請員外！

(末上)(李白)員外！我今已將宋江帶來了。你若説是他,我就是這一斧！(末白)待我看來。不是他！(李白)想是你老眼昏花？你説還有一個年少的,前來提親,我也把他叫來了,你去看來,你若説是他,我就是這一斧！(末白)不是的,不是的！(李白)你家可有旁人見過那賊?(末白)我的丫鬟,曾經見過。(李白)你快快叫他前來。(末白)丫鬟,快來!(李白)你叫什麽名字?

(丑旦白)嗳唷!那兒這麽一個煤黑子?吓,你問我?我小名如意!(李白)前日搶你小姐的强人,你可認得他?(丑旦白)那我可認得。(李白)好,你去看來。你若説是他,我就是這一斧!(丑旦白)等我看一看。哈哈……(李白)是他?(丑旦白)不是。(李白)那日還有個年輕的,你可認得?(丑旦白)那個年輕的,我可認的清楚。他那一天,臨出門的時候,他曾尅了我一下子!(李白)你去看來。若是他,我也是這一斧!(丑旦白)哈哈……(李白)是他?(丑旦白)更不是他。(生白)李逵大膽!(燕白)你還不向前跪下。(李白)哥哥,我可是錯了。(磕頭介)(生白)帶馬回山!(四龍套、柴、生同下)(燕白)呔!大哥已走,你跪在這裏作甚?(李白)他今已走,豈能與我干休?也罷,我不免自刎,你將我的黑頭帶上山去。我至死也不見他的面啦!(燕白)你且同我回到山寨,身背荆杖,苦苦哀求。有衆家弟兄,與你講情,大哥饒恕了你,也未可知。(李白)好,就求你罷!(燕白)如此,走吓。(李白)走。(燕白)走吓!(李白)走、走、走!(燕白)我看你是怎麽好吓!(下)(李白)咳!(下)

(四龍套、柴、生吹打上)

(燕上。白)李逵帶到。(生白)將他押上堂來。(燕白)李逵走上!(李内白)來也!

(上。唱)

【倒板】俺李逵作事,太莽壯!

(改)

【快板】是何人,假冒梁山,稱宋江?太平庄,把人搶,俺李逵聞聽言怒滿胸膛。手提板斧梁山上,砍倒了,杏黄旗,大鬧忠義堂。真宋江,假宋江,真假宋江,到叫李逵活遭殃。身背荆杖,忠義堂上,難免大家,取笑一場。

(白)參見大哥!(生白)來,推出斬首!(衆白)啓大哥:李逵有罪,理當斬首。看在衆小弟之面,望求將他饒恕。(生白)看在衆家兄弟之面,將他赦回。(李白)謝大哥!我説哥哥、喊哥哥,那個哥哥門前,一道小沙河?哥哥,你饒了兄弟罷!(生白)李逵、燕青聽令:命你二人下山,打探冒名頂替之人,不得有悮!(李白)得令!(燕白)我不去。(李白)好,他又拿起來啦!我説兄弟,我給你殺個雞吃,根、根、根,你同我走一趟吧!(同下)(生白)衆家兄弟,一同下山,捉拿盗賊,不得有悮!(衆同下)

(丑上)俺草上飛,奉了寨主之命,去至松林走走。(下)

(李、燕上。白)這是你所招之禍。我看那賊人,叫我往那裏去找?(李白)你看前面有一松林,其中定有歹人。捉住一個,或可問出那厮的姓名。(燕白)走!(轉場)

(丑上)(李、燕跟介)(放袖箭,丑倒介)(白)爺爺饒命!(李白)你叫什麽名字?(丑白)我叫草上飛。(李白)你爲首的是何人?(丑白)一個周明,一個周亮,乃是弟兄二人。(李白)太平庄搶人女子,可是他二人所做?(丑白)正是。(李白)他現在何處?(丑白)現在丁甲山。(李白)好,你與我帶路。(丑白)我説求你老人家,把這個玩藝,與我拔出來才行吓!(李白)燕小哥,你給他拔出來罷!(燕白)待我與他取出。(丑白)嗳呀,媽呀!(李白)你這小子賤骨頭,給你拔出來,你倒叫唤起來啦!

(丑領李、燕轉場。白)前面就是丁甲山,我可是真走不了啦。(李白)去你娘的罷!

(衆上。白)可曾探着,那賊巢穴?(李白)就在此山内,一同上山!

(浄、副上。起打,殺介)(完)

青風寨總講（皮黄）

【劇目簡介】

皮黄，未署名。現存清代鈔本多種，《蒙古車王府曲本分類目録》著録。小説《水滸傳》第七十三回《黑旋風喬捉鬼　梁山泊雙獻頭》有類似情節，但細節多有不同①。

車王府藏清鈔本②，題目作“青風寨總講”，十一場，每頁五行，每行二十字左右。

劇演盗首劉通、劉玉占據青風寨爲王。清明時節，張志善父女上墳祭掃，劉通見張女貌美，遣劉玉到張家下聘，逼令當晚成親。燕青、李逵奉宋江之命，巡邏邊界，傍晚到張家投宿，張員外設酒相待。席間得知劉通兄弟爲非作歹，燕青、李逵改扮成張家姐弟混上山，大鬧清風寨，最終殺死盗首。

頭　場

（四嘍囉佔門上）【急急風】（上高台）（刘通念）

【点絳唇】（唱）雄心胆壯，武藝高强。聲名望，志氣昂昂，山寨自爲王。

［詩］家住深山靠斗岩，只管殺人那管埋。殺人放火剛刀快，花啦

---

①　與元康進之《梁山泊黑旋風負荆》雜劇相似，人物姓名和情節有所不同，此劇無賊人冒名宋江等人及李逵負荆的情節。清朱佐朝有《清風寨傳奇》，或與此相類。

②　《國劇大成》第九集、《京劇彙編》第三三集、《京劇叢刊》第一一集等亦收録，文字大致相似。《戲考》第二二册收録，文字略異，兹輯録以作參照。

啦人頭滚下來。(白)某大代王劉通,賢弟劉玉,弟兄二人壩占青風寨,到也逍遥自在。只因山中缺少一壓寨夫人,好不愁悶人也。今日閒暇無事,不免下山閒遊一番。嘍囉們,看衣更换。(换衣。白)嘍囉們代路,下山去者。(衆領只下)

貳場上

(張志善)

【引子】自守家園,終日里愁鎖眉尖。

[詩]老妻不幸喪黄泉,夕①下無兒盼眼川。所生一女無佳婿,無靠怎得奉暮年。(白)老漢張志善,祖居張家庄,不幸老妻去世,留下一女,年已一十六歲。此地並無門當户對之家,終日爲了此事,心下不爽,每日憂愁。不免唤女兒出來,閑談一番。來。(院白)有。(張白)請小姐出堂。(院白)是。後堂傳話,請小姐出堂。(丑丫环内白)請小姐出堂。

(丫环、張秀英仝上)(英白)清晨早梳粧,紅日過粉墻。啊,爹爹萬福。(張白)我兒罢了,座下。(英白)謝爹爹。唤孩兒出來,有何訓教?(張白)兒吓,爲父爲了我兒年已長成,此地並無門户相對之家,爲父年已花甲,有悞兒的終身,爲此愁悶。(英白)孩兒終身,自有定數,何必爹爹罣心?(張白)哎,兒吓,(唱)

遭不幸兒的母一命早喪,兒年紀已十六未配夫郎,空自有這粮田無人執掌,父好似風前燭瓦上寒霜。

(英白)爹爹吓,(唱)

劝爹爹休得要心煩愁腸,那吉人有天相,豈無主張?老爹爹雖年邁身体健壯,良善家得機緣全靠上蒼。

(張白)兒吓,爲父只顧與你講話,今當清明佳節,忘了上坟祭掃。(英白)孩兒要跟随爹爹,一仝前去,不知爹爹心下如何?(張白)這却使得。家院,吩咐車輛走上。(院白)車輛走上。

---

① 應爲"膝"。

(一車夫、四青袍上)(英白)家院們,抬定祭礼,一仝前往。(唱)

輕步蓮移上車輪,祭掃坟台同父行。

(下)

三　場

(燕青、李逵仝上。白)走哇。(燕唱)

寨中奉了大哥令,

(李唱)

巡查界河要小心。

(燕白)俺"浪子"燕青。(李白)俺"黑旋風"李逵。(燕白)李二哥請了。(李白)賢弟請了。(燕白)你我奉了大哥將令,巡查界河,看天色尚早,就此前往。(李白)請哪!(燕唱)

弟兄二人往前進,

(李唱)

黑旋風李逵隨後跟。

(仝下)

四場上

(車夫、院子、四青袍、張志善、秀英上。唱)

來在坟前下車輪,一見墳莹①好傷心。

(白)將祭礼擺下。(英白)哎呀,母親,親娘,哎呀!(唱)

見坟台不見老娘親,不由一陣痛傷情。我哭一聲老娘親,我叫一声兒的娘,啊,啊,啊,我的老娘親吓。

(四嘍囉、丑嘍囉、大代王上)(中場站,通三笑)(張白)啊!家院,看車輛,大家一仝回去罷。(張元人仝下)(通白)好哇,好一個絶色的女子。嘍囉們,回山。(衆仝下)

---

① 應爲"塋"。

五場上

(刘玉白)大哥下山崗,未見轉還鄉。

(四嘍囉、丑嘍啰、刘通上)(玉白)啊,兄長。(通白)賢弟。(玉白)兄長請坐。(通白)有坐。咳,(玉白)大哥往常下山回來,欢天喜地,今日爲何愁眉不展?(通白)賢弟有所不知,時才愚兄觀見一絶色女子,寔然長的好看。你我寨中,缺少這們一位夫人,但不知那女子是誰家的?(丑白)那個女子是張家的,我認得。(玉白)好。大哥不必煩悶,備下花紅彩緞,白銀二百兩,代小弟前去提親。不知大哥意下如何?(通白)好。賢弟之見,正合我意,就煩賢弟前去提親。正是花紅彩緞交與你,(玉白)管叫大哥配佳期。嘍囉們,走哇!(下)

六場上

(四嘍囉、丑嘍囉、刘玉上。白)嘍囉們,到了没有?(衆白)到了,就是這尔。(玉白)前去叫門。(丑白)門上有人麽?

(院上。白)什麽人?(丑白)是我們。(院白)你們是那里來的?(丑白)我們是青風寨上來的,要求見你家員外。(院白)候着。有請員外。

(張上。白)何事?(院白)青風寨上來了許多人,求見員外。(張白)説我出迎。(院白)家爺出迎。(張白)啊,大王爺。(玉白)員外爺。(張白)大王請進。(玉白)請。(張白)大王請坐。(玉白)員外請坐。(張白)不知大王駕到,未曾遠迎,面前恕罪。(玉白)豈敢。我等冒造宝庄,望祈海涵。(張白)豈敢。大王到此,必有所爲。(玉白)我听見人説,員外有一位千金小姐,長得十分美貌,我今前來提親,與我大哥作一位壓寨夫人。不知員外意下如何?(張白)這如何使得?(玉白)使得使不得,就這麽辦罢!現有花紅彩緞,紋銀二百兩,與你留下,今晚三更時分,定要將你女兒代上山去,與我大哥成親。嘍囉們,走哇。(衆下)(張白)使不得。(玉白)别給臉不要臉。(下)(張白)咳,這是那里説起? 正是:閉門家中坐,禍從天下來。吓,好强盗!(下)

七場上

(燕青、李逵仝白)走哇。(燕唱)

行了一程又一程,

(李唱)

家家户户掌紅灯。

(燕白)李二哥,看天色已晚,你我那里安身?(李白)看前面是座村庄,你我赶到那里,借宿便了。(燕白)如此,二哥請哪。(唱)

二哥一仝往前進,

(李唱)

一座村庄面前存。

(燕白)來此已是。(李白)我去叫門。(燕白)你不會。(李白)我連叫門都不會?(燕白)吓,門上有人麽?(李白)我連“門上有人麽”都不會説?

(院上。白)什麽人?(燕白)我們是遠方來的,錯過站頭,要在宝庄借宿一宵,明日早行。(院白)請少待。員外有請。

(張上。白)何事?(院白)有二位客人,要在我家借宿一宵,明日早行。(張白)你前去言道,你就説我有心事在懐,叫他們别處去投罢。(院白)是。二位客官,我家員外有心事在懐,你們别處投借去罢。(燕白)煩勞管家回稟一声,暫求一席之地,可以安歇,行個方便罢。(院白)啊,員外,那二位客人言道,暫求一席之地,行個方便罢。(李白)怎麽進去了這半天,還不出來?(燕白)不要性急。(李白)代我打進去!(張白)吓,將二位請進來。(院白)吓,二位請進。(燕白)有劳了。二哥來吓。(李白)走你的。(燕白)啊,員外。(張白)二位請坐。(燕白)請問員外上姓?(張白)小老兒姓張名志善。(燕白)張員外,此庄何名?(張白)張家庄。請問二位尊姓大名？（李白）這個……（燕白）在下小乙，他叫李二。（李白）二哥賣豆尔的。（張白）可曾用過飯了？（李白）這個……（燕白）前途用過了。（李白）他一排一攔我，吓，員外，飯我們到吃了，你們這里可有酒？（張白）酒是有的。（李白）好，你拿來。（張白）看酒來。（院白）是。酒到。（李白）員外請飲一盃。（張白）小老兒，偏過了哇！（李白）兄弟，你也喝一盃。（燕白）請哪！（唱）

弟兄二人飲瓊漿，且飲幾盃寬心腸。舉目留神暗思想，

（張白）咳。（李白）呔！（唱）

你咳聲嘆氣爲那庄？

（白）張員外，俺弟兄吃你幾盃水酒，你莫非心疼嗎？（張白）不是吓，小老兒有心事在懷吓。（李白）你有心事在懷，你説你的，告訴他，我喝我的酒。（燕白）張員外，有什麽心事，對我講來，我與你分憂解惱。（張白）二位壯士有所不知，我們這里叫作張家庄，离此二十里，有一青風寨，有一家大王，前來提親，要將小老兒女兒，要作一壓寨夫人。小老兒不允，那賊今晚就要將我女兒搶上山去。（李白）哇呀，哇呀，哇呀！此處出了這樣惡垻，代①咱前去會他一會。（燕白）二哥且慢，不要莽壯。（李白）我又莽壯了？（燕白）小弟自有道理。員外，我們在那里安歇？（張白）家院，將二位壯士請到書房里面，小老兒告便。（燕白）員外，請安歇。（張白）請。（下）（院白）二位，隨我來吓。（小元場）（燕白）管家哥，請安歇罢。（院白）請。（下）（燕白）李二哥，你吃了人家的酒，你要想個主意，搭救人家小姐。（李白）酒我是吃了，主意是一点兒没有。（燕白）小弟到有一計。（李白）兄弟，你有什麽高主意？説罢。（燕白）一個扮作新人模樣，一個扮作新人之弟，混上山去，何愁那賊不滅？（李白）主意不錯，那個扮新人？（燕白）你扮新人。（李白）你那，扮誰？（燕白）我扮新人之弟。（李白）我不能。（燕白）你不扮？（李白）我不扮。（燕白）不扮，我就打。

① 應爲“待”。

(李白)兄弟,我扮就是了。(燕白)吓,管家哥那里?(院白)何事,二位?(燕白)我二人一個扮作新人模樣,一個扮作新人之弟,混上山去,殺那賊一個鷄犬不留。(院白)好,全仗二位。(燕白)你家可有丫嬛姐?(院白)有。(燕白)唤來,借你家小姐衣服一用。(院白)丫吥姐那里?

(丫吥上。白)來了。哎呀!我的皂①王爺吓。(李白)哎,咱是一個人!(丫白)人嗎?這麽個樣兒?(李白)天生雄显。(丫白)天生不要臉?(李白)雄显。(丫白)哦,管家哥,叫我出來,什麽事?(院白)他二人借小姐的衣服穿,代扮作新人模樣,混上山去,要殺那賊一個鷄犬不留。(丫白)好嗎,代我取來。穿上,穿上!(李白)這叫什麽東西?(丫白)這叫裙兒。(李白)這叫裙兒?穿上。(丫白)在穿上這件。(李白)這叫什麽?(丫白)這叫衫兒。(李白)這叫衫兒。好,穿上。(丫白)代上這個。(李白)這叫什麽?(丫白)鳳冠。(李白)鳳冠,這里頭可有臭虫?(丫白)没有。(李白)看,咬了我的脑瓜皮。(丫白)代上。(李白)代上,代上。(丫白)你可會婦人家行走?(李白)我不會。(燕白)丫吥姐,教道與他。(丫白)這們一摆,這們一摆。(李白)這們一摆,這們一摆。(丫白)前後二百了。(李白)再添二百,贖出我那双套褲來。(丫白)还要走個跳三步兒。(李白)丫吥姐睄着,這們一摆,這們一摆,還要走個跳三步。(燕白)二哥扮的到也相。(李白)兄弟,你寃苦了我了。(燕白)有請你家員外。(院白)有請員外。

(張上。白)哎呀,哎呀!二位爲何這樣打扮?(燕白)我二人一個扮作新人模樣,一個扮作新人之弟,混上山去,殺那賊一個鷄犬不留。(張白)此計甚好,安排已定,等候那賊便了。(下)(燕白)正是:安排打虎牢籠套,(下)(李白)準備金鈎釣金鰲。(哭介)喂呀、呀、呀!(下)

---

① 應爲“灶”。

八場上

(四嘍啰、一轎夫、刘玉上)(吹打)(衆白)花轎已到門首。

(院上。白)有請員外。

(張上。白)啊?(院白)花轎到了門首。(張白)掺扶新人上轎。(燕青、李逵上)(哭介)(上轎介)(下)(玉白)員外,這是何人?(張白)這是新人之弟。(玉白)哦,原來是舅爺,有礼了。我頭里走,咱們山上見吓。(下)(燕白)員外,你冤苦了我了。(下)(張白)賊吓賊!叫你明鎗容易躲,這暗箭最难防。(笑介)哈哈哈!(仝下)

九場上

(刘通上白)花轎亮堂堂,今晚作新郎。

(四嘍囉、丑嘍囉、轎夫、刘玉上。白)花轎到。(通白)搭上來。

(燕仝上)(通白)賢弟,這是何人?(玉白)這是新人之弟。(通白)舅爺。(燕下)(玉白)讚礼,好的多講。(玉下)(丑白)墻頭一棵葱,刀刀兩頭空。好的配好的,各蚤配臭虫。新人下轎,拜了天地,入了洞房。(通白)代路。洞房掌灯。(下)(李逵亮相尔介)(哭介)(跟下)

十場上

(刘通、李逵、丑進洞房介)(通白)出去,出去!(丑白)怎麼不叫我進去?(通白)有了他拉,不用你了。(丑白)關門等挨揍罢!(下)(李哭介)(通白)新人,你爲何啼哭?(李白)我想我舅舅。(通白)這有何难?將他老人家接上山來,享不尽的榮華,受不尽的富貴。(李白)哎,就是那們辦。(通白)啊?新人爲何把灯吹滅了?(李白)奴家進①視眼,要閉②三光。(通白)閉三光?使得。新人脱衣裳,咱們睡覺吓。(李白)我們那尔有個鄉風。(通白)什麽鄉風?(李白)要打三拳,踢三脚。(通白)這是怎麽個鄉風?(李白)兒女上旺,子孫多。(通白)那們看在兒女分上,你就打三拳。(李白)我要打了。(通白)打罢。(李白)招打!(打介)(通白)新人,你怎麽這們大拳頭?(李白)奴家千金之体。(通白)好,睡覺罢!(李白)哎,还要踢三脚哪。(通白)三拳打了,這踢就免了罢?(李白)哎,要是不踢,後來盡養丫頭,不養小子。(通白)看在兒子分上,你就踢罢。(李白)站稳了,我踢了。(通白)踢罢!(李白)踢了。(通白)夫人,你怎麽這們大脚鴨子?(李白)奴家三寸小金蓮。(通白)横量吓!咱們还是睡覺吓。(李白)你在那尔哪?(通白)我在這哪。啊!你是何人?(李白)俺是梁山好漢,你李二太爺!(通白)哎呀,哎呀!(李白)睡覺吓。(通白)我不睡了。(起打介)(双下)(李哭下)

十一場上

(燕青,刘玉白)舅爺,咱們喝酒去。(内喊介)(玉白)你是何人?(燕白)俺乃梁山好漢。(起打)(起殺)(完)

---

① 應爲“近”。

② 應爲“避”。

青風寨（皮黄）

【劇目簡介】

皮黄，未署名。現存民國《戲考》刻本，可與車王府藏鈔本參照。小説《水滸傳》第七十三回《黑旋風喬捉鬼　梁山泊雙獻頭》有類似情節，但細節多有不同。

《戲考》刻本，題目作“青風寨”，又名“娶李逵”，一場，每頁十五行，每行三十六字左右。

劇演李逵、燕青大鬧青風寨之事，與車王府藏《青風寨總講》情節大致相似，細節略有差異。

（四下手、副浄上）

【點絳唇】獨霸高山，自稱好漢，逞凶蠻，搶掠銀錢，誰不心膽寒。

（白）不種桑麻不種田，弟兄獨霸在高山。有人打從山下過，必須留下買路錢。俺，青風寨大大王劉通，獨霸山寨，每日下山掠搶，到也逍遥自在。這幾日心中悶倦，看今日天氣清和，不免下山游玩一番。嘍囉的，帶馬下山。（同下）

（末、旦、丫環同上）（坐車，唱）

【西皮】【摇板】來在松林下車輪，

（下車介）

不覺來到祖墳塋。

（末唱）

走向前來忙跪定。

（哭灑頭）祖先爺吓！

耳傍又聽有人聲。

（副浄隨下手上桌子看介。三笑下）（末白）我們回去罷。（唱）

叩罷頭來抽身起,父女一同轉回歸。

(同下)

(武丑上。白)大哥下山去游玩,爲何不見轉回還。

(四下手、副净上)大哥回來了。(副三笑介)①大哥今日回山,爲何這樣歡喜?(副白)賢弟有所不知,時纔在山下,觀見張員外之女,生得十分美貌。愚兄要想將他做一位押寨的夫人。只是不能到手,也是枉然。(丑白)這有何難?待小弟前去提親,包管成功。(副白)好。就請賢弟,前去説親。正是:花紅彩禮交付你,(丑白)管保大哥端東西。(同下)

(四下手引丑上。白)門上有人麽?

(院子上。白)何事?(丑白)你對你家員外言講,就説青風寨二大王要見。(院白)有請員外。

(末上。白)何事?(院白)青風寨二大王要見。(末白)説我出迎。(院白)員外出迎。(丑白)吓,員外。(末白)大王到此,必有所爲。(丑白)我奉大哥之命,叫我前來提親。將你的女兒,許配我大哥,做一位押寨夫人。員外諒無推辭的了。(末白)只是小女,已有了人家了。此事不能從命。(丑白)什麽有人家,没有人家!我全不管。現有花紅彩禮在此,三日後擡親,告辭了!(末白)此事斷斷使不得呀!(丑白)好不識擡舉!(推末,急下)(末白)正是:閉門家内坐,禍從天上來。這是從那裏説起?(下)

(武生、净内白)走吓。(上)(生唱)

山上領了大哥命,

(净唱)

弟兄下山要小心。

(白)俺,"浪子"燕青。(净白)"黑旋風"李逵。(生白)李二哥。(净白)燕小哥。(生白)你我奉了大哥之命,下山巡查奸細。看天色已晚,你我弟兄,在那裏安歇?(净白)你抬頭觀看,前面黑暗暗,霧沉沉,不是一村,便是一鎮。你我去到那裏,投宿一宵,

---

① 此處應漏"(丑白)"。

你看如何?(生白)如此,請吶。(唱)

邁開大步往前進,

(浄唱)

不覺來到一莊門。

(白)來此已是,大户人家,待我向前叫門。(生白)你不會講話。(浄白)我這麽大一個人,怎麽不會説話?你聽着罷。呔!裏面有人嗎?走出一個來。

(院上。白)是那一位?(浄白)我們是遠方來的。天氣已晚,要在你們家裏,睡上一夜。(生白)咳,這是什麽講話?你起過一旁。(浄白)我這話,不是這麽説?聽你的!(生白)請了。我二人遠方而來,行至此地,天色已晚,要在尊處,暫宿一宵。明日早行。(浄白)就是這麽幾句話呀?你早對我説,我就知道啦。(院白)有請員外。

(末上。白)何事?(院白)外面來了二位客人借宿。(末白)有請。(院白)有請二位。(生白)員外在那裏?(末白)原來是二位壯士,請坐。請問二位,尊姓大名?(生白)在下姓蕭,名乙。(浄白)我姓李,(生白)他叫李二。(浄白)不錯,我叫李二,那賣豆兒的小二哥,就是我。(生白)請問員外,貴姓高名。(末白)老夫張志善。請問二位,因何到此?(生白)我二人貿易至此,天色已晚,無處投奔,要在員外這裏,借宿一宵,明日早行。(末白)原來如此。二位可曾用飯?(生白)這個……前途用過了。(浄白)飯到是前途用過啦,如果要有酒,到要擾兩盅。(末白)家院,將酒擺下。(生唱)

多蒙員外多海量,

(浄唱)

姑飲幾杯又何妨?

(生唱)

停杯不飲來觀望,

(末嘆氣介)(浄捽杯介。白)呔!(唱)

你咳聲嘆氣爲那樁?

(白)我二人在此飲酒,你咳聲嘆氣,莫非多嫌我等不成?(末白)二位壯士,休要動怒。老夫是有心事在懷。(生白)員外有什麽心事?對我二人言講,與你分憂解愁。(末白)二位有所不知,只因青風寨上,有一强人,在山上爲王,名唤劉通。他要娶我女兒,做一押寨夫人。無奈小女,已有了人家,故爾愁煩。(生白)原來如此。(末白)請二位轉至臥房。(生白)員外請便。(末下)(生白)李二哥,你我吃了人家的酒飯,必須要搭救人家的女兒,才是正理。(浄白)但不知要怎樣搭救?(生白)必須想上一計。(浄白)我是忙中無計。我這身上,到有個疣子。(生白)我到有一計在此。(浄白)燕小哥,有何妙計?(生白)你我扮做新人模樣,混上山寨,殺他個裏應外合。(浄白)此計甚好,誰扮新人?(生白)你就扮做新人。(浄白)嘿。你看哥哥,我長的三分不像人,七分到像鬼。到是你雪白粉嫩,一笑兩個酒窩,一個是屎窩,一個是溺窩。(生白)還是你扮做新人。我扮做新人兄弟模樣,就可以混上山寨了。(浄白)要扮,還没有衣服吶?(生白)有請員外。

(末上。白)二位何事?(生白)我二人要搭救你的女兒,必須要假扮你家小姐的模樣。(末白)倘能救了我的女兒,老夫感恩非淺。(生白)只是要與你,借幾件婦人的衣服。(末白)丫環快來。(丫上。白)何事?(末白)來,見過二位。(丫白)嗳呀,打鬼!(生白)這是何故?(丫白)你看這一位,好像廟裏的泥鬼。(浄白)我是一人,乃是天生的雄臉。(丫白)天生的不要臉吶!(浄白)胡説。(生白)你將小姐,出閣應用的衣服,取來。(丫白)是啦。這有一件,那一位穿吶?(浄白)來,拿過來罷,我穿吶。喝,這是一件什麽東西?(丫白)這是裙兒。(浄白)怎樣穿法?(丫白)這是腰間繫的。(浄白)喁!你來替我繫上罷。(丫白)這還有一件。(浄白)這是什麽呀?(丫白)這是衫兒。(浄白)好。來穿上。(丫白)這還有一件。(浄白)這又是什麽呀?(丫白)這叫做鳳兒。(浄白)好吓。這三樣,到是一個娘生的。裙兒,衫兒,鳳兒,待我來打打罷。(丫白)打些什麽?(浄白)恐怕裏頭有臭蟲。我怕咬了我的腦袋。好,打扮好了。(生白)你可會那婦人行走?(浄白)吾到不會。(生白)丫環,來教道於他。(丫白)婦人行走,要這一擺,再一擺,用手這樣一舞。須要這般行走。(浄白)我學會了。想這小姐,乃是千金之體,行路必須要這樣一擺,再一擺,共是二擺。再用手,是這麽一舞,共總是"二百五"。必須要這樣的走!(生白)好、好、好!

(四上手引丑上。白)花轎已到,請新人上轎。

(末上。白)呵呵。是了,院子,叫丫環攙扶小姐上轎。

(浄上,假哭介)(拜末介。上轎)(丑白)員外,這是何人?(末白)這是新人之弟,乃是我的兒子。(丑白)原來是小舅子,隨我上山去玩玩罷?(生看末,怒介。白)我上了你的當了。你真真豈有此理!(同下)

(四下手、副浄上)(丑引衆隨花轎上)(副白)喜氣滿華堂,打扮做新郎。(同交拜)(賓相讚禮。白)今日喜相逢,刀切兩科①葱。好的配好的,蚊子配臭蟲。先拜天地,後拜祖先,夫妻交拜,同入洞房。(丑拉生。白)舅爺,咱們山後頭,去頑去罷?(生白)好。走。(同下)(浄哭介)(副浄白)美人,不要哭了。(浄白)我想吓……(副白)你想那個?(浄白)我想我姥姥。(副白)不要哭了。(浄白)我還想……(副白)你還想想那個?(浄白)我還想我媽。(副白)不妨。明日將他接上來,同享榮華。(浄白)如此,我們就不哭啦。(副白)走。同至後房,睡覺去罷。(浄白)好。走呀。(副白)請美人進房。(浄吹燈介)(副白)爲何將燈吹滅了?(浄白)奴家是個巧迷眼,最怕三光。(副白)怕那三光?(浄白)怕的是燈光、日光、月光。(副白)脱衣服,睡覺罷。(浄白)我們在這兒脱呐?(副白)睡罷。(浄白)慢來,我們這裏,有個鄉風:新人上牀,必須要將新郎,打三拳,踢三脚。(副白)這是什麽鄉風?(浄白)爲的是子孫,後來興旺。(副白)好,你來打罷。(浄白)嗳嗄,我捨不得打你呀。(副白)不要灌米湯啦,打罷!(浄白)如此,我就打、打、打!(副白)美人,你怎樣這般大的力氣呀?

---

① 應爲"棵"。

(净白)奴是千金之體,打下去,就有千金之重。我還要踢!(副白)不踢也罷。(净白)如果不踢,以後只養女兒,不生小子。(副白)看在兒子身上,你就踢三脚。(净白)你招踢!(副白)你是何人?(净白)李逵。(副白)不好了。(起打,下)(净追下)

(副上,衆兵上,同净殺副)(生殺丑)(三笑下)(完)

神州擂全串貫（亂彈）

【劇目簡介】

亂彈，未署名。現存清代鈔本多種，《蒙古車王府曲本分類目録》著録。小説《水滸傳》第七十四回《燕青智撲擎天柱　李逵壽張喬坐衙》有類似情節，細節有所不同，多有衍化。

車王府藏清鈔本①，題目作"神州擂全串貫"，四齣，每頁六行，每行二十字左右。

劇演任元公開設下擂臺，聲稱要蕩平梁山大寨。宋江遂派燕青、李逵下山打擂，以破壞其奸謀。燕青扮作賣布的小販，李逵扮作投文的官差，宋江又命衆家姊妹扮作落難之婦隨同前去，裝作唱蓮花落的，衆頭領亦各自裝扮，隨後相助。進城過關，守關人令各人演唱。衆兄弟姐妹，盡顯百戲才藝。最後任元上擂，燕青、李逵等人打破擂臺，凱旋回歸梁山。

頭　出

（燕青、李逵、焦挺、蔡慶上）（仝唱）

【混江龙】只見那飛龙旛紅光閃閃，又見那飛凤旛紫霧盤旋。

（郭盛、吕方、楊雄、石秀上）（仝唱）

---

①　此劇《俗文學叢刊》第三二〇册收録，文字相同，兹用作參校；《京劇彙編》第八一集所録王連平藏鈔本，文字略異；《國劇大成》第九集、《故宫珍本叢刊》第六七七册亦收録。《戲考》第二〇册收録，題"燕青打擂"，兹輯録以作參照。《綴白裘》有六齣梆子腔，亦演繹此段情節，亦作輯録。

飛虎旂飄揚豹尾,星宿旂蓋地遮天。

(秦明、董平、黄信、孫立上)(仝唱)

大砍刀雁翎刀排開隊伍,森金鎗点金鎗挡挡朱缨。

(楊林、花桊、林冲、孫心①上)(仝唱)

畫桿戟隨風耀日,宣花斧一似車輪。

(刘唐、朱貴、时迁、阮小七上)(仝唱)

豹纛旂下瑞云龙,金字令旂來往如川。

(衆白)頂上盔缨耀日紅,身披凱甲嵌玲珑。腰下昆吾如秋水,指日談笑覔封桊。俺燕青。李逵。焦挺。蔡慶。郭盛。吕方。楊雄。石秀。秦明。董平。黄信。孫立。楊林。花桊。林冲。孫心。刘唐。朱貴。時遷。阮小七。(燕白)列位請了。(衆白)請了。(燕白)大哥齊聚忠义堂,不知爲着何事,只淂在此伺候。(兩旁跕介)

(四僂儸、公孫勝、芦俊义引宋江上)(宋唱)

【点絳唇】齊聚梁山,威名廣遍。英雄佔,扫滅除奸,替天行方便。

(回場,生介)(衆白)大哥在上,衆弟兄們打躬。(宋白)衆位兦弟少礼,請坐。(衆白)告坐。大哥今日齊集忠義堂,不知有何軍情議論?(宋白)衆位兦弟有所不知,我昨日仝芦兦弟下山遊玩,現見一大言牌。(衆白)大哥,那大言牌上,寫着什麽來?(宋白)那大言牌寫有:"打遍天下无对手,滅却英雄在他手。先滅水滸与方臘,後把梁山一扫平。"(衆白)有这等事?可恼吓可恼!(衆唱)

【緊泣顏回】闻言不覺怒氣冲,恼恨狂徒逞凶,齊心努力下山滅却豪雄。

(燕青跕介。白)大哥請息怒,待小弟燕青下山,会会那厮。(宋白)你一人勢孤,如何去淂?(李逵跕介,向宋白)大哥,你們説淂高興,俺老李听淂心痒难抓,我仝燕青兄弟下山走走,如何?(宋白)你平常好酒,如何去淂?(李白)这是要緊的公差,那里还敢

① 應爲"孫新"。

吃酒?(宋白)你二人这樣打扮,如何去淂?(燕、李仝白)我二人自有改扮。(燕、李仝下)(宋白)僂儸,唤衆家姐妹上堂。(僂儸白)寨主有令,唤衆家姐妹上堂。

(四女將上。唱)

【耍孩兒】衆姐妹走慌張,聚將鼓打淂甚慌忙,急急前去問端詳。

(四女白)大哥在上,衆姐妹有礼。(宋白)衆姐妹少礼。(四女將仝白)大哥呼唤,有何將令?(宋白)命你四人,扮落难之婦,帮着燕青、李逵,扫滅狂徒,不淂有悮。(四女將仝白)淂令。(接唱)

【耍孩兒】在帳前領了將令,忙打点改换衣裳。

(四女將下)(宋白)衆位兵弟听令。(衆將應介)(宋白)命你們扮作做買做賣模樣,攪滅狂徒,不淂有悮。(衆白)淂令。(衆下)(公孫勝、芦俊义仝白)僂儸們,看酒來!(衆唱)

【玉芙蓉】水泊枉徒劳,敢向吾争鬧。背朝廷只爲替天行道,今番战功成早。奏凱三軍金鐙敲,齊欢笑,道咱是俊豪。試今朝,大兵十万滅雄梟。

(燕青扮賣布,李逵扮公差投文)(燕、李仝白)大哥,你看我二人,打扮淂如何?(宋白)打扮得雖好,二人須要小心。(燕、李仝白)淂令。(燕青、李逵仝下)

(四女將引一百兩十行上)(衆白)大哥,看我們打扮淂如何?(宋白)扮淂好,大家須要小心。(衆下)(宋、公、芦仝唱)

【尾声】辞别軍師登程早,大家努力立功劳,要把梁山①去滅掃。

(下)(完)

二　出

(燕上。唱)

【吹腔】假扮貨郎离山崗,要与狂徒比弱强。

(李上。唱接)

---

① 此處"梁山"不合文意,按下文應爲"狂徒"。

【吹腔】离山寨急速往,假扮差官投文模樣。

(燕白)李二哥,你我奉大哥將令,下山会那任元,須要小心。(李白)燕青兄弟,你看天色尚早,前面有座酒肆,我合你沽飲几盃再走。(燕白)奉大哥將令,不須你吃酒,你若吃酒,隨我回去。(李白)燕青兄弟,这不过是一句戲言。(燕白)李二哥,你在此跕跕,我去去就來。(燕跕李身後听介)(李白)你看这燕青,我纔与他開口,他就是这等橛㭷①。也罢,去到擂台,我叫那任元多打他几下,我纔替他上手。(燕笑介。白)李二哥。(唱)

【吹腔】你出言好不奸詐,俺也是男兒汗,何惧与他?此一去定然斷打,打淂他持篡难以回家。

(李白)你是年輕之人,休説大話。(唱)

【欢②腔】愁只愁山未下,折胳膊折腿怎回家?

(白)燕青兄弟,离擂台不遠,我还是要吃酒吓。(燕白)也罢,到了前面,自須你吃三盃。(李白)三盃?(李逵笑介。白)吓,三盃!(燕、李同下)

(蔡慶假扮女妇,焦挺假扮挑担,時遷假扮背巴③袱,阮小七假扮推車,吕方、郭盛假扮頑童,四女將假扮打金錢蓮花落,衆上。唱)

【耍孩兒】纔离了忠义堂,衆姐妹走慌張。齊心要把泰安上。

(焦挺接唱)

我今扮做挑担子,

(蔡慶接唱)

我今扮做女姣娘④,

(衆接唱)

齊心要把任元訪。

---

① 應爲“倔强”。

② 應爲“吹”。

③ 應爲“包”。

④ 此劇底本此字均作“姇”,後不贅。

(各通名介)俺孫二娘。俺扈三娘。俺金頭虎。俺雪芳娘。俺蔡慶。俺焦挺。俺時遷。俺阮小七。俺吕方。俺郭盛。(焦挺白)列位請了。(衆白)請了。(焦白)你我奉大哥將令,扮做一家逃难之人,倘然有人盤問,我可説个甚嗎?(蔡白)你就説逃难的,就完了。(焦白)人家要問,兜是誰的什嗎人呢?(蔡白)依你怎麽樣呢?(焦白)這嗎説啦,四位妹子,你們全当我的女孩兒,尊的是大哥的將令。(吕、郭仝白)我們倆呢?(焦白)你們倆權当做我的兒子。(吕、郭仝白)那怎麽使淂呢?(焦白)爲的是大哥的將令,誰敢不遵呢?時遷、阮小七,你們哥兒倆过來唦。(時、阮仝白)奏嗎?(焦白)你們哥兒倆,当做我的大旧①兒、小旧兒。(時、阮仝白)那如何使淂?(焦白)大哥的將令嗎。蔡兄弟,你过來。(蔡白)做嗎?(焦白)不是哥哥合你頑笑,你当做我的媳妇兒。(蔡白)我是你的媳妇兒?(衆白)大哥的將令,誰敢不遵?(蔡白)罢了,吓,看着大哥的將令哇,我就……就是你的媳妇兒就完了。(熊②白)你别使这一条嗓子,要使小嗓子兒,要扭,还要你説話。(蔡白)我説什麽?(熊白)我告訴你,你説我那孩子們哪,你們把那个頭哇、脚哇,兜③拾掇拾掇,偺們娘兒們好走道兒嚇。(蔡白)我淂了。(焦白)你淂行韵行韵哪。(蔡白)這还淂行韵行韵?(焦白)不家,怎麽过關?(蔡白)那們你听着吓!孩子們哪,你們把那个頭哇、脚哇,兜拾掇拾掇,偺們娘兒們好走道兒嚇。(四女將仝白)啊。(吹八板过場)(四女將唱)

一家子奔路程,

(焦唱)

挑担子往前行。

(四女接唱)

兒女們後面緊緊跟定。

---

① 或爲"舅"之意。

② 應爲"焦"。

③ 應爲"都"。下同。

(又吹八板,四女過場)(女唱)

聞听太安多熱鬧,燒香了愿秉虔誠,一心要把娘娘慶,兩程並作一程走,急急忙忙奔路程,全心要把奶奶敬。

(衆下)(二出完)

三出

(二丑皂吏引丑門官上。唱)

【小嗽兒】高高山上有座小庙兒,裡頭坐着个神道兒。接南來了一个祷告兒,揩忒兒跪下祷告兒。人家兜有个怀抱兒,都我无有个怀抱兒。你若与我个怀抱兒,塑金身蓋庙兒。你若不与我个怀抱兒,我点把火來呼呼燒庙兒。唬的判官褪套兒,唬的个小鬼兒,哩哩啦啦撒尿兒,撒尿兒撒尿兒。

(白)下官"鬧不清"的便是。奉我們上司之令,把守此關,防備梁山的奸細。我的人哪,要留神!(皂應介。白)啊。

(燕青上)(皂白)做什麽的?(燕白)賣布的。(丑官白)过去罢。(燕進關介)(下)

(李逵上)(皂白)做什麽的?(李白)投文的。(丑官白)官差过去。(李進關介)(下)

(一伯兩十行上)(皂白)做什麽的?(中白)过官的。(丑官白)做買賣的,叫他們过去罢。(一伯兩十行進關介)(下)

(焦引衆上)(皂白)男男女女做什麽的?(焦白)我們是賣藝的,打蓮花落跟頭,各樣兒俱全。(丑官白)我最喜欢这个,天还早呢,你們在此唱一回,唱樂了,我重重有賞。(四女全白)吓。(走八板介)(打霸王鞭介。完)(唱)

俺自從赶了一个茂州庙,多半年无事在家裡閑着。哎喲喲,闻听人家説太安神州多热鬧,待睄睄又无个盤纏。除非是赶集把粮食挑,渾身上下的武藝在肚子裡粧着。這霸王鞭哪,一响就打蓮花落,説了一个。

(唱)

【金錢蓮花落】大清国太是興隆,哩嚠蓮花,一呀朵梅花,天下民安就享太平。也們咳、咳、咳，蓮花花了一朵子梅花落。文武群臣多清正，哩嚠蓮花，一朵梅花，黎民百姓享太平。也們咳、咳、咳，蓮花花了一朵子梅花落。九天仙女來祝寿，哩嚠蓮花，一朵梅花，相隨着龙女共仙童。也們咳、咳、咳，蓮花打了一朵子金花落，梅花一朵，梅花呀一呀，梅花一朵，梅花落。南極老祖來祝寿，哩嚠蓮花，一呀朵梅花，騎着那白雀献昇平。也們咳、咳、咳，蓮花花了一朵子梅花落。和合二仙來祝寿，哩嚠蓮花，手捧花合笑哈哈。也們咳。白猿献花來祝寿，哩嚠蓮花，手捧仙桃笑盈盈。也們咳。闻听太爷多好善，哩嚠蓮花，一家大小奔途程。也們咳。王母娘娘來祝寿，哩嚠蓮花，但愿松柏永長青。也們咳。捨个罢來捨个罢，哩嚠蓮花，代代兒孫永康寧。也們咳。捨不得艮錢粧听不見，哩嚠蓮花，抱着秤鉈好鉄心。也們咳。

【單枝】姐姐妹妹接下韻，哩嚠蓮花。代我表宋朝的人。也們咳。昔日有个包丞相，白断陽來夜断阴。黑驢告狀救主难，定原县里断烏盆。只因錯断烟徹傘①，哩嚠蓮花，招惹滑五鼠鬧東京。也們咳。

【二段】姐姐妹妹听着我唱，哩嚠蓮花，代我表表我的委屈。也們咳。奴家今年剛十七，晝夜无眠想女婿。媒婆不來把我問，不知婆婆住在那里。不論穷富有个主，就是那麻子、禿子、瞎子、痴子，也是好的。娶我不用花花轎，哩嚠蓮花，騎上我爸爸那葱白驢。也們咳。

【三段】姐姐妹妹听着我唱，哩嚠蓮花，代我表表小西厢。也們咳。昔日有个張君瑞，普救寺里去降香。张生又把鶯鶯戲，傳書寄柬是紅娘。二人約会西厢下，张生跳过粉壁墻。小姐脱下紅綾褲，哩嚠蓮花，單等那鬍子嘴來吃灌腸。也們咳。

【四段】姐姐妹妹听着我唱，哩嚠蓮花，代我表表取經人。也們咳。西天有个孫悟空，一生一世称英雄。偷丹又把天宫鬧，五行山下遇唐僧，流沙河遇沙僧。子母河里去喝水，八戒哼哼肚子疼。沙僧一旁哈哈笑，哩嚠蓮花，二椅子和尚瞎充鷹。也們咳。

（打霸王鞭介）（唱）

【柳青娘】按着小西天，風吹玄開賽牡丹。上宛一明月，粉蝶兒一一喜鵲迁云端。云端内好似仙，仙子降塵凡，按看小西天。

---

① 應爲“顔查散”。

(衆下)(丑官白)你們看見啦,梁山上的人,我是一個兒也没放過去。(下)(完)(三出完)

四　出

(扮高脚秧歌上)(打鑼鼓介)(漁樵仝唱)

打柴樵夫到江沿上,漁翁一見执手笑言開,兵弟來到江沿,暫且别去,你等俺治杯水酒叙叙心怀。樵夫説特意來会会尊兄面,你把那小小的舟船攏過岸來。漁翁聞听那敢怠慢,搬罾摇櫓船兒摆開。樵夫上船擱下干柴担。漁翁説酒寒,樵夫説有柴。

(仝唱)

咱二人对船頭閑談叙話。漁翁説,兵弟呀,打柴的買賣也到發財。樵夫嘆口打咳,題起我打柴的苦處,对着誰説來?清晨起把門開,肩扛着扁担走進山怀,固不是惧怕狼虫与虎豹,手拿着板斧去砍干柴。砍來的干柴長街市上賣,换銅錢糴粮米轉家园,上養父母,下養妻子,中養自身,奔駁①劳碌对之誰説來?

(漁唱)

漁翁笑把手拍,兵弟到底年青想不開,你我漁樵本是小買賣,不愁吃穿就把日月爲挨。閑了來釣几尾金鱗,沽飲美酒,悶了來唱一回歐歌船板拍,就讓他一品当朝,未有你我漁樵樂,咱們自修一个无憂无慮无病无災。

(樵唱)

樵夫説尊兄言詞也到有理,有几輩古人販賣干柴?

(漁唱)

朱買臣无時干柴砍,

(樵唱)

那也是相公時未來。姜太公渭水河边垂鈎把釣,

(漁唱)

① 應爲“波”。

直鈎兒穩坐在釣漁台，武吉賣柴又把門軍打死，

（樵唱）

多亏了你年老太公救出他來。遭了貶的敬德也把金鱗釣，

（漁唱）

那也是我年老國公時運未來。

（仝唱）

二人飲酒天色晚來，你看你归你的湖，我归我的山。我的兄、我的哥，咱們另日偷閑再叙心怀。

（起鑼鼓）（重①仝下）

（又打罗鼓介）（陀頭上。唱）

林冲的名字叫作报②子頭，恼恨奸賊，罵声高球。高球定下一把宝刀記，誆哄林冲上了蒼州。蒼州放了一把无情的火，小梁王灯兒下又把書修。淂了書的林冲逃了活命咧，你看投奔梁山聚將，拜爲了朋友。

（起罗鼓）（下）

（又打罗鼓介）（買③药人唱）

浮萍草笊離捞，南城的这秧歌又往北城約。打鼓的这哥兒們不筭会唱，好与不好担代着。打罗的姐兒們无非是瞎鬧，跟着我們也要把花頭來包。二格无非瞎胡混，老坐子抓嘅主意高。漁翁的这眉目做作的好，樵夫的字眼唱的声高。有一个傻公子見多招笑，賣弄風流摆摆摇摇，就筭是陀頭的身子胖。我刘老道賣的都是好膏药，牛的犄角，鹿的耳刀，蛤蟆皮外搀些个兔兒毛。好哇人貼了我的膏药，擠咕擠咕眼兒哪，你看那病人貼了我的膏药咧，咕兒了。

（起鑼鼓）（衆仝下）

（又打鑼鼓介）（拉花唱）

光阴似箭快如梭，日月輪迴緊緊的跟着。人过了中年休要妄想，青春一過再别想能淂。就讓那高祖駕下有千員战將，到而今樓台殿閣化

① 應爲"衆"。

② 應爲"豹"。

③ 應爲"賣"。

爲了土兒半坡。就讓你万貫家財难以買命,那一个脱過五殿閻罗?世境之中無非是戲,姣妻美妾是梦裡南柯。劝君趁着年輕完①笑会子罢咧,你看轉年間不知道有我无你,有你无我,誰死誰活?

(起罗鼓介)(仝下)

(又起罗鼓介)(小二哥唱)

睄睄我來看看他,我是他的兒來,他是我的媽媽。我父去世早,撂下了我合他。他要是嫁人,我合他要乂。无奈何牛录章京那兒保了我个孤子,養育兵一兩五,淂了一个花沙布拉綽哈。錢粮小没有米,难以度日,賣豆兒爲生是我的生涯。書塲兒也去賣,酒鋪兒也去抓。挣了來的銀錢,就養活我的媽媽。再熬上三年五載,淂分子大甲咧。你給我説上个媳妇兒,好合他分家。

(起罗鼓介)(衆仝下)

(又起罗鼓介)(傻公子唱)

誰似我傻公子運氣底,娶了这塊老坐子他是我的妻。我們二人商量去走会,打動架,辨動嘴,我給他跪之,他还不依。有心上前打他一个嘴巴,怕的是小二哥知道將我不依。奉劝听秧歌老哥們劝上一劝,我就是慣怕老婆半膘子。

(起罗鼓介)(仝下)

(又起罗鼓介)(老坐子上。唱)

誰似我老座子的命兒薄,嫁了个傻公子兒是个憨哥。跟前的二哥年輕小,跟着他的陀頭旧旧常把酒喝。漁翁大伯年紀老,樵夫小叔子常在山坡。打鑼的妹子心腸兒狠,終朝每日竟去拉舌。倆个哥哥學会了打鼓,这才凑在一塊兒唱会子秧歌。

(起鑼鼓介)(衆仝下介)

【十不閑】(衆上。唱)福自天來喜重重,福緣善慶插玉瓶。福如東海長流水,恨福來遲身穿大紅,禄星报到連仲三元。鹿咬灵芝口内啣,路過山前松林下,陸国封相作高官。寿星稟手万寿无彊,寿桃寿酒摆在中央。寿比南山高万丈,彭祖爷寿活八伯永安康。喜花掐來代滿頭,

---

① 應爲“玩”。

喜酒斟上歐几歐。喜鳥落在房簷上，喜報三元独占鰲頭。

（又唱）

春天的景春景和，春山春水春物多。春牛頭上寫春字，綉女房中那春罗。夏天的景甚淒怜，夏日荷花藕佩蓮。夏賞茨菱茨菇葉，夏觀荷葉露半边。秋天景兒甚慘情，西寺雷音懶撞鐘。喇拉拉雨打芭蕉葉，滴溜溜就地起金風。冬天景兒冰雪霜，避暖藏温有余粮。太阳初起高万丈，東風吹送百花香。

（又起鑼鼓。唱）

小小寡妇要出閣，脱去了白衫换紅罗。公婆一見腮落泪，叫了声矣德的媳妇你是听着。今朝你改嫁别門去，撇下了年老的二公婆。正是双親难割捨，招的那不矣良的媳妇把閑話兒來説。我的罗裙兒不掃你們家的地，袖口兒懒刷你們家的鍋。手腕兒懒拿你們家的碗，你們的炕沿兒奴家懒怠去坐着。自古道樁子上才能拴淂住馬，无笼頭的甡①口海跑着。壺中無酒难留客，无菜的席兒怎坐淂？怎如我今日改嫁别門去，不短吃來不短渴。小姑兒小叔子全无有，又缺公來又短婆。青閑自在多安樂，年少的夫妻我們俩人去過着。

（打鑼鼓介。完）

（四女扮打鞦韆上，轉介。唱）

洋子江心一朵蓮，点賣庄田造下一支船。船在浪裡顛，顛着顛着笼了沿。小小的魚兒粉紅腮，上江遊到下江來。頭動尾巴摇，頭動尾巴摇，小小的鈎兒搭住你的腮，絶不該闖進青絲網裡來，絶不該闖進青絲網裡來。

（完）（下）

（耍狗熊上介。唱）

二郎爷本姓楊，身穿道袍鴨蛋黄。手拿金弓銀弹子，梧桐樹上打凤凰。打了一个不成对，又打一个才成双。有心还要打几个，怕的是誤了丹山赶太阳。

（後台起鑼鼓）（跟頭介，跑馬賣獬，跟頭鑽圈兒，播香蠟，播米，又

① 應爲“牲”。

打跟頭下)

(五鬼杈上,各耍介,完。下)

(五虎棍上,打介,完。下)

(拾番上介,完。下)

(挎鼓上打介,完。下)

(双頭人兒上,打跟頭介,完。下)

(内行鑼鼓介,旱船上介,完。下)

(太獅少獅上耍介,完。下)

(龙灯上舞介,内隨鑼鼓介,完。下)

(槓箱上耍介,完。下)

(中旛上耍介,完。下)

(耍硿子上耍介,完。下)

(礶子上耍介,完。下)

(吹打过枝杆兒、过执事介,完。下)

(四武打扮徒弟,引花扮任元上)(任白)徒弟們,上擂者。(衆唱)

【四边静】軍勝勇笑声頻,就地平身起,賽蛟龙到處誰不惧,好打不平。

(四徒白)一到擂台。(任白)上擂。

(燕、李引粱山衆暗上介)(任白)台下英雄好汗听者,俺任元在此立擂三年,並无对手。今当完满之日,有不怕死者,請上台來交手。請啊,請!(李白)氣死我也。(李唱)

【吹腔】皱①闻言怒氣冲天,管叫他一命喪黄泉。

(李上擂台介)(任元接对拳脚介,李敗,下擂介)

(燕上擂台,接对任元,下)(燕、李追介,下)

(衆上,擂台对四徒介,起把子,完)

(衆引宋江上)(衆白)擂台已破。(衆白)就此回山。(渾)【尾声】(完)(衆下)(全完)

---

① 應爲“驟”。

燕青打擂（亂彈）

【劇目簡介】

亂彈，未署名。現存民國《戲考》刻本，可與車王府藏鈔本參照。小説《水滸傳》第七十四回《燕青智撲擎天柱　李逵壽張喬坐衙》有類似情節，細節有所不同。

《戲考》刻本，題目作“燕青打擂”，又名“神州擂臺”“大神州”，一場，每頁十五行，每行三十六字左右。

劇演燕青打擂一事，與車王府藏《神州擂全串貫》情節大致相同，細節有所差異。

（末、生、武生、浄同上）（末白）石碣天文聚將星，（生白）喑嗚叱咤起風雲。（武生白）義旗指處人皆服，（浄白）板斧雙劈神鬼驚。（末白）“智多星”吴用。（生白）俺“豹子頭”林冲。（武生白）俺“小李廣”花榮。（浄白）咱“黑旋風”李逵。（衆白）請了。（末白）今日大哥升帳，我等兩廂伺候。（衆白）請。

（大吹場）（四龍套、四下手、末上）

【點絳唇】水泊英豪，替天行道，兵符抱，胸藏略韜，威名四海遥。

（白）義胆忠肝蓋世無，心懷報國有良圖。他年若遂凌雲志，笑煞黄巢非丈夫。（衆白）大哥在上，我等參拜。（末白）衆位兄弟少禮，站立兩廂。（衆白）吓。（末白）俺，“及時雨”宋江。只因殺了閻婆惜，逃上梁山。蒙衆家兄妹，推我爲山寨之主。前日探子報到，有神州總制王宏，新得一將，名唤“賽金剛”任原，英雄無敵。高搭擂台，誇下海口，要打盡天下英雄好漢。百日完滿，就要帶兵平定俺梁山。也曾命燕青前去打探。等他到來，便知分曉。（武生上。白）打聽不平事，報與大哥知。參見大哥。（末白）少禮。我命你去至神州,打探任原之事如何?(武生白)小弟奉了大哥之令,去至神州。果然有個任原,誇下海口,賣下浪言,擺設擂台,百日完滿,就要起兵剿我梁山。那時小弟,要想上得擂台,將那厮打倒。奈無大哥將令,不敢造次。(浄白)竟有這等之事?待咱去到神州,上得擂台,將那厮活活擒來,方顯俺的手段也。(末白)賢弟休要鹵莽,此事必須商議而行。吓,軍師,此事當以何策處置?(吴白)此事不難。待小弟遣衆兄弟,潛往神州,先把任原打翻,那各路官兵,就不敢正眼覷我梁山也。(末白)如此,就請軍師傳令。(吴白)遵命。吓,列位弟兄,那位願到神州,將任原打倒?忠義堂挂紅領賞。(燕白)俺燕青願往神州,若不將任原打下擂台,誓不回山!(吴白)好!燕青聽令:(唱)

【吹腔】燕青將,手段强,神拿七十二,敢誇張。此番去往神州府,得勝回山,名播揚。

(燕白)得令!(下)(吴白)燕青雖然武藝高强,但是他一人,恐怕獨力難支。誰人願去帮助者,一同挂紅領賞。(浄白)二位哥哥在上,也不是俺李逵誇口:此番俺去到擂台,若不將那厮做湯羊兒一般,一只手揪住他腦袋,一只手拎着他的鸞帶,擒上山來,摔在這忠義堂上,聽憑二位哥發落,俺也誓不爲人。(吴白)好!李逵聽令:(唱)

黑旋風,甚凶勇,兩柄板斧染腥紅。下山去好一似黑煞神,果是英雄。

(浄白)得令!(下)(吴白)花榮、林冲聽令:那王宏兵强馬壯,他二人若打倒任原,豈肯干休?必然有一場厮殺。你二人可扮做客商模樣,潛往神州,暗地帮助他成功者。(唱)

有任原,太誇張,拔山舉鼎,號金剛。你二人端的是人强馬壯,攪得他地亂天荒。

(秦、王暗上)(花、林白)得令!(下)(吴白)秦明、王英聽令:你二人可扮做挑擔脚夫,混入城中,暗地接應者。你二人呵!(唱)

猛如虎,貌似狼,喬妝結束氣昂昂。饒你有官兵千百萬,管叫他,無計猖狂。

(秦、王白)得令!(下)(吴白)傳女將每上堂。(衆上手白)女將上堂。

(三武旦上。白)大哥在上,我等參見。(末白)軍師有差。(三旦白)參見軍師。(吴白)衆女將聽令:你等可扮作乞婆,混入神州,接應衆弟兄者。(唱)

女將們,快登程,去往神州護燕青。若得成功回山轉,方顯梁山娘子軍。

(三旦白)得令!(下)(吴白)傳令已畢。命戴宗扮做公差,時千扮做花子,來往打探消息者。(唱)

【尾聲】四下埋伏了牢籠計,管叫他插翅也難飛。

(末唱)

方顯俺"及時雨"的威名,天下知。

(同下)

(四下手、四英雄、副净上。白)來此擂台,一同上擂。英雄上擂台,好漢兩邊排。打死不償命,願者請上來。大喊三聲誰敢來,誰敢來!(丑白)啓稟師父:天氣尚早,打擂的還靡有來呢。(副净白)好生看守擂台。(丑白)咋!(副净下)

(四上手、花、林、秦、王、燕、李上。白)來此已是擂台,果然有大言牌在此。待俺看來:"打盡世間無敵手,争交天下我爲魁!"放你娘的屁!待我將他打碎了。(丑白)呔!你這黑臉賊,將我的大言牌打碎。你敢上來與我較量麽?(净白)我先打死你個王八入的!(打倒)(丑白)有請師父。

(副净上。白)何事?(丑白)打擂的來了。(副净白)閃開了。(起打介)(李敗下)

(燕青上,起打介)(燕打任倒介)

(李上,劈任死介)(衆同上。白)你爲何將他劈死了?他那主帥聞知,怎肯干休?此禍闖得不小,你我同回山寨去罷。(李白)怕他娘的什麽?(同下)

(四龍套、四下手、四家將、外上)

【引】【點絳唇】劍戟霜寒,冲冠氣岸,長虹貫,立志除奸,霎時風雲變。

(白)劍氣冲開斗牛光,刀鎗耀日落星霜。踏平水泊擒晁蓋,踢破梁山捉宋江。本鎮王宏,也曾命任原擺下擂台。今已打了九十九擂,只有一擂未滿。待等完滿,就授他爲先鋒之職,起兵攻打梁山。左右,伺候了。

(探子上。白)啓稟元帥:任將軍被梁山賊寇打死了。(外白)再探!(探子下)(外白)衆將官,一齊追赶!(唱)

任他走上焰魔天,我鐵騎如雲赶上前。

(同下)

(李、燕原人同上。唱)

忙忙逃出神州去,遥望梁山,轉回還。

(外隨衆追上。白)呔!賊寇休走,俺來也!(起打介)(李、燕等敗下,外追下)

(四上手、二净、三旦上。白)俺,"霹靂火"秦明。"矮脚虎"王英。"母大蟲"顧大嫂。"母夜叉"孫二娘。"一丈青"扈三娘。(秦白)請了。(衆白)請了。(秦白)你我奉了軍師將令,暗地保護燕青衆兄弟。前面殺聲震耳,想是官軍追來,你我一同前去帮助。(衆白)請。(羣場會陣)

(全人同上,起打介)(衆敗下,外追下)

(武生上。白)看王宏殺法厲害,待我射他一箭。

(衆同外追上)(武生射死外)(四下手抬外下)(衆隨下)(完)

繳令(梆子腔)

【劇目簡介】

梆子腔,未署名。現存清代刊本,《綴白裘》多種版本收録①。小説《水滸傳》七十三回《黑旋風喬捉鬼　梁山泊雙獻頭》回末敘及任原擺擂消息,與此情節差異較大。

《綴白裘新集合編》本②,題目作"繳令",一齣③,每頁九行,每行二十字左右。

劇演燕青回梁山,報知宋江衆人任原擺下神州擂并欲圖攻打梁山的消息,表示欲行前往打擂。

(末上)石碣天文聚將星,

(生上)喑嗚叱吒起風雲。

(旦上)義旂指處人欽服,

(浄上)板斧雙飛神鬼驚。(末)小生吴用。(生)俺林冲。(旦)我花榮。(浄)咱李逵。(衆合)請了。今有神州任原浪誇海口,高搭擂臺,要打盡天下英雄好漢。百日完滿,就起兵來勦俺梁山好漢。大哥將已升帳,我每一齊進見。

(雜扮四小軍,引外上)

【點絳唇】水泊英豪,替天行道。兵符飽,胸藏韜略,威名四海遥。

義胆忠肝槩世無,空懷報國赤心多。他年若遂凌雲志,笑殺黄巢

① 原刊於寶仁堂乾隆三十九年《綴白裘外編十一集》,後收入十二編本。

② 以《綴白裘外編十一集》本爲校本。

③ 《繳令》《遣將》《下山》《擂臺》《大戰》《回山》總叙一事,或共爲曾經著録的《神州擂》。《綴白裘》中未作共名,故分出輯録。

非丈夫!(衆)大哥在上,兄弟每參見。(外)衆兄弟少禮。俺"及時雨"宋江,爲因殺了閻婆惜,逃上梁山,蒙衆兄弟推我爲山寨之主。前日探子前來報説,有神州總制新得一勇士任金剛,英雄無敵,高搭擂枱,放對百日,要來平定俺梁山好漢。已命燕青前去打听,待他回來,便知分曉。

(小生上)打听不平事,報與大哥知。(衆)燕哥回來了。(小生)列位哥請了。大哥在上,小弟參見。(外)少禮。我命你前往神州打探任原消息,果是如何?(小生)小弟奉令前往神州打听,果然有個任原誇下大口,賣下浪言,擺設擂檯,百日完滿,就要起兵來剿我山伯①。彼時小弟本要把那厮一頓打翻,一來無大哥將令,二來小弟單身,不敢造次。(净)嗳!有這等事!大哥,待咱前去把那厮一把活活擒來,方顯俺的手段也!

【批子】忠義堂前惱了俺先鋒將,要往神州去顯豪强!

(外)兄弟,不可造次。且各歸寨,待我和軍師商議,自有道理。(衆應,同下)

① 應爲"泊"。

遣將（梆子腔）

【劇目簡介】

梆子腔，未署名。現存清代刊本，《綴白裘》多種版本收録①。小説《水滸傳》七十四回《燕青智撲擎天柱　李逵壽張喬坐衙》有類似情節，細節差異較大。

《綴白裘新集合編》本②，題目作“遣將”，一齣，每頁九行，每行二十字左右。

劇演宋江等人決定前往神州擂，燕青主動請纓，吴用等派兵遣將，共往泰山擊殺任原，以阻止攻打梁山的企圖。

（吹打）（四小軍旂幟引外上）

【引】結黨梁山，建旌旂忠義堂前。

（末上）

非關逆天，嘯聚願除君側權奸。

（外上）（外高坐，小生傍坐介）（外）軍師，那神州總制與俺山寨爲難，命任原擺設擂枱，放對百日，就來平俺山寨。軍師當作何策處置？（末）不難，待小生調遣衆兄弟潛往神州，先把任原打翻，别路官兵就不敢正眼覷我梁山也。（外）如此，請軍師發令。（末）吩咐起鼓。（内起鼓）

（付秦明，丑王英仝前四衆上）大哥在上，小弟每參見。（外）不消。（衆）軍師見礼了。（末）不敢。請衆兄弟到堂，不爲别事。爲因神州總制王宏命任原擺設擂枱，放對百日，要來掃俺山寨。

---

① 原刊於寶仁堂乾隆三十九年《綴白裘外編十一集》，後收入十二編本。

② 以《綴白裘外編十一集》本爲校本。

若有那位敢往神州把任原打下擂枱者,忠義堂前挂紅領賞。(小生)小弟愿往。非是俺燕青誇口,若不把那厮一頓拳脚打下擂枱,誓不回山!(外)妙吓!聽我道:

【吹調】燕青將手段强,神拿七十二敢誇張?此番去往神州府,淂勝回來名播揚!

(小生)淂令。(下)(末)燕青雖然本事高强,但他一人恐怕獨力难支,还有那位前去帮助他成功者?回來忠義堂挂紅領賞。(净)二位大哥,不是俺李逵誇口,待俺前去,若不把那厮做湯羊兒一般,一隻手揪着他的脑袋,一隻手拎着他的鸞帶,擒來山寨,摔在忠義堂前,听凴哥哥發落,也誓不爲人!(外)妙吓!

【前腔】李旋風太兇勇,兩柄板斧染腥紅,下山去好一似黑煞神,其寔英雄!

(净)得令。(下)(末)花榮、林冲上前听令。(生、旦)有。(末)那王宏兵强馬壯,他二人前去打翻了任原,怎肯干休?必然有一場厮殺。你二人可扮作客商,潛往神州帮助他成功者。(外)聽我道:

【前腔】有任原太誇張,拔山舉鼎號金剛。

你二人呵,

端的是人强馬壯,攪淂他地乱天荒!

(生、旦)淂令。(下)(末)秦明、王英听令。(付、丑)有。(末)你二人可扮做挑担脚夫,混入城中接應者。(外)你二人呵!

【前腔】猛如虎貌似狼,喬裝結束氣昂昂。饒你有官兵千百萬,管教他無計猖狂!

(付、丑)淂令。(下)(末)傳令後山,着女將們上堂听令。(雜)吓!軍師有令,傳後山各女將上堂。

(老旦、貼上)大哥在上,女將每參見。(末)衆女將听令,尔等可扮作乞婆,混入神州接應衆兄弟者。(外)听我道:

【前腔】女將們快登程,去往神州護燕青。若淂成功回山轉,方顯淂梁山娘子軍!

(二旦)淂令。(下)(末)傳令已畢,可令戴宗扮做公差,時還扮作花子，往來打探消息。（外下枱介）説淂有理。

【尾】四下裡埋伏了牢籠計，

任原吓任原，

管教你插翅難飛！

哈、哈、哈！

方顯俺及時雨的威名天下知！

（仝下）

下山(梆子腔)

【劇目簡介】

梆子腔,未署名。現存清代刊本,《綴白裘》多種版本收録①。小説《水滸傳》七十四回《燕青智撲擎天柱　李逵壽張喬坐衙》有類似情節,細節差異較大。

《綴白裘新集合編》本②,題目作"下山",一齣,每頁九行,每行二十字左右。

劇演林冲、花榮、燕青、李逵等梁山衆人共同下山,前往神州擂。

(生上)張弓挾矢下梁山,

(旦上)四海聞名心胆寒。

(小生上)饒你英雄真好漢,

(净上)逢咱個個不生还!(生)俺"豹子頭"林冲。(旦)我"小李廣"花榮。(小生)小可"浪子"燕青。(净)咱"黑旋風"李逵。(合)今奉宋大哥將令,潛到神州來與任原放對。衆弟兄們走吓!

【批子】英雄一衆到神州,管教任原一命休!

(同下)

---

① 原刊於寶仁堂乾隆三十九年《綴白裘外編十一集》,後收入十二編本。

② 以《綴白裘外編十一集》本爲校本。

擂臺(梆子腔)

【劇目簡介】

梆子腔,未署名。現存清代刊本,《綴白裘》多種版本收録①。小説《水滸傳》七十四回《燕青智撲擎天柱　李逵壽張喬坐衙》有類似情節,細節差異較大。

《綴白裘新集合編》本②,題目作"擂臺",一齣,每頁九行,每行二十字左右。

劇演燕青在神州擂上打倒任原,李逵將其殺死,大鬧擂臺,被人圍毆,衹得逃脱。

(雜扮四小軍,引末上)

【引】執掌貔貅統六軍,勦草寇管教談笑功成!

金符玉帳荷恩光,捍禦邊城障一方。從軍白髮三千丈,報國丹心一寸長。下官王宏,官拜總戎之職,鎮守神州。可惱梁山草寇每每拒敵官兵,甚爲可慮。下官近日淂一勇士,名唤任原,他兩臂有千金③之力,一身有虎豹之威,人都稱他爲"任金剛",因此高搭一座擂檯,命他放對百日,如無敵手,即授他爲先鋒,發兵征勦梁山。今日已是百日了。左右!(衆)有。(末)請任將軍出來。(衆)吓!任將軍有請。

(付上)來也。淩雲豪氣貫長虹,千金膂力逞威風。舉鼎敢欺伍子胥,拔山不讓楚重瞳。元帥在上,任原打恭。(末)將軍少禮。

① 原刊於寶仁堂乾隆三十九年《綴白裘外編十一集》,後收入十二編本。

② 以《綴白裘外編十一集》本爲校本。

③ 應爲"斤"。下同。

(付)元帥呼唤,有何分付?(末)今日上檯,百日已滿,將軍須要小心。(付)元帥放心。凴着俺兩臂一身膂力,打盡英雄豪傑。(末)全仗將軍虎威,滅寇除兇在即。(仝衆下)(付)徒弟每那里?(雜扮四徒弟上)元帥重英豪,掄鎗又使刀;萬般皆下品,惟有要拳高。師父唤徒弟們出來,有何分付?(付)今日上檯日期,擺列旂旛,往擂檯去者。(衆)吓。(合)

【點絳唇】擺列着長鎗大弓,旂旛簇擁,齊喧鬨,顯出英雄,擂檯上逞威風!

(衆)啓師父,已到擂枱了。(付)一齊擁上檯去。(衆應,作上檯分立兩邊介)(付)呔!檯下听者,俺任原奉元帥將令,在此擂枱放對百日,若有不怕死的,上枱來會咱者!俺任原呵,

【四邊静】浩氣凌雲貫斗牛,拳起鬼神愁。饒你千斤力,難脱翻觔斗!叱咤山崩電飛雲走,誰敢上擂檯來認咱家手!

哟!可有納命的上枱來么?

(净扮山東客上)家住山東本姓沈,販賣枣兒共青餠。本錢折淂乾乾净,單單剩了一光身。咱聞説有什么任金剛在此打擂枱,十分熱鬧,打倒了他,倒有好些利物;咱不免上去頑他一頑,有何不可?列位,讓讓吓!嘚!山東的沈老爹來了。(作上枱對打介)(付打倒净介)(付)嗳!這樣人也要來打擂枱,走你娘的路罷!(作踢下枱,净扒起捧腰下)

(雜隨意扮脚色上枱打,輸下)(付笑介)

(生、旦、小生、净同上)(生)列位兄弟,來此已是擂枱了。果然有一個大言牌在此,待我看來。(念介)打盡世間無敵手,争交天下我爲魁。(净)嗳!這厮好誇口!待咱打碎他。(作打碎牌介)(雜、衆)呔!你這黑臉賊好大胆,把大言牌打碎,你敢上枱來見個高下么?(净)也嘚!咱黑爺爺怕着誰來!(净作上枱,小生扯住介)李兄弟,這個買賣要讓與我的了。呔!打擂枱的來了!(作跳上枱介)(付)呔!看你瘦骨伶仃,提起來没有几斤重,也要來打擂枱!(小生)你這蠢狗!豈不聞"凡人不可貌相"?俺人兒雖小,力氣最大。(付)既要送死,通個名來。(小生)听者:

【批子】俺是江河上張小乙，五湖四海盡知名。你大言牌説是無敵手，因此俺特來断送你殘生！

(付)也嘣！休浔胡言！照打罷！(對打介)(小生拎付攛下枱，隨跳下枱)(净打死付介)(雜衆亂打，又對棍奪刀，各技藝俱敗下)(净)呔！咱每梁山泊好漢全夥在此，誰敢來吓！(生、旦、小生)呀！李兄弟！打翻了他就罷了，怎么把他打死？他每怎肯干休？一定去報知主帥了。此禍闖浔不小，快快去罷！(净)怕他娘什么鳥！(合)

【尾】俺好似失林的困鳥，忙忙的取路奔逃！

(同下)

大戰(梆子腔)

【劇目簡介】

梆子腔,未署名。現存清代刊本,《綴白裘》多種版本收録①。小説《水滸傳》七十四回《燕青智撲擎天柱　李逵壽張喬坐衙》有類似情節,細節差異較大。

《綴白裘新集合編》本②,題目作“大戰”,一齣,每頁九行,每行二十字左右。

劇演任原被李逵等人打死之後,官將王宏領兵追赶,燕青等人邊打邊退。

(末戎裝引四將,四跳虫扮小軍上)

【點絳唇】劍戟霜寒,冲冠氣岸長虹貫。立志除奸,叱咤風雲變。

劍戟冲開斗牛光,刀鎗耀日落星霜。踏平水泊擒晁蓋,踢破梁山捉宋江。下官着任原在擂枱上放對百日,今日已經完滿,待授他爲先鋒之職,起兵征勦梁山艸寇;不料方纔他衆徒弟來報,被一漢子打下枱來。有一黑漢口称梁山好漢,竟把任原打死,逃出城去了。不免帶領衆將趕去擒拿賊衆便了。衆將官!(衆)有。(末)與我速速趕上前去者!(衆)得令。(合)

【批子】饒他走上焰摩天,我鉄騎如雲趕上前!

(下)

(生、旦、小生、净同上)(合)

【批子】忙忙趕出神州去,遥望梁山回轉程。

---

① 原刊於寶仁堂乾隆三十九年《綴白裘外編十一集》,後收入十二編本。

② 以《綴白裘外編十一集》本爲校本。

(末、衆上)呔！賊寇慢行,俺來也！(净使雙斧迎住介)嘚！你是何人,敢來納命？(末)听者！俺乃徽宗駕前官拜總戎大元帥王①。尔等何方毛賊,敢來送死！(净)喲,呸！放你娘的狗屁！你來認認我"黑旋風"李老爺的斧頭看！(對殺,净敗下)(生、衆逐一對殺,各敗下)

(又上,混殺,生、衆又敗)(末追下)

① 漏一"宏"字。

回山（梆子腔）

【劇目簡介】

梆子腔，未署名。現存清代刊本，《綴白裘》多種版本收録①。小説《水滸傳》七十四回《燕青智撲擎天柱　李逵壽張喬坐衙》有類似情節，細節差異較大。

《綴白裘新集合編》本②，題目作"回山"，一齣，每頁九行，每行二十字左右。

劇演梁山接應人馬秦明、王英等人及時趕到，大敗追趕燕青等人的王宏所率官兵，與燕青等共同得勝回山。

（付、丑、老旦、貼隨意扮撮弄挑脚乞婆等仝上）（付）俺"霹靂火"秦明。（丑）俺"矮脚虎"王英。（老旦）我"母大虫"顧大嫂。（貼）我"母夜叉"孫二娘。（合）我等奉軍師將令，恐衆弟兄有失，特命我等喬粧改扮，來此打探消息。你看前面殺聲震耳。諒必有官軍追殺，不免快些去接應者。（各卸裝拔刀介）

（末追生衆上）（混殺）（付、衆接戰介）（旦立高處介）哟！王宏，看俺花榮的神箭！（末）阿呀！（作中咽喉跌倒，衆搶尸下）（生、衆相見介）那王宏果然利害，幸得列位來接應。衆官兵俱已逃散，我每一齊回山去罷。（合）説淂有理。走吓！（合）

【尾】强中更有强中手，方顯梁山手段高。堪笑王宏枉逞豪，只落淂血濺錦紅袍！

---

① 原刊於寶仁堂乾隆三十九年《綴白裘外編十一集》，後收入十二編本。

② 以《綴白裘外編十一集》本爲校本。

過關（梆子腔）

【劇目簡介】

梆子腔，未署名。現存清代刊本，《綴白裘》多種版本收録①。小説《水滸傳》無類似情節，係敷衍燕青前往泰山打擂時，梁山衆人過關場景，故予輯録。

《綴白裘新集合編》本②，題目作“過關”，一齣，每頁九行，每行二十字左右。

内容叙官府爲防梁山衆人作亂，特地設立關卡，并要人納税接受檢查後方可過關。三女扮作乞婆，借唱曲的形式順利過關。

（付扮皂隸，引丑圓翅紗帽上）

【引】十年身到，一舉成名弗曉。

自家非别，鄭州城外一個頭兒、脑兒、頂兒、尖兒，十七八品的父母官兒，巡檢司的便是。今有梁山草寇作亂，奉上明文，在此關前查点查点。叫皂隸。（付）有。老爺有何龜話？（丑）唗、唗、唗！貴話！什么龜話？听我吩咐：如有人過關，報一名税來與我老爺買烟吃。（付）曉得。（内）乞婆過關。（付）啓爺，乞婆過關。（丑）快些叫他來報税。

（三旦扮乞婆上）老爺請了。（丑）唗、唗、唗！你們見我了老爺，跪多不跪，頭也不叩一個，什么請了請了！（三旦）我們的鄉風規矩，先請後叩頭的。（丑）吓，既是你們的鄉風，也罷！快報税來。

---

① 原刊於寶仁堂乾隆三十五年《綴白裘新集六編》，後收入十二編本。初歸“梆子腔”一類，後歸作“雜劇”類。

② 以《綴白裘新集六編》本爲校本。

(三旦)老爺,我們乞婆有什么東西報税?(丑)吓?没有税報?也罷,唱套小曲兒與我老爺听听罷。(三旦)請老爺坐了,待我們唱上來。(丑)好吓。皂隸,你去盪滚熱的燒刀子來。(付作看呆介)(丑)呔!王八入的。(付)吓。(貼立桌邊介)(二旦擺勢,丑使花扇取單照看三旦,渾介)

(二旦)

【四大景】春景天,春景天,只見那士女王孫戲耍鞦韆。桃花插鬢邊,裙底露金蓮。手挽着繩呀亦么扭扭、亦么呀呀得手兒酸。

【又】夏景天,夏景天,只見那採蓮船呀亦么鬧喧天呀、亦么鬧喧天。金魚浮水面,荷花透水鮮。竿兒撑著船呀亦么扭扭、亦么呀呀呀扭扭,扭得手兒酸。

【又】秋景天,秋景天,只見雁過南樓叫聲喧。把書傳呀即日團圓呀即日團圓。

【又】冬景兒天,冬景兒天,雪花飄飄扯絮揉棉。那煖閣紅炉醉擁嬋娟,美酒的羊羔吃得酣,美酒的羊羔吃得酣。

(二旦)老爺,唱完了。(丑)罷了,放他們過去。(三旦仝下)(丑)皂隸,扯那個轉來,扭那個轉來。

(付扯貼上介)(貼)老爺,他們多去了,扯我轉來做甚?(丑)讓他們先去。我老爺也會唱,來、來、來!我和你對唱。(貼)好吓,老爺也會唱!請吓。(丑)如此没,有僭了吓。

【西調】你頭上的鮮花是誰與你帶?胸前的鈕扣是誰與你解開?芙蓉面吓搽的脂粉全不在,是何人解開你的絲鸞帶?你反穿着月白衫子、倒拖着花鞋,你這幾樁吓真情事兒還要賴,這真賍多在還要賴,我的乖乖乖。

【前腔】(貼)頭上鮮花自我自己帶,胸前的鈕扣親手解。芙蓉面搽脂抹粉誰不愛?方纔洗足倒拖着花鞋。這樣天吓身邊正要解着絲鸞帶,怪着奴這句話兒那里來?

【前腔】(丑)你做的事情還要賴,你瞞了我偷漢該不該?你在家反把那些小娃子來害,你進了我的門,天天要把風流賣。惱起我的性兒將你去賣,那時節賣你到揚州烟花寨。山東花子來嫖你,天天將你下身賣，死死活活要你捱。

【又】(貼)扯淡扯淡真扯淡！我和人頑要，與你的什么相干？你若要幹事，待等兒夫他出去。他若在家，害我奴奴要淘氣。我叫你來早，你偏要來遲。若來早，那有一遭空回去？你若來得早，那一遭叫你空回去。

【又】(丑)丫頭的好比並頭蓮，可惜我老爺不得閑。若得閑，天天叫你來陪伴。我見了你，一天多吃幾碗飯。叫一聲丫頭我的心肝，快些去養、養個兒子學小旦。

(貼)養個兒子做小花面吓！(丑)

我老爺年紀老，靠你吃碗現成飯。小兄弟吓，你若是相與了我，一錢五分常來拿去頑。

(貼)

要頑頑，且頑頑。貞節婦的牌坊造了千千萬，不知悮了多少單身漢。

(丑)

一日兩日情意断，三日四日没得相干，這兩日待我的容顏真难看。你吃慣了糖炒黄蓮，我却吃不慣，露水的夫妻难上难。

(貼下)(丑)

露水的夫妻难上加难，倒不如好來好去好好兒的。

(接白)散哉偖。(下)

神州會代讚(快書)

【劇目簡介】

快書,未署名。現存清代鈔本,《蒙古車王府曲本分類目録》著録。小説《水滸傳》第七十四回《燕青智撲擎天柱　李逵壽張喬坐衙》有類似情節,多有衍化。

車王府藏清鈔本,題目作"神州會代讚",一齣,每頁八行,每行二十四字左右。

劇演任袁設下擂臺,號爲"神州會",聲稱守擂成功之後就要領兵掃平梁山英雄。宋江派燕青、李逵等人下山打擂。梁山衆人扮作各種職業,一路行至泰安。擂臺之上李逵不敵任袁,燕青打敗任袁,梁山衆人大鬧神州會。

[西江月]《水滸傳》的宋江,梁山坡上爲王。招聚義士捨家鄉,來投忠義堂上。個個頗敵慣战,人人力壮身强。大伙兒齊心助宋江,不帮着别人硬浪。

梁山泊故事頗多,一言难尽,非是在下不能都説,只是怕不合主道們盛意,这們着麽,就淂瓜裡挑瓜、枣裡挑枣,打《水滸傳》上摘下一段兒故事兒來,是狠俗的《神州会》,説給主道。道們听起活兒來,咱們就説起活兒來。

説的是那狠貧不过的神州大会,彩会也不管是那一位淂。
神州会立会的任袁是个獍兒賽,獍兒賽是无赖子的大哥哥。
所仗着肉大身沉多大多厚,幼年間扔过硓子拉过滑車。
学过把式是二五眼,砸地的私跤他也摺过。

是丙①条裡勾外連的反叛腿，有丙②隻挨碰擠靠的壯肐膊。
肐膊壮長是出了翅子肉，翅子肉虽肥可吃不淂。
既是吃不淂可怎麽好？倒不如会同些个哥兒把我架弄着。

这个任袁本是太安神州的娃娃，三二十岁的时節在本地好攬好鬧。鬧的没了接骨眼了，走了一鴨子有个二十多年。在外面学些个金皮两当的生意，扎鎗弄棒的手段，在蘇杭等處吃的训了，有点子支持不住，仍旧的回到太③安神州。自家的産業全无，尋找那些老街旧隣，如今都務了本分，不敢招惹於他。他又是没有接管眼兒，多亏了那些少年号弟把他請到庙裡，跟着他習学那拳脚鎗棒，可也微微兒的有点兒門道。他就在神州教了三年的把式，知州便要叫他扫滅梁山。这任袁他那有真材实料的本事，便在知州的跟前鬧了个歪佈拉兒説道：

州太爺你要叫我征梁山寨，那就是擠净了的結子再不能。
一則是勢衆人多他們一窩一塊，二則是属了九壓宝冷孤丁。
倒不如我在神州立上一个擂，会一会天下的衆英雄。
立擂三个月若无对手，領兵馬去把水滸平。
説些个朗言鬧点子大話，必有人外面给我吹風。
若是宋江知道了，派了人來向此處征。
誆他們到此來打擂，四門紧閉關上了老城。
缸里擲骰子他往那兒跑，買淂了的螃蟹把他綁上繩。
这便是和尚拉鎖正經話，学生拉尿一大功。

知州闻听任袁之言，立刻命人衙前搭起擂台。任袁帶領着四个徒弟，乃是“坐地虎兒”潘五，“毛蛾子”嚴四，“裝④套褲”王大片兒，“短肐膊”韓弟老的，一个个雄糾糾、氣昂昂的代領着些个狐駕虎威的小使，帮虎吃食的混混兒，見天在擂台上揚風乍庙，吹

① 應爲“兩”。
② 應爲“兩”。
③ 應爲“泰”，底本中多作“太安”“太山”之類。
④ 底本此字作“韃”。

氣冒烟。这个風便被梁山的細作探知,报上了山寨。

細作报上了梁山寨,一托盤兒告诉了宋公明。
宋江連忙的問吴用,吴用登时就派兵。
派的是燕青、李逵人二个,孙二娘、顾大嫂、一丈青。
赤髮鬼刘唐、王矮虎,公孫勝仝着阮氏三雄。
金鎗手徐寧、吕方、郭勝,楊雄、石秀、小李廣花榮。
連時迁共凑了十八个,不亚如十八支猛虎下了山峰。
人人都把行裝改,打扮出來都有神情。
燕青肩挑着貨郎担,手摇着撥浪鼓兒响嘩嘮。
三員女將扮的是蓮花落,小臘梅兒單枝惡歹子好听。
車軸汗子王矮虎,托边杆他合刘唐學着个升。
公孫勝闻錢賣藥粧老道,避年子楊雄、石秀、阮家弟兄。
時迁的脖子上掛着条線,犯了赃的小里一声兒不哼。
後跟着花榮、徐寧、吕方、郭盛,四个人扮作四个棍兒兵。
只剩下李逵人一个,黑旋風穿着一身青。
一身青可扮了什麽人物?不是个站粮就是个馬兵。

衆人改扮下山,陸陸絮絮①的羊拉屎兒一般竟奔了神州而來。神州城外有一個同知四老爺設立着公案桌子。桌子上放着黑红硯台、筆架、簽筒,圍随着些个書办、門子、衙役、皂吏,也有旂鑼傘扇的架子,鞭板鎖棍的執事,虽有許多的威嚴,就只这一位老爺本是捐纳出身,有点子爱頑、爱笑,没有一点兒沉稳氣兒,就和顛蒜兒一般。这个颠蒜兒在那一个小甫兒的抽屉裡裝着。説書罢别打皮科兒了,这們着麽,这位四老爺是郭老東兒的对过兒,件作郭老西兒,就在神州東門外盤查出入的人民男女老少。怕的是城門來往搀雜上奸細,探听了神州城内的虚实,故此才設立这一位。四老爺盤查,可巧就遇見了梁山泊的好汗。

郭老西兒坐在了公案裡,簇擁着人夫皂吏一窝風。
盤問那來往的行人家鄉名姓,怕的是夹带着奸細探听事情。

---

① 應爲“陸陸續續”。

这一日可巧遇着了梁山的好汗，盤問了些个假姓虚名。
一個個打扮淂唱什不閑的樣，唱淂是小臘梅桂花丹枝甚是爱听。

蓮花落刚唱了一句，郭老西兒叫了一个好兒，就掉下了公座，一旁的書办、門子、青衣、皂隸赶緊的搀扶。大家仔細一睄，把个西府里的这一位老爷摔了溜溜兒的一地陳醋，趁着这一个工夫，三員女將合刘唐、王英也就混入城中。都在擂台以前会齊兒，見了面兒，找了一个背净的茶館大家倒下了茶，在条桌上花里花答的五零兒四散的坐下①。独有王英、刘唐代着三員女將也赶到这个茶館兒，跑堂兒的向前攔攩，説你們赶当子也不挑了地方兒，你睄睄我們这一个宝銷，我把鋪底兒告诉你們，满底兒净钱十五吊掛零，搭天棚扎花帳兒在外，告訴你还是賒的。你的心里别想什麽，这一个茶館兒不賣生意，新近郭東兒托过衙門里班兒上的龐四頭兒來説要抓挡，两天兒都没答應他。他还是抹街去了，你們趁早兒走道兒，方没含忽，幹你的去！三員女將假庄羞慚，便諾諾而退，王英与刘唐向前説："你是走堂的？我当你是壓孤下的呢！"

矮脚虎王英他是車軸汗，押着个裝兒走向前。
跕住两隻罗圈腿，两隻眼不登登登的往上翻。
我們到此來照雇②你，爲什麽拿着财神往外掀？
街坊家的鷄你要赶出去，地牌打劫你反了天！
庄蒜③你又不是蒜罐子，就只怕我們拿着蒜鐘子颠。
鑿你管叫你跑不了，先給你些微的搠上点兒鹽。
你要是真个的庄蒜我会懲制蒜，皆因我從小兒我会把蒜辮子徧④。
走堂的説这小子虽然身量兒矮，他是那秏子的哥哥嘴頭子尖。

---

① 據上下文意，此處説的是除王英等人外的梁山人物早已入城，并在茶館聚齊。

② 應爲"照顧"。

③ 應爲"裝蒜"。

④ 應爲"編"。

走堂的説:“不是我攔你們,皆因是大清早起才上坐兒,你們就打起蓮花落來,也没人听。”刘唐説:“你这厮有眼不認淂太山,我們一个大钱是你的养身父母,照雇主兒。”走堂的听这个説話的不用擱齏,自來的口沉,张嘴就是养身的父母,人見他身材高大像貌京人①,一腦袋通点兒红的頭髮,天生的凶惡,令人睄着就可以發毛。走堂的也就把話拿回來了,説道:“賣飯的不怕大肚子汗,既是照雇,何不早説?我打量着是上这兒來赶当子上生意的呢。”説罢找了一张没坐兒的桌子,用代手搽抹干净,説:“你們二位來罢,讓着他們姐兒們这边兒坐下。”刘唐、王英同着三員女將一齊归坐,走堂的涜净了茶壶,拿了一落茶碗,沏上了開水。大家斟上茶,慢慢的消飲。那边坐兒上的李逵隔着桌子就往公孫勝説話。

黑旋風隔着桌醉眼望着公孫勝,你是何方來的道人?
睄着你面善好像常在街上混,晚來你在那店里安身?
公孫勝他也裝着不識認,臉上特意假含嗔。
出家人到處爲家不必問,樹上住不出房钱外代之省心。
旁边的石秀、楊雄也答話,彼此閑談别罣心。
一个个都出去買些个來菜兒,頃刻間刀勺齊响乱紛紛。
不多的一会吃完了飯,每桌上算賬会了錢文。
屡屡叙叙②的往外走,齊奔到擂台的跟前跕住了身。
但則見立擂的任袁台上跕,代着些魚刺鶏頭的徒弟們。

任袁站在了擂台上面,高声喊叫:“天下的好汗,四海的英雄,姓任某的在此立擂,也不爲别事,只因梁山泊的宋江等聚集贼党,背反朝廷。姓任某的主擂三个月若满,即刻率領人馬去早③梁山。目今立擂已經兩月有余,並无对手。限期堪堪待满,若有不怕死的,只管上來,与姓任某的試試。”台下的李逵听見説他要平

① 應爲“驚人”。
② 應爲“陸陸續續”。
③ 應爲“掃”或“剿”。

梁山,刚要挺身上擂台,那東南角上有一人答話,説:"姓任某的,你休要这様大話滔天,我桌与你較量較量。"

東南上有人答了話,姓任的休把朗言大話發。

等之我擂台上面会会你,你真是連鬢鬍子打盹你困扎杀。

從東边登着江擦兒把台上,擂台上跕住了身形把雘子拔。

歪代着頭髮鐵成的一頂罗帽,頂門上花布手巾擊①了个肐膪。

拔一件灰色棉倜②大夹袄,汗搯子上面把答色杀。

礤肥的一条摔裆褲,山底兒撒鞋是大拽拔。

打扮的歷落身量兒高大,克里克礤一臉麻。

任袁看罢心犯想,这小子自己往勺里爬。

这任袁女觔斗劈叉是摔剛子,你上台來作甚嗎?

任袁的心里並不把來人当事,咧咧逛逛的問道:"你來怎嗎?要打擂馬,你白告訴我听听。打这擂下來,你打过几次擂下來,賣多少钱一斤?"那人刚要發話,任袁身後的"裝套褲"王大片兒忝胸叠肚的走到任袁的跟前,説:"師付,他既上桌了,總淂叫他作個臉兒。等着我把他奏了罢。"説罢,望着那人説:"朋友,你这兒來罢,屈尊你一点兒,我陪着你煉煉兒。"那人既上了擂台,也就講不淂了,便把大袄一摔,就拉開了架式。

两个人在台上拉開架式,並不曾道姓通名的細講究。

王大片兒身形短小肥又胖,都説是这一宗身量兒叫作車軸。

車軸本是關東杆兒,車軸汗子兒可揩不淂油。

那个人是一条稍長大汗,他比那抄高尖子还高一頭。

王大片兒先使一个托天的架式,那个人擠近身來用把揪。

王大片兒心里思量暗算冷笑,这小子原來是个力巴頭。

他把那架式立刻便更改,急急的向里怀里掔步把身抽。

那个人一把没有孤③住,急的他火冒鑽天打心里鬧油。

---

① 應爲"繫"。

② 應爲"綢"。

③ 應爲"抓"。

回身復又交上了手,單臂掄兑拿嘴巴抽。
王大片又把巴掌躲,累的个稍長大汗乱挑悠。
王大片兒見力巴冒一点兒坏,他心中祭起了阴功動了參頭。
我把他当作乏馬撒了開了蹓,蹓勾了十數多𨑨摈使阴謀。

那稍長大汗被王大片兒踢倒,忍着疼爬起來拿了衣裳連曾兒也不敢談,就拿了鴨子咧。王大片兒此时心满意足,覺着面上狠勾看的,摆着朕兒走到了台口,往台下頭冲那書本子里頭臭虫咬文哂子①,説:"台下的衆人,别只是个白瞧热閙兒吓,怕瞧了眼兒里搽不出來。有不服的只管上來,望姓王的碰碰,管保有个樣兒。"台下面的李逵那里按的下心中的濁氣,一声怪叫:"台上的小輩休淂狂爲,我來也。"一边説着話一边把两个黑巴掌在人空子裡一分,把那看热閙的巴拉躺下了好几个,他这才登着江擦,騰、騰、騰上了擂台,用手指着王大片兒説:"我把你这个小輩,竟敢这等的张狂,有什麽本領來合黑爷爷較量較量。"王大片説:"这小子們語甜,张嘴自称爷爷,適才見他在台下把看热閙的巴拉倒了好几个,一定是个难鬭的好汗。"王大片兒心里胆怯,十停兒業已就輸了七停兒咧,心里軟嘴里也就軟了。

欺軟怕硬的王大片,見了李逵他拉了勾兒。
勉强着代笑呼好汗,答里答訕的遞嘻和兒。
控背抱拳陪笑臉兒,四塊无兒的風箏是个小架子兒。
自古道好汗爱好汗,面子上應当有过節兒。
你若是讓我我也讓你,留点兒牵連兒才有樣兒。
四角台兒上是监人的罐兒,咱們倆不論誰我②了彼此都窝心兒。
我劝你快下擂台去罢,我的那架式拉開把不住門兒。
倘然要失手傷你一半下兒,以後你难走这一条道兒。
王大片兒还要鬧里外里,黑旋風的濁氣过了脑門兒。
舒開老大的黑巴掌,打你这油多肉大的押油墼兒。

---

① 應爲"字"。
② 應爲"輸"。

一巴掌抽在了那脑盖兒上，把一个押油墼乖打了个大豆墼兒。

李逵听不上王大片的散言碎語，心中不大耐烦，用巴掌在脑袋上一拍。誰知王大片兒不禁拍，就被这一巴掌拍了个坐墼兒。“短肐膊”韓弟老的望，“坐地虎兒”潘五赶忙的上前説：“大片王三哥，昨兒晚上叫你老少喝，你老不依，今兒怎麼又拿出这个，坐在地下罵街，躺到車轍里不散，教哥兒們受热不起，來，我给你磕頭，你答應不答應？”这便是土地下的文章，王大片栽了觔斗，朋友們不叫他出醜，架着他的肐膊連抬代拽把他就搭在了後边。王大片兒到了後边，就把两眼兒一茨菇，鬧了个没吃什麼的臭虫，鼈了皮咧。潘五与韓弟老的兩个人走到台前，望李逵説：“你这个黑大汗，捅的这一个乱兒可不小，方才要不是大片王三太爷醉了，你不是了会兒？你别想什麼，你下去罢，回來王三太爷醒了，你了不了。”説着説着，馬打麼賀的往台下就推黑旋風，李逵心中那里按纳淂住？

只因爲本地的毛包打了敗仗，他的那身没頭的哥兒們赶着向前。
欲待要動手又摸不淂注，少不淂拿話拍癸着往台下攙。
向李逵説朋友趁早兒走了道兒罢，何若在此自己找煩。
方才你淂罪的是那一位，他便是有字号的朋友叫大片兒王三。
他只因昨日晚上多吃了盃酒，今早害酒腿子發酸。
少时要拿酒一投还过了勁，他必定瓜答嘴兒拿頂把臉番。
再和你上了擂台講打講鬧，我的黑朋友朋情兒送殡你出不了關。
黑旋風听淂言辞心冒火，你这些无赖的潑皮狠不堪。
爷爷因爲这里立擂，特意前來到此間。
只打量必有英雄汗，誰知道遇見了个不禁打的東西溺旦一般。
連一巴掌还擱不住，你們与爷爷又來歪纏。
黑爺又伸出两个黑巴掌，説躲開罢你們俩焉能把我攔。
黑虎爪抓住了二人的顊脛子，怀中一带抱腕子翻。
扑虎兒二人都是嘴吃屎，掉砍兒説鴨子吃魚眼子冲天。

黑旋風李逵没動窝兒，又把“坐地虎兒”潘五望“短肐膊”韓弟老的扒拉倒咧，任袁就要向前動手。“毛蛾子”嚴四説：“師付不必動怒,待徒弟給他个縫穷的撒溺。”任袁説:“鼈不住咧。”毛蛾子説:“瞅冷子给他个背着身子啃羊,蹄兒脑後摔筋兒樂。他个狗至兒作月子,仰巴角子的觔斗。嗔起來打他的怀子骨,可别打他的子鑼兒。打的他項牛兒算賬,秃子。再問他是誰使出來的。”説罢“毛蛾子”严四便蹑①手蹑脚溜到李逵身後,刚要暗算,台下面粱山杀的衆位好汗一齊嚷道:“台上的黑汗准备,身后有人暗筭於你。”李逵听的明白,將身形往前一探,把肐膊肘兒往後一採,正碰在“毛蛾子”脑後摘金兒的胸肸②子上面,把严四冲了个仰面朝天。

黑旋風听淂台下説有人暗筭,忙把身形探向前。
只覺淂脑後有人伸開了手,肐膊肘一带把勁攢园。
正冲在毛蛾子的胸肸子上,本兒咕叽摔了一个旦朝天。
黑爺淂便才把身形轉,見一人仰巴乂摔在了擂台上边。
黑爺上前把頭髮揪住,左右開弓拿嘴巴扯。
打的毛蛾子台上滚,鼻子口里的血直躥。
黑旋風一边打着一边問,你这小子暗筭爺爺在身後边。
告诉我有誰仗着你,你們的胆子真真的包了天。
毛蛾子押不起根子就業③打,抱着脑袋又把腿拳。
出了声兒还不筭,他把那最大的称呼叫的振天。
李逵还要往下打,擂台上羞愧难当氣坏了任袁。
一声怪叫你无礼,黑大汗打了我的門徒結下了冤。

任袁的四个徒門俱被黑旋風打坏地,此时万分的不能忍耐。摔了衣裳説:“黑汗,你鬆開我的徒兒,过來与你任爺較量較量。”李逵听淂又有人來,松開了毛蛾子,番身一看,这个人倒有些意思。顶代包巾身穿伴袄,腰束蛮带脚登快鞋,生的濃眉大眼,滿部钢須,膀闊腰园④,肋粗力壮。黑旋風見了这个模樣,也不管連打了四

① 底本此字作“趼”。
② 即爲“脯”之意。
③ 應爲“挨”。
④ 應爲“圓”。

个人的身子乏不乏，不容分説，掄開了拳頭就是一个太山壓頂。任袁叉上了兩支肐膊，用立木頂千斤的架式招架，想不到黑旋風的力大，振淂任袁兩膀酸麻，心中打算，这黑汗只有智取，不可力敵。

黑大汗天生的力氣大，想要茔①他只怕难。
倒不如与他耐着性兒鬭，亮冷了的饅頭把他溜一番。
抽着身形步兒退的远，從不敢欺近身來把爪兒占。
远远的連打旋風脚，躲開身子不打拳。
黑旋風真打心里使濁劲，满心里蹿火外代着冒烟。
恨着他东一盪又西一盪，打在南边又赶到北边。
实指望一把將他抓个住，要他个强兒抓他个尖。
誰知他是满洲名字叫抓不住，滑不叽的泥鰍一般。
累的一个李逵忙着嘴喘，眼冒金星兒嘴發干。
任袁此时把精神抖，暗説道合該黑小子要含纏。
賣个破綻漏出了空，不懂事的黑爺往怀攢。
任袁标住他的黑手腕，怀中一拽又摈上了脚去。
只听淂扑哧的一声响，黑旋風胸肝子着地四脚哈拉天。
台底下京動了神拳的燕小乙，火速速忙摔了衣衫。
大喝任袁休動手，一个健步飛到了空中落在擂台的上边。

燕小乙一个健步蹿上了擂台，任袁刚要过去按着黑旋風要打，不提防三丈高的大台從地下騰身而上，唬的那任袁赶忙的掣步抽身，掌首觀瞧。只打量燕小乙從空而墜，暗自吃京，此时黑旋風李逵挺身爬起，还要動手。抬頭看見燕小乙，羞的那鍋底呀是的黑像貌，紫罗卜一般，低着頭下擂台去了。台上面的任袁，觀看燕青是个中等身材，不肥不瘦，白面无須，星眸代笑，頭代范阳藍绒毡帽，罩定了趣青的頸皮緊，齊眉勒一条青絹包頭，二擰一个茨菇葉，穿一件雨过天晴一厢青假的英厷衣褲，登一双筆管窟，上扎素王藍挑花茨滕，穿蓟州毛底扣鈿四季黑的假鞋，跳上擂台。其巧妙似狸猫一般，連一点兒声音无，有人着手，拉了个八

① 應爲“赢”。

步四平的山子,跕在上首裡,用指頭一指,説:"我把你这眼横四海的狂徒,无知的匹夫,今日在这神州城内,鄉親衆位跟前,我与你較量較量。"

燕小乙手指任袁説你太狂枉①,在神州渺視天下少英才。

我是个貨郎兒作買卖,睄不上你这淂了便宜还会卖乖。

因此上一半兒全交一半兒比武,來给鄉亲們解悶怀。

有什麽武藝与手段,貨郎兒的眼前只管來。

任袁心下十分惧,你看他方才跳擂台。

身輕而且氣力壮,人面子上衆目同觀都看的明白。

倘然要交手有矢弱②了鋭氣,我任袁走不淂神州的这条大街。

倒不如好言好語劝他下去,免淂悬梁子把金斗栽。

想罢抱拳忙陪笑,壮士你何須怒满怀。

你在这家边子上作買卖,老实和氣理應該。

无故的多事要打擂,躭擱了本分你何苦來。

我今劝你下去罢,别伤了和氣把臉掰③。

任袁是心虚胆怯不敢望燕青比式,反与他拉近,真是拿裡兒,把他理住哄下台去,省淂当場出醜,彦面无光。再也想不到他是梁山泊的好汗,特地前來打他的。燕青説:"姓任某的,你既立擂比武,並不應有这許多的挑揀,打的过你留名,打不过你出醜,不必多言,快些動手。"任袁説:"我看你年青青兒的,不知進退,方才你不曾看見那樣一条黑大汗,点手兒就倒,你又何必这樣苦苦的要在我姓任某的跟前伤臉?"燕小乙説道:"任袁休推睡里梦里,我今特地前來会你,定要見个勝負高低。"任袁見此光景,料想推脱不过,勉强着拉開了架式説:"我倒要看看你的藝業如何。"

擂台上任袁只淂拉開架式,料想着貨郎兒的肮腊解不開。

着意留神心中發恨,邪渣子事單將到今兒个我了來。

---

① 應爲"狂妄"。

② 底本此字作"歘"。

③ 底本此字作"鉡"。

不知他是何人等，一從身軀就跳上台。
与他交手須仔細不是頑兒的，俗言説小刀子哄嬰孩。
定然有点子降人藝，大约着是个难劈柴。
一團的精神都使出去，貨郎兒叫你今日把眼開開。
使的是大洪拳一套代着扝腿，燕小乙他睁眼一看早明白。
他这套拳有点兒真門道，須淂要把小巧兒藝拳把架子拆。
你看他手到眼到心思也到，手与脚快如閃电招架不開。
任袁他只道是自己的力氣大，貨郎兒閃展謄挪支持不來。
分外的耀武揚威施展勇，把那两支簸箕大的巴掌舒放開。
澃氣力渺視貨郎兒身材小，要是抓住他他總有机灵也是干鼓腮。

任袁逞氣力欺負貨郎兒年青身小，心里打算着一力降千会，要請夯氣力在四角台上，衆目所觀，叫貨郎兒大大的出个醜，從此後再也没人敢望他姓任的較量。誰知燕小乙是任袁生的是拙氣，下的是死手，心中算計："我奉宋大哥的將令，來此打擂。大主意是要滅任袁，並非與他比並高低，倘然他的立擂的限已满，果然带領官兵与山寨对敵，豈不費一番的大事？不如趁着此時，隨机應便，將他的性命傷了，也是山寨中一件大功。"此時任袁要在人輪子里作臉，燕青要在擂台上取命，各人的心事不同，燕青賣出了一個破綻，專等任袁入步，果然任袁不知是計，撇進身軀，將燕青抓住，左手托着脖項，右手掠着尾挺骨，四四平平的托起，要卖弄他的英厷，輕輕走至台口，刚要開言講話，不隄防手舉着貨郎兒口中讓道："台下面的远近亲友，請看我追任袁的性命！"

一声喊京煞了台下的衆人等，貨郎兒今日命合該。
既然被任袁把他捡拏住，郎言大話從何處來？
衆人擔京还尤自可，把李逵黑臉旦子唬了一个腊渣子白可也不大狠白。
恐怕那任袁把燕青扔在台下，要接人扎杀着两支肐膊。
台上面的任袁正自淂意，人面子上要鬧点兒撇邪把貨郎兒摔。
大踏步兒走至台口，他把那横舉着的燕青豎过來。
刚然用力要往台下扔，上面的燕青一接把两腿分開。
彷佛是平地拿鴨兒八字兒叉，两支脚使劲的一並往耳門子上拍。

振破了任袁脑中之髓,耳門中冒出了一股子通红一股子雪白。
两手一鬆站不住,燕小乙鷂子翻身落在擂台。
任袁倘在了台上面,四脚拉叉呜呼哀哉。
擂台上面高声叫,我須把实姓真名道結出來。
我便是梁山泊上的燕浪子,不是尋常的无名白。
特地來把任袁打,奉的是山中寨主宋大哥的差。

燕小乙道結了名字,把任袁的尸骨扔在台下,復又高声嚷道説:“台下的衆好汗,今日打死了任袁,必然要京動官兵,倘然要閉了四門,那时又費你我許多的氣力。”台下面觀看热鬧之人听淂是梁山泊的好汗,唬的衆人吐出舌頭來,半晌縮不回去,一齊跑到家中,叫狗關門,一声兒也不敢言語。一时間神州擂台的鬧市净了街的一般,除了梁山的衆將,再无别人。你看黑旋風李逵按着任袁的尸骨,掄開了板斧,把任袁流了脑子的空脑瓜骨劈了个稀爛,一旁的徐寧、花榮等劝着李逵快些闖出門去,李逵只是不依,爲此掩擱了功夫。官兵报与衙門,衙門中的千把、外委、參將、遊擊点齊了馬步軍兵,滿城中巡拿梁山的草寇,此时四門把門的兵丁早已淂了信息,將四門緊閉,梁山泊的衆英厷齊奔了南門,不淂出去。李逵的興起,用斧砍倒了門军,劈開了門扇,大衆一齊出了神州,後面的追兵赶來,李逵便要翻身打仗,小李廣花榮説:“李二哥,且讓小弟打發这些吃粮①不管事的东西們回去。”

等官軍出城都把吊桥兒过,梁山泊十五个英厷把隊伍排。
迎頭讓出了小李廣,他把那撒代内雕弓用手摘。
取一支烏翎矢扣按針箭,搭上扣好一似明月抱满怀。
悠悠的慢把弓弦拽,对准了苗頭把弓開。
領兵的頭目是个外委,拽着袍襟子赶过來。
花榮一見不怠慢,一箭射着了代耳連腮。
列位要听这段節目,《水滸传》上講明白。

(完)

---

① 底本此字作“粁”。

擒方臘總講（皮黄）

【劇目簡介】

皮黄，未署名。現存清代鈔本多種，《蒙古車王府曲本分類目録》著録。小説《水滸傳》第一百十一回《張順夜伏金山寺　宋江智取潤州城》至第一百十八回《盧俊義大戰昱嶺關　宋公明智取清溪澗》有類似情節，情節增删較多，細節有所不同。

車王府藏清鈔本①，題目作“擒方臘總講”，一場，每頁五行，每行二十字左右。

劇演宋江受朝廷招安之後，奉命征剿江南方臘。衆將齊聚，吴用設計遣人詐降以作内應，柴進願往。柴進遂自稱中原秀才，以家傳之龍虎寶玉進獻方臘。方臘大喜，封之爲進寶狀元，并招作駙馬。張順從水路襲杭州永金門，被水閘壓死，龍王封張順爲金花[華]太保。張順托夢於宋江，宋江聞報悲怒交加，率衆力戰，終擒住方臘，大獲全勝。

（四水軍【排子】上凹門）（李俊、張横、沅小七、張順，李白）自幼生來胆大，（宏②白）貫走江湖生涯。（沅白）昔年打劫皇杠，（張白）水客便是某家。（仝白）俺“混江龙”李俊。（宏白）“船虎尔”張宏。（沅白）“活閻王”沅小七。（張白）“浪里白条”張順。（李白）

---

① 《俗文學叢刊》第三二〇册收録鈔本兩種，一爲宋江脚本，題作“擒方臘”；一爲清光緒三年鈔本《龍虎峪總講》，題下注“總講本子擒方臘”，文字相近。《國劇大成》第一〇集收録《擒方臘》，情節有異。

② 底本上前作“張横”，後作“張宏”；另“沅小七”“魯志深”“楊建”“高球”“佟貫”“雇大嫂”“户三娘”等用字多以异字。

列位請了。(仝白)請了。(李白)我想大哥又受詔安,滅了天虎①,今日大下江南,齊到轅門伺候。(仝白)請。(領下)

(四步兵、魯志深、燕青、李逵、武松【排子】上凹門)(魯白)俺本金羅提俠②,(武白)爲兄曾把嫂杀。(燕白)全仗兩手捡拿,(李白)李逵誰人不怕?(仝白)(魯白)俺"花和尚"魯志深。(武白)"行者"武松。(燕白)"浪子"燕青。(李白)"黑旋風"李逵。(魯白)列位請了。(仝白)請了。(魯白)大哥齊聚吾等,也不知爲了那路軍情?(李白)哎,講什麽軍情不軍情,那宋王天子,要俺大哥自備軍餉,前者滅却天虎,就該升賞纔是。这都是楊建、高球、蔡京、佟貫等專权。依俺之見,杀了徽宗,去了奸佞,保咱大哥登基,你我居是皇兄御弟相称。(武白)哎,你又滿口胡言。(李白)筭我没説。(魯白)不必多言,轅門听令而行。【排子】(領下)

(四馬兵、史進、石秀、花榮、柴進【排子】凹門上)(史白)自幼生來性剛强,(石白)人称"判命石三郎"。(花白)神箭一出誰敢挡?(柴白)俺本周室一帝王。(仝白)(史白)俺"九紋龙"史進。(石白)"判命三郎"石秀。(花白)"小李廣"花榮。(柴白)"小旋風"柴進。(史白)大哥齊聚我等,轅門伺候。請。【排子】(領下)

(孫二娘、雇大嫂、户三娘、玉花娘)(孫白)十字坡前開店房,(雇白)夜射紅灯把名揚。(户白)錯配姻緣矮脚虎,(玉白)幼習双刀玉花娘。(仝白)(孫白)俺"母夜叉"孫二娘。(雇白)"母大虫"雇大嫂。(户白)"一丈青"户三娘。(玉白)"金頭虎"玉花娘。(孫白)列位姐妹請了。(仝白)請了。(孫白)大哥齊聚我等,一仝前往。(領下)

(關勝、林冲、董平、呼延灼、秦明上)(關白)大刀一舉鵝眉蒼,(林白)万馬营中称剛强。(秦白)一身猛勇誰不惧?(董、呼白)双槍、双鞭架起月無光。(仝白)(關白)俺"大刀"關勝。(林白)"豹

---

① 應爲"田虎"。

② 應爲"轄"。

子頭”林冲。(秦白)“霹靂火”秦明。(董白)“双槍將”董平。(呼白)“双鞭”呼延灼。(關白)列位請了。(仝白)請了。(關白)大哥齊聚我等,齊到轅門。請。(領下)

(頭場起,元人全上,凹門)(關白)列位請了。(仝白)請了。(關白)大哥升帳,兩廂伺候。(四藍龙套、四藍大鎧、宋江、吴用、芦俊義、三大纛寫某名姓)(芦、宋、吴仝唱)

【粉蝶尔】韜略胸藏,領厷兵韜略胸藏。受詔安,扶王室,烟尘扫蕩。

(三人仝占高台)(衆白)參見元帥。(宋白)佔立兩廂。(衆仝白)吓。(宋白)本帥宋江。護国軍師吴用。副元帥芦俊義。(宋白)当年曾在水波替天行道,今受詔安,封爲領兵大元帥。前者滅了大僚①,今日大下江南。軍師!(吴白)元帥。(宋白)何計安再?(吴白)元帥,吾想方臘帳下,厷兵百万,战將千員,他有一子,名叫方天定,还有一妖道,名唤鄧元角,此②貫使妖法伤人。依俺之見,須得一人詐降方臘,以作内應,江南可破也。(宋白)言之有礼。衆位賢弟听者,可有能人,詐降方臘,以作内應?其功非小。(柴白)小弟愿往。(宋白)但不知你怎生前去?(柴白)小弟傳家宝龙虎二玉,可以進身。(宋白)如此,燕青听令。(燕白)在。(宋白)命你跟随柴進前去。他若進身,急回稟报。(燕白)淂令。(柴白)怀揣机密事,(燕白)神鬼也不知。(仝下)(宋白)軍師,先破蘇昌,是先破宣湖?(吴白)元帥寫下二究,与尊官分兵可破。(宋白)看香案伺候。(衆白)吓。(宋白)軍師請看。(吴白)大哥破宣湖,芦尊官破蘇昌。(宋白)愚兄代兵多少?(吴白)代上將三十九員,步將十九員,水軍張氏弟兄等。(宋白)芦尊官代兵多少?(吴白)代領五虎上將,遣將一十四員,女班頭領等。(芦白)單陽何人把守?(吴白)命楊志把守。(宋白)何人暗通肖③息?(吴白)命代宗左右探听肖息。(宋白)衆家弟兄听

① 應爲“遼”。

② 應爲“此人”。

③ 應爲“消”。下同。

者,歇兵三日,兩路而進。(仝分下)

(柴、燕上)(柴白)九重連寿月,(燕白)万里動珍平。大哥此番前去,必須改过名姓。(柴白)賢弟吔,(唱)

燕賢弟你不必仔細叮嚀,此一番怎①降事務要小心。我若是滉龙虎作了内應,煩賢弟昼夜行急报回音。

(燕白)兄長此去心拿稳,隐姓埋名大功成。(仝下)

(四藍文堂、祖思元上,白)臨陣会礼義,尽是古人封。下官祖思元,奉大王密旨,掛榜招賢。來,伺候了。(燕、柴仝白)今奉大哥令,(燕白)尽作内献人。(柴白)賢弟,你回避了,代我向前。(燕白)遵命。(柴白)門上那位在?(外白)什麽人?(柴白)中原秀士要見。(外白)候着。禀爷,中原來一秀士要見。(祖白)傳。(外白)吓,老爷傳你,要小心了。(柴白)吓。中原秀士,參見大人。(祖白)你姓甚名誰?家住那里?(柴白)小人姓哭名陰②,中原人氏。(祖白)到此何事?(柴白)特來進宝。(祖白)進的何物?(柴白)龙虎二玉。(祖白)何爲宝貝?(柴白)能照南山猛虎,北海蛟龙。(祖白)爲何不進献天朝吓?(柴白)那宋室天下,奸侯專权,故而不進,爲此進献大王。(祖白)左右,代定秀士上朝。打道。【排子】(下)

(小吹打)(四鉄藍、四宫女、方臘上)

【引】黄金面目,执掌山河。

(白)腰中七星劍掛,尽日要奪中華。九州八十一郡,也筭一朝天下。孤方臘,我兒方天定,鎮守杭州。想宋王拜宋江爲帥,代領一伙毛賊,前來对敵,孤家爲此設立早朝。内侍,閃放龙門。(内白)閃放龙門。

(祖上。白)金屏③風火雁雀高,香烟宇宙呼圣朝。臣祖思元叩見大王千歲。(方白)平身。(祖白)千千歲。(方白)上屏有何本

---

① 應爲“詐”。

② 按小説應爲“姓柯名引”,此處或故意爲之。

③ 應爲“殿”。下同。

奏？（祖白）中原來一秀士進宝，在午門候旨。（方白）宣他官代①上展。（祖白）領旨。千歲有旨，宣秀士官代上展。

（柴上。白）領旨。改扮秀士樣，暗放密真情。臣中原秀士哭陰見駕，大王千歲。（方白）平身。（柴白）千千歲。（方白）但不知秀士何宝來獻？（柴白）龙虎二玉。（方白）爲何不進与天朝？（柴白）那天朝奸党專权，見我主千歲，洪福齊天，爲此特來進獻。（方白）此宝何爲貴處？（柴白）此宝能照南山猛虎，北海蛟龙。（方白）当展照來。（柴白）領旨。俺本周室一帝王，兩国相争必有伤。今來献上龙虎二玉，能引蛟龙出長江。

（上龙，下場，站椅，下）（柴白）大虫本是獸中王，一旦山河归宋邦。蛟龙离却北海底，照定猛虎下山崗。

（虎形上場，站椅，下）（方笑，完。白）卿家听封。（柴白）臣。（方白）封卿進宝狀元。（柴白）謝大王。（方白）卿家。（柴白）臣。（方白）我想粱山宋江，归順天朝，領兵較乱②孤王，卿家何計安再？（方③白）臣啓大王，那宋江到此，臣略失④小計，管叫他片甲不回。（方白）全仗卿家。祖卿，孤王將公主匹配狀元爲室，從今以後，国家大事具在駙馬府中理論。領旨下展。（柴白）朝事畢。請駕。（分下）

（四白文堂、四大鎧、四下手、方天定上）【点絳唇】（定）（白）丈夫有志把名揚，我父江南爲帝王。齊心努力奪宋室，殺却賍官滅宋江。某方天定，奉父王之命，鎮守杭州。探馬报到，宋江前來，豈怎容他常惧⑤？來，請師⑥、元帥進見。（卒白）有請軍師、元帥。（大元帥杜包、軍師花豹刀上白）（杜白）大將厷心胆，（花白）怀揣

① 應爲“冠帶”。
② 應爲“攪亂”。
③ 應爲“柴”。
④ 應爲“施”。
⑤ 應爲“猖獗”。
⑥ 應爲“軍師”。

計良謀。(杜、花仝白)參見小千歲。(定白)二位將軍請坐。(杜、花仝白)謝座。不知小千歲有何軍情?(定白)二位將軍有所不知,只因粱山賊寇宋江,受了詔安,归顺天朝,掛了召討,領兵前來征巢①。二位有何妙計?(花白)啓稟小千歲,又道是兵來將挡,水來土掩,大家出城,杀他個凑手不急②。(定白)言之有礼。衆將官,開城迎敵者。【排子】(領下)

(四上手、張順、赫③思文、李俊【排子】上)(李白)勝敗且由天,(張、赫白)事用兩双全。(李白)俺李俊。(張白)張順。(赫白)赫思文。(李白)二位賢弟請了。(仝白)請了。(李白)你我奉大哥之命,攻打杭州,大家須要小心。(張白)遠望杭州,城門大開,必有勇將出馬,你我迎上前去。(仝白)衆好汗,杀。

(方天定元人出城,仝陣架住)(李白)呔!方天定,兵到此,还不下馬归顺?(定白)一派胡言。馬上坐稳。(过合,攢烟桶,仝分下)

(留李、定打,方敗下,李追下)

(杜、花、赫起打,赫被捡,四下手綁下)

(李、張接打,杜、花敗,定接打,定敗下)(李白)賢弟,赫賢弟被捡,性命难保,如何是好?(張白)大哥,代等今晚三更時分,從水寨而進,杀他個片甲不回。(李白)你我回去稟明軍師,再作道理。(張白)大哥,俺作事無差,俺去也。【排子】(下)(李白)看他奮勇而去,代俺急急赶上。(下)

(四下手上。白)爲人莫当軍,(小白)当軍受苦辛。請了。(仝白)你我奉了軍師將令,把守永金門,就些走走。【水底魚】(下)

(起更)(張唱)

【倒板】樵樓打把初更後,

(小起垻,完)(唱)

---

① 應爲“剿”。

② 應爲“措手不及”。

③ 應爲“郝”。下同。

麒麟閣上把名留。全凴本領飛簷走，今晚定要斬賊頭。

(白)來此一是西鈴桥，待俺下水走遭。(碰閘响，躲)(下手白)伙計，銅鈴响亮，必有奸細，小心把守。(張白)哎呀，方纔下水，听得銅鈴响喨，难道這賊有了准備？哎，俺爲大哥忠義，死在永金門，也落個清世名標。(唱)

多蒙大哥忠義厚，总死也要姓名留。

(下水托閘，押死)(下手白)哎，伙計們，那着閘板襯底下去，睄睄去。哈，是各死尸，塔①上來。身傍有腰牌，“水軍頭目張順”。哎呀！張順是各有名的義士，咱們大家拜他一拜，抬着他見軍師去，走！(下)

(李上。白)哎呀，不好了！張順死在永金門水閘之下，代俺报大哥知道。(下)

(四水旂、四白文堂代二童尔、龙王上)【排子】(白)吾乃西海龙王是也。今有張順死在永金門下，上帝垂念，封他金花②太保。遠遠望見張順鬼魂來也。

(浪羅)(張上。跪)(龙)御旨到。張順死在永金門下，上帝垂恩，封爲金花太保。望召謝恩。(張白)圣寿無疆。(龙白)請更衣。(换衣開場，紫金冠)(龙白)告辞。(張白)請。(龙下)(張白)想俺張順，死在永金門下，蒙龙王如此封贈，宋大哥如何知道？俺今晚三更時分，与大哥托一梦兆，一表忠義。衆鬼卒，宋营去者。【排子】(下)

(宋江元人凹門)(衆梁山人上)(报白)今有張順死永金門下。(宋白)不好了。【排子】(宋白)衆位哥弟，大家迎上前去。

(会陣介)(方腊元人上，会陣起打)(武場完，隨便排)(捡住方臘)(完)

---

① 應爲“搭”。

② 應爲“金華”。

拜師（崑腔）

【劇目簡介】

崑腔，未署名。現存清代刊本，《綴白裘》多種版本收録①，另《醉怡情》選録此齣。小説《水滸傳》無類似情節，此劇出自丘園撰《黨人碑》第十五齣，因《忠義璇圖》中有類似一齣，似與水滸故事有關，故予輯録。

鴻文堂《綴白裘新集合編》本②，題目作"拜師"，一齣，每頁九行，每行二十字左右。

内容叙田虎欲圖霸業，派人征聘劉打筶爲軍師。劉打筶實則爲一算卦先生，衹得隨意指點，田虎遵之照行。

（净上）

【點絳唇】地接輿圖，山連天府雄星助。燦爛皇都，指日爲民父。

天與人歸意氣揚，斬關破寨逞豪强。圖王定霸平生志，一統山河帝德昌。孤乃田虎是也，只爲朝廷寵用奸邪，民不堪命，群雄四起，争踞一方。如今王慶坐據淮西，宋江義結山東，方臘撫有江南，俺乃稱尊河北。孤家趁此人强馬壯之日，要打几處州城，因軍中少一員參謀贊畫軍机，爲此不敢輕動。聞淂長安有個劉鉄嘴，打筶無有不驗。我已差先鋒狄能前去徵聘他到來同贊軍務。但凡有破城打州之事，問他打筶而行，諒無差誤。正是：卧龍三請㕘能士，扶漢安邦鼎足分。

---

① 原刊於寶仁堂乾隆二十九年《綴白裘新集初編》，後收入乾隆三十六年《綴白裘新集八編》，後收入十二編本。

② 以《綴白裘新集初編》本爲校本。

(付、丑仝上)先鋒進。(見介)狄能打恭。(净)徵聘事如何了?(付)奉大王將令,劉打笤已經聘下了。現在轅門。(净)聘到了?好,請進來。(付)淂令。(丑呆介)(付)請先生進去。(丑)咳!個出事務亦弗好里哉。(对付白)好!呸害淂我盡情里哉!(進介)(衆喊,丑退出介)阿呀!嚇殺拉里哉!等我進去没是哉?爲傄了是介喊起來?(付)快進去!(衆喝,丑扒進介)(净)先生請起。(丑)不敢。(净)先生請起。作揖。(丑)立是立弗直个哉;要唱喏,呸扒下來凑子我罷。(净)扶了刘先生起來。(末扶介)(丑)介没真個要唱喏哉。大王爺爺,唱喏。(净)請了。看坐來。(丑)罷哉,跌子笤就要去个。(净)坐了有話講。(丑坐介)(净)先生,咱本中原武弁,殺人避跡江湖。因見蔡京設應奉局在蘇杭採辦宝玩,孤家想這宗東西都是民脂民膏,因此中途劫奪,投奔河北。蒙衆軍士推我爲頭領,嘯聚山林,養成甲士十萬,虎將千員,今欲打入宋室……(丑)呸拉㧅白嚌白嚼説个多哈?傄个我一點也弗懂。(净)以圖大業。奈孤智愚才淺,(丑)我也弗深。(净)不堪掌握軍机,欲求先生鬼谷之才,濟民于水火。因此不憚千里而來,有屈大駕,愿明以見教孤家,幸勿推阻。(丑呆介)是呸拉㧅燒紙个,能介通誠个?多哈傄个?(净)我對先生講。(丑)也是好笑個,要説也等我拿個笤跌拉地下子,問呸傄用,然後好講。先拉㧅白嚌白嚼鬧熱蓬生哉。(净)不是打笤。(丑)弗是跌笤,要我做傄?(净)請先生做一個軍師。(丑)傄叫軍師?賣幾个銅錢一斤?(净)就是劉備聘諸葛亮的故事。(丑)要我做一個諸葛亮?(净)正是。(丑)阿有門角落拉㧅?讓我登拉哈。(净)這是怎么説?(丑)有素説个:門角落裡諸葛亮喂。(净)休淂太謙。(丑)咳!大王差矣。我本一介小民,兩塊窮骨頭,目不識丁,手不拈筆;自幼讀淂一本《闞王經》,並非張子房的秘訣;念淂兩行鬼谷數,又不是黄石公的奇謀。四片筊笤,當不淂諸葛亮四輪車輻;一掮牌子,那里是姜太公的一根釣竿?青龍、白虎、朱雀、勾陳,出口難稱六韜三略;甲乙丙丁戊己壬癸,入耳豈是五令三申?排下打笤圍場,豈堪走馬演武?討來卦錢微細,那供萬灶軍需？發令自與行人家宅不同，談兵難向求財謀望酷肖。招兵買馬，豈能即是添人進口？殺人放火，那里保淂大象無妨？將臺上用我介个乾癟老老，阿呀！弗好哉！(倒介)(净)這是什么？(丑)天井裡讓我做子鱉殺大王。(净)不要如此。扶起來。(末扶介)(净)衆將官，取金道冠、大紅八卦法衣來與劉師爺穿了。(衆應，吹打，換衣介)(净)妙吓！如今就是個軍師了。(丑)大王，你今日拿我是介打扮子，今夜还是叫我謝土呢净宅？(净)請軍師登坛，拜付印劍、兵符。(衆扶丑上臺)(净拜介)(衆)衆將官叩頭。(丑)喂，呧𢇁山寨裡，阿是一年四季拜个傛？(衆)不是。求師爺發令。(丑)我便是介一个人拉里哉，但凴呧𢇁那哼垂筭計子罷。我倒弗曉淂傛个發令，直頭搭我摟哉。(衆)師爺登了坛，自然就要發令的。(丑)個也好笑，真正活剥牛皮漫鼓，一味里生做哉。那没，叫我發傛個令吓？(想介)也罷嘘，只淂讓我殺一花没是哉。我竟拿个筶訣上經套子念淂去没。是哉，請吓，介没列位有荐子。吓，叫衆將官。(衆)吓。(丑)咦！倒好白相个。聽我號令。(衆)吓。(丑)

【滚綉球】與我按下左青龍、右白虎，

(衆)吓。(丑)

前朱雀、後玄武。

(衆)吓。(丑)

那螣蛇動處休要走，朱雀臨門百事無。定國安邦，皆由子孫旺相；斬關破道，必定是父母交扶。印①世相生，那怕他銅墻鉄壘？日神生尅，定主有損將亡徒。

(衆)是。請問師爺，如今先打那一帶地方？(丑)打劫就是今夜罷哉？(净)不是。問軍師先興兵到何處？(丑)個是要請教家師个。(跌筶介)是哉。叫衆將官。(衆)有。(丑)馬到成功，利在西北。(衆)是。(净)西北是關口山陜地方了。叫衆將官。(衆)有。(净)師爺有令，就此發兵前去。(衆)得令。(合)

---

① 《醉怡情》本作“應”。

【沽美酒】只見前營移動，不覺又是後營忙。

（丑）

這是三聖聖，又是三陽陽。

（衆）

又只見衆兒郎，一個個身披短甲，手執雕弓，捱捱擠擠，都去鬧城墻。

（丑）

也么陽陽陽聖，也么聖陰陽。

（衆）

又只見衆兒郎，打歪歪，左右兩邊分。

（丑）

又是陰聖聖，又是三陽陽。

（衆）

又聽溤馬兒嘶嘶嘶，車兒呷呷呷，炮兒哄哄哄，鼓兒咚咚咚。奔兒奔的奔，醺兒醺的醺：都是一班歪喇軍。

（丑）

也么陰陰陰聖，又是聖陰陰。

（衆）

見一座府道城池，銅垣鉄壁，金石銀磚，高似青天，堅如翠嶽，也要打破了，不留停。

（丑）

這是陰陰聖，又是聖陽陰。

（衆）

又只見旂門下，相持厮殺，鞭來簡①擋，鎗去刀迎，一來一往，斬了幾個倒運娘！

（丑）

也么陽陽聖陰，以么聖陰陽。

【醉太平】（衆合）賴軍師助我威，膺揚奮武，顯溤個綸巾羽扇指謀謨。那怕他有拔山舉鼎夫！那怕有陸地行舟伍！與宋家做一個新跋扈！

---

① 鈔本《黨人碑》作“鐗”。

與宋家立一個新帝都!

（丑）

這是陰聖陰、陽聖陽的筲譜。

（仝轉下）

青峰嶺總講(皮黄)

【劇目簡介】

皮黄,未署名。現存清代鈔本多種,《蒙古車王府曲本分類目録》著録。小説《水滸傳》無類似情節,當爲民間俗演,但涉及田虎之事,故收録。

車王府藏清鈔本①,題目作"青峰嶺總講",一場,每頁五行,每行二十字左右。

劇演刘老鼠、姜老鼠在青峰嶺占山爲寇,田虎之妻徐鳳英,奉夫命攻打青峰嶺,刘、姜不敵歸降,鳳英遂占其山。奉蔡京之命,太原府旗牌官李虎押解餉銀從青峰嶺經過,敗於鳳英之手,被擒回山寨。

(徐凤英起垻上。白)春和日暖碧云霄,走馬揚鞭任逍遥。跨下一驪追風豹,巾国丈夫女英豪。

(四下手兩边上)(徐白)吾乃田虎之妻徐凤英是也。奉了田大王之命,下山奪取青風嶺。嘟,衆喽兵,往青峰嶺去者。(排子。衆帶大刀領下)(大代王刘老鼠上,唱)

【粉蝶兒】垻站②青峯。

(二大王姜老鼠上,接唱)

【粉蝶兒】俺可也垻站③青峯。

(大唱)

---

① 《俗文學叢刊》第三二〇册收録百本張鈔本,文字稍異,兹用作參校;《故宫珍本叢刊》第六七六册、《京劇彙編》第五八集亦收録,文字多有不同。

②③ 應爲"霸占"。

論英雄,

(二唱)

誰能比併?

(大唱)

這几日大便不通。

(二白)大便不通,你多吃点子巴豆。(大白)我怕。(二白)怕什麽?(大唱)

怕的是秋後胞肚。

(二白)你多代熟紙。(大唱)

大將軍,

(二唱)

八面威風。

(大白)請座。(二白)有座。(大白)身有貴様①休來洗,酒醉年高莫入堂。(二白)六月六,看谷秀,兒行千里母耽憂。(大白)吾乃青峯嶺上大代王刘老鼠。(二白)吾乃青峯嶺上二代王江老鼠。(大白)哎呀,我的兄弟!(二白)哎呀,我的歌歌!(大白)咱們这几日青峯嶺上缺少粮草,又没有吃的,又没有喝的,可又没有八道烟灰过瘾,这便如何是好?(二白)哎呀,我的歌歌!小弟命喽啰們下山,往各處拔些烟袋,來賣些個錢,你我弟兄快樂快樂。(大白)哎呀,我的兄弟,可惜你大才不得大用。想如今这個年頭兒,吃漢烟的少,竟是些潮袋。到大街上花費三文钱,買上一根黄竹杆烟袋,名叫猴兒頭,縱然拔点子,也是無用的了。(二白)哎呀,我的歌歌。話雖如此,他們若打探好買賣,從咱們这山下從过,抢些銀錢,也足彀買幾兩廣土,可就不要喝灰了。(大白)好。且听喽啰一报。

(报子上。白)徐凤英要战。(下)(大白)哎呀,我的媽媽呀!(二白)我的舅母呀!(大白)哎哎哎,心中乱如蔴,心中乱如蔴,哎!

① 應爲"恙"。

(二白)哎哎,唬的我兩腿談①琵琶,兩腿談琵琶。(大白)闻听徐凤英是好漢。(二白)那個男兒又强似他?(大白)今日战。(二白)明日殺。(大白)殺他不过。(二白)跪在地下認乾媽。(大白)你滚開这罢。殺他不过認干媽,可惜你八宝罗漢哪?(二白)那們不認干媽怎麼好?(大白)哎呀,我的兄弟,常言説的好,兵來,(二白)將挡。(大白)水來,(二白)撲滕。(大白)咳,撲滕?又水來土吞。(二白)不錯,是土吞。怎麼個主意?(大白)你我下山,与他絶義死战。又道是大丈夫生而何欢,死而何懼嗎。咱們殺上前去。(二白)言之有理。來呀,嘍啰們,代我的狗來。(衆白)吓。(徐凤英、四下手上,会陣。徐白)呔!你二人通名受死。(刘、姜仝白)听者,吾乃是青峯嶺上大代王刘老鼠。(二白)吾乃是青峯嶺上二大王姜老鼠。呔!女將留名受死。(徐白)你夫人徐凤英是也。(大白)呔!徐凤英吓徐凤英,我們歌兩個在这青峯嶺上老老實實的,又不招灾,又不惹祸,今日你代領前來,是何道礼?(二白)呔!徐凤英,我劝你早些兒下馬,上山与我們歌兩坐一個壓賽②夫人,你看好是不好?(徐白)看刀。(大白)哎呀,老老哇!(二白)哎呀,我的太太!(敗下,徐、四下手,衆追下)(大上白)哎呀。(二上白)哎呀,这可怎麼好?(大白)兄弟,我被徐凤英唬破了胆子了,我跑不動了。(二白)我也跑不動了。你呀,这們拌,歌歌你这來,你背着我跑。(大白)哎呀,他又來了,跑哇!(徐、四下手追过場下)(大的又上,二的随上,吹打,排子完)(大白)得了,别鬧了,在鬧水渾了。哎呀,我的兄弟。(二白)我的歌歌。(大白)你看这徐凤英,來者不善,善者不來。你知道他是爲什麼來的,你明白不明白?(二白)我不明白。(大白)他爲的是咱們这青峯嶺來的。(二白)怎麼樣呢?(大白)咱們两讓個他罢。(二白)讓個他?(大白)讓個他。(二白)就讓個他。(徐、四下手仝上,一字。大白)你哪,也不必生氣,你來意爲

① 應爲"彈"。

② 應爲"寨"。

的是这青峯嶺,我們歌两,把这青風嶺讓与你哪,就是了。(徐白)好,代路上山。(大白)吓。(二白)待我給你哪拉馬。(仝下)(又連場,凹門,徐白)你二人可有什麽本領?(大白)我們兩人没有什麽本領,也就事朦事。(徐白)山寨可有金銀?(大白)我們这歌两個若有銀钱,不在你老人家身上花,算我們不会花钱。(徐白)有令旂一面,命你二人去至湖北田大王那礼,必定收留。(大白)若是不收,怎麽好呢?(徐白)無防①,这礼有令旂一面,必然收下。(大白)哎呀,我的兄弟,你看这是什麽字?(二白)这個全字。(大白)起開那罢,这是朝中天子宣,闖外將令,是個令字。(二白)不錯,是個令字。有什麽用處哪?(大白)大有用處。調兵調將全仗他,叫咱們兩人沿道兒不用代盤費,这就是執照兒。(二白)執照怎麽樣?(大白)比方咱們餓了,到了茶館,大吃大喝,吃完了喝完了,令旂这們一摇,不用給钱。(二白)人家把衣裳,走開这罢。(仝下)(徐白)衆喽啰,兩廂搜來。(衆白)搜完,並無什麽。(徐白)閉了寨門。(衆抄下)(徐下)

(四車夫、四上手上,斜一字。李虎上,白)軍士們,趲行者。(衆白)吓。(排子。衆凹門。李白)鉄面雄心佩干②胆,志氣淩云八面威。俺山西太原府蘇大老爺令下旂牌官李虎。奉了太爺之命,押解餉銀十萬,去往東京蔡府交納。一路行來,路过棗陽山、太行山、二龙山、凤凰山,前面已是青峯嶺,貫出詳馬賊寇。嘟,衆軍士們,穿山而过,大家須要小心。(衆白)吓。(排子。下)(徐凤英过場下)(李虎元人过場下)(李虎元人上,下場門,斜胡同)(徐凤英元人上,上場門,斜胡同。会陣,李白)呔!你是何處毛賊,敢挡住某家去路?通名上來。(徐白)听者,你夫人徐凤英,尔通名受死。(李白)听者,俺乃山西太原府蘇大老爺帳下旂牌官李虎,奉了太爺之令,押解餉銀十萬,去往東京蔡府交納。兒有何本領,敢挡住某家去路?(徐白)你夫人若無本領,焉敢在

① 應爲“妨”。

② 應爲“肝”。

此山寨？看刀。（李白）且慢。此地窄小，跑不開爺家的馬，这掄開某家鞭，選一平陽之地，与你見個高下。（徐白）請。（双仝下，衆仝下）（起打，李虎使鞭鎗，徐凤英使大刀，亦可使鞭鎗，起打，双耍下）（八上下手起打下，李虎、徐凤英對鞭双下）（八上上下手起打，打手礼上高兒，衆下）（徐凤英、李虎起打，徐敗下，李虎接開門，攢下手的徐凤英瞞李虎頭，李敗下。徐接四上手，丢鎗攢下）（李瞞、徐凤英頭起打，李又敗下。徐清場耍下場，【急急風】。下）（徐元人起打，凹門上，李虎被捡，徐白）綁回山寨。（【尾声】。下）（完）

慶頂珠全串貫（皮黄）

【劇目簡介】

皮黄，未署名。現存清代鈔本，《蒙古車王府曲本分類目録》著録。小説《水滸傳》無此情節，係據清陳忱《水滸後傳》第九回《混江龍賞雪受祥符　巴山蛇截湖征重税》情節演繹。

車王府藏清鈔本①，題目作“慶頂珠全串貫”，二齣，每頁六行，每行二十一字左右。

劇演梁山衆人被奸臣暗害之後，李俊與倪雲在江邊游玩，巧遇漁夫蕭恩父女，相聚甚歡。適逢丁府管家遣人催繳魚税，爲李俊等人斥退。翌日，丁管家帶人前來討税，又被蕭恩打退。蕭恩父女前往丁府理論，怒殺丁府滿門，官兵趕至，蕭恩舊疾復發，自刎而死。蕭恩之女投江，被水神救走。

頭　出

（生、净仝上）（生白）終日悶悠悠，愁恨在心頭。（净白）有朝眉稍放，拔劍斬高俅。（生白）俺“混江龍”李俊。（净白）俺“捲毛虎”倪雲。（生白）賢弟請了。（净白）兄長請了。（生白）今日天氣清和，你我②到江边游玩一回。（净白）言之有理。（生、净仝白）

① 《俗文學叢刊》第三二〇册收録《慶頂珠》鈔本，文字基本相同，唯無蕭恩自刎、蕭女投江一節；《故宫珍本叢刊》第六七五册、《國劇大成》第一〇集等收録《慶頂珠》，文字頗異；《戲典》第一集、《京劇叢刊》第九集等亦收録，題作“打漁殺家”。《戲考》第二册收録，兹輯録以作參照。

② 原文有注“不免也可”。

請。(生唱)

風吹桃花浪悠悠,

(净唱)

夕陽橋下水東流。

(生唱)

常伴漁樵爲活計,

(净唱)

勝似區區公与侯。

(仝白)請。(仝下)

(貼内唱)

【倒板】太湖池内海水發,

(外、貼仝上)(貼唱)

父女打魚作生涯。母親早歸黄泉下,船兒上撇下一枝花。

(外唱)

風帆忙把網線掛,怎柰年迈力不佳。只爲吃穿二字大,故學江舟漁户家。

(白)兒吓,將船稍住。(貼白)是。

(生、净仝上)(生唱)

閑來無事江边遊,

(净唱)

只爲一事罣心頭。

(生唱)

猛然抬頭來觀看,

(净唱)

柳蔭之下掛孤舟。

(生白)賢弟,魚船上想是蕭兄,你我上船去。(外見介。白)賢弟,請上船來。(生白)蕭兄,这厢有礼。(外白)有礼相还。賢弟,此位是誰?(生白)这是倪賢弟。(净白)兄長,此位是誰?(生白)这就是蕭兄,江湖上称爲"小教手"。(净白)如此,待小弟領教他几下。啊,蕭兄,請來見礼。(外、净打介)(净笑白)哈哈,好的吓,好的!(外笑白)見笑了。(净白)蕭兄,这位是誰?(外白)这是你姪女。(净白)啊,這就是姪女?(外白)正是。兒吓,過來見了二位叔父。(貼白)是。二位叔父萬福。(生、净仝白)賢姪女少礼。(外白)兒吓,煎魚來嗄酒。(貼白)是。(生白)蕭兄,打魚的光景如何?(外白)不過父女度日而已。(貼白)爹爹,魚、酒在此。(外白)擺下了。(貼白)是。(外白)賢弟,你我吃酒,不要依礼,坐隨便些兒纔好。(生、净仝白)使得,使得!(外白)賢弟請。(生、净仝白)蕭兄請。(飲介)

(付上。唱)

丁子習來笑哈哈,常常大爷來差咱。行至江边抬頭看,船上站定俏寃家。

(白)你看那船上,站定一個絶色的女子,待我上船調戲他一番。(上船介)(净白)呔!你是那里來的?(付白)我是走錯了路的。(净白)饒兒去罢。(付下)

(丑上。白)奉了家爷命,怎敢悮遲延?蕭恩在船上麽?(外白)是那個?原來是丁管家。(丑白)不錯,是丁二爷。(外白)到此作什麽?(丑白)蕭恩,我且問你,别人家魚税俱已还清,你家的漁税还没給,是何道理?(外白)這几日塘中水渾,不曾打魚,改日送來。(丑白)唔,速速就要送來。(外白)是。(生白)呔!轉來,尔是那里來的?(丑白)喉,我是丁府來的。(生白)到此何事?(丑白)催討魚税。(生白)可有六部明文?(丑白)没有。(生白)圣上旨意?(丑白)也没有。(生白)既無六部明文,又無圣上旨意,凴着何來?(丑白)全凴兩班太守。(生白)你回去多多拜上你家老爷,叫他將这魚税免了罢。(丑白)若免得,早就免了,还待你説?(生白)免不得也要免,免得也要免。如若不然,定不与你干休。(丑白)你叫什麽名字?(生白)老爷叫"混江龍"李俊。(丑白)知道了。(生打介。白)招打!(外白)不要動手,改日送來。(丑白)急速送來。(净白)呔!轉來。你是那里來的?(丑白)丁府來的。(净白)到此則甚?(丑白)催討漁税。(净白)你快去对你家老爷説,將這魚税免了罢,如若不然,俺就要挖他的眼睛，剥他的皮，还要抽他的筋。（丑白）你叫什麽名子？（净白）老子叫“捲毛虎”倪雲。（丑白）記下了。（净白）尔叫什麽名子？（丑白）我麽？丁府的管家丁二爷。（净白）呔！招打。（外白）不要動手，改日送來就是。（丑白）急速送來。（外白）是。（丑下）（生、净仝白）打这囚攮的。（外白）打不得。（净白）哦，打不得？（生白）蕭兄。（外白）賢弟。（生白）令愛可曾許配人家否？（外白）已曾許配花榮之子，名曰花逢春，二家指慶頂珠爲配。（生白）門户到也相对。（净白）唔，論門户到也相对。（生白）日後姪女過門，小弟自有粧①奩陪贈。（外白）多謝了。（生白）蕭兄，这打魚的生意，不要作他罢。（外白）不叫爲兄打魚，却叫爲兄的作何生理？（生白）我命小厮送銀米前來，与兄安家就是。告辞了。（外白）多謝賢弟，待愚兄相送。（生、净仝白）不敢。（生唱）

听説令愛許花家，看來門户到不差。

（净唱）

日後姪女來出嫁，自有粧奩賠贈他。

（生、净仝下）（貼白）爹爹，他是什麽人？（外白）兒吓，你若問他，兒且听了：（唱）

他本是水泊一豪家，奉王旨意征方蠟②。蟒袍玉帶不爱掛，浪蕩江湖訪豪俠。

（貼唱）

水泊豪士甚堪誇，奉王旨意征方蠟。玉帶蟒袍他不掛，隐姓埋名訪豪家。

（外白）兒吓，你看天色已晚，將船靠在芦葦蕩内去罢。（貼白）是。（外白）太湖池内一人家，（貼白）父女打魚作生涯。（外白）酒醉不知紅日落，（貼白）爹爹吓，一輪明月照芦花。（外白）兒吓，随我來。（貼白）是。（仝下）

---

① 應爲“妝”。

② 應爲“臘”。下同。

(付上。白)踏破鉄鞋無覓處,得來全不費工夫。來此已是。吓,裡面有人麽?

(丑上。白)是那個?(付白)是我來了。(丑白)哎,原來是丁先生,請進。員外有請。

(末上)

【引】才高勢大,這魚税誰不付咱?

(白)何事?(丑白)丁先生要見。(末白)有請。(丑白)哦,有請丁先生。(付白)余老爷在上,小子拜揖。(末白)少礼,請坐。(付白)告坐。(末白)丁先生,到此何事?(付白)奉了太爷之命,催討魚税。(末白)别家俱已清还,只有蕭恩家未还。也曾命小厮前去催討,未見回來。

(丑上。白)忙將魚税事,報与家爷知。老爷在上,小人回來了。(末白)你回來了?(丑白)是,回來了。(末白)命你前去催討蕭恩的魚税,可曾討來?(丑白)蕭恩説道,連日塘中水渾無魚,改日送來。他船上有兩個蛮人,一個叫作“混江龍”李俊,一個叫作“捲毛虎”倪雲,多多拜上老爷,將這漁税免了罢。(末白)你是怎樣説?(丑白)小人説道:“若免得,早就免了,还待你説?”他道“免得也要免,免不得也要免”,如若不然,“要挖老爷的眼睛,还要剥皮抽筋”。(末白)哦,有這等事來?(丑白)有。(末白)傳小厮們,打上他的門去。(付白)且慢。這点小事,何劳老爷親自上門,待小子前去,問他一個明白。(末白)如此,小厮們。(衆白)有。(末白)你們都隨了丁先生前去,須要小心了。(衆白)哦。(全下)(頭出完)

二　出

(外上。唱)

清晨起開柴門草堂打坐,叫我兒看茶來爲父止渴。

(白)我兒走來。

(貼上。唱)

小裙釵在茅屋盤膝打坐，思想起我母親兩泪如梭。有娘生無娘教懶綉花朵，母早喪未纏裹兩片大脚。

(白)爹爹萬福。(外白)兒吓，李叔父叫你不要漁家打扮，怎麽还是这等打扮？(貼白)爹爹，孩兒生在漁家，長在漁家，不是这等打扮，叫孩兒怎樣打扮？(外白)我兒言之有理。与爲父的捶捶腰。(貼白)是。

(丑上。白)蕭恩在家麽？(貼白)爹爹，外面有人叩門。(外白)你且廻避了。(貼白)是。(下)(外白)是那個？哎，原來是丁管家，到此則甚？(丑白)我且問你，你的魚税，怎麽还不給？(外白)昨日言過，改日送來。

(付、衆仝上)(付白)你就是蕭恩？(外白)不敢，在下就是蕭恩。(付白)我且問你，别家魚税，俱已还清，你的不还，是何道理？(外白)這几日潭中水渾，不曾打魚，只好改日送來。(付白)胡説。來。(衆白)有。(付白)將他鎖了。(衆白)哦，將蕭恩拴起來。(外白)且慢。此乃朝廷的王法，没有魚税，就要鎖我？(衆白)不但鎖，还要打呢。(外白)哦，要打？(丑白)唔，你纔知道？(外白)我劝你不要動手。(丑白)打定咧。(外白)要打，老漢由如過年。(丑白)丁二爷如同吃凉水。(外白)閃開了！(唱)

自幼兒在江湖誰人不怕，你那里鬧烘烘强逼与咱。我雖然年紀迈体壯力大，量尔等犬羊輩望虎争牙。認尔是下海龍难以变化，管叫你一個個命染黄沙。

(打介，丑敗介)(付、丑仝下)(外白)待我打上他家門去。(貼白)爹爹，且慢。(外白)兒吓，看我衣服過來。(貼白)爹爹，要衣服作什麽？(外白)待爲父的往縣中去，出首与他。(貼白)爹爹，那厮財高勢大，不要去罢。(外白)你且放手。(貼白)爹爹不要去吓。(外摔白)哇！(下)(貼白)哎，爹爹吓！(下)

(付、丑忙上介)(付白)哎呀呀，好利害！慢説是蕭恩，連他的女兒，我們都打不過。(丑白)先生，你还有個什麽主意没有？(付白)我没什麽主意，就是把他送到常州府太爷那里，打他四十個排子。(丑白)只有打板子，那里有打排子？(付白)你不知道，蕭

恩架子好,板子打他不死,只有排子,纔打得他死呢。(仝笑介)(下)

(貼上。唱)

真可恨巴山蛇行事忒狠,苦苦的欺害我二九魚人。我爹爹在江湖雄心頗勝,太湖池小教手誰不聞名?

(内打板子介)(貼哭白)哎呀,爹爹吓!

(外上。唱)

哎呀,將老漢喚上堂一句不問,扯下去打四十法不容情。此一番我与你更結仇恨,歸家去想計策殺他滿門。

(白)兒吓,快些開門。(貼白)爹爹回來了?爲何這等模樣?(外白)哎呀,兒吓!方纔那知府把爲父的喚上堂去,一言未發,就將爲父扯下,重責四十大板。(貼哭介)哎呀,苦吓?(外白)我兒不必啼哭,快取爲父的衣服、刀杖過來。(貼白)爹爹,要刀做什麽?(外白)待爲父的三更時分,將他滿門殺死,方消我心頭之恨。(貼白)如此,孩兒也要去。(外白)你是女孩兒家,怎麽去得?(貼白)孩兒前去与爹爹壯壯胆量,也是好的。(外白)好吓,將慶頂珠帶在身边,以防水火。(貼白)是。(外白)隨爲父的來。(貼白)待孩兒拴上了門。(外白)兒吓,今晚父女過江殺人,你还想回來在这里居住麽?(貼白)哎呀!(外白)將棉衣捲起,扯上風蓬,好生跕定,待爲父的開船。(貼白)是。(唱)

恼恨着巴山蛇行事胆大,無故的太湖池欺壓魚家。全不想逞强良被人咒駡,真個是羊伴虎誰不惧他?

(外唱)

提起來不由人怒氣皆發,細思量好叫我咬碎銀牙。他本是禽獸心臭名甚大,那知我量如海豈惧与他。

(白)兒吓,爲何將風蓬放下?(貼白)爹爹,今晚過江殺人,是真是假?(外白)焉有假意之理?(貼白)是真的,孩兒不去了。(外白)住了。先前叫你不要來,你一定要來,如今船來在半江之中,你又説不去。待爲父的送你回去,我独自一人前去。(貼白)吓,爹爹,孩兒去哦!(哭白)唔、唔、唔!(外白)你愿去?(貼白)是,

孩兒愿去！(外白)好兒吓，(唱)

見姣兒站船稍兩泪巴巴，哭得我双眼花手足如麻。天不幸我的妻早歸泉下，女年幼未出嫁煩悶交加。有苦口对誰言怒氣冲髮，因此上今夜晚殺他全家。

(白)船已到岸，隨爲父的上岸去。(貼白)是。(外白)兒吓，將棉衣披在身上，挽住刀口，爲父的叫你動手，你就動手。(貼白)是。(外白)來此已是。裡面有人麽？

(丑上。白)半夜三更，誰人叫門？是那個？(外白)是我來了。(丑白)哦，是蕭恩哪，站着，員外有請。

(末、付仝上)(末白)昨夜一夢夢得醜，(付白)閻王請我吃壽酒。(丑白)禀老爷，蕭恩來了。(末白)啊，蕭恩來了？叫他進來。(丑白)哦，蕭恩呢？(外白)在。(丑白)老爷叫你進去，須要小心了。(外白)老爷請了。(末白)你就是蕭恩？(外白)然。(末白)我且問你，你少我家魚税不还，是何道理？(外白)魚税，可有圣上旨意？(末白)没有。(外白)六部明文？(末白)也没有。(外白)却又來。一無圣上旨意，二無六部明文，全凴何來？(末白)全凴吕太爷主張。(外白)敢是吕子球？(末白)掌嘴。(外白)住了。(唱)

吕子球他平日居官不正，霸占了太湖池苦害黎民。

(貼唱)

打魚人領了你多少資本，爲甚麽見魚兒四六均分？

(外唱)

你好比堯湯禹一齊胡混，看將來俱是些狗党狐群。

(貼唱)

今夜晚父女們不須争論，少時間管叫你命見閻君。

(外唱)

恼得我怒氣冲銀牙咬定，今夜晚定殺你惡賊滿門。

(末白)哎呀呀，這还了①？小厮們。(衆白)有。(末白)將他快

① 應爲“了得”。

鎖起來。(衆白)哦。(外白)且慢。啓禀員外,我父女江边打魚,打起一件宝貝來,請員外看宝如何?(末白)將宝呈上來。(外白)兩旁耳目甚衆。(末白)你們退下了。(衆白)哦。(下)(末白)宝貝在那里?(外白)在这里。(殺介)(末下)

(衆上。外、貼殺介,衆下)(外白)兒吓,將他滿門俱已殺死,趁此放起火來。你我父女,快逃走了罢。(外、貼仝下)

(衆引花上)(花白)大將志氣勇,威名鬼神驚。俺乃鎮守長江一代總兵官是也。方纔探人報到,有人將丁府全家殺死,放火逃走,俺不免帶領人馬,務將此賊捡獲。呔,衆將官!(卒白)就此起兵前往。(卒白)哦。(仝下)

(外、貼急上)(外白)兒吓,今雖將他滿門殺死,解却心中之恨,但爲父的舊病舉發,不能行走。(内喊介)(外京,白)哎呀,兒吓!你看後面追兵赶來,如何是好?也罢,俺不免自刎了罢。(刎死介,下)(貼哭白)哎呀,爹爹吓!(唱)

見爹爹自刎死一命歸陰,撇下了女孩兒身靠何人?耳邊厢又听得追兵臨近,一霎時只殺得霧鎖乾坤。

(衆上)(貼、衆殺介)(貼敗下)

(衆追下)

(神衆上。白)龍門三千丈,海水滔滔流。領了玉帝旨,搭救蕭家後。俺乃水神是也。今有蕭玉枝有难,奉了玉帝勅旨,前去搭救。衆水卒。(卒白)有。(神白)前往江边去者。(卒白)領法旨。

(貼急上。白)殺敗了吓,殺敗了,你看前面大江攔阻,後有追兵,这便如何是好?也罢,不免將慶頂珠頂在頭上,投江而死便了罢。(投江介)(衆神救貼,仝下)

(衆引花上。白)啓爷,人馬追至江边,那女子投江而死。(花白)既如此,衆將收兵回营。(衆白)哦。【排子】(仝下)(全完)

慶頂珠（皮黄）

【劇目簡介】

皮黄，未署名。現存民國《戲考》刻本，可與車王府藏鈔本參照。小説《水滸傳》無此情節，係據清陳忱《水滸後傳》第九回《混江龍賞雪受祥符　巴山蛇截湖征重税》情節演繹。

《戲考》刻本，題目作“丁甲山”，又名“討魚税”“打漁殺家”，一場，每頁十五行，每行三十六字左右。

劇演蕭恩父女不堪惡霸百般欺凌，以獻慶頂珠爲名到丁家大殺一場。與車王府藏《慶頂珠全串貫》情節大體相似，細節略有差異。

（李俊、倪榮仝上）（李俊白）拳打南山猛虎，（倪榮）足踢北海蛟龍。（李）俺“混江龍”李俊。（倪）俺“捲毛虎”倪榮。（李）賢弟請了。（倪）請了。（李）今日閑暇無事，不免江邊游玩一回。（倪）請。（李唱）

【摇板】憶昔當年滅方臘，

（倪唱）

【摇板】弟兄猛勇果不差。

（李唱）

蟒袍玉帶不愿掛，

（倪唱）

愿在江湖訪豪家。

（仝下）

（旦内唱）

【倒板】海水茫茫白浪蕩，

(上。唱)

【快板】青山綠水在河下。父母①打魚到江邊,貧窮那怕人笑咱。

(蕭恩唱)

【摇板】父女打魚在河下,貧窮那怕人笑咱。我的兒掌穩舵父把網撒,怎奈我年邁蒼蒼氣力不加。

(旦白)爹爹年邁,河下生意,不做也罷。(蕭恩)本當不做這河下買賣,怎奈難以度日。(旦哭)哎吓!(蕭)兒吓,不必啼哭,天氣炎熱,你我父女找一柳林之下歇歇去吧。兒吓,爲父今日打了幾條鮮魚,我兒在船艙收拾了。爲父要飲酒。(李、倪同内白)走吓!

(同上)(李唱)

【摇板】閑來無事江邊游,

(倪唱)

【摇板】海水滔滔往東流。

(李唱)

手搭凉蓬用目瞧,

(倪唱)

蘆葦之下一小舟。

(白)來此江邊,看一小舟之上,好似蕭兄模樣。你我冒叫一聲。呐!那傍敢是蕭兄?(旦)呵,爹爹,岸上有人叫你。(蕭)岸上有人叫我?待我看來。原來是李賢弟,莫非要船上走走?(李、倪同白)正要上船走走。(蕭)待愚兄與你搭了扶手。(二人上船)(蕭)此位是誰?(李)這位是“捲毛虎”倪榮。來見過蕭兄。(倪)蕭兄,這里有禮了。(蕭)這做什麽?(倪)試試你的胆量。(蕭)老了,不中用了。(笑)哈哈,兒吓,出艙見過二位叔父。(旦)參見二位叔父。(倪)此位是誰?(蕭)小女桂英。(李)多大年紀?(蕭)一十六歲。(李)可曾許配人家?(蕭)許配人家了。(李)但不知許配那一家?(蕭)花榮之子,名唤花逢春。(李)到也門當

① 應爲“父女”。

户對。告辭了。(蕭)且慢,愚兄今日打了幾條鮮魚,你我弟兄,在船頭沽飲一回。(李、倪同白)到此就要叨擾。(蕭)自己弟兄,何出此言?兒吓,捧酒來!吶,二位賢弟,愚兄做的河下買賣。忌的"乾旱"二字,有人提起"乾旱"二字,不敢説罰,必須要敬酒三杯。(三人同飲)(蕭)請。(李)乾。(蕭、倪)哈哈。罰酒三杯!(郭先生上。唱)

【摇板】閑來無事江邊走,觀見河下一小舟。

(白)哎吓,觀見小舟之上,有一絶色的女子,待我來偷瞧。(李、倪同白)蕭兄,岸上有一人,前去看來。(蕭)二位賢弟,少等一等。待我看來。(下船)呔!做怎麽的?(郭)問路的。(蕭)你問的是那一家?(郭)問的是丁府。(蕭)你看前面,八字粉墻,黑漆大門樓,兩座大旗杆,那就是丁府。咳,聽見没有?(郭)哦哦。(下)(蕭)狗頭狗腦,定不是好人。(上船)(李)幹什麽的?(蕭)乃是問路的。(倪)那里是問路的,分明是取……(蕭)咳。諒他也不敢吓!請吓。(三人同)請。

(丁郎上。白)離了家下,來到河下。説來説去,總是這兩句話。來到河下,也不知這隻船是蕭恩的船?待我冒叫一聲。呔!蕭恩!蕭恩!蕭恩!(李)岸上有人唤你。(蕭)哦,又有人唤我?再飲幾杯。(李、倪)酒也够了。(蕭下船)哦,原來是丁郎兒,你前來做甚?(丁)原來跟我發明白糊塗!我前來討魚税銀子來的。(蕭)你看天乾水淺,魚不上網,改日有了銀錢,與你送上府去就是。(丁)話到是兩句好話,改日有了銀錢,與我送上府去。跑壞了鞋子,還要我的錢買了。(蕭上船)(李、倪同白)做什麽的?(蕭)丁郎兒,前來討魚税銀子的。(李)待我問他幾句。(蕭)不要與他生氣。(李)曉得了。呔,滚回來!(丁)哦,又出來一個。回來了。(李)你前來做甚?(丁)前來討魚税銀子來的。(李)催討魚税銀子,可有聖上旨意?(丁)没有。(李)可有六部公文?(丁)也没有。(李)憑着何來?(丁)本縣的太爺。(李)敢是那吕子秋?(丁)本縣的太爺。(李)你回去對他言講:魚税銀子,免了便罷;如若不免,大街之上,撞見俺有些不便。(丁)你吹啥牛毬,説傖大話,你叫怎麽名字?(李)俺"混江龍"李俊。(丁)哦,你就是"混堂里屁精"!(李)我打你這忘八畜的!(蕭攔)(倪)呔,滚回來!(蕭)不要與他生氣。(倪)待我來囑咐他幾句。(丁)吓,這個喉嚨,比那個還大。轉來了,甚事?(倪)我且問你。這魚税銀子,可有聖上旨意?(丁)没有。(倪)六部公文?(丁)也没有。(倪)憑着何來?(丁)本縣太爺所斷。(倪)敢是那吕子秋?(丁)太爺。(倪)回去言講:魚税銀子免了便罷。(丁)如若不免……(倪)大街之上撞着某家,我剜他的眼睛,泡燒酒喝,我把他的皮熬狗皮膏藥。記下了!(丁)你不要海外大奇談。你叫什麽名字?(倪)俺叫"捲毛虎"倪榮。(丁)哦,你叫"卵毛里臭蟲"!(倪)什麽話,我打你這忘八畜的!(丁)你要打?不要忙。等我摘了帽子,脱了衣裳。(倪)怎樣,怎樣?(蕭勸)(丁)你拉牢了他,我好逃走。(丁下)(李、倪同白)蕭兄爲何這等軟弱?(蕭)他們的勢力大。(李、倪同白)那怕他是王位?(蕭)他們人多。(李、倪同白)咱弟兄人也不少。(蕭)他們有銀錢。(李、倪同白)買咱弟兄不動。(蕭)這就難講話了。(李、倪同白)這河下生意,不做也罷。(蕭)本當不做河下生意,怎奈囊中慚愧。(李)小弟送銀十兩。(倪)小弟送白米十担。(蕭)那位賢弟送來?(倪)小弟送來。(蕭)愧領了。(李、倪同白)告辭了。(蕭)奉送。(李唱)

【摇板】聽説令愛出花家,

(兵①唱)

【摇板】門當户對果不差。

(李唱)

但等令愛來出嫁,

(倪唱)

花紅彩禮送到家。

(李、倪同下)(蕭白)二位賢弟慢走,愚兄不能遠送了。這才是我好朋友呐!(旦白)爹爹,這二位叔父是何等樣人呀?(蕭)兒問

① 應爲"倪"。

的是他二人？兒吓！（唱）

【摇板】他本江湖一豪家，誅擒方臘也有他。蟒袍玉帶不愿掛，愿在江湖訪豪家。

（旦唱）

【摇板】昔日子期訪伯牙，爹爹交友果不差。天色不早回去罷，

（蕭唱）

【摇板】看看紅日落西下。

（白）天色不早，將船摇回去罷。（旦）遵命。（蕭）正是：父女打魚在江下，（旦白）家貧那怕人笑咱。（蕭）有霧不知天早晚，（旦）一輪明月轉回家。（同下）

（員外、郭先生同上）（員外白）家有千担粮，（郭先生）前倉堆後倉。

（丁上）離了河下，來到家下。還是這麽兩句話。參見員外。（員外）罷了。命你催討魚税銀子，怎麽樣了？（丁）待我慢慢的來告訴你呢。我奉了員外之命，去到河下，看見許多船隻。我也認不清，那隻是蕭恩的船。我在岸上高叫幾聲，看見蕭恩出來了。到講的蠻好，叫我對員外説："這幾日天旱水淺，魚不上網，改日有了銀錢，送上府去。"這還到也罷了，我剛要走出來，一個黑鬍子的，叫了一聲，叫我回來。（員外）哦，這是什麽人呢？（丁）那時我就回去問他什麽事。他就説了："我且問你，你那里來的？"我就説了："是丁府上來的，催討魚税銀子。"他就説了："魚税銀子，可有聖上旨意？"（員外）無有。（丁）六部的公文？（員外）也無有。（丁）憑着何來？（員外）本縣太爺所斷。（丁）敢是那吕子秋？（員外）哎，本縣的太爺。（丁）他説了："將這魚税銀子免了便罷。"（員外）如若不免？（丁）"如若不免，大街之上撞着，與俺有些不便。"（員外）你可曾問他的名字？（丁）我到問了，他叫"混堂裏屁精"。（員外）哎，敢是"混江龍"李俊？（丁）不錯，他叫"混江龍"李俊。正説之間，又出來一個，喉嚨比他還要大。叫我滚回來。（員外）你可曾滚回去？（丁）我没有滚回去。我是走回去的，我問他什麽事。他也是這麽兩句話，叫"這個魚税銀子免了

便罷”。(員外)如若不免?(丁)“大街之上撞着於俺,我挖他的眼睛泡燒酒喝,把他的皮熬狗皮膏藥。”(員外)他叫什麽名字?(丁)他叫“卯毛里臭蟲”。(員外)哎,“捲毛虎”倪榮!(丁)不錯,“捲毛虎”倪榮!他説的。(員外)有這等事?下面歇息。(丁下)(員外)來,搭轎。(郭先生)且慢,些些小事,待卑職代勞。(員外)小心了。(員外下)(郭)我想此事,非要教師爺前去走上一蹚不可。啊,教師爺!

(四小教师上。白)郭先生,什麽事情?(郭)你家師父呢?(四教師)在裏頭鍊功夫。(郭)請他出來,就説郭先生要會會他。(四教師)曉得了。有請師父。

(大教師上。白)好吃好喝又好攪,聽説相打我先跑。徒弟們什麽事?(四教師)郭先生要會會你。(大教師)郭先生要會我?待我去看看。嗳,郭先生。(郭)啊,教師爺。(大教師)你把我們爺兒几個弄了出來,有什麽事情?(郭)請了出來。(大教師)不錯,請了出來。有什麽事情?(郭)員外命丁郎前去討魚税銀子,被他們羞辱一場,我想此事要請教師爺們辛苦一蹚。(大教師)我們是來看家護院的,不是來催討魚税銀子的。(郭)就是一次。(大教師)下次不可。那麽你套車子。(郭)敢是拉銀子?(大教師)拉不了銀子,還拉不了人麽?(郭)取笑了,哈哈!(郭下)(大教師)徒弟們,誰認識蕭恩那塊?(四小教師)我認識。(大教師)好,一路檢鷄毛。(四小教師)此話怎麽講?(大教師)湊胆子!走!(仝下)

(蕭上。唱)

【慢板】昨夜晚,吃醉酒,和衣而臥。報曉鷄,驚醒了,夢裡南柯。二賢弟,在河下,相勸于我。他勸我,把打魚事,一概丢却。我本當,不打魚,家中閑坐。怎奈我,家貧窮,無計奈何。清晨起,開柴扉,烏鴉叫過。飛過來,叫過去,

【原板】却是爲何?將身兒,來至在,草堂内坐。桂英兒,捧茶來,爲父解渴。

(旦上。唱)

【摇板】遭不幸，我的母，早已亡故。抛下我，到如今，一雙大脚。

(白)爹爹用茶。(蕭)兒吓，爲父怎樣囑咐于你，不叫兒漁家打扮，兒還是漁家打扮！(旦)孩兒生在漁家，長在漁家。不叫孩兒漁家打扮，怎樣打扮？(蕭)哽！不聽爲父之言，兒就爲不孝。(旦)爹爹不必生氣，孩兒改過就是！(蕭)這便才是！

(大教師、小教師同上)走、走、走！(小教師)不要走了。到了。(大教師)不要到，留住喂狗。到那里呢？(小教師)到了蕭恩家里呢。(大教師)怎麽，到了蕭恩家里了？(小教師)上頭掛住魚網了。(大教師)待我看來。回去罷，回去罷！(小教師)幹什麽回去？(大教師)蕭恩不在家。(小)怎麽不在家？(大)關住門了。(小)關住門在家，鎖住門不在家。(大)嗄！關住門在家，鎖住門不在家？好，去叫門去。(小)師父没有教過我，我們不會。(大)叫門還要教麽？看着師父，我的叫門，要這個樣子。這叫"攔門式"，你們學着一點。他不出來便罷，他要出來，上頭一拳，低下一腿，他會倒了。學着一點。蕭恩，開門來！來來來，開門來！呔，開門來！(蕭)外面有人叫門，待我看來。(旦下)(蕭)是那一位？(大)地下那里來的西瓜皮？把師父我滑倒了。(小)蕭恩出來了！(大)怎麽，蕭恩出來了？待我會會他。原來是個蹧①老頭。是我，是我，是得我！(蕭)你們是那里來的？(大)我們是丁府上來的教師爺。(蕭)原來是丁府上的教師爺！小老兒不知，多多有罪。(大)哦，會兩下。不要緊，不要緊。(蕭)你們前來則甚？(大)一不請安，二不問好，與你討魚税銀子來的。(蕭)你看天旱水淺，魚不上網。改日有了銀錢，與你送上府去，何必你來？(大)哦，會點血②！師父有功夫，不要緊。蕭恩，别人來了，三言兩語，讓你哄回去了。今日教師爺來了，就得要給銀子了。(蕭)别人來了没有。今日教師爺你來了麽，哼哼，越發的没有！(大)哦，他又來了。虧着師父躲得快，又被他點上了。

---

① 應爲"糟"。

② 應爲"穴"。

徒弟們,跟他説軟的不行,跟他動硬的。(小)動硬的?(大)練子帶來没有?(小)帶來了。(大)我拿練子一套他的脖子,你們拉住就走。(小)哦,套上我們拉着就走。曉得了,曉得了!(大)不要忘了。蕭恩,你可認識這個?(蕭)朝廷的王法,要他則甚?(大)這個不是朝廷王法,是你老老①怕你長不大,與你打了一個百家鎖!(蕭)不用!(大)差一點打了我的脚。徒弟們,去把我的練子拿來。(小)師父没教過我們。(大)又没教你們,你們真是飯桶。看師父我的。咳,這老頭用的是這一功。蕭恩,你可看見嘘嘘哈?(蕭)什麽"嘘嘘哈"?(大)一個鵲兩個腦袋。(蕭)在那裏?(大)在那邊?在這裏。(蕭)哼,狗頭狗腦的東西!(大)徒弟們,我套上去,你們拉着蕭恩。有銀子便罷,没有銀子,我要鎖你。(蕭)娃娃,你當真要鎖?(大)當真要鎖。(蕭)果然要鎖?(大)果然要鎖。(蕭)你與我鎖,你與我鎖!(小)拉着跑,拉着跑。(大)不要拉了,你把我拉那裏去?(小)我拉錯了。(大)你們幾個人,連一個有眼睛的没有。這個老頭有點扎手。硬的不行,還是動軟的。(小)還是動軟的?(大)蕭二太爺,有銀子没銀子不要緊,你跟我們爺們過蹓江,見着我們家員外爺,銀子給不給在你,要不要在他。把我們爺們差事可了呢。你看好不好?(蕭)你説此話,老漢明白了。莫非叫老漢跟你們過一蹓江,見了你家員外,銀子要與不要,但憑於他,没有你等事了。你們是也不是?哼哼,你二太爺可惜没有工夫。(大)哦,又跑出一個這麽二太爺來了。這個老頭軟硬不吃,我們還是打!蕭恩你不董局,跟你要銀子,没有;叫你過江,你也不去。你看咱們帶的人多!(蕭)人多便怎麽樣?(大)要講打!(蕭)娃娃講打?老漢幼年之間,聽説打架,好比小孩子過新年,穿新鞋子一般;如今我老了,行不動了。哈哈。(大)哦,這是個騙解。蕭恩吓,年輕力壯,我也打他不動。我也好有一比。(蕭)比作何來?(大)老鼠舐猫鼻子——有一點作死。(蕭)娃娃,你當真要打?(大)當真要打!

① 應爲"姥姥"。

(蕭)果然要打?(大)果然要打!(蕭)也罷。將老漢衣帽留在家中,代老夫打個樣兒與你們見識見識。(唱)

【倒板】聽一言,不由我,七孔冒火。

(大白)聽一言,不由你,七竅冒火?教師爺,打個你八處生烟!(蕭唱)

【摇板】不由得,年邁人,咬住牙唇。

(打小教师)

江湖上,叫蕭恩,不才是我。

(打小教师)(大白)江湖上,叫蕭恩,不才就是你?教師爺好有一比。(蕭)比作何來?(大白)我好比左銅鎚。(蕭打小教师)(蕭唱)

大戰埸,小戰埸,也見過許多。爺本是,出山虎,獨自一個。

(打小)(大白)什麼?你是出山虎,獨自一個?教師爺好有一比:好比那打獵的,單打你這個死老虎!(蕭唱)

何懼你,看家犬,一羣一窩。你本是,奴下奴,敢來欺我!

(大白)打吓!打吓!(小白)不要打了,人家罵下來了!(大)罵怎麼?(小)罵咱們是“奴下奴”。(大)我去問問他。蕭恩,你罵我們是“奴下奴”,我們是丁府上奴,不是你蕭家的奴。這麼辦,經得住,教師爺三揚頭,魚税銀子不要了。(蕭)慢説三“羊頭”,就是三“狗頭”,二太爺何懼?(大)人頭變的狗頭了?你站好了,待我運運氣。(蕭)咳,小心二太爺的零碎。(大)哦,你到誇口。你站好了。(撞三羊頭)打。(四小教师下。留大教师)(大)二太爺,我跪下來了。他們都跑了,你也讓我過去罷。(蕭)要過去不難。你是丁府上的教師麽?今日到要領教領教。(大)有怎麽本事,無非是混飯吃。(蕭)一定要領教。(大)一定要領教?我用點工夫與你看看。(蕭)這叫怎麽?(大)這叫扁担。(蕭)不好。(大)不好?你再看這個。(蕭)這叫怎麽?(大)這叫擔扁。(蕭)不好。(大)你再看這一個。(蕭)這叫怎麽?(大)這叫茶壺。(蕭)不好。(大)不好?我没有了。你放我過去罷。(蕭)放你過去不難。你方才撞你二太爺三“羊頭”,如今你二太爺打你三拳頭,放你過去。(大)慢説三拳頭,三百拳頭也不要緊,待我運運氣。(蕭)你站好了。(大)你把這個東西拿掉。(蕭)照打!

(旦上)打。(大教师下)(旦白)孩兒打得可好?(蕭)打得好?打出禍來了!(旦)什麽禍來了?(蕭)那賊回去,必不甘心。取爲父衣帽過來,待我前去搶他一個原告!(旦)他乃官宦之家,不去也罷。(蕭)小孩子家,懂得什麽?看守門户。(旦下)(蕭)正是:閉門家裏坐,禍從天上來。(下)

(大教師、小教师同上)(大)打吓。(小)都打壞了,還打什麽?(大)找郭先生去。

(郭暗上)啊,教師爺回來了。銀子可曾要來?(大)銀子到没有要來,我們爺兒幾個,都讓他們打回來了。(郭)教師爺不必動怒,明日將他送在有司衙門,打他幾十板子,出出教師爺的氣。(大)你早有這個事,省得我們去了。(郭)後面歇息。(大)徒弟們,隨師父後面養傷去罷。(同下)

(旦上。唱)

【慢板】老爹爹,出門去,丁府來進。倒叫我,在家中,長掛在心。將身兒,坐至在,草堂來等。等爹爹,回家來,再問分明。

(内搭白)一十!二十!三十!四十!赶下堂去!

(蕭上。白)好賊子吓!(唱)

【摇板】惱恨那,吕子秋,爲官不正。責打我,四十板,叉出頭門。我這里,咬牙關,即忙家奔。桂英兒,與爲父,快些開門。

(旦白)爹爹回府,爲何這等模樣?(蕭)爲父上得堂去,那賊一言不發,將我責打四十大板。(旦)好賊子吓!爹爹受屈了!(蕭)這還不算受屈。那贓官言道:叫爲父明日過府賠罪。(旦)爹爹去不去?(蕭)説什麽“去與不去”?爲父恨不得脇插雙翅,我要殺……(旦)禁聲!殺什麽?(蕭)殺他的全家!(旦)白日殺人人不容,黑夜殺人天不容。爹爹不去也罷!(蕭)小孩子家懂得什麽?取爲父衣帽、戒刀過來。(旦)是。衣帽在此。(蕭)好好看守門户。(旦)孩兒也要去。(蕭)女流之輩,不去也罷!(旦)壯壯胆量,也是好的。(蕭)好,取你的衣帽過來。(旦)是。(蕭)隨爲父的走。(旦)哎,爹爹,這個門呢?(蕭)這門麽,不要管他了。(旦哭)哎呀,爹爹,這動用的家伙呢?(蕭)這動用的家伙麽,也不要了。(旦哭)哎呀!(蕭)兒吓,那顆慶頂珠,可曾帶在身旁?(旦)帶在身旁了。(蕭)倘有不測,也好逃往你婆家去罷。(旦)爹爹你呢?(蕭)爲父的麽,你不要管了。(旦哭)哎呀。(上船)(蕭)兒吓,夜晚行船,比不得白日兒,要掌穩了舵!(唱)

【快板】惱恨那,霸户賊,做事太惡。苦害了,衆黎民,生事太多。船行在,半江中,兒要掌穩了舵。我的兒,你爲何,撒了蓬索?

(旦白)爹爹此去殺人,是真是假?(蕭)自然是真。那有什麽假?(旦)如此,孩兒不去了。(蕭)呀呸!爲父不叫你前來,你一定要來。也罷!待爲父送你回去。(旦)孩兒難捨爹爹。(蕭唱)

【哭板】哎哎!桂英,我的兒吓!

(下船)兒呀,記好了!在此下船,將衣服穿好。到了那里,爲父叫你罵,就罵;叫你打,就打。(旦)遵命。(蕭)來此已是。呔!有人麽,走出一個來!

(大教師上。唱)

【小調】姐在房中綉麒麟,忽然間,想起了我們心腹上的人。常常我就掛在心。是誰?

(開門)咦?二大爺。你怎麽打上我們門上來了?(蕭)過府賠罪來了。(大)不怕你不來。(蕭)哽!(大)你退後一點,我好與你通禀。(蕭)哦,退後點。(大)還要退後些。(蕭)哽!叫你二大爺退到那里去?(大)你隨便站那里。有請家爺!

(員外、郭先生同上)(四小教师同上)(員外)昨晚一夢夢的醜,(郭)閻王請我吃燒酒。(員外)何事?(大)蕭恩過府賠罪。(員外)叫他進來。(大)嚇,叫你們進來。(蕭)隨爲父進來。請了。(員外)胆大蕭恩,將我家下人打的狼狼狽狽,是何道理?(蕭)這魚税銀子,可有聖上旨意?(員外)無有。(蕭)六部公文?(員外)也無有。(蕭)憑着何來?(員外)本縣太爺所斷。(蕭)敢是那吕子秋?(大)太爺。(蕭)呸!(大下)(蕭唱)

【摇板】罵一聲,吕子秋,作事太惡。責打我,四十板,却是爲何?

(白)兒吓,罵!(旦)奸賊吓!(唱)

【摇板】罵一聲,狗奸賊,天良昧盡。仗勢力,欺良民,死無葬身!

(員外白)來,拿下了!(蕭)且慢,我父女有好心當獻。(員外)有什麼好心?(蕭)我父女在河下打的一顆慶頂珠,特來獻上。(員外)呈上來。(蕭)耳目甚衆。(員外)兩厢退下。(四小教师下)(蕭)在這里!(殺員外、郭先生)兒吓,隨爲父的殺!(旦)遵命。(殺四小教师)

(大上)(蕭又上殺大教師)(同下)

昊天關全串貫(皮黄)

【劇目簡介】

皮黄,未署名。現存清代鈔本多種,《蒙古車王府曲本分類目録》著録。小説《水滸傳》無此情節,此劇係後水滸故事,清陳忱《水滸後傳》叙及李俊占據金鼇島,然無攻打昊天關事。

車王府藏清鈔本①,題目作"昊天關全串貫",二齣,每頁六行,每行二十一字左右。

劇演梁山好漢自從爲奸臣所害之後,或死或散,李俊占據虎牙山,招聚英雄,欲爲梁山兄弟復仇,并下書約請金鼇島上的"赤鬚龍"王飛豹,共破昊天關。飛豹接信,即至虎牙山,與李俊、花榮之子花鳳春,同商破關之策。花鳳春喬粧解差,押送王飛豹等詐進城去,李俊同蕭月枝在外接應,衆人裏應外合,殺死守關的趙義,大敗昊天關。

頭　出

(四傻儸、一頭目引末上)

【引】雄心怒氣貫天庭,何日得報這寃情。

(白)生來俠氣鎖眉頭,懷志胸藏貫斗由②。悮③限心中不平事,

---

① 《俗文學叢刊》第三二一册收録百本張鈔本,文字一致,兹用作參校;《故宫珍本叢刊》第六七七册、《國劇大成》第一〇集、《京劇彙編》第八一集、《戲考》第一一册等亦有收録,情節大致相同,文字有異。

② 應爲"斗牛"。

③ 應爲"無"。

怎能掃却潑天仇。俺"混江龍"李俊,只因俺梁山衆家弟兄被害,火焚忠義堂,衆家弟兄失散。是俺占住虎牙山,招聚英雄,与俺梁山報仇雪恨。意欲先破昊天關,然後設計殺賊。來!(衆白)有。(末白)請你花少爺。(衆白)花爺有請。

(小生上。白)忽听一声唤,身移到帳前。俺花鳳春,叔父呼唤,須索向前。參見叔父。(末白)賢姪少礼,一傍坐下。(小生白)告坐。叔父唤姪兒,有何吩咐?(末白)吳侄,只因你衆家叔父被朝中奸臣謀害,冤仇未報。我意欲請你王叔父前來,我們先破昊天關,你意如何?(小生白)正合姪兒之意。(末白)你去吩咐衆女兵,准備破關,待我修起書來。(小生白)領命。(下)(末白)看文房四宝伺候。(衆應介)(末唱)

舉筆開言寫成行,可怜衆兄喪他鄉。上寫拜上多拜上,多拜王兄看其詳。可嘆梁山英雄將,中他藥酒喪無常。李俊要把冤仇報,孤身难擋衆犬狼。特請仁兄來扶助,兄長駕到再商量。

(送書白)頭領过來。(頭目白)有。(末白)將此書下到金鳌島"赤鬚龍"大王那里,不得有悮。(頭目白)領命。(下)(末白)眼觀旌捷起,耳听好消息。(仝下)

(四僂兵、二頭領引净上。唱)

【点絳唇】勇烈貔貅,雄威勇助。仗昆舞,虎掌丹圖,誰敢關前渡。

(白)哧咤一声萬人寒,摘得心肝代血飡。战馬銀杆三下水,鋼鋒一動太行山。俺"赤鬚龍"王飛豹,只因俺梁山衆家英雄,齊下江南,平了方臘回來,被朝中高裘、童貫一夥奸賊,暗下毒藥酒,將俺梁山衆家弟兄藥死。是俺代領僂儸,一陣好反也,反在金鳌島,自立爲王,招聚各處英雄。一日大兵聚成,要与俺梁山衆弟兄報仇雪恨,但不知天意如何。

(報上。白)報。啓大王,"混江龍"李大王差人下書。(净白)命他進來。(報白)下書人進來。

(頭目上。白)吓,大王在上,下書人叩頭。(净白)不消。你奉何人所差?(頭白)奉李大王所差,有書呈上。(净白)呈上來。(衆白)吓。(净看介)【排子】(白)吓,原來爲破昊天關,正合我意。

來,代去用了酒飯。(報白)吓,隨我來。(頭目、報仝下)(净白)二頭領,听我吩咐。(衆應介)(净白)山寨大事,要你好好照管。大王回來,自有重賞。(衆白)吓。(净白)看便衣伺候。(衆應介)(吹介)(净白)馬來。(衆應介)【排子】(仝下)

(四僂兵、小生、末仝上)(末白)差得鵜鶘去,不見轉回音。

(頭目上。白)啓大王,赤鬚龍大王到。(末白)有請。説我出迎。(頭白)吓,有請大王。

(四僂兵引净上。白)耀馬如雲,埃路風塵動。(吹介)(仝見介)(末白)仁兄。(净白)賢弟。(仝笑介)(末白)有劳仁兄遠來,未曾遠迎,多多有罪。(净白)好説。(末向小生白)見了你王叔父。(小生白)參見王叔父。(净白)這是何人?(末白)这是花容之子花鳳春。(净白)怎麽講?这是花容之子花鳳春麽?(末白)正是。(净白)蕭恩的女婿就是他?(末白)就是他。(净白)哎呀,賢姪!(小生白)叔父。(净白)又是一輩英雄豪傑了。(末白)請坐。(净白)有坐。(末白)仁兄到此,小弟特備水酒,与仁兄担塵。(净白)到此就要討擾。(末白)好説。酒宴伺候。(衆應)(仝坐介)【排子】【畫眉序】)(净白)吴弟,愚兄看過書信,敢是爲破昊天關,但不知怎樣前去?(末白)仁兄,小弟道有一計。(净白)有何妙計?(末白)小弟这里做成一面枷號,内藏鋼刀一對。仁兄扮作罪犯模樣,花鳳春扮作解差,暗代兵器。你父姪二人先到昊天關下,詐進關去,我仝蕭玉枝代領僂兵,隨後劫應①,殺个裡营外合②,那怕昊天關不破也?(净笑介)好計吓,好計!(末白)仁兄,就此改扮起來。(净、小生仝白)呔!僂儸們,看枷號伺候。(衆應介)(净、小仝下)(末白)來。(衆應介)(末白)請玉枝小姐。(衆白)吓,請玉枝小姐。

(四女兵、旦上。白)來也。听得傳軍令,帳前听分明。參見叔父。(末白)少礼。(旦白)叔父呼唤,有何吩咐?(末白)花鳳春

---

① 應爲“接應”。

② 應爲“里應外合”。

同你王叔父,前去大破昊天關,你我隨後劫應便了。(旦白)遵命。(末白)听我吩咐:(唱)

【緊泣顔回】殺場擺战動刀兵,須要奮勇立奇功。雄關要破,要把奸賊皮剥。

(旦白)遵命。

【前腔】身目①恩多,此一去要把雄關破。鬧嚷嚷齊唱凱歌,管叫他海廢②山波。

(女兵隨旦下)(頭出完)

二　出

(净、小生仝上。唱)

【前腔】巧粧改扮犯罪人,工文③一卷在身。關前盤問,殺叫他碎骨尸分。

(净白)吓,吴弟,你看愚兄改扮得如何?(末白)改扮得甚好,須要小心。(净白)不劳吴弟囑咐。俺二人就此去也。(接唱)

【前腔】雄威氣忿,急忙忙要把昊天關奔。怒轟轟耀武揚威,要殺个虎鬭龍歸。

(小生、净仝下)(末白)看他二人此去,不免点齊僂兵,隨後劫應便了。【排子】【急三鎗】(仝下)

(八鎗手、八刀手、四將、一纛,引趙義上。白)呔!衆將官。(衆應)(趙白)教場去者。(衆應)(仝唱)

【六么令】三軍操演,料陣起鼓,齊到台前。將軍嚴令敢遲延,忙撒馬,緊加鞭,旌旗烈烈如飛電,旌旗烈烈如飛電。

(白)將相本無種,男兒當自强。下官趙義,職受車騎將軍,奉命鎮守昊天關。自從滅了梁山,又有草寇作乱。奉高太尉鈞旨,操

---

① 應爲“沐”。
② 應爲“沸”。
③ 應爲“公文”。

演人馬，消滅雛雄。衆將官。（衆應）（趙白）操演上來。（衆應）（仝操演介。唱）

【千秋岁】擁旍幡，旌旗如雷電，一对对耀舞盤旋，旌旍招展，旌旍招展。听教場炮响，振地驚天。

（衆白）操演已畢。（趙白）代馬上關。（衆應）（接唱）

人勇先，刀鎗練，演刀斧弓弩箭。若遇賊人犯，殺叫他刀下命殘。

（仝下）

（小生、净仝上。白）走哇。（唱）

【風入松】赤龍猛虎下山頭，凶威耀武抖摟。雲龍風虎难敵手，要報俺梁山仇寇。

（净白）矣姪，前面就是昊天關。你須要放大了胆叫關。（小生白）我曉得。趲上前去。（接唱）

管叫他身命难收，破雄關纔罢休。

（仝下）

（四僂兵、四女兵、旦、末仝上，唱）（合前）【風入松】（末白）俺李俊，前來大破昊天關。衆僂儸，迎上前去。（衆應，接唱）（仝下）

（八鎗手、八刀手、四大將、趙義仝上）（排子）【錦千花】（上城介）

（小生、净仝上）【排子】【急三鎗】（小生白）呔！開關。（衆白）呔！什麽人？（小生白）押解犯人，过關掛號。（衆白）稟爷，有一解子，押解犯人，过關掛號。（趙白）取文書我看。（衆應白）解差，拿工①文上來。（小生白）有。（遞介）（衆白）文書呈上，請爷觀看。（趙白）哎呀，文書是假的！衆鎗手，開關拿下。（仝白）呔！開關。（衆对把子介）（生進城，趙、四將追下，鎗手与净对把介）（净進城，又对把子介，連环破枷攢，仝下）（僂兵、女兵、旦、末过場，進城下）（小生对四將連环，將下）（赵接对介，四將接对攢介，净接对，小生下）（鎗手接对攢介）

（僂兵、女兵、旦、末上，接对，净下）（鎗手、僂儸分下）（末、趙对介，末下）（旦接对，趙下）（四將接对，連环攢介，將下）（鎗手接

① 應爲“公”。

对,旦下)(女兵接对,連环,仝下)(後鎗手傻兵对連环,仝下)(生对四將,净接对介,將下)(赵接对介,净下)(末接对介,末下)(旦接对,小生、旦赶赵下)(鎗手、傻兵、女兵对大攢介,鎗手敗下)(小生、旦、四將連环对介)(净接对介,殺四將介。將下)(趙接对介)(末、傻兵、女兵圍場,殺赵介。赵下)(衆白)昊天關已破。(末白)就此收兵。打火。【尾声】(仝下)(全完)

豔陽樓總講（皮黄）

【劇目簡介】

皮黄，未署名。現存清代鈔本多種，《蒙古車王府曲本分類目録》著録。小説《水滸傳》無類似情節，其中花逢春、秦仁等人物係出自陳忱《水滸後傳》，但情節亦未見小説。

車王府藏清鈔本①，題目作“豔陽樓總講”，十六場，每頁六行，每行二十字左右。

劇演梁山後人花逢春、秦仁、呼延豹等於春日結伴遊玩，偶遇許飛珠與母清明上墳，高俅之子高登覬覦飛珠美貌，令人搶回府中，囚於豔陽樓上。飛珠之兄許奇英聞訊往救，與花逢春等人商議，趁晚間潛入高府，救出飛珠，殺死高登，火燒豔陽樓。

頭　場

（四云童站門上，老旦）

【点絳唇】（唱）修練千年，法力無边。神光献，永寿綿綿，今当下塵凡。吾乃金刀圣母是也。今有許凤英有难，吾当前去搭救上山，傳他武藝，日後另有奇緣。衆神將！（衆白）有。（老旦白）駕云前往。【排子】（下）

---

① 《俗文學叢刊》第三二一册收録有高夫人、賈思文脚本，文字略異，第三五〇册收録有拾貳場唱詞；《國劇大成》第一〇集收録，文字相近；《戲考》第一一册、《京劇叢刊》第一四集亦有收録；《故宫珍本叢刊》第六八六册收録《豔陽樓》曲譜。

貳　場

(花上)

【引子】(院子暗上)壯懷忠勇困風塵,一任蒼天早提名。

[詩]英雄氣盖勇超群,風云驟雨久烟輪。他年若得男兒志,仗劍除却奸佞臣。(白)俺花逢春,爹爹花榮,昔日在梁山聚義,被奸人所害,是我母子來到南陽西村,務農爲業。今乃三月三日,蟠桃圣母圣誕,已曾約过秦仁、呼延豹二位兵弟,同去玩会,怎麽这時候还不見到來?

(呼、秦仝上)(呼白)不听寒鴉事,(秦白)皆爲一殿臣。(仝白)吓,大歌。(花白)吓,二位兵弟來了。請座。(呼、秦仝白)有座。(花白)二位兵弟,爲何來遲?(呼、秦白)只因挑選良馬与大歌乘騎,故尔來遲。(花白)二位兵弟可曾用过飯了?(呼、秦白)我二人早已用过了。(花白)家院!(院白)有。(花白)隨代酒餚,同去遊玩。代馬。(唱)

【西皮】【摇板】三春桃花柳初放,萬紫千紅馥馥香。催馬揚鞭陌路上,遊人各自称酒漿。三人仝飲開懷賞,

(呼、秦仝唱)

蟠桃宮内先拈香。

(三人仝下)

叁　場

(八英雄站門)

(高登上。唱)

每日清辰演拳棒,赫赫威名天下揚。宋室江山我父掌,仝憑勢力壓山樑。

某高登,我父高球,在大宋爲臣,官居太尉之職。生俺一人,愛如掌上。有心將俺荐与朝廷,怎奈無有近身之處。也是我最喜紅

塵，平生浪蕩，这且不言。今乃三月三日蟠桃圣会，不勉請出衆位教習，散樂一番。來，有請衆位教習。(衆照白)有請衆位教習。

(衆教習四人仝上。白)拳打南山猛虎，脚踢北海蛟龙。參見大爺。(高白)衆位教習少礼，請座。(衆教習白)謝座。唤出我等，有何吩咐？(高白)今乃蟠桃圣会之期，請衆位教習，去至效外散樂，二來遊玩蟠桃圣会，不知衆位意下如何？(衆教習白)我等奉倍。(高白)好哇，大家往蟠桃宫去者。(唱)

【西皮】【摇板】自幼生來多雄壯，最愛美貌女紅粧。一來逛会閑遊蕩，暗地皆爲美姣娘。

(衆仝下)

肆　場

(丑上。白)馬來。(唱)

三月天氣桃柳放，遊人如蟻喜氣揚。

(白)在下賈思文，如今高府在以做幕宾，蒙高大爺十分抬愛，甚是得宠。今日乃蟠桃圣会，大爺先命我到庙内看看，若有絶色女子，报与大爺知道。不勉就此前往吓！(唱)

【西皮】【摇板】加鞭催馬朝前往，蟠桃宫内看端詳。

(下)

伍　場

(老旦上)

【引子】(二院子暗上)先夫去世早，喜兒女長成有靠。

(白)老身許門鄭氏，不幸夫君早亡，留下一男一女，兒名許奇英，女兒名唤飛珠。年已長成，尚未婚配。今当三月清明，不勉上坟祭扫。家院。(院内)有。(老白)請你姑娘出來。(院白)吓。有請姑娘。

(旦上)

【引子】風吹环佩响,日影照砂①窗。

(白)母親萬福。(老旦白)罢了。我兒坐下。(旦白)謝母親。唤孩兒出來,有何訓教?(老白)兒吓,今乃清明佳節,拜扫之期,也曾命你兄長准備祭礼,怎麽這時候还不見回來?(旦白)想必少時就回。

(奇上。白)走吓。(唱)

【西皮】【摇板】英雄俠義威名正,不知何日报朝廷。

(白)母親在上,孩兒拜揖。(老白)罢了。兒吓,坐下。(奇白)謝母親。吓,妹妹。(旦白)兄長。(老白)命兒准备祭礼,可曾齊備?(奇白)俱已齊備,候母親、妹子一仝前往。(老白)來,家院。(院白)有。(老白)吩咐車輛走上。

(一車夫)(老旦唱)

【西皮】【摇板】三月天氣正清明,家家户户拜坟茔。不幸老爺早喪命,一家骨肉兩離分。

(仝下)

陸場

(花、呼、秦三仝上。唱)

加鞭催馬往前闯,面前好似賈同窗。

(丑上)(花白)吓,賈兄今欲何往?(丑白)三位不知,我今現在高府,今日高大爺約我仝去逛会。(花白)是那個高大爺?(丑白)就是當朝高太尉之子。(花三仝白)敢是那狗子高登?(丑白)哎呀,哎呀!不可,不可!(花白)真乃奸臣之子。(呼、秦仝白)另人好恨。(花白)吓,賈兄!你我比此②相好,怎麽与他人所使?豈不有辱斯文?(丑白)三位不知,柰我無時,如今不得不矣。

① 應爲"紗"。

② 應爲"彼此"。

(花白)如此,你我四人,一仝前去如何?(丑白)三位的馬是快,我這馬如何跟得上?三位先請,隨後你我会上見罢。(花白)請。(唱)

手挽絲疆①前遊蕩,可嘆無知小兒郎。

(花三人仝下)(丑白)咳,這是那里説起?(唱)

他三人説話太猖狂,開口就把好人傷。有朝犯在我手上,管叫匹夫一命亡。咳。

(下)

柒　場

(高登元人凹門上)(衆仝白)來此平陽之地。(高白)衆教習,演拳一番。(衆打拳)(高三笑介)吓哈,吓哈,哇呀呀,呀呀呀!(丑上。白)大爺在这尔哪,有句話我告诉你哪,你付耳上來。(高白)吓吓,好吓!衆教習,大家一仝前往。(衆領下)

捌　場

(老旦、車夫、院子上介)(旦角、奇仝上)(老旦唱)

一家人仝把坟茔進,觀見坟墓好伤情。

(院白)啓太夫人,來此坟茔。(老旦白)將祭礼与我摆好了。(三仝白)哎呀,老爺,爹爹。(哭介)哎呀!(老旦唱)

【倒板】【西皮】一見坟台珠泪滚,哭声老爺在天灵,可嘆你一命归天尽。

(哭介)老爺呀,(唱)

撇下母子好苦情,

(奇唱)

孩兒不能把孝尽,

① 應爲“繮”。

(旦唱)

怎不叫人痛伤心。

(奇白)母親,孩兒要往凤凰山閑遊,母親仝妹子就在此處散悶一回。(老旦白)兒吓,須要早去早回才是。(奇白)孩兒尊命。許安代路。(唱)

家院代路凤凰嶺,尋步閑遊且散心。

(仝下)(老旦唱)

母女一仝閑散心。吓,眼跳心驚爲何情?

(丑上。唱)

一生逢迎是根本。咻,

(唱)

那边站定俏佳人。

(白)好個絶色女子,待我來問問。(院白)吓吓,看什麽?(丑白)唔,這是什麽人?(院白)這是許總兵的夫人小姐,你問他則甚?(丑白)你們小姐有了人家没有?(院白)嘟!不要胡説,还不快走?(丑白)瞒你這個利害,别忙,回來听我的信。(下)(院白)老夫人看过,這厮不是個好人。(老旦白)果然①不是好人。候公子回來,快快回去罷。

(丑、高元人仝上)(高三笑介)吓哈,哈哈,吓哈哈哈!果然長淂不錯,前去提親。(丑白)待我去。呔!过來。(院白)吓,你怎麽又轉來則甚?(丑白)我告诉你,你瞧瞧那边站的,是我們高登高大爺。見你們小姐长淂好看,要娶他做妾,好不好?(院白)嘟!滿口胡言,还不走嗎?(丑白)大爺,他不答應。(高白)來吓,抢②吓!(衆抢旦)(衆下)

(奇、院子仝上)(奇白)吓,母親醒來。(老旦)

【倒板】【西皮】(唱)唬淂我一陣陣昏迷不醒,兒吓,

(唱)

---

① 此劇底本"然"字多作"状",後不贅。

② 應爲"搶"。

從天上降下來大祸臨身。

(奇白)母親,我妹子望那礼去了?(老旦白)哎呀,兒吓!今有高登,代領許多惡仆,將你妹子抢了去了。(奇白)哎呀!(唱)

听一言來動無明,太阳頭上冒火星。母親回家去相等,救回妹子殺賊人。

(下)(老旦白)我兒不要去,不要去。(院仝下)

玖　場

(花三人上)(花唱)

蟠桃宮内人喧鬧,

(内喊介)吻嚕,吻嚕。(花白)吓,(唱)

只見衆人鬧吵吵。

(高元人揹旦角下)(高比相下)(丑白)吓,三位恕罪了,恕罪了。(下)(花白)吓,看这賈思文,同高登一群惡賊,爲何又揹着一女子,是何原故?(内白,奇白)那礼走?(花白)後面來了一人飛奔而來,你我等他到來,問個明白。

(奇上。白)走吓。呔!招打。呔!快还俺妹子來。(花三人仝白)那個見你妹子?(奇白)你們誰是高登?(花三人仝白)我們並非是高登,請問尊姓大名?(奇白)在下許奇英,别号"青面虎"。(花三仝白)原來是許公子,失敬了。(奇白)豈敢。請問三位貴姓高名?(花白)在下花逢春。(呼白)在下呼延豹。(秦白)在下秦仁。(奇白)原來三位義士。多多有罪了。(花白)豈敢。爲何這等模樣?(奇白)三位有所不知,今日俺同母親、妹子上坟祭扫,不想高登把我妹子抢去,因此赶來,要答救妹子。(花白)既然如此,仝到前村,再去商議萬全之策,相助公子,一仝答救令妹,不知意下如何?(奇白)萍水相逢,怎敢劳動?(花白)四海之中,皆是朋友,这有何碍?(奇白)如此,告辞。(花白)那礼去?(奇白)將俺老母送回。(花白)可有尊介跟隨?(奇白)有小介跟隨。(花白)既有尊介跟随,略然無事,速到前村,商議定計要紧。(奇白)如此,多谢三位義士了。(仝白)請。(下)

拾場上

(高元人凹門上)

(张妈上)(高白)张媽,將这女子送在艷陽樓上,好生伏侍。(老媽白)是了。你这礼來。(仝下)(高白)衆位師爺,大家後面飲酒。(衆仝白)請。(仝下)

拾一場

(小可怜上。白)我王氏,小名兒都叫我小可怜。來在这高府,高大爺十分宠愛。後來他在外面抢奪女子,把我就不放在心上。是我与这府里有位賈先生,我們两人就交了。这两天没有來,不知是什麽原故?(老妈白)有福之人人伏侍,無福之人伏侍人。大奶奶。(旦白)喲,张媽,你那尔去了?(老媽白)你哪不知道,咱們大爺,今日又抢了一個小姑娘,叫我送在艷陽樓上去。(旦白)你送他去罢。(老媽白)是了,我送他去把①。(許飛進樓下)(旦白)张媽,我問你,你這兩天瞄見賈先生没有?(老媽白)我没瞄見。我去給你問問。哎,衆位,賈先生來了没有?(旦白)有边問去拉。

(丑上。白)什麽事情?(老媽白)大奶奶請你。(丑白)怎麽,大奶奶請我哪?(老媽白)吓,請你哪!(丑白)那們走走。(丑見小可怜,隨便念答話)(二人仝下)

拾二場

(花四人上,起塡)(衆白)呀。(唱)

【鬭鵪鶉】报不平,抖起雄心,恰相逢義氣同盟,因此上黑夜齊行。巧裝束奔走風快,相那厮倚势欺民,莽男兒合胆一命。

---

① 應爲“罷”。

(各通名字)俺許奇英。俺呼延豹。俺花逢春。俺秦仁。(奇白)多蒙三位義士拔刀相助,若救出小妹,殺了狗子高登,俺許奇英世不忘恩。(花白)只要大家同心合意,何怕此賊不滅。(奇白)列位抬頭觀看,前面以是高家,大家越過墻去,殺那狗子便了。(花白)有礼。請。(唱)

【前腔兒】早救出姣滴滴女娉婷,也叫那惡賊知名,要南陽百姓叙敬。

(四人全下)

拾叁場

(二更夫上。白)爲人别打更,打更受苦情。(二白)風里也得去,雨里也得行。在下高府更夫便是。夥計,天也不早了,咱們也繞个湾兒拉。(二白)有礼。咱們走。(二人全下)

拾肆場

(起古介)(四人上。唱)

【小桃紅】呀,闻他家流言種種驕横行,阿附的侍臣都是奸合佞,閉矣路結党視王法全不在心。可恨他頑劣,打掠着真僥倖。

(打二更介)(花白)那傍有人來了,躲在一边。(衆上高兒介)

(小吹打)(高上。白)(二小英雄搀上)咳,可恨这賤人,再三不從,叫我好恼!(唱)

恼得俺火似流星,这賤婢言語顛狂,不由人醉眼且安床。

(醉介)吻嚕嚕,吻嚕嚕!(全下)(花白)妙吓!高賊以醉,此乃天助俺成功也。(唱)

【前腔兒】莫驚覺睡醒,打叠先救女佳人。斬惡奴時刻兩離分。

(花白)更夫來了,閃過一傍。(上花牆子)

(更夫上。白)夥計,走吓!夥計,如今你睄咱們大爺,今个也抢,明日也抢,將來没有好處,我有心把他殺。(花四人仝白)呔!拿住了。(更夫白)哎喲,我們是好人吓。(花白)抢來的女子,可知

藏在那礼?(更夫白)藏在那艷陽樓上。饒了我,情愿代你們去。(花白)如此,快走。(唱)

【前腔】吓哈,遶遶連廊曲曲台徑,冤家对頭今宵把生死定。命也么傾,呀,顯奇技身輕。

(更夫白)來此已是。(花衆白)唦。(更夫下)(衆白)照他一照。(衆上樓,殺丫环、老媽,救小姐出樓)(花白)可將令妹送回,秦仁保護。(許奇英、秦仁仝旦角仝下)(花白)你我將樓焚燒,再殺惡賊。(呼白)言之有礼。放起火來。(放火介)(仝下)

(高元人衆過場,兩边抄下)

拾伍場

(四云童凹門、圣母上椅子)(許奇英、秦仁、旦角仝上,圣母代旦角下)(秦白)公子醒來。(奇白)待俺看來。

【尾声】(唱)這東紙書認不出是何言,好叫俺痛肝腸,捨不得妹子吓哈兩離分。

(白)高登吓,賊子!(唱)

恨不得殺死兒的全家。青面虎七尺軀來拚命。

(打下)

拾陸場

(小可怜、賈思文兩边上)哎呀,我的小東西子。

(花、呼仝上,殺死旦、賈仝下)

(兩边接起,打介,打死高登下)(衆仝下)(完)

九陽鐘(皮黄)

【劇目簡介】

皮黄,未署名。現存民國《戲考》刻本。小説《蕩寇志》緊接《水滸傳》,第七十一回《猛都監興師剿寇　宋天子訓武觀兵》至第八十四回《苟桓三讓猿臂寨　劉廣夜襲沂州城》有類似情節,細節有所不同。此劇係水滸續作,兹予輯録。

《戲考》刻本,題目作"九陽鐘",又名"蕩寇除奸",二本①,每頁十五行,每行三十六字左右。

劇演梁山聽聞朝廷欲來勦,派戴宗、周通等入東京打探消息。陳麗卿在玉仙觀燒香,遇太尉府公子高世德調戲,仗武藝暴打其一頓。陳希真采用唱籌量沙之法,酌酒向高世德賠罪,又暗設機關,懲治紈絝一番後,父女安然改粧逃離。路途之上,陳希真父女順便勦滅了冷艷山上的梁山同伙。蔡京奉旨起兵征討梁山,調用雲天彪爲總帥,節制鄧、辛、張、陶四將,來勢洶洶。雲天彪奉檄進兵,逼攻嘉祥,楊騰蛟恢復南旺營,斬王定六、郁保四二人首級。梁山軍師吴用定退兵計劃,差遣樂和、蕭讓下山捉拿梁世傑夫妻以威脅蔡京。蔡京遂私通梁山,調回雲天彪,梁山之圍暫解。陳希真父女借宿風雲莊,雲龍、麗卿結義。陳希真父女沂州投劉廣,在安樂村與親戚會叙。劉慧娘露台望氣,預知刀兵之災,亂軍中劉廣身受箭傷,劉老夫人、劉麒失陷沂州獄中。陳希真欲求援手至猿臂寨,原寨主苟恒再三讓位,陳希真成爲大寨主。猿臂寨衆英雄同心協力,定計劫牢。

---

① 《戲考》本分録"頭本""二本",兹輯録於一處。

(四靠。生扮朱仝、副净扮雷横、副净扮索超、副净扮秦明、末扮戴宗、净扮周通上。拉起霸。【點絳唇】仝白)俺,“美髯公”朱仝。“插翅虎”雷横。“急先鋒”索超。“霹靂火”秦明。“神行太保”戴宗。“小霸王”周通。(朱白)請了!(衆仝白)請了!(朱白)今日大哥陞帳,我等兩厢伺候。(衆同白)請!

(四龍套、四下手、丑扮吴用、末扮宋江上)

【點絳唇】水泊英豪,替天行道,傳令號,地動山摇,威名四海遥。

(衆同白)參見大哥!(宋白)衆位賢弟少禮!(衆白)咋!(宋白)義胆忠肝蓋世無,空懷報國有良圖。他年若遂凌雲志,笑煞黄巢不丈夫!吾,“及時雨”宋江。霸占梁山,替天行道,前番攻打大名府,請了盧俊義入夥,共圖大事。也曾命施威、楊烈兩位賢弟鎮守鹽山。前日有探馬報道,京中發來許多人馬攻打鹽山。是我放心不下,也曾命人打探,未見回報到來。左右,伺候了!

(探子上。白)離了鹽山寨,來此忠義堂。頭領在上,探子叩頭!(宋白)命你打聽鹽山,怎麽樣了?(探白)今有京都差來兩個兵馬都監,一名鄧宗弼,一名辛從忠,武藝高强,來打鹽山,十分驍勇,已將施、楊兩家頭領捉拿去了。大寨無人,命俺前來搬兵求救!(宋白)賞你銀牌一面,再去打探!(探白)遵命!(下)(宋白)吓,軍師,時才探馬報到,施威、楊烈被擒,鹽山山寨甚是危急,如何是好?(吴白)事在危急,請大哥傳令,派人前往。(宋白)秦明、朱仝、索超、雷横,四位賢弟聽令!(四人同白)在!(宋白)命你等各帶一千人馬,去到鹽山接應,不得有悮!(四人同白)得令!(四下手引四人下)

(探子上。白)啓頭領:京都點動大兵二十萬,前來征剿梁山。(宋白)再探!(探下)吓,軍師,這京中發來大兵二十萬,你我須要早做准備。(吴白)既有這等之事,不得不先爲防備。想那蔡京,在都中身居太尉,執掌兵權。戴、周二位賢弟夙與蔡京旗牌官范天喜交厚,就派他二人前去打探消息便了。(宋白)戴宗、周通聽令!

(戴、周同白)在!(宋白)就命你二人,速速進京,到蔡京府内打

探消息，不得有悮！（戴、周同白）遵命！（下）（宋白）待等他二人回來，便知分曉。掩門！（同下）

（末扮陳希真道士裝、蒼髯、赤面上）

【引】告職歸林，每日裏，悟道修真。

（白）昔日居官有數年，惱恨奸臣專國權。告職歸家修正果，要作長生不老仙。吾，陳希真，别號道子。昔年在朝爲官，官拜提轄之職。只因大戰輪頓城，以八千官兵敗西夏賊軍二十萬，指望加官受爵，不想皆被上司冒充而去。是我一怒，告職歸家。也曾受過張仙師傳授五雷都籙大法，修鍊真陽，可成正果。今當玉清觀蟠桃大醮，不免前去聽講一回。（唱）

【西皮】【原板】陳道子，悟參禪，每日修鍊。有五雷，都籙法，我得真傳。有朝，一日，功成圓滿。長生，不老，定作神仙！

（下）

（丑扮高世德上。念白）吾父官職不小，身居太尉當朝。生下了我，看養的嬌，父母待吾如珍寶。不讀詩書文字，不習弓馬鎗刀，專好游山玩景，終日浪蕩逍遥。半生好賭又好嫖，最愛美貌女多姣，女多姣！（二丑院扮高升、高福暗上）吾，高世德。吾父高球①在朝爲官，官居太尉之職，滿朝文武人人奉承。是吾在家，終日吃着嫖賭，到也快樂。革②幾天，悶悶不樂，要想個倷去處，白相白相。來，請孫、薛二位師爺。（升白）有請二位師爺！

（二丑扮孫高、薛寶同上）（孫白）身在相府第，（薛白）專能拍馬屁。（同白）吓，公子！（高白）請坐，請坐！（薛、孫同白）告坐！唤吾等出來，有何話講？（高白）革個幾天，悶倦得很，想個地方去，白相白相。（孫白）今有酸棗門外，玉清觀内，蟠桃大會，鬧熱得狠。（高白）玉清觀鬧熱？好！來，請教師爺！（升白）有請教師爺！

（四花面引烏教師上。白）我本英雄好漢，來到相府門前。參見

---

① 應爲“俅”。

② 意爲“這”。

公子!(高白)今朝玉清觀大會,吾等同去,白相革。(烏白)我等奉陪。(高白)來,帶馬!(唱)

【摇板】大家同往玉清觀,尋訪美貌女嬋娟。

(同下)

(外扮种師道白蟒文陽、浄扮蔡京紫蟒耳不聞、末扮趙忭緑蟒烏紗、副浄扮童貫黑蟒尖紗同上)(外白)位列上中下,(浄白)才分天地人。(末白)五行生父子,(副白)八卦定君臣。(外白)老夫,种師道。(浄白)本爵,蔡京。(末白)下官,趙忭。(副白)下官,童貫。(外白)請了!(衆同白)請了!(外白)萬歲臨朝,我等在此伺候。(衆白)香烟繚繞,聖駕來也!

(四太監、二内侍、生上)

【引】山河一統,慶豐年海晏河清。

(外等同白)臣等見駕,吾皇萬歲!(生白)衆卿平身!(衆白)萬萬歲!(生白)景鐘三響出龍庭,濟濟冠裳文武臣。君歡臣樂民安泰,一統江山享太平。孤大宋天子,徽宗在位。自登基以來,風調雨順,國泰民安。只有梁山賊冠①,屢屢擾亂天下。欲發大兵二十萬,掃蕩賊冠。吓,蔡卿!(蔡白)臣!(生白)孤欲征伐梁山,就命卿家掛帥,帶領大兵二十萬掃除山寨,加封卿家爲輔國大將軍、魯郡開國公之職。孤定於十六日告廟誓師,四月初四日辰時起兵征討。領旨下殿!(下)(蔡白)謝萬歲!金殿領聖命,校場點雄兵。(衆同下)

(戴、周同上)(戴唱)

【摇板】山中領了大哥命,

(周唱)

不覺來到紫禁城。

(同②白)俺,"神行太保"戴宗。(周白)"小霸王"周通。(戴白)賢弟,你我來到皇城,去到蔡京府内,尋找范天喜要緊。(周白)

---

① 應爲"寇"。

② 應爲"戴"。

言之有理。請！（戴唱）

邁開大步往前闖，

（周唱）

只見一人走慌忙。

（丑扮范天喜旗牌裝式）（戴白）范大哥！（范白）哦，原來是戴、周二位好漢！你二人來到京中作甚？（戴白）奉了我家大哥之命，前來拜訪大哥，還有機密大事。（范白）原來如此！此地不是講話之所。（戴白）但不知大哥意欲何往？（范白）今日乃是玉清觀大會，我要前去逛會，二位何不同去游玩一回？（戴、周同白）我等奉陪。（范白）就此前往。（繞場介）來此已是。我等且到這茶棚吃茶。吓，茶博士那裏？

（丑上。白）來哉！三位是吃茶革？（范白）正是。（丑白）待吾去泡茶。（捧壺介）茶來哉！（范白）二位到此何事？（戴白）聞聽人言，京都發了大兵二十萬要掃梁山。是我家宋大哥，命我二人前來打探消息。（范白）是革，弗錯格。今有聖上，發大兵二十萬，命吾家相爺掛帥，前去征剿梁山。此乃是今朝清晨革旨意。（戴白）原來如此。既是你家相爺掛帥，此事務要求大哥，從中周轉，替我等斡旋才好。（范白）那是自然。二位只管放心，全包在吾革身浪。（戴白）多謝了！

（四青袍、五①教師、孫、薛二丑、院子、高上）（繞場下）

（范白）二位可曾認識此人吶？（戴、周同白）到不相認。（范白）這就是高太尉之子，名唤高世德，綽號“花花太歲”。昔年爲討林冲的老婆，暗害林教頭，正是此人。（戴白）這就是害林冲的高世德？（范白）正是。

（貼扮陳麗卿穿披、紮白裙，馬夫牽馬、使女隨上）（繞場下）

（茶博士上）（范白）方才這一女子，他是何人？（茶白）你們三位，不認識他？這是我的近鄰。他姓陳，他爹爹名叫陳希真，從前也做過南營的提轄。如今告老，不做官啦。就在東大街辟邪巷居

---

① 應爲“烏”。

住,他没有兒子,就是這一個女兒,今年十九歲了,到同他爹學了一身好武藝。(范白)哦,不錯,不錯!常聽人言,有一陳麗卿,又有綽號叫做"女飛衛",莫非就是他?(茶白)招、招、招!不錯,是他。(范白)果然是名不虛傳。他父親因何不同他前來呀?(茶白)他父親好道,今天一大早就進廟裏去聽講去啦。(周白)但不知他爲何叫做"女飛衛"?(范白)只因他父陳希真,表字道子,十分好武藝。今年已有五十多歲了,辭官不做,在家修鍊。那高球到十分抬舉他,只是他無志功名,推病不出。他的女兒生來就有一副神力,有萬夫不當之勇,他父親一身本領俱傳授於他了。他又有一手好弓箭,百步穿楊,百發百中,所以他老子就將他比作古時善射的飛衛。(戴白)原來如此。

(四青袍上)(貼换衣追上打,衆下)

(五①教師上,貼打下)

(高上,貼跌倒介,以拳打介)

(陳跑上,攔腰抱貼。白)小畜生大胆無禮,還不與我鬆手!此乃是高太尉的令郎公子,也是你打的麽?(貼白)我早知道是他的狗子,真真的逆種,到説是我無禮?待我結果了他,爲大家除害。(復打介)(陳白)小賤人,爲父這樣説,怎麽還不放手麽?(貼放手)

(使女捧衣上,陳代貼穿衣介。白)爲父叫你燒了香就回去,你偏不肯,如今闖出這樣的禍來。况且高太尉我又認識,倘若你將公子打壞,叫我是怎樣對得他起,還不與我走了去!(貼指高,白)我把你這不睁眼睛的賊畜生!你竟敢來撩撥我!你不要仗着你老子的勢力,想怎麽樣就怎麽樣。倘要撞在你姑娘手裏,連你老子都剁成肉醬。(陳白)休得胡言!還不快快回去!(貼白)便宜你!(隨使女、馬夫下)(陳扶高起介。白)小女一時冒犯尊顔,公子要看在老奴的面上,望乞恕罪。(高白)陳老希,吾呢,也本不曉得是你的女兒,吾到得罪了。只是令嬡也太没有道理,吾不過

① 應爲"烏"。

遠遠的説了一句頑笑話,他便下起毒手來了。(陳白)諸事均求公子擔待,老奴回去,定要重責於他。明日定要登門陪禮,太尉面前,還求公子遮掩遮掩。(高白)打也打了,還説他作甚!

(二花面扶烏教頭上。白)公子快與俺做主,我的腿俱被那丫頭打傷了!(高白)你弗曉得,原來是陳老希的姑娘,所以我們都被他打了。(烏白)陳希真,想俺家太尉待你不薄,你叫你女兒將公子打得這般光景,稟知太尉,只怕你的性命難保!(陳白)教師爺,休要動怒,老夫定要陪禮謝罪的。(高白)是吓,陳老希是吾茟朋友。今日吃些虧,也弗要緊茟,請教師回去調養就是哉。

(花面扶烏下)

(孫、薛上。白)公子在這裏!(陳白)原來是孫、薛二位。(高白)你道那女子是誰?原來就是陳老希個令嬡小姐,都弗是外人。我們好回去了。(陳白)公子既要回去,老奴也不敢相留,明日定要登門,叩頭陪禮。孫、薛二位,我們要到酒樓上吃幾杯去!(孫、薛同白)改日再擾罷。(陳白)定要去的,吾還有話言講。(高白)你二人就同老希坐坐何妨,吾去哉。(下)(陳白)我們到酒樓上吃一杯去呀!(拉孫、薛下)(范白)不想今日高球之子,也吃了一個大虧。(戴、周同白)看這陳麗卿的武藝,真真不錯,比我們山上的扈三娘,還高十倍,就是面貌也生得美秀得狠。(范白)真真不錯。(戴白)我們何不請他父女二人上山入夥,到是兩個好帮手。(范白)二位既要約他父女,待小弟隨你二人前去。(戴、周白)好!我們一同前去就是。(范白)你我先到酒樓一叙。

(同下)

(陳上。唱)

【摇板】時才間,在酒樓,假意殷勤。那孫、薛,二賊人,就認了真。

(白)開門來!

(院子上,開門介。白)家爺回來了。(陳入門,怒坐介)

(貼上。唱)

輕移蓮步出繡房,爹爹台前問安康。

(白)爹爹回來了!(陳不采介)孩兒方才,也并未曾當真要結果了他的性命。爹爹只是不許孩兒動手,一下也不曾傷他,實實便宜了那厮!(陳怒視貼。白)我把你這個丫頭,也未免太高興了!如今闖出這一場天大的禍來,你真真的害死了爲父了!(貼白)爹爹,你是不曾看見那厮,那般光景,滿口裏放出些屁來,叫人怎能忍得住?我不過推了他一把,他就叫人來捉拿於我,你到氣是不氣?(陳白)話雖如此,我與他再三陪禮,他那裏就肯干休?倘若那高球同我做起對來,那時怎了?(貼白)就是那高球老賊到了,我一箭,定要射他一個透心大窟窿。(陳白)哼、哼、哼!你年紀今年也十八九歲了,説出話來,還是這小孩子一般瘋頭瘋腦。你看世間之上,那有白白射死了人的道理?(貼白)射死他,不過償他一條命罷了!(陳白)你捨得命?(貼白)孩兒捨得!(陳白)你捨得,只怕我還捨不得!想我年過半百,指望你將來得一個好女婿,我便有了靠。如今你説出這等話來,好不叫爲父傷心!也罷,拚着將你就送了他,那怕不太平無事?咳,只是叫爲父,怎能忍心做得?(貼沉吟介。白)吓,爹爹,事到如今,孩兒到有一條計策在此。(陳白)有何妙計?(貼白)三十六計,走爲上策。你我父女何不投奔一個去處,避禍也就完了。(陳白)爲父早已想到,但是那高球掌握兵權,八十三萬大軍,均歸他執掌,凡被他所害之人,除去一個王進逃脱了,想那林冲何等英雄,被他害得有家難奔,有國難投。常言道得好:“覆巢之下,必無完卵。”權臣擅威,人無死所,我同你性命相關,你想逃往那裏走?(貼白)如此説來,難道你真要將女兒送入那糞坑裏去不成?罷、罷、罷!拚着我這條性命也不要了,就對付了那賊。縱死,也博個名頭。但是女兒捨不得你,我是你生下的,你叫我怎樣,我依你就是,拚得一世没有出場,只要你安穩就好吓!(哭跪介)(陳看介。笑白)起來,起來。(貼起介)你説是“走爲上計”,却是不錯。只是那高球左右的人,均是刁滑詭詐之輩,還有孫高之兄孫進,十分狡滑,料事如神。倘若被他看破,豈不是越法①决裂了?若要走,這一

① 應爲“發”。

二日之内,即走,遲則有變。但是一件……(貼白)那一件?(陳白)爲父所鍊的五雷都籙大法,尚欠十五日的工夫,不曾圓滿。若是半途而廢,以後不知何日才有機緣。不得已,只好將計就計。方才在酒樓之上,已用好言穩住了他們,似不至用强迫的手段。我用一個"唱籌量沙"之計,疏了他的防範,待等半月之後,你我就可高飛遠揚了。(貼白)但不知什麽叫做"唱籌量沙"之計?(陳白)方才我在酒樓之上,同那孫、薛二人言講:"我的女兒雖然性情暴燥,却回心甚快,待老夫回去,訓教他一番,定要到高府陪禮,還求二位美言幾句。"他二人竟歡歡喜喜地去了。如果高賊他的癡心不斷,必定着人前來。他不來時便罷,倘若來時,你附耳上來。(貼前聽介)必須如此如此,這就是"唱籌量沙"之計。(貼白)孩兒記下了。

(范、戴、周同上)(范白)來此已是,待我向前叫門。開門來!

(院子上,開門介。白)原來是范大爺。(范白)你主人可在家中?(院白)現在裏面。(范白)煩勞通報一聲。(院白)啓爺:范天喜同了二人,前來求見。(陳白)女兒迴避了。説吾出迎!(貼下)(院白)家爺出迎!(陳白)范兄請至裏面。(范白)陳提轄請!(陳白)此位不是梁山泊的"神行太保"戴院長麽?(范白)正是。(戴白)老先生,因何認識在下?(陳白)是那年,吾因公事去到江州,在酒樓之上吃酒,見院長同一位黑矮胖子共飲。後來,有一黑大的漢子同一賣魚之人争鬥起來,因此知道。(戴白)那日那黑矮胖子,就是我家大哥"及時雨"宋公明;那一黑漢,就是"黑旋風"李逵。(陳白)原來如此。此位是?(范白)這就是"小霸王"周通。(陳白)原來都是梁山上的好漢,請坐!(范等同白)請坐!(陳白)二位光臨草舍,必有所爲。(范白)提轄有所不知,只因我有一親眷名唤徐甯,也在梁山。是他有書信前來,邀我入夥。我等方才在玉清觀,看見高球之子,衝撞了令嬡。小弟本要相助,見令嬡得勢,所以未便向前。是他二位放心不下,一來拜望提轄,二來要打聽此事如何了結?若有用我等之處,我等定要拔刀相助。(陳白)深感三位厚情!只是那高俅,微賤的時節曾與老夫交好。如今他富貴了,到還與我往來。是我不願走他的門徑,遂同他漸漸地疏遠。小女本不出頭露面,只因今日是他母親的陰壽,是以到廟中燒香,不想就惹出這一場禍來。方才看那高公子,也到自己認錯,這事只怕也就算了了。(戴白)那高俅雖然與仁兄交厚,但是他寵愛逆子,倘若再來糾纏於你,只怕也有些難以擺脱。依小弟之見,仁兄何不趁此投奔梁山?宋公明禮賢下士,定必另眼相看待,日後若朝廷招安,豈不是現成的封誥!(周白)老先生不必推辭,擇日帶了令嬡同赴梁山,小弟情願一路侍奉鞍馬。(陳白)多蒙三位的厚意,只是老夫久已結世外之緣,已看破紅塵,不圖富貴。況小女年幼,一時也離不得我,并且老夫與林冲夙有仇恨,見面亦難爲情,斷難前去。

(院子上。白)啓家爺:高太尉處差了兩個人來求見。(范白)既有貴客,我等告辭了。(陳白)明日老夫定當回拜。(范等同下)

(孫、薛上。白)陳提轄!(陳白)二位,請到裏面坐!(孫白)告坐!(陳白)何事又勞二位光降?(孫、薛同白)吾等奉高公子所差,登堂陪禮,求令嬡小姐寬恕!本要自己前來,又恐小姐見怪,因此命吾二人代爲請罪。(陳白)嗳呀,嗳呀呀!這是那裏説起?方才在酒樓之上,老夫已把話講明,焉敢又勞二位光降?那小賤人,我已將他痛打了一頓,此時正在那裏没好氣呢!蒼頭,叫養娘扶了你姑娘出來。(院白)請姑娘出堂!

(養娘扶貼上。白)爹爹,有客在此,又唤孩兒做甚?(陳白)來、來、來!快快見見!這是你孫伯伯,這位是你薛伯伯。只爲你這小賤人闖禍,累你二位伯父在公子面前講多少好話,還不向前陪禮!(貼白)二位伯伯在上,奴這厢有禮了!方才在廟中,實是奴家鹵莽,不知高低好歹。我爹爹已將奴痛打了一頓,望乞二位伯伯在公子面前多多美言幾句!(孫、薛白)哎呀,哎呀!這個事體也是公子不好,到叫小姐受了屈了。(陳白)備得有酒,同二位暢飲幾杯!(孫白)吾等要回覆公子去哉,改日再擾。(陳白)既然如此,明日定要請來一叙。(孫、薛同白)告辭了!(同下)(陳白)看這兩個狗頭一去,那高賊定要前來。等他到來,看事行事便

了。正是：安排唱籌量沙計，準備金鈎合香餌。（同下）

（高升、高福引高上。唱）

好一個美艷陳麗卿，拷打吾一頓不覺疼。吾命孫、薛去透信，定要同他把親成。

（孫、薛上。唱）

辟邪巷内傳了信，

（薛唱）

見了公子説分明。

（高白）居來哉？（孫、薛同白）居來哉。（高白）可曾見過了陳老希？（孫白）見過哉，陳希真已將他個女兒重打了一頓。（高白）哎，弗該打呀，胡亂鬧起來哉！（孫白）他叫他個女兒，與吾二人陪禮，説道都是他一時不知高低好歹，得罪了公子，叫吾二人在公子面前多多美言幾句。（高白）革個是陳麗卿，當面同你二人説革？（孫、薛白）是革。（高白）好造化！他竟同你二人，如此客氣，可惜吾弗曾同你二人前去。若同你二人前去，吾也聽他講説兩句，也開開心呀！（孫白）陳希真再三留吾二人吃酒，吾説是公子要等回音，不便耽延。他還説明日約吾二人吃飯哉！（高白）明日吾定要同去革！（孫白）同去到好，看那陳希真害怕太尉革勢利，不敢放肆。公子要去，他是定規要恭維，要好格。（高白）吾到有革主意。他從前同家父相好，可也算是一位父執之輩，吾明朝就拜他作爲義父，以後到可以長遠往來，不愁他女兒不到吾手。（孫、薛同白）好革！公子若要拜在他個名下，同他女兒是兄妹了，到可以常常見面哉。（高白）如此，明朝吾們一同前去！（唱）

只爲美貌女嬌娃，情願拜他做乾爺。

（同下）

（陳上。唱）

【摇板】昨夜晚，在静室，虔心修鍊。習五雷，祭都籙，果得真傳。將身兒，且坐在，前庭院；隄防那，高賊子，前來糾纏。

（孫、薛同上。白）奉了公子命，來做説和人。吓，陳提轄！（陳白)二位來了,請坐,請坐!(孫、薛白)有坐!(陳白)二位今日,出門甚早。(孫白)吾等有一件要緊革事體,特來稟報。(陳白)但不知爲了何事呀?(孫白)吾二人昨日見了高公子回話,不想他竟整整地鬧了一夜。他因小姐受了責打,他就頓足捶胸,恨不得就要尋死。他説道,實在是冤枉了好人,連夜要來請罪。是吾二人再三攔阻,等到天色一明,他就催吾二人前來。他現在巷外等候,不敢冒昧進來,叫吾二人先來送信。(陳白)這事老夫如何當得起!快快請公子進來,叙談叙談。(薛白)待吾前去請他來。(下)(孫白)少時公子到來,定規要給小姐陪禮革。(陳白)實實地當不起,當不起!

(薛引高上。白)哎呀,我的老伯伯!老阿爹!我是怎樣懇求於你,你爲何仍然將令嬡小姐責打,叫吾高某死了做鬼心中也是難過格!(連磕頭介)(陳扶高起介。白)公子爲何這般客氣起來了?是老夫養了這樣不肖的女兒,冒犯了公子,罪該萬死!公子既不降罪,也就感恩非淺了,怎麽反到這般多情?待老夫叫那小賤人出來!(高假意攔擋介。白)不要叫他!(陳下)(孫白)少時就出來哉!

(陳引貼濃妝上,見高拜介)(高往前撲地介)(陳白)公子怎麽還起叫禮了,豈不折煞這小賤人了!吾兒還不跪下!(貼跪介)(陳扶高起介。白)小姐,小子得罪,反叫小姐受屈,小子聽説,實實難過了一夜。(貼白)也是奴家鹵莽,後悔不及。不知公子身體如何?(高白)没倷,没倷!吾到怕小姐,閃了貴手。(陳白)好了,好了,此事再不要提起,一筆勾消!我們大家今日要痛飲幾杯。(孫白)且慢,公子還有一件事體,要懇求兄台,幸勿推却!(陳白)當面請講。(孫白)公子昨日言道,似你這等仁德君子,世間少有。公子情願拜在你名下做個乾兒,諒勿推却了。(陳白)哎呀,哎呀,言重了,言重了!想我陳希真是何等樣人,雖然有幾歲年紀,同太尉昔年相識,但是如今貴賤懸殊,分隔雲泥,雖然公子抬愛,倘若太尉知道,定説我陳希真妄自尊大,此事斷斷使不得!(孫、薛、高同白)使得的!

(二丑院捧燭台、點大燭上)(孫、薛扶陳。白)不要推辭了!(高白)乾父請上,受孩兒一拜!(磕頭介)(陳白)實實不敢當!太尉知曉,多有不便!(高白)乾父不必如此,家父處已稟明過了。(陳白)怎麼?已經稟明太尉了?(高、孫等同白)稟過了!(陳白)這真是要折盡我的草料!既然如此,我兒過來,同你哥哥相見,也要拜上一拜!(貼同高對拜介)(陳白)蒼頭,快快去叫幾個庖人來,預備些筵席,同三位暢飲一回!(高白)不須乾父費心,孩兒已命府中的廚下預備了,少時定必送到。(陳白)那有這個道理!雖然老夫無有庖丁,到酒樓上叫幾個人來,也可做得。(孫白)公子既已准備,到不須你費事了。

(四青袍抬食盒上)(二丑院隨上。白)酒席到!(陳白)搭到廚下!(衆抬下)(陳白)老夫記得你,今年好似二十九歲了?(高白)弗錯革。去年曾對乾父説過是二十八歲,今年二十九歲了。(陳白)女兒,你哥哥到比你長十歲。(高白)莫非賢妹今年十九歲麼?(陳白)正是。雖然公子大他十歲,到看不出來,到是富貴人家保養得好。(高白)孩兒那有賢妹這般嬌弱!(貼低頭介)(二丑院擺酒宴介)(孫、薛白)公子在此多吃一杯,吾二人要到親戚家裏去賀喜!少陪了。(陳白)二位吃一杯再走!(孫、薛白)改日再擾!(同下)(陳一手挽高,一手拉貼。白)不想我陳希真今日有這般的福氣造化!既是一家人了,到不要藏藏躲躲。蒼頭,來,將酒筵擺在後花園内。(同下)

(院上,擺酒宴介)(陳拉貼、高同上。白)坐下,坐下!(高拜介。白)孩兒告坐。(陳白)家無常禮,以後不要這樣文縐縐的才好。女兒,你也坐了。(院斟酒介)(高看貼介。白)西門外有一鴛鴦嶺,賢妹可曾去過?(貼白)不曾去過。(高白)那裏有一天妃廟,桃花甚多,乾父何不帶賢妹同去游玩?(陳白)只因家中無人,老夫也不叫他常常出去。來來來,再吃上一杯。(高飲介)(陳白)女兒,你來敬你哥哥一杯。(貼斟酒介)(高站立介。白)多謝賢妹!這一杯,兄當立飲。(陳白)今日匆忙,老夫不便留你。以後再來,就可在此歇宿。(高白)乾父吩咐,孩兒遵命!

(院上。白)高府内備馬,來接公子來了。(高白)孩兒告辭了!(陳白)無事到可以常常到此玩要。(高白)孩兒曉得哉!(唱)

辭别乾父忙上馬,

(上馬介)

得意洋洋轉回家。

(下)(陳笑介。唱)

低心下氣將他哄,怕他識破了計牢籠。

(白)吾兒,只因我同他勢力不敵,故而低心下氣,同他打混,只是委屈了我兒了。待等爲父都籙大法功滿,你我就好脱身了!(貼白)爹爹説那裏話來?昨日孩兒也曾説過,無論什麽事,我全依從,誰叫我造下這一步冤孽!(陳白)好一個孝順的女兒!隨爲父來呀!(下)

(高上)(孫、薛迎上。白)公子歸來哉!(高白)歸來哉。(孫、薛同白)恭喜公子!今朝開心哉?(高白)蠻好!蠻好!(孫白)吾個計如何?那陳麗卿怕不是公子革人?(高白)今朝看起來,到是蠻好革。只怕要去提親,他未必肯允。如若不允,吾倒吃了虧了!(孫白)看那陳老頭子蠻客氣革,到不像當年張教頭那般固執。他方才的言語,都是一味的謙恭話,這親事包管一説就成功革!只是公子須要即早稟知老太爺知道,免得他來了,見了老太爺,到弄成七差八錯,反爲不美。(高白)既然如此,吾就去稟知家父便了。(下)(孫、薛同下)

(净扮高俅紅蟒文陽上。白)燮理陰陽君王寵,調和鼎鼐宰相才。(高上。白)參見阿爹!(俅白)罷了,一傍坐下。(高白)告坐。喝喝,哈哈哈哈哈……(俅白)吾兒爲何這般歡喜?(高白)阿爹有所不知,只因昨日孩兒到玉清觀去白相,遇見一絶色女子。孩兒當時調戲了他兩句頑笑話,不想他就動起武來,烏教頭都被他打傷哉!他將要伸手來打孩兒,恰好來了一人將他攔住。你道這人是那一個?(俅白)是那一個?(高白)就是陳希真。這女子就是他個女兒,不但武藝好革,個面孔更是天上少有,地下難尋革。他將孩兒請到他家裏去吃酒,與我賠禮。孩兒因他同阿爹相好，孩兒就拜他爲乾父。今朝要求阿爹，着人將他女兒説了來，成其婚配，阿爹定要答應革！（俅白）你這奴才，又胡亂生事！那陳希真雖然同我昔年相識，不過是一個告職的提轄，你却拜他做乾父，又要他的女兒，叫爲父同他做親家。你東討一個，西討一個，何時是了？那年因林冲妻子，費了多少心機，只落了一場空。據爲父看來，你莫若早把這念頭斷了到好！（高白）但是他革女兒真是沉魚落雁之容，閉月羞花之貌，雖洞中仙子、月裏嫦娥，也未必有他生得好看。孩兒今朝只討這一女子，以後就是再有美女，吾也弗要哉！（俅白）既是你要同他做親，爲父也不管你，自己去説。如若不成，休來纏我！（高白）孩兒遵命！（同下）（院子、馬夫引陳上。白）離了辟邪巷，來此相府門。蒼頭，前去投帖。（院白）門上那位在？

（丑扮門官上。白）侯門深似海，不許外人來。什麽人？（院白）陳老爺求見相爺。（丑白）那個什麽陳老爺？（陳白）吓，門官老爺。老漢陳希真，前來與相爺陪禮來了。（丑白）原來是陳提轄，我家相爺上朝去了。（陳白）如此，將柬帖留下，煩勞代稟就是。但不知公子可在府中？（丑白）公子尚未起床。（陳白）待等公子醒來，代爲説道，有勞有勞。（丑白）待我替你答到就是。（陳白）如此，我就告辭了。（雙下）

（四青袍、皂役引丑扮孫進圓沙官衣上）

【引】受職爲官，高相府奔走夤緣。

（白）自幼生來性情刁，眉頭一縐計千條。多謀足智人難曉，舌尖殺人不用刀。下官孫進，兄弟孫高。我二人在高相府内司事，蒙太尉寵愛，保舉我爲推官之職。前次奉命下鄉查旱，公事已畢，就此回府。左右！（青袍白）有！（進白）打導相府。（同下）

（馬夫拉馬引陳上。唱）

無意中得了穿雲電，到叫老夫喜心間。催馬加鞭往前趲，不覺來到自己門前。

（白）馬夫，你將馬交給我，這有幾兩散碎銀子，送與你，吃酒罷！（馬夫白）多謝陳老爺！（下）（陳牽馬入門，拴馬介。白）我兒快來!(貼内白)來了!

(上。唱)

忽聽爹爹一聲唤,急忙邁步到跟前。

(白)爹爹回來了?(陳白)回來了。你看爲父,替你買了一匹好馬。(貼白)待我看來。果然是一騎棗騮馬!吓,爹爹,此馬甚好,爲何這般的瘦吓?(陳白)此馬名叫"穿雲電",脚程快得狠,日行八百里,同爲父的川馬,不相上下。此馬乃是教頭郭英得意之馬,因郭英中年身死,家道貧窮,無錢殯葬,只有孤兒寡婦在家,不加草料,所以這般消瘦。(貼白)但不知價銀多少?(陳白)價銀一百五十兩。(貼白)到便宜得狠!爹爹這匹四川馬,不也是一百五十兩麽?(陳白)正是。今日得了此馬,你我父女脱身就容易了。(貼白)待我牽他到後花園裏,喂他些草料。(牽馬下)

(孫、薛上。白)來此已是,吾等進去。吓,陳提轄!(陳白)二位來了?請坐,請坐!(孫、薛白)告坐。恭喜提轄,賀喜提轄!(陳白)喜從何來?(孫白)吾二人今日來,要替令嬡提一門親事。(陳白)但不知是那一家?(孫、薛同白)你猜上一猜!(陳白)老夫怕猜不着。莫非就是吾那乾兒?山不在麽?(孫、薛同笑介。)你老人家,真是神仙一般,一猜就猜着哉。你看這門親事,可好?(陳白)老夫聞聽人言,公子已有了兩房妻室,難道叫小女,結他做小不成?(孫白)你老人家還弗曉得,雖有兩房妻室,到皆是正房。只因他頂著三房的香火,太尉是第二房。那兩位,一位是頂大房,一位是頂三房。你若允了這門親事,令嬡就是太尉的親革媳婦了。(陳白)實不相瞞,老夫也久有此意,只是同太尉貴賤懸殊,恐怕高攀不上。(孫白)你老人家休得過謙,你同太尉本是交好的朋友,還講什麽貴賤?只要你允從,太尉一定歡喜革。(陳白)既然如此,必須要依從老夫三件大事。(孫、薛同白)那三件?(陳白)這第一件,太尉是一准應允我的。我膝下無兒,只靠著此女。待等過門之後,公子要將我當親父看待,我這下半世就要靠公子了。(孫白)此事太尉定答應革。要問這第二件?(陳白)想小女，此次雖然是第三次進他的府門，我也知道公子是個知府，不久就要出外爲官，這一份恭人的誥命，却要先給小女。第三件，老夫性好僻静，太尉花園内，那一座虚明閣，須要讓我居住。這三件，如有一件不允，休提親事！（孫白）此事吾二人不敢做主，須要稟明太尉，吾等告辭了。（孫唱）

辭别提轄出了門，

（薛唱）

太尉台前説分明。

（下）（陳唱）

高賊癡心真妄想，管叫他枉費此心腸！

（下）

（高引凈上。唱）

身居太尉誰不怕，上欺天子把臣壓。

（孫、薛上。白）忙將提親事，稟於太尉知。參見太尉！吓，公子！（凈白）二位少禮。請坐！（孫、薛白）謝坐！（高白）陳老希革親事如何呀？（孫白）親事，他到允從，他説要依他三件大事。（凈白）那三件？（孫白）頭一件，他道他無子，只有此女，過門之後公子要將他當親父待承。（高白）此是一定革道理，依得，依得！（孫白）第二件，他言道，公子若放了知府，這恭人的一份誥命，須先結他女兒。（凈白）此事却也使得。（孫白）第三件，他言道，他性喜清静，要太尉花園内的虚明閣讓他居住。（高白）這都使得。（凈白）那兩件皆可應許，只是他要我的虚明閣，怎能讓他居住？暫且應允了再講。就命你二人對他言講，件件依從，就叫他擇吉下定，過禮便了。（孫、薛白）遵命！（下）（凈白）正是：姻緣本是前生造，（高白）等候佳期會多嬌。（同下）

（八龍套、四上手、八家將、中軍、蔡京【風入松】【排子】上。白）吾蔡京，今奉聖命，帶領二十萬大兵掃蕩梁山賊寇。中軍！（軍白）在！（蔡白）催軍！（【排子】同下）

（陳上。白）憑他用盡千般計，難逃牢籠圈套中。那高賊同我結親，言道今日過禮。這般時候爲何還不見到來？

(四青袍抬禮盒等物,孫、薛隨上)(吹打介)(孫白)恭喜!恭喜!(陳白)大家同喜!(孫白)太尉言道:你老人家既要與令嫒赶辦嫁妝,就定於四月初十日花燭。公子言道:千萬不要多備妝奩,府中一切都有,不必你破鈔。(陳白)老夫遵命就是。二位在此吃一杯喜酒再走!(孫白)吾二人還要回覆太尉,少陪了。(同下)(陳白)方才這兩個狗頭言道:高賊定於四月初十日花燭,正好我的工夫初三日就祭鍊完了,脱個空兒,就走他的娘了!(下)

(淨、高同上)(淨唱)

朝罷聖駕回府轉,等候孫、薛問根源。

(進隨四青袍上。白)來此相府,爾等退下!(青袍下)恩相在上,小官覆命!(淨白)推官少禮。請坐!(進白)謝坐!(淨白)一路之上,多受風霜,辛苦了!(進白)爲國報効,何言辛苦!

(孫、薛上。白)太尉!公子!(淨白)那陳希真,可曾允下花燭之日?(孫白)他已允准,於四月初十日迎娶。(淨白)二位請到後面歇息。(孫、薛同下)(高白)專等初十日,就要到手哉。(下)

(進白)請問恩相,公子又定那一家的女子?(淨白)就是那陳希真的女兒,陳麗卿。(進白)昨日小官也曾聽見舍弟言講,公子曾在廟中同他女兒大鬧了一場,他焉能就肯將女兒給公子匹配?况且陳希真那老兒,刁滑已極。此事據小官看來,一定有詐,他父女必有逃走之意!(淨白)倘若他父女逃走,我豈不是落一個人財兩空麽!推官有何妙計?(進白)小官到有一計在此。就請恩相差幾名校尉在他左近查訪。倘有脱逃之意,即便將他拿來問罪!(淨白)此計甚好!來!(院子白)在!(淨白)傳魏景、王耀進見!(院子白)魏景、王耀走上!

(二花面扮校尉上)叩見太尉!(淨白)命你二人去,到辟邪巷陳希真家之左右,暗暗查訪。若見他父女有行裝的打扮,即便拿來見我!(二校白)遵命!(淨白)轉來!他若隨便出門,不是行裝打扮,却不可造次,須要緊密!待等過了初十日,方許你等銷差,定有重賞。(二校白)得令!(下)(淨白)正是:一邊撒下青絲網,(進白)那怕魚兒不上鈎?(同下)

(陳上。白)惜花春起早,愛月夜眠遲。清晨無事,待吾到街坊走走。(開門介)

(魏、王上,見陳,急退下)(陳白)吓,看此二人好像高俅府内的校尉,爲何在我門前狗頭狗腦?哈哈,我到明白了!想是那孫進看破我的機關,那高俅命人來,探聽我的行蹤來了。我不免去到茶樓上打聽打聽。(轉場介)茶博士那裏?

(茶上)陳老爺,你老人家起得早吓!(陳白)不錯,今天起得早。泡一壺香茶來。(茶白)茶到。(陳白)我且問你,這幾日,可有高太尉府中兩個差官在此吃茶呀?(茶白)不錯,有兩位。一位是姓魏,一位姓王。(陳白)他可曾問到老夫麽?(茶白)他那一天來啦。他説,是聽見人説陳老爺你要出外啦,問我知道不知道。我説,我到靡有聽見説。他們以後也就没有問,可是天天在這吃茶,好像等人的樣子。(陳白)我曉得了。茶錢在此,少陪了。(茶下)不料這兩個狗頭果然是訪察我來了,我自有道理。(轉場,歸家介)蒼頭快來!

(院子上)你去到高府内,請高公子速速前來,就説我有要事同他商議。快去,快去!(院白)遵命!(陳白)女兒快來!(貼白)爹爹唤女兒何事?(陳白)我方才在街坊上,見了高俅那厮的兩個差官,在門前探頭探腦,見了我就溜了。是我看他可疑,到茶樓上打聽,果然是高賊怕我們逃走,前來查訪。(貼白)不料高賊也如此狡詐,但不知爹爹怎樣對付於他?(陳白)我已命蒼頭去叫那高賊去了。等他到來,你不要藏藏躲躲,仍舊同他是兄妹一般的模樣,假意温存於他。明日請他到我家飲宴,將他用藥酒蒙住,我父女就好逃走了。你速速結養娘二十兩銀子,叫他回家去罷。(貼白)好了!好了!明日我們就可以逃一條生路了!(下)

(院引高上。白)叩見乾父!(陳怒介。白)我把你這個奴才!我既將女兒許了你,我是一番好意,怎麽你反把我當成盜賊看待!每日弄兩個公差前來盤問於我,問我是那一天走。我要走,我又何必同你結親?這門親事我就是不允,你又其奈我何?你這是個什麽道理呀!(高跪介。白)乾父且請息怒,此事孩兒實實不知。待我回去，定要重責他們！(陳白)我若看①你我翁婿的分上，我斷不能同你干休！(高磕頭介)你且起來，你既不知此事，我也不來怪你，回去須要詳細訪查。(高白)遵命！孩兒回去，查出來定規要辦他們革！(陳白)明日老夫是開齋之日，准備一席酒饌，要請你來，在此夜飯，痛飲一回。(高白)既是明朝乾父開葷之日，孩兒理當孝敬。明朝叫府中備下酒肴送來就是。(陳白)怎能又來攪你？

(貼上，見高笑介)(高白)妹子，這裏來談話。(貼笑下)(陳白)他同你已是夫妻了，新娘子豈有不害羞的道理？(高笑介。白)自家兄妹，又是夫妻，終歸也要見面革！(陳白)明日你要來，我們大家到要暢飲一回。(高白)孩兒明朝早來，告辭了。(陳白)我不送了。(高下)(陳白)蒼頭，這有書信一封，明日清晨起身送到陳留郡王老爺處。這有銀子二十兩，以作路費。(院白)陳留郡王老爺那裏離此不遠，爲何要這許多的盤費？(陳白)你用不了，只管帶回。(院白)遵命！(貼白)那賊子去了麽？(陳白)去了。明日我們就要動身了，你須扮作男子，軍官的模樣，將包裹乾粮、細輭之物打成兩個包袱，弓箭、刀鎗皆要准備整齊才好。(貼白)其餘的物件，怎樣吓？(陳白)其餘之物，皆不要了！(貼白)一切等物到也捨得，只是這一座房屋并這花園，孩兒到是實實難捨。(陳白)倘若日後太平，你我父女若有出頭之日，何愁無此房屋？你快到後面收拾去罷，待爲父也帮助於你。(同下)

(高上。唱)

陳麗卿，迷得我，夢魂顛倒；弄得吾，這心中，亂七八糟。

(白)革個陳麗卿，昨日望著吾一笑，叫吾心中真真快樂，待吾請出阿爹來。孩兒有請阿爹！(净白)吾兒，唤爲父何事？(高白)昨日陳希真，將孩兒叫到他家中，大鬧了一場。(净白)却是爲何？(高白)只因魏景、王耀，暗地查訪於他，被他知道了。(净白)竟有這等之事！來！(院子白)在！(净白)唤魏景、王耀。

---

① 應爲“不看”。

（院白）魏景、王耀進見！

（魏、王上。白）叩見太尉！（浄白）唗！我把你這兩個狗頭！我是怎樣囑咐於你？叫你等小心謹慎，誰叫你去盤問那陳希真？如今機關洩漏，耽悮了大事！來，推去斬了！（魏、王同白）啓太尉：小人并不曾盤問於他，只是在他的鄰舍家問了一句，望祈太尉開恩！（浄白）你等真真不會辦事，還不滚了下去！（魏、王白）謝太尉！（同下）（浄白）據爲父看那陳希真，也未必有逃走之意。這都是孫推官多疑，叫爲父派人查訪。看喜期已近，也不必防他。我兒今日就同孫高、薛寶二人去到他家中，與他陪個禮兒，也就完了。（下）（高白）孩兒遵命！

（孫、薛同迎上。白）公子要到那裏去？（高白）家父叫你二人同吾到陳希真家中陪禮。今日又是他開齋之日，我等同到他家中去暢飲一回。吾再看看陳麗卿，開開心革！（孫白）好，一同前去！（同下）

（陳上。唱）

父女們，定巧計，一同逃走；管叫那，高賊子，中我計謀。今夜晚，我定要，下了毒手；他好比，池中魚，定上我鈎。

（四青袍抬酒席上）（孫、薛、高同上。白）抬了進去！（陳白）哎呀，哎呀呀！又要賢婿你費心了！抬到後面！（青袍抬下）（高白）昨日已將乾父之言稟知家父。家父言道“并不知情”，已將兩個公差責打了一頓，今朝特命孩兒來陪禮。（陳白）既無此事，也就罷了。不過是他二人，盤問的太蹊蹺了。（孫白）閑話休提，吾等吃酒要緊。（陳白）待老夫到後面安排安排。（高白）吓，乾父的管家那裏去了？（陳白）我那蒼頭今晨忽然得病，吾叫他回家養病去了。（孫白）如此説來，到不消你老人家動手，待我二人帮助。（孫、薛仝托酒菜，擺介）（仝坐介）（陳白）今日老夫開齋，到要同三位暢飲幾杯！（孫、薛仝白）好，我等奉陪。（陳白）請酒！（唱）

【原板】在二堂，排酒宴，共飲瓊漿。我四人，在筵前，同叙衷腸。我家中，曾製造，百花香釀。待老夫，取一壺，三位嚐嚐。

(白)老夫持齋已久,多日未飲。我到有一種好酒,名"百花香釀",待我燙上一壺,與三位嚐上一嚐。(孫白)哦,有百花釀?好革!(陳白)待我取來。(回頭看介)少時管叫你三個狗頭,一個也逃不脱!(下)(高白)半日爲何不見陳麗卿出來?(孫白)少時,待吾同陳老希來講,定要叫他出來見見面。

(陳上。白)酒來了!來、來、來,孫兄先吃一杯!(斟酒介)薛兄,你也嚐一嚐,此酒好得狠!(斟介)賢婿,你吃一大杯!(三人仝飲介)(陳白)待老夫再給你們各斟一杯。你三人在此暢飲,待老夫叫女兒出來與你們三位把盞。(下)(高白)麗卿要來哉!哎呀,吾個眼有點看東西弗清白革,個房間怎樣轉起來哉?(伏案介)(孫、薛同白)弗好,暈哉!(連椅子同倒地介)

(陳上,看介。白)倒了,倒了!吾兒快來!

(貼扮男裝、戴都絲頭、白箭衣、跨劍上)(陳白)他們都被藥酒迷住了,我們先將他綑起來再講。(綑三人介)(貼白)待孩兒先結果了高賊的性命!(陳攔介。白)且慢!這厮罪惡滔天,日後遇著了對頭,定遭慘報。今日若殺了他,反到便宜了他。(貼白)只是孩兒被爹爹管教,到同他做了多日的假夫妻,孩兒的怨氣難消,我先將他的耳朵、鼻子割下來再講!(割三人耳鼻介)(陳白)他二人又不干你的事,你怎麽將他二人的鼻子、耳朵也割下來了?(貼白)這兩個狗才,狐假虎威,無惡不作,焉能饒了他!

(高升、高福上。白)來此已是。(敲門介)(陳白)外面有人打門,待爲父去看來。(開門介)是那一位?哦,原來是二位管家。到此何事?(升、福白)吾家公子,第二位夫人臨産危急得狠,前來接公子回去。(陳白)你家公子在此吃醉了,老夫留他在此過夜,明日清晨叫他回去就是。(升、福)如此説來,待吾等回去就是。(同下)(陳閉門介)(貼白)外面是什麽人叫門?(陳白)乃是高賊兩名家人,言道他第二房老婆難産,前來接他回去,爲父已將他打發去了。(起四鼓介)聽瞧①樓已交四鼓,我兒快快收拾收拾,

---

① 應爲"樵"。

將馬由花園後門牽出拴好了，我們等到五鼓天明，開城之時就走，必須要跳牆而出。（貼白）孩兒知道。

（魏、王引二轎夫抬轎子上，敲門介）（陳白）外面又有人打門，待我前去看來。（貼白）聽外面的聲音不像一二人，他若帶領多人一擁進來，反到不美。不如我父女殺出去再講！（陳白）且慢！倘若我父女真個逃不脱，也是定數。你休鹵莽，爲父若能打發他們回去更好；如若不然，我就騙他們進來，你再動手也還不遲。（開門介）是那一位？（魏、王白）吾等奉了太尉之命，定要接公子回去。（陳白）只是你家公子吃得爛醉如泥，一步也不能動，怎好吓？（魏白）公子不能行走，我們搭也搭他到轎内抬了回去。（陳白）既然如此，就請二位進來。（貼藏門角，魏進門）（陳白）我兒動手！（貼劍斫魏，頭落介）（王上前，陳推王，貼劍批王，倒介）（陳白）待我去把兩個轎夫叫進來，也結果了他。來來，轎班，將轎子搭進來！（二人搭轎進，貼連殺死介）（陳白）待我將大門關好。（閉門介）女兒快取一碗清水來！（貼白）遵命！（取水介）（陳接水，噴介。白）少時定有大霧漫天，免得把關人看清我們的行止。我們就此快快脱身。東方已白，天將明了。（貼背提鎗、跨劍，陳背朴刀、箭衣、風帽，貼牽馬自後門出，拴馬介）（復進門，閉門介）（手提馬鞭同陳自花牆上跳下，上馬介。白）正是：鰲魚脱却金鉤釣，擺尾摇頭再不來。（同下）

（二役上，開城介）（點烟做下霧式）

（陳、貼上。出城。急下）

（場上設門樓介）（高升、高福同上。白）太尉上朝去哉，叫我二人去接公子回來。來此已是。吓！還在裏面困覺革哉？（福白）只怕公子同陳希真革女兒同在一處困革哉！（升白）待我來敲門。（打門介，又叫門介）裏面無人答應。（福白）想是夜間未得好睡，此時所以尚未起來。到不如我們先回去，等太尉下得朝來再説。（升白）好，先回去再説。（同下）

（貼引陳上。唱）

打開玉籠飛彩鳳，蹬斷金鎖走蛟龍。

(白)且喜我父女逃出了虎口,就在此處歇息歇息再走。我兒你回頭看那一座東京,皆在烟霧之中。(貼白)爹爹法力,真真靈驗!(陳白)爲父受仙師的傳授,呼風喚雨,騰雲駕霧,件件俱能。今日只起了十五里的烟霧,若要出兵交戰,就是數百里也能祭得起。(貼白)爹爹,我們逃往何處安身?(陳白)我仙師曾經言道,你的婚姻在東北一帶。爲父同你姨丈劉廣最爲交好,他在沂州府居住。但是那高賊必定疑我們投奔梁山,我們須要繞道而行,打從甯陵往北,由曹縣渡河。高賊縱着人追赶,也必不從這條路上走。但是事不宜遲,我兒還要辛苦辛苦,拚着一日一夜,要赶過甯陵方好,只怕我兒你挨不了這場辛苦。(貼白)爹爹此言差矣!(唱)

【二六板】老爹爹把話,錯來講,細聽孩兒,説端詳:今日裏逃出了,天羅地網,父女們避禍,投奔他鄉。高賊若派來,兵合將,那時節叫我等,何處躲藏?休説是晝夜,把路上,辛苦幾日,又待何妨!

(陳唱)

聽一言來,心歡暢,女兒果然,世無雙。

(白)既然我兒吃得辛苦,那甯陵縣離此四百餘里,我們今日定要赶過了寧陵,再下店投宿。你倘若見了生人,須要留心,不可露出了女兒的手脚來。自己要稱做"小可",千萬不要又説出"奴家"二字,要記下了!(同上馬介。唱)

父女們一同,把馬上;逃過了寧陵,再做主張。

(同下)

(四龍套【排子】引净上)(孫進迎上。白)恩相下朝來了!(净白)推官,請坐!

(升、福同上。白)叩見太尉!(净白)你公子回來了麽?(升白)今早小子去到了陳家,他還不曾開門。叫了大半日,也不曾開,小子們就先回來了。(進白)怎麽,公子還未曾回來麽?此事只怕公子性命難保了!(净白)此話怎講?(進白)太尉要派人前去救公子方好!(净白)高升、高福,命你二人帶領校尉四十名前去接你家公子,不得有悮!(升白)遵命!(進白)倘若他不開門,你們只管打了進去！（升、福白）曉得哉！（下）（進白）據下官看來，陳希真一定是走去了，但願不傷公子的性命，到是萬幸了。（浄白）昨日我兒，曾同你的兄弟孫高一路去的，莫非他也不曾回來麽？（進白）不好了！若有舍弟跟隨，他是仔細的。今既都不見回來，一定遭了陳希真的毒手了！（浄白）且聽一報。

（升、福扶高上）（四青袍、四家將扶孫、薛上）（白）壞哉，壞哉！中了陳希真老賊之計了！（浄白）陳希真父女那裏去了？我兒爲何這般光景？（高白）陳希真用蒙藥酒將吾三人醉倒，細綁起來，將吾三人革耳鼻皆割了去哉！他父女跑革哉！（進白）太尉要快快叫人，將城門緊閉，一律搜查要緊！（浄白）唤中軍走上！（升白）中軍進見！

（軍上）（浄白）命你拿我令箭，調動各營，將九門緊閉，搜查陳希真父女見我！（進白）須要盤查把城之人，可有一老一女出城？（孫白）且慢！那陳希真臨行之時，吾革酒已醒轉過來，見他父女打扮革軍官模樣，他女兒也是男子打扮。（浄白）問把城之人，今早可有此二人出城，速來報我！（軍白）得令！（下）（浄白）這都是你這奴才無中生有，做出這件事來，少不得又同那年林冲之事一樣了。快快扶到上房調養。（下）

（中軍引二役上。白）叩見太尉！今日清晨，有一老一少兩個軍官提鎗跨馬出城。只是漫天大霧，看不出面貌來，皆從朝陽門而出，往東去了。（進白）既是出朝陽門往東行走，一定是投奔梁山去了！（浄白）如此，就請推官速速行文，照令弟所言，將他二人的衣服器械畫影圖形，命地方官一體查拿，解京治罪。老夫明日再面奏聖上便了。（進白）遵命！（同下）

（貼引陳上。唱）

催馬加鞭，往前進；一夜逃過了，寧陵城。

（白）且喜逃過了寧陵，縱有人追赶，他們也斷不打從這條道路而來。只是你昨晚在店房之内安歇，露出了手足。不是爲父與你遮蓋，險些兒被人看破，以後須要小心。（貼白）孩兒實是困倦得很，一時大意了。（陳白）看此處好似飛熊嶺，昔年爲父也曾從此

經過。這嶺下有五十里無有人烟,你我父女一路辛苦,今日就到嶺上住宿,明日再走。(貼白)但憑爹爹。(陳唱)

一同打馬上山嶺,

(貼唱)

尋一客店把身存。

(同下)

(武旦扮諸大娘上。白)飛熊嶺上開店房,殺人放火逞豪强。奴家諸大娘,在冷艷山上落草。今奉二位大王之命,在這飛熊嶺上開了一座黑店。凡有過客,皆被奴殺害。今日天氣清和,不免唤出小二來,掛上招牌便了。小二快來!

(武丑扮店小二上。白)聞聽大娘唤,急忙到跟前。大娘唤我何事?(諸白)掛上招牌做買賣要緊。(小二白)知道啦!(諸下)(小二白)有住店的,到這兒來吓!

(陳、貼【水底魚】上。白)看此處竟有這一座高大的店房,我們就在此處安歇了罷。(小二白)我説二位是住店的嗎?我們這裹有好房間,又有好槽道,連人帶牲口,全有地方。(陳白)好,將馬帶進去。(轉場介)(小二白)二位要什麽東西?(貼白)有什麽現成的吃食?(小二白)有黄牛肉大包子,好不好?(貼白)好,取來我用。(小二白)夥計們,拿一盤包子來。包子到!(陳白)唤你再來,你且退下。(小二白)是啦!(下)(貼白)爹爹請用!(陳白)我兒先用。(貼吃包子介。細看介)(陳白)你看些什麽?(貼白)這包子不曉得是什麽餡子?(陳白)方才店家言道,是牛肉的,難道你不曾聽見?(貼白)但是吃到口裹,覺得有些乾啦啦。(陳白)既不好吃,你就少吃上幾個。(貼白)孩兒也不用了,待我到後面小解去。(下)(陳白)看我兒一路之上到有些男子氣概,縱有人遇見,也斷看不出他是一女子。

(貼急跑上。白)爹爹,大事不好了!(武旦暗上,聽介)(陳白)爲何這樣大驚小怪?(貼白)孩兒去到後面小解,聽得牆外有人言語。孩兒偷看了一番,原來是一座黑店。見有幾個人在那裹洗剥一個人,還有幾個人頭在簷前懸掛。方才那包子,定是人肉的了！（陳白）幸而爲父不曾吃，不然竟將我的道行壞了！（貼白）你我父女就打進去便了！（武旦跑下）（陳白）好！拿了兵器，到後面看個動静再講。（同下）

（武旦上。白）夥計們快來！

（八大漢、小二同上）方才來的二位客人，已看破我們的形景，先殺了他再講！

（陳、貼同上）（起打介）（八股蕩，衆敗下，貼追下）（陳耍刀花。下）

（貼上）（衆同起打，殺八大漢、小二）

（副净上）（打，陳追上，刀批副净，貼殺武旦。白）已將衆賊殺死，待孩兒取火，燒了他的店房！（火燒店房）（貼同陳下）

（四下手、四英雄、二副净上）（【點絳唇】坐高台。白）自幼浪蕩在緑林，梁山泊上有吾名。（副白）懷揣一片殺人胆，誰不聞名胆戰驚。（同白）俺，鄺金龍。沙摩海。奉了宋大哥之命，在這冷艷山上獨霸爲王。也曾命鄧雲同諸大娘在飛熊嶺開了一座黑店，劫殺過往客商，到也快樂。嘍囉的！（衆白）有！（二副白）伺候了！

（丑扮店夥上。白）啓稟二位大王：大事不好了！（二副净白）何事驚慌？（夥白）店中來了兩個軍官，一老一少，看破了我們的行事，就動起手來。鄧雲、諸大娘皆被他殺死了，店中人死了一大半，跑了一半，是我前來，與二位大王送信。（二净同白）竟有這等事！但不知他二人往那裏去了？（夥白）他們往東北去了。（二副净白）我等打從後山繞道迎上前去。（衆允介）（同下）

（陳、貼上）（衆内喊介）（陳白）那傍有人吶喊，必有歹人。（貼白）小小毛賊，就有萬人，孩兒也要殺他一個干干净净！（陳白）待爲父帮助於你。（貼白）爹爹只管看守了行囊、馬匹，待孩兒一人殺上前去。（陳白）好！兒若不勝他們，爲父再來帮你。

（四下手、英雄引二副净上。白）呔！大膽賊人，竟敢毁壞俺嶺上的店房，快快將首級留下！（貼白）休得胡言！看鎗！（起打介）（衆對打，貼敗下，衆追下）

（陳上。白）看他們人多勢衆，待吾祭起五雷，唬他們一唬。（由天井中落雷，放黄烟介）

(貼上,殺二副浄,衆同被陳殺死介)(貼白)衆賊人俱被孩兒殺浄了。但不知青天白日,爲何打了一個大霹靂吓!(陳白)此乃是爲父作法,嚇死這些狗頭。(貼白)只是孩兒到反覺得殺得痛快。(陳白)閒話休言,我等就此去也!(同下)(完)

二　本

(四龍套、四大鎧、四上手、八將官、中軍、二謀士、浄扮蔡京上)

(吹【排子】)

(末扮曹州知府張觷迎上。白)曹州府知府張觷迎接老太師!(中軍白)察院伺候!(衆人同進城介)(下)

(原人同上)(蔡白)唤張觷進見。(中軍白)張觷進見!(張白)曹州知府告進!下官張觷,叩見老太師!(蔡白)罷了。(張白)謝太師!(蔡白)張觷,你在此爲官多年,可知梁山賊寇的光景?(張白)下官蒙老太師的提拔,到此爲官多年,深知梁山宋江屯軍養馬,聲勢浩大得狠。(蔡白)小小毛賊,諒無多大的能爲。老夫已撥大兵八萬,直搗梁山,老夫大兵隨後,那怕那賊不滅。(張白)啓稟太師:前日那楊龜山先生從此經過,曾同下官言道,若伐梁山,萬萬不可打從定陶而下!(蔡白)呀!那楊中立先生在此處麽?(張白)他就在城西龜山之上隱居。前日到此,昨日已回去了。(蔡白)老夫深知此人的韜略,就命你備黄金千兩、彩緞百端,快快請他前來議事,不得有悮!掩門!(張白)遵命!(同下)

(末扮楊時上)

【引】隱居山林,終日裏飲酒彈琴。

(白)胸藏韜略有經綸,"忠孝"二字常掛心。只爲朝中多奸佞,告辭官職隱山林。吾姓楊名時,字中立,道號龜山,劍南人氏。昔年曾拜明道程夫子爲師,官居議郎之職。只因朝中奸臣當道,故而告職歸田,就在此龜山上隱遁,到也逍遥自在。昨日進城,聞得聖上派兵二十萬攻打梁山,蔡京掛帥。想那蔡京,不知兵法,怎能勝得過梁山賊寇?這也是朝廷用人不當。正是:局中少一著，輸却滿盤棋。

(四龍套、院子引張上。白)向前叫門！(院子白)開門來！

(童上。開門介)曹州府張大老爺來拜！(童白)曹州府張大老爺來拜！(楊白)有請！(童白)有請！(同入介)(張白)老先生！(楊白)太守請坐！(張白)告坐。(楊白)太守到此，必有所爲。(張白)今奉蔡太師之命，送來黄金千兩、彩緞百端，特命小弟前來聘請先生，到營中議論軍情大事。(楊白)想我楊時久已無志功名，隱居多年。雖蒙蔡太師的厚意，只是我有病在身，斷難應命，望祈婉爲辭却！(張白)先生高尚，小弟盡知，只是數十萬生靈的生死均在此一舉，先生有好生之德，難道就坐觀成敗不成？(楊白)既然如此，吾看在生靈的分上，同你走上一蹚。又道是，合則留，不合則去。但是這分厚禮，斷不敢領，仍請帶回。(張白)先生收下就是！(楊白)無功焉敢受禄！你只管帶回，吾見了太師還有話講。(張白)如此，一同前往。來，帶馬！(同下)

(四龍套、吴用、宋江上。唱)

【西皮】【摇板】探馬不住報軍情，統兵果然是蔡京。將身且在山寨等，戴宗回來便知情。

(戴宗、周通同上)(戴唱)

弟兄且把山寨進，

(周唱)

忠義堂前報軍情。

(同白)參見大哥！(宋白)二位賢弟回來了？(戴、周同白)回來了！(宋白)命你二人在京中打探之事如何？(戴白)小弟們奉命去到京都，正值蔡京在校場操演軍馬，十分熱鬧。宋王就派蔡京掛帥，帶了二十萬大兵前來，小弟們隨同他却走了一路。(宋白)但不知他從那路進兵攻打？(戴白)他已渡過黄河。聞聽他先發大兵八萬，由曹州進兵，他在定陶隨後接應。(吴白)這蔡京真真没有見識！他若打我的嘉祥、濮州，我到有些懼怕。他如今直取我們的山寨，豈不是自討其死麽！(宋白)呀，二位賢弟，我等前番攻打大名府，搶了倉庫，那梁世傑失守城池，如今不知如何了局,你二人在京可曾聽見什麽信息没有?(戴白)常言道,“朝中有人好做官”,真真的不錯!那梁世傑本是蔡京的女婿,他一力在朝中替他隱瞞。如今只降了一級,昨日又叫他去到天津做知府去了。(吴白)既有此事,你何不早講!如今我們不用人馬,管叫那蔡京不戰而自退!(宋白)軍師有何妙計?(吴白)大哥附耳上來。(宋、吴同笑介)(吴白)來,唤“鐵叫子”樂和、“聖手書生”蕭讓進帳!(龍套白)樂和、蕭讓進帳!

(武士扮樂、末扮蕭上。白)參見大哥!(宋白)二位賢弟少禮,軍師有差。(樂、蕭同白)軍師有何差遣?(吴白)命你二人帶領四十名嘍囉,在鹽山一帶等候。倘若梁世傑他夫妻從那裏經過之時,你附耳上來。(樂附耳介)你必須如此如此……(樂、蕭同白)得令!(同下)(宋白)後堂擺宴,大家痛飲!(同下)

(四龍套、中軍、蔡上。唱)

老夫奉命出朝班,統領雄兵伐梁山。人馬扎至在定陶縣,專心等候楊龜山。

(張上。白)山中請賢士,報於太師知。參見太師!(蔡白)罷了!楊中立可曾請到?(張白)現在帳外。(蔡白)快快有請!(張白)有請楊先生!

(楊上。白)爲救數萬蒼生命,且暫低頭見權臣。太師在上,晚生有禮!(蔡白)先生少禮,請坐!(楊白)謝坐!(蔡白)久聞先生大才,深爲企仰。今日相逢,可謂三生有幸!(楊白)晚生乃一介寒儒,何敢勞太師稱贊!(蔡白)老夫奉命攻打梁山,不知打從那路進兵方可得力,望先生指教一切。(楊白)據晚生看來,此番進兵萬不可由定陶直抵梁山!他那水泊遼闊,根深底固,一時難破。若先打嘉祥,那呼延灼有勇無謀,況且城池狹小,一鼓可得。林冲鎮守濮州,一見嘉祥失守,必來接應,乘其不備,濮州亦可垂手而得了。(蔡白)先生真是大才,老夫欽佩之至!但是老夫手下却少大將,如何是好?(楊白)那天津府總管鄧宗弼、開州統制張應雷,俱是智勇兼全;還有武定府總管辛從忠、廣平府總管陶震霆,皆是大將之才,望太師重用,必然得力。還有一人,現居景陽崗總鎮，名唤雲天彪，晚生却也認識於他。此人專慕關雲長之爲人，生得赤面長髯，刀馬熟嫻，智略非凡，太師務要重用此人！（蔡白）此人乃是种師道最得意之人，老夫久已知曉；那辛從忠、鄧宗弼前番曾在鹽山捉拿施威、楊烈二賊，功勞不小；張陶二將的武藝，老夫也久有所聞。中軍，拿吾令箭，速調四將前來聽令！（中軍白）得令！（下）（蔡白）雲天彪胸有韜略，就命他以爲總帥，節制各軍。不知先生意下如何？（楊白）若能如此，那梁山草寇指日即可滅也！（蔡白）後堂排宴，與先生暢飲。（同下）

（四家將、二院子、二丫環、生扮梁世傑、旦扮蔡夫人同上）（梁唱）

【摇板】【西皮】心中惱恨宋公明，胆敢帶兵搶大名。下官幸得逃性命，官降知府赴天津。

（白）下官梁世傑，只因失了大名府，逃到京都。幸蒙岳父蔡太師在天子面前替吾遮掩，降了一級，放爲天津知府，就此上任。來！（院白）有！（梁白）催趲！（唱）

人役一同朝前進，又聽前面有人聲。

（欒扮家將、蕭扮知縣、二吏隨四青袍、皂役上。白）來者敢麽是梁大老爺麽？（院子白）正是。（吏白）煩勞通稟：我們是天津縣王老爺帶領人役，前來迎接上任的。（院子白）候著！啓老爺：現有天津王老爺帶領人役，前來迎接。（梁白）前面什麽所在？（吏白）前面叫做伏虎崗，已結梁大老爺預備下公館了。（梁白）打道伏虎崗。（同繞場下）

（四龍套、四上手引武生辛、黑花面鄧二將上。白）俺，辛從忠。鄧宗弼。（辛白）請了！我等奉了蔡太師的將令，營前聽用，就此前往。

（四龍套、四下手引紫面張、藍面陶二將上。白）原來是辛、鄧二位將軍。（辛、鄧白）原來是張、陶二位。莫非也是赴蔡太師之召麽？（張白）正是。（辛白）如此，大家一同前往。（張、陶白）請！（吹【排子】）（同下）

（四皂役引蕭、欒、院子、丫環、梁、旦同上，入公館介）（蕭白）卑職天津知縣叩見大老爺！（梁白）請坐！（蕭白）告坐。（梁白）有勞

貴縣遠路相迎,多受風霜之苦!(蕭白)理當如此!備得酒宴,請大老爺暢飲。(梁白)不勞貴縣周旋,請便!(蕭白)告便!(下)

(樂托酒上,院子接介)(梁白)夫人一路辛苦,要多飲一杯!(旦白)妾當奉陪!(梁唱)

【摇板】伏虎崗上把酒飲,夫妻二人且談心。但願早到天津郡,

(白)呀!(唱)

頭暈眼花爲何情?

(倒介)(蕭上,樂迎上。白)梁世傑想已醉倒,待我看來。(蕭白)外面人役可曾醉倒?(樂白)俱已醉了。(蕭白)我們快快動起手來!(四皂役脱青袍介,綁梁、旦介)(蕭白)大哥台前交令去者!(同下)

(四龍套、蔡上。唱)

老夫興兵山岳震,掃滅梁山衆賊人。將身且把寶帳進,且聽探馬報軍情。

(中軍上。白)辛、鄧、張、陶四將到!(蔡白)唤他們進帳!(中軍白)四將進帳!

(辛、鄧、張、陶上。同白)血戰沙場胆氣雄,要替皇家立奇功。參見太師!(蔡白)衆位將軍少禮!(衆白)謝太師!(蔡白)久聞將軍武藝出衆,煩勞將軍帶領大兵一萬攻打濮州、嘉祥兩處。待等雲天彪到了,你等就在他帳下聽候調遣,不得有誤!(下)(衆白)得令!(同下)

(四八卦旗、八馬童、紅净札巾緑靠扮雲天彪上。白)吾雲天彪,官拜景陽崗總鎮。昨日蔡京有火牌到來,命吾攻打濮州、嘉祥,就此前往。衆將官!(衆白)有!(雲白)催軍!(吹【排子】下)

(四龍旗、四上手、辛陶四將上。白)時才探馬報到,雲總鎮離此不遠,我等迎上前去。請!

(四八卦旗、馬童等引雲上)(辛陶四將下馬。白)參見總鎮!(雲白)衆位將軍少禮,同到大營叙話!(繞場介,同下馬)(雲白)衆位將軍少禮,請坐!(四將白)謝坐!(雲白)衆位將軍可曾同那賊會過陣來?(四將白)末將等奉了蔡太師的將令,命我等聽候

總鎮調遣，因此未曾與那賊會過陣來。（雲白）原來如此！

（旂牌上。白）營外來一大漢，手提兩顆首級，前來投降。（雲白）叫他進來！（旗白）大漢進帳！

（净扮楊騰蛟上。白）殺却梁山頭目，來到大營請功。草民與總鎮叩頭！（雲白）壯士請起！（楊白）謝總鎮！（雲白）壯士請坐！（楊白）總鎮在此，焉有草民的座位！（雲白）有話叙談，焉有不坐之理！（楊白）謝總鎮！（雲白）壯士高名上姓？到此何事？（楊白）草民叫楊騰蛟，祖居南旺鎮。幼年間學了些武藝。只因家道貧窮，打鐵爲生。可恨梁山賊寇，屢屢前來騷擾，是草民約同本地百姓，立了一個鄉團。不想那梁山頭目王定六、郁保四，兵多將勇，奪了南旺，草民假意歸降。昨日聞得總爺大兵到此，是小民夜間殺了賊頭王、郁二人，特將首級帶來投降，還有南旺一班百姓，均在營門候令。今將首級獻上！（雲白）壯士義胆忠心，甚爲可敬。且將首級號令營門！（旗白）得令！（持首級下）（雲白）壯士就在帳下聽用，本鎮先加你總管職銜。歇兵三日，攻打嘉祥！（楊白）謝總爺！（同下）

（四龍套、丑官衣圓紗扮參謀官、楊、蔡上。唱）

辛、鄧、張、陶真虎將，攻打濮州合嘉祥。馬到成功賊膽喪，掃蕩梁山滅宋江。

（丑扮旗牌上。白）伏虎崗上逃活命，太師台前説詳情。啓稟太師爺：大事不好了！（蔡白）何事這等驚慌？（旗）小人跟隨梁姑老爺、家眷赴任，行至鹽山地面伏虎崗上，遇見了一班人役，言道是天津縣，前來迎接知府大老爺上任的。不料竟是梁山的賊寇假扮縣官，用藥酒將一班人役盡行麻倒，竟將梁姑老爺并縣君俱搶上梁山去了！（蔡白）不好了！（吹【排子】介）（楊白）既有這等之事，太師必須催動人馬，速滅此賊！（蔡白）吾那女兒、女婿既被宋江搶上山寨，只恐性命休矣！

（中軍引下書人上。白）啓太師：今有梁山宋江命人前來下戰書。（蔡白）快將書信呈上！（軍白）是！（接信呈蔡看介）（蔡白）待老夫拆開一觀。（吹【排子】介）原來如此。（楊白）但不知宋江信中是何言語?(蔡白)那宋江言道:今將吾女兒、女婿搶上山寨,并無别意。只要老夫班師退兵,他情願將梁世傑夫婦送還。(楊白)以太師之見,怎樣行事?(蔡白)老夫爲女兒心急,也只好是退兵罷了。(楊白)太師此言差矣!想天子以二十萬大兵交付太師,征剿梁山。今一戰未交就要退兵,不但事出無名,且恐天子降罪!(蔡白)先生那裏知道,老夫只有此女,孝順非常,老夫最爲鍾愛。况此女又常常患病,今日遭此大難,受此大驚,叫老夫是怎生捨得?(楊白)太師兒女之情雖重,只是國家之事爲先。太師身爲當朝首相,若以私廢公,豈不被天下之人恥笑!(蔡白)但是老夫到有一計在此。(楊白)有何妙計?(蔡白)朝中童貫,他曾受過老夫的厚恩。吾修書一封,叫他在天子面前設法啓奏。(丑官白)小官到有一計:太師書信之上,就説天氣炎熱,軍中瘟疫流行,三軍患病,請天子下詔班師,等候秋凉再戰。(蔡白)哈哈哈哈哈!此計甚好!濃墨伺候!(吹【排子】介)來,唤差官!(中軍白)差官走上!

(差官上)(蔡白)這有書信一封,速速下到京都童大人那裏。快去!快去!(差官白)遵命!(下)(楊白)啓太師:晚生多病,昨晚又發,要求太師放晚生歸山養病!(蔡白)先生既欲歸山,老夫也不便强留。來!命人帶上黄金千兩,送先生歸山!(楊白)晚生無功,不能受禄,黄金斷不敢領,望乞太師海涵!(蔡白)老夫薄意,莫非你嫌太輕了不成?(楊白)這……如此,晚生謹領,就此叩别了!(唱)

辭别太師出大營,他爲救女兒欺朝廷。奸權的黄金怎能領,到不如一路上周濟貧民。

(下)(蔡白)中軍,拿吾令箭去到嘉祥,對雲天彪言講:"現已奉了聖旨班師回朝,不必同梁山交戰了!"(中軍白)遵命!(下)(蔡白)就請你辛苦一趟,隨同梁山送信之人同到梁山。見了宋江,就説老夫多多拜上,現已啓奏朝廷,指日退兵,千萬叫他速速送吾女兒、女婿下山。不得有悞!(丑官白)遵命!(下)(蔡白)正是:無端大禍從天降,奉命出師一場空!(下)

（陳、貼同上）（陳唱）

冷艷山前殺賊黨，又只見明月出東方。

（白）我們行了四五十里，無有住處，這便怎好！（貼白）前面有一村莊，其中定有大户人家，你我父女去到那裏借宿一宵如何？（陳白）言之有理，一同前去。（繞場介）來此已是，待吾向前叫門。呔！開門來！

（院子上。白）這般時候何人叫門？待我看來。（開門介）原來是二位軍官，到此何事？（陳白）我們是遠方來的，只因趕不上站頭，要到此處借宿一宵，明日早行。望求方便方便！（院白）天色已晚，吾家主人已安歇了，待我請出小主人商議商議。有請少公子！

（武生扮雲龍上。白）何事？（院白）外面來了兩個軍官，因趕不上站頭，要到我們這裏借宿一宵。（雲白）待我稟知太老爺知道。（急下又上。白）唤他二人進來。（院白）我家少主人，請你二位進去！（陳白）煩勞了！（院白）這就是我家少公子。（陳白）原來是公子，老夫這裏有禮了！（雲白）還禮！請坐！（陳白）有坐！（雲白）二位打從何處而來？欲向何往？（陳白）我們打從東京而來，往沂州投親。行至飛熊嶺，住了黑店，我父子二人將他們殺死；不料來至冷艷山，又遇大夥賊人，又同他們打了一仗，將他們盡行殺死。因此趕不上站頭，特的來到貴府投宿。（雲白）原來如此。待我叫他們預備酒飯。（陳白）家常隨便，莫要費事。（雲白）正是：在家千日好，出外一時難。（下）（陳白）看這位公子少年英雄，定是宦門之後，尚未曾問過他的姓名。（貼白）看此人威風凜凜，想必也會些武藝。

（雲引外扮雲威上。白）聞聽豪傑到我門，到叫老夫喜在心！（雲白）我祖父來了！（威白）原來是二位軍官。請坐！（陳白）老伯父請上，待某拜見！（威白）請坐！請坐！（陳白）來來，見過太老伯！（貼白）參見太老伯！（威白）罷了。此位敢麽是令郎公子麽？（陳白）正是小兒。（威白）龍兒，隨同他到後面用飯去罷。（雲白）遵命！（拉貼下）（威白）請問閣下，尊姓大名，意欲何往？

(陳白)小姪姓王名動,小兒名唤王桀。我父子乃東京人氏,要到沂州府投親。因趕不上站頭,特到貴府投宿,實實打攪不當。(威白)豈敢!(陳白)請問老伯父貴姓高名?(威白)老夫性①雲,名威,就在這風雲莊居住。(陳白)風雲莊,此名甚好!(威白)只因我們這莊内只有風、雲二姓,共有五六百家,所以叫做風雲莊。(陳白)方才那位少年想是令郎公子?(威白)非也!他乃是老夫的孫兒,名唤雲龍。我有一子,名叫天彪,現爲景陽崗總鎮。(陳白)雲天彪就是令郎麽?(威白)正是小兒。(陳白)小姪前在東京,也曾見過一面,乃是种老經略最得意之人也!(威白)夜已深了,請到後堂用飯!(陳白)小姪打攪了!(威白)請!(同下)

(雲、貼同上)(雲唱)

蓋世英雄人人敬,

(貼唱)

萍水相逢遇知音。

(雲白)請坐!(貼白)有坐!(院子暗上)(雲白)昨日聞得令尊大人言道:住了黑店,中途又遇賊寇。想仁兄父子二人以寡敵衆,殺退賊人,真算得是英雄好漢!小弟願聞其詳。(貼白)雲兄聽道:(唱)

【流水板】雲兄若要問其情,細聽小弟説分明:我父子曾與高球有仇恨,因此逃出東京城。那一日路過飛熊嶺,誤投黑店遇賊人。看破機關將賊俱殺盡,用火又把店房焚。催馬加鞭往前進,冷艷山前又遇賊人。匹馬單鎗與賊會過陣,殺得他尸横曠野、血流成河,那賊無處把身存。大小毛賊俱殺盡,因此上投到了貴府門。

(雲唱)

【摇板】聽一言來喜吟吟,蓋世英雄到我門。

(白)聽仁兄之言,真是天神一般,英勇非常!小弟世代武職官員,也頗學些武藝,只是不得真傳。還要求仁兄在此多住幾日,小弟意欲拜仁兄爲師,傳授武藝。(貼白)雲兄吓!(唱)

---

① 應爲“姓”。

説什麽武藝無真傳，細聽小弟把話言：我自幼習學穿楊箭，十八般武藝也件件全。看仁兄也是英雄漢，還要領教你一番。

(白)雲兄既是世代武職官員，定有家傳專學，小弟到要領教一二。(雲白)小弟習學花槍，只是不得妙訣，望祈仁兄指教！(貼白)既然如此，我們何不比試比試？(雲白)望祈仁兄相讓一二！(貼白)太謙了！(唱)

手中托定了梨花槍，

(雲唱)

仁兄傳授我參詳。

(貼唱)

二人院中且較量，

(打快槍，雲退介)(貼槍拄地介)(雲唱)

果然槍法世無雙！

(貼白)此名"落地梨花槍"，百戰百勝。(雲白)領教了！(貼、雲穿衣介，同坐)(雲白)小弟有一言，不好啓齒。(貼白)雲兄有何金言，當面請講。(雲白)小弟欲同兄台結爲金蘭之好，不知兄台意下如何？(貼白)這只是弟高攀了！(雲白)兄台何必如此謙遜！(貼白)不知雲兄，今年貴庚多少？(雲白)小弟今年一十八歲了。(貼白)在下十九歲，吾到痴長了。(雲白)家院，看香案伺候！(院白)是！

(擺香案，貼、雲同拈香介)(貼白)祝告皇天社稷、上下神祇：弟子王榮，今與雲龍結爲兄弟。日後有福同享，有難共濟。如有三心二意，天其鑒之！(吹打介)(仝拜介。唱)

弟兄結爲金蘭好，

(雲唱)

好似一母共仝胞。① 有朝一日時運到，

(雲唱)

願爲朝廷立功勞！

---

① 原文漏"(贴唱)"。

(仝下)

(陳、威仝上)(陳唱)

知己相逢世間難,

(威唱)

願與豪傑共盤桓。

(白)請坐!(陳白)告坐!(威白)昨日與閣下暢談一夜,知閣下抱負不凡。怎柰朝中奸臣當道,閉塞賢路,埋没了多少英雄,真真令人可恨!(陳白)小姪性情冷淡,質陋才庸,何勞老伯稱贊!(威白)以閣下之才,不爲朝廷出力,深爲可惜。閣下打從東京而來,還有一位大英雄也是因奸臣當道,不願爲官,老夫深爲仰慕。老夫雖未見過此人,深知此人的韜略,閣下可知此人麽?(陳白)但不知此人姓甚名誰?(威白)此人名叫陳希真。(陳白)哦,陳希真麽?(威白)正是!聞聽人言,此人當了道士了。(陳白)咳,若提此人,他如今連道士也當不成了!(威白)吓!却是爲何呀?(陳白)只因他以事得罪了高球父子,姓①命難保,如今他不知逃往那裏去了!(威白)不好了!(唱)

聽一言來怒氣生,大駡高俅狗讒臣!英雄被困不提引,反要害他命殘生。

(白)似這樣出類拔萃之人,你不用他到也罷了,爲何反要害他的性命,真真令人聞之落淚!(陳白)哎呀,伯父呀!你當真愛惜那陳希真麽?(威白)那裏還有假的不成?只是老夫無緣仝他相見!(陳白)伯父呀!小姪不才,就是陳希真在此!(跪介)(威白)此話當真?(陳白)正是!(威白)陳道子,你好不想煞我也!(扶陳起介。唱)

聽説是一聲陳希真,到叫老夫喜在心。無意相逢三生幸,一同對坐叙寒温。

(白)道子,你方才言道,得罪高球父子要害你性命,你是怎生脱逃,快快講來!(陳白)伯父容稟:(唱)

---

① 應爲"性"。

【二六板】未曾開言兩淚淋，尊一聲伯父聽詳情：高世德從來不安分，玉清宫看見吾女陳麗卿。言語不和相争論，也是我再三來調停。那厮歸家痴心未斷盡，又令人前來提婚姻。我只得假意來應允，低心下氣穩住他的心。那一日用酒灌醉將他綑，因此上逃出了東京城。

(威白)如此説來，隨你仝行之少年，莫非就是女公子麽？(陳白)正是小女麗卿！(威白)久聞人言，令媛有"女飛衛"之稱，果然是名不虚傳了！(陳白)豈敢！

(雲拉貼手上。唱)

弟兄結拜甚歡暢，

(雲唱)

祖父台前問安康。

(威白)龍兒，你不要同他拉拉扯扯。他乃是一女子，就是吾常對你説的那一個"女飛衛"，就是他！(陳白)吓！伯父，令孫可曾定下親事没有？(威白)今春他父親已與他定下了。(陳白)但是不知哪一家？(威白)就是沂州府的防禦官劉廣之女。(陳白)如此説來，我們到是親眷了。(威白)莫非道子同他有親麽？(陳白)正是。劉廣同小姪乃是兩姨之親。他的女兒名唤慧娘，生就一雙慧眼，黑夜之間，無論遠近，接物如同白晝。前三年，曾遇一老尼，將他帶至深山，教了許多兵法。此女十分聰敏，心思靈巧非常，有"女諸葛"之稱，今年已十八歲了。(威白)吾家得此賢德媳婦，真乃是家門之幸也！(陳白)小姪前日説到沂州投親，正是投奔劉廣。(威白)但是他自已削去官職，正在不得意之時。莫若你父女就在此處居住，豈不免受奔波？(陳白)待小姪到那裏觀看動静如何。倘若不能存身，再來叩拜。(威白)只恐他那裏未必似老夫這樣僻静。(陳白)小姪明日就要起行。(威白)既然道子去心甚急，老夫有致小兒天彪家信一封，沂州府離景陽鎮不遠，煩勞帶去。(陳白)遵命！(威白)後堂排宴，與你父女餞行。(陳白)又要叨擾。(同下)

(四家將、副净扮劉麒、武生扮劉麟上。唱)

弟兄一同出村莊，

(麟唱)

郊外射獵散散心。

(白)俺,劉麒。劉麟。(麒白)吾父劉廣,只因得罪了高封,罷了官職,全家俱來到這安樂村居住。今日我弟兄閒暇無事,不免到郊外射獵一回。家將!(衆白)有!(麒白)郊外去者!(唱)

人來與爺往前進,

(繞場)

見一白兔下山林。

(白)那邊有一白兔,撒鷹追趕!(全下)

(貼隨陳上。唱)

父女離了風雲莊,雲威慷慨世無雙。多蒙待我恩義廣,

(白)呀!(唱)

我兒不走爲那樁?

(白)我兒爲何不走?(貼白)這坐騎不知爲了何事,只是顛跳?(陳白)想是肚帶太緊了。(貼白)爹爹先行,待孩兒收拾收拾。(陳白)我兒就要來吓!(唱)

加鞭且把柳林進,只見紅日往西沈。

(下)(貼白)這馬到是一點虧也不吃,肚帶微緊了些,他就不走。(内喊介)吓,看那草中有一白兔,待我射它一箭。(尋覓介)看白兔鑽在亂草之中,半空又飛來一鵰,待我將他射下。(射鵰落地介)(拾著介)這一箭竟穿透了他的咽喉了!

(麟上。白)呔!那一少年,還俺的鵰來!(貼白)這鵰是我射的,怎能還你?(麟白)休得胡言!看刀!(起打介)

(麒追上,同打貼介)(貼敗下,麒、麟追下)

(陳上。白)爲何這麽久,還不見我兒前來?(内喊介)那裏喊殺之聲,待我赶上前去!(急下)

(貼上)(麒、麟追上,起打)(陳上。白)莫要動手!莫要動手!皆是自家人!(麒白)原來是姨丈到了,甥男有禮!(陳白)罷了。來,來,來,見過你二位表兄。(麟白)這是何人?(陳白)這是我女兒陳麗卿吶!(麒、麟同白)原來是表妹到了。但不知姨丈因

何到此？（陳白）我父女此番特地投奔你父親來了！爲何你二人在此射獵？（麒白）我父自罷官之後，將房産都變賣了，全家已搬到前村來了。（陳白）這到巧得狠。若不是遇著二位賢甥，老夫到多走了路了。（麒白）一同請至舍下。（貼白）只是二位表兄的雕被我射殺了，爹爹務要買一支來陪！（麒白）小事，小事，不要緊！不要緊！同至舍下，請！（同下）

（末扮劉廣上。唱）

削職爲民把身藏，安樂村中奉高堂。

（麒上。白）啓稟爹爹：陳希真姨丈到了！（廣白）有請！

（貼、麟引陳上。白）吓，襟丈！（廣白）道子，請坐！（貼白）參見姨丈！（廣白）這是何人？（陳白）這就是小女麗卿。（廣白）哎吓，呀呀呀！這樣裝束我到不認識了。劉麒，帶你表妹後堂見過你祖母！（麒白）遵命！（引廣貼下。白①）道子，因何至此？（陳白）咳！一言難盡了！（唱）

【原板】都只爲那高俅賊奸佞，縱容那高世德父子横行。玉清宫見吾女兩相争論，也是我用好言與他陪情。那賊子回家去，

【轉快】【流水板】痴心未盡，要與我女來提親。我只得花言巧語來應允，用酒勸醉綑住他的身。父女只得來投奔，喬粧改扮出東京。

（廣唱）

【摇板】大駡高賊狗奸佞，枉害忠良爲何情！高封與我也有仇恨，不知何日把冤伸？

（陳白）同到後堂，叩見伯母！（廣白）弟當奉陪。正是：奸臣在朝亂胡行，（陳白）英雄無處把身存。（同下）

（大吹場）（四龍套、四上手、四家將、辛、鄧、張、陶四將、中軍、雲天彪上）

【點絳唇】殺氣冲霄，經綸懷抱，傳令號，地動山摇，要把梁山掃。

（四將白）參見元帥！（雲白）衆位將軍少禮！（衆白）吓！（雲白）奉命坐鎮在景陽，統領貔貅百萬郎。忠心義氣冲霄漢，要學當年

① 應爲“（引貼下。廣白）”。

關雲長！本帥雲天彪,官居景陽鎮都總管。今奉蔡太師之命攻打嘉祥,連日與呼延灼交戰,未見勝負,今日定要與那賊見一高下！(内白)火牌到！(雲白)有請！

(四龍套、末紗帽官衣扮差官上。白)蔡太師有令:只因天氣炎熱,營中軍士多病,已奉聖旨班師回朝;著雲天彪并辛、鄧、張、陶四將,各歸本任,不得有悮！(雲白)後帳排宴,與大人接風！(差官白)軍令在身,不敢久停。告辭了！(下)

(雲上。白)呀！想那蔡京奉命出師,一戰未交就要班師回朝,豈不是枉費了國家的錢糧?(辛白)想我等同賊兵交戰,看看就要成功,一旦功費半途,豈不可惜！(雲白)本帥到有一計在此。(衆白)元帥有何妙計?(雲白)我等就此拔營,那呼延灼必來追趕。衆位將軍在四面埋伏,待他出兵,詐開城門,一齊殺進城去。本帥帶兵攻打濮州,那怕那林冲飛上天去！(衆白)此計甚好！衆將官,起兵前往！(四將帶四上手雙下)(龍套、家將引雲下)

(四龍套、四下手、呼延灼上。白)俺"雙鞭"呼延灼,奉了大哥之命鎮守嘉祥。昨日與雲天彪打了一仗,不分勝負。今日不見他兵馬前來,是何緣故?且聽探馬一報。

(探子上。白)雲天彪大兵退去！(呼白)再探！(探下)(呼白)且住！時才探馬報到,雲天彪兵退,不知是何緣故?想是那蔡京調他回朝。趁此機會劫殺一陣,搶奪他的器械。來,殺上前去！

(四龍套、四上手、雲上,對陣,起打)(雲詐敗,呼追下)

(四龍套引辛、陶、鄧、張四將上。白)衆將官！假扮呼延灼人馬,前去叫城！(衆繞場)(城上二軍把守)(衆白)開城！(軍白)何人叫城?(衆白)呼將軍得勝而回,快快開城！(軍開城,衆殺軍入城介)(同下)

(四龍套、四英雄引林冲上)(雲隨原人一起打,雲敗下,林追下)

(辛陶四將上)(追林,起打,林敗介,下)

(雲隨原人上)(攻濮州城,同入城介,下)

(林、呼隨龍套雙上。白)我等中了那賊誘兵之計,將嘉祥、濮州兩處失守,不免到大哥台前請罪便了！(同下)

（四龍套、吴用、戴宗、宋江上。唱）

胸中妙計安排定，蔡京果然退了兵。將身且把忠義堂進，且聽探子報軍情。

（探子上。白）啓大王：今有“白日鼠”白勝被高封擒去，囚在監牢。（宋白）再探！（探子下）軍師，白賢弟被高封擒去，如何是好？（吴白）就命戴宗帶上黄金百兩去到沂州府，對阮其祥言道，叫他在高封面前保全白賢弟的性命。若能解往省城，我等就可在半路劫殺。那阮其祥愛財如命，定必允從！（宋白）此計甚好！戴賢弟，快快前去！（戴白）遵命！（下）

（呼、林同上）（林白）失守城池轉回山，（呼白）弟兄滿臉帶羞慚！參見大哥！（宋白）二位賢弟，回山做甚？（林、呼同白）是小弟等一時大意，中了雲天彪誘兵之計，已將嘉祥、濮州失守，望求大哥恕罪！（宋白）我已同蔡京約定退兵，他爲何又叫雲天彪奪我城池，是何理也！（吴白）想是路途遥遠，文報不及。（宋白）二位賢弟，後帳歇息。（林、呼同白）謝大哥！

（探子上。白）王差官求見！（宋白）唤他進來！（探白）王差官進帳！

（丑官捧金珠上。白）離了中軍帳，來此忠義堂。小官王宏，叩見大王！（宋白）罷了。（王白）今奉蔡太師之命，已將十萬金珠備齊送呈，望大王早早放回梁貴人、縣君回去。（宋白）唗！膽大蔡京！前日已允退兵，爲何又叫雲天彪將我嘉祥、濮州城池奪去，是何理也？（王白）這……也是路途遥遠，號令呼應不及。（宋白）你回去對蔡京言講，要依我三件大事！（王白）但不知那三件？（宋白）第一件，要將郁保四、王定六我兩個兄弟的首級送回梁山；第二件，要將嘉祥、濮州兩處退歸於我；第三件，要將楊騰蛟、雲天彪兩個狗頭送來。三件有一件不從，休想放梁世傑夫婦！（王白）遵命！（下）（宋白）我有意攻打那沂州府城，不知軍師意下如何？（吴白）若打沂州，須等候戴宗回來再議。只是沂州城南有幾個村莊甚是殷富，那牛莊并安樂村二處富户更多。不如先派幾位好漢攻打村莊，方爲上策。（宋白）既然如此，就命

雷横、秦明、花榮、張清、武松、周通、陳達、李逵帶領一千人馬,前去攻打便了。(同下)

(正旦扮劉夫人、二武旦扮劉麒、劉麟妻子、旦扮慧娘、老旦扮劉母上。唱)

【摇板】一家人離了沂州城,安樂村中且停身。將身且把後堂進,大小團聚樂天倫。

(廣上。唱)

避難之事安排定,見了老母説分明。

(白)孩兒參見母親!(老旦白)罷了,一旁坐下。(廣白)告坐。啓稟母親:女兒既然看出此莊不久必有兵火之災,孩兒已將細軟等物運到沂州孔厚那裏,還望母親速速同到沂州爲是。(老旦白)慧兒乃是一女子,説什麽此處有刀兵之災,吾想吉人自有天相,不必多言!(慧白)孫女啓稟祖母:孫女曾授仙人傳授,善觀氣運。此地不出三日,定絶人煙,祖母幸勿大意!(老旦白)嗳,女孩兒家,曉得什麽?(陳内白)走吓!

(上。唱)

時才村前得一信,梁山賊兵到來臨。邁步且把後堂進,再與襟丈把話論。

(白)哎呀,襟丈!大事不好了!(廣白)何事驚慌?(陳白)我方才在村前遊玩,見了一夥難民,言道梁山賊兵無數,逢村搶村,逢鎮搶鎮,不久就要殺到我們村莊來了。我等務要速速躲避要緊!(廣白)車輛等我已准備下了,只是老母不肯相信。(陳白)待我前去勸來。老伯母,梁山賊寇已離此不遠;若再遲延,我等性命休矣!(老旦白)竟有這樣之事!我們往那裏逃避呀?(廣白)上了車輛再講!來,將車輛打上,速速帶馬!

(八家將、麒、麟、貼同上)吾同兩個孩兒保定老母,家眷人口還求道子保護!(陳白)那個自然。(貼白)慧妹妹有奴家一人保護,料然無妨!(廣白)好!看天色日已將落,我們還要多備些燈籠火把。(陳白)休得躭延,速速出莊去者!(同下)

(雜扮衆百姓跑上)

（賊兵將同上）

（劉廣父子隨車上）

（武松、秦明雙上，冲殺介）（麒引老旦下）（廣、麟起打介，廣敗下，武、秦追下）

（雷横上，貼引慧上）（周通冲慧下，通追下）（貼、雷起打介，貼下，雷追下）

（陳上，張清追上，起打介）（陳達追上，同打介，陳敗下，張清追下）

（廣上，武追上，打介）（花桑放箭，廣帶箭下）

（二武旦上）（對花桑、武松打，下）

（陳引劉夫人上，廣上，陳拔箭介）（廣唱）

【二簧】【摇板】在陣中只殺得天昏地暗，不見了老娘親心碎膽寒。不防那狗賊子暗放冷箭，險些兒一命喪黄泉。

（白）時才同賊大戰，也不知我的母親那裏去了，待我再去追尋！（陳白）你身帶重傷，焉能交戰？（廣白）休要攔阻，我定要尋找我的母親！（上馬跌倒介）（陳、旦扶起介）（去①白）襟丈，你休得著急，那旁山腰之内有一山神廟，你我且到那裏，待我替你去尋伯母就是。（同繞場介）

（貼上。白）爹爹，可曾看見我慧妹妹麽？（陳白）并不曾看見。（貼白）待奴家再入賊營便了！（急下）（衆同下）

（四龍套、四上手、四家將、雲天彪【急急風】上）（繞場下）

（四下手、周通押慧娘上）（貼追上，鎗刺周倒，奪馬，扶慧娘上馬介）（四下手抬周下）

（武松、秦明、張清、陳②上，貼對打介，敗下）

（雲天彪上，起打，武等敗下，雲耍大刀花，下）

（貼引慧上）（院子下③。白）原來是二位小姐，但不知我家老爺

---

① 應爲“陳”。

② 應爲“陳達”。

③ 應爲“上”。

現在何處?(貼白)就在山後山神廟内,你要隨我來。(同下)(陳、劉、旦、麟同上)(貼隨慧引院上。白)叩見老爺,大事不好了!(廣白)何事驚慌?(院白)小人奉了老爺之命,押解車輛去至府城,怎奈城門關閉,車輛不能進去。小人將車輛暫存城外雷音寺内,小人一人混進城去,見了孔老爺。那孔老爺言道:高封出城巡查户口,正遇着大公子背負太夫人逃難,被高封捉拿到府中,串通了梁山賊寇白勝,説老爺與梁山同黨,已將公子并太夫人囚禁監牢,叫小人前來與老爺送信。(廣白)高封吓,高賊!我同你有何寃仇,你如此地害我?也罷,待我自行投案。縱然將我千刀萬剮,只要救得老母的性命,雖死無恨!(陳白)哎呀,襟丈吓!想那高封與你仇深如海,他正要拿你,你今反自去投首,縱然將你殺死,他也未必肯放老伯母,你豈不是白白地反送了一條性命!(廣白)如此説來,我母性命難保!道子,你夙有智謀,你要快快設計打救我母親的性命!(跪介)(陳扶廣起介)(廣唱)

【二簧】【摇板】走向前來忙跪定,速把良謀巧計生。

(陳唱)

這件事好叫我把眉頭來皺,一時間想不出巧計良謀。恨只恨賊高封下了毒手,怕的是老伯母性命難留。他二人在監牢怎能搭救,忽然一計上心頭。

(白)哎吓,襟丈吓!事到如今,并無别計。我們若要打救伯母同大公子的性命,非劫監殺獄不可!(廣白)既然如此,我們何不就去!(陳白)慢來,慢來!想那高封,武藝雖不高强,只是他慣用妖術邪法,城中又有李飛豹十分驍勇,你我只得數人,豈不是寡不敵衆!況且那賊已將城門緊閉,盤查甚嚴,我等縱然混進城去,也難成功。(廣白)但是倉猝之間,那裏來的兵將!(陳白)以我之見,現有苟桓弟兄在猿臂寨落草,此地離猿臂寨不遠,况他弟兄受過你我的厚恩,此番前去,他必定拔刀相助!(廣白)但是我劉廣世受國恩,今日同到猿臂寨,與草寇同黨,豈不辜負朝廷?

(陳白)襟丈此微①差矣!想我陳希真也是大宋臣民,雖然被奸臣陷害,一時避禍在此,日後也還想報効朝廷。常言道得好:"盡忠不能盡孝,盡孝不能盡忠。"眼前伯母有殺身之禍,若再遲疑,那高封下了毒手,豈不是悔之晚矣!(廣白)既然如此,事不宜遲,我等就此前往!(陳白)且命二賢甥先去與苟氏兄弟送上一信,我等隨後即至。(廣白)劉麟!(麟白)在!(廣白)速到猿臂寨送信,不得有誤!(麟白)遵命!(下)(陳白)事不宜遲,大家一同前往!(同下)

(四龍套、四下手、副浄扮范成龍、武生扮真祥麟、浄扮苟桓、武生扮苟英上)(【點絳唇】)(桓白)我父在朝是忠良,奸臣陷害遭禍殃。(英白)弟兄逃出天羅網,猿臂寨上自爲王。(桓白)俺,苟桓!(英白)苟英!(桓白)我父苟邦遠,宋室爲臣。只因與奸臣童貫不和,被他陷害,斬首金街,又將我弟兄二人拿在監牢,看看就要問斬,幸蒙恩人陳希真託了高球,上下打點,才救了我兄弟的性命。是俺無處投奔,就在這猿臂寨落草爲寇,到也安然快樂。嘍囉的,伺候了!

(探子上。白)劉二公子前來拜望!(桓白)有請!(探白)有請!(麟上。白)吓,寨主!(桓、英同白)公子請坐!(麟白)告坐。(桓白)公子駕到,必有所爲!(麟白)寨主有所不知:只因梁山賊寇搶掠村莊,是俺全家逃難,不料我家祖母與我大哥劉麒被高封那賊拿到沂州,囚禁監牢,并要捉拿我父治罪。現有陳希真也在我家一同逃難,無處藏身,要到貴寨躲避,特命在下前來送信。不知寨主可能容納否?(桓白)公子説那裏話來!想令尊大人待俺恩重如山,陳希真又是俺弟兄的救命大恩人,果然到此,乃是俺山寨之幸也!賢弟!(英白)在!(桓白)命你先帶領五百嘍囉前去迎接恩人!(英白)得令!(桓白)轉來!此番前去必須青衣小帽,跪道相迎,與陳恩人牽馬隨鐙!(英白)遵命!(下)(桓白)衆嘍兵!整齊隊伍,一同下山,迎接恩人去者!(同下)

---

① 應爲"言"。

(二武旦、廣、貼、慧、旦、陳同上)(轉場。下)

(四龍套、四手下、麟隨桓、英青衣羅帽上)(跪迎介)(廣等原人上)(陳白)荀將軍請起!(拉桓同下)

(又上,同坐介)(桓、英同白)恩人在上,受我弟兄大禮參拜!(陳白)老朽有何德能,敢勞賢昆仲這般優禮相待!(桓白)啓稟恩公:想俺荀桓兄弟被奸臣所害,已是垂死的囚徒,蒙恩公大恩,救了性命。今日得見尊顔,如睹天日,可稱是重生的父母、再造的爹娘。俺荀桓縱然剜出心肝,也難報大德!今當良辰吉日,就請恩人在此以爲寨主。我弟兄二人情願執鞭隨鐙,不論刀山劍樹,恩公驅遣,萬死不辭!(陳白)想俺陳希真此番到來投奔二位,一則求救舍親劉老夫人,二者逃脱自己的性命。二位若要如此,老朽即當告退,斷不敢在此停留了!(桓白)恩公再三不肯,先請暢飲幾杯,再議此事。來!擺宴伺候!

(衆擺宴席)(吹打介)(桓白)待俺與恩公把盞。(陳白)這就不敢當!(桓白)請!(衆同白)請!(桓白)告便!(陳白)請便!(桓手招英出席。白)你看恩公再三不肯在此爲主,我到有一計在此。(英白)兄長有何妙計?(桓白)你俯耳上來。(英聽介。白)此計甚好!(桓白)賢弟在此陪伴同飲,愚兄在寨門等候便了。(下)(英白)恩公得罪高俅,劉將軍又與高封仇深似海,吾弟兄二人不才,定要將高賊大小人口拿來與二位恩人報仇雪恨!(廣白)倘能救出家母,劉廣則感恩不盡也!

(范上。白)啓稟陳將軍:我家寨主在轅門以外請將軍答話!(陳白)煩勞引路。(下)

(又上)(桓赤身吊樹上,一手持刀介)(陳白)吓!荀寨主,你這是何故吓?(桓白)恩人容稟:我弟兄受你的大恩,雖死難報。是俺再三讓你以爲寨主,略表寸心,怎奈你再三不允。俺今日就把這繩索割斷,落一個粉身碎骨,以報大恩!(持刀欲割斷繩介)(陳白)你、你、你、你休得如此!老朽遵命就是!(桓白)恩公休要反悔!須立盟誓,俺方下來。(陳白)我陳希真若要反悔,日後死在刀劍之下!你、你、你快快請了下來!(衆扶桓下)(陳白)看衣更換！（桓更衣介。白）同到聚義堂。（衆同繞場介）（桓扶陳坐正位）（衆同拜介。白）寨主請上，受我等一拜！（陳白）不料我陳希真尚有這等一般魔障，待我望東京拜過聖恩！（設香案拜介）（白【叫頭】）聖上吓，我主！微臣陳希真避難在此，滿腹含冤，未能得報，區區之心，誠不敢一日忘陛下也！（唱）

【西皮】【慢二六板】拜謝皇恩把話講，眼望東京兩淚汪。我世受國恩皇恩真浩蕩，也曾血戰在沙場。恨朝中童貫、蔡京、高俅一班狗奸黨，賣國求榮、敗壞綱常、矇哄君王，忠臣不敢把本上，害得他一個個四散逃亡。臣也被害遭冤枉，來在這猿臂寨中暫把身藏。從今後招兵買馬、聚良將，愿爲朝廷作邊防。先除朝中賊奸黨，再殺梁山賊宋江。但愿得海晏河清太平共安享，同爲皇家做棟樑。謝過聖恩且把聚義堂來上，

【摇板】衆位英雄聽端詳。

（白）衆位弟兄兒郎聽者：我陳希真今日在此做了寨主，一切事宜照舊，不須更改。劉廣、苟桓同掌兵權，務要同心協力；劉慧娘參贊軍機，劉麟、陳麗卿護衛中軍，范成龍兼管倉庫。分派已畢，大家務要齊心努力，不得有誤！（衆白）我等遵命！（廣白）但不知怎樣去救我的老母親？（陳白）我想此事只可智取，不可力敵。昨日已命劉襟丈的管家到孔厚家中探聽消息。倘若他們將老母并大公子解往省中，我等就可在途中劫搶。如其不能，吾想後天乃是中元佳節，慈雲寺盂蘭大會，香火甚盛，我們均扮做燒香的模樣，混進城去裏應外合，定能成功。

（探子上。白）啓稟寨主：寨外來了一人，口稱是是劉府上的管家，有要事求見。（陳白）快快喚他進來！（探白）管家走上！

（院子上。白）叩見老爺！（廣、陳白）命你打探之事如何？（院子白）小人奉了孔老爺之命，言道那高封將太夫人并大公子與梁山白勝斷成一案，囚在監牢。高封已進省去了，若想打救太夫人、大公子，非有大門路不可。現在各城關閉，城中的盂蘭大會都禁止了。（陳白）城内禁止了善會？那城外法源寺可曾禁止？（院子白）城外到不曾禁止。（陳白）城外既不曾禁止，我們就到法源

寺也好。只是必須有人混進城去,做一内應,方可成功。但是寨中之人的面貌他們都認識,只有真賢弟的面貌口音件件相宜,况他又在江湖,到可以去得,再叫小女相帮,萬無一失了。吓,女兒,此番你要走上一蹚!(貼白)孩兒遵命!(陳白)只是這樣斷斷去不得,必須改扮前去,只恐我兒不肯。(貼白)爹爹説那裏話來!太婆并表兄命在旦夕,孩兒豈敢袖手旁觀!(陳白)你要去,必須扮作跑馬賣藝之人,方可前去。(貼白)吓哎!爹爹,怎麼叫孩兒扮起粉頭武妓來了?(陳白)哎吓,兒吓!常言道得好,"心正不怕影兒邪"!只爲救你太婆并你表兄的性命,一時權變,有何妨碍?(貼白)但恐日後爲人恥笑……(廣白)甥女若要救出我的母親,此恩非淺。如若不然,我就跪下了!(貼白)姨丈請起,甥女前去就是!(陳白)但是還少一個鴇母。(桓白)寨中王頭目有一姑母,尉遲大娘,到有些武藝,可以去得。(陳白)快快叫他前來!(桓白)尉遲大娘走上!

(彩旦扮尉上。白)奴家生來最好武,人人稱我是壯老虎。寨主叫我做什麽吓?(桓白)陳寨主唤你!(彩白)參見陳寨主!(陳白)罷了。看此人生得到也雄壯!我今命你扮作老鴇的模樣,随同小姐前往沂州。(彩旦白)就是我們兩個人去嗎?(陳白)還有真頭領跟隨。(彩旦白)好,好!我們這個樣兒去是不行,還要打扮打扮才好。(貼白)我們去改扮起來!(同下)(陳白)我等准備船隻,由水路而進,到了法源寺會齊。老夫扮作賣瓜的漢子,先進城去。但是一件……(衆白)那一件?(陳白)劉襟丈,你在沂州居官多年,可知那城中富豪子弟,是那一家爲首?(廣白)沂州城内富豪,惟有万俟春弟兄二人最爲豪富,慣交官長,終日淫賭,無所不爲。(陳白)但不知他在城中那裏居住?(廣白)就在東城内居住。(陳白)既然如此,我們就進東門,假意就説是到他家中掛號,那把城之人定不阻攔。真賢弟,你要記下了!(真白)遵命!(陳白)襟丈帶領三百名嘍囉,等到三更時分,在城外放火爲號,我等城内接應。(廣白)遵命!(陳白)茍桓聽令!命你帶領一百名嘍囉,直到監牢,先將老伯母并劉大公子救出,送到船中,不得有誤！（桓白）遵命！（陳白）劉麟聽令！命你在渡口看守船隻，不得有誤！（麟白）遵命！（陳白）分派已畢，大家准備，明日改扮起來，一同前往。正是：准備干戈探虎穴，（衆白）安排舟楫渡龍潭！（同下）（完）

百花莊總講（皮黄）

【劇目簡介】

皮黄，未署名。現存清代鈔本多种①，《蒙古車王府曲本分類目録》著録。小説《水滸傳》中無此劇情，因其中涉及梁山人物，故予輯録。

車王府藏清鈔本，題目作"百花莊總講"，十場，每頁五行，每行二十字左右。

劇演大學士白杜山謝職回鄉途中，被梁山匪寇打劫并殺死，其兒子白天章、女兒白月娥矢志復仇，於是在百花莊刻苦習練武藝，同時摆設擂臺，招攬天下英雄。梁山燕青欲混入莊内，與白月娥假作比試，以探聽虚實。宋江遂令石秀、張順、施恩、鄭天壽等隨燕青同往，李逵亦私自下山跟隨。到百花莊後，李逵先上打擂臺，隨之敗下，後燕青等上，終擒住白家兄妹。

頭場上

（"浪子"燕青、"拚命三郎"石秀、"浪里伯②跳"張順、"金眼彪"施恩、"白面郎君"鄭天壽衆仝上。白）（抬轿仝上）少少③英雄本自强，衆家豪杰立兩廂。奉命打听軍情事，扮作鄉民探村庄。（鄭白、燕白）衆家歌弟請了。（衆仝白）請了。（燕白）你我奉了大歌

---

① 《京劇彙編》第八一集收録王介林藏鈔本，情節相似，文字略異；《國劇大成》第九集亦有收録，文字相近，用作參校。

② 應爲"白"。

③ 應爲"小"。

之命，打听百花庄，聞知他兄妹二人智勇無敵，爲此前來探彼虛寔。衆家歌弟。（衆仝白）燕小歌。（燕白）你們在村口扎住，待小弟一人前去探庄者。（衆仝白）請哪！（燕白）請。

【倒板】（唱）**【西皮】**奉命下山探軍情，衆家歌弟听原因。此一番須要當隐，試看他武藝能不能。若有風声切莫驚，向手拿住休放輕。

（仝下）

二場上

（小生上。白①）

艶陽天氣雨乍晴，春日融融習兵君。

［詩］自幼生來情性刚，懒讀詩書演刀鎗。吾父朝中爲宰相，赫赫威名四海揚。（白）俺白天章，吾父杜山，在宋主駕前爲臣，官拜東閣大學士。告職回郡，路遇梁山賊寇，打劫金帛，父親身喪，懷恨無比。意欲報仇，怎柰缺少勇士。妹子月娥，尚未婚配，这也不言。今乃艶陽天氣，不免到郊外閑遊一回。來！（丑院白）有。（小生白）傳家將出來。（丑白）吓。大爺吩咐，衆家將出來。（内白）來了。

（四家將仝上。仝白）每日府中無别事，慣習拳棒耍刀鎗。大爺在上，家將叩頭。（小生白）罢了。（衆仝白）大爺呼喚，有何吩咐？（小生白）今乃艶陽天氣，你們各代器械，往郊外打獵一番。（衆仝白）我等跟随。（小生白）來，代馬伺候。（丑白）啊！（小生唱）

四季春光喜悠花，緑柏蒼松鳥喧嘩。樹木層層遮山凹，一所平垟真堪誇。

（丑白）來此平垟之地。（小生白）此地平垟，正好耍拳。家將們，一仝耍來。（四人打拳，又上打拳介）（小生唱）

太祖立志氣軒昂，

（白）那個來？（大白）俺來。（小生白）招打。（打拳，丑四白）哎

① 應爲“唱”。

呀,好利害吓!(仝唱)

三拳,

(打拳)(小生唱)

三拳進步鬼神忙。白馬,

(打唱)

白馬懸蹄却乱闖。烏鴉撲地逞豪强。青龍,

(打唱)

青龍出洞人难擋,二郎,

(打唱)

二郎丹山赶太陽。獅象,

(打唱)

獅象把口龍虎鬬,猫兒打鼠望月光。

(打完)(大白)招打。(丑白)吓!(大白)夥計,你又是这一下了吓。(丑白)吓,吓!不瞞你説,我上下的動,都在这皮股①上。(大白)我不信。(丑白)你不信?你來試試看。(大白)吓。(丑白)咱家?(大白)好勁。(丑白)再來,吓!(大白)吓。(丑白)哎呀,他媽的鬆了劲。(内虎声介)(衆仝白)哎呀,大爺!大虫來了吓!(小生白)看刀伺候。(衆仝白)吓。

(出虎形上)(小生打介)【風入松】(三拳打虎形介)(大白)得了。老虎是大爺打死了。(丑白)夥計,你拿着,拿着。(三打介)(大白)作什麼?(丑白)夥計,我喜欢打死虎。(小生白)家將們,將虎抬回府去。(衆仝白)吓。咱們走哇!(衆仝下)

三場上

(旦上)

【引子】閨閣針挑綉,香風上巍樓。

[詩]二八佳人上巍樓,意懶十二掛銀鈎。休笑閨閣無志量,要效

① 即“屁股”。

孫吴法力謀。奴家白月娥，兄長天章。只因吾父被梁山賊寇所傷，我仝兄長，每日在家習練拳棒，與我父报仇。今乃艷陽佳節，不免轉至花园，遊戏一番。衆丫环！（丫仝白）伺候小姐。（旦白）隨我到花园去者。（丫仝白）是。①

記吾鄉日暖溶溶，山花映水紅，看秋高氣爽黄鶯弄。粉蝶双双遊花园，似入蓬萊洞。人在畫畐中，風景堪依用。

（衆白）來此花园。（旦白）上面飛的什麽？（衆仝白）蝴蝶。（旦白）將他打下。多者有賞，少者罰跪。（衆仝白）是。（仝唱）

【八声甘州彩】春光艷陽，正人意徘徊花柳濃粧，西園堪賞，步次依稀没笙簧。桃花爛漫遊客醉，院宇深沉春尽長。見十几個粉蝶兒巧难粧，一個映日尋芳，一個楊柳枝頭號曉露，一個杏花蕋上吸清風。一個困歇在湖山上，一個迎風竹經，一個戏水在池塘。一個受尽風流相，一個逐定賣花郎。一個又被欢童唬得慌。一個在花上偷睛望，一個扇粉來尋伴當。一個緑楊枝上兒金鶯不敢輕狂。一個戀名園桃杏芳，一個怕曉天停夜凉。一個舞昔莊周夢，一個戏春風花草香。一個不成双，輕輕把②兒展放，背轉身飛过了宋家庄。

（白）哈哈哈！小姐，撲蝴蝶已畢。（旦白）好，個各有賞。（衆仝白）謝姑娘。（旦白）將拳演來。（衆仝白）是。（演拳介）（旦打拳。唱）

太祖爺力猛强。

【又】紅拳便通了小金鎗。進步休忙，立時軒昂，打一個兔兒望月精神爽。舉手賽卞莊，進步效刘邦，打個美女懶梳粧。休笑俺閨中女無志量，從天降，女姣娃把名揚。來來來，这的是英雄汗，男兒上。

（白）小姐，我們打完了。（旦白）將鎗演來。（衆丫仝白）要鎗頑耍。（下）（旦白）呔！使③們操鎗上來。

（四丫环上）（操鎗介）（仝白）操鎗已畢。（旦白）好。可知破法？

---

① 按上下文意，此處應有"旦唱"。

② 應有一"翅"字。

③ 應有一"女"字。

(衆仝白)我們不知。(旦白)待我教道與你們。(衆仝白)是。

(旦唱)

唐朝有個小羅成,

(破打)(旦唱)

落地梅花誰不驚?

(破打)(唱)

小金破開連环陣,

(破打)(旦唱)

万人約敵把功成。

(破打介)

(小生上。白)耍的好拳,使的好鎗。(旦白)那里壯士?口言好拳,莫非会家?(衆丫环白)有。(旦白)請那壯士進來。(丫环仝白)是,喲,壯士!(小生白)怎麽?(丫环仝白)我家小姐請你進去。(小生白)有劳了。啊,小姐!這廂有礼。(旦白)还礼。請問壯士,交手一合?(小生白)承小姐寬讓。(仝白)請。(比拳介,完)(小生白)好的。改日再來領教。(仝白)請。(小生下)(旦白)呀!看这壯士,並非是鄉村之人。必定是梁山賊寇,探听奴的武藝。丫环們,將花园門關了,轉至汝閣。(唱)

今日演武顯奇能,会一壯士探奴身。侍女轉至綉閣内,待等三日看分明。

(下)

四場上

(起埧上衆英雄,“混江龍”李俊、“打虎將”李忠、“翻江蛟”童猛、“出洞蛟”童威、“赤髮鬼”刘唐、“黑旋風”李逵)頭代盔纓耀日紅,身披鎧甲嵌玲瓏。腰間利刃如秋水,指日談笑覓封榮。(各通名字)(李俊白)衆位矣弟請了。(衆仝白)請了。(李白)大歌陞賬。大家兩廂伺候。(衆仝白)請。

(四文堂、四僂兵佔門上)

（宋江上）

【点絳唇】（唱）聚集英豪，義如仝胞。杏黄旂空中飄繞，忠心比天高。

（衆仝白）大歌在上，衆兄弟參見。（宋白）衆位兄弟少礼。（衆仝白）啊。（宋）[詩四句]昔日鄆城爲公人，結交金蘭似母生。梁山尊我爲寨主，替天行道宋公明。某宋江，只因李逵誤殺白杜山，他有一男一女，名曰天章、月娥，有萬夫不敵①。每日覓訪豪傑，操練壯丁，意欲破我山寨。亦曾命燕青前去，未見回报。

（燕上。白）走哇。打听風波事，回稟大歌知。报，燕青進。大歌在上，小弟交令。衆位歌歌。（衆仝白）矦弟回來了。（宋白）打听百花庄一事，如何？（燕白）小弟打听白天章他兄妹，真果有萬夫不擋之勇。（宋白）怎見得？（燕白）小弟與他妹了交手几合。那賊呵，【急三腔】（李、衆仝白）大歌傳下將令，待小弟們下山生捡那②。（宋白）不可如此。（燕白）大歌，命衆家歌弟暫退忠義堂，小弟自有計議。（宋白）衆家兄弟退帳。（衆仝白）啊。（衆下）（宋白）矦弟，有何計議呢？（燕白）聞听他庄擺下百日擂台，招集少年英雄。大歌傳下將令，命石秀、張順、施恩、鄭天壽等，隨小弟一仝去至擂台之上，捡取那賊，有何难哉？（宋白）好！就是矦弟正議。（燕白）謝大歌。（宋白）來！傳石秀、張順、施恩、鄭天壽等，一仝即上忠義堂。（燕照白）

（四人仝上。白）英雄如霹靂，浩氣貫長虹。參見大歌。（宋白）衆位矦弟少礼。（衆仝白）大歌有何吩咐？（宋白）命你四人，去至百花庄，保住燕青。听我一令！（唱）

忠義堂上傳將令，衆家兄弟听其情。那賊英雄盖世勇，弟兄們必要防其身。叫人來看过酒一樽，我與矦弟餞餞行。

（五人仝唱）

躬身施礼謝歌敬，轉身敬酬於神明。

（宋唱）

---

① 應有“之勇”。

② 應爲“捡拿”。

淡酒無殽既敬領,回言再叫小燕青。捡賊守領你独掌,衆位矦弟听令行。擂台上須防詭計用,時時刻刻你要小心。

(五人仝白)得令。(唱)

辞别大歌下山嶺,生捡那賊把功成。

(仝下)(宋唱)

衆家兄弟下山林,管叫一战定輸赢。

(仝下)

五場上

(李上。唱)

腰攙板斧殺人心,慣打雄威报不平。

(白)俺"黑旋風"李逵。只因大歌差了衆家兄弟下山,爲何不差俺李二?啊,看天色上早,不免下山走遭也。

【倒板】(唱)**【西皮】**豪杰生來心胆大,宋大歌点兵不用咱。白天章英雄咱不怕,任兒蛟龍將你拿。非是李逵講大話,管叫那賊染黄沙。悄悄私自把山下,擂台之上挷着他。

(下)

六場上

(五人仝上。唱)

在山寨領了大歌令,抖搜威風掃賊人。行过程途與俊嶺,

(李内白)等着。(上唱)

見了矦弟礼相迎。

(五人仝白)李二歌,你是怎麽來了?(李白)吓,只因大歌差你們下山,不差俺李二,爲此前來,與你們一仝前去,殺他一個落花流水。(五人仝白)既然如此,一仝前去。(李白)請哪。(唱)

安排巧計把擂打,戏他兄妹似蝦蟆。

(燕唱)

打仗交鋒如戏耍，

(李白)燕小歌，(唱)

板斧一出如切瓜。

(仝笑介)哈哈哈！(仝下)

七場上

(丑上，起坝。白)行路如飛箭，灯下人不見。戳號"古上躁"①，我名叫時遷。俺古上躁時遷，奉宋大歌將令，到那百花庄上打听路經。走哇！(合頭。下)

八場上

(四女兵佔門上)

(旦上。白)二八佳人保擂台，招集天下棟樑材。若有英雄强似我，要把梁山一掃開。奴家白月娥，今乃打擂之期，須當前去保擂。衆丫环，轉至擂台。(衆仝白)啊。【水底魚】(仝下)

九場上

(衆家丁、衆英雄、四下手、小生上。白)(丑院子)②拳打不亞卞莊勇，飛騰勝似伍子胥。俺白天章，只爲吾父含冤，擺下擂台，招集勇士，勦滅梁山賊寇，今乃擺擂之期。來！(丑白)有。(小生白)吩咐家將們，將鎗演來。(丑白)家將們，演鎗上來。(衆演鎗介)(衆仝白)操演已畢。(小生白)可知破法？(衆仝白)我們不知。(小生白)待俺教道你們。(衆仝白)啊。(小生打介。白)家將們，大家轉至擂台。(衆仝白)啊。(小元場。白)【水底魚】來

---

① 應爲"綽號鼓上蚤"。

② "丑院子"三字應在前面，或爲"丑院子暗上"，後面是小生所"白"。

此已是擂台。(小生白)一擁兒上。(衆仝白)啊。(小生白)演習長鎗保擂台,天下英雄敢上來?今日擺下百日擂,要把梁山一掃開。(三笑介)(丑白)回稟大爺的話,天氣还早哪。还没有什麼打擂的哪。(小生白)尔等小心保守擂台。(下)(丑白)啊。

(燕青六人仝上。白)走哇。【水底魚】(衆仝白)來此已是擂台。(李白)待俺打上去。(燕白)待俺上去。(李白)待俺去偷覷偷覷。(五人仝白)小心了。(李白)知道了哇。(五人仝下)(李白)哎,看擂的,这個王八日的,也不知在那里?哎,在这里!(打介)(丑白)哎,呔!你是那來的黑汗?(李白)咱老子瑪?是打擂的。你是個作什麼的?(丑白)我是個擺擂的。(李白)你是擺擂的?招打!(丑打介。白)哎呀,好利害呀,有請大爺。(小生白)呔!打擂的,通名上來。(李白)咱老子不通名,你招打罢!(小生白)招打。(起打。李敗下)

(燕青上擂台。打介)(小生敗下)

(旦兩边上)(迁遁鎗)(燕下)

(四人上打)(全上。迁渾下)(小生、李下)(燕、月衆起打介)(隨便排)

末 場

(衆捡白天章、白月娥)

(衆梁山元人上)【尾声】)(仝下)(完)

紅桃山全串貫(皮黄)

【劇目簡介】

皮黄,未署名。現存清代鈔本,《蒙古車王府曲本分類目録》著録,清道光四年慶昇平班戲目著録此劇目。小説《水滸傳》無類似情節,係借用水滸人物林冲、關勝、花容[榮]等,與"水滸戲"有一定關係,故予收録。

車王府藏清鈔本①,題目作"紅桃山全串貫",一場,每頁六行,每行二十一字左右。

劇演紅桃山盜首鄭玉娥,武藝超群,與梁山泊爲敵。林冲奉命征伐,殺死其先鋒余龍,却不敵鄭玉娥。關勝押解糧草趕至,得知戰況,出兵再戰,身陷旂陣,幸火德星君相助,方得逃脱。花容趕到助陣,三人合力,終於擒住鄭玉娥。

(四手下引林冲上)(卒白)哦。(林唱)

【点絳唇】鎮守山崗,剪惡除强。奉將令,消奸滅党,要把狼烟掃蕩。

(白)頭帶金盔耀九州,匣中宝剑度春秋。梁山之上五虎將,誰人不知"豹子頭"?俺"豹子頭"林冲,奉大哥、軍師將令,前往紅桃山,勦滅賊寇。今乃黄道吉日。僂儸們!(衆白)哦。(林白)趲行。(仝下)

(四青旂引余龍上)(余白)久跕紅桃山,奉令掌兵权。要趁吾等義,威名鎮山川。俺"金眼獸"余龍,奉寨主之命,下山會敵。僂

① 《俗文學叢刊》第三二〇册收録,文字相同,兹用作參校;《京劇彙編》第八一集録有王介林藏鈔本,文字略異,亦用作參校;《故宫珍本叢刊》第六七三册收録鈔本兩種,文字頗有出入;《國劇大成》第九集亦收録。

儸們!(衆白)有。(余白)殺上前去。(仝下)

(林、余仝上,杀介)(余白)來將何名?(林白)“豹子头”林冲。尔是何人?(余白)“金眼獸”余龍。(林白)看鎗!(仝杀介)(余敗下)

(林追下,又上)(仝杀介)(余死介,下)(林白)開路前往。(仝下)

(四手下引旦上)(旦唱)

【点絳唇】女將英雄,鎮守山峰。金刀動,神鬼皆驚,誰人敢奪江洪?

(上高坐。白)頭带珍珠明又亮,身披軟甲似秋霜。坐下跨定桃花馬,要把梁山一掃光。奴家鄭玉娥,在紅桃山上,獨立爲尊,今日命先鋒余龍,山前会战梁山賊寇,也曾命探子打听,未見回报。

(探上。白)报啓大王,先鋒陣前喪命。(旦白)再探。(探下)(旦白)三軍殺上前去。(仝下)

(四手下、林仝上)(四手下、旦仝上)(林、旦战介,林敗下)(旦追下)

(四手下、林仝上)(林白)衆好汘,这丫頭殺法利害,收兵。(衆白)哦。(仝下)

(四紅旂引净上)(净白)俺“大刀”關勝,奉了大哥將令,押解粮草,前往紅桃山听用。衆好汘!(衆白)哦。(净白)就此前往。(衆白)哦。(仝下)

(林上。白)眼盼救兵,坐卧不寍。

(报上。白)關將軍到。(林白)有請。(报下)(起吹)

(净上)(林、净見介,仝坐介)(林白)多劳賢弟,遠路到此。(净白)好説。大哥爲何免战高懸?(林白)這丫頭殺法利害,因此免战高懸。(净白)且請後面,待某会他一陣。(林白)賢弟須要小心。(净白)不劳嘱咐。(分下)

(衆引净、旦仝上)(杀介,過場)(仝下)

(四火旂引火星仝上)(火星白)某火德星君是也。今有關勝,在紅桃山中有难,不免前去搭救。火卒們!(衆白)哦。(火星白)起道前往。(仝下)

(旦上)(五色旂上摆陣介)

（衆卒舉火上）

（火星上）

（净上）（入陣介）（旦、净杀介）（净闖陣介）（火星果净下介）（旦、衆押場下）

（吹）【一江風】【排子】（四僂兵引花榮上）（花唱）

雲霧飄飄緑水茫，青山照頂白玉霜。殘秋以後飄葉落，黄花滿地放清香。

（白）俺神箭手“小李廣”花榮，奉大哥將令，前往紅桃山，与林冲助陣。衆好汗！（衆白）有。（花白）趲行。（仝下）

（林上。白）眼觀旌旂起，耳听好消息。

（净上）（林白）兲弟，勝負如何？（净白）大敗而回。（林白）且候救兵，再作區處。（内白）花將軍到。（净、林仝白）快快相請。

（吹排子）

（花上）（仝見介）（花白）二位將軍，可曾見過陣來？（林、净仝白）我等大敗而回。（花白）此番一仝出馬，三下加攻，必然全勝。（林、净仝白）就此一仝殺上前去。（仝下）

（林、净、旦仝上）（杀介）（林、净敗下）

（花上，接杀介）（旦敗介，下）（花追下）

（衆上打單对介）（扔双蠹毛介）（打双头人跟头介）

（旦上，跟头介）（衆上，换刀介，閃爲四門，跟头下）

（僂兵又上，打跟头介，下）

（林、净、花、旦仝上，杀介）（旦敗下，花、衆追下）

（旦上，衆追上，杀介）（林、净敗下）（花、旦仝杀介）（旦被捡介）（衆卒舉旦介）（衆白）賊寇已捡。（花白）衆好汗。（衆白）哦。（花白）押回山寨。（衆白）哦。（仝下）（全完）

羅家窪總講（皮黄）

【劇目簡介】

皮黄，未署名。現存清代鈔本數種，《蒙古車王府曲本分類目録》著録。小説《水滸傳》無類似情節，涉及水滸人物菜園子張青，按其意孫桂香係指孫二娘，故予收録。

車王府藏清鈔本①，題目作“羅家窪總講”，十場，每頁五行，每行二十一字左右。

劇演孫伯權之女孫桂香，從小喜習鎗棒，長成後設擂招親。曹老西爲賺取銀子，前往鬧場，被打下擂臺。“菜園子”張青將孫桂香打敗，孫伯權乃邀張青進莊叙話。

頭　場

（四女兵、一丑丫环、衆站門上）（武旦上）

【点絳唇】（唱）女中豪强，愛習拳棒。巾国丈②，盍世無双，四海把名揚。

［詩］女將上來不可当，愛習棍棒与刀鎗。有人中了奴的意，情愿与他配鸾凰。奴家孫桂香，爹爹孫伯權，在这罗家凹摆下了招夫擂台。今当上擂之期，丫环，你可教道他們，武藝可曾練熟？（丫环白）他們都会了，我望了③。（孫桂香白）叫他們演來。（丫环

---

① 《京劇彙編》第五八集收録王介林藏本，情節基本相同，文字略異；《國劇大成》續第二集亦有收録。

② 應爲“巾幗將”。

③ 應爲“忘了”。

白)是吓。姑娘叫你們演上來。(四女兵操鎗完)(孫桂香白)看刀來。(丫环白)是。(孫桂香耍刀介。白)來,打道擂台。(衆領下)

貳　場

(四上手上,斜一字)(張青白)嘟,衆好漢們趲行。(四上手白)吓。(衆凹門)(張青白)俺"菜园子"張青。今有罗家凹摆下招夫擂台,俺不勉前去打擂。嘟,衆好漢,罗家去者!(四上手白)吓。(衆領下)

叁　場

(曹老西上。白)崎崎灣灣路,層層叠叠山。雁飛不到處,人爲利名牵。在下姓曹,名叫曹老西。我乃是山西太原府人氏,在京城内開了一座泰山煤廠。是我好吃好喝,好賭好嫖,叫人家老也没劝过來,不到三二年,把这個浪煤鋪就打拉。这且不言,闻听罗家窪摆下招夫擂台,踢他一脚,説是赢銀子,也不知多少;打他一拳,也不知又給多少。老子我不勉前去打擂,赢了三五兩銀子,作個盤費好回家。走、走、走吓!(下)

肆　場

(四女兵上,斜一字)(丫环上)(武旦上)(孫桂香白)丫环,打道擂台。(衆領起,上場門一字,衆仝白)來此擂台。(孫桂香白)一齊上擂。(四女兵、丫环、武旦仝上擂台)(孫桂香白)女將上摆台,丫环兩边排。打死不償命,愿者請上來。請哪,請哪,請哪!(丑丫环白)姑娘,天早也早哪,打擂的还没有來哪。(孫桂香白)好好看守擂台。(丫环白)是吓,我知道!(衆女兵不下,在場上)
(四上手、張青仝上)(四上手仝白)來到擂台。(張白)代我看來。

女將擺下擂,打便①天下無敵手。來呀,衆好漢,大家一齊打上擂。(四上手、衆上擂,張上擂,武旦、張青二人起打,衆護擂,張青、武旦起打,双下)

伍　場

(四上手、四女兵起打,挡連环把子,單收下)

陸　場

(丑丫环暗上)(曹老西上。白)行行去去,去去行行,走了这們半天,怎們还不到呢?説着説着,到了。好高擂台。哦,上面有人没有?(丫环白)你是個作什麽的?(曹老西白)你問的是老子?老子是打擂的。(丫环白)你是打擂的?上來,上來!(曹老西白)叫老子上去,你給老子搬梯子的。(丫环白)有能爲,有本領,自己上來,这没有梯子,不預備那一樣兒。(曹老西白)那們老子自己扒上去。咳,咳,上來了!來,我問問你,这打擂是怎們個規矩?(丫环白)我告訴你,打我們一拳,赢銀子五兩。(曹老西白)这要是踢你一脚,便怎麽樣?(丫坏白)踢我們一脚,赢銀子十兩。(曹老西白)着比这們説,若是把你打躺下哪?(丫环白)若是把我打躺下……(曹老西白)到底是怎麽樣?(丫环白)我們不好説。(曹老西白)你説罢,不要緊。(丫环白)説出來我們害躁②。(曹老西白)説罢,还有什麽害躁的?(丫环白)我説了。(曹老西白)你只説,不怕的了。(丫环白)是我們的小女婿。(曹老西白)这有什麽害臊的?來、來、來!咱們比式比式。(丫环白)慢着,我先瞄瞄你,你有什麽本領,先練一練,我們瞄瞄。(曹老西白)使得。代老子脱了衣裳,你來瞄这個好不好?(丫环白)

① 應爲"遍"。
② 應爲"害臊"。

这叫什麼明字？（曹老西白）这是挑煤的掮担。（丫环白）不好，不好！（曹老西白）不好？你睄一睄这個好不好？（丫环白）这是什麼哪？（曹老西白）这是担掮。（丫环白）也不好。我們要睄新鲜的。（曹老西白）有新鲜的。你睄这個好不好？（丫环白）这又叫什麼明堂？（曹老西白）这叫獅子大張嘴。（丫环白）这個不好。（曹老西白）不好？你瞧这個。（丫环白）这又叫什麼哪？（曹老西白）这叫張嘴大獅子。（丫环白）不好，不好！（曹老西白）不好？这們办，你与老子先比比手段。（丫环白）比手段使得，來，比呀！（曹老西白）來呀，招活起來。（一过合，兩过合，曹老西碰丫环肚子介）（丫环白）哎哟，哎哟！（曹老西白）你不用嚷，这有明堂。（丫环白）什麼明堂吓？（曹老西白）这叫老西碰碑。你站稳了，我再碰你一下子。（丫环白）哎哟。（下）（曹老西白）你看我們山西人，恼袋有功夫的了。（下）

柒　場

（張青、武旦打一場。下）

捌　場

（張青、武旦打一場。武旦敗下）

（曹老西上，拿棍子）（丫环上，拿棍子）（曹老西白）你打我的。（丫环白）你打我的。（曹老西白）你打我的。（丫环白）你打我的。（曹老西白）你打我的。（丫环白）真真的他媽的竟擾。（棍子摔在地下，丫环下）（曹老西白）這個王八日的。（下）

玖　場

（四上手、四女兵打，一断四拐挡，單收下）

拾　場

(張青、武旦起打,武旦敗下)(張青接四女攢,女兵敗)

(旦角又上,打敗張青下)(旦角接四上手攢,上手敗下)

(張青上,瞞武旦頭,捡住武旦,四上手、四女兵衆兩边上,一個上手捡一個女兵)

(孫伯權上。白)吓,壯士,且慢動手。(四女兵、武旦兩边下)(孫伯權白)請問壯士尊姓大名?(張青白)在下張青。請問老丈尊姓大名?(孫伯權白)老漢孫伯權。(張青白)原來是老英雄,失敬了。(孫伯權白)豈敢。此地不是講話之所,請到庄中一叙。(張青白)老英雄請哪。(孫伯權白)壯士請。(笑介)吓,哈哈哈!(四上手、車斜門,衆全下)(完)

白水灘總講(皮黄)

【劇目簡介】

皮黄,未署名。現存清代鈔本多種,《蒙古車王府曲本分類目録》著録。小説《水滸傳》無類似情節,將青面虎(許奇英、徐世英)和十一郎(莫玉琪、穆玉璣)附會作梁山穆弘、徐寧之後,故作收録。

車王府藏清鈔本①,題目作"白水灘總講",十五場,每頁五行,每行二十字左右。

劇演"青面虎"許奇英醉臥青石板,被總鎮刘子明部將夏副將擒獲,刘遣其子刘仁傑押解進京。奇英之妹飛珠聞訊,率衆劫救,雙方大戰,刘仁傑敗走。莫玉琪爲母祝壽,路經此地,見官兵被賊寇所追,不明究竟,因助官兵殺退"青面虎",救走刘仁傑。

頭場上

(四紅文堂站門,劉子明上)

【點絳唇】殺氣衝霄,兒郎虎豹。軍威好,將士英豪,要把賊寇掃。

(詩)堂堂丈夫立帝基,身爲武將掛鐵衣。戰鼓咚咚驚天地,雀鳥不敢向空飛。本鎮劉子明,宋室爲臣,官拜總鎮之職。可恨大盜"青面虎",搶去皇杠,亦曾命夏副將前去拿獲,還未見到來。站堂軍,伺候了。(夏副將上,白)馬來。柳林拴戰馬,虎帳夜談兵。末將交令。(劉白)命你捉拿大盜"青面虎",怎麽樣了?(夏白)

---

① 《俗文學叢刊》第三二一册收録鈔本,詳記演員扮相行頭及武打動作,文字相近;《故宫珍本叢刊》第六七三册收録《白水灘總本》兩種,文字頗異;《戲考》第一六册亦有收録。

大盜"青面虎",被末將拿獲了。(劉白)哦,被你拿獲了?(夏白)被末將拿獲了。(劉白)好,傳令下去,吩咐下面,弓上絃,刀出鞘,將大盜"青面虎"押上堂來。(衆内白)吓。(四上手、"青面虎"上,進門,劉白)下面站定,敢是大盜"青面虎"麽?("青面虎"白)然。(劉白)見了本鎮,爲何不跪?("青面虎"白)劉子明吓,狗贓官,你大王爺乃是天下英雄好漢,豈肯跪你?(劉白)來,打磕膝。(四上手打介。"青面虎"白)呔!劉子明,你把大王當作甚等之人?(劉白)你無非是小小毛賊。("青面虎"白)非也。(排子。劉白)你打劫皇杠,指望遠走高飛,你也有今日嗎?("青面虎"白)呔!劉子明,狗贓官,你大王爺吃酒大醉,在青石板上大睡,夏副將拿住。要殺開刀,何必多言?(劉白)你乃朝廷重犯,本鎮也不肯加罪與你,將你解往京都,任憑聖上發落。夏副將,附耳上來。(夏白)吓。(排子。夏打"青面虎"介。四上手押下)(劉白)掩門。(衆分下)

(劉仁傑下場門上,白)參見爹爹。(劉白)罢了,兒一傍坐下。(仁傑白)孩兒告坐。吓,爹爹適纔審問什麽案件?(劉白)乃大盜"青面虎"。(仁傑白)爹爹怎樣發落?(劉白)命夏副將,將他解往京都,任憑聖上發落。(仁傑白)想夏副將一人保護,只恐道路之上有了差錯。孩兒意欲仝定夏副將保護,一來認親,二來倘若得了一官半職,也未可知。(劉白)好,正合父意。爲父後面修書信。(仁傑白)孩兒即刻便登程。(仝下)(頭場完)

貳場上

("抓地虎"上,白)馬來。俺"抓地虎",奉了二大王之命,下山打聽買賣。今有大代王吃酒大醉,在青石板上大睡,被夏副將拿去。不免回山,報與二大王知道。就此馬上加鞭。(下)(二場完)

叁場上

（許飛珠、四下手站門上）（旦角上，唱）

【點絳唇】威風凜凜，霸佔山林。心中恨，佞黨奸臣，只把高登恨。

（詩）憶昔當年離家門，兄妹二人鎮山林。腰中常掛七星劍，斬盡朝中奸佞臣。俺許飛珠，兄長“青面虎”，名叫許奇英，兄妹二人把守山寨，倒也消遥自在。今有大代王下山，這般時候，還未見到來。（“抓地虎”上，白）馬來。參見二大王。（許飛珠白）“抓地虎”，回來了？（“抓地虎”白）回來了。哎呀，二大王，大事不好了！（許飛珠白）何事驚慌吓？（“抓地虎”白）今有大代王下山，吃酒大醉，被夏副將拿住了吓。（許飛珠白）哎呀，不好了！（排子。白）“抓地虎”，帶馬下山，搭救大代王便了。（唱）

聽説兄長被了擒，不由奴家吃一驚，“抓地虎”帶馬下山林，搭救兄長顯奇能。

（四下手、“抓地虎”帶馬領下）（叁場完）

肆場上

（“青面虎”、劉仁傑、夏副將、四上手、衆追過場兒，衆仝下）

伍場上

（十一郎上，白）走吓。（唱）

豪傑生來運不通，沙灘無水困蛟龍。

（白）莫玉琪弟兄結拜，排行十一郎，衆家哥弟俱然在朝爲官，也是俺莫玉琪時運未至，與人爲奴傭工。是我告假一日，回家探望老母。今日乃是主人壽誕之日，俺備一份壽禮，前去上壽。（叫頭介）咳，蒼天哪蒼天，真乃愧殺英雄也！（唱）

有朝一日春雷動，好似蛟龍上九重。

(下)(伍場完)

陸場上

(“青面虎”、劉仁傑、夏副將、四上手兩邊跳上,四下手、“抓地虎”、許飛珠過場下)(“青面虎”白)你們來、來、來!(衆下)(陸場完)

柒場上

(四下手、“抓地虎”、許飛珠衆凹門上。“青面虎”上,夏副將用鎗攔“青面虎”,下)(四上手、劉仁傑上,會陣起打,旦角敗下)
(“青面虎”上,抓劉仁傑的巾子,劉仁傑敗下)
(“抓地虎”上,與“青面虎”打開手飭枷鎖,四上手上,“青面虎”削羅十頭兒,“青面虎”清場下)(柒場完)

捌場上

(十一郎上,白)吓,那裏人馬吶喊,待我登高一望。(劉仁傑、“青面虎”、旦角許飛珠上,三人三見面,邊變子,劉仁傑敗下,“青面虎”追下)(莫玉琪白)吓,且住。看前面敗的乃是官兵,後面追趕乃是賊寇,我想一個人怕了一個人,也就是了,爲何苦苦追趕?待我向前打一個報不平。咳,忍氣吞聲真君子!吓,見事不忍是小人!(脱衣衫,耍棍下)(捌場完)

玖場上

(劉仁傑、許飛珠、“青面虎”三人起打介。劉仁傑敗下,旦角追下)(青面虎三笑介)伊嘻嘻,吓哈哇呀呀!(十一郎下場門暗上,用棍打“青面虎”介,起打,敗下)(莫玉琪耍,清場下)(玖場完)

拾場上

（下手打一場，下）（拾場完）

拾壹場上

（衆打連環把子，下）

拾貳場上

（下手又打一段，下）

拾叁場上

（又打連環把子，下）

拾肆場上

（殺死夏副將，“抓地虎”、劉仁傑、“青面虎”、十一郎，衆敗下，十一郎耍下）

拾五場上

（四下手、“抓地虎”、旦角、“青面虎”衆凹門上，“青面虎”白）且住。來了一漢子，打了我一扛子，真乃好漢子。嘍囉們，回山。（衆領只下）（十一郎瞞頭打敗“青面虎”，白）哎，好漢子，好漢子！（“青面虎”敗下）（劉仁傑白）那一壯士，請轉。（十一郎白）唤俺則甚？（劉仁傑白）請問壯士上姓？（莫玉琪白）在下莫玉琪，請問來人上姓?(仁傑白)在下劉仁傑。(莫玉琪白)原來是位令公子,失敬了。(仁傑白)豈敢。此地非是講話之所,你我轉到酒樓一叙。(莫玉琪白)請。(仝下。【尾聲】)

英雄譜總講（亂彈）

【劇目簡介】

亂彈，未署名。現存清代鈔本，《蒙古車王府曲本分類目録》著録。小説《水滸傳》無類似情節，其中涉及模仿梁山好漢，但結局完全相反，從一定程度上呈現清代《水滸傳》的接受情況，故收録。

車王府藏清鈔本①，題目作"英雄譜總講"，一齣，每頁五行，每行二十一字左右。

劇演王海二同陳金、施大山欲學梁山好漢，在烏龍山搶劫客商，遇武藝高强之趙文雄，王、陳二人被趙打死，施被縛見官。知縣審案，施辯稱因看水滸戲，羨梁山好漢身爲盜賊而萬古留名，故相効仿。縣衙遂下令禁演梁山戲文，並禁各種誨淫誨盜邪説唱本。施被判死罪。臨刑前，其母與妻前來活祭，施責怪妻子貪圖小利，不曾有一言勸止，深爲悔恨。

（末上）

【引】鳥爲食，人爲財，客路經商急急歸。

（白）在下姓周名全，向在江湖作客，目下帳目歸楚，恐怕家人盼望，急速歸家是好。店主人！（内白）怎麽？（末白）我在此，多有攪擾了。（内白）有慢了。（末白）豈敢！正是歸家快似箭，那怕路途遥。（唱）

爲名爲利走天涯，生意場中到處家。金銀路上怕響馬，時時刻刻防備他。好歹人難辨真合假，吓，看看紅日已西斜。

---

① 清光緒六年刻《庶幾堂今樂初集》亦曾收録，題下注："懲誨盜也。"

(付持刀上,白)新來換得好營生,白手拿財真本領。咱王海二,自幼生長江邊,學得幾路花拳,自稱"飛天夜叉"。當初父母在日,也算一個小小財主,只爲愛打官司,愛嫖愛賭,不到十年,弄得家産盡絶,以至阿爹氣死。到如今老母住在舅家,妻子住在娘家,我一概不管。而且又吃上了一口烏煙,每日必須百文之數,要借没處借,要當没得當。因此搭了兩個朋友,一個叫作"獨脚虎"陳金,一名叫"花臉鬼"施大山。論武藝也算得中幫好漢,帶了一班嘍囉,在烏龍山下合作營生。合該今夜月色無光,正好作些交易。吓,兄弟們,好出來了。

(花上,白)生平獨脚幹營生,

(丑冷上)做出鬼臉唬殺人。(花)我"獨脚虎"陳金。(丑)俺"花臉鬼"施大山。(仝白)王大哥請了。(付)二位兄弟請了。(丑、花)大哥,今夜可有吩咐?(付白)今夜月色無光,我欲同衆兄弟到山下走走。(丑、花)大哥吩咐,一同前往便了。(付白)你二人快去粧扮起來。(丑、花)曉得。今番又要逞英雄。(下)(付白)好漢誰人敵手逢。(下)

(花持斧上,白)小小英雄非等閒,

(丑持棍上,白)衝鋒打仗我爲先。(花)任你江湖多好漢,(丑白)到我此地要現錢。慢點,慢點!爲何大哥説道,梁山都是英雄好漢,千古留名,我們何不學他一學?(花)唔,不差!大哥學宋江,你便學個時遷。(丑)你便學白勝。(花)呸!時遷、白勝都是個偷雞賊,學他要倒楣了。(丑)不差,不差!且莫學那個。(花)我學個李逵。(丑)我要學個武松。(花)噢?好個武松,不像吓。(丑)你是李逵,李逵是個憨貨,不會説話,常常惹是招非。不要多話。(花)我便不開口。(呆立介。丑看,白)噢,呆得好吓,好像一尊泥塑的判官。(花打丑。付内喊。丑白)哎呀,大哥來了。大家站在兩邊候令。

(四下手引付上,白)本來膽大不小,提著王法便怕。今日如此作啥,實實叫做没法。咱"飛天夜叉"王海二便是。今日傳令衆兄弟準備下山,可曾齊備?(花、丑)大哥,齊備多時了。(付白)吩咐就此下山。(花、丑)得。衆兄弟,大哥吩咐下山。(衆白)吓。(花、丑白)稟大哥,來此已是來往大路了。(付白)吩咐兩邊埋伏。(丑)大哥,你在那塊石上去坐坐,買賣到來,有我二人,不要你煩心。(付白)二位要放出些威風來。(花、丑)曉得。(埋伏介)(末上。唱)

急煎煎又不見招商旅店,日下山黄昏後處處安眠。

(神立高臺記介。末白)哎呀,天色已晚,孤身無伴,誤遇歹人,如何是好吓?(花、丑白)嘚,狗頭休走!留下買路錢來,放你過去。(末白)哎呀,大王爺饒命吓。(花、丑擧刀白)还不拿來?(末)大王,我盤川不多,回家路遠。家有老母,要緊回去,求大王發發慈悲。(花白)唔,也罷,你把衣包留下來,俺這裏就發慈悲。(末)咳,大王爺,衣包内没有什麽東西。(丑搶衣包,打介)看棍。(末)哎呀!(走。丑追介)慢著,慢著。还有一件海青,也要留下。(末白)咳,大王爺,天氣寒冷,脱下來便要凍壞,求爺爺饒恕。(丑)你脱不脱?(末)求大王爺饒了我罷。(丑)招打。(末)不要打,我脱了。(脱衣,白)大王爺捨與我穿了去罷。(丑打,白)走你娘的路。(末白)哎呀,吓死我也!(下)

(花、丑同白)大哥快來。

(付上,白)可有點財氣?(看介。丑白)這是銀子,約有一百多兩,还有幾件衣服。恭喜發財,恭喜發財。我們來八刀。(付白)説分便是了,爲何要説八刀?頭票生意,口出不利之言。(丑)咳,説説罷了,難道真正要吃八刀?(付白)不必説了。我們且到前面,閃在一邊,看看可还有第二票生意。(丑)不錯。有一必有二,且到北高峰下等候去。走、走、走!(副白)此處好。(花白)此地到好,好一個葬身之所。(丑白)呸!安身之地,什麽葬身之所?總説些不利之言。(内白)黑路無光,如何行走?(丑)噢,又有個買賣來了!

(生上,唱)

一路行心内焦黄昏近了,四面瞧静悄悄旅店遥遥。路又蹺山又高又無月照,孤身客來到此恐起波濤。

(花、丑白)你可是行路的?(生白)俺正是行路的。(花)拿來。(生)拿什麽來?(花)拿買路錢來。(生)你問那個要買路錢?(花)問你要。(生)我麽?(丑)吓吓!(生笑,唱)哈哈!(唱)

一生徧曆江湖險,走了道路萬萬千。處處都是好相見,從不用過買路錢。

(白)咳,你休要妄想。(花)你到底有还没有?(生)俺没有。(丑)敢説三聲没有?(生)没有,没有,没有!到底没有!(花)你口説没有,可知道我們是什麽人?(生)吓,敢是好漢?(丑)吓,有點差不多了。(花)既知是好漢,早早拿得來,免得我們煩心。(生)你真是好漢?(花)我真是好漢。(生)果然你是英雄?(丑)吓,曉得我們是英雄好漢,还不快些拿錢來,即刻要動手咧。(生白)吓,要動手,敢是要打?(花、丑)打倒不打。(舉斧)把這個給你看看罢。(生)要打就打。(起打,花、付被打死,下)(生四望,白)哏,這一班臭東西,没中用的!一刻被俺打的死的死了,逃的逃了,但是這三叉路口,竟不辨那一條是大路,這便怎麽處呢?也罢,今夜已辛苦了,不免在此大松樹下青石上歇息片時,待天明再走便了。(生坐,下)

(丑上,作黑夜摸,摸着生,丑驚介,丑低問介)你可是大哥?(生呆,應介)哼哼。(丑又問)陳老金麽?(生)哼哼。(丑)大哥,可曾受傷麽?(生)哎呀,吃了苦了。(丑)还好,还好!大哥你忍耐些。我們頭票生意,还有二百來兩銀子,我們三人分分,可以快活了幾天。(生)哼,你拿來。(丑)嗐,在這裏。(生接銀,立身大叫)呔!你們這班毛賊,做的好生意,好買賣!(丑)哎呀,不好了!上了當啦。好漢哥哥,把銀子还我,我也不要你買路錢了。(生)誰叫你不要咱的買路錢?(丑)不要了,但还我銀子便了。(生)哈哈,你不要咱的買路錢,咱倒要你的過路費,這銀子恰好送與老爺做盤費。咳,还少咧!(丑)那個再來添出來不成?(生白)添倒不要你添,只怕还要借你用一用咧。(丑)好漢哥哥,我又不是古董玩器,怎麽借我用一用?我不想銀子,你放了我去罢。(生笑,白)放了你?吓,只怕不能了!現在本縣老爺出的賞格，有人能拿得强盗一名，賞銀三百兩。我正少些盤費，要把你賣三百兩銀子用用。（丑哭，白）哎呀！好漢爺爺饒命，放我一條狗命罢。（生白）狗强盗，你方纔如何凶法，如今兩個大盜被我打死，还要想我放你麽？哈哈！（唱）

邪心一起天知道，死的死來逃的逃。

（丑白）哎呀，爺爺饒命吓！（生白）你好好的隨著咱領賞去者。

（丑）哎呀，列位救命吓！（下）

（四青袍、二皂役、一書吏仝上，小生扮官上）

【引】七品官兒百里侯，安良除暴稱妙手。

（白）吾乃都城縣縣令郁本仁是也。目今世亂紛紛，盜賊風起，數日前已出賞格：獲盜一名，賞銀三百兩。庶幾重賞之下，必有勇夫。左右！（衆白）有。（生）倘外面有人獲盜領賞，急速帶進。（衆）是。

（生帶丑上。生唱）

學成武藝非等閒，

（丑加白）好漢放了我罢？（生唱）

哎，既可獻功又賣錢。

（堂吏白）你是何人？來此何幹？（生白）我趙文雄，有事面稟大老爺。（唱）

通報一聲要面見，安良除暴望青天。

（堂吏白）有一趙文雄，要面稟大老爺。（小生白）吩咐請進。（生白）武夫趙文雄叩見。武夫拿住强盜一名，並贜銀一百一十兩，特來叩稟。（小生）好吓，帶上來。（生）是。呔，隨咱來吓！（丑白）咳，不該作此事，來不及了。（生白）强盜當面。（小生）好漢外面歇息，待本縣問了再請。（生白）是。（退立介。小生）抬起頭來。你叫什麼名字？（丑）小的叫施大山。（小生）今年多大歲數？（丑）今年二十五歲。（小生）我看你年紀輕輕，做這等歹事，可有父母妻子？（丑白）有老母六十三歲，妻房陳氏，有子五歲。（小生）可曾讀過詩書？（丑）讀了二年。（小生）先生可曾與你講過？（丑）先生不過教我兩本《大學》《中庸》，並没給我講一句書。

(小生)你可懂得幾句?(丑)書却不懂,那山歌小唱,却懂得,《絲條黨》《七義圖》,都看過。(小生白)爲何要做强盗?犯過幾案?從直招來,免受大刑。(丑)哎呀,青天大老爺饒命吓。小的没有做過强盗。(小生)唗!該死的奴才,真贓現獲,还敢抵賴?扯下去打。(打介。丑白)大老爺,冤枉吓!(小生)还説冤枉麽?速取夾棍,夾起來。(衆白)吓!(丑)吓唷唷,大老爺,夾是夾不得吓!(衆白)还敢多話?(夾介。丑白)哎唷唷,痛殺了小的!願招。(衆白)他願招了。(小生)鬆刑。(衆)是。(小生)從直招來。(丑白)小的施大山,因爲自不長進,賭脱兩個銅錢,又吃上了一口大煙,弄得窮急無奈,没得飯吃,以至如此。(小生)是那一個起意?(丑)説到起意,却不是小的,是看戲看出來的。(小生白)唗!胡説什麽看戲看出來的?(丑白)不瞞老爺説,那日在戲場裏,遇到著了王海二、陳老金,大家説苦境,正在没得商量,偏偏戲臺上,做出梁山水滸熱鬧好戲。晁蓋、宋江,在忠義堂上稱大哥哥,做一個公道大王,打劫王綱銀子,殺害貪官污吏,犯法的到算英雄,時遷、白勝,偷雞賊也算好漢,一時耀武揚威,無人抵敵。看到此時,大家有點眼熱。王海二説:"如此看來,要想發財,除非要到梁山。"陳老金説:"不差。可惜没得這個地方。"小的原説道:"作不得的,做出來,恐防官府捉拿問罪的。"王海二説:"梁山好漢,官府那一個不怕?誰敢來捉?即便捉了去,我也好學梁山好漢,劫監牢,劫法場。"小的又説:"作强盗恐防被人恥笑,没面目,難爲情格。"王海二説道:"呸!你真個不懂事。梁山都是英雄好漢,天罡地煞,萬古留名,那個人來笑我?"小的被他一説,心中一想,做了强盗,倒稱英雄好漢,既得了名,又得了利,又没有害處,這場生意也樂得做做。遂不覺一時錯了念頭,連聲説好。王海二説:"既大家説好,我們今朝戲場裏吃三斤酒,一言爲定。大家搭兩個兄弟,明日到烏龍山上去做做便了。"小的因此同了王海二、陳老金一班兄弟,在烏龍山立寨。剛剛做了一賬,没有傷人,得了一百多兩銀子。到了第二賬,不料上陣失機,被這位客人捉到此地。求大老爺念小人實實窮極無奈,上了梁山戲子當了。求大老爺開恩,下次不敢啦!(小生)哇!你這狗頭,你看了梁山戲文,你便眼熱,就作强盜,你可曉得梁山强盜,後來被張叔夜殺得乾乾净净?可見得做凶人終無結局。咳,可憐你這班懵懂人,可惱吓可惱!(唱)

梁山好漢太便宜,萬古留名好福氣。作了强盜好忠義,愚人從此被他欺。

(白)左右,那戲班是那一個衙門管的?(堂吏白)禀老爺,上自督府司道織造提學,下至各地方官,都可管得。(小生白)吓,那梁山水滸戲文,本幹例禁,爲何依舊扮演?(堂吏)這是長官事煩,不能細想此中流弊,以爲細故迂文,未曾嚴申禁約。點戲者都是一班不知大道之人,所點的都是誨淫誨盜,所以積習相沿,依舊扮演,實在害人不淺。(小生)如此説來,本縣也不能無罪了。本縣身爲縣令,本有教民之責,不能教化在先,以致煙賭成風,戲文誨盜,上蔽其聰,下受其毒,真覺十分慚愧。罢了,從今即刻備稿,嚴出示諭,禁止梁山水滸戲文。如敢再行扮演,定即立提班頭嚴辦,並將各種誨淫誨盜、邪説唱本,一體嚴禁,劈板銷毁,以杜毒種。爲我張掛各鄉,一面通詳各大憲,並請重申嚴令便了。咳,聖世教化大權,反爲一二優伶敗壞,長官不能不引爲己任,力挽狂瀾,豈得無罪?(丑白)一點不差。當初大老爺若早早禁了水滸戲,小的也不動這個念頭了。(堂吏白)説什麽話?(小生)咳,却也難怪!(唱)

置之不問該何罪,旁人莫笑我官卑。百里之内我爲宰,任他笑我迂闊來。

(丑白)哎呀,大老爺,饒了我這一回罢。(小生)咳,細想起來,你也是出於窮極,又爲近了匪人所致。然而案情重大,王法難寬,近來更難出脱。雖欲爲你求生,無奈更無生路。(丑哭,白)哎呀,大老爺救命!(小生白)聖人云:"如得其情,則哀矜而勿喜。"此案情則可矜,法無可恕,只好虧點陰德了。且帶去收監,听候憲命。(衆將丑上刑,醜白)哎呀,冤枉吓!(衆白)你這個東西,爲想發財,以至送死,説什麽冤枉吓?(下)(小生)呀,趙文雄真是名英雄好漢,爲民除害,爲國立功,真爲可敬!左右,取三百兩銀子過來,送與好漢。(堂吏捧銀上,白)銀子有了。(小生)吓,好漢!這三百兩銀子,略以酬勞。此後倘遇此等匪徒,尚望出力一助。(生受銀,白)謝太爺。(小生)吩咐鼓吹送出。(衆應,吹打送介。小生白)吩咐退堂。(仝下)(生看銀,白)哈哈!時來運來,自有財來。不到一刻工夫,得了三百兩銀子,还落得縣主老爺讚俺幾聲英雄好漢,臨行还吩咐鼓吹送出,何等體面,何等威風!可惜他們一班死囚,要想學作英雄好漢,誰知頃刻送命。哈哈,英雄好漢如此結局,真算不得。必相我區區,方算英雄好漢咧!(唱)

趙文雄財運通義而且勇,烏龍山半夜裏獨立奇功。仔細想算得來大有面孔,既得名又得利好不威風。

(白)哈哈,得有銀子,还落得個英雄好漢,如此看來,到底是拿强盜的好吓!哈哈。(笑下)

(老旦内白)不好了!(上唱)

心裏急咳又著慌,王法臨頭無主張。只望我兒發財餉,誰知問罪到公堂。

(白)我兒施大山,不知那一個天殺的活活捉去。聞得官府即日要請王命,哎,唬死我也!媳婦兒快來吓!

(旦抱小兒上,白)婆婆,爲什麽大驚小怪?(老旦)不好了,你的丈夫破了案了,即日要赴法場請王命。快快趕去相見一面,二來活祭,表表心罢。(旦白)哎呀,如何是好吓?(老旦白)哎,哭也不中用了,隨我來吓。(下)

(四青袍、二劊子手引縣主上,白)今日斬了賊子首,免得萬民遭禍殃。本縣今奉王命,監斬盜犯一名,花臉鬼施大山。劊子手!(雜)有。(小生)將施大山綁上來。(雜)吓。

(帶丑上)施大山當面。(小生)鬆了刑具,上綁。打道法場。(雜)是。(原場。白)來此已是法場。(小生)傳話下去,本縣施惻隱之心,若有妻兒老小速赴法場一會。少時大炮一響,不能相會了。(雜照白,老旦、小旦仝白)哎,兒吓,夫吓!(老旦唱)

一見我兒上了綁,母子痛哭斷肝腸。養老送終多指望,眼睜睜我兒刀下亡。

(二人上,白)哎呀,何苦,何苦? 爲人世上,不作好事,不跟好人,胡思亂想,做出這等犯法之事,今日後悔也來不及了。咳,這個老堂客,也是少教訓,應該早點勸他回頭改過,自然不致如此。咳,一點不差! (小旦唱)

夫吓,可憐你今日遭此罪,母老子幼靠誰?

(老旦白)兒吓,爲娘的千辛萬苦,指望你養老送終,誰知今日反來送你。特備些須酒菜,前來活祭。你可滿飲一杯,略表爲娘之心。(丑白)哎,母親,你千辛萬苦,養了孩兒,指望養老送終,誰知今日如此結局,只好來世再報恩了。(老旦白)哎呀,好痛心也! (小旦白)哎呀,夫吓! 我嫁了你,指望百年偕老,不料今朝半路分離,叫我如何得過這日子呢? (丑)呀,呸! 你這賤人,还要來纏繞我,皆因听了你貪小利的話,把心變了。你是以拿進門爲好,做了一次,勸我再做一次。我要出去,你不曾有一言勸止。我收心,你偏不喜,害得我今朝如此結局。臭東西吓! 看來你不能守節,可憐尚有五歲孩兒,這點骨血,是我施氏一門香火所關,倘得撫養成人,實爲萬幸。不知你可有心撫養吓? 自古道:"家有矣妻,男兒不招横禍。"咳,早有此一日,餓死也不願跟他們作此歹事了。咳,(丑唱)

夫妻好比同林鳥,大限來時各自飛。

(小旦唱)

家貧如洗焉能守,少年夫妻不到頭。

(老旦、小旦哭介)(衆上,白)还不下去? (老旦、小旦仝下)(小生白)時辰可到? (雜)時辰已到。(小生白)拿去開刀。(劊子白)是。(下斬介,又上白)斬首已畢。(小生)速速帶去,用木桶懸掛,號令示衆。(衆白)吓。(小生)打道回衙。(衆仝下。【尾聲】)(完)

水滸全人名（子弟書）

【劇目簡介】

子弟書，未署名。現存清代鈔本，《子弟書目録》《子弟書總目》等著録。與小説《水滸傳》人物出場順序和故事梗概大體相應，基本上包括了小説前七十回中的所有回目和内容。

車王府藏清鈔本，題目作"水滸全人名"，全一回，每頁六句①，每句字數不一。

此子弟書從仁宗時天降瘟疫，洪信誤放罡、煞始，自王進躲避高俅結交史進，直至湊足梁山一百單八將，以盧俊義驚夢結尾，表明以金聖歎腰斬本爲據創作而成。

大宋仁宗掌帝邦，民遭瘟疫受灾殃。
龍虎山洪信奉旨把天師請，三清殿放走地煞与天罡。
避高俅王進私逃延安府，結交少華山逼走史大郎。
酒樓上仗義疏財救孝女，魯提轄拳打鄭屠一命亡。
趙員外重修文殊院，破戒律大醉回寺鬧禅堂。
扮新人怒打周通在銷金帳，桃花山重會李忠救下女娥媓。
逢史進火燒瓦罐寺，僧道貪淫喪無常。
守菜園施威倒拔垂楊柳，林教頭中計悮入白虎堂。
野猪林智深奮勇把林冲救，暗害豹子頭陸虞候火燒草料場。
荐英雄朱貴水亭施号箭，生嫉妬立逼林冲下山崗。
天漢橋楊志賣刀誤殺牛二，演武廳索超争功好勇逞强。
赤髮鬼醉卧靈官殿，東溪村逢机認義晁天王。

① 即三整句，其中各句字數多少不一，故多有雙行形式呈現者。

三阮撞籌七星聚義纔智取生辰槓,鄆城縣夜月走劉唐。
呼保義因爲失落招文袋,殺婆惜朱仝仗義放走宋江。
横海郡避难投柴進,景陽崗打虎把名揚。
报兄仇立誅了姦夫淫婦把人頭享祭,十字坡結拜了張青孫二娘。
配孟州威鎮安平寨,快活林醉打蔣忠結祸殃。
飛雲浦公差無能反害自己,鴛鴦樓都監全家見閻王。
扮陀頭夜奔蜈蚣嶺,捉惡道醉鬧白虎庄。
夜看小鱉山悮入天羅網,刘知寨恩將仇報信妻房。
鎮三山大鬧清風寨,霹靂火夜走瓦礫場。
石將軍村店稍家信,对影山收伏郭盛与吕方。
没遮攔追赶及時雨,船火兒大鬧潯陽江。
吟反詩神行太保傳假信,鬧江州改扮經商劫法場。
智取無爲軍張順活捉黄文炳,取家眷冒險担驚轉家鄉。
因祸得福遇九天玄女.授天書忠義二字永不忘。
假李逵剪徑劫孤客,黑旋風殺虎痛老娘。
蒙汗葯朱富計賺青眼虎,病關索長街認識拚命三郎。
因醉後怒駡巧雲智捉和尚,因口素時遷偷鷄火燒民房。
一丈青匹配王矮虎,病尉遲裹應外合三打祝家庄。
插翅虎枷打秀英太魯莽,美髯公悮失衙内不隄防。
李逵斧劈殷天錫,公孫勝鬬法破高唐。
呼延灼摆佈連环馬,徐寧教使鈎連鎗。
打青州三山聚義歸水泊,金鎗吊掛鬧華山捉拏强良。
芒碭山恩收魔王名樊瑞,怒打曾頭市悮中藥箭晁盖命亡。
夜鬧金沙渡燕青放箭救恩主,石秀跳樓大鬧法場。
擒索超月夜賺關勝,取大明府蔡慶蔡福双双投降。
活捉史文恭降水火二將,收董平計擒張清抛棄軍粮。
共凑一百單八將,石碣受天文宴會忠義堂。
盧俊義大醉歸寢帳,驚醒了南柯夢一場。

集錦書目（子弟書）

【劇目簡介】

子弟書，清代鶴侶作。現存清代鈔本，《子弟書目録》《中國俗曲總目稿》《子弟書總目》等著録。其中有多篇涉及水滸故事，故予收録。

車王府藏清鈔本①，題目作"集錦書目"，每頁六句②，每句字數不一。

以咸豐以前流行的一百五十餘種子弟書名連綴成文。

有一個《風流詞客》家住《高老莊》，一心要往《遊武廟》内《莊氏降香》。
轉過了《長阪坡》兒前來至《蜈蚣嶺》，《走嶺子》《黨人碑》一過到了《望鄉》。
前面有《淤泥河》兒《桃花岸》，老漁翁在《石頭記》上《獨釣寒江》。
新《長亭》緊對著《舊院池館》，《下河南》在《鳳儀亭》上暫且歇凉。
那《拿螃蟹》的人兒《漁家樂》，《花木蘭》裡面《蓼花香》。
舟子《藏舟》在《梅花塢》，《俏東風》刮來陣陣凉。
《先生歎》説人生《癡夢》耳，《長隨歎》説笑他們不醒這《蝴蝶夢》《黄粱》。
《觀水》已畢把《百花亭》下，直奔那《一顧傾城》走慌忙。
遠遠的望見了《虎牢關》一座，那《甯武關》影影綽綽在雲樹旁。
前有《馬跳澶溪》攔去徑，後面有《丁甲山》《翠屏山》緊靠城牆。

---

① 校以吴曉鈴、史語所藏百本張鈔本，以傅惜華藏别埜堂鈔本作參校。
② 即三整句，其中各句字數多少不一，故多有雙行形式呈現者。

那《查關》的《侍衛歎》對《司官歎》，説《升官圖》何日吐氣把眉揚。

晝夜巡邏怕有賊人來《盜甲》，若有那《罵城》的前來用《刺梁》。

《逛(過了)二閘》將城進，見六(大)街上《賣刀試刀》《齊陳相罵》《鬧學》《刺湯》。

《奇逢》遇見了《嚴大舍》，《陽告》日《永福寺》裡《秦王降香》。

他二人《二玉論心》已畢忙去《遊寺》，進《山門》走過《分宫》細端詳。

見《滚樓》《絮閣》直聳百尺將《頂燈》掛，《金印記》高懸《佛殿》穗頭兒長。

東廊下游人齊看《女觔鬥》，那《石玉昆》《郭棟兒》《柳敬亭》俱各説書在廟旁。

《西厢》以内《燈謎會》，又有商賈雜陳《百寶箱》。

《闊大爺》《大奶奶》拉著《哭官哥》兒隨意逛，《時道人》兒將過繼的《巧姐》兒用肩扛。

《公子戲嬛》手拉著《嫁妹》，《沉香亭》去聽盲女《琵琶行》。

拜《歎(了)武侯》《數羅漢》，《燈草和尚》擊磬在一旁。

《祭灶》畢平身出後臯，猛抬頭見《雷峰塔》一座甚偉昂。

隨步《入塔》前去《祭塔》，《連升三級》直至正中央。

《聞鈴》十裡如千軍《私奔》，遠看那《出寨》垛口似群羊。

這其間也有《大爺》也有《老鬥》也有《廚子》齊聲一歎，説真《篡鬚子》各《趁心願》《報喜》非常。

觀覽多時俱各《出塔》，《坐樓》以上去飲茶湯。

手摇著借來的《芭蕉扇》，從《繡荷包》裡面取檳榔。

又至那《葡萄架》底下去《醉酒》，《葦連換筍雞》五味調和細品嘗。

閑消遣《三宣牙牌令》，把那《骨牌名》兒《全水滸人名》兒《活捉》短長。

不多時夕陽斜照《梅嶼恨》，將《盤盒》收起要轉家鄉。

出廟門見路南正對著《梨園館》，那台上演的是《軍營》《探母》的楊八郎。

《天緣巧配》又遇見《戲姨》兒背著娃子去《入府》，説是《探晴雯》

《換襖》回來路過廟場。

在《續戲姨》兒家《得鈔》買了《一疋布》,她那裡《爲賭嗷夫》正鬧饑荒。

説罷分手《五娘行路》,《打禦》路一直《出關》鄉。

一路上見《漁樵問答》在《武陵源》上,《新戲蟬》在《林和靖》上韻幽揚。

《打圍》《回圍》的將城進,好一似《紅旗捷報》走慌忙。

一霎時《風雲會》合天欲雨,急忙《夜奔》到家鄉。

進門來見《花别妻》一聲《軍妻歎》,説你《遊園》一日那管奴家咽土《吃糠》。

那《射鵠子》的差人來《借靴》説明日《慶壽》,《滿床笏》的喜酒設在《禄壽堂》。

《遣春梅》《追信》與你《寄柬》,《房得遇俠》《太常寺》的《贊禮郎》。

説你《劉阮入(了)天臺》路,那《狐狸思春》《尼姑思凡》《哭城》裡面困《商郎》。

我這裡《打門》《吃醋》幹生氣,你那裡《思玉》《戲嬛》逞癲狂。

你看那《彩樓》上,《悲秋》的人兒同《尋夢》,《巧姻緣》的《風月魁》有限,况值漏永更長。

《集書目》雖排成句無文理,恐未免識者譏誚笑大方。

不過是解散窮愁聊自慰,鶴侶氏雖極無能,不擅此長。

常見繁體、異體字表①

A

爱	愛	㤅	
庵	菴	盦	
岸	㟁	厈	
鳌	鼇	鰲	
傲	嫯	奡	
懊	㤇		

B

拔	抜		
柏	栢		
扳	攀	⿰扌班	
帮	幫	幇	
膀	⿰月邦		
榜	㮄		
傍	㑂	徬	
杯	盃	⿰木盃	
卑	𤰞		
辈	輩	軰	
备	備	俻	僃
鄙	鄙		
飙	飆	飇	颷
宾	賔	賓	
鬓	鬢	鬂	髩
冰	氷		
禀	稟		
并	並	竝	併
脖	⿰孛頁		

C

才	纔	纔	
采	採		
彩	綵		
参	參	叅	㕘
骖	驂	⿰馬叅	
惭	慚	慙	
惨	慘	⿰忄叅	
册	冊	笧	
辭	辞	辤	
操	⿰扌叅		
草	艸	屮	
插	揷		
谗	讒		
馋	饞	𩟗	
缠	纏	纒	

① 表中列出正文所録底本中常見的異體字，以作參考。

趁 趂
賝 矙
乘 乗
媸 媸
耻 恥
敕 勅 勑
冲 沖 衝
虫 蟲 虫
宠 寵 寵
丑 醜
处 處 虜 処
廚 厨
窗 窓 窻 窓 牕
床 牀
匆 怱
丛 菆 叢
骢 驄 骢
粗 麤 麄 麁
蹙 蹵 蹴 蹭
趱 趲 趲
搀 攙
窜 竄 竂

D

带 帶 带
单 單 单
胆 膽
党 黨
捣 搗 擣
得 淂
等 荨
镫 鐙 鐙
递 遞 遆
蒂 蔕
颠 顛 顛
殿 㞟
蝶 蜨
鼎 鼏
兜 兠
斗 鬥 鬪 鬭 閗
睹 覩
妒 妬 妬
断 斷
朵 朶 躲
躲 躱 趓 趓
垛 垜

E

峨 峩
鹅 鵞 鵝 䳘
恶 惡 悪
恩 恳

F

发 髮 發 髪
帆 帆
翻 飜 䊨
凡 凢
泛 汎
风 風 凬
蜂 蠭
逢 逢 夆

佛 仸
复 複 復
富 冨

G

尬 尬 尬 魀
盖 葢 蓋
概 槩 槪
尴 尷 尲 尶 尷 魐
干 乾 幹
高 髙
槁 藁
个 個 箇 佪
亘 亙 亘
羹 羮 羹 羮
钩 鈎 鉤
够 彀 夠
乖 乗
关 關 関
观 観 觀
冠 冦
龟 龜 亀
归 歸 帰 歸 帰 歸
过 過 過

H

鹤 鶴 隺
衡 衡 衡 奧 南
哄 鬨
轰 轟 軣
喉 喉
后 後
虎 乕 虎
哗 譁 嘩
画 畫 畫 畵
回 囬 囘 廻 迴 逥 廽
廻
汇 匯 彙
魂 䰟
或 戓 或

J

饥 飢 饑 饑
鸡 雞 鷄 鳮
赍 賫 賷 齎
羁 羈 覊 羈
几 幾 幾 㡬
济 濟 済
既 旣
系 係 繫
寂 宊 㝫
笄 筓
剪 翦
茧 蠒 繭
剑 劍 劒 劔
僭 僣
缰 繮 韁
角 甪
脚 腳
叫 呌
觉 覐 覺 覚
劫 刦 刧

捷　捷
解　鮮
侭　儘
晋　晋　晉
井　阱　穽
颈　頚　頸
净　淨
舅　舅
举　夅　舉　擧
据　擄　據　拠
卷　捲
决　決

K

看　看
刻　剋
肯　肎　肻
恐　恐
寇　冦
款　欵
况　況
亏　虧
阔　闊　濶

L

蜡　蠟　蝋
倈　俫
擂　擂
离　離　離
厘　釐
里　裡　裏
迣　邐
礼　禮
劣　劣　劣
凉　涼
梁　樑　轢
两　両　匁
亮　亮
凛　凜
椂　櫨　櫺
溜　溜
留　畱　畱　畄
榴　橊
柳　栁　栁　栁
娄　婁
楼　樓
偻　僂
喽　嘍
蝼　螻
搂　摟
镂　鏤　鏤
卤　鹵　滷
鸾　鸞　鴬
乱　亂　敵
俰　儸
缕　縷　縷　縈
绿　緑　綠

M

蟆　蟇　蟖
脉　脈　衇　衇
芒　苙

忙 恾
茫 汒
莽 莾 𦼮
帽 帽
瑁 瑁
眉 睂
梦 夢 㝱 𡨑 夣
觅 覓
面 靣 麪 麫
妙 玅 竗
庙 廟
灭 滅
命 侖 㑹
亩 畝 畆 畒

N

乃 廼
奶 妳
奈 柰
能 䏻 㲱
嗯 唔 吥 叽
年 秊 秊
袅 嫋 裊 嬝
狞 獰 獰
宁 甯 寗 寧
咛 嚀
拗 抝 㧕
弄 美 挵

P

盘 盤 盤

庞 龐 厖 龎
喷 噴 歕
飘 飃 飄
拼 拚 攖 拚
凭 憑 凴
魄 䰟
铺 鋪 舖
脯 䑑 朴
朴 樸 樸

Q

启 啓 啟 唘
起 䞈 起
绮 綺 綺
契 㓞
气 気 氣
牵 搴 牽
乾 乹 乹
潜 潛 濳
戕 戕 牂
强 強 彊
墙 牆 墻
跄 蹌 蹡
桥 橋 槗
窃 竊
擒 捦 㩒
揿 搇 撳
青 靑 青
轻 輕 輕
卿 卿
清 淸 凊

茕 焭 煢
秋 穐 龝
穷 窮 竆
驱 驅 駈
曲 麯 麴
觑 覷 覰
缺 缼
却 卻 郄
群 羣 騂

R

捻 撚 捵
绕 繞 遶
刃 刄 仭
软 輭

S

三 叁 叄
丧 喪 䘮
煞 煞
擅 抎 穯
升 陞 昇
绳 縄 繩
剩 剰
尸 屍 𡰣
时 時 旹
世 卋
似 佀
啥 偺
收 収
兽 獸 獣

叔 卅 尌
疏 踈 䟽
鼠 鼡 鼡
树 樹 樹
庶 庻
数 數 數
闩 閂 擄
双 雙 雙 雙 隻
丝 絲 絲
私 私
厮 廝 㒋
死 𠒫 死
算 筭 笇
虽 虽 雖 雖
髓 髓 髓
岁 歲 歳

T

台 臺 坮
抬 擡
泰 泰
坛 罈 壜 壇
叹 嘆 歎
烫 盪
逃 迯
桃 枆
填 塡 窴
跳 趒
铁 鐵 銕
厅 厛 廳
偷 偸

突 突
图 圖 啚
兔 兎
托 託
驮 馱 馱 駄

W

外 外
亡 亾 兦
往 迬 徃
忘 𢖠
为 為 爲
喂 餵
卧 臥
焐 熓

X

挟 挾
膝 𦜕
席 蓆
戏 戲 戱
贤 賢 贒 臤
娴 嫺 嫻 嫺
险 𡾟 險 嶮
显 顯 顕
献 獻
些 𡖐
携 攜
写 冩 寫
凶 兇 𠒆 㐫
胸 胷 𦙄

熊 熋
朽 歽
绣 綉 繡
须 須 鬚 湏
虚 虗
酗 酗 䣴 𨠆
婿 壻
选 選
学 學 斈
噱 噓
巡 廵 䢊

Y

丫 𩬅
哑 瘂
咽 咽
咽 嚥
烟 𤇯 煙 㷔
严 嚴
盐 鹽 𪉨 塩
艳 豔 艷
验 驗 騐
雁 鴈
飏 颺
邀 邀
峣 嶤 嶢 𡽀
窑 窯 窰 𥨘
舀 𦥺
爺 卩
宜 冝 宐
倚 倚

谊 誼 諠 誼

因 囙

姻 婣

淫 婬 滛

隐 隱 隠

迎 逈

游 遊 逰 浟

幼 㓜

于 扵 於

俞 兪

榆 楡

郁 欝 鬱

欲 慾

御 禦

誉 謽

冤 寃

猿 犺

员 員 貟

Z

臜 臢 䐶

杂 雜 襍

砸 攤

灾 災

哉 㢤

再 再

咱 喒

攒 攢 攅

趱 趲 趱

赞 讚

葬 塟 葵

早 蚤

灶 竈

啅 唣

扎 紥

铡 鍘

战 戰 戦

丈 丈

罩 罩

真 眞

挣 闘

证 証 證

只 隻

旨 旨

致 致

众 眾 衆 巾

诌 謅 嗎

周 週

皱 皺

砖 磚 甎

赚 賺 賗

撰 撰

妆 妝 粧 糚 籹

庄 莊

装 粧 裵

准 準

踪 蹤

总 總 総

最 㝡 冣

坐 坐 坐